阿 明 ◎ 著

阿家桥一卷
无月明

南京大学出版社

图书在版编目(CIP)数据

何处楼台无月明 / 阿明著. — 南京：南京大学出
版社，2022.6
　ISBN 978 - 7 - 305 - 25671 - 4

　Ⅰ. ①何… Ⅱ. ①阿… Ⅲ. ①散文集－中国－当代
Ⅳ. ①I267

中国版本图书馆 CIP 数据核字(2022)第 075884 号

出版发行　南京大学出版社
社　　　址　南京市汉口路 22 号　　　　　邮　编　210093
出 版 人　金鑫荣

书　　名　何处楼台无月明
著　者　阿　明
责任编辑　范　余

照　　排　南京南琳图文制作有限公司
印　　刷　南京爱德印刷有限公司
开　　本　718×1000　1/16　印张 31.75　字数 538 千
版　　次　2022 年 6 月第 1 版　2022 年 6 月第 1 次印刷
ISBN 978 - 7 - 305 - 25671 - 4
定　　价　88.00 元

网　　址　http://www.njupco.com
官方微博　http://weibo.com/njupco
官方微信　njupress
销售热线　(025) 83594756

目　录

第一辑　隔江轻踏旧时光

第二辑　正是江南好风景

目录

第三辑 何处楼台无月明

第一辑　隔江轻踏旧时光

　　人生的一切都是过程，都是驿站。人也好，事也好，地方也好，因缘际会或浅或深。浅也珍惜，深也珍惜；聚也欢喜，散也欢喜。

——《情满来时路》

岁月的馈赠

正月初一，新年的第一天，我的生日。每年的这一天，我从来不去凑商场街市景点人流如潮的热闹，总是静静度过，给自己一个独自思忖的空间。今天，我照例徜徉在家门前的小街上，任往昔随新年的气息飘飘洒洒而来，体味着涌动起伏的心潮。站在那些熟悉的楼盘之前，我忽然想起初见它们的情形，那时候能够有一套这样的房子，是包括我在内许多人的梦想。一晃十多年过去了，房子早已有了，想起当年买房的忐忑、贷款的忧惧，不禁哑然失笑。一年一年悄悄过去，生活似乎没有什么大的变化，然而，多年后的今天蓦然回首，发现日子一直在一天天变得好起来，我们不能不感激岁月丰厚的馈赠。

人与动物的最大不同之处在于理性，在于能从思前想后、对比梳理中得到教益、增加智慧。物质生活贫乏的年代，有一间房就十分满足，岂敢奢望有两室一厅？何能想象有更大的居所？贷款时真是忧心忡忡，生怕动摇了生活的根基。然而，时代在进步，收入在增加，贷款早已还清，衣食住行无忧。相信这不是我一个人独有的感受。于是，我们晓悟，人生的许多事情不必存太多的忧心，在当时可能会有一些负担，但只要我们肯登攀，随着时间的推移，一定会拾级而上，有所收获，物质和精神都会站在新的高度。

不是吗？我们担心过儿女的学业，想起那漫长的 18 年寒窗生涯，我们比孩子还要惊悸，生怕他们高考落第、学无所成，而随着孩子学业有进，我们的担心随风而逝。我们担心过儿女的工作，想起职业介绍所人头攒动的场面，生怕孩子陷入毕业就待业的结局，而随着孩子陈力就列，我们的担心化为尘烟。我们也担心过儿女的生活，生怕从小就被密不透风庇护的他们不会经营婚姻,我们仍想包揽一切。所幸岁月的提示使我们学会了放手,孩子们得心应手地演奏着柴米油盐酱醋茶的交响曲。我们终于彻悟,儿女们完全可以编导好自己长长的生活剧目,我们真该放下那颗多少年来忧惧不息的心了。尽管假如回到从前,我们仍会为儿女担忧,但一定会少一点焦躁,多一些笃定。不经岁月持久的历练和递增的积累,我们怎会有这样通脱的生活态度!两鬓银霜之时,我们欣慰自己有了和年龄一样的深度。

我们更担心过自己的事业和前程。职业非己所愿,入错行当;事业起步艰难,发展缓慢;周围人才济济,竞争激烈。我们会有机会吗?我们还有前途吗?数度十字路口的挫败让我们迷惘彷徨,几欲半途而废。然而,坚持下来的我们发现,入错行却可以做对事,只要诚信做人、勉力做事,在原非自己专业或本愿的领域,照样可以有所成就;只要甘做小事,勤于积累,起步之时的沟沟坎坎终将变成平坦的通途;只要虚心乐闻,善于沟通,激烈的竞争反会激发奋斗热情。

读周勋初先生的新作,他的一条重要治学方法就是"顺其自然地登攀",将道家的顺其自然与儒家的进取精神相结合。治学如此,人生的其他方面又何尝不是如此?既要面对现实,又要寻求机会;既要攀登高峰,又要徐徐而上;既要有所作为,又要善于养晦。于是,回眸之时,我们感激岁月给予的磨砺,赐予的耐心,赠予的悟性。

岁月的最大馈赠不是物质的丰厚,而是心灵的成长。我们有过爱情的挫折,我爱的人不爱我,爱我的人我不爱;我们有过婚姻的变故,她不懂得你,你没珍惜她,白头偕老的盟愿转为中道走散的分离;我们受过朋友的背叛,为利益所役的翻脸几乎摧毁你对人生的信念;我们受过流言的袭击,不知来自何处的暗箭让你猝不及防、伤痕累累……然而,岁月使我们明白,生活所有的安排都是合理的,有用心的,人生所有的遭际我们都应当接受。于是,经过岁月洗礼的我们变得坦荡、从容、通达,我们有了胸襟、内蕴、智慧,这不是岁月最好的馈赠吗?

人生一切的安排,最终是为了让我们更加成熟,而衡量成熟的标杆无疑是精神的高度。当在爱情的变局中扩容了"只要你过得比我好"的胸怀,当在婚姻的变故中懂得了"且行且珍惜"的深意,当在儿女的成长中获得了"儿孙自有儿孙福"的超然,当在事业的打拼中具有了"但行平等事,不用问前程"的豁达,当从朋友的背叛中悟出了"亲密宜有间"的道理,当在流言的中伤中增添了"做最好的自己"的信念,我们就在心灵成长的道路上又迈进了一步。我们终于明白,遭遇困厄并不是人生悲剧,可悲的是没有从困厄中汲取应有的精神滋养。

在这无风无雨也无阳光的新年第一天,在我生命新的年轮开始的第一天,苏东坡"也无风雨也无晴"的词句跃然脑海。我深信,这是人生的最高境界,也是面对挫折的最佳心态。人的一生总会沐浴阳光,也总会经历风雨,然而平均分摊的结果大多是"也无风雨也无晴"。它给予我们的是平和,是淡定,是宁静,是人生岁月特有的玄妙禅机;它教我们在坦然接纳中成长,在毅然克难中积蓄,在斩然担当中攀高,沉着从容地走过今朝走向明天。

长歌短歌伴我行

那天,看一档关于老歌的电视节目,当久违的毛阿敏唱起那首《思念》,"你从哪里来,我的朋友?好像一只蝴蝶飞进我的窗口"的群声唱和响彻剧场,直冲穹隆。在心灵深深撼动之时,那些生命中的长歌短歌纷至沓来,一种难以言状的思情无边弥漫。

那些老歌,那些旋律,你从哪里来,什么时候开始陪伴我的呢?最初的记忆已不那么清晰了。只知道,从"我们是共产主义接班人,继承革命先辈的光荣传统""学习雷锋好榜样,忠于革命忠于党"到"假如你要认识我,请到青年突击队里来""军港的夜啊静悄悄,海浪把战舰轻轻地摇",唱着唱着,我节节拔高,从幼童长成了少年;时代也云开日出,从封闭走向了开放。

青春年华的我,适逢新曲"忽如一夜春风来"的年代,和同龄人一样,深深爱上了那些长长短短的歌。读中学时,最喜欢家乡电台的"每周一歌"。我准备了一个小本子,记下我喜欢的歌,悄悄唱给自己听。喜欢《太阳岛上》的热情活泼,喜欢《乡恋》的一往情深,喜欢《龙船调》的热热辣辣,喜欢《乡间的小路》的轻快舒缓,喜欢《我的中国心》的铿锵坚劲。关于爱情的遐想,关于美好生活的描画,关于事业前程的设计,都在那时形成了朦胧的意念和粗略的草图。但只是从感情上喜欢那些歌,并没有更深的领悟。

上了大学,在学习文学史时,读到了这样一句话:"言之不足,故嗟叹之;嗟叹之不足,故咏歌之。"这是说诗的起源的,最早的诗都是用来唱的。"凡音之起,由人心生也。人心之动,物使之然也。"原来,歌那或悠扬高昂或沉郁顿挫的旋律,都是人心的外化,都是思想的音符,"心哀而歌不乐,心乐而哭不哀"。所以,那些长长短短的嗟叹咏唱才深入人心,让你或笑从心起或潸然泪下,或静如止水或手舞足蹈。从此,我对歌曲与人生的关系有所思、有所悟了。

我想到,同样是基于生活的提炼,同样是反映生活的况味,严谨的学术论述、严肃的思想引导,成风化俗的作用也许都远不如歌曲。一句"少年壮志不言愁"高吟迎接风雨的豪情,一句"我的未来不是梦"秒杀十字路口的徘徊,一句"好人一生平安"成为举国通用的祝福,一句"常回家看看"胜过四书五经的说教,一句"我能想到最浪漫的事,就是和你一起慢慢变老"何逊海枯石烂的山盟,一句"青山在,人未老"重过千言万语的相约,一句"心若在,梦就在,只不过是从头再来"满载不惧挫折的信念。那些从原生态人生中直接跃出的鲜活好词,不需要借助任何舟楫,就可以直达我们心海最柔软的沙滩,熨平所有的驿动和彷徨,积蓄走向明天的热情和动能。

我想到,无须从科学的角度去考量唱歌的益处,为着增加肺活量而唱也许有点"形而下"了。出自本心、情不自禁地去唱,增加的正是精神的容量、意志的韧劲,歌唱的意义自超乎单纯的娱乐或单一的健体了。因为深信歌唱的"形而上"审美价值,我告诉自己,每天至少唱一首歌,在歌声中迎接新的太阳,在歌声中送走忧愁怅惘。

上了头班地铁,我轻声唱起《早安,太阳》,在"早安,太阳! 再会吧,惆怅"的旷达中开启一天愉悦的旅程;走过母校校园,我轻声唱起《莫愁啊,莫愁》,在"莫愁湖边走,春光满枝头。花儿含羞笑,碧水也温柔"的明快中想起与同学们共度的时光;遇到烦恼不快,我轻声唱起《生活啊多么美好》,在"想到那更美的未来,我要从心底唱出来"的豪迈中增添前行的勇气;迎接远方来客,我轻声唱起《祝酒歌》,在"美酒飘香歌声飞,朋友啊请你干一杯"的微醺中挥洒相聚的欣悦;作别同窗好友,我轻声唱起《送别》,在"长亭外,古道边,芳草碧连天,晚风拂柳笛声残"的低回中期待不久的重逢;面对如水月华,我轻声唱起《绿岛小夜曲》,在"这绿岛像一只船,在月夜里摇啊摇"的宁静中送走一天的疲惫。每天唱一首歌,我的心中恒葆奋斗的激情;每天唱一首歌,我的耳畔永有美好的旋律。我在这长长短短的老歌中流连,我在这高高低低的音符里陶醉。

在这样一个轻歌绕云、雅乐萦心的时刻,忽然就想到了汉乐府民歌的旧题《长歌行》和《短歌行》,想到了以此为题的两首名篇。一首是无名氏的《长歌行》:"青青园中葵,朝露待日晞。阳春布德泽,万物生光辉。常恐秋节至,焜黄华叶衰。百川东到海,何时复西归? 少壮不努力,老大徒伤悲。"这岂不是汉代的《校园的早晨》? 岂不是"沿着校园熟悉的小路,清晨来到树下读书"的辽远原唱? 另一首是曹操的《短歌行》,"对酒当歌,人生几何! 譬如朝露,去日苦多"的感慨,有多少遥相呼应的现代版本!"人生难得几回醉,不欢更何待""时间都去哪儿了,还没好好感受年轻就老了""愿烟火人间安得太平美满,我真的还想再活五百年",都是从不同的侧面申述着人生短暂、自当珍惜的永恒主题。

原来,物转星移,琴心恒在;千年流逝,弦歌不绝。从来有这些感心动耳的长歌短歌陪伴着我们"行行重行行",一直有这些荡气回肠的长歌短歌激励着我们"奋翅起高飞"。岁月如歌,人生如歌,我们在吟唱着祖先的嘱托和感怀之时,当怎样谱写属于自己的崭新歌行?

那篇课文那个女孩

　　现在,我住在长江边。每当我走过长江,走到长江大桥近旁,都会想起那篇课文那个女孩。

　　上小学的时候就知道,南京是省城,是大城市,想象不出南京有多大,南京到底是什么样子。小学三年级学到那篇《南京长江大桥》的课文后,南京在我的心中越发神圣和高大,想到南京就充满向往和激动。

　　课文早已记不全了,但是有几个印象却根深蒂固。课文的上方印着那张大桥雄伟蜿蜒、桥头堡红旗凌霄的著名照片,我就想:这大桥该有多长啊!课文中那句"入夜,大桥上华灯齐放"简直让我和同学们迷醉。那时候的街灯都是稀稀落落、暗淡无光的,而大桥上竟然有那么多洁白的玉兰灯!它们一起亮的时候,那一片银白该是多美啊!课文中引用的那句毛主席词"一桥飞架南北,天堑变通途",让人只觉热血沸腾,幼小的心根本想象不出大桥那飞扬的雄姿。那时,只想有朝一日能去南京,能去看看那三面红旗,能去看看那玉兰灯入夜齐放的灿烂景象。

　　曾经问父亲:大桥到底是什么样子?因为他在南京上过4年学。父亲说:我也没见过啊,我毕业时是1963年,大桥建成已经是1968年了。于是,我对大桥除了想象,就还是想象。每年学校发的奖状上印着的大桥照片,江苏地方粮票、烟壳上印着的大桥图片,无一不在加深着我对大桥的神往,增强着能去南京看一眼大桥的心愿。在那个年代,这种愿望当然不可能实现,而在小学四年级时,班里转来了一个南京女孩,于是,似乎从她身上看到大桥的影子了。

　　这个从南京转学过来的女孩沉默寡言,但却在班里引起了不小的震动。

课余,同学们经常议论她,她是从南京来的呢!她是我们班唯一见过大桥的人呢!她奶奶有时来学校找她,我们一边觉得她奶奶的南京话好土,怪声怪气地学,一边又对她们是南京人羡慕得不得了。更大的震动是,原来各科考试第一名是我承包的,这个不声不响的女孩居然每次都跟我不相上下,我有时就成第二名了。我就想,南京的学校也一定比我们好,老师教的东西多!

看到她,我就想到南京,想到大桥。有一次,这种感觉强烈到了极点。那是在学校组织登山后写作文,我和同学们写的都是那个年代的老套路。先是写老师一声令下我们像离弦的箭一样飞奔出去、奋勇攀登;再写爬到半山腰气喘吁吁,想打退堂鼓时,想到了红军长征二万五,于是又鼓足精神向山顶进军;最后写登上山顶,正好一轮红日喷薄而出,祖国的大好河山沐浴在金色的阳光中。除此之外,我们实在不知道还能写出什么新意。而这个女孩,却避开了这些俗套。她只是写了登山过程中见到的风景,登上山顶的那一段,她引用了毛主席词"江山如此多娇,引无数英雄竞折腰"来表达感慨,令老师大加赞赏。作为小学生的我们,从来没有听到过这句词呢!老师在课堂上读她的作文时,听到这一句,我立即就想起了那句"一桥飞架南北,天堑变通途",她是南京人,她是从大桥来的,是南京和大桥给了她不一样的知识面!我就这样羡慕忌妒恨地想着!

上初中时,女孩考了重点中学,我则进了按片划分的普通中学。上高中时,我也考上了那所重点中学,竟然又和她同一个班!她依然那样寡言少语,我们依旧包揽各科成绩的第一第二名。唯有一次放学路上偶然同行,我突然好想问问她南京的样子、大桥的样子,但见她似乎并不想多说话,也就作罢。

仿佛前缘注定,考大学时我考了全省文科总分第一名,她考了全省英语类总分第一名,我们都被南京大学"挖"来了!父母一起送我来南京,逗留的两三天里,我们唯一去的地方就是南京长江大桥!漫长的公交线上,我的内心充满了急切,盼着车再快一点快一点。来到大桥,迫不及待在桥头留了影,仰头看着洁白的玉兰灯,看着空中似在舞动的三面红旗,虽然觉得一切都没有想象的那么新那么美,但却有心愿已遂的无比满足。我终于来到了南京,终于来到了大桥,终于看到了玉兰灯,终于看到了桥头堡,终于走进了那张照片成了画中人!

世事难料。大学毕业后,我留在了南京,女孩去了北京,从此杳无音信。

30余年过去了,我成了地地道道的南京人,而且住到了长江边。我常常沿着江边散步,走到绿道的尽头,不远处就是大桥。大桥就在我的眼前,那么清晰那么真切,我可以如此近距离地与大桥相伴相守,仿佛南京就是我的前尘。站在时空的这一端,我常常想起童年的课文,童年的大桥,有时也会想:远在北方的她会不会想念大桥,想看看大桥今日的模样呢? 无解的我脑中就会跳出那首朦胧得想也想不清的诗:你站在桥上看风景/看风景的人在楼上看你/明月装饰了你的窗子/你装饰了别人的梦……

有了蛋饺才是年

快过年了,我拿出父亲亲手做的小铜勺,开始做蛋饺。尽管现在超市里都能买到现成的蛋饺,但总觉得不是熟悉的家里的味道,自己做了蛋饺才有过年的样子。留存在记忆深处的年味随着蛋饺和猪油的香味慢慢浮出,弥漫了整个空间整个心房。

年幼时看母亲做蛋饺的情景犹在目前。那时,蛋饺是平素根本吃不到的奢侈品,它是过年的标志。除夕前的某个晚上,母亲会坐在煤球炉前做蛋饺。炉门只开一小条缝隙,用小火蛋皮才不会焦。待小铜勺微微冒烟时,母亲用一小块肥猪肉把勺子擦一下,从碗里舀一调羹蛋液倒入,迅速转动勺子,蛋皮快凝结时加入拌好的肉馅,将蛋皮对折压紧,一个蛋饺就做成了。几乎家家户户都要做蛋饺,这是年夜饭的主打菜之一,人们都要向这金灿灿的"元宝"讨个新年的吉利。蛋饺或清蒸,或红烧,可加入白菜、青菜、冬瓜、木耳等同烧,鲜香四溢,既下酒又下饭;更可以和菠菜、粉丝一起做汤,这黄绿白三色鲜明、既简淡又实在的热汤一勺入口,芬芳满颊,回味悠长。

后来有了火锅,蛋饺是家常火锅的必备之料。我们家买不起电火锅,父亲自己用粗铅丝做了一个锅架,内置酒精盒,上放铝锅,竟也成一个别样的火锅。上大学放寒假回家时,我们的年夜饭就多了一个以蛋饺、菠菜、粉丝为主料的火锅。吃着这样最简单的火锅,一家人非常满足,其乐融融。

参加工作后,我住在大院的宿舍楼里,这栋楼里住着不少年轻夫妻。有一年春节被隔壁的战友邀请一同过年,他家的电火锅里,主料也是蛋饺、菠菜和粉丝。他和夫人不停往我碗里夹蛋饺和菠菜,吃得我又饱又暖,于是一直忘不了那顿慰藉单身的火锅。巧的是,前儿年他转业后和我在同 ·栋办公楼里,同一个食堂吃午饭。那天我在取菠菜时,他笑问:还是喜欢吃菠菜啊? 我也笑说:就是那年春节在你家吃火锅培养出来的! 于是相视又笑,思绪共同飞向那少了蛋饺不成年的岁月。

那时过年的标配何止蛋饺呢? 还有皮蛋,只见父亲用线一拉,一只皮蛋就神奇地成了八瓣,滴一点醋几滴麻油、撒一点糖就成一道佳肴。还有肉圆,外婆总是剁一根油条在里面,吃起来更香更有筋道。还有香肠,难得一见的几片香肠都是要窝在碗底,再扒出来一小口一小口咬着吃的。还有鱼冻,包裹着鲫鱼肉青鱼肉的冻冻,是最鲜美的搭粥菜。还有什锦菜,十多种蔬菜放在一起炒一大盆,吃上十天八天也不会坏。还有甜羹,里面虽然只有橘子、苹果、梨等几样简单的水果,却一直甜到人心里。还有西瓜子南瓜子,那都是自家在夏日毒辣的太阳下晒干的,还有凭券供应的花生糖、炒米糖、焦切片、大白兔奶糖……小时候过年,眼巴巴盼的都是这些吃食,它们组成了那个时代特有的混合年味。长大后过年,渐渐什么都不缺了,慢慢也不盼这些东西了,年味也就越来越淡了。

当我拿出父亲亲手做的小铜勺,开着小火做蛋饺时,心中泛起异常温暖的感觉,这既是回忆生起的情感,也是仪式带来的美感。蛋饺一个个出勺,过年的气氛一下子浓郁起来了。一半我要送给女儿,告诉她这代表了父亲心中的年味,祝愿她新年的生活更加灿烂。另一半,我将留着年三十让父母尝尝,他们会欣慰做蛋饺的手艺甚至工具都没有在我这里失传吧? 岁月流逝,椿萱并茂,大年初一就老一岁的我,犹能和八旬高堂一起同享蛋饺、举杯迎新,这才是我永志难忘的儿时年、父母年,这才是我魂牵梦萦的江南年、中国年!

我不是小明

我是 20 世纪 70 年代初上学的，我的语文、数学课本里，有一个著名的孩子，他叫小明。每当老师读到"小明"二字时，同学们的眼睛就齐刷刷看着我，因为我的小名就叫"小明"。那一刻，老师也会多看我一眼，好像我就是课本里的小明。

可我不是那个小明。

语文课本里那个小明，成天不是扶爷爷奶奶过马路，就是捡到一分钱交给警察叔叔；不是帮老师收作业，就是帮家长做家务；不是智斗坏人，就是保护集体利益。我当然也学雷锋，也做好人好事，可是我没做这么多，同学们的眼神看得我脸红呢！

数学课本里那个小明有点怪，一直在做着那些不知道有什么用的试验。比如，他家水池上有两个龙头，一个总在注水，一个总在放水，还要问我们水池里的水什么时候才能放满。我肯定不是这个小明，我家根本没自来水，是要挑水的。小明和他的哥哥，不知道为什么一个要从路这头、一个要从路那头往中间走，而且总是一个先走一个后走，或者一个走得快一个走得慢，还要问我们多长时间才能相遇。我肯定不是这个小明，我没有哥哥，我和弟弟也从来没有这样去走过路。同学们的眼神看得我尴尬呢！

据说，这个小明，30 年代的语文课本里就有了。而后来，这个小明依然活跃在 80 年代、90 年代，从纸媒红人一直到网络红人。今天，他虽然不再是那个做好事的小明，出数学难题的小明，而是一个调皮捣蛋或者傻里傻气的小明，但是不管他怎么变，我仍然不是那个小明。

一天老师问学生，有没有长人想当老师的？全班唯独小明没举手，他弱弱地对老师说想当校长。我肯定不是这个小明哦,我从小就想当个老师!

小明已经上大三了,还没有女朋友。有天他在操场看到那个心仪已久的女孩子,从地上拣了一块砖追上去问:"这块砖头是不是你掉的啊?"我肯定不是这个小明嘿,咱大一就有女朋友了!

老师说:汉字里凡是带三点水的,一定都有水,比如江河湖海。小明说:沙漠。老师说:滚!小明说:我滚的时候,也没有看到水啊!老师说:滚滚滚!我肯定不是这个小明呀,我没顶撞过老师,也没有老师叫我滚过!

小明和小红在路上走着,发现地上有两张分别为 30 元、20 元的人民币,经过划拳,赢了的小明拿了 30 元,高高兴兴地回家了。我肯定不是这个小明哈,因为我从没见过 30 元的人民币!

最近,小明又在网上火了,他成了"两会"的形象大使!《小明,就是每个你我》,从口罩还要戴多久,个人创业能否得到更多扶持,一直说到经济社会发展的各项部署,说明"两会"与我们每一个人息息相关。《民法典与"小明"的故事》,从小明出生前,一直说到他 80 岁,把人一生的权益说得清清楚楚。网上说:小明就是你我他,民法典守护我们一生一世。看来,中国人是多么喜欢小明啊,我都愿意做这样人人皆爱的小明了。

我的名字是母亲取的,母亲没多少文化,于是就随便取了这么一个遍地都是的名字。但是细想,中国人为什么会钟情于"明"字呢、为什么会有多少万人不约而同取带"明"的名字呢? 是不是与对"日"和"月"的崇拜有关呢?"如月之恒,如日之升。"日升月恒里有神话,阴阳互补里有文化,阴晴圆缺里有玄秘。"明"字里,有国人对永恒日月的敬畏吗?

又想起我在出版第二部文集《心这个地方》时,友人就用一个"明"字为我勾勒了封面。他说,日和月组成了宇宙,而"吾心即宇宙,宇宙即吾心","明"也可以看作"心"。他匠心独运的设计赢得朋友们一片喝彩。那么,老百姓如此喜欢小明,是不是因为"明"中有"民心"呢? 我那只上过两年初小的母亲,潜意识里是不是也有着对"明"字的大众情感呢?

我不是小明,但我喜欢"明"字,喜欢我的名字如此凡俗而接地气,如此简洁而明亮!

劳动往事

今天是劳动节，关于劳动的一些往事从记忆中浮起，不觉微笑。

劳动最光荣、劳动人民最光荣，是我小时候接受得最多的教育之一。毛主席这段语录是几乎印在所有课本上的："学生也是这样，以学为主，兼学别样，即不但学文，也要学工、学农、学军，也要批判资产阶级。"而只要说到劳动，不论是教哪门课的老师都会背起那首古诗："锄禾日当午，汗滴禾下土。谁知盘中餐，粒粒皆辛苦。"既用来教育我们挥汗如雨的劳动无上光荣，又用来告诫我们浪费劳动成果的行为十分可耻。参加劳动的表现，可是要写进每学期的操行评语的！

那个年代，小学里开设劳动课。其实也没有什么复杂的教学内容，就是培养学生的劳动习惯吧。常常是在校园里拣拣废纸、搞搞卫生什么的，记得学校的围墙下有一片菜地，我似乎也去浇过水。高年级时，也参加"农业学大寨"运动去农村挑过土，还发了二两粮票呢！除此之外，学校每天是要排卫生值日的，排到的同学负责早晚擦黑板、扫地拖地、关门窗。每过一段时间，学校爱卫会（"爱国卫生运动委员会"的简称）还要组织大扫除，进行评比，全校都是一片热火朝天的劳动景象，恨不得把水泥地都拖得油光锃亮，把玻璃都擦得透亮如无。而到了3月5日学雷锋日，排到值日的同学根本抢不过其他"小雷锋"，一大早就会有不少同学来扫地抹桌擦窗子！

老师要求我们在家也要爱劳动，帮助家长做家务，这是老师家访时必定要了解的内容。说实话，那时候真是"穷人的孩子早当家"，多数同学在家一定是做家务的，根本无须老师鞭策。我在家做得最多的，除了扫地，就是和弟弟一起去挑自来水。一根扁担一只桶，两人滴滴洒洒把自来水挑回来倒进水缸。看其他同学,有买菜做饭、洗衣缝被的,甚至喂鸡养鸭的。劳动,让我们自小就知道生活的不易、父母的操劳。

可不是? 记得有个同学的父亲靠捡垃圾为生,供子女上学。他经常会捡到学校附近来,而我们如果正好组织看电影或春游秋游,就会遇上他。这个同学觉得难为情,总会避开父亲,父亲叫他也不应。老师见状就会教育他:你父亲也是在自力更生,是在劳动,是劳动人民的一分子,你怎么能这样对待他呢! 同学就会脸通红得说不出话来,但下次遇到父亲照样会难为情地躲开。那时候搞"批林批孔"运动,都在批儒家的"劳心者治人,劳力者治于人",都在背领袖的"卑贱者最聪明,高贵者最愚蠢"。而实际上,不谙世事的小学生要真正认同劳动、认同"劳力者",也不是一件容易的事呢!

上中学后,开设了"工基"和"农基"课,这是"工业基础知识"和"农业基础知识"的简称,不少同学会开玩笑地说成"公鸡"和"母鸡"课。上知识课之外,每学期要组织学工或者学农。初中时记忆最深的一次学工,我是在工厂学做车工,在车床上生产一个很小的零件。有天连着出了几个次品,我悄悄地丢弃在一边,被师傅发现了,向班主任反映。学工结束后要写一篇作文,我就记了这件事,结果是一边为这事受批评,一边为文章写得好受表扬,听得我心里真是"此起彼伏"。

高中的一个夏季,学校组织去马山学农。如今,这里有闻名遐迩的灵山胜境,那时候还是大片农田农舍。那是我第一次去真正的农村,睡的是稻草垫的地铺,白天去田间劳动,三餐有同学负责买菜做饭。很多细节都忘了,只记得天天坐着拖拉机在田埂上颠簸,乡间的风迎面吹来,说不出的惬意,即将高考的压力全部抛在脑后。经常有老乡送来自己种的菜,说不用买了,让人感受到农人的朴实。还记得有一次日落时分,同学们在太湖边拣了几个野鸭蛋,夕阳余晖的金光在湖水上跳荡,在林木间筛漏,这一切充满了令少男少女心动的野趣。有个意外的收获是,发现那个平时总被老师批评穿得"花枝招展"的女同学,实际上却是做饭的好把式,心想:原来她也是爱劳动的,也是劳动人民啊!

上小学时是 70 年代初期,上中学时是社会转型期,所以,赶上了学工学农的"尾巴",因而有了一些关于劳动的肤浅经历。这些经历,在更年长一些、有过知青生涯的人看来,真是不值一提。但从小受到的教育,使我"黎明即起,洒扫庭除,要内外整洁"是可以做到的,一直勉力做个勤劳的人,也以此影响孩子。女儿小的时候，看大人扫地，十分手痒，经常来抢扫把。我偷偷拍过一张她在室外扫落叶的照片，那认真劲儿，还有点"一屋不扫，何以扫天下"的意味呢！我想，不管是劳力者，还是劳心者，总要先把自己的一亩三分地种好，才会有力耕不欺、天道酬勤的收获，才可言更广的天地、更丰的果实。

磨剪子嘞戗菜刀

　　那天清晨走在去往地铁的路上,忽然听到一遍遍有节奏的吆喝声:磨剪子嘞戗菜刀,磨剪子嘞戗菜刀! 寻声望去,前面不远处有个磨刀人,肩挑一条长凳,凳子一端挂了个喇叭在放呢! 多么熟悉的吆喝声啊,从我童年的小巷里传来,从唱着《红灯记》的影院里传来。

　　我的童年和少年时代,正是 20 世纪 60 到 80 年代,那时候,磨刀师傅是随处可见的。他们的行头几乎都是一样的,一条板凳,嵌有青石、小虎钳,一头绑着坐垫,凳腿绑着铁水罐,一个篮子里装着简单的工具。家乡无锡的磨刀师傅是这样吆喝的:"要——磨——剪——刀——噢!"我们这些小男孩就跟在后面学个不停,混熟了,磨刀师傅会冷不防回头,操出一把剪刀戳向我们裤裆,假装恶狠狠地说:"磨剪刀,削 LP!"我们就会哄笑着跑开。那两个字是无锡方言,指的是男孩的命根子呢!

　　看过多少次磨刀哦! 一把很钝的菜刀,在磨刀人手里,正面反面"刷刷刷"来回磨几下,一会儿工夫就变得锋利无比,松动的刀把子也会被重新箍紧。一把锈迹斑斑的菜刀或剪刀,在磨刀人手里会神奇地变回金属雪亮的本色,在太阳下是那么耀眼而冷澈!

　　"磨剪子嘞戗菜刀"这声吆喝,是因样板戏《红灯记》而传遍天下的。从柏山来的游击队员为取得密电码与李玉和、李铁梅接头时,假扮成磨刀人。一亮相就是敏捷的身手加一声长长的吆喝:磨剪子嘞戗菜刀! 这使童年的我们,每当在看到磨刀人时都觉得分外亲切又神秘。这一声吆喝也是我们在嬉戏中学得最多的,小学同学们在课间休息时,经常把一条长凳扛在肩上叫上几声,然后就是摆出以长凳为武器和"日本鬼子"搏斗那不变的几招,最后以上课铃声或老师的呵斥终结。

那时候的吆喝，何止磨刀啊！各式手艺人都有自己那一行特有的吆喝。"要修棕绷噢"，这是修床上棕垫的；"坏套鞋修哎"，这是修雨鞋的；"洋锅子换底噢"，这是补锅的；"阴凉赤豆棒冰"，这是卖冰棒的；"换糖吃了"，这是卖麦芽糖的；"阿要小箱豆腐啊"，这是卖豆腐的；"破布头烂棉絮卖噢"，这是收破烂的；"爆炒米噢"，这是爆米花的……吆喝声远远传来，就会有人开门而出，手里提着家什或要修的东西，应声而去。

小伙伴们最喜欢听到的吆喝声是爆炒米。带上父母给的一点米和糖精，花上五分或一角钱，我们看着那个大肚皮铁锅在支架上慢慢转动，下面是炉火熊熊，边上是风箱呼呼。一会儿工夫，那个爆米花的麻脸老太停止了操作，将锅取下，用一个大麻袋罩住锅口，抓住扳手一拉，只听闷雷似"嘭"的一声，麻袋就鼓起来了。我们欢天喜地跑过去，白灿灿的爆米花从大麻袋倒进我们带的小口袋里。这就是最好的零食了，干吃或泡着吃都很解馋！我学那个麻脸老太惟妙惟肖，节假日常常从一栋栋楼下喊过。同学晓阳的母亲常常说：爆炒米的老太来了，你快去。晓阳说：妈，这是我们班长学的，你又上当了！

那天听到这久违的吆喝声，勾起一些少时的回忆时，心里也起了一点波澜。曾经淘到过一部"历史的细节"连环画册，其中就有一本《正在消失的职业》，磨刀、补锅、修鞋、爆米花等等尽在其中。"正在消失"也许令人有点伤感，但时代总是要进步的，岁月总是要更迭的。往大里说，何止这些手艺要消失呢？人生的一切都在消失。童年已消失，青年已消失，中年正消失。前几年小学同学聚会，和晓阳一起回忆童年，那些吆喝声早已消失，晓阳竟已瘸了一足，我没敢追问。《红灯记》中那一声吆喝已湮没在岁月的深处，而磨刀人的扮演者谷春章先生也已作古数年，谁能回到从前去听那一声原汁原味的"磨剪子嘞戗菜刀"！

一声吆喝，童年若前尘；一声吆喝，人人是过客。磨刀人是一种生命角色，每一个人在生活中也都扮演着特定的角色，都有着自己的吆喝，而所有的、种种的吆喝声正在消失、终将消失。只有此刻是鲜活的，秋正浓，忆犹稠，且自吆喝一声——

磨剪子嘞戗菜刀！

少年涛声

　　这次单位安排疗养,在无锡和连云港两地之间,我毫不犹豫地选择了无锡,只因为这里是我的故乡。疗养只是一个契机,喜的是我终于可以漫步在太湖边去重温少年时的情怀了。

　　18 岁负笈离乡,已然 35 载。这些年,我屡次陪客人去游览太湖,多是车来车往,在"包孕吴越"石刻那一片景观留个影,或是坐游船去太湖仙岛转一圈,客人们便算"到此一游",我则丝毫未泛起温故的涟漪。而且,记得从前进了鼋头渚公园的大门就能看到太湖,后来大门前移了两公里多,加上车行的走马观花,找不到年少时的熟稔和亲切了。

　　"因过竹院逢僧话,偷得浮生半日闲。"这次有半月的时间,那份充裕和笃定就先使我心头涌起了温湿的波浪。住下的第二天,我迫不及待地奔向湖边。进了鼋头渚公园的新大门,见有交通车通向老大门,我问步行需要多长时间,司机说大概二十分钟。我当然是选择步行,小时候这段路不是常常走的嘛!

　　过充山隐秀,穿揽秀楼,经江南兰苑,豁然开朗处,那飞脊重檐、琉璃瓦顶的门楼,不正是我熟悉的鼋头渚大门吗!那种久违重逢的欣喜溢满周身。情切切进得门去,"太湖佳绝处"的牌坊映入眼帘,右侧门墙上的"问津"二字仿佛为我而书,我这个久居异乡的游子,今日回到家乡之时,正怀着一颗问津之心,去寻觅少年的足迹;而旅途上倘山重水复,也终可以回到生我养我的太湖来问津明天。

　　绛雪花漪的长春桥、斗拱飞檐的"具区胜境"牌坊、荷花群放的"藕花深处"、涵虚兀立的鼋头渚刻石、伟异雄肆的"包孕吴越"和"横云"石刻,当这一切接踵而来,我看到年少的我了,我看到老师和同学熟悉的面容了。年少时的春游和秋游,无非是在锡惠公园、梅园、蠡园和鼋头渚之间选择,前者在市区,是最常去的地方,后面三个公园在远郊,是要包公交车去的。而高中时的一次夏令营,我们居然天蒙蒙亮就出发,硬是从锡山大桥步行到了鼋头渚!这真是"初生牛犊"才有的昂扬和无畏啊!来到太湖边,多半是自由活动,同学们三三两两结伴而行。从"包孕吴越"石刻旁拾级而上,经澄澜堂、飞云阁、戊辰亭、万浪桥,再转由广福寺而下,步入一条禅意盎然的松林竹径,就到了"太湖别墅"门楼,这几乎是绕公园一周了,游园也就近了尾声。

少年的我们,最喜驻足的是四个地方。一是那块径直冲入太湖被神化为"鼋头"的巨石。登上鼋头,观"三万六千顷,千顷颇黎色",听"涛声吼鼋渚",真是烟波浩渺、丹青难画,我们仿佛听到远山的呼唤,心间涌起青春的意气。二为"包孕吴越"石刻。沿石阶小心而下,背临奇谲嶙峋的石壁,观湖上细浪翻腾,看四周青峰错落;叹昔日烽烟四起,赞今朝和平萦绕,那种"茫茫复茫茫,中有山苍苍"的意境,那种"往事越千年""换了人间"的豪情,年少之心略有所会而口不能言。三属"具区胜境"牌坊。夏日"水面清圆,一一风荷举"之时,我们常坐在湖边,脱掉凉鞋,把双足放入湖中嬉水,那份与轻风齐来的冰爽真是沁人心脾。四乃长春桥。宛如玉带的它,本就是湾水轩阁之间的胜景,而在遍植樱花之后,每年春天花开如云,连绵的淡红粉白构成了逶迤烂漫的"樱堤",令游人乐不思归。

放眼望去,我似乎看到了同学们流连桥畔的身影;凝神辨去,我仿佛听到了同学们欢戏湖水的笑声。甚至,我依稀可以忆起哪几个同学最喜欢在"鼋渚春涛"前摆姿势,用双手扣成所谓"相机","咔嚓咔嚓"拍得煞有介事,引来一片善意的哄笑;哪几个家境稍好的同学竟然能够在广福寺吃上一碗素面,多数同学可只是自带雪片糕和军用水壶的,只能把羡慕深深咽下;哪几个同学常常相伴同游,气喘吁吁时互相勉励,搀扶前行。我更清楚地忆起,老师们常常把水壶中的水倒给我们,同学们也会交换已是非常省俭的干粮,带不起食品的同学也从不会挨饿。走在山峰耸秀、水溅珠飞的万浪桥旁,浪拍桥岸一波波向我心头袭来,禁不住深深怀念。是啊,纵然湖山拙朴未有更多的开发,人与景却无间相拥;纵然生活清贫并无丰足的衣食,人与人却诚朴相待。遥望岁月的那一头,少年时那"携来百侣曾游"的画面,正有着孔子描绘的"冠者五六人,童子六七人,浴乎沂,风乎舞雩,咏而归"那样原初纯真、不可企及的美啊！

　　十多日间，我天天徜徉湖边，从"山辉川媚"处入，由苍鹰渚回。某一日回返时突然发现，"湖山真意"旁随山而筑的幽静小路，却是从前常常走过的，这一发现是由路旁的九松亭而得。离开家乡时，尚没有建成如今的"湖山真意"一景，但九松亭是早已存在的。坐在王能父先生题写匾额的亭中，不禁想起锡剧《珍珠塔》"九松亭许婚"那一折，"古人红叶能为媒，万古流传到如今。苍松翠柏万年青，更比红叶胜三分"的锡调悠然响起。我清楚地知道，珍珠塔的故事最初是由弹词吟唱，发端于苏州同里。前些年吴江人对陈家牌楼遗迹作了修复，那里该有一个重建的九松亭的。我也清楚地知道，珍珠塔的传说被改编成戏曲后，故事的发生地被搬到了河南襄阳，那里不知是否也有一个九松亭？但不可否认的是，在所有的戏种中，锡剧《珍珠塔》的影响无疑是最广泛的。所以，我愿意认为这个九松亭就是陈御史白马追来亲口许婚之处。更何况，在世态炎凉的旧时代，陈翠娥方卿这样冲破世俗的爱情故事何处不在发生呢！更何况，这个九松亭是少年的我真真切切走过多少回的憩亭呢！我的情感一定是偏向它的。

　　我粗略数了数，亭边仍有六七棵松树耸立在凌云蔽日的丛林中，它们见证过我永不会回返的少年时代啊！于是，在湖水碧波荡漾、松针飒飒作响、锡韵充盈于耳的这一刻，归来愿是少年的我，心头潮来又潮往，卷起千堆雪……

走在少年的汗水里

这个夏日，尽管有一阵比往年凉快，但气温的攀高总是挡不住的，立秋后更是热浪滚滚。每天早晨大汗淋漓到了单位，总有同事会说，这样的季节不能再走路上班啦，太热了！我总是笑笑说习惯了，第二天照样一大早就行走在秦淮河边的绿道上。

虽然坚持步行上班好多年了，一年四季不变，但对夏季总有别样的感受。不是因为热，而是因为少年时那些深刻而影响久远的记忆。小学就在家门口，须臾可达，初中和高中比较远，步行的时间就长了。那时的绿化远没有现在好，夏日走在马路上自然是汗水淋淋，即便是走在大运河边，也凉快不了多少。我到现在都能想起自己上学时满头大汗的样子，就这样带着汗水特有的腥味儿坐进课堂，开始一天的学习。

几十年过去了，我们的容貌早已朱颜改，但内心的一些特质往往恒久留存，因而觉得自己甚至连容颜都从未改变。当每天早晨走在绿道上，汗水止不住地流下来之时，我觉得自己就是那个沿着运河去上学的中学生，只不过那时我常常在路途中默诵课文，而今天则是在行走中构思文字罢了。这时，哪里还能想得到自己两鬓的银霜，仿佛正流着的依然是少年的汗水。

汗水也有源，今天流着的汗水当然源自童年源自少年。年少的星期天往往是这样度过的，不是在家里温习功课，就是在去书店的路上。去书店的路两旁光秃秃的居多，夏日行走于此，到了书店汗水早已将粗布衣衫浸湿。家里没有电扇，或坐在吃饭的方桌旁，或坐在厨房中用硬纸板隔出半间"书房"的书桌旁，摇着蒲扇，对书默想，反复记忆。汗水顺着脸颊和脖子往下流淌，直滴到地上，实在难耐之时，就用冷水拧一把毛巾擦一擦。爱迪生的名言"天才是百分之一的灵感加上百分之九十九的汗水"是那个时代最励志的语言。所以，少年的心渴盼汗水浇灌出成功之花，丝毫不觉流汗之苦。

少年的汗水流过青年，青年的汗水流经中年，中年的汗水流向晚晴。少年时就为了读书汗滴脚下土的我，不惧流汗，不恋空调，今天的我依然如此。炎炎夏日，我从来不看天气预报，也尽量少开空调。管他明天是多少度的高温，反正是个热，热才是夏天的常态。是机器误导了人的思想，使我们错把冰爽认作夏天的特质；是机器扰乱着人的机能，使我们直把空调认作调节的灵丹。其实，人的肌体是要靠自己调度和调整的，走进夏天，融进这个季节特有的热浪，你会慢慢和它合为一体，不似在出门前那么畏惧。而汗水湿透衣背之时，我们排尽了寒湿，培固着元气，身心会有畅快通透的舒展、脱胎换骨的清新。祛除对高温的恐惧，摆脱对机器的依赖，该做啥做啥，该出汗出汗，你就会体会到无问炎凉、云卷云舒的大自在。

那个星期天，南京最热的一天，下午一点多钟，我坐公交车去兴中门办事。炽日正酣，行人稀少。办完事，我想，何不步行回家呢？从前毫无遮挡的马路都能走，何况现在时有绿荫的大道呢！于是我慢慢走着，见天妃宫门前的阴凉处竟有十几个游人围桌闲坐，不禁佩服起他们夏日出游的勇气来。来到静海寺前，我索性登记后进门参观，竟然看到两个中学生在陈列馆里凝神观看展品，戴着口罩的他们汗水沁满额头。那一刻，我仿佛看到了少年的自己正挥汗读书，心中默默祝福他们今天洒下辛勤汗水，明天结出累累果实。

尽管人过中年的我知道，爱迪生那句名言后还有一句话：那百分之九十九的汗水远不如百分之一的天才重要。但是，少年形成的信念根深蒂固，少年汗水浇铸的今天胜于雄辩。年少的汗水岂会白流？会流出禾苗的苗壮，会凝结心灵的养分。夏日正是读书时，夏日正是创业时，夏日正是流汗时，少年当自强啊！《论语》说："后生可畏，焉知来者之不如今也？四十、五十而无闻焉，斯亦不足畏也矣。"前几天，我用这段话告诉刚出校门的青年学子，今天二十多岁的你们，很快就会到四十五十岁。少男少女们发出一阵长长的笑声，他们一定在想那是多么遥远的事！真的莫笑啊，哪一个黄发老者的垂髫季节不在眼前？哪一个头童齿豁者的琅琅书声不在耳畔？若不惜取少年时，若躲在空调房内不想流汗，逝者如斯，电光石火，惊回首，白了少年头！

少年时听那首热热辣辣的《太阳岛上》，没有听出情窦初开，没有听出浪漫缠绵,记住的是那句"幸福的生活靠劳动创造,幸福的花儿靠汗水浇"。少年时听那首《莫让年华付水流》,更是记住了"要思考,要奋斗。攀登那巍峨的山峰,穿过那茫茫的丛林。迎阳光灿烂,莫让年华付水流"的劝勉。万物有律,谁也做不到归来仍是少年。然而,天道酬勤,我们仍然可以行走在少年的汗水里。那带着青春独有气息的少年汗水啊,开掘我的奋斗之泉,汇成我的生命之河,滋润我依然不老的心。

一本珍贵的词典

多少年来,在我的书桌上,总是放着一本《现代汉语词典》。这既是我作为一个中文系毕业生的学习习惯,更是因为与《现代汉语词典》的特殊缘分。

1981 年底,正在读高二的我,被学校选拔参加无锡市高二学生作文比赛。虽说平时作文写得不错,经常被老师作为范文,但参加全市性的比赛,心里还是没底的,只能祈愿自己能正常发挥吧。

我的参赛证号是 3 号,那天进了赛场,坐在第三张课桌上。结果前 2 名选手最终没来,我成了实际上的 1 号选手。回来告诉语文老师,他非常失望地说:"要拿好成绩难了,第一个考生的考卷是拿出来,由全体阅卷老师共同批阅的,由此得出一个基准线,因此会比较严格,分数不会高的。"他又安慰我:"这就不怪你了,你努力了就行。"

未料,比赛结果出来,我竟是第一名。语文老师喜笑颜开地告诉我:"我打听过了,你的考卷第一个改,阅卷组给了 80 分,定的规则是比你写得好的往上给分,比你写得差的往下给分。改到一半,大家觉得没有写得比你好的,把你的分数调到 85 分。全部改完后,觉得还是你的写得最好,又把分数调到 88 分。老师们都说,你这个第一名是货真价实的!"他还告诉我,听说有一份非常精美、不同平常的奖品,具体不清楚是什么呢!我想,能给中学生的奖品无非是书、笔、日记本之类的东西吧,能有多好呢?怎么也想不出来。

揭晓的日子到了。那天上午两节课之后,全校做完广播体操,校长宣布了我的得奖情况,并让我上台领奖。众目睽睽之下,我从校长手里接过了奖品。是一本《现代汉语词典》! 1978 年第一版、1980 年 6 月重印的,价格

5.40 元;沉甸甸、簇簇新！这对一个中学生来说,确实是件奢侈品啊！那时候,同学们甚至连老师用的都是《新华字典》,而 5.40 元更是个不菲的价格,一本书当时只要几角钱啊！我无论如何不可能从低工资的父母那里要到买这本词典的钱！想都没敢想过！真是喜出望外,那个激动哟！今天想起来仿佛还能触摸到当时的心跳。

谁知,词典在手里还没焐热,语文老师就来找我了。他非常诚恳地对我说:"这本词典真是太珍贵了,我也买不起！你能不能借给老师看几天？我跟《新华字典》对比一下。你放心,我不会弄坏的!"我心里当时那个自豪啊！老师向学生借词典啊！于是,这本词典就在语文老师那里暂度了几天,此后就一直陪伴在我身边,成为珍贵的纪念。尽管早已破损泛黄,我用胶带细心贴补、不忍丢弃。我也养成了遇有不认识的字就查词典的习惯,尽量不读错字、不闹笑话。

《现代汉语词典》从 1978 年出第一版,到现在已是第七版了。每出一版新的,我都会买两本,一本放在办公桌上,一本放在家里的书桌上。它成了我无时不在、如影随形的老师,为我辨形正音、解疑释惑,告诫我不明音义时不要图省事、想当然,并不断给予我语言文字研究成果的最新滋养。翻开词典,就像翻开少年勤读的岁月,回到自己的初始韶华,曾不知老之将至;翻开词典,就会清晰地知道学不可以已,自己永远是个学生,一辈子都需要从最基本的字词学起！

数学老师的人文情怀

吴文白是我初中的数学老师，在他的启蒙下，我数学"开了窍"，对他一直心存感激。上了高中后，就断了联系。参加工作后，与久疏问候的老师复通音讯，书信往来，这才发现吴老师是个很有人文情怀的人呢！他自小喜欢文学，是做数学老师的父亲硬把他拉到了数理的轨道上。老师深层精神世界的"新大陆"给了我极大的震撼，我因此写了一篇《我的数学老师吴文白》，表示对他在喧嚣世界仍坚守精神家园的敬意。

老师慢慢上了年纪，加上要照顾上下两代人，近年来联系少了。那天我忽然想，老师会不会也使用微信了呢？如果加了微信，联系不是更方便了吗？于是尝试通过手机号去加。吴老师经过很严格的"审查"（包括要求我回答他的籍贯、执教中学）之后，通过了我的请求，喜出望外地说："果真是你，有了微信，方便联系了！"并当即发来几张他拍摄的照片表达"欣喜至极"之情。

我以前写过，每次我的信吴老师都会认真回复，对学生也是那样尊重，真正体现出老一辈学人的风范。而现在呢，每当老师读了我公众号上的文章，他仍然会发来感想，常常是长篇大论，令我在感动之余更深领略他的人文情怀。

吴老师说，晚饭后"静心细读"了《我的师母》，感叹那个年代的高级知识分子大都有受人尊敬的品行，比如季羡林替新生照看行李等。而现在，师徒关系被异化，"徒"甚至成了"师"赚钱的工具，如此德性的"师"，孔先生早就该除其"师"位，有必要重整道德秩序。吴老师说，《不如归去》"我细读了"，写出了中国人过年的动力和本质。旧时的过年似磁石，把家庭成员吸聚到一起，先办"思祖""祭祖"之事，使"忠""孝"二字像人之脊梁代代支撑相传。再相聚一起吃喝玩乐一番，享天伦之乐，系紧亲近的纽带，共度今后的岁月。在今天这样快捷浮躁的年代，一位年逾古稀的老教师，能够这样去"细读"自己学生的文章，并写下大段的感想，不能不令人为他的"静心"而肃然起敬。

吴老师读了《一本珍贵的词典》后问起我的语文老师是谁，因为他也是一中毕业的，对这些老师都熟。原来我们有过同一位语文老师呢！只不过他教吴老师时刚刚大学毕业，教我时已是名师了。吴老师回忆说，那时候古文精彩之处都要求限时到小组长处大段背诵，开始觉得很苦，但掌握了文句的规律和文意结构顺序后背诵就顺当了，从中得益匪浅。原来，吴老师的文字功底都是在这样限时背诵的严格训练中养成的啊！

读《越走越亮》，吴老师回忆起我初中时每天带弟弟跑步晨练的事，我自己早就忘了，老师还记得。他说，早起步行能成为打开生活智慧的钥匙。读《我有一布袋》，他说，自古以来有"实"的爱好者孤，而有"虚"的爱好者众，这与个人修养和视野有关，但不可否认世风影响更甚。世风正，人们的"实爱"多，做一切事以实在为本，用不着挖空心思培植烦人的"虚爱"了。读《愿得人间皆有我》，他说，万物皆有情，青菜是有情感世界的，动物有情感，植物岂独无？读《生产日期，你在哪里》，他说，厂家特喜与买者玩捉迷藏游戏，需步步"侦探"才能得，而且打上的码往往很"迷彩"，不由心生一骂：可恶！这些评语，无论是会心一点，还是正色一骂，都反映出老师的真性情。最重要的是，老师从他的人生阅历出发给出的评点，往往是我写作时始料未及的，使我从他的深邃和洞察中获得书本上永远不可能学得的教益。

2009年和2013年，吴老师两次寄给我他的散文结集《闲言片语》，后者增加了4篇，都是他"文革"和插队生活的回忆。"被时间挤去了苦味后的往事被浓缩厚积成一帧帧妙趣横生的情境"，多么富有美和诗意的情怀啊！这次，他发给我一篇《业余爱好杂忆》，洋洋洒洒凡一万五千字，戏称是他的"年迈小结"。吴老师总结他有四大爱好：锻炼身体、阅读、音乐影视和摄影。读了这篇回忆我才知道，吴老师中学时就常常去学校的图书室读书，"文革"时别人忙于串联他却泡在教师进修学院的图书馆里。他最爱读的是梁实秋、沈从文、丰子恺这些老派文人的散文，认为"白话中渗透着文言，言简意深，有书卷墨香。大多叙平凡事，透着浓郁的生活气息和智慧，读来和润清雅"。原来，吴老师这平实中透着智慧、简洁中直达底里的文字是有渊源的！

在这篇《业余爱好杂忆》中,老师深情忆起了他的父亲,江阴一位颇有名望的中学数学老师。难得的是,这位名师书法极精,从魏碑体入手习书,博采众长,形成自己的独特风格。翻检父亲遗物时,老师发现一张父亲手书的民间药方。睹物思人,老师将这张方子装裱挂墙,并拍摄局部作了微信头像。于兹可知,吴老师的人文情怀也是有家学传承的。硬拉他学了数学的、他那教数学的父亲,原来骨子里也有着对"文"的柔肠百转!谁说数学老师不能教语文呢!

忽然想到,吴老师的名字也是很有情怀的呢!文白,不正是"白话中渗透着文言"吗?一个数学老师有着这样富有文化因子的名字,更有着如此富有人文元素的情怀,不由得让人生出"郁郁乎文哉"的万千感慨,"白也诗无敌"的不尽痴想……

大树下的怀念

今天,本来是想写一篇酝酿已久的文章的。午间,高中同学群的一则讣告打乱了我的心绪,惊闻我们的历史老师张如德于昨天逝世。我真不敢相信自己的眼睛,因为几天前我在整理师友著作时,还边翻看着老师的《大树下诗集》,边想老师这两年是否还在写诗,甚至还想发信息问问周瑞芬老师。未料,竟传来了噩耗! 我要写出自己的悲痛,写出心底的怀念。

1980 年夏天,我从普通中学考到省重点无锡市第一中学高中理科班。两个月后,因为视力的原因,更因为不擅长理化,我转到了英语班,张老师教了我们整整 3 年的历史课。刚开始时,并不知道怎么去记住这 6 本历史书上的知识,是从张老师的教学中慢慢琢磨出老师的思路,循着这种思路去形成并加深记忆。张老师的教学看似是无奇的,他只是按照课本逐章逐节逐句地去解读和宣讲,但实际上蕴含着一个很重要的方法,就是要以纲带目,不要盲乱。他说,要先看章节题目,再看下面内容,否则记了半天,不知道哪些内容应当归在哪里,就成一团浆糊了。在张老师的教导下,我至今看书都是先通览章节的大小标题,然后再去细读内容,这样,知识就会成为一个清晰的体系。

张老师重方法,我至今记得他经常挂在嘴边的一句话:要皱着眉头读书。老师的意思是,如果你处在一种非常悠闲放松甚至是嬉戏的状态下去读书,是记不住东西的,只有皱起眉头全神贯注,书本上的每一个字才会进入你的大脑和内心,化为你自己的东西。张老师的不少方法是很科学的,比如他要求我们学会归类,把历史上的田赋制度、农民起义、改革变法等画成表格进行对比,看出沿革和变化。张老师又是儒雅和蔼而幽默诙谐的,他进课堂时总是挂着笑容,记忆中他几乎没有声色俱厉的时候。偶尔正课结束时稍微严肃一点进行批评,不一会儿他自己就先笑开了,那种发自内心、一直延展到眼角眉梢的笑! 于是在师生同笑中下课。记得针对有些同学外国人名书写不正确、常常漏掉中间那个点号一事,张老师屡次说:你们背的时候就把点号背进去,比如卡尔一点马克思,这样不就不会错了吗? 同学们大笑之时,张老师又说:再丢掉这一点要打屁股了! 于是又是一阵大笑。张老师那带着浓厚浙江口音的普通话,还那么清晰地在耳边回荡,哪里敢相信时光已过去了 40 多年,哪里敢相信老师昨天已驾鹤而去! 昨天,不应该是 1980 年、1981 年、1982 年、1983 年吗? 历史课的铃声不是刚刚打响吗? 40 多岁的张老师不正带着笑容走进课堂吗?!

对我,张老师一直厚爱鼓励有加。高中部后来办了一个文科班,班上的同学说,张老师一直把我作为榜样,连我背出了"跳出壕沟、大喝一声"这样的摹状之语都加以宣传,要求同学们尽量多记。历史课我常常考满分,如有失误,张老师一定会提醒我下次再细心一点。1986 年初夏,准备读研究生的我,跟随南大中文系几位老师去无锡市一中招生,张老师特意让我去文科班讲讲记忆方法,我还应同学提问,大差不差背诵了中学历史书的有关内容。实际上,这些方法都是从老师那里学了点皮毛而已,竟受用无尽。1983 年 6 月,张老师和团委书记周瑞芬老师一起,介绍我加入了中国共产党,因此,师生之谊之外,张老师也是我政治上的领路人。

参加工作后,我与张老师时有通信往来。每当新年,我给老师寄去贺卡,他必有贺卡回赠。2007 年,老师收到我的《温柔的挣扎》一书后给我复信,鼓励我"做自己喜欢的事,且有成绩,应该是幸福的",且录自己的《登瑶池》《冬游天涯海角》二诗赠我,实则是对我转折彷徨之时的慰藉。2008 年和 2012 年,张老师先后给我寄来他自编的《大树下诗集》,我这才对老师作为历史特级老师外的文学修养和磊落胸怀有了更深的了解。2014 年,《大树下诗集》由青海人民出版社正式出版,老师又赠我一册,并自制一张书签,上书"穿越城市很好"。这是老师对我之前寄他《穿越城市》一书的首肯,就像他当年表扬我回答问题"很好"一样,让我倍感亲切。

张老师是南京大学的高才生,也当过高校老师,据说后来经历过一些挫折坎坷。老师从来没说,我们也从来没问。从老师洋溢的笑容上看不出耿耿,从老师这些吟咏山水花草、状写名胜古迹的诗中更看不出一丝怨艾的影子。"白驹过隙疾如飞,往事思量愿每违。荏苒光阴容易过,蹉跎岁月信难追。尚余逸兴寻丽句,剩得闲情对茶饮。满顶芦花人已老,诗肠独喜老来肥。"《大树下诗集》的这首自序诗是老师淡泊之志、疏放之心的真实写照。

几年前的一个春节,我去拜访周瑞芬老师。周老师和我父母住在同一个小区,几天后,周老师竟屈驾来看我。她给我带来一瓶葡萄酒,说是张老师送她的,她给我尝尝。当时我非常欣悦,为张老师既能手酿葡萄美酒,又能情酿清雅心诗。这两年没有和张老师联系,但和周老师一直在微信朋友圈见,所以,那天理书时就非常想问问周老师,张老师是否还在酿酒写诗,学生正期待着新的陶醉啊!哪里能料到,今天竟是以这种方式看到张老师的消息!

张老师的诗,之所以名为《大树下诗集》,是因为他出生在浙江台州黄岩大树下村。他在序言中说,读一首好的山水诗,会使你立刻忘掉尘世的喧嚣和人间的烦恼,仿佛又如赤子般地投身于大自然的怀抱。一生永葆赤子情怀的张老师啊,您回到了您流连忘情的大自然的怀抱,您回到了生您养您的大树下;您的广博襟怀哺育了多少学子,您的生命之树将在我们身上绽开繁茂的花叶。张老师,愿您再无病痛,愿您放心远行,愿您含笑安息……

天晴了

——我的八十年代

《三联生活周刊》原主编朱伟写了一部《重读八十年代》,回忆二十世纪八十年代他与王蒙、李陀、史铁生等 10 位作家交往的过程,从文学这一个独特的侧面反映那个年代的风貌。他在自序里引用了自己在网上广为传播的一段文字,说"八十年代是可以三五成群坐在一起,整夜整夜聊文学的时代;是可以大家聚在一起喝啤酒,整夜整夜地看电影录像带、看世界杯转播的时代",寥寥几笔就把我带回了自己最风华正茂的时代! 如果有人问我八十年代是什么样子,我会毫不犹豫、不假思索地说:天晴了!

天晴了! 这真的是从童年向少年过渡的我对于八十年代最初始、最直接的感受。1972 年我上小学,在五年半的小学里,我懵懵懂懂经历了批林批孔、"反潮流"运动,眼前满是弥漫着硝烟的大字报小字报。我亲历了一年内三位伟人去世的举国之恸,从学校到家里到大街上,几乎所有人都哭得昏天黑地的场景至今历历在目。所以,成年的我回望七十年代,总觉得天是阴沉悲戚的。而从七十年代末期起,随着一个无比响亮、闻所未闻的词的传播,风雪消融,又见彩虹。这个词叫:改革开放。

真的是"忽如一夜春风来"啊! 街上流行起红裙子,穿上鲜艳裙装的女同学让人不敢相认;广播里响起流行歌曲,王洁实、谢莉斯《校园的早晨》争相传唱;穿喇叭裤的小伙子提着录音机满大街跑,放着那首一度被斥之为靡靡之音的《何日君再来》;居委会配了黑白电视机,晚饭后居民们蜂拥而来看《射雕英雄传》;个体户如雨后春笋般冒出,万元户无上荣光;租录像带的小店生意红火,有电视机的人家请客人看录像成为奢侈的接待;书店不再只是卖清一色的政治读物,刘心武、张贤亮、蒋子龙闪亮登场;电影院不再放八个样板戏,《巴山夜雨》《第二次握手》《庐山恋》唤醒了国人的柔情;国外影片打开外面的世界,我们学着南斯拉夫影片《瓦尔特保卫萨拉热窝》的经典台词"空气在颤抖,仿佛天空在燃烧",我们唱着印度影片《流浪者》的主题歌"阿巴拉古";多少年不加的工资涨了,父亲兴奋地说每月多了五元钱;高考给每一个普通家庭的子弟以改变命运的机会,我可以比进工厂当工人有了更多的选择……一切都那么清新而脱胎换骨,一切都那么自由而无拘无束,一切都那么迅疾而应接不暇,这所有的一切,正与奔腾欲飞的青春的心相撞,五彩缤纷,斑斓多姿。成年后的我,每一次回眸八十年代,一个个镜头在眼前闪回,只觉得在观看一部彩色故事片!

一切都新鲜明丽,一切都不同以往,所以,也会偶起风波。上高中的我们喜欢唱歌,踏着海峡之浪而来的台湾校园歌曲带给我们多少惊奇和向往啊!我们来到了外婆的澎湖湾,我们走在了乡间的小路上,我们远远地看到夕阳那端的细花阳伞。对台湾校园歌曲也有不同的声音,对它的文本内容、语言架构时有微词。但天晴了,谁也无法阻挡彼岸这些美丽的音符汇入祖国春天的旋律。而在此岸,青年歌唱家李谷一的《乡恋》给歌坛带来全新的震撼,她轻柔的唱法让有些人觉得刺耳,为此甚至起了趣味之争。但天晴了,开风气之先的歌唱家最终得到人民和时代的认可。八十年代,真是一个冲破思想藩篱、让人快乐得想从心底唱出来的年代啊!"年轻的朋友们,今天来相会,荡起小船儿,暖风轻轻吹。花儿香,鸟儿鸣,春光惹人醉,欢歌笑语绕着彩云飞。啊,亲爱的朋友们,美妙的春光属于谁? 属于我,属于你,属于我们八十年代的新　辈。"这首《年轻的朋友来相会》唱遍城市乡村,响彻万里云空,它唱出了芳华如歌的年轻人的热力,更唱出了一个思想解放时代的活力。

正如朱伟七十年代末借调到《人民文学》,然后才结束了在黑龙江的知青生活、见证了八十年代的文学革命一样,改革开放改变的不仅是国家的命运,也重写了无数普通人的人生故事。记得非常清楚的是,当《乡恋》受到质疑时,父亲非常担心风向又会变,他因为早已去世的父亲的所谓"历史问题",一直背着沉重的包袱,无法入党,不被重用,他非常担心还会影响到我的进步、我的考学。而时代给了怎样一个答案呢? 父亲经过竞争上岗,成了工厂一名中层领导干部,终于得以发挥才干。我则顺利地在高中三年级入了党,成为市里改革开放后发展的第一批中学生党员,而后又顺利考进了心仪大学的中文系,开始了崭新的奋斗旅程。之后,我能够在八十年代中期经常和几个志趣相投的文友,像朱伟那群人一样整夜地聊文学聊办报;能够被《走向未来》丛书引领着走入创新的天地,尝试用新方法来研究文学;能够几十年来读写不辍乐此不疲,在文字中逐梦前行,都是开端于那阳光明媚的八十年代啊!

　　再回首,唱着"再过二十年,我们重相会,伟大的祖国该有多么美"走进八十年代的我,已经走过了将近两个二十年,幸福地走到了劈波斩浪、扬帆远航的新时代,伟大祖国的飞跃之美早已超出我们的想象。回望属于我的上世纪八十年代,"你的身影,你的歌声,永远印在我的心中。昨天虽已消逝,分别难相逢,怎能忘记你的一片深情"的优美旋律在心头萦绕。雨过天晴的八十年代属于祖国,也属于我的每一个同龄人;春光明媚的八十年代永不消逝,是我们心中永远的乡恋。

高考往事

明天,7月7日,是高考的第一天。面对着同事、朋友、网络各处飞来的高考信息,不由得想起了自己高考的往事。

1977年恢复高考时我上初一,那时候目标不会定得那么远,首先要过的一关是顺利上高中。1980年,我所在的无锡第二十二中学(今湖滨中学)撤销高中部,我于是报考了省重点中学无锡市第一中学。直到这时,考大学才近在咫尺,无论是父母还是自己都得考虑了。

我先上的理科班,几个月后因为担心视力对专业的限制,加上对理化兴趣不大,转入英语班,也就是说大学就准备报考英语专业了。我的目标是考上师范大学就可以,师范不要饭钱,可以减轻父母负担,以后做个老师我也很喜欢。虽然目标不算太高,但我学习从来不放松。我不完全跟着老师学,有自己的一张时间表,每天放学后雷打不动地执行。我的作息时间是恒定的,每晚九点半一定就寝,从不熬夜,这样第二天才有饱满的精力听课堂讲课。高考前放假三天,我仍是按时起居,像学校的考试一样对待。

我从不多虑高考会考得怎么样,而是做好每一次作业,这样才能在学校考出好成绩;考好学校的每一次考试,这样才能在市里组织的考试中考出好成绩。能够这样坚持做下去,高考也就有几分把握了。这就是所谓的积小胜为大胜吧!所以,走好日常的每一步是最重要的,如果你有孩子明后年甚至更长的时间才参加高考,建议他们好好规划时间,不要打乱仗,一切都还来得及。

当然也想过,万一高考题目太难或者自己发挥失常,上不了大学怎么办。这时候,父母给了我非常宽松的心理环境。父亲说,考不上综合大学就上师范,师范考不上就上大专,大专考不上就到厂里顶替我。为了不让我有压力,父亲常在带我去工厂洗澡时看宣传栏,里面挂着先进工作者的照片。父亲说:你作文写得好,如果考不上大学就顶替我做工人,说不定给领导写写计划总结什么的,也能当上先进工作者,照片也能挂在这里,还能发个搪瓷茶缸啥的呢!被他这么一说,我还真觉得当个工人也没啥不好,多少人不就是这样过了普普通通、默默无闻的一辈子嘛!所以,父母要为孩子着想,如果你的孩子明天就参加高考,今晚让孩子早点睡,临阵磨枪已来不及、没意义。

高考那三天,考场离外婆家近,我是在外婆家吃午饭的。出了考场我就直奔外婆家,不和同学对答案,免得影响下一场考试的心情。第一天中午,母亲来了,没有直接和我对话,而是悄悄问外婆我考得怎么样。只听外婆小声说:"吃了两碗饭,看上去考得不错咧!"其实,我自己根本没去琢磨能考多少分,就和平时考试一样认真做就行,考过则作罢,静待下一场。

高考前,老师们估计我能考出好成绩,为了不和《那篇课文那个女孩》中的主人公"互相残杀",动员我改报了中文专业,她仍是报英语专业。成绩揭晓那天,一中的党支部书记顾蕴玉老师(今大桥中学董事长)看到我直摇头:"可惜了,你比全省最高分只差2分,否则就是第一名了。"我听了波澜不惊。因为我本来就只想考上大学,没有想过名次。过了几天,顾老师对我说:"搞错了!搞错了!你是第一名,是那个人比你低2分!你们班放了两颗卫星,她考了英语类总分第一名,幸亏让你们分开来考,否则只有你一颗卫星了!"我听了仍是波澜不惊。因为目标已实现,名次不重要了。又过了几天,顾老师又对我说:"我打听了华东六省一市的成绩,最高分都没你高,其他省肯定不行的,你搞不好是全国第一名。"我听了更是波澜不惊。家庭生活清贫、从无奶粉、麦乳精相伴的我,可以不用父母提前退休去顶替,可以走上更宽广的人生道路,可以成为国家干部,可以读更高的学位,那份满足不是名次可以比拟的!

家有考生的父母们,不要让孩子把上大学当作唯一人生目标,要把平时的每一步都认作目标,抓紧再抓紧。

家有考生的父母们,不要把上大学作为对孩子的严苛要求,人生的所有安排都是合理的,放松再放松。

微笑迎接明天吧!明天,一切都会更美好!

考到南大"吃大米"

1983年我参加高考时，是分数公布后填志愿。其实在考试前，语文老师就为我设定了北大或者复旦中文系，待夺得全省魁首，更坚定了老师的意志，我作为一向听话的好学生，也并无异议。

未料，半路杀出个程咬金，南京大学中文系的丁柏铨老师奉命前来"游说"。丁老师是我们无锡一中的学长，他利用地利人和之便，从学校领导到班主任，一个个做耐心细致的思想工作，表示南大一定会在各方面好好培养我。特别是丁老师使出了"杀手锏"，一连几天到家里做我父母的工作。丁老师毕竟是搞新闻的，知道受众的泪点在哪里，他对我母亲说：北京没大米吃，你儿子生活一定不习惯的。母亲一听，眼泪就"哗哗"流下来了，我于是便从了，第一志愿填了南京大学中文系，而把北大、复旦作了陪衬。

这件事本来无人知晓，但每到高考季节，我便会被媒体拿出来晒晒，褒贬都有。那一年，《金陵晚报》记者郝也采访我，她不甘心于已见诸报端的那些寻常叙事，一心要挖掘些趣料，我便把这段插曲告诉了她。出报那天，文章的标题竟是《听说北京米少就没报北大》。一时间，不少同学朋友打电话来求证，同事们见了我也会开开玩笑：你真是因为想吃大米才上南大的啊？

当然不会主要是这个原因，首先是南大也是中国名校，成为南大的学生无上荣光。其次是为丁老师的诚意所感，从他身上看到了南大的执着。说到吃大米，那时的南京也主要是吃粳米和籼米，大米饭食堂一周也就供应一两次。当然，确实比考到北京的同学生活适应多了，他们的饭票是分米票和面票的，常常和北方同学交换，各得其所。

南大是诚信守诺的,给了我这个所谓的"状元"以最好的学习条件。不仅给我"吃大米",还给我"开小灶"。入校不久,就被选拔为"富有创造力的学生"重点培养,配备了导师,可以出入教师才能进的古籍图书馆,每年还有50元的书报费,这对一个清贫的学子来说是多大的支持啊!入校第一年,我还享受了首届"黄侃奖学金",这对一个学力浅薄的新生来说是多大的鼓舞啊!大学二年级时,我提出修完学分提前毕业的申请,学校又破例开绿灯(虽然同时提出了必修课均达良好的条件)。我不仅得以提前一年以必修课全优的成绩本科毕业,而且被推荐为免试硕士研究生,向学业的更高阶段进发。

为了培养我的全面能力,学校和中文系都用心用力。大学一年级下学期,我就担任了系学生会主席;大学二年级,我就担任了校学生会主席、全国学联副主席。在对学业和社会工作关系的处理中,我强化了珍惜光阴的意识,提高了统筹兼顾的能力,养成了有条不紊的习惯,受益一生。

从母校毕业32年来,我先携笔从戎,后转业省级机关。无论走到哪里,南大的老师们一直关注着我。毕业那年,郭维森老师让我参加《中国文学史话》的编写,以保持与学业的联系。转业那年,入学后即成为我学业导师的吴翠芬老师几次打电话给我,让我最好能重回学校搞教学和研究。程千帆先生为我的第一本散文集题写书名,周勋初先生将我的散文节录到他的著作中,卞孝萱先生赠我人所罕见的书法条幅。这次五一节去看周先生,93岁高龄的先生还能清晰地说:你写散文时叫阿明!张伯伟、曹虹、程章灿等老师赠我学术新著,姚松老师引荐我加入作家协会,南大出版社出版了我抒发校园情怀的散文集《总是书声》,文学院刘重喜书记推荐我参加"南大上书房行走"活动。今年初,王立兴老师还专门托人送我一册他整理的、吴翠芬老师受业于胡小石先生时的听课笔录《楚辞专论》。教现代文学史的任天石老师经常在朋友圈推荐我的文章,时有精到评语。这一切,都使我时刻感到与母校须臾未离,自己永远是南京大学的学生。

我也一直心系母校,留意她的点滴信息,更不会错过老师们的精彩演讲。前几天,读到群里分享的莫砺锋老师在江苏省古代文学学会2021年年会上的致辞。"我祖籍中原,但生于江南,长于江南。我在苏州生活了二十多年,在南京生活了四十多年,江苏是我真正的故乡。我年逾古稀,碌碌无为。"文辞一如他37年前获得我国第一个文学博士学位后给我们授课时那样质朴无华,而时光不居,老师已年过古稀了。恍惚之后又释然,今天,母校已经119岁了,听莫老师讲课时不到20岁的我,不也快到耳顺之年了吗?两鬓染霜之时还能听到老师的教导,是何其幸福啊!老师给予的精神食粮,是南大生产的更精致、更香甜的"大米饭"啊!

前不久,南大出版社的范余老师赠我一本《南京大学校园植物》,令我爱不释手。看着封面上熟悉的爬满了常青藤的北大楼,我想说,我就是这满目青翠中的一叶啊!我将痴心地附着在这不老的万绿丛中,贪婪地吮吸着母校的大米香菜根香,深永地浸润着母校的诚朴气雄伟气,沉醉地沐浴着母校的励学风敦行风!

如果

　　同学或朋友在一起时,常常感叹时间过得真快,都快退休了,也常常叹惋如果当初没有作怎样怎样的选择,今天会怎样怎样。我清楚地知道,人生没有回程票,哪里有"如果"!但是有两个"如果"我是经常想起的,因为这能使我知足,使我珍惜,使我快乐。

　　母亲告诉我,因为早产,我生下来时只有四斤半。虽然赶了个吉日大年初一,但实在太弱小,脑壳都是软的,像蛋黄一样。有人说,可能活不了啊,扔掉算了。一个护士闻言说:怎么也是一条生命,放保暖箱吧!因为这一句话,我神奇地活了下来。

　　成年后读到荣启期的故事,真是感同身受。荣启期是春秋时隐士,曾对孔子言其三乐:一乐得以为人,二乐贵为男子,三乐行年九十。他讲到第三乐时说道:"人生有不见日月、不免襁褓者,吾既已行年九十矣,是三乐也。"他是说人有看不到日月、生下来就夭折的,自己已活到九十岁,哪有不知足之理。我本来就可能成为那个"不免襁褓"的人啊!所以,能够活下来,活到过了知天命之年,没有任何外在的东西能够比这一点让我更知足。如果不是那个护士的一句话,我如今在哪里呢?在混沌中,在冥冥间,在尘埃里。

　　活下来的我,读了小学,读了初中,读了高中。读小学时,正是"读书无用论"盛行之时,"反潮流"是时尚,"交白卷"是英雄,所以,虽然学习成绩一直很好,但学业上是没有什么追求的,当一个工人是最大的梦想。那个年代,工人阶级最光荣,父母都是工人,学校都有工宣队。上初中时恢复了高考,但那时的高考是千军万马过独木桥,也要做好考不上的准备,那就是顶替父亲做工人。不少同学初中毕业后就上了中专或技校,就是为了早点挣钱，也避开高考那残酷的竞争。父母还是明智的，也想过让我早点工作，但终究还是让我读了高中，试一试在学业之路上能走多久，走不通当然还是做工人，也非常好了。

初中同学群里，大家经常提起一位姓虞的同学。他从小学起就跟我同班，成绩一直很好，和我不相上下。记得初二期中考试时，他是年级第一名，我是第三名，从期末考试起我们俩名次换了一下，从此没有改变。初中毕业时，他居然选择考技校，让同学们大跌眼镜。有同学说，他曾说怎么赶都比不上我，所以不想再读高中了。我想这只是笑谈，真实的心理就是高考的竞争压力太大了。一个选择就改变了他的人生，一辈子就是个工人。我常想，如果没有高考，如果没有读高中，我肯定现在就是个工人，也没有什么大不了的。对今天的一切，还有什么不满足的呢？

荣启期说："贫者士之常也，死者人之终也。处常得终，当何忧哉？"他认为古往今来，读书人如过江之鲫，飞黄腾达者能有几人？他能处于读书人的常态，又有安心等待人生的最后归宿，又有什么可以遗憾的呢？孔子称赞他是个"能自宽"的人，这就是"知足常乐"的出处。真是"三乐通至道，一言醉孔丘"啊！今天我们许多人，已经摆脱了读书人"贫"之常态，应当自宽，应当知足，从而对功名持稍稍超脱一点的态度。

现在，我的日常生活就是上班和读书写作，我最多的姿势就是像现在这样坐在书房里敲键盘。如果我没有活下来，至多成为父母的回忆或嗟叹。而如果没有高考，我现在已经从工厂退休数年，正乐呵呵地抽着一根烟，桌上放着一个冒着热气的茶杯，边喝水边看着孙辈嬉闹玩耍，看着他们成为网络上戏言的"爷爷带大的孩子"。家人亲昵地叫我"老爷子"，人们亲切地叫我"张师傅""老张头""张大爷"，那也是一种非常圆满自得的人生呢！

依依杨公井

　　网上说,杨公井太平南路 220 号开了 80 多年的南京古籍书店要关张了。网上也有人说,古籍书店并没有关张,而是在重新规划、设计业态。不管怎么说,这都勾起了我对这家做学生时经常去的书店的怀念。有二十多年没去过了吧?

　　那天清晨,我登上 31 路公交车来到了杨公井。到达时不过 7 点,人车稀少,初升的太阳照在我熟悉的那栋楼上,照在"中华书局""南京古籍书店"的牌匾上。墙上挂着文物保护单位的标识,简明介绍着中华书局乃教育家、出版家陆费达于 1912 年创立,1935 年在今址设立南京分局。这时,仿佛就感到自己回到了学生时代,正怀揣老师开的书单来这里买中华书局出版的书,身上充满了和这旭日一样的热力。

　　大学一年级时,我就选定了古典文学为专业,老师们会说:买古籍要到杨公井古籍书店去啊!要买中华书局、上海古籍出版社、齐鲁书社的好版本啊!因为书店地处杨公井,所以,人们都习惯性地称之为杨公井古籍书店,这里成为我们学古典文学的学生心中的"圣地"。

　　买书常常是在星期天,我惯常的路线是坐 1 路公交车到新街口新华书店,然后往前走到外文书店,最后步行到杨公井古籍书店,这样的"一条龙",就把该买的各类书都买了。对古籍书店,印象最深的是店中一排排的朱红书柜,以及那些头发花白、戴着瓶底厚眼镜、专注地选书看书的老先生。和他们站在一起,真是脸红心跳,生怕自己挑错了书,被先生们笑话。有一次,甚至还遇到了自己的古代汉语老师,我叫了他一声,他从书中抬头打个招呼后又一头埋进了竖排繁体的古书中。老先生们皓首穷经的形象深深印刻在我心中,或许这也是我日后虽然未从事学术研究但能坚持不废读写的一个精神原点吧。

20世纪80年代,买书远不如现在快捷方便,许多书要等,古籍尤其如此。不少古籍都在重版计划中,而老版本也很少能觅到。听老师说,古籍书店里有个对公服务部,有许多难得见到的旧版书,但要凭介绍信才能买。我便以重点培养优秀学生的身份,从系里开了介绍信去买过几次,果真淘到不少心仪或急需的书,真是欣喜若狂,全然顾不得下一两周顿顿要吃蔬菜了。

那时候,一门心思去买书,眼里根本没有周围的风景。90年代工作后,很长一段时间我依然会去古籍书店买书,但书店的模式在变,我的生活也在变。我发现,书店不光卖古籍了,也卖当时最能赚钱的挂历了,这也是商品经济大潮冲击下的无奈之举吧!我除了买书,多了陪妻女逛太平商场的任务。也在这时候才知道,这条熙熙攘攘的太平南路上,还有那么多的珠宝店,有名闻天下的老字号绿柳居和四川酒家。记得有次逛街后正值中午,我们就在绿柳居点了几个菜,这大概是我在杨公井有过的唯一一次餐饮消费。

我在杨公井附近来来回回、漫无目的地走着,只是在延长和古籍书店相处的时光。想起那时候,同学们只要在这里买到好书,回到学校就奔走相告,于是又会有同学急急赶来抢购,今日再看书店紧闭铁栏后"转型升级"的公告,内心真是五味俱全。我在想,它究竟是再次投入转型升级的潮流中好呢,还是保留自己的风格哪怕是做成公益的国学旧书房好呢?这个潮流挟裹、五光十色的时代,到底能不能容下一个让人们远离喧嚣、回味传统、回忆旧时光的角落呢?

上学时,古代汉语老师在竭力推荐古籍书店时,讲述了杨公井地名的由来。清光绪年间,南京大旱,杨公井一带驻军无水可饮。驻防军官杨镜岩指挥部队就地挖井自救,并慷慨解囊,为附近百姓挖了三口井。人们吃水不忘挖井人,于是在井旁立碑记其善举,并将这三口井合称为"杨公井"。民国年间修太平路,这一带变成了闹市区,南京人不忘杨镜岩的义举,把太平南路中段称为杨公井。杨镜岩造福百姓之"善",也正是中华典籍中始终传颂的古风,将南京古籍书店称为杨公井古籍书店,很有历史、很有温度、很有情怀。

站在"杨公井"的路牌前,我浮想联翩,情难自已。我知道,昔日的三口井早已无存。但我眼前却清晰呈现出一口时光的大井。我俯身望去,清澈的井水轻漾,模糊了我脸上的皱纹,再现我青春的容颜。我对他挥手微笑,依依惜别……

遥忆大学食堂

那一天,同学们在群里回忆起大学食堂,罗列着最喜爱的菜,先就生起了几分怀念。没有想到的是,过几天去出差,居然连续两天吃到了糖醋里脊,这是上大学时同学们最喜欢的菜之一啊!酸酸甜甜,外脆里嫩,勾着薄薄的芡汁,是典型的下饭菜啊!遇见这道多年未吃的大学菜,难道是冥冥中的天意吗?关于食堂特别是大学食堂的回忆翩翩飞来。

对食堂的最初概念来自父母。父亲经常会从工厂的食堂带回最便宜的馒头,放在煤球炉上烤给我和弟弟吃,微焦,飘香。去父母单位食堂吃的次数极少,但每年的 12 月 26 日,工厂食堂都会免费供应一份大肉面庆祝毛主席生日,父母都是用小锅或铝饭盒端着,一路小跑端回来全家共享。在那个猪肉凭券供应的年代,多数人家哪能吃到这样奢侈的一块大肉,一年也就这一天!食堂饭菜比家里的好!这就是我对于食堂原初而根深蒂固的认知。

还有一个非常深的印象是,一位小学同学的父亲在单位食堂当厨师,经常能近水楼台买点肉啊菜啊什么的。有一次,他父亲买了板油回来熬,他带了一些油渣到学校来分给同学吃。每人两三小块哪能解馋,大家围着他争要。我至今仍记得上课铃响了,他边上楼梯边摊开手说:真的没了,真的没了,下次再带!那一刻,多么羡慕他有个在食堂工作的爹呀!

这样的爹是不可能有了,我却从 18 岁起吃了整整 6 年的大学食堂。学校有三个学生食堂,菜的品种既有相同的,又各有特色。父母送我来南京,第一次到食堂,几个窗口前都排了长长的队伍,那个挤啊!挨到近前,才发现每个窗口都放着好几大盆菜,品类之多,哪是我这样清贫人家的子弟见识过的!我们要的菜里面有一份是烩三鲜,花费 ·毛五分,里面有皮肚、小肉圆、蛋皮、西红柿、青菜等,飘溢着食堂特有的猪油香。这份荤素搭配、性价比极高的杂烩,成为日后我和同学们常吃的菜品之一。

学生时代吃饭,求的就是一个实在。什么菜最实在? 当然是肉类。大排、红烧肉圆是不少同学的首选,两毛钱一份。我们递上自己的饭盆,只见师傅从一只大盆里打起一勺青菜或白菜垫底,从另一只大盆里打起一块大排或一只肉圆,再将一勺肉汤当头一浇,那时不由你不咽口水。大排是特别抢手的,晚去了常常就卖完了。所以,我在读研究生最后一学期教学实习给本科生上课时,常常提前十分钟下课,让同学们去食堂抢大排,但告诉他们动静要小点,不要影响其他班上课,再说学校知道了也不好,哈哈。天天吃到大排的学生们心满意足、满脸放光地对我说:张老师,你最好!

我们喜爱的菜还有糖醋里脊、红烧鱼块、冬瓜海带烧排骨之类。为何没说到小排呢? 因为一份小排要两毛五,不少同学是不敢问津的。红烧小排油亮油亮的,当时不懂为何,以后自己做菜了才知道是勾的芡。不过我不太爱勾芡,我宁愿开大火自然收汁,这是后话。除了普通窗口,学校还有专门的小炒窗口,那一定是两毛五以上的菜,主要是各式炒肉丝。只见师傅在半锅沸腾的油里,用漏勺将肉丝焯过,再捞出来炒青椒、芹菜、韭黄、菜薹等,菜的汤汁几乎全是油啊!

既囊中羞涩,小炒窗口的景象我怎得知? 这归功于女友。成双成对的恋人们出入食堂,是最夺人眼球、惹人艳羡的风景。先下课的一方会打好了菜,选择一个座位坐下,静待恋人到来,多温馨的图景啊! 而不少同学的恋情也是在食堂发生或被发现的。试想,做着“地下工作”的他们,一人打好了菜在一隅等,另一人焦急地寻找,两人的眼光越过好似千山万水的各式饭盆热热相遇,其他多少双眼睛不就齐刷刷地扫描到了! 我也是这风景线中的一员哈,打菜占座是常事。女友家经济条件较好,有一段时间她非要给我买小炒,说我太瘦,要多吃点,每次她都要看着我把油乎乎的汤汁全喝完才罢休。油喝了不少,体重一两未增,但初恋就是这样温柔而执着吧!

学校是体恤学生的,想方设法给我们增加营养,同时降低菜的成本。先是上午两节课后增卖大肉包,一毛钱一个,一咬一口油,馅十分饱满。不像现在的包子,咬第一口没到馅,咬第二口过了! 由于供不应求,常常有同学失望而归。后是推出了半份菜,说是半份,师傅勺子舀得稍微深一点,也跟一份菜差不了多少。这样不少女同学买个半份菜就够了,男同学则可以花同样的钱吃到两份菜。后来晚八点半又在一个食堂推出虾皮面,为晚自习饥肠辘辘的同学提供夜宵。中午常有撒着葱花的阳春面供应,晚间又有飘着虾皮的面充饥,想来我爱吃面条的习惯就是这时候养成的。

我们就在三个食堂之间吃来吃去,倘若非要吃大排,这个食堂没有就去那个食堂。哪个食堂有了新的品种,我们就互相转告。读研究生时,我们可以去教师食堂就餐了。原以为菜会好许多,却发现也是那么多品种,只是不用排长长的队了,毕竟许多老师是在家中就餐的,只有单身的老师一日三餐在此解决。看来,学校对老师也并无偏心。

大学食堂不仅赋予我身体的能量,而且见证了青春的友情。宿舍里倘有同学过生日,我们都是每人用自己的饭盒打两个菜回来,开两瓶红葡萄酒,把4张写字桌拼在一起,一场大学生宿舍独有的生日宴就开始了,也是满满一大桌! 也会喝倒好几个啊! 经济条件稍好的同学,会把好菜与他人分享,同乡兼好友逸松就曾多次买了红烧小排或小炒后邀我同品,不停地夹到我饭盆里。同学情谊之芬芳,远胜过一切的鲜香美味,长留在我们这些半百老书生的心头。

参加工作后,在单位的食堂里丝毫找不到大学食堂的感觉了。一间大餐厅里放了几张圆桌,打完菜后各吃各的。没有了三五成群的结伴而行,没有了齐敲饭盆的欢快热闹,没有了对面而坐的亲密相伴,没有了饭后咏归的陶然忘情。

多年后,女儿寄宿在初中,我每次去她学校食堂就餐总会添点饭,女儿笑话我真能吃。其实,我只是在这人头攒动的中学食堂里找到了大学食堂的感觉,闻到了昔日的饭香菜香。我哪里会贪食呢,只是想在起身加饭的当口,重温身处同学包围之中的感觉,重温那蒸腾的青春热气……

归来仍是少年

　　公元 744 年,贺知章辞去朝廷官职,回到故乡越州永兴。这时,86 岁的他离开故乡已经 50 多个年头了。沧海桑田,人生易老,诗人不由得触景生情:"少小离家老大回,乡音无改鬓毛衰。儿童相见不相识,笑问客从何处来。"面对尾随发问的儿童,诗人此时眼前浮现的,一定是自己童稚的模样;脑中闪回的,一定是孩提时的往事。他猛然悟到,自己虽然已经走了很久很远的路,人生的根依然深扎在故土。无改的何止是乡音呢? 还有那永远抹不去的乡情乡愁。如果他是今人,也许就会吟道:愿你出走半生,归来仍是少年。

　　久在异乡的人,是最易在踏上故土的那一刻生出少年之心的。凡人伟人,古今一也。当离开故乡 30 多年的毛泽东回到韶山冲,在山上默默捡了些松枝扎起走向父母的坟墓时,他一定觉得自己还是那个没有离开父母的少年。"别梦依稀咒逝川,故园三十二年前"的感叹中,有几多年少的记忆萦回? 有多少青春的意气奔涌? 而离家之后从来没有回过淮安的周恩来,只是让飞机在家乡上空绕了一圈,"淮安是个好地方啊"这一声感慨漾起的涟漪里,传来的是少年周恩来在大运河边的琅琅书声,浮现的是他的几位母亲慈祥的面容。人生,忘也忘不掉的少年时光啊! 改也改不掉的少年情怀啊!

　　灯下,鬓发初白的席慕蓉想起了年少时的山路,记起了一些没有实现的誓言,于是诗人发出痴情一问:"在那条山路上/少年的你是不是/还在等我/还在急切地向来处张望?"其实,人人都不会忘记年少时的路,都会留恋地回望出发时的那个路口,这是一种精神的寻根。曾经在一次初中同学聚会后,写过一篇《我站在少年的路口》,这是我微醺后真实的心理感受。只要是置身于母校、同学和老师之间，我总是会迷失目下的自己，回归少年的故我。

那天，我去南京大学二号新村看望老师。走过高低错落的阶梯，去往老师的住处时，19 岁的我第一次来拜望老师的情景历历眼前。从那次以后，我多少次来过这里啊！但每次来，怀着的都是同样的学生的澄净之心。我会有一丝紧张，几分激动，见到老师会微微脸红，话语从不会大声，更不会靠在沙发背上，总是恭敬地上身前倾，认真聆听老师的教诲。如今年过半百，走到这里还是像去朝拜圣地一样虔诚。为什么除了故乡之外，母校、同学和老师也会让我们重漾少年的情怀？我想，在他们身上，在学校在课堂，有我们精神的家园，这不也是一种心灵意义上的故土吗？

这半年来，由于单位离母校近了，我曾经一次次地在学校的操场上漫步。一圈又一圈的行走中，我看见的是那个冬天的清晨为了体育成绩达标而早早爬起来跑步的自己，是那个手捧着书本在操场边朗读的自己。"这是我人生起步的跑道"的认知跃然而出，"指点江山、挥斥方遒"的书生意气溢满心怀，一种仿佛从来没有离开过母校的感觉使我清澈地照见了自己的初心。是啊，不经任何思索就能去往母校任何角落的我，何曾离开过母校？用文字千遍万遍向母校传情达意的我，何曾丢失过初心？前几天，文学院的书记告诉我，虽然他是我的学弟，但是觉得对我是那么熟悉，因为我一直在老师们的言谈里，老师们每次收到我的新作都会表达那份发自肺腑的喜悦。他说：你从来没有离开过母校，没有离开过中文系！自我的感觉和他人的感受如此吻合，真的获得了一份不期然的惊喜。我不由得想：老师们的喜悦，一定是来自我对文字不变的钟情，在他们眼里，两鬓霜染的我，依然是那个勤奋读书的少年。

是啊，曾经有一个时代，也许我们可以把它叫作"校园的早晨"。"沿着校园熟悉的小路，清晨来到树下读书。初升的太阳照在脸上，也照在身旁这棵小树……"这一个全民阅读日，当我在全省读书节启动仪式上听到这首熟悉的歌曲时，仿佛回到了那个莘莘学子清晨齐声读书的年代。舞台上美轮美奂的灯光映照着朝气蓬勃的少年，舞台下轻轻唱和的我演绎着潮起潮落的心情故事。回家的路上，我一直在轻声哼着这首歌，不管旁人异样的目光。哦，那个时代，清晨校园的树下，处处可见勤勉的朗读者，每一个领读的老师都不逊于董卿，哪里需要像现在这样去开辟一个专栏电视节目来重启朗读之风！那么，那个时代也可以称作"朗读时代"，少年恩来"为中华崛起而读书"的追求,被无数的青少年孜孜实践。怀想着那个有着书声的时代,盘点着自己走过的人生之路,不禁为"归来仍是少年"微微陶醉。

人的一生,要走很长的旅途,有时充满困苦劳顿。最难能可贵的是,无论走了多么远,无论走了多么久,有一种情怀不变,这种情怀无关功名,无关世故,无关慵懒;这种情怀,忘了年龄,忘了辛劳,忘了荣辱;这种情怀,记住了出发的原点,记住了启程的理想,记住了回归的方向。贺知章的《回乡偶书》其实还有另一篇:"离别家乡岁月多,近来人事半消磨。惟有门前镜湖水,春风不改旧时波。"不改的,岂止是镜湖的碧波呢,应该还有诗人宁静的心志。无论是离邦去里还是道阻且长,无论是居庙堂之高还是处江湖之远,愿我们都不忘记家门前那清亮的水波,不忘怀心湖里那澄澈的初衷。那么,也许贺知章的这后一首诗能更加贴切地转译成我们那么喜欢的这两句话——

愿你出走半生,归来仍是少年。

这么微笑着

晴好的星期天,午后坐在阳台上,随手拿起一本杂志,惊喜地发现这期的"大咖"栏目介绍的是我的老师、话剧《蒋公的面子》的导演吕效平教授。文中说,吕老师留校做党总支副书记,觉得琐碎的事情太多,找不到什么价值,于是开始写剧本,一心扑到话剧里,然而又发现太理想主义了,但是他终究坚持下来并取得了成功。有人说他人格分裂,他这样回应:"在现实中,我是个俗人,在梦里,做回一个理想主义者,这样可不可以?"看着杂志上吕老师独坐在剧场鼓掌的照片,想起一幕幕往事,我在心里说:可以,太可以了!

一气读下去,暖暖的秋阳里,现实与过往眩晕闪回,我有点微醺的感觉。其实,吕老师一直是个理想主义者。他当党总支副书记的时候,我们正读大学二年级,感觉他也曾全身心扑在学生工作上,也一样追求完美。记得他不厌其烦地跑学生宿舍,和我们一起谈理想、谈人生、谈学业,真正让你感到他是想把一颗心整个地毫无保留地掏出来。三十岁不到的他,血气方刚,激情迸射。然而,在那个新旧交替、一切都不确定都不定型的时代,他可能会觉得努力的成效甚微、身心很累吧? 起先,他带领我们年级的同学排话剧,是为了做活思想工作、与学生更好沟通。然而,时间久了,他的心倾斜过去了,他在戏剧创作和研究那里找到了更美妙的感觉,他终于改行了。

犹记得同学们排练曹禺和莎士比亚戏剧时的兴奋,阅世不深、学力尚浅时就能在舞台上亲身去演绎那些心仪不已而远在天边的角色,怎能不欣喜若狂呢! 一遍遍地化妆,一遍遍地背台词,一遍遍地谈论排练的花絮和演出的反响。吕老师思想独到而又一丝不苟,参加演出的同学都深受教益。他一定也会记得这最初的"试水"的,热情高涨的学了同样给了他更大的创作热忱。毕业后，我们和老师很少联系，只知道他仍在兢兢业业地从事他的话剧事业。2012年，《蒋公的面子》公演了，从秦淮河畔延伸到全国各地的如雷掌声，使吕效平这个名字响亮起来。无论别人如何看待和评价他，我以为，一个人从青年时代到花甲之年，始终能坚定地向着理想奋进，这种挚爱和执着真是极可敬的。

《蒋公的面子》反映的是时任道、卞从周、夏小山三个大学教授面对权贵的不同态度。扩而广之，表现的其实是知识分子群体面对权贵的尴尬不适、面对自己生存空间的焦虑不安。再扩而广之，揭示的就是整个国民对自己生存状态的焦躁和困惑。这就是它能引起不同阶层不同群体广泛共鸣的原因吧！吕老师当年做学生工作，一定也有过关于角色定位的不安；改做戏剧研究和创作，又遇到资源和人脉等种种障碍。可贵的是，他用坚持化解着焦躁，他用理想引领着自己走出人生的困境。所以他敢说："即使我是卞从周，我也是诗意的。"

对极了！"诗意"对于人生真的是很重要的。弹指一挥间，吕老师已到了退休的年龄，但内心那盏理想之灯却始终没有熄灭，靠的就是一种"诗意"的坚韧啊！或有人说：我又不会写诗，我又不是诗人，哪来的什么诗意？在我看来，诗意就是一种人生的态度，就是一种不懈的求索和自拯的智慧，与会不会作诗无涉。在做学生的时候，也许体会不到吕老师的诗意，也觉得他太过理想主义。然而，走出校园经历了这么多年的颠簸碰撞后，愈来愈觉得诗意确是人生的精神支撑。一次演出后，吕老师引着学校领导和日本客人上台，有学生批评他迎接领导的样子太过逢迎，吕老师接受了批评，并说出了本文开头那番话。他听到别人评价他是"狂热的理想主义者"时，又以"诗意的卞从周"来相答。掩卷深思，所有的人生殊途，景况总有相似之处，也可以收获同一种富有诗情的精神意趣。

回首我们每一个人走过的路，用"颠簸碰撞"来形容真的不为过啊！少年不识愁滋味，意气风发指点江山的我们，走出校园后谁不曾发出"行路难"的感喟！原来，世界不完全是书本中描绘的阳光明媚的仙境，人们更是行走在各不相同的思维轨道、奔走在各种实际的利益狭道，有形无形的网罟饵钩考量着我们的理智和定力，我们常常走得磕磕绊绊，有时撞得头破血流。因而，生活在这无法逃避的尘世里，我们每一个人都会有俗的一面，会有向现实低头的时刻。然而，当一个人哪怕只要存一丝丝诗意，他就不会完全是世俗的，更不会是市侩的，总有一些时候，他的灵魂会浮向超出俗世的层面来打量世界的面貌和自己的所为。于是，当他再次入世之时，总会带着些许荡涤之后的清醒和清新。

比如我，也会有逢迎上司的时候，也会有言不由衷的时候，也会有俗不可耐的时候。但是，我始终相信做强自己是立身之本，我始终认定虽然不能改变别人但不要改变自己的本心，我始终在看到困难和问题之时能仰面看到星空抬头看到前路，我始终坚持在静夜或清晨记录着自己作为一个读书人从内心喷涌出来的情思。于是，我常常可以清晰地看见另一个独立于现实世界之外的自己，我常常可以清楚地感觉到困难挫折正在成全着一个更优秀的自我。此时，不会写诗的我分明感到了诗意，看到了光亮；然后，我微笑着走出徘徊，踏上明天的路途。

吕老师说，他希望有一天《蒋公的面子》能被观众遗忘，人们能忘记这部戏，也能忘记教授们在权贵面前扭捏作态的这个传说。已过知天命之年、观看了生活种种活剧的我，多么能够理解老师的这番话！我要说，无论这世界多么斑驳陆离诡谲怪异，只要愿意，我们可以忘记许多事——那些被许多人认为是那么重要而其实无关生命本真的事。

这么读着，这么想着，不觉一下午就快过去了。心头异常静谧的我，忽然就记起了从前读过的一首小诗："这么微笑着，就已下午了/距思念，不知是否尚有百步/还未学会，年少的颓废何似/你的笑声就已在秦淮的对岸升起/晶莹透明，如一支圆润的笛/徘徊或挥袖/鸿雁也难传达的情意。"这是一个无名作者的诗，在晚报那次征文中拔得头筹。是什么打动了编辑，自不得而知。此刻想起它，只因为这个与老师相遇的美好下午赋予了我鸿雁也难传达的情意，只因为听到了秦淮河对岸剧场里会意的笑声，只因为在暖人的阳光和温馨的思念中感受到了晶莹透明的诗意。

雪的故事

　　喜欢几个雪的故事。

　　孙康映雪。晋朝时的孙康家境贫穷,白天要干活,晚上没有油灯看书。他曾尝试在月光下读书,但光线太暗。有一年冬天下大雪,月光皎洁,他突然发现,在雪地里看书非常清楚。于是,每当下雪时,他就晚上坐在雪地里,在映着雪的反射光线下读书。这个故事,境在一个"映"字。那映月耀天的雪啊,照亮了多少苦读的心!

　　王子猷雪夜访戴。晋代书法家王羲之之子王子猷居住在山阴时,一日夜间下起大雪,他一觉醒来,打开窗户,命仆人端上酒来,四望皎然。他忽然想起了隐居在剡县的友人戴安道,即刻乘小船前往。经过一夜方至,他却到了门前就返回。人问其故,他回答说:"吾本乘兴而行,兴尽而返,何必见戴?"这个故事,韵在一个"兴"字。那俊逸潇洒的雪啊,唤醒了多少沉睡的真!

　　郑谷改雪梅诗。五代诗僧齐己在一夜大雪之后,发现已有几枝梅花早开,便赋《早梅》诗一首,内有两句:"前村深雪里,昨夜数枝开。"诗友郑谷说:"'数枝'非早也,不若'一枝'。"齐己不觉下拜,士林便尊称郑谷为"一字师"。这个故事的主旨虽非关乎雪,却让我看到了齐己如雪一般的虚怀。这个故事,妙在一个"一"字。那无声涵容的雪啊,成就了多少空灵的诗!

　　程门立雪。宋时的一个雪天,杨时和游酢去拜见理学大师程颐,在窗外看到老师在屋里打坐。他们不忍惊醒老师,就站在门外静静等候。待程颐醒来,门外的积雪已有一尺厚了。这个故事,道在一个"立"字。那虔诚庄重的雪啊,哺育了多少求知的渴!

湖心亭看雪。明崇祯五年,张岱住在西湖边,大雪三日,湖中人鸟声俱绝。那一天晚上,他撑着小舟,独往湖心亭看雪。湖上影子,惟长堤一痕、湖心亭一点和他的小船、船中的两三个人而已。亭中却有两人铺毡而坐,一童子烧酒,炉正沸。见到张岱大喜,于是拉他同饮。张岱勉力喝了三大杯白酒。下船之时,船公说:"莫说相公痴,更有痴似相公者。"这个故事,神在一个"痴"字。那高洁孤傲的雪啊,见证了多少相遇的美!

卞孝萱先生踏雪。20世纪90年代初,一个大雪纷飞的午后,卞孝萱先生来到我所居住的半山园,送我一套精美茶具作为新婚贺礼。先生头戴旧棉帽,身穿旧棉袄,深一脚浅一脚地踏雪而来,只为向学生表示衷心的祝福。我深知,那顶老式的棉帽下,掩着的是一头如雪一样银亮的发;那件厚厚的旧棉衣之后,藏着的是一颗如雪一样无尘的心。这个故事,情在一个"踏"字。那清澈晶莹的雪啊,洒落我多少怀念的泪!

背 影

那天黄昏，独自在母校附近散步，仿佛鬼使神差，不觉就来到了汉口路52号那栋我熟悉的楼前。二十多年没有来这里了，物是人非，已找不到熟悉的大门。薄暮中，夕阳的余晖撒落在这座曾大师云集的院子里，带着几缕谢幕的依依和隔世的苍凉。我就那样站在路边，久久仰望东边二楼的那扇窗，泪水悄悄滑落脸颊。多少次，我曾在这扇窗下听导师王气中先生论道析文，如今，世间再无先生纵论古今的神采，先生留给我的，只是一个愈行愈远的背影了。

"人之百年，犹如一瞬。"年轻时，对王勃的这两句话是绝无切身体会的，只有到了"奈何五十年，忽已亲此事"的今天，惊回首，才会无比清晰地意识到，人生就是相逢，人生就是告别，人生就是聚散相织。在漫长或短暂的一生里，多少的人影憧憧，多少的人来人往！别离，萌发在初识的无觉里；别离，蕴藏在团聚的欢娱里；别离，潜伏在言笑的觥筹里；别离，骤降在老病的孤舟里。许多人中道一别，从此天涯路远、水阔鱼沉，本质上便是永别，回眸时纵使能忆起故人的面容，过往的同行实已成虚渺的背影。

背影，意味着远行；背影，代表着消逝；背影，投射着空茫。李白"孤帆远影碧空尽，惟见长江天际流"这样壮阔的离别，王勃"海内存知己，天涯若比邻"这样旷达的离别，高适"莫愁前路无知己，天下谁人不识君"这样励志的离别，王维"劝君更尽一杯酒，西出阳关无故人"这样体恤的离别，白居易"唯看一点火，遥认是行舟"这样惆怅的离别，帆影、天影、日影、杯影、舟影的后面，无不伫立着一个远去的背影！背影，宣告着不再转身；背影，象征着无可追回；背影，喻示着坠入幽寂。所以，"多情自古伤离别"又岂止在冷落清秋时节，"路上行人欲断魂"又岂非逢清明细雨纷纷！那些渐行渐远渐无穷的离人背影，无时不惹起我们千丝万絮、百感凄恻的别恨啊！

去年清明之际，和朋友去位于东郊的半山园访春。从明城墙下山之时，巧遇几位战友，热情打招呼之余，几欲到嘴边的名字已无法说出，真是"常时往还人，记一不记十"啊！一老者对面而来，彼此感到似曾相识，两人面面相觑，互问"您是哪位"，终不复忆起。友人说：你十几年的军旅生涯半天就走完了，面对这一切是不是有前世之感？春山一路，春草碧色，春水渌波，这本当游目骋怀、肆意酣歌之时，友人一语却使我从梦中惊醒。这从前的一切，温厚的师长、亲密的战友、新婚的斗室、咿呀的幼女，都已成在水一方的前尘！隔着辽远的时空，徒留"伊人"缥缈辽远、风中独立的背影，回不去，唤不归！

"再回首，背影已远走；再回首，泪眼蒙眬。"低回老歌里浮现的所有背影中，一定是父母儿女的背影最令我们潸然情伤。当父母垂老、儿女成人，离别和老病将我们和他们隔开之时，迢迢如春水的离愁就会汹涌而来。有一位女作家儿子上大学时，当教师的她在同一所学校，但青春的他不搭母亲的车，她只能从高楼往下看着被公交车挡住的儿子的身影。于是，她想起了自己父亲的背影：她到大学教书时，父亲用小货车长途送她后驶出巷口的身影；十多年后，父亲坐在被护士推着的轮椅中的背影。于是，交替目送着父亲和儿子背影的她终于懂了：所谓父女母子一场，只不过意味着，你和他的缘分就是今生今世不断地在目送他的背影渐行渐远。

这就是一个敏感细腻的女子从父亲和儿子日渐远去的背影看破的人生真相啊！这也是朱自清通过父亲爬上月台时"两手攀着上面，两脚再往上缩；他肥胖的身子向左微倾，显出努力的样子"那令人动容的背影，要告诉世人的吧！也是一切目送过亲人背影的人欲说不能的吧！如果说作家是想通过背影来表达"不必追"的落寞，红尘纷扰里，她进不了儿子和父亲的世界；那么，朱自清也许是想通过背影来描摹"无法追"的悲凉，世事苍茫中，他不知何时才能与父亲相见！是的，亲人倏然消逝的背影，我们何必要追，又哪里追得上呢！花落还会再开，四季可以轮回，而韶华易逝，吾生须臾，人生季节的相隔是永远无法逾越的银河，我们和亲人只能目送背影、怅望长天。

"我是行人更送行，潇潇风雨倍伤情。"人生路上，我们不断目送亲朋，不断被他人目送，也终有肝肠寸断的最后一送。黯然销魂者，唯有这伤怀凝噎的目送啊！此刻,我们能在阳光下迎面相逢是多么动人,能在细雨中携手漫步是多么浪漫,能在陋室里安享菜根是多么幸福,能在炉火旁脉脉夜话是多么真实！在人生之剧尚未落幕的每一天,用心珍惜与亲朋好友面对面的情缘,凝视他们的面容,铭记他们的笑颜——因为,我们终将互成遥不可及的背影！

相伴一程

去年 8 月,我去了扬州。那天晚上,朋友盛情安排老友相聚。闻听他的同事丁君是我研究生同学且同宿舍,便打电话邀他即来共进晚餐。约莫 10 分钟的样子,丁君便骑车而至。爽直依旧,朗笑依旧,但他说只能坐几分钟,因为那天是七夕,说好了要陪夫人去购物。我送他下了楼,见他跨上他的旧自行车,慢慢消失在夜色里。望着他那熟悉而又仿佛隔世的背影,我迷失在逶迤深幽的时间隧道里。

"青山隐隐水迢迢,秋尽江南草未凋。二十四桥明月夜,玉人何处教吹箫。"是夜,我漫步在广陵城这诗一般的月色里,眼前满是丁君的影子。杜牧调笑老友韩绰的风流,我却无心调侃老同学少年夫妻般的恩爱,我反而为他在如此长久的婚姻岁月中能葆有深情而感动。当然,我更不会觉得他对同学寡情。我只是无法停下回忆,我只是无法停止怀念。

我回忆起和丁君同窗共读的 3 年,记得他那辆破旧的自行车。但当年的他,早上骑车离开宿舍,晚上还会骑车回到宿舍。而今夜骑车而去的他,明朝是不会骑车再来了。同一个人,同样的车,相似的情节,是谁偷换了原本的结局?我怀念其他的师兄师弟师姐师妹们,记得他们每一个人的音容笑貌,但他们却在我遥不可及的远方。他们依然是他们,我依然是我,但毕竟昨日已渺。人啊人,即使再长久地同处一个时空,即使有再亲密的过往,也只能相伴一程啊!莫说同窗,连父母儿女、兄弟姐妹、恋人爱人,也无法相伴一生。

我们每一个人总是要消失的!这是生命的结局,也是人生的真相。陷进这个结局难免迷执,跳出这个真相则会释然。你走了,他来了,这纷纷攘攘的人来人往,不正丰富了我们的人生、积淀了我们的情感、拓展了我们的胸怀、淬炼了我们的意志么? 只要在那一段相伴的日子里,我们曾真诚相待,我们曾相亲相爱,这同行的一程就足以铭记,永使我们在月色如禅的静夜里思念满天、感恩盈怀。

是的,相伴一程,我们须要感恩;但无须苛求别人记得自己的恩,为曾经相助之人的默默无声而心生耿耿。不计较别人是否感恩,是一种胸怀,是一种体谅。离别后的人生旅途上,我们已看不到别人的行走之状,我们自己也难保一帆风顺。毋宁推己及人,多设想他人的坎坷和踉跄吧! 在相伴的一程里,我搀过你,你扶过我;在不再相伴的旅途上,我纵使记得你,但不要求你记得我。每个人如果都能这样求诸己而不求诸人,原本就艰辛的路途上能少背多少重负哦! 那曾经携手走过的一程是何其值得啊!

那一个夜晚,远在苏州的夏君忽然发来一条信息:在这样酒后的晚上,就呆呆坐在这里,想起大哥你,想起战友们,才感到在钟山脚下度过的那几年是人生最美的时光。虽然很少相见,但我不会忘记和你在一起的日子! 那一天中午,给远在美国的好友管君发信息,告知一篇写他的散文今天发表了。下午他回信告诉我昨天已回国,下周欢聚! 不由得情痴,不由得和夏君一样微醺,为这远隔万水千山的心灵感应。在生活被种种纷繁琐屑、私欲杂念碾成碎片的今天,能偶尔被思念,能远远被惦记,就因这一瞬间的相互牵挂,就因这一霎时的彼此萦怀,相伴的那一程便成了永恒。

这个新年,收到惠宇君一首小诗:"感谢一路守望/纵然不常相见/一点一滴/还记得往昔模样　感恩一路同行/惯看岁月流转/人来人往/终不改赤子之诚。"读着多年好友这独出心裁却是发自肺腑的话语,电视晚会的喧闹声听而不闻,与好友们相聚的日子从远处飘来,我沉醉在相伴一程那久远而真切的醇美之中了。

不为丁君的背影而感伤,因为我们曾相伴一程;不为夏君的怀念而恋往,因为我们曾相伴一程;不为管君的归飞而奢望,因为我们曾相伴一程;不为你的无声而恨怅啊,因为我们曾——

相伴一程。

管涛的微信

　　大学二年级时认识了管涛，他与我本不是一个系科和年级，因为同在学生会工作的缘故，我们相识并成了好友。比我小两岁的管涛，可以用宅心仁厚来形容，端正秀气的脸上，总是挂着朴实甚至是略带羞涩的微笑，让人觉得那么踏实可靠，大学毕业后，我去了军队，他到了美国，联系其少。及至有了微信，有一天他的名字忽然从通信录中跳出来，我们终于得以天天在网络见面，读他的朋友圈，成了习惯，更成了享受。

　　管涛的微信，不晒吃喝玩乐，不晒健康养生，多半晒的是漫步或游历中拍下的有意味的人物照，偶尔也晒晒父母孩子。他的照片可不是一般的水准，是一个摄影爱好者积年累月达到的专业水准。但我看中的并不是这种水准，而是他的微信都紧紧围绕一个字：人。他深知人是世间最美的风景，他的镜头善于从似乎十分平常的生活中，敏锐捕捉普通人的喜怒哀乐，传神记录他们的精神面貌。为了呈现某种岁月的特质，许多照片都是用黑白胶卷拍的。而且，管涛不是那种把图片拼凑在一起就了事的人，他总会写出自己独到的感受，有时甚至是很长的一段文字，读了也常常让我有很长很远的思绪。

　　离邦多年，管涛去过世界上许多地方。他既关注纽约的繁华、威尼斯的惬意、巴黎的浪漫和伦敦的儒雅，更愿意流连街头巷陌，徜徉寻常小镇，去遇见他心目中的"人"。旅途中的动人一瞬，也会令他快速按下情感的快门。一天傍晚，他在所居住的幸福屯散步，正好遇见一位街头艺人在表演，路人则跟着音乐随性起舞，情到深处，一对老夫妇相拥亲吻。他迅疾把这画面定格成永恒，并以"爱撒了一地"作为注解。2017年即将过去的时候，管涛全家在海上旅游,他走在甲板上梳理着这一年的时光,觉得忙碌让自己常常感觉不到四季。这时,路过舞厅的他看到不少年过花甲的老人正在翩翩起舞,不禁停步观赏,拍下了一组流动温馨的照片。他问自己:待华发满头时,是否能像他们一样对生活充满热情、从容应对? 这不正是我们每一个在疲惫奔跑中丢了自我、少了激情的人应该抚心自问的吗!

　　舞厅的地板上画着旋转的音符,一位老妇人非常正式地牵着丈夫的手步入舞池,另一对老夫妇则已极其认真地摆出了探戈的造型。音符的流线之美,舞者的银发之美,岁月的光影之美,那么和谐地糅合在一起,令我们不禁也想穿透手机,加入这舞动的行列。朴实的管涛还是那么朴实地面对自己的每一张照片:"没啥主题,只是记录生活中的点滴。"是啊,生活就是生活的主题,还需要另觅主题么? 所以,当他周末早晨去农贸市场时,就很自然地拍下了一组非常"生活"的场景:民间音乐人正在表演,夫妻店的老头正在替人磨刀,上次被他拍过照片的男孩把他朋友一起叫来拍了……而在另一个山区小镇上,他拍下了推销食品的老人、海边玩沙子的孩子,还特别拍下了小饭店的一位老人,她居然是这家饭店唯一的服务员! 看上去已年过七旬的白发老太太,置身于灶台锅盘之中,就那么穿着围裙自信地站在管涛面前,满脸的皱纹和满心的笑容一起绽放。她让我们觉得,到了这么老的年纪,能够真心地爱自己手中的这份活真好,能够健康地劳动真好!

　　是的,管涛镜头下的人物常常挂满了笑容。坐游轮时,他觉得那些服务生要照顾几千游客,确实很辛苦,于是就给他们照了几张肖像。你看,每年在海上漂泊 9 个月的他们,哪一个不在开心地笑啊! 姑娘侧着头开朗地大笑,成了一朵美丽的花;戴着垂下一角绒帽的小伙子站得笔直地憨笑,成了一棵快乐的树;这位老服务生则已经笑到嘴往耳朵根贴了,好像还有点不好意思。笑容,是他们对生活和职业所持态度的自然流露。管涛有几幅照片参加了"小城故事"摄影展,满是白胡子的卖奶酪的老先生抿嘴笑着,开古董店的中年夫妻那么相像地浅笑着,快九十岁的卖橄榄油的老夫妻淡定地微笑着;四五岁的小姐弟俩忘情地嬉笑着,姐姐"霸道"地用手摸着弟弟的脸;小镇上长满络腮白胡子的退休牙医和高大强壮的警官——他三十多年前的小病人合影,严谨的牙医笑得有些内敛,警官不知是否故意笑得那样开,露出一口洁白整齐的牙;站在街上手持"免费拥抱"牌子的那位女士,等待中送出坦荡和直率的笑容;80 多岁吹着乐器的乐手,尽管侧面对着我们,我们还是能感觉到他整个脸上洋溢的笑……他们为什么都能露出这样天然发自心底的笑颜？管涛一句质朴的话就说明白了："一个普通的小镇，对于来往的过客来说，仅仅是一个驻足之地，而对于镇上的居民来说，这就是家！"笑，是因为他们爱自己的家；笑，是因为他们爱在这小镇上和家人在一起的安详生活！

管涛的微信也会有稍显沉重的内容，比如父母亲朋的话题。2002年他父亲因急病住院，待他赶回南京时，父亲已陷入昏迷，奇迹终于没有发生，这成为管涛心中永远的痛。就是这样令人五内翻腾的不幸，他发出的父亲的几张照片，都是无机心地笑着的模样，我于此看到了管涛特有笑容的来处。2017年，我们共同的好友逸松带80岁的母亲去美国。回国前在管涛家做客时，逸松说能不能带两个剩菜给母亲当早饭，因为母亲吃不惯西餐。管涛听得要流泪，我看得也要流泪。就是这样略微心酸的内容，他发出的照片，都是逸松和母亲相偎而笑或母亲慈祥笑着的影像。管涛就是这样一个爱笑的人，无论生活中发生了什么，他依然笑观人生，奉献给我们这一笑一盼中蕴含的温情和美。

我不像一些人那样极度反感他人晒衣食、秀恩爱、煲鸡汤，但对这一类微信，我只会走马观花。然而，管涛的每一则微信，我都会仔细看，不放过一张相片一个字，因为我不想错过他的每一个发现、每一份感动、每一片思羽，我也为老友"涛声依旧"而感到无垠的惬意和欣悦。一年前，我答应他写一篇《管涛的微信》，今天终于践诺。但是，丹青难写是精神，我绝对描画不出管涛那些照片的神韵，也无法道尽他那些文字的真意。我希望有一天，管涛自己能把这些图文辑成一本《管微编》。我们需要《管锥编》这样的学术宏著，也需要《管微编》这样的生活小品，每一个普通人一定都能从中看到自己的身影，微微一笑，微微远思，微微心醉。

一笺旧墨忆流年

那日，戴晓荣学长忽从微信发我几张图片，竟是我33年前写给他的两封书信。为这一笺旧墨被他如此精致地保存而感动之时，也不由得顺着墨迹忆起似水流年。

这两封信都写于1987年，那时，我读研究生一年级。晓荣本是高一届的学长，因为我提前一年本科毕业而得以和他有同窗之谊，加上他是常州人、我是无锡人，兼有江南同乡之情。更深的缘分是，我从系学生会去校学生会任职时，系学生会主席一职由戴兄接任，他是我们中文系第一个通过竞选产生的学生会主席。当年在阶梯教室竞选的热闹场景犹在眼前，戴兄振臂一呼的喊声犹在耳畔，不觉已卅载掷人去，倏如流电惊！

晓荣兄敦厚朴实，情窦晚开，在学时未曾有芍药之赠。未料他毕业不久便有了意中人，这就是我信中所谓"骗到一个女朋友"。读至"春天已到，是否偕她到南京一游"一句，不禁大笑。"女朋友"语境下的"春天"是双关语呢，是说戴兄人生的春天到了！遗憾的是，三十多年过去，我到现在也没见过这位嫂子，从戴兄一直事业顺遂、身心怡然来看，一定是位宜其室家的贤内助呢！

从信中可以看出，那时候人的恋爱依然不脱"革命加恋爱"的传统模式，很看重共同的志向。戴兄找了个参加自学考试的女友，托我买《大学语文》教材呢！我甚至想利用阅卷"职权"给未来的嫂子多打几分，所幸人卷难遇，或即使卷子遇到我批改，试卷也是死死密封无法下手的，否则岂不是徇了私情、犯了大错！

说说笑笑而已，其实我只参加过一次自学考试《大学语文》阅卷。信中提到"我打分很宽,总想多给人家,因此组长老来找我的麻烦,说我是菩萨心肠",忆来颇有趣味。那次参加阅卷的除了中文系的老师们,就是我们这些研究生。年长的老师判卷一般会严格些,年轻的老师和研究生一般会宽松些。比如,有些古代汉语字词的解释,我会搭到边就给分,组长则要求严格按照标准答案,一字不能差。我存有"菩萨心肠"的想法是,这些大龄的考生们都是被"文革"十年浪费了学习时光,是被林彪、"四人帮"害的,拖儿带女参加自学考试不容易,判笔稍微抬高那么一点点就过了,不会成为屡试不中的范进。再比如作文,本来就没有严格的标准,我觉得尽量不要给不及格为好。记得很清楚的是,一名考生写他老婆是"三心牌"的,即自己看了伤心、别人看了恶心、出了家门放心。这好像是哪段相声里说的,判卷的年轻老师看了忍俊不禁,读给大家听,组长大恼,一定要给不及格。但经过大家讨论,还是给了及格哈。从判卷的宽严之争,也可以窥见社会转型期的一些心理现象。

戴兄一定是问到我的学习情况了,所以,我回复说"觉得入了些门,比以前感觉好些,自信心足些,事业心强些",这应当是当时的真实感受。研究生同学年龄参差不齐,有长我 10 岁之多的,他们对诗书的理解比我们这些一直闷在校园象牙塔里的貌予小子不知要深多少倍,心里不免着急。现在,待自己已过了知天命之年,更知道当年所谓入了些门也不过是"为赋新词强说愁",而今再登上古典诗词重重叠叠的层楼,才略能"却道天凉好个秋"!

他也一定数次问到我们班同学的考研情况,我才在两封复信中均提及此事,这些同学如今都是各界翘楚。戴兄似乎也曾经想考研的,工作后这一情结仍未释怀。实际上,一直从事行政工作的戴兄,从来没有放松学习,也时不时著文赋诗以自娱。前年他退休后,文字更多了些,名之曰"戴公心语",经常从微信发给我。新近一首《偶得》云:"春光明媚入窗舒,心斋手捧诵卷书。敞得半楼东边好,宅家防疫神仙如。"还有点程颢《春日偶成》的意趣呢!

可以欣慰地告诉他的是,我毕业后虽然角色屡变,但始终未废读写。33年前的信中说:"我么,除了读书还是读书,亦苦亦忧。"今天,武进老友如相问,我仍会以这句话作答。不过是,当年苦的是年少读不进、忧的是阅浅悟不深,如今苦的是岁晚读不完、忧的是历多悟不清。然而晓荣兄,我相信再苦再忧,你我都会继续这除了读书还是读书的学思之旅,这是我们青春韶华里的初心,这是我们一笺旧墨里的默契。

梦回少年咏《送别》

"长亭外,古道边,芳草碧连天。晚风拂柳笛声残,夕阳山外山。天之涯,地之角,知交半零落。一壶浊酒尽余欢,今宵别梦寒。"李叔同这首经典的《送别》不知听过多少遍,然而整整听了一夜、唱了一夜,却是在那天的梦中。

梦里,宽大的舞台上华灯齐放,一群少年排成几队,整齐地站着,一遍遍地唱着《送别》。青年的我,牵着幼小的女儿,从他们面前一遍遍来来回回地走过,辨认着唱歌的人们。他们一会儿是初中的同学,一会儿是高中的同学,一会儿是大学的同学,都在全神贯注地唱着,没有一个人和我言语。

忽然我发现,我不正在人群里吗?少年和青年的我,留着茂密黑发的我,正与同学们一起放声咏唱。低回的歌声中透出合唱特有的力量,直达我的心灵深处。我就那样牵着女儿的小手,从年轻清癯的自己面前走过又折回,直到从梦中醒来。

很长很长时间里,我都游弋在梦境,模糊的意识分不清刚才是梦还是真。我翻出中学和大学的毕业照,发现我在舞台上的位置和照片中差不离呢!这个梦,是青年的我在送别少年的我?是中年的我在送别青年的我?是今天的我在送别所有与我有关的生命岁月?

我是在告诉幼小的女儿,爸爸也曾是少年,曾有过芳草碧连天的青葱年华,而年少的时光早已是渐远渐无穷的山外之山,人生从一开始就是一首《送别》!我是在告诉中年的自己,我也曾是青年,曾挥洒携百侣同行长亭古道的书生意气,而如今已是知交半零落,人生的每一个驿站都是一程《送别》!我是在告诉今天的自己和女儿,人生的角色在轮回和变换,我已成了外公,女儿已做了母亲,人生的每一步成长也是一段《送别》! 这一个可以叫作《送别》的梦,是梦又不是梦,传递的是我们无暇深思的生活真相,低吟的是贯穿人生始终的聚散主题。

那天遇到原部队的一位老教授,他问我:还有几年退休? 我说4年。他感叹:时间过得真快啊! 听说你都当外公了? 我想,他一定想到了我不到40岁去系里上任的情景,一瞬间已近30年过去了。他那边在感慨,我这边也一样感慨啊! 我有好多年没见到他了,假如分别之后从没有再相逢,那某种意义上是不是意味着和这个人从未相识? 或者说那一别就是永别? 当了外公的我,牵着豆苗的小手,拥她入怀时,看着她酷似女儿的眉眼和神情,常常为岁月似无章又有序的更迭、生命似无因又有源的代谢而恍惚。人生,真的是一边在进场一边在出场,一边在增长一边在消减,一边在相聚一边在送别!

回眸走过的路,回望做过的梦,我清晰地看到天地之间延展着空廓无边的舞台。忽而是明亮的阳光,忽而是皎洁的月色,忽而是密布的乌云,忽而是疾闪的雷电,舞台的光影不断变幻。密密麻麻一排又一排、层层叠叠看不到尽头的人们,齐声唱着《送别》。我也在这人群中,始为少年,继而青年,转瞬中年,骤然老年。队伍中不停有人消失,又有人加入,走马灯一般,而歌声从未中断。

人生,就是这样一个为了告别的聚会吧,就是这样一个梦里不知身是客的梦中之梦吧! 听!"一壶浊酒尽余欢,今宵别梦寒。"送别伤也美,别梦寒也暖。听!"长亭外,古道边,芳草碧连天。"人生无再少,且行且珍惜!

久违了,蕴茜同学

　　出差外地,今晨在异乡醒来,传来的是校友、南京大学历史系教授陈蕴茜与世长辞的噩耗。虽然我两年前就听说她癌症扩散了,数日前又闻病危,但这一刻,仍然不敢相信这是真的。下午回南京的路上,她特有的笑容一直浮现在我眼前,过往虽然不多但记忆犹新的交往不停在脑中闪回。

　　我和她同是 1983 年夏天进入南京大学的,我读中文,她读历史,本来并不相识,应当是有某个契机、经同学介绍认识的。第一次相见的地点、事由、话语全然忘却,但她始终挂着的微笑却给我留下了难忘的印象。以后,在校园里相遇时,她也总是那样笑着跟我打招呼。我觉得,她的笑是具有标志性的,是她独有的。看她网上的照片,从青年到中年,她的笑容就一直没有改变过,是那种异常明澈、毫无机心、温润如玉的笑。

　　蕴茜除了功课好,也是社会活动积极分子,参与了历史系学生会的工作,这使得在校学生会工作的我与她也有了一些交集。我提前一年本科毕业时,除了请本系的同学在纪念册上留言,也请了一些外系相处友好的同学给我赠言,其中就有蕴茜。这本纪念册我一直珍藏着,她给我的留言是:智慧、冷静与成熟是你成功永不干涸的泉源。这当然是过誉之词,但我却把它看作一个同样勤奋而追求成功的同学真诚的祝愿,向这些方面不断努力。

　　读研究生时,记得蕴茜曾经来宿舍小坐,我们一起探讨研究生阶段的学习方法,交流职业打算。我们有共同的向往,就是沿着学术之路一直走下去。她仍是那样的娴静,脸上挂着她标志性的笑容。我毕业后却没有能从事学术研究,去了军队,从此和她就没有联系,但一直关注她的学术生涯。2009 年,当我从媒体读到她出版《崇拜与记忆:孙中山符号的建构与传播》

的消息,为她取得这一民国政治和孙中山研究领域的开拓性成就而高兴。我给她寄去了自己的散文集,并索要她的新著。一直未得到回音,我想也许她当时并不在国内,也许我的邮件被淹没在收发室那些五光十色的宣传广告邮包中,压根儿就没到她手里。

两年前,一个同事患病住人民医院,回来告诉我:病房里有一个南大历史系的女教授,癌症已经扩散了,让我不要告诉别人。我心头一惊,忙问:叫什么名字?朋友回答:记不得了,好像姓陈。我心头更是一坠,问:是叫陈蕴茜?她说:对对,你不要说啊,她特别乐观,也特别要强,一再嘱咐我不要对外说,你是南大的我才告诉你。我的心情非常沉重,想去医院探望她,又怕伤了追求完美的她的自尊,只得默默祈祷她尽快好起来,回到她钟情的教学岗位。

我们班有一个女同学是她高中的同班同学,今晨噩耗传来,她告诉我,一直劝蕴茜不要拼了,把一切都放下,好好顾惜自己的身体。可蕴茜说,系里已经很照顾她不上课,所以她不能放弃搞科研和带研究生。她根本没把自己的病放在心上啊,放不下的仍是学校、学术和学生。

在给我的毕业留言上,"往事历历话当年"那栏,她写了两个字:久仰。今天噩耗传来,沉浸在悲痛中的我却实在不忍用世人常用的恸极之词来送别她,我想这也是达观坚强的她所不愿意听到的。我只想说:三十多年没见,真的是久违了,蕴茜同学!

久违之时,听到的却是你患病的消息!

久违之时,传来的竟是你离去的噩耗!

久违之时,颤栗的全是你自强的坚忍!

久违之时,永记的将是你长存的微笑!

他人亦已歌

　　这个七月，对我和我的同学们来说，真是个多事之秋。22 日，周四清晨，听到了历史系陈蕴茜同学病逝的噩耗；23 日，周五下午，又传来本班李群同学猝亡的凶讯，同是 55 岁的英年！尚未从昨天的悲痛中醒来，又溺于今天的伤情，眼前一直浮现着她浅浅的微笑，耳畔不住回荡着他朗朗的大笑，只觉得是在梦里，或是在听小说，这一切怎么可能接连发生在我们身边！

　　然而，真实就是真实，由不得你不信。然而，真实尽管是真实，对与逝者相关的人来说，仍然会如在幻境。同学群里，大家回忆起与李群共处的点点滴滴，这个来自佳木斯的大个子其实心细如发，这个有着爽朗笑声的东北人真的助人为乐。有一个同学去年还和他谈笑畅饮，怎么也不相信骤然间阴阳相隔。大家不住地问发布消息的同学：你开玩笑吧？别不正经！直到他反复说"事发突然，我正在哭"，大家才慢慢相信。

　　最不能接受的是我们班那个名字里同样有个"茜"字的女同学，她与蕴茜既是高中同班，又是南大同仁。她说，两天里痛失两位同学，真的是晕啊！25 日，周六，雨停了，难得的阳光露了脸，大街上满是出门一洗雨季"霉"气的人群。而她，就在南大鼓楼校区转啊转啊，说看到了公告栏里高中同学的讣告。我知道，她一定在讣告前低泣良久，她的魂丢在老同学身上了，她就是不能接受现实，她要去南大找寻过去的时光。

　　可是，有些事真的是永远回不去了！26 日，周日，南京又是一个晴好的天气，想有多少人兴高采烈去逛街，去购物，去游园啊！而在那厢，北京的 7 个同学将代表我们为李群送行。一个可触可摸的人瞬间化为尘烟，这种突如其来的消失和天人相隔的永诀，在家人无异于世界末日，在亲朋无异于山崩地裂！"山一程水一路永远兄弟，来一世走一回始终英雄。"我们用这副挽联送别亲爱的同学，愿他富有感染力的笑声使天堂更加明媚生动。窗外是艳阳高照蝉意闹，群里是思念低回哀声绕，此时就想起了鲁迅先生的话："楼下一个男人病得要死，那间壁的一家唱着留声机；对面是弄孩子。楼上有两人狂笑；还有打牌声。河中的船上有女人哭着她死去的母亲。人类的悲欢并不相通，我只觉得他们吵闹。"真的，就个体而言，人类的悲欢并不相通啊！

世界上每天都在运转着悲欢离合的轮回，倘或发生在身边，我们就会感受强烈；倘或发生在别处，我们就会感觉淡然。娇嫩婴儿坠地喜气盈盈的这家，岂闻羸病老者撒手哭声啼啼的那家？无病无灾乐度华年的这家，岂见祸不单行岁月惨淡的那家？衣食不愁小康融融的这家，岂知三餐难继赤贫凄凄的这家？人生的悲欢并不相通，是真相，也是常态。如此，我们就当既为亲朋的逝去而伤情，达尽我们不舍、缅怀和永志的心意，祈祷他们一路走好、宁静安息；同时又超越眼前的悲痛，不为他人的淡然、漠然而纠结甚至怨恨，祝福世人过得更好、快乐前行。

有同学说，人是有灵魂的，李群同学会看到大家的思念；有同学说，人哪有灵魂，活着的人过好每一天吧。我不介入这样的讨论，只是想起了陶渊明《拟挽歌辞》三首中的诗句。他说："有生必有死，早终非命促。昨暮同为人，今旦在鬼录。魂气散何之，枯形寄空木。"他认为早死晚死都是常事，人死气散，并无灵魂，真是勘破生死、达观通透。他更进一步写道："幽室一关闭，千年不复朝。千年不复朝，贤达无奈何。向来相送人，各自还其家。亲戚或余悲，他人亦已歌。死去何所道，托体同山阿。"有生必有死本是规律，再有能耐的贤上达人也无能为力。送葬之后，出于礼节应酬而出场的人们都各自回家，除了有关系的亲人还沉浸在悲痛中，其他人该唱歌的就开始引吭了，他本没有悲伤的，唱歌也是合乎情理的。所以陶渊明劝世人，死后就没有什么可说的了，就同山下的泥土一样交给大自然吧。因此，想到从此生死两茫茫、相见永无期，我们自然会悲恸唏嘘、怅恨嗟叹。但我们更要明白的是，随着人到中年，经历的生死离别会越来越多，我们要以旷达之思、同理之心来应对。不必用灵魂相慰，我们只虔诚表达对亲朋的悼念；无须在深浅缠绵，我们还要继续走好余下的人生之路。

今天，7月28日，是蕴茜同学的送别之日。阳光掩不去我心中的悲伤，我心中的悲伤挡不住他人的高歌。人生，就是这样交织如麻吧！悲欢，就是这样难以相通吧！但"至少，也当浸渍了亲族、师友、爱人的心，纵使时光流驶，洗成绯红，也会在微漠的悲哀中永存微笑的和蔼的旧影"——鲁迅先生如是说。那么，远行的同学啊，你要相信，在世事纷扰不息的聒噪中，我们会永远记得你熟悉的青春容颜；在世人绵延不绝的高歌中，我们会永远低唱怀念你的寂静之声。

第一缕阳光

上个月与全省的选调生们分享职场体会，八百多名优秀大学生专心致志、凝神静听，看得出他们转折之时的兴奋和憧憬，也从不时的笑声和掌声中听到了对过来人职场经验的认可。结束后，有几个学生加了我的微信，并且希望能得到我的文集。我很快就按照他们提供的地址把书寄了过去，他们都非常开心，说想不到我能和他们这样平等和善地交流。孩子们不知道，面对着一个个真诚急切渴求指引的面庞，我想起的是自己初入职场的情景。

整整三十年前的那个夏日，我带着满满几纸盒的书，去往我的第一个工作单位，那所海军最高学府的学报编辑部。听比我早到工作单位的同学们说，去了安身之处都没有，行李只好先放在办公室。迎接我的也会是这样的冷落和无着吗？之前并未打听，心中不免忐忑。

到了编辑部，五十多岁、花白头发的范志泓主任已经在等我。他用带着浓重福建口音的普通话对我说："我们先去宿舍吧。"个子不高的他，亲手帮我提着行李往宿舍楼走去。开了房间门，他笑着说："桌子和床我已帮你从军需处领了。学院房子紧张，本来这间宿舍里还有一个战士，我协调让他和别人合住了，你一个人住方便些。"闻听此言，一股暖流顿时溢满全身。原来，我还没来报到，主任就已经为我做了那么多工作！初涉职场的我，心田就这样注入了第一缕阳光，宿舍楼阴暗的走廊骤然也变得亮堂起来。这缕阳光，驱散了我的陌生和不安。范主任也用他的亲和细腻，为刚刚走出校门的我扣好了职业生涯第一粒纽扣。

几年过去了，我离开了编辑部，来到政治部从事干部人事工作。每当毕业季有地方大学生来求职时，我眼前总会浮现出第一天报到时范主任那和善的笑容，我就会认真了解他们的需求，回答他们的问题，提出自己的建议，不想让他们出了校门遭遇的都是冷淡，伤了一颗对他人和未来充满信任的年轻的心。

印象最深的一件事，是有一天收到一封西北某大学毕业生的求职信，不知如何处理，求教于年长的同事。老同志笑笑说：这种信多了去了，不用拆。边说边指指字纸篓。我不忍这样简单地处理一份来自边远省份的希冀和等待，还是给这位学生写了一封回信，告诉他所学专业和我们学院的需求不符，并祝他如愿找到合适的工作。我只是做了自己应该做的，以为事情就这样过去了。没有料到的是，几个月后我收到了这位学生从深圳写来的回信。他告诉我已经找到了理想的工作，回信只是想谢谢我，因为他发出了几十封求职信都石沉大海，唯独收到了我的回信，使他觉得生活中仍有关怀和暖意。这件事给我的触动很深，提醒我无论什么时候都要换位思考，尽己所能给予别人哪怕是绵薄的帮助。

入职之初的经历就是会这样影响甚至塑造一个人，在人地生疏、四望无助之时，假如有一个人伸出了热情的手，这双手的热力就会永远潜藏在你的心灵里，并生成更加强大的生命动能。交流结束时，我说了两句话："后生可畏，向选调生学习；前程可待，为青年人祝福。"这是我发自肺腑的心里话。也是从青涩的学生走到今天的我，真的愿意和这些刚刚踏上社会的孩子们多说几句话、寄去一本书，希望能在他们的心里洒下和煦的第一缕阳光，祝福他们的人生之路走得更正更远。

情满来时路

上午得空,去半山园给首长拜年。比约定的时间早到了十多分钟,怕影响首长休息,索性去走走来时的路。

是31年前的夏日来到这所梧桐如盖的军队院校,是13年前的春天离开这曾经的温馨家园。十多年间,我回来得不多,但这里的一切已融入骨血、不会忘怀。进得西门往左拐,小路右边那翠竹掩映中的两层小楼,对我来说曾是那么神秘,那是小说里才会出现的将军楼啊!后来与将军们朝夕相处,才发现他们都是些可亲可敬的人。今天我要看望的将军,我每个新年都要来看望的首长,就是一位令人敬重的将门之后,一位时时给予我引导和扶持的师长。每年来看他,实际上就是来聆听教诲、接受洗礼,告诫自己是从这所大院出发的,不要忘了来时的道路、负了深情的目光。

来到这片土地,我不需要费任何思量,不需要作任何设计,仿佛脚下有神奇的力量推着,不由自主就来到了那些叠满了我屐印的地方。走着走着,一抬头,"服务中心"几个大字赫然入目,这是当年军人服务社所在地,基本的生活用品都可以在这里买到。最重要的是,单身汉的一日三餐都可以在这里的食堂解决。院子里有一对小夫妻,豆腐做得特别好,常年供应给食堂。所以,食堂中午天天有麻婆豆腐,三毛钱一份,经济实惠,是不少人的首选。每当过春节,大家排队到服务社门前领鸡蛋、鱼、水果和罐头,那种绿色包装、没有商标的内供罐头,一介书生的我从未见过,分送给亲朋共享时,好有自豪感呢!整个大院几百号人,大家买早点、买菜、买日用品都在这条小街上,抬头不见低头见,其乐融融,亲如一家。学生的青涩,书生的清高,就在这样和谐的大家庭中洗去。

　　沿着服务中心往西走，是几栋三层的老楼，在当时这就是单位面积最大的住房了，有一百多平方米。虽然年代久远，外表陈旧，但好好装修一下，还是足让人羡慕的。在这些老楼的尽头，有一栋五层的楼，154 号楼，是当时相对较新的楼。我在这栋营职楼里住了整整 8 年。面积不大，50 多平方米，但有两间卧室，有个小小的客厅，可以放一张餐桌。对一个三口之家来说，已是非常满足。阳台很小，都没封闭。怕老鼠出没，家家都用砖头把阳台下半截镂空的围栏填上。今天看到，大家都已做了封闭阳台，但这些砖头现在还依然填得结结实实，成为那个年代的人勤俭持家的见证。走过曾经的家，转向大院的小西门时，我仿佛正要出门去买菜，去小书店买书，去送女儿上学，一时有些恍惚，惊觉时光飞逝。转瞬间，已别了前尘、过了长亭、白了双鬓！

　　不觉间，我沿着大马路旁的小径，来到了我在大院最后的家园，66 号楼。仰头望去，二楼我装的护栏都还在，也无任何锈迹。记得有次傍晚经过，从二楼客厅亮着的灯光来看，还是我住的时候装的灯呢！想到主人应该换了好几茬了，这护栏、这灯却依然守候着曾经的旧时光，温情不由得汩汩涌起。对门、楼下、楼上都曾经住过我最好的战友和朋友，我们选房时相约做邻居，如今多数已不在大院了。有的依然常常联系，有的已经杳无音信。人生就是这样的来来往往！

　　是的，人生就是这样的来来往往！"临行临别，才顿感哀伤的漂亮。原来全是你，令我的思忆漫长。"如果没有来来往往，如果没有告别离分，今日重来，又怎能有这样蕴藉深厚的情思！漫步在来时路上，遇到几个人，我们互相看看，似乎都能想起从前某个熟悉的面容，但终又无法相认。唤不出名字又何妨，但知是故人就好，曾经相伴一程就好。

　　每年，首长都会送我一点纪念品，今年送我的是他女婿和女儿合著的关于美国海军战略研究的论文集。虽然我从来也没有真正进入军事学术研究领域，但对这份新年礼物还是非常珍惜。书的封面是蓝色的，这是大院的人们出书时最喜欢用的颜色，因为这是我们钟情一生的海军蓝啊！更重要的是，我从将军身上看到了来自他父亲的家风的传承，从他儿女身上看到了良好家风的延续和军事学术研究的薪火相传。我们总说要不忘初心，初心不空洞、初心很实在、初心非口号、初心很具体。能够多少年潜心学术研究、甘心坐冷板凳，初心就一直在那里。

　　这所大院,可以说是我人生的一个重要出发地。我很少回来,原因是我一直认为相见不如怀念,回忆比现实更美。重走来时路,可以是我今天这样真切地去访旧,也可以任思绪在忆念里驰骋。人生的一切都是过程,都是驿站。人也好,事也好,地方也好,因缘际会或浅或深。浅也珍惜,深也珍惜;聚也欢喜,散也欢喜。只愿我们回首来时路时,那份出发时的憧憬和激情依然没有消失殆尽,那份对生活的感恩和热忱依然飘溢心间。那么,一切的流转都会成为动人的诗篇,所有的相遇终会照亮无尽的远方。

远处高楼上渺茫的歌声

　　这些天,因为老首长到来,许久不见的战友纷纷露面,许久不想的往事也纷纷浮起。分别那天,聚会的地点放在中山门附近,曾经的部队,曾经的家园,曾经的战友,可以想见这是一个怎样情感迸放的场面!酒酣耳热之时,战友们的话轻轻重重、若断若续地传来,仿佛一曲曲且远且近的旋律在心头掠过,忽而惊起沙鸥飞无数,忽而东船西舫悄无言。

　　饮者皆知,很多时候,醺醉不是来自酒。那天下午,我已醉过一场。傍晚时分,我提前从西安门地铁站出来,就是想走一走从前的路,慢慢地靠近曾经最熟悉的地方。我在西华门广场长椅上坐了一会儿,这是我以前去新华书店路途中经常小憩的地方。一个老人正在凝神垂钓,全然不知身后这个看客正思情翻飞。到了明故宫,我忍不住走了进去。断碣残垣依然,苍苔卧石未改,而我已多久没来了啊!那时候,明故宫是这一带居民散步的最好去处,也是东郊最早的露天舞场呢!曾经为一对老人并不标准却非常默契的舞步而感动,写过一篇《黄昏舞步》。今天这么巧,也恰捕捉到了一对老人的舞姿,我怎能不为这冥冥之中的情景回放而心动?我怎能不感到仍身处昨天的恍惚?愈近中山门,正如"近乡情更怯",心中泛起既欲相亲、又恐疏离的层层涟漪。而路经的一切,既使我迅速回归,又使我心摇神荡。

　　又见首长,情炽之中,我们共有的感受就是难忘他的言传身教。作为政治工作首长,他给我印象最深、对我影响最大的就是爱学习、关心人。去他办公室时,首长手头倘无很急的工作,不是在看书做笔记,就是在翻看干部花名册。他有记卡片的习惯,给我们讲课或讲话时,常常手里会有几张卡片。长年坚持学习,从不自我满足,使得他思想深邃、看问题入木三分,底蕴深厚、做工作得心应手。他常对我说:你们做干部人事工作的,要经常看看干部花名册,知道干部的任职年限,主动为他们考虑职级问题,谁该晋升都要心中有数,不要让干部自己操心和担心。经年愈久,回想起首长的这些话,我在依然感到温暖的同时,愈加感恩生命中遇到了这样有品德有温度的领路人,真正是受益终身。

再逢战友,笑谈之间,我们共同的话题就是永远无悔的军旅时光。我们回忆起很多沉淀在岁月深处的趣事,我作为一个地方大学生是怎样羞怯站门岗的,他作为一个大龄青年是怎样着急找对象的,你作为一个新教员是怎样发窘上第一课的。我讲了一位祖姓同事在妻子怀孕后为孩子起名字的故事,引起笑声一片。当时他说,如果生儿子就叫祖国,生女儿可就难起了。我说,不难啊,就叫祖母!祖国是全国人民的母亲,祖母是全国人民的奶奶,挺好!当时办公室同事的笑声和今天战友们的笑声重叠之时,我不禁感叹,这位战友连给孩子起名字都会想到祖国。把家国紧紧相连的军旅生涯谁能忘怀啊,真正是自豪一生!

这疫情后的第一个秋季,相聚情浓,思念叠加。聚会时,我们回忆起政治部老主任乔崖,这位海军苏振华司令员曾经的秘书,只有初中文化,却凭着刻苦自学成了一员文将。他文笔好,写一手好字和好文章;人谦和,总是挂着蔼然的微笑。他改稿子从来都是用铅笔,说仅供我们参考,可以不照他改的写。实际上,他改的每一个字、每一个标点都令人叹服,我们都会去细心领悟。老主任今年该有 86 岁了,身体好吗? 就在聚会的第二天,我惊喜地看到今日头条刊发了老主任的文章《给原海军政委苏振华当秘书》。老主任是因我们的思念而来吗? 我不禁为这美好的感应而眼中含泪,又为这熟悉的文风传来老主任安康的信息而泪中带笑。昨日我醉了,今天我又醉了。岁月真是一瓶深窖久藏的老酒啊,启盖即微醺,饮一口就沉醉,一口接一口的痛饮怎能不酩酊!

首长已离开南京,然而,我似乎还沉浸在相聚的氛围中,浅薄的文字说不清我繁复的感动。忽然就想起"这几天心里颇不宁静"的朱自清先生《荷塘月色》里的文字:"微风过处,送来缕缕清香,仿佛远处高楼上渺茫的歌声似的。"荷花之香是难以言传的,而以若远若近的歌声为喻,让人终于在音乐中闻见了花香。那么,军旅生活给予的一切,人生旅途看过的风景,生命驿站遇见的友朋,每当想起,就像微风送来的缕缕花香吧,就像远处高楼上传来的渺茫的歌声吧,隔着亦远亦近的朦胧时空,飘来似真似幻的芬芳乐符……

潮起潮落

今天是八一建军节,从清晨起,手机里"节日快乐"的"嘀嘀"声就不断响起,连平素很少在微信露面的战友都浮出了水面。是啊,即使早已脱下了戎装,我们这些老兵的心却永远和军队在一起。在我,每每想起站岗的日子,想起大海的涛声,想起教学楼的灯光,心里总是潮起潮落,涌起永不停息的一海情澜。

谁能想到我这样一个瘦弱的书生会去当兵呢!连我自己都不信啊!31年前,当我成为人民海军的一员,耳边充满的全是质疑和叹惋。迎接我的第一课,就是去海军某训练基地参加新兵训练。炎炎夏日里,一个踢正步的动作要停留十五分钟,真是汗滴脚下土啊,我们坚持过来了。经过三个月的严格训练,我们大学生班在新兵会操中拔了头筹,我们的照片上了《解放军报》,我稍稍找到一些军人的感觉了。

回到南京后,迎接我的第二课是去警卫连当兵,和战士们一起站门岗。进出的人都向我这个戴着眼镜、佩着学员肩牌的哨兵投来好奇的目光。白天站岗不算辛苦,可冬夜站岗,在寒风中站一个多小时,下岗后脚再也暖不过来,无法睡着,一直眼睁睁到天亮。我坚持过来了,慢慢融入了这个纪律严明的群体。

迎接我的第三课是去海岛舰艇部队代职。半年里,我多次随舰出海,最长的一次在海上航行四天。汹涌的黑浪涌来时,官兵们边呕吐边坚守着岗位,连甲板上的老鼠都在吐啊!不出海的日子里,用大家的话来说就是"白天兵看兵,晚上数星星",哪有"年轻的水兵头枕着波涛,睡梦中露出甜美的微笑"那样的浪漫啊!然而,无论是出海之日还是停泊之时,你总是可以听到《军港之夜》的歌声。有一次出海回来正是周末,我们去码头俱乐部唱卡拉OK。第一个点歌的战士不看歌本就点了《军港之夜》,立时变成群声唱和。那一刻,我的眼睛湿润了,我懂得了什么叫奉献,什么叫情怀,我爱上了军队,爱上了自己新的角色。

我所在的单位是海军最高学府,我们的理念是:讲堂就是海战场。无论是教学,还是政治、后勤工作都是围绕着实战展开。所以,在这片看似平静的土地上,处处都可以听到大海的涛声。我从事政治工作,"打得赢、不变质"是我们的信念;我兼职当过教员,在和来自海防一线学员的接触中每每吮吸到大海的气息;我当过系领导,在听课和去教学楼巡查晚自习的过程中体悟敢打必胜的意志。我更能感受到的是关心我成长、引领我攀高的首长那大海一般宽阔的胸怀。

对地方大学生,军队中有些人会有异样的认知,此时假如有人赋予关爱和信任,就会使你坚定自己的职业选择,发挥最大的潜能,我幸运地遇到了好几位有爱才之心、容才雅量的首长。犹记1995年,我还是政治部一名副营职干事,政治部来了新主任万九如少将。他是海军文化部部长,诗人,海军第一部获得"五个一工程"奖的电视连续剧《潮起潮落》主题歌《爱你也难》的词作者。谁说文人相轻呢?当他这个大文人得知我也爱好写作,毫不犹豫地点名让我这个小文人代表政治部在全院大会上发言,因为他相信我可以写出不落俗套的文章。会后,他得意地说:我发现了一个人才!之后,他出版了诗集《生命海》,又毫不犹豫地把在《文艺报》发表评论这样重要并能出点"名"的事交给我。文章发表后,他逢人就说报社主编吴泰昌先生表扬我会写文章、一字未改。4000多字,整整一个版面啊!那是我第一次在这样高层次的报纸发表作品,这给我坚持写作注入了极大的动力。惜乎首长不幸于2008年病逝,但每当重读他亲笔题赠的《生命海》,我心里仍是潮起潮落、情不能已。

我的下一任政治部主任张希隆少将也是一位文字能力极强的儒将,他同样没有文人相轻之气。记得有一次,海军开展"人民海军忠于党"主题教育,院里要开动员大会,由学院张仁忠政委作动员讲话。第二天就要开大会,宣传处的文稿还没有写就。主任那个着急啊,就对我说:虽然不是你们干部处的事,你辛苦一下吧,下午下班前拿出稿子来。上午10点多钟,我从宣传处抱了一摞材料就跑回家写;下午4点,文稿放到了主任桌上。以后,主任多次在各种场合提起此事,表扬我肯担当、出手快,爱才之心溢于言表。非常令人痛心的是,首长于2013年病逝。每当想起他的鼓励,我心里也是潮起潮落、思念绵绵。

今晨,张仁忠政委发来他庆祝建军节的《清平乐》词一首:"八一成名,向天下争雄,九十三年战旗红,军魂铸就忠诚。又见妖雾重重,更显将士威风,敢斩乱世狂魔,唯我中华神兵!"仁忠政委是学院政治工作最高首长,遇见他,是我,还有许多战友一生最大的荣幸。政委是海军政治部秘书长、组织部部长,海军的"一支笔",来学院前就闻听他工作标准极高,我第一次给他写讲话稿就验证了。那篇稿子我写了两个部分,政委没有批评,只是自己动手,加写了第三部分。从此,我既真正懂得了什么叫认真,也真正懂得了该怎样尽责。后来几年里,政委的不少讲话稿都是我主笔的,首长都会一字一句认真修改,连标点都不放过。今天我在领导工作和公文写作上的一点成绩,主要得益于首长的言传身教。但首长是多么有容才的宏量啊,屡次向领导机关和海军首长推荐我,可谓不吝赞词。我38岁提升副师职时,政治部专门为我召开欢送会,仁忠政委亲自到会讲话,总结我公文写作的几个特点,要求大家向我学习、不断进步。从仁忠政委身上学到的东西受益终身,在我为人处世的风格上打下深刻烙印。

谁能想到,我一个瘦弱的书生会去当兵呢?又有谁能想到,我一个柔弱的书生会在军营里行走了这么久呢?然而,这就是生活的安排,这也是命运的眷顾。18年受军队熏陶,在保持了读书人儒雅之气的同时,养成了刚直果断、爱憎分明的性格;18年与战友同行,在延续了读书人通透之观的同时,洗去了优柔怯懦、刻板迂阔的习气;18年由首长引领,在秉承了读书人独立之骨的同时,稍具了爱才容才、用人所长的胸怀。怎能不爱18年的军旅生涯,怎能不爱那蓝色的海洋!此刻,战友们,让我们一起聆听那首《爱你也难》,打开美好的回忆,感受一生的情缘:

多少回在海滩寻寻觅觅的呼喊
捧起的还是一掬苦咸
在梦里牵到你湿漉漉的衣衫
醒来的时候还是独桨孤帆

别离长割不断缠缠绵绵的情丝
相聚短理不清往日的麻团
多少回靠近你飘飘荡荡的船舷
总是牵不到你浪打的情缆

爱你也难　　不爱你更难
月缺月圆扯不断的一世情缘
爱你也难　　不爱你更难
潮起潮落永不停息的一海情澜

那些脱口而出的词

常常有些词会脱口而出，才知道有些记忆在心中是那样根深蒂固，有些经历已成为生命无法剥离的骨血。

比如，春节放假之前，我常常会对人说"开学后，我们怎样怎样"，其实应该说"节后"或"年后"。平时，我也常常对同事说"我们院怎样怎样""我们系怎样怎样"，其实应该说"我们局"。这样的口误不知发生了多少次，只因我在军队院校工作了将近18年，最后的几年是在系里度过的。春节前一直是我最忙碌的时候，因为大批的新学员要来报到。在干部人事部门工作时的我，春节前就要考虑开学后的事；在系里工作后的我，则更是与学员朝夕相处，所以"开学后"成了我频率最高的语汇。有时，我也会随口说出"你们局"这样的话，这分明是把自己还放在"我们院"的位置上！

一言既出，同事往往露出惊讶之色，我总是笑着解释说"习惯了"。同事走后，我就会一个人坐在那里发呆，想念学院，怀念战友。忆起开学前打印发放学员花名册，忆起陪同院首长去宿舍看望新学员，忆起开学典礼上奏放那曲激奋昂扬的《人民海军向前进》，忆起开学第一天在广场举行庄严的升旗仪式，忆起课间休息时和学员们一起登临王安石故居后的明城墙，忆起每周一晚上去灯火通明的教学楼查看学员自习，忆起为学员函授班上大学语文和英语课，温暖亲切而又淡淡怅惘。

离开部队整整10年了，工作和写作都很忙，似乎并没有经常想起军旅生涯，但那些说惯的词就是会这样不请自来，使人在怦然心动之时顿生恍惚，不知今夕何年。不习惯称领导，"首长"二字常常脱口而出；不习惯说"做工间操"，"出操"二字常常脱口而出；不习惯叫"老师"，"教员"二字常常脱口而出。常常会把下班或者散会说成"下课",把评高级统计师说成"评正高副高",把春节长假说成"寒假",把上半年或者下半年说成"这学期""下学期",也常常在季节更替增减衣服之时不假思索说出"换装"一词。人生走过的路就这样在脱口而出的词语里铭刻和延续,脱口而出的其实不是简单的字词,而是滋养我们的生命原浆啊!

不光是我,每个人都会有这样一些脱口而出的词。记得有一次开学员队干部座谈会,一个从基层部队调来的干部开口便说:"下面我汇报一下我们油库人员的思想情况。"大家哄堂大笑,他竟浑然不觉说错了话,而我则陷入了沉思。这位学员队队长已调来学院好几年了,心中念念不忘的还是他曾经工作过多年的油库,这里面蕴含着的是一种无法转移的深情啊!这种对军旅的深情,即使脱下戎装也不会更改。比如,在聚会时,虽然战友们有时会刻意地称我现在的职务,但他们叫得最多的却是"政委",因为他们十多年前就这样称呼我,改也改不掉了。而我,则从他们脱口而出的这一称呼中感受到了无间的亲密,微醺地回归到那些和他们同在一个时空的种种情境。

王国维在《人间词话》中说:"大家之作,其言情也必沁人心脾,其写景也必豁人耳目。其辞脱口而出,无矫揉妆束之态。"他是在说好的作品因为情真而语出天然,没有矫揉造作之气。我要说,我们脱口而出的这些看似平平常常的语词,也正因为情真而绝无矫揉妆束之态,是在心的深处反复回放的情感原声。为了"开学后""我们院""我们系"这些脱口而出的词,明天,我要登上那片熟悉的明城墙,探望驻扎心底的学院,回到年年开学的系里……

"零时"遐想

11月1日零时,是第七次全国人口普查标准时点。离这一个特定的"零时"愈来愈近之时,关于"零时"的往事次第回放,思绪纷飞。

那一个"零时",我在锡惠山下运河旁的红楼里读高中。那一次为何值班、为何学生加入,已全然忘记。只记得是个冬夜,我和同值的同学彻夜晤谈,不觉天寒夜长,过了零时仍毫无倦意。十七八岁时能谈些什么呢?无非是学业、理想和前程。犹记天亮后,我们在街上买了烧饼油条,仍精神抖擞地行进在回家的路上。这一个少年的"零时"啊,激情满怀。

那一个"零时",我在汉口路22号的校园里放歌。4年的大学生活倏忽而过,相见时难别亦难,我们在北大楼前的草坪上用歌声表达依依之情。你一曲我一曲,你来唱我来和,歌不尽相聚的情缘,唱不尽分飞的不舍。歌声划破零时的夜空,歌声绵延酒醉的梦乡。这一个青春的"零时"啊,离情满怀。

那一个"零时",我在半山园21号的大院前站岗。从校园来到军营,我成为一个完完全全的新兵。白天站岗人来人往,稍减单调;夜半站岗独立寒冬,北风呼号。站过好几班跨过零时的门岗,月明星稀、万籁俱寂之时,清晰地听到心底的声音,通透地看到万物的本原,也为自己正护卫着这片土地和家园的安宁而振奋。这一个转折的"零时"啊,豪情满怀。

那一个"零时",我在明城墙下的陋室里抱着女儿摇啊摇。女儿的出生,给小屋增添了生气和欢乐,也打破了规律和宁静。最初的一年,她的生物钟完全颠倒,白昼酣睡,竟夜不眠。在零时怀抱她摇啊摇,是昏黄的灯下最沉醉的景色。现在,女儿也有了女儿,生活正在轮回中重复不变的亲情。这一个成长的"零时"啊,柔情满怀。

那一个"零时",我在孤深的青灯下奋笔。无论是在最初狭小的寒舍,还是在后来宽大的居所;无论是在卫生间读写,还是在独立的书房里笔耕,零时常常是我灵思涌动、遐想飞驰之时。这时,窗外所有的喧嚣远去,红尘一切的杂虑荡涤,我回归着真朴的自己。这一个书生的"零时"啊,诗情满怀。

那一个"零时",我在城市的大街小巷奔走。从军营又回到地方,我参加了第六次全国人口普查,成为"零点行动"的组织者之一。街巷里,涵洞中,桥梁下,车站旁,我们为统准都市的人口而不辞辛劳。见证了统计的艰辛,领略了数字的价值,增添了前行的信心。十年之后的今天,又一个"零时"将如约而来。这一个大国点名的"零时"啊,真情满怀。

每一个"零时",都指示着不同的生命时节;每一个"零时",都报道着繁复的人生况味。每一个"零时",都是一次温故的洗礼;每一个"零时",都是一次知新的出发。

书生情怀迎新岁

对我来说,新年总是有点特别,因为正月初一是我的农历生日,元旦一过我很快就长一岁。多少年养成的习惯,就是作为一个书生,在新年来临之际写下一点文字,算是辞旧迎新的仪式。

这样做的缘由,我想,就是不管经过了多少起伏升沉,不管扮演了多少社会角色,总觉得自己还是保留了一点书生之气。我的文章当然不可能"藏诸名山,传之其人",但回过头去看那些深深浅浅的文字,真的能听到自己行吟途中心的律动,欣悦之情油然而生。如此,虽然已两鬓染霜,站在每一个新的年轮的台阶上,我捧着的,依然是一颗赤诚的少年之心。

葆有本真的人当然不止我一个,以书生之气自励的人也会相互提醒。某一天,我翻出大学毕业时倪雷同学送我的《古代散文选》,拍了图片给她看。这套由人民教育出版社发行的文选,当时对我们这些穷学生来说,是难得一见的奢侈品,是她研究古典文学的父亲送她的,我常为了查一些章句去向她借阅。未料毕业时,她竟将这套珍贵的书作为礼物送给了我。她是多么体察我的心意,又是多么舍得割爱啊!古典文学,是我和她共同的专业;古典的诗文里,蕴含着多少民族的初心、书生的情怀!我是想告诉她,虽然我早就离开了校园、离开了专业,但是,我会仍然时时重温古典、读诗习文,不负同学慷慨之贻、良苦用心。

而倪雷回馈我的竟是什么哟!那天打开手机,首先映入眼帘的就是她发来的图片。看毕不禁眼眶湿润。一张图片是我毕业时送她的《诗经选》,一张图片是我 1987 年 7 月手书赠她的诗句:"千岩万壑不辞劳,远看方知出处高。溪涧岂能留得住,终归大海作波涛。"这是唐宣宗李忱与香严闲禅师的瀑布联句,表达的是一种冲绝一切的磅礴和豪迈。隔着30年的时间长河,那如飞瀑一样激越奔涌的青春的心,犹在炽烈地燃烧。作为同道人,同学是听到了我的心声啊! 而这么多年来,孱弱的她遭遇了多少常人难以想象的坎坷和困厄啊! 不屈的她分明在告诉我,她也仍然没有丢弃那份从学生时代起就涵养着的书生情怀!

无独有偶,数月前我去厦门公干,在机场巧遇战友春泰。同乘一个航班,同住一个宾馆,自是欣喜异常。在涛声如琴的鼓浪屿,春泰告诉我,至今珍藏着我二十年前给他的信。他说,那时刚从地方大学来到部队,去青岛某海军支队参加新兵军政训练,心理上不太适应,是我写的两封回信,帮助他顺利度过了从学生到军官的转型期。信自然是写过的,我有印象,但仍然保存着,我想也就是信口一说表示感激吧。未料,回南京后,他从微信把信发给了我。信中,我和他谈了自己初进军营的不适,说了对自由和纪律的认识,勉励他表现出一个硕士研究生应有的素养和承受能力。打量着这从前的笔迹,我在感佩战友真挚友情的同时,也清晰看到了自己流动的心路历程。

我对战友说的都是肺腑之言,是我那些年的真切感受。我和他来自同一所大学,有着一样的从军经历,自然能够换位思考。初入军营之时,老师同学不理解,惋惜我入错行,每逢见面我都会听到这样的嗟叹声,对我的心理是不小的反向暗示,常会怀疑自己的选择。而当时入伍的地方高校大学生凤毛麟角,周围不少人都用别样的眼光看我们,当作与部队格格不入的"异类",工作环境说不上和谐。雪上加霜的是,因为职业选择等一些问题的看法相左,刚刚开始的婚姻就走到了尽头。多少个无眠的午夜之后,我找回了理性和本我,告诉自己文武之堑并非不能逾越,既来之则安之,要在军营这方热土上体现一个读书人应有的层次、修养和适应能力,不为专业阻隔、异见曲解、婚恋挫折等任何压力所击败,不因现实与书本的差距而颓废。在一次次的磨合、淬炼和锻造中,我得到了大家的认可,从此走上了军旅生涯的坦途。所以,我把自己一路走来的感受告诉我的战友兼学友,鼓励他以书生不忧不惧的情怀应对新的挑战,以学人不息不倦的追求开出成功之花。

抚摩着昔日的字迹和心迹,我想,这就是生活的一种唤醒和提示吧? 在我的生命成熟圆润但有可能世故之时,造化安排我遥对同学,于一首故诗中回到校园、聆听古训;在我的事业潮平风正但有可能懈怠之时,上苍安排我巧遇战友,从一纸旧笺中检视来路、不忘自警。岁月在走,年齿在增,但只要书生的情怀不改、真纯的本心犹在,每一个新年都是少年的新年、青春的新年、出发的新年。那么,亲爱的同学、亲爱的战友啊,就让我们怀揣着那颗没有褪色的书生之心踏上生命新的里程吧!相信理想,相信真爱,相信未来!纵然道阻且右,我愿"千岩万壑不辞劳";跨越千山万水,矢志"终归大海作波涛"!

各自的新年

时间的流逝从来不以任何人的意志为转移,仿佛 2017 年还意犹未尽,2018 年就已捷足先登。岁末的几天,经常听到同事在说:元旦怎么过? 好像没什么特别的事可做。也有朋友在微信里抱怨现在迎新年没有以前热闹了,大家也不怎么走动了。要我说,无须一种统一的仪式来迎接新年,无须一个固定的模式来度过新年,正是人心和社会的进步。

曾几何时,至多一年才做一件的新衣服、各种凭票证供应的食品、难得上桌的红烧肉、一刻不停的鞭炮声,就是新年的标志;走亲访友拜年,这家拜到那家,就是过年的流程;决心书、新打算新计划,就是新年的仪式。后来,在饭店吃年夜饭取代了在家吃团圆饭,看春节联欢晚会成了家家户户的精神"团圆饭",寄贺年卡代替了上门拜年,鞭炮在多数地方销声匿迹。再后来,通宵打牌打麻将的,外出旅游的,闭门看电视的,新年的过法各自为政、五彩缤纷,随心! 拜年从短信发展到微信,便捷! 许多人也不看那吵吵嚷嚷的春节晚会而早早关灯睡觉,一年累到头,难得睡到自然醒,爽翻! 群聚式的过年终于成为历史,我们每个人有了"各自的新年",互不相扰,互不强求。新年可以是热闹的相聚,也可以是寂静的独处;可以游历名胜,也可以足不出户。有人仍会在意仪式感,有人则会像平常的日子一样度过,每个人都可以选择自己乐意的方式来辞旧迎新,无所事事和有所事事实在没有比较的必要,也更没有本质上的是非好坏之分。所以,何须纠结如何迎新? 但听心声,且遵己意。

但是我相信,不管怎样度过新年,在时间节点上,新年总是一个区别于平常日子的特殊时分,因而总会引起人们的特别感慨。魔法师一般的时间,总是会在倏忽翻覆中涣散我们心海中最柔软的沙滩。当看见从前风华正茂的同学都已两鬓霜染，当看见当年的小伙伴都已"儿女忽成行"，当看见昔日的老师和领导都已步履蹒跚，更看见孔武健壮的父母已记忆模糊，谁能不为这易逝的韶华而茫然，而惆怅，而叹惋！

于是，在 2018 年到来的"这一个"时点上，除了标准化、丽藻化的祝福之外，我们的手机突然被晒 18 岁的照片刷屏了！随着新年的到来，2000 年出生的人也满 18 岁了，意味着进入成年！真没有人去这样算过呢！这也许是一些"00 后"迎接 2018 年的独特创意吧！这一创意，加上刚刚热映的冯小刚《芳华》的余温未熄，开启了一场盛大斑斓的网络青春秀，多少人开始怀念起自己 18 岁的青春时光！这也是"各自的新年"中别致的一款吧！

翻检旧照跟潮发帖者其乐融融，引来朋友圈一片点赞和惊呼，真的是谁都有过 18 岁的青葱啊！当然也有人对满屏刷 18 岁照片的现象吐槽，觉得不可思议，觉得没有意义，觉得矫揉造作。吐槽也是现今一种独特的生活方式呢！其实我觉得，许多事都可以用平常的心态、娱乐的眼光、超脱的立场视之，一上升到人生的意义、当代人的价值观这类宏大的问题，就把话题聊死了。我们可以不去晒自己的青春照片，但是，别人爱晒则一看了之，不用大惊小怪，也不必"透过现象看本质"去评头论足。平和，是成熟的标志呢！

由此，正好顺带着再说说《芳华》，因为这"晒 18"也许正是《芳华》的"现实版"。看了许多关于这部电影的评论，有褒有贬，甚至有高声责骂，一直骂到意识形态的高度。如何评论，当然仁智各见，互不能强加己见，我更不会开骂。但是，我要说，即使这部电影真像有的人说的那样是"别有用心"，又怕什么？只要全国人民都把它看成是一部青春祭歌，在有着 N 种自信的中国人民齐刷刷淌下的怀念青春韶华的泪水中，冯氏之流的"阴谋"一定会被淹没。换句话，我只是想说，对待各人过新年的方式要平和，对待一部电影的评论要平和，对人对事我们都要平和，平和才能带来客观公正、冷静深邃。时光在流走，全球在融合，中国在开放，万物在共享，步入新时代的我们，理当有一颗博大的包容之心啊！

此刻，2017 年的最后一天，坐在电脑旁噼噼啪啪打字、一如既往以这种方式迎接新年的我，俯瞰窗外高架上疾驶不息的车流，分明感到自己正行驶在时光的高速公路上。这轰鸣的车声，不，是灌顶的时间之声，提醒我知天命之年又添新的年轮。人，总是要愈臻老境的，也难免为此唏嘘。然而，感慨之后,我们仍可以向时间、向阅历讨一些教益。此时,我在朋友圈里看到了大学老友在美国游轮上拍的一组照片,一群年过花甲的老人正在翩翩起舞,他们缓慢而优雅地在甲板上划出年华的绝美弧线,认真地把探戈的动作做到位,忘了岁月,忘了年龄,忘了世事,忘了沧桑。驻足静赏的朋友说:此刻,不去梳理 2017 年做了些什么特别的事情,没有感叹逝去的十八年华,而是自问,待华发满头时,是否能像这些年迈的舞者那样对生活充满热情,是否能阅尽千帆仍从容不迫?

我在这几张回荡着岁月舞曲的照片前凝眸,我在与老友心灵的感应中沉醉,我在这岁末的最后一个下午流连。我以自己的方式,用怀念和思考送走这即将过去的一年,心灵也不禁踏歌而舞。我徜徉在这袅袅浮起的生命旋律中,祝福亲朋好友珍重似水流年,祝福年轻人绽放锦绣华年,祝福所有熟悉和陌生的人开心过好各自的新年!

不许未来

今天,2020 年 2 月 2 日,网称千年一遇的"世界完全对称日",一个特别的日子,一个有意思的日子。不关注网络热潮,但对我来说,这个日子还真有点特别,因为是我的生日。清晨起床,拉开窗帘,天虽然还没大亮,但一抹抹深深浅浅的红晕已涂上紫金山上空的天际,预示着朝阳的升起。阳台上,打着小朵的蜡梅香气袭人,灿烂怒放的蟹爪兰红艳醉人。微醺之时,一句昔日的广告词突然跳出:在城东,许自己一个未来。生日里,要许一个愿吗?

屈指算来,在城东已居住 31 年了。刚来城东时,没许过自己一个未来,那是大学毕业分配而来,非为城东而来;后来住到城市的更东面来,那是响应号召而来,也非为城东而来。那年单位在马群盖房时,这块土地人稀地偏,几乎没有人愿意来,作为一系之长的我带头选择了这里。到后来,城东炙手可热,房地产商打出了"在城东,许自己一个未来"的广告;再后来,城东一房难求,马群居然成了城市的枢纽和中心,车水马龙,繁盛喧腾。于是有人说我眼光好、看得远。其实,哪里有过什么眼光,哪里许过什么未来,一切都是一次被动选择带来的结果,不是自己主动谋来的,现在的景况也不是自己许来的。爱上这里是以后的事,是日久生情,是岁深人淡。

许者,答应之义也。以身许国,是答应把身心献给国家,这是自己能够做到的。生日许愿,则是自己期望满足一个心愿,这其实是自己说了不算的,一个愿望的达成,须多少必然偶然的因素综合作用而成!回眸走过的道路,我常常想起研究生导师在我参加工作之初对我说的话。他见我对职业不满意,劝慰我千万不要有书生之见、学究习气,现在既然条件不允许做学术研究,就在事功上多花点时间和精力。他说:哪里有多少"有志者事竟成"

呢,我有志从事物理研究,原来想报中央大学物理系,同乡来早了替我报了中文系,我就搞一辈子古典文学研究,不是也很好吗!所以,生日的许愿也罢,事业的许愿也罢,生活的许愿也罢,不一定能实现是常态。一次职业的选择,一个居所的选择,一种生活方式的选择,往往就注定了多数人一生活动的有限圈子、取得的有限成就、达到的有限高度。

并不是说不要"志",而是说不要孜孜于此、耿耿于怀。在城东可以许自己一个未来,在城西、城南、城北,我们何不能许自己一个未来?只是愿望莫太高远、结果莫太较真。无论身处东西南北,随山而转、顺水而行,自然会走出一个必经的过程,走向一个自然的结果。选择马群时,谁知道它有朝一日会商铺云集?谁知道它会那么早通地铁轻轨?谁知道它的绿道会如此婉转绵延?我安心地居住在这城市的边缘,从这里坐地铁去往职场,在这里沿山道领略清幽,从不惑之年走到了知天命之年,从知天命之年走向耳顺之年,一切都是因缘际会,一切都是水到渠成。从未许未来,何须许未来!

"少年心事当拿云。"年少时,谁没有上天揽月、下海捉鳖的宏愿哦!惊回首,鬓已霜、气已衰,归来谁能是少年?假如让我重回韶华,我一定不会再许迂阔辽远之愿,而只把愿望许在当下、目光看在眼下、道路走在足下。

在这个"世界完全对称日",我悟到,人生的愿望和结果往往是不对称的,我们须安定从容,舒缓前行。在我这样一个盛年不重来、持酒劝斜阳的年纪,繁华不再炫目,得失不再萦心。我依然会自勉天道酬勤,依然会相信力耕不欺,但我不会也不必再许自己一个空渺的未来。我深知,未来不在愿望里,未来就在这窗外绽开的云霞里起步,未来就在这城市盘旋的绿道里延展,未来就在这凌寒蜡梅的暗香里酝酿,未来就在这一菜一面的家常味道里滋养,未来就在这"不许未来"的生命独白里轻盈走来。

又见绿皮车

这次去盐城，朋友要开车送我回南京。但当我听说有一趟绿皮车开往南京，一下就有了兴趣。自从有了高铁，绿皮车就渐渐淡出了我们的生活，人们也很少会想起那个火车和铁轨"哐当哐当"碰撞的慢悠悠的年代。今日巧遇，哪能放过这个回眸和重温的好机会呢！

虽说是一大早的车，候车的人却排起了长队，看来价格相对低廉的绿皮车的需求不在少数，何况还有我这样来怀旧的人呢！上了站台，橄榄绿的长长车身映入眼帘，还真的有些恍惚，像是站在了青春的路口、生命的那头。

说是绿皮车，其实是改良过的，条件和从前的绿皮车不可同日而语，但与动车比仍刻意保留了朴质低调的一面。座位虽然是软座，但靠背不高，人和人可以相望互闻，不似动车那样每个人都淹没在高大的椅背里看手机。面对面的座位之间，和从前的慢火车一样有一个木制的小茶几，上面放着一个不锈钢的小杂物盘，昔日火车上旅客边嗑着瓜子剥着花生吃着水果边把皮壳扔进杂物盘的情景浮现在眼前，遥远，亲切。

"绿皮车"三个字今天能激起无数人的情感涟漪，是因为它变得稀少而珍贵，更因为远隔了喧嚣，过尽了千帆。而在当时，所有的车都是绿皮车，一票难求，陈旧简陋，拥挤不堪，气味混浊。36 年前，我从家乡无锡到南京上大学，是第一次坐火车。人们的行李多半是从车窗递进去的，同行的人早就先上车抢座了。车厢里人满为患，互相紧贴，还要严防小偷。我的车程不到4 小时，但去北京上大学的同学要站将近 20 小时，他们说茶几上靠着人，座位底下躺着人，连厕所都被人占了。坐着的人一不小心脚就踩着座位底下伸出的一只手，听到地面传来的"哎哟"声。站着的人两只脚想要换个位置都挪不开,常常站在那里就睡着了,反正前后左右都是人,不怕摔倒。其他季节还好些,夏天又闷又热汗流浃背,加上人贴着人,简直无法忍受,女同学到站后发现头发都根根粘在一起,理都理不开。那时候,对这老旧缓慢的火车,人们更多的是抱怨吧?

但今天在这绿皮车上回忆过往,却分明觉得当时的情愫也是复杂的,至少对我们这些青年学生来说是这样。不管怎么说,这拥挤的绿皮车正载着我们去往远方,远方就是诗啊!那时候,虽然谁也想不到今后会有高铁,谁也想不到以后的生活会富起来,但对我们这些八十年代初的大学生来说,终究知道知识会改变命运,所以,这绿皮车是载满了我们的向往和憧憬的。"一声冲天的轰鸣,载着十七岁的梦。奔驰的绿皮火车,挤满了种种陌生……我把简单的明天,都装进那列火车。等着那一道老旧的绿色,串起未知的站点。"这一首《绿皮火车》唱出了那个年代青春时节真实的心情。因为向往着远方,所以我们能够忍受水泄不通忍受双脚麻木忍受长时间的停车忍受家常便饭的晚点。而与同学在绿皮车上一路同行、欢声笑语的场景,毕业时追赶着缓缓离开站台的绿皮车送别同学的画面,更是在心中定格为永恒的风景,那片绿荡漾着、澎湃着,成为青春永不消退的底色。我想,对其他坐着绿皮车的人来说,当时所怀的也不只是埋怨,他们总是能够在这开往别处的慢火车上,看到生活改变的星点亮光吧!

"来,请各位旅客看一下,这里是东北的蓝莓,能有效防止脑神经老化,强心抗癌、软化血管,15块钱一袋,20块钱两袋啦!大家带回家尝尝啊!"一个小伙子提着几箱蓝莓,站在车厢中部大声推销着。卖奶贝的来了,卖润喉糖的来了……迷离间,好像听到了从前车厢内"瓜子花生八宝粥,来,腿让一让了"的吆喝声,仿佛听到了从前车窗下"德州扒鸡"的叫卖声,那时候有几个人能买得起呢,只能把口水深深咽下。可今天,不少人都慷慨解囊。其实,谁缺这些东西呢,传达出的是一种富足、一种闲适、一种愉悦。

不过,别忘了,还有不少人仍在这富足闲适愉悦之外。我清楚地知道,真正的绿皮车不是这趟由盐城开往南京的快车,而是那些日复一日行驶在边远山区的本原意义上的慢车。报载,有一辆绿皮车,每天往返于怀化和塘豹之间,全程174公里,途经21个车站,最高票价11.5元,最低1元,沿线的苗族、侗族儿女,靠这趟"铁路上的中巴"把自己的农产品和民俗文化带出去。有一辆绿皮车,常年穿行于满洲里和达根河之间,为大兴安岭深处林区、牧区居民的生活和出行提供了方便。这样的绿皮车，哪里还有什么经济效益，完全是坚守着为百姓服务的宗旨。坐在这趟升级版绿皮车上，想起大山深处那缓缓行驶、情意融融的原初绿皮车，潮湿的感觉不由得从心田升腾。

"这趟车还真舒服，坐的人不少呢！""慢是慢点，又没什么急事，还可以欣赏欣赏风景。"身后有对话声传来。是啊，对许多人来说，坐高铁也许意味着效率、意味着金钱，但在飞快疾驶的节奏中却无暇去领略沿途的风景，葱绿的树木、金黄的麦穗、酡红的落日，所有美好的风景都只是车窗外一排排倒退的模糊影子。也许，行走人生旅途的初心就被速度掠夺，那些对远方的期盼、那些零距离的交流、那些面对困境的坚韧渐渐离我们远去，那些真正的人生目标变得越来越模糊。

"那年的绿皮火车，带走做梦的年纪。有时候会问自己，我究竟属于哪里。多年后喧闹的城，渐远了当初最想要的风景。我把纯真的昨天，都留在那列火车。"我看着车窗外渐近的南京城，心中再次响起《绿皮火车》的旋律。坐在这绿皮车上忆往，一切的嘈杂和纷乱都不复存在，只感到悦耳的碰撞、怡然的悠缓、温暖的拥挤。岁月是老酒，发酵出久远的醇浓，闻香自醉；光阴是珠帘，隔断成朦胧的美景，仿佛前尘。

时代奏响着前行的乐曲，发展提升着生活的品质。和谐号、复兴号不仅让我们的出行更加便捷，更引领整个国家进入愈益美好的明天。然而，绿皮车承载了民族的记忆，也承载了我的青春我的大学，不思量，自难忘！从前的车窗是可以打开的，而此刻，即使这车窗仍能打开，又怎能打开我的青春年华，打开几代人与绿皮车一起度过的生命岁月！出得火车，站在月台，我伫立凝望，深深致意，依依走进没有绿皮车的城市……

两把椅子的命运

这是两把红色的实木椅子。

自从买了这两把椅子后,我搬过两次家,每次当然要处理掉不少东西,但这两把椅子却一直跟着我。平时倒没有什么特别的感觉,但在今天这样一个将月满中天的日子,看着它们静静地靠在墙边,想到它们忽东忽西的旅程,骤然浮起了"命运"二字。

这两把椅子是18年前我住进部队新建的团职房时买的,中意它们是因为其简洁、大方和稳重。当时它们和一组转角柜同处客厅,相安和谐。坐在椅子上看电视、看书,成了我的一个生活习惯。更有几个月,我每天中午坐在椅子上手写一篇散文,成就了一本作品集。所以,我对它们有一种同生共命的相惜情感,搬家时自然就不忍丢弃了。

在我现在的居所,它们先是置于书房,放在书桌的对面,同样非常协调。后是放在卧室,中间加了茶几,茶几上是女儿小时候的一个小熊吹号的玩具,看上去也并无不妥。它们似乎总是任我摆布,随遇而安。

然而,当在红尘疲惫奔波的我们思念故友、在人海随波逐流的我们渴盼停泊的时候,我们是否会想到,这看似静谧的椅子,内心也有着自己的隐痛啊!木岂无心,只是无法言说罢了!我回想那一次搬家,它们无奈地被工人用绳子五花大绑离开熟悉的家时,眼睁睁地看着那组朝夕相处的转角柜留在那里,等待不知何去的命运,该是多么留恋啊!从此它们将各奔东西、音信茫茫,柜子和椅子内里不知何处发出的"吱吱"声就是它们"心"痛欲裂时发出的告别之声吧?

我想,这两把椅子刚来到这新的空间时,一定是不适的。但是,它们慢慢和书架书桌相融,彼此传递着友好的信息,互相融进对方的气息,渐渐又成了新的亲密组合。然而,主人总有新的想法新的需要,又把它们挪进了陌生的地方。那么,在离开书房时,它们也一定是依依不舍的。它们一次次地经历着相聚、离散,曾同在一个空间的那些柜子、桌子、灯具、窗帘都不知流落何方。夜阑人寂时,它们有时会突然发出几欲爆裂的响声,那就是久蓄于内思念的绞痛吧?

清晨走在去上班的绿道上,空旷的桥洞下一把紫檀木色的椅子总会吸引我的眼球,它简洁古雅,在一排凳子椅子中散发出别样的韵味。我总觉得它有不同于其他凳椅的特殊气质,它的"心"似乎特别重,我能看得出它纹理中忧郁的表情。我知道,这里每天下午将有一群老人来打扑克,度过悠闲的时光。那么,这把椅子是主人带来的吗?抑或是不知从何处飘零而来?在吵吵嚷嚷的甩扑克声中,它会想起从前的居处从前的伙伴吗?当人去椅空,面对静静的秦淮河水,它会为明天不可知的命运而焦虑吗?

曾在一位知名教授家里,看到他精心设置的"怀旧角"。这里,有他20世纪90年代结婚时买的柜子、箱子、桌椅等,是一套苏州产的印有山水画的老家具。还有他用过的手表、计算器、算盘、木制洗衣板,当然少不了从前出版的专业书籍。他带着缅怀的笑告诉我们,这是他家的博物馆,都是按照以前的样子摆放的。我驻足凝神,心动良久。这些从他建立家庭就开始相依相偎的老物件,经历了岁月的沧桑而仍能在一起,对它们来说是多大的幸福啊!有心的主人是深知它们的"心"的,深知不是一切的过往都可以"断舍离"的——一定有些东西值得相伴到地老天荒、世界静止。

林清玄说:"我们所眼见的这万象,看起来如此澄美幽静,其实有着非常努力的内在世界。"万物皆有心啊!每一棵花草都在人类安置它们的所在努力欣欣向荣,每一把椅子都在主人腾挪它们的地方努力融入新境,它们接纳着迁徙,忍受着别离,经历着荣枯。我有我珍爱的两把椅子,你有你钟情的一张桌子,他有他不舍的一个皮箱,她有她眷恋的一方妆台,既然我们仍有缘同处一个时空,就让我们感恩上苍、用心珍惜,相拥当下、不问前程。

"海上生明月,天涯共此时。"中秋是团聚的节日,且放下分别的话题。坐在椅子上,我按下了小熊吹号的键钮,往昔的音乐响起。这是我熟悉的音乐,也是这两把椅子熟悉的音乐。人也罢,物也罢,性往往相通,命运也总是相似。我对这两把椅子说:不管我们明天的故事如何,不管我们长路的际会

如何,我们且举头望月,我们且对酒当歌——

　　　　　人有悲欢离合
　　　　　月有阴晴圆缺
　　　　　此事古难全
　　　　　但愿人长久
　　　　　千里共婵娟

父母的影子

多年以前,母亲曾经对我说,每天一大早起来,我的影子就会在她眼前晃。我不禁惭愧地想,父母的影子很少出现在我脑海呢!然而,年过半百之后我却发现,我的眼前多了父母的影子。

在厨房洗着青菜的时候,我眼前会出现母亲的影子。母亲是一顿都离不开青菜的,每餐总是会洗一大盆青菜。我也和母亲一样,每天都要吃青菜,洗完后如母亲一样把菜盆搁在水池上沥水。在往冰箱塞着馄饨水饺的时候,我眼前会出现母亲的影子,一年 365 天,母亲的冰箱里少不了的是这些面食,家人谁想吃啥都有现成的。现在我的冰箱里这两样面食也从不间断,家人想吃的时候、来不及做饭的时候,真是何其方便啊!在厨房边做着菜边擦着灶台和地上油渍的时候,我眼前会出现母亲的影子,爱整洁的她总是这样一心多用,一桌菜做完,厨房里也是干干净净的。眼里有活,手脚麻利,母亲常常自豪地说我像她呢!

我长得像母亲,说话做事,还有不少生活习惯也像母亲,这点我是意识到的,但以前很少发现自己有多少地方像父亲。而过了知天命之年的我,却越来越多地发现与父亲的共同之处。比如,我爱开玩笑,与朋友们相处时总会时不时抖出一些"包袱",现在想来全是得自父亲的基因,他就是一个生性幽默、谈吐很受朋友欢迎的人。比如,我总是闲不住,过一段时间会把家具挪来挪去,让家有新鲜的气象。这时,父亲蹲在地上、一个人把大衣柜和五斗橱慢慢挪移的形象就出现在我眼前。小时候,在那间只有十多平方米的斗室里,这样的情景发生过多少次啊!比如,每次我因为找不着东西而急得团团转时,好像就看到父亲焦躁地搜寻着房间的每个角落,嘴里还发出"啧啧"的咂嘴声。比如,我会常常撞上桌椅和柜子的边角,手上腿上青一块紫一块,父亲一次次这样撞疼的情形就会出现在我眼前,这时,我会格外清晰地意识到,我是从父亲这个模子里浇铸出来的。

母亲常说,我做事认真细致来自她的遗传,我也一直这样认为。然而,现在我分明感到还有父亲的真传。当我把旧报纸一捆捆仔细扎好时,搬家时父亲小心包扎家具的情形就出现在我眼前,他会用旧棉布、包装水果的泡沫纸和绳子把桌椅的每条腿都保护得严严实实,母亲则会把用过的包扎绳都收起来认真卷好,留着下次需要时再用。当我挂一幅画觉得有点斜摘下来重挂时,我仿佛看到母亲正在拆那只织得不满意的毛衣袖子,看到父亲正在重新安装那个旁人并不能看出缺憾的椅子腿,父亲母亲的影子便在我眼前重叠。

我业余做得最多的事情就是写文章,写作时我是非常专注的,顾不上喝水,听不见窗外任何喧嚣的声音。夏天,长时间坐在电脑旁的我,汗水从身上一滴滴淌下来。这时,我又看见父母的影子了,他们正在昏黄的灯下为我缝制着夏天的短衫,父亲紧抿着双唇,母亲不停地穿针引线,汗水从他们的额头渗出,顺着脸庞流成小溪。这时,我仿佛就化身为当时的他们,继续心无旁骛地耕耘自己的文字。

给上中学的女儿写信时看到父亲灯下疾书的影子,一封封价抵万金的家书陪伴了我独在异乡的大学时代;等待上大学的女儿归来时看到父母倚门而望的影子,一次次执手端详的重逢慰藉了我离乡去里的游子心绪;为女儿筹划婚事时看到父母积聚锅碗瓢盆的影子,一只只储藏多年的碗碟演奏着我柴米油盐的动听乐章……

自己的行事像极了父母,这有遗传的作用,更是由于自小得到的熏陶。而两鬓霜染,父母的影子才常常浮现眼前,说明人过中年的我,真正懂得了父母,能像父母那样去竭尽对家庭和亲人的爱心。我愧疚,从前不解父母心情;我庆幸,现在晓悟犹未为晚。更加欣慰的是,每一天的晨昏里,父母的影像都会陪伴着我;我做每一件事时,父母的影子都会出现在我眼前。那么,我不光是身上流着他们的血液,我和他们已真正融为同一个生命体,你中有我,我中有你,分也分不清;足迹相随,形影相伴,分也分不开。

母爱的印章

整理旧物时,发现了一枚印章,是母亲在我上初中时送我的藏书章,不觉怦然心动。

这枚印章配有一只长方形的有机玻璃盒子,盒子分为两格,长格放印章,短格放印泥,既便于使用,又便于保存。屈指算来,这枚印章也有 30 多年了。打开盒子,将印章蘸上印泥,纸上清晰地显现出"张明藏书"四个篆字。我不由感叹,几十年过去了,这印泥居然还没有干枯!

因为我喜欢读书,上初中时家里已买了不少书。父母都是心细的人,他们用自己的方式鼓励着儿子的爱好。父亲用几块木板在墙上打了一个三层的书架,既不占家里本已非常局促的空间,又使我那些无处可放的书有了归宿。而在雕刻厂工作的母亲,则请厂里的师傅为我们兄弟俩一人刻了一枚藏书章。每当买来新书,在书的扉页刻上这枚印章,心里就充满了又多一本藏书的愉悦。

在许多年里,只要一买新书,我就会首先在书上刻上这枚印章。再后来的许多年里,书依然在不停地买,但往往是束之高阁,一本本地堆放着,忘了盖章,也很少有时间去阅读了。今天忽然发现这枚印章,感怀的不仅是印泥竟然仍能使用,更加明白的一个道理是:母爱永远不会干涸。

是啊,在我淡忘这枚印章的这些年里,母爱何尝缺失过呢?几乎是每天晚上,母亲都让父亲发来短信,问我在干什么?双休日是否要加班?女儿在学校情况怎么样?提醒我注意关好水电煤气,陌生人敲门不要开。我有时短信稍微回得迟一些,母亲就会发急,让父亲一个接一个短信地追问。而在报上看到了什么做饭做菜的小窍门,母亲也总要迫不及待地告诉我。电话里,母亲也经常会关照说,什么什么东西坏了不要买,家里有,叫人带来就行。每次回家,母亲总要我带些她在银行理财赠送的杯碗回来,说以后用得着。母亲还经常会试探着问:带点毛巾回家？带点牙刷回家？带点瓜子回家看电视时嗑嗑？虽然我多半是推辞了,但心中还是会为这样无微不至、无处不在的母爱翻起潮湿的浪花。

我上高中时,母亲就为我积攒今后结婚用的锅碗瓢盆,到现在我 50 岁了,母亲依然在给我送来家居的用品;从我 27 岁结婚起,母亲就成天关照我要关好水电,到现在我 50 岁了,母亲依然在对我叮咛不休;从我 28 岁有了女儿起,母亲就开始教我怎么育儿,到现在我 50 岁女儿 22 岁了,母亲还在教导我要多和在读大学的女儿联系,关心她的生活。母爱真如涓涓细流,永不会枯竭啊！

有一次回家,母亲看着我两鬓的白发说:你都 50 岁了？眼中和语气里充满疑问。我想,母亲是不相信转瞬间儿子已年届半百的,在母亲的眼里,儿子再大,也是一个没长大的孩子,需要她的关心和照料。所以,尽管时光在走,母亲不觉自己已老心力渐衰,更不觉儿子已大心智在长,她的爱永远是一个母亲对未成年孩子的不舍和不放心。

一枚旧印章,让我回味着无私无尽的母爱;一枚旧印章,让我晓悟,母亲为儿女所做的点点滴滴,都会成为刻在我们心房的爱的印章,年久岁长印痕愈深、永不磨灭。

给父亲买"缝纫机"

这是一台玩具缝纫机。

漫步东海县城街头，在一家礼品店的橱窗里瞥见这个玩具缝纫机，立即被它吸引住了。我走进店里，仔细打量着它，不仅机身逼真，台面上还放着一把剪刀和一块正在走针的花布。多么熟悉的机器，多么亲切的摆放！令我顿时想起父亲的那台老旧缝纫机，想起父亲忙着裁裁剪剪那清贫而温馨的岁月。

父亲是自学的裁缝。他总说，自己是学机械制图的，裁衣也是在面料上画图，有基础和优势。其实我想，这两者还是有很大差别的，父亲能成为一个水平相当不错的业余裁缝，除了禀赋之外，更重要的还是为了生计。自己会做衣服，省了多少家用啊！一个人的辛勤劳作，给了家人多少快乐自足啊！

我们的家境是不可能允许买缝纫机的，就是有条件，缝纫机也得用票买，所以，在很多年里，父亲都是手缝衣服。他有几本服装裁剪书，做衣服前，他先会在书上去找样式。用软尺给我们量尺寸之后，就在那张他自己打的方桌上，用画粉在布料上画出一条条直线或弧线，用剪刀剪成一块块，一针一钱地缝制。他也学会了撬边，没有熨斗，就用白色的茶缸装上开水熨平折叠的布边。多少次，看到父亲在昏黄的灯下缝衣，凝神抿嘴，神情是那样专注。我们弟兄的衬衫、外套、棉袄都是出自父亲之手，也常常把嫌小的衣服接长了再穿。大人们说：你父亲做的衣服一点不比买的差，就是改的衣服穿了也齐齐整整、服服帖帖的！父亲的手艺名闻遐迩，亲朋和同事都会找他做衣、改衣，他总是有求必应。

有一天,父亲终于有了自己的缝纫机,熊猫牌的,当时的好牌子呢!对这台节衣缩食、千方百计买来的缝纫机,父亲别提多爱惜了。犹记得他平时用母亲勾的带花边的布巾盖住机身,以防积灰蒙尘。他还会定期上油,以保运转顺畅。有了这台缝纫机,成衣的时间大大缩短,父亲干得更欢了。脚踏板那"嗒嗒嗒"的声音,使陋室有了生机,也使生活有了光亮。靠着这台缝纫机,父亲做成了不少大件和新款,我穿上了出自它的第一件中山装、第一件西装、第一件呢大衣。

父亲对缝纫机有着非同一般的感情,虽然后来很少自己做大件衣服了,但每次搬家都没舍得丢掉这个"功臣"。在无锡老家阳台的一角,我看见父亲给它一个专门的安放之所,台面坏了,父亲还自己做了一个换上,足见对旧物的眷恋。去年,父母到南京定居,我知道父亲离不开裁剪,所以给他买了一台电动缝纫机。父亲很快就学会了使用,还给它做了一个台子,平时也在机身上盖着布,依然是那样爱惜。我想,他的感觉和在老家是一样的吧!和年轻时是一样的吧!用这台电动缝纫机,父亲做了一些汗衫、沙滩裤之类的简单衣服,几天不碰裁剪活,他还真不习惯呢!

回到旅馆,我把橱窗里的玩具缝纫机拍给父亲看。父亲说:这个缝纫机架漂亮!我收藏了这张照片。我问他:买一个给你玩玩? 父亲说:不要买,不浪费钱,我收藏照片是用于做东西参考的,比如做个小桌子什么的参考它的结构,启发思维。虽然父亲是这样说,而我则迅疾出门再次来到礼品店,毫不犹豫地买下了它。店主介绍说,这其实是个音乐盒呢!她拧紧发条,拉开抽屉,《致爱丽丝》的乐声响起,机轴慢转,踏板轻摇。我想,与缝纫机结缘一生的父亲会喜欢的。

这是我第一次给父亲买玩具。其实不是送他玩具,我是借它储存起父亲为我们裁裁剪剪的辛劳岁月,传递辞难达意的感恩之情。透过这台"缝纫机",我看到了父亲从黑发到银发不停穿针引线、踩机转轴的一个又一个剪影。因着父亲不辞日夜的裁剪缝缀,儿子才能整洁体面地出现在人前,在爱的阳光下成长,成为他希望的模样。父亲裁剪出我的衣裳,更是裁剪出我的未来啊!此刻,我唯有借东海街巷随处可见的那句俗俗的话,祝老父亲福如东海、寿比南山;唯有把这"缝纫机"响起的《致爱丽丝》,化作我心中那首永在续谱、绵延不绝的《致父亲》。

听妈妈讲那过去的事情

　　"月亮在白莲花般的云朵里穿行,晚风吹来一阵阵快乐的歌声。我们坐在高高的谷堆旁边,听妈妈讲那过去的事情……"我们这个年龄的人都唱过这首歌,但年轻的妈妈,哪有多少过去的事讲给年幼的我们? 直到妈妈已近八旬、我已年近六旬的今天,才真的常听妈妈讲那过去的事情。

　　曾有一个午后,阳光温煦地洒在地板上,恰是人暖神怡之时,母亲却突然说道:一辈子也不知道怎么糊里糊涂过来的! 我一时起了无边感慨。世上母亲的一生,多是围着儿女、围着家庭走过来的,就自我的主体意识来说,似乎是过得糊里糊涂,而她们的心里是异常明白的,一直在为家的幸福温柔而有力地担起所有的责任。如是,母亲给我讲的过去,也是脱不开儿女、丈夫和父母的。这些事,她忘不掉,是她的一辈子;很多我不知道,是应该补上的亲情史。

　　母亲说得最多的,当然是我们兄弟俩小时候的事,怎么精打细算度过最艰难的岁月,怎么省吃俭用供我们上学。从小就知道家境不太好,但粗茶淡饭总是能维持的,因此不知道父母底里的艰难。母亲说,有一次在发工资之前,家里只剩一毛钱,就是靠这一毛钱买点蔬菜把日子接上了。这让我想起每次学校组织学工学农时,母亲给我带的都是青菜加一个荷包蛋,为了这一周我能每天吃上鸡蛋,父母的饭桌上一定只有一个青菜了。这只是清贫生活的一个缩影,那个年代的家庭主妇,一分钱都要掰成两半花,一定是尽着儿女、亏了自己。

　　因为常听母亲说起生活的困窘,所以我非常能理解父母一贯的节俭。比如,他们会留着淘米水浇花,收集起硬纸板卖钱。前几天听一个朋友说,发现母亲在阳台上堆了不少废纸盒,很生气,难道家里还需要靠卖废品度日?我笑着告诉他,我父母也是这样的,那一代人都是这样的!我现在不仅不责怪他们,还帮他们整理、捆扎。这也算是我从听母亲讲过去的事情得来的一种体贴吧!

母亲常常说起外婆。母女情深,外婆时不时用多年一点一滴存下来的积蓄资助母亲。母亲说,父亲受了"读书越多越反动"的惊吓,看见我小时候学写字就阻止,是外婆支持我,还帮我买铅笔,用菜刀削好了,笑眯眯地看着我照着日历写字。母亲说:你记得吧?外婆说饭要一口一口吃,楼梯要一层一层爬,书要一本一本读。我已记不起外婆说过这些话,但深深记得从上初中起,外婆就常给我零花钱,我都用来买了书。受外婆的影响,母亲在支持我读书方面比父亲坚决,我就读的中学撤销高中后,不少同学考了中专,母亲却坚决支持我考高中、上大学。其实也听到过父母为学费、为是否让我早点参加工作的讨论,下决心供我们兄弟俩读书到底,也是不容易的。一瞬间,几十年过去了啊,母亲常常念叨她的母亲,我从她们身上看到的都是作为母亲的辛勤奉献和深明大义。

看了我写的《给父亲买"缝纫机"》,母亲说:早知道你要写这个,我就说给你听了。原来,家里买缝纫机母亲是瞒着父亲的。那是1974年,单位有一张熊猫牌缝纫机票,被小王抽到了,但她家已有一台蝴蝶牌缝纫机。母亲考虑到父亲一针一线手缝衣服的辛苦,果断地要下了这张票,并送了蹄髈和糕点给小王作为谢礼。140元一台啊!这钱从哪里出?母亲向外婆借了150元(因为4不吉利)。父亲见到缝纫机急得直说:我又不会踩缝纫机,再说这钱哪辈子才能还得起!母亲说:钱慢慢还,你学踩机就行。于是,父亲才有了自己的缝纫机,珍爱至今,台面坏了还重做了一个。而很长时间里,家里根本没钱买布,父亲都是给别人做衣服。几年之后,外婆在母亲生日时给了30元钱,母亲扯了布,父亲才在缝纫机上踩出了自家的第一件衣服——母亲的外套。

我不知道家里那台缝纫机背后,还有着这样温湿动人的故事!一个心疼自己丈夫又害怕他不能承受经济压力、毅然独自作出决定的妻子,一个为了家庭的美好生活向母亲求助、甘于背负在当时是很大一笔债的女儿,为了一台缝纫机,过了几个辗转难眠的夜晚,动了多少婉转曲折的心思,更要有几许不让须眉的担当!

　　母亲文化水平不高,讲过去的事情都是照实说来、平直叙述,但在我这个似乎文化水平很高的白发儿郎听来,却有自己难以企及的朴实深情。每每聆听岁月那端传来的相濡以沫的旋律,心头便如月亮穿过白莲花般的云朵那样洁净、静谧。

侍亲当须语声低

前几天小恙，去医院看病，回来时站在路边等车。只见来了一辆出租车，一位八十多岁的老人颤巍巍地上前要拉车门，一旁的儿子大声呵斥："这不是我们的车，你想干吗？跟你说了多少遍了，不要管这些事你还管！你已经给我添了多少麻烦了！我已经够累了，你能不能不要再烦我！"老父亲往后退着，扭过头去，我看不到他的脸。儿子说了一遍不解气，又说一遍，如是者数次。路边的人都沉默地听着，我想他们的心情都是复杂的。

回到家中，我久久无法平静，想写些什么，却一个字也写不出来。忽然就想起 1995 年写的一篇《侍亲当须语声低》，不妨照录于此：

我在父母面前一向比较任性，有时嫌他们啰唆，回话就不耐烦，嗓门也会不自觉地高起来。父母对自己的孩子是宽容的，从来没说过什么，我也就意识不到自己对他们的伤害，促使我反省的是去年年初的一件事。

那时，女儿刚出生不久，母亲从家乡来帮我们带孩子。母亲患胆结石多年，刚开过刀，面色蜡黄，形容憔悴。按理我是该感激母亲、处处体谅母亲的。然而见母亲总是问这问那，我就嫌她管得多，有时便懒得搭腔。加上见到原本整洁的家变得乱七八糟，书也看不成，文章也写不成，我心里不免有些怨气，说话就不大有好声气。

有一天下班回来，只见床上、写字桌上、椅子上到处都是奶瓶、尿布、手帕，气不打一处来，便冲母亲吼道："怎么摊那么多东西？也不整理整理，乱死了！"母亲愣了一下，什么也没说，转身进厨房去了。妻赶紧跟进去，出来埋怨道："看你，都把妈惹哭了！"我这才隐约听到母亲的抽泣。

那天恰巧父亲从老家赶来看孙女，见状进厨房劝母亲去了。只听他说：

"自己的儿子脾气你又不是不知道,说两句算什么。"尽管如此,那晚的气氛终究没能缓过来,到第二天母亲的眼圈还是红红的。

过了几天,父亲来了一封信,信里只有一首诗:"补丁衣服三分饥,狭小房间十分挤。想方搭起高架铺,设法自制小玩意。六岁孩童能带弟,十岁学生即助师。今已而立为人父,侍亲当须语声低。"

读罢,我真是无地自容。父亲是在用家史教育我,提醒我莫忘在困难的日子里父母为我们付出的辛劳。父亲又是在委婉地责备我:你6岁即能带弟弟玩耍,10岁便能帮助老师批改作业,如今已到而立之年,自己都做了父亲,怎么竟会不懂得孝敬父母的道理!

录毕此文,又想起刚才看到的那一幕,想到最近热播的电视剧《乔家的儿女》中一句台词:"人都是跟着生老病死的脚步走的。"今天所见这位老父亲的垂垂老状,就是我们的明天,我们每一个人都会有这样无力无助无奈的一天。他根本不懂儿子已经在手机上打车了,这时候耐心地对他说一句:我们的车还没来,我们去一边等。不也是一种解决方法吗?我又想起父亲常对我说,我小时候有一次生病,怕耽误,父亲背起我就跑,一口气跑了好几里路啊!这位老父亲也一定这样背起过年幼的儿子吧?我们怎么能把反哺当作负担!

距写这篇文章26年过去了,我已当了28年的父亲,深深知道做父亲的不易。现在,父母都已在南京养老了,我一直提醒自己要耐心耐心再耐心,不重犯年轻时的错误。"侍亲当须语声低",我愿以此与天下为人儿女者共勉。

五十犹叫一声妈

　　因工作关系,结识了吴江王德瑞先生。他是一名颇有建树的高级会计师,在当地享有盛誉。他对文化也有浓厚兴趣,我们一见如故,相谈甚洽。我送了他几本自己的小书,他说一定好好拜读。

　　未料,德瑞先生不是说的客套话。去年8月酷暑间,他发来一张图片,是摊开的我的《有一种怀念》,上有标注,桌上并置花生、瓜子一碟。他说:7月疫情间,足不出户,在家一杯茶一碟点心一本书,看你的文章。书中的文字和我心有共鸣,好想与你仔细品味。我不禁为他的这份诚挚和素心而打动。今年1月间,他又给我发来信息说:我们是同年龄人,对爸爸、妈妈、家的感悟是一样的,甚至一个人也会到那些小菜场啊、小街道啊去走走、看看。我当下就被他那一声"爸爸妈妈"戳中了泪点,在一个比我大好几岁的兄长的这一声呼唤里,饱含着多少深情,蓄满了多少怀念!

　　从小到大,我自然一直是叫着"爸爸妈妈"的。但是,1993年女儿出生后,随着父母升级为"爷爷奶奶",我就不自觉地跟着孩子称呼他们了。有一次父母来南京看孙女,我一口一个"爷爷奶奶",并未觉得有何不妥。父亲回无锡后给我写来一封信,郑重地说了这件事,并举自己为例,已经五十多岁的人了,都有孙女了,但到了父母那里还是恭恭敬敬叫声"爸爸妈妈"。记得父亲还写了一首诗,我早已忘了大部,但其中一句我牢牢记住了:五十犹叫一声妈! 从此,我知道了,在有些语境下是可以随着女儿称呼"爷爷奶奶"的,但在大多数情境下,还是应当以自己的身份认真叫声"爸爸妈妈",这是为人子女应守的本分。

　　看电视剧《小敏家》,陈卓读中学的女儿佳佳叫他"老陈"。孩子和父母之间固然可以有称呼上的亲昵、撒娇甚或玩笑,这都无可厚非,但不能替代叫"爸爸妈妈"。叫声爸妈,这是对生命的敬畏,是对生你养你父母的感恩。不是说不叫爸妈的子女就一定不孝顺,但是我相信到五六十岁还能热切叫着爸妈的人不会没有情怀。春节前我去拜访了德瑞先生,他拿出我的书让我看上面画满的符号、写下的感想,这次我亲耳听到他动情地几次说起"我的爸爸""我的妈妈"。他爱爸爸妈妈,爱自己的家,所以他才能爱国家、爱事业,近年搜罗大量史料,个人出资举办了"统计学之父"金国宝纪念展。说来惭愧,在观展之前,我这个统计人从来没有听说过金国宝这个名字。从他叫着"爸爸妈妈"时眼中闪烁的泪花、介绍金国宝生平时眼中闪耀的火花中,我清晰地感受到,爱是相通的。

现在,父母在南京和我一起生活,因此我的笔下又多了一些他们的影像。有朋友很羡慕地留言说:我只有在梦里才能和父母相见、和父亲对酌一杯酒了! 是啊,两鬓染霜之时,还能有爸爸妈妈被你叫着,是一件多么幸福的事啊! 网上报道,西安有一位来自疫情中风险地区被医院拒收的父亲,因病情耽误而终归不治,他的女儿被允许进医院后,"平时很少叫爸爸的她,对着爸爸的遗体,喊了很久的爸爸"。此时的千呼成唤,何抵平时哪怕是轻轻的一声"爸爸"呢!

感谢我的爸爸教给我两句话,一句是"侍亲当须语声低",一句是"五十犹叫一声妈"!

这一方天地

春节期间,去看了韩寒执导的影片《乘风破浪》。对于我这个年龄的人来说,影片的穿越手法引不起多大兴趣,打动我的却是那一首插曲《一方天地》:"爱人啊,我只能给你一方天地,这一方天地属于你。你不要看四周,四周差的有点多。爱人啊,给我一点时间吧。我拿下河流,你就是潮汐。我拿下KTV,你就是妈咪。爱人啊,这院子里的车总会属于你。选一辆,我们开去不知道哪里。而现在,这一方天地,是我仅有的能力。爱人啊,你可以不用珍惜。"这首歌,使我的思绪回到了年轻时婚姻和事业刚刚起步的时光,回到了属于自己的那一方天地。

20世纪90年代结婚的我,先是住单位的集体宿舍,后来又分得一间30多平方米的单室套。虽然不能与条件好的单位比,但在我已是十分满足。用简易的屏风在房中一隔,便有了客厅和卧室之分。斯是陋室,鼠虫出没,但却是属于自己的"这一方天地"啊!我们都分外珍惜。我也对妻子说过"给我一点时间"这样的话,相信只要自己加油努力,相信只要两人无悔相伴,总会创造出更加美好的明天。

那时候,哪有车呢?家家户户都是一辆破旧的单车。骑着单车奔波忙碌的日子似乎早就掩埋在岁月的尘烟之中。然而,就在看过《乘风破浪》之后不久,我偶然路过挹江门,看到那家长征医院,关于单车的记忆全部涌上心头。这是我女儿出生的医院啊!虽然早已改名,但从医院门口一眼望进去,仍然可以看到我熟悉的那栋住院大楼。女儿出生后,我每天早晨骑着单车到医院给妻送早饭,中午或晚上还要送一次饭。从城东到城南,车程近一个小时,做父亲的喜悦驱走了所有的辛劳,一周多这样的奔忙,竟然丝毫不觉疲累。

女儿的出生,使我们的"一方天地"更加局促,经济的压力也随之增大,两人不高的工资只能维持生活,而女儿奶粉的食量比别的婴儿大得多。因此,我加倍勤奋给报纸写稿,多挣稿费补贴家用。在女儿的哭闹声中是无法静心写作的,于是,每天晚饭后,我便把折叠餐桌移入卫生间写稿。狭窄的卫生间恰能放一桌一椅,我第一本散文集的百余篇文章几乎都是在这个小小的卫生间里写出来的。

我重温了1994年的剪报本,这一年我发表了106篇文章,稿费有两千多元,这在当时是不小的数目,自给自足解决了女儿的奶粉问题。入厕写作的动力竟然来自女儿的奶粉,说起来不够高大上,但这却是当时的真实心理。正如歌中唱的那样,"这一方天地,是我仅有的能力"。我那点舞文弄墨的仅有的能力,在那段时间发挥到了极致。回头望去,那一方小小天地里奋笔疾书的身影是何其动人啊!那一方小小天地里的相濡以沫是多么温馨啊!

在一方小小天地里相依相伴、同甘共苦的经历,是许多人都有过的吧?如今,房子和车子对我,对不少从我那个年代走过来的人来说,都已不是梦了。而那一方小小天地里的初心似乎也在渐渐远去,在宽敞的住房里我们慢慢找不到过往的自己了。更有不少女孩,希冀通过嫁往豪门或权贵的捷径来减少奋斗的艰辛。感谢《乘风破浪》,感谢这首《一方天地》,让我们回味从前,反思当下。歌的最后一句"爱人啊,你可以不用珍惜"意味深长,实际上是告诉我们要珍视最初遮风庇雨的陋室,珍惜当初无私无悔的爱意,莫要太过看重物质条件,莫待丢失最珍贵的东西之后徒留叹惋、空自悔恨。

女儿告诉我,快装修婚房了,她和男友都觉得房子有点小。我告诉她:这房子已比我们当年的大多了,而且也是你男友仅有的能力,要珍惜这一方天地。我告诉她:你们还年轻,路还很长,未来会越来越好,靠辛勤劳动创造的生活最甜最幸福。我告诉她:你要和所爱的人一起担当,一起成长,在这一方小小天地里共同打造出属于自己的更大天地——物质的,更是心灵的。

那时心情

那天整理东西时，突然翻到了女儿的出生证明。看着这张 1993 年 11 月填写的医学证明书，惊讶于字迹是那样工整，似乎自那之后，从来没有如此认真地填写过任何一张表格，我从这"工整"中触摸到了当时的心情。

结婚后，我一直想要个女儿，觉得女孩贴心、乖巧。当女儿呱呱坠地之时，如愿以偿的我自是欣喜不已。护士抱给我看过之后，我飞奔出海军医院，给医生护士们买了当时最贵的 7 元一份的盒饭，共花去 49 元，以表达我的感谢之情。我清楚地知道，小东西来到世间是事实，但在很长一段时间里，每当我端详着她粉嫩的小脸，总会生出如梦如幻之感，不相信自己已做了父亲，觉得生命的诞生异常神秘，永远是个谜。所以，这工整的字迹是对生命的一种敬畏吧！

女儿出生时，我大学毕业不过五年，一直怀着的仍是学生心态。虽然结了婚，但想问题、做事情都是学生的心理，业余的爱好仍是看看书，觉得这就是自己的功课。女儿来到身边，身份骤转，一下做了父亲，仿佛这才是真正的成人礼。这是我的名字第一次填在"父亲姓名"这一栏里，陌生而庄重，新鲜而激动，怎能不一笔一画填写清楚！所以，这工整的字迹是对"父亲"这个崭新角色的一种责任吧！

这张表最令我心醉的是增加了一个新的名字——我给女儿取的名字。因为这个新的名字，表里的其他信息也有了新的内涵。南京海军医院从我单纯的体系医院，变成了一个缔结父女情缘的温馨的所在。现在虽然医院早已改制，但每当我走过这里，就会想起女儿出生的那天，仿佛我仍在城东和医院之间穿梭，仿佛正要把女儿接回。这张表里有了"母亲"，妻子和我一样有了新的人生角色,要共同去体味全新的欢乐,也接纳全部的琐屑。这张表里那有着半山园独特表述法的家庭住址——68栋东下东,从两个人的住址变成了三个人的住址,家庭从此完整。所以,这工整的字迹是对"家"新的认知的一种刻录吧!

看着这张一笔不苟填写的表,女儿出生后最初的情景一一浮现眼前。68栋东下东门前长绳上每天晾满了尿布(我称它为"女儿旗"),阴雨天则要在取暖器上一块块烤干。女儿生物钟颠倒,白天酣睡,晚上彻夜不眠,深夜我们抱着哭闹的她摇啊摇,生活的安静和秩序完全被打破。然而,纷乱中自有快乐,几个月后,每当她睡醒时,便会冲我们甜甜地笑,她虽然口不能言,但一定心知我们是她的爸爸妈妈。10个月时,每当她睁开眼睛看到我,灿灿笑着的同时,小嘴就会做出"爸爸"的口形,那一霎,所有的辛劳都烟消云散。

那时,我常常唱起谢东的《孩子他爸》:"你诞生那一天雨一直在下,风声雨声你的哭声动静挺大。没想到你把第一个微笑先给了你妈,然后才呆呆望着床边那个男人。哦宝贝儿,我是你爸爸!从那天起有件事我总放不下,不知将来长大的你是否向着你妈。于是有机会就抱着你拿得起放不下,朋友们谈起我的事总像在说笑话。哦宝贝儿,可怜你爸爸!其实我比你妈要忙得多你知道吗?以后你会清楚成长的故事你快长大吧。我喜欢俯下身逗你说话你知道吗?我兜里老装着你的照片,尽管你光着身子样子挺傻……哦宝贝儿,我是你爸爸!"尽管女儿出生时是个阳光明媚的秋日,我也并不担心歌中唱的这些事,但初为人父的自豪和欣悦是一样的,多么急切地想把"我是你爸爸"的心情传给这正在床上伸胳膊踢腿的小小宝贝儿!

但,确实有一件事是我总放不下的。当女儿刚出生、家门口飘满"女儿旗"时,我就想到她会上学、工作、出嫁,总有一天离开我身旁;当女儿9个多月还坐在我自行车上小小座椅里的时候,我就想到她不会永远需要我带着,总有一天会骑着自己的单车闯荡世界。那时候,朋友们都说我想得太远,还早呢!而弹指一挥间,那个在海军医院出生的小不点儿已经快做妈妈了,她幼稚的模样早已留在了岁月的那头。

问女儿,我喜欢俯下身逗你说话你还记得吗?长大的你清楚成长的故事了吗?即将做母亲的你准备好了吗?

哪怕只有一个晚上

那夜,做了一个梦。幼小的女儿不停地缠着我,说:"爸爸,你到哪我跟到哪,我看你怎么办?"脸上露出她特有的坏笑。从梦中醒来,这昔日真实场景的重现使我再无睡意,女儿孩提时的一幕幕在我脑海闪回。那一刻,热泪盈眶的我,多么想回到从前啊!哪怕只有一天,哪怕只有一个夜晚。

第二天晚上,在一档电视节目里,听到了那首《往日时光》:"人生中最美的珍藏,正是那些往日时光。虽然穷得只剩下快乐,身上穿着旧衣裳……如今我们变了模样,生命依然充满渴望。假如能够回到往日时光,哪怕只有一个晚上。"这首用俄罗斯小调谱成的歌,充满特有的沉郁,怀念的气息几乎令人窒息。歌词营造的情境,我昨夜的梦,关于情感的种种往事交汇叠加,我再次潸然泪下。

谁没有过歌中吟唱的往日时光呢?有了女儿之后,真的是穷得只剩下快乐。我和妻一个月加起来200多元的工资,再怎么精打细算也是所剩无几。我们逼迫自己拿到工资后先存起50元,女儿3岁的时候,用存下来的这笔钱为她买了两份终身养老保险。多少人在回忆年轻时光或奋斗岁月时都会说起当时囊中羞涩的情景,那份艰难啊!那份窘迫啊!但是,为了前程,为了情感,你我都是穷并快乐着。

"海拉尔多雪的冬天,传来三套车的歌唱。伊敏河旁温柔的夏夜,手风琴声在飘荡。"往日时光无论多么单调多么枯燥多么无望,在日后回忆起来也许都是一首温情的歌。印象最深的一次关于歌唱的记忆,是在高中毕业前。分别在即,全班同学围坐一室,用歌声表达自己的心情。那个夏天的黄昏,真的是多么温柔啊!无论擅长不擅长,我们毫无例外地唱起了自己喜欢

123

的歌。上个月,我在太行山下参加一个培训班,晚上在一所职校的操场散步。稚气未脱的学生们,三三两两聚集操场,轻声唱着我不熟悉的歌曲。那一刻,高中毕业前的那次歌会清晰浮起。我知道,这些青涩的少年,正如当年的我们,用歌声表达着同窗共读的情谊、前程不定的不安、走出大山的憧憬。

"人生中最美的珍藏,还是那些往日时光。朋友们举起了啤酒,桌上只有半根香肠。"听到这几句歌词,我想到的是上大学时,每当有同学过生日,我们就会每人从食堂打两个菜,在宿舍里会餐。也许是最便宜的啤酒,也许是最廉价的葡萄酒。微醺或酩酊的我们,大声地朗诵或唱歌,那些夜晚的青春意气至今不散。"半根香肠"只是一个意象,在我这里,它变成了一盘青菜。读研究生时去上海实习,一天中午,已参加工作的大师兄请我们到一个饭店,点了两盘青菜和几瓶啤酒,我们照样喝得踉踉跄跄,不知归途。

"我们曾是最好的伙伴,共同分享欢乐悲伤。我们总唱啊朋友再见,还有莫斯科郊外的晚上。"在共同度过的往昔岁月,我们和同学、战友、朋友共同唱过的歌何其多啊!何止《啊朋友再见》和《莫斯科郊外的晚上》!然而,这两首歌代表的是一个时代的人对于友谊和爱情的向往。当这两首歌的旋律响起,你的眼前一定会出现那些志同道合的朋友,和一个青梅竹马的"他"或"她"。

岁月在变化,生活在变奏,心情在变幻。正如歌中唱的,"如今我们变了模样,为了生活天天奔忙"。这变了的模样,不仅是多了皱纹,头顶微秃,身体发福,更是淡忘了初心。早已衣食无忧,在贫穷远去之时,我们许多时候不快乐了;实现了年少时的梦想,功成名就的我们似乎茫然无措了;可以天天像过节一样狂吃海喝,然而,山珍海味已唤醒不了我们的味觉,再也吃不出青春的书生意气;我们不再唱那些老歌,更不去理会友谊和爱情为何物……"只要想起往日时光,你的眼睛就会发亮""如今我们变了模样,生命依然充满渴望",这不正昭示着一种失落、一种惆怅吗!

纵有回天之力,谁又能够回到往日时光呢!既想回,又无法回,正是这首歌穿透人心的地方。"哪怕只有一个晚上"和"时间都去哪里了"表达的都是同样的痴情怀想,而古人更是用"岁月忽已晚"来表达时光流逝之速。我不知道你在读到"岁月忽已晚"时是怎样的心情,在我,感觉就是原本万里无云的晴天,忽然就那么暗下来了,一下到了昏黑无光的深夜。人的一生不就是这样吗？白昼很快就会过去,黑夜很快就会来临。

　　所以,尽管我很想回到女儿绕膝的那个晚上,回到少年唱和的那个晚上,回到青春沉醉的那个晚上,回到爱情初降的那个晚上,我更知道,对于未来,今天是我最年轻的一天,今晚是我今后某一天期待重返的一个夜晚,所以,我要珍惜今天的太阳,珍惜今晚的月光,珍惜身边的人儿,珍惜此刻的心情……

空气中弥漫着青草的味道

这些天,不怎么看电视的我一直在追《人世间》。我们寄寓的尘世所有的悲欢离合、恩恩怨怨、升沉起伏、苦难幸福,都浓缩在围绕周家儿女展开的这部人生活剧里。最后一集,秉义和冬梅又来到插队的地方,在那座见证了他们青春和爱情的桥上,已是胃癌晚期的秉义气喘吁吁,说跑不动了,哪里能想到几十年前每天都箭步如飞在这座桥上跑几个来回。冬梅说:年轻真好,那时候空气里都弥漫着青草的味道。我忽然就有些泪目,冬梅说的是青春的味道吧! 而每一个跨过千山万水走到今天的人,谁的空气里不会弥漫着岁月那隽永难言的味道?

少年汗水的味道伴我永远。每当我打开书本,或是坐在电脑前写字,少年汗水的味道常常冷不丁窜出。一个个夏日,我坐在父亲打的写字桌前,摇着镶了布边的蒲扇,朗读课文,默诵课本。汗水顺着我的脸颊流下,我就用冷水洗把脸,继续温习我的功课。多少年来,总有少年的汗水味道远远袭来,让我坚信天道酬勤,不教一分光阴虚度。

母亲红烧鱼的味道滋润今生。上大学时,父亲每次来南京看我,都会用铝饭盒带来母亲做的红烧鳊鱼,夏天飘着葱花的香味,冬天凝成琥珀一样的鱼冻。清贫人家,红烧鱼是最好的菜肴了,温暖着独在异乡的我,坚定着学成报恩的信念。如今,年高的母亲常常跟我说儿时的事,我多么爱吃鱼,是她常常提到的。她说着这些话的时候,我想到的总是那一饭盒红烧鱼。我让父母从无锡把那只饭盒带来了,走得再远,都不能忘记回家的路。

大海的味道撒满夜晚。在舟山海边度过的那些晚上,三五战友围坐灯下,一盘炒螺蛳、一袋鱼片、一碗黑米酒,听涛声、忆家乡、想亲人、话未来。

从此爱上大海、爱上螺蛳。回到半山园，多少个夜晚，我和同事们在那条小街上的大排档，一盘炒螺蛳、一碟果蔬、一扎啤酒，听市声、忆大海、想战友、话往昔。前几天，我炒了今年的第一盘螺蛳，就着一盅二锅头，一遍遍地唱着"假如能够回到往日时光，哪怕只有一个晚上"！

太阳的味道洋溢心田。爱清晨的朝阳，在与阳光那一刻特定的依伴关系里，我融入新的阳光，阳光照亮新的我。爱黄昏的夕阳，为它如血的燃烧，等它明日的喷薄。爱爱人发间笑靥流泻的阳光，爱所有微笑、回眸、问候、默契给予的阳光般的温暖。太阳的味道，让你真切鲜活地感到值得来人世间走一回。

知音的味道芬芳盈怀。多少年来与文字结缘，谱成长长短短的心曲。读者们或点赞，或分享，或交流，给我启发和支撑。不少素未谋面的文友或写来心得，或寄来著作，或捎来关切，卖菜的大爷、开出租车的司机、饭店的服务员都向我索过书。正是这些普通人的首肯，让我得闻高山流水之音，努力让自己的笔下散发更加馥郁清远的芬芳。

友情的味道历久愈醇。来自湖南的一位战友每当过年，都会给我送来自家做的一块腊肉。相识 20 多年，年年如此。今年春节，因为疫情的不便，他只好自驾十多个小时从湖南回来，下了车就给我送来腊肉，满脸的疲惫。那一刻，转业待安置两年里他隔三岔五、知冷知热的陪伴都涌上心头，那些不忮不求、不离不弃的朋友都浮现眼前，那些嘘寒问暖、牵肠挂肚的话语都回响耳畔。友情的味道啊，是腊肉远不能及的人间至味！

闻着秉义和冬梅青春桥下青草的味道，闻着秉昆和郑娟邻里居饭馆家常菜的味道，闻着贵州金坝村小学篝火的味道，编辑部老主任送我当新兵时亲手做的冬瓜排骨汤的味道，大学生军政训练营里周末会餐水饺的味道，上大学前小学班主任村口送我时目光的味道，困顿时师友们传递的春风的味道，这所有所有时间和情义的味道从远方游来，在空中萦回。时间把苦酿成了甘，情义把刹那活出了永恒。真想和剧中人，和所有我爱的爱我的人一起唱：

世间的苦啊 爱要离散雨要下
世间的甜啊 走多远都记得回家
平凡的我们 撑起屋檐之下一方烟火

127

不管人世间　　多少沧桑变化

祝你　踏过千重浪

能留在爱人的身旁

在妈妈老去的时光

听她把儿时慢慢讲

也祝你　不忘少年样

也无惧那白发苍苍

若年华终将被遗忘　　记得你我

火一样爱着

人世间值得

为你做碗红烧肉

在中国,有一道几乎人见人爱、家家不离的菜,那就是红烧肉。不论牛羊鸡鸭如何鲜美,最家常、过几天就想来一口的还是那红烧猪肉。我的知识尚不足以去探究其中的原因,那一定至少要涉及畜牧业学、食品学、营养学、生态学、心理学等,从原始社会茹毛饮血开始说,从东坡肉、随园红煨肉说到毛氏红烧肉,工程浩大、力不从心。故只能陈述平生所历、日常所见,顺便韶韶烹制方法。

我们这个年龄的人,对红烧肉的记忆是独特而不可复制的。我们幼时是个肉制品凭票供应的年代,偶尔能吃上一回炒肉丝已是极大奢侈,红烧肉多半在除夕晚上的餐桌上才能见到。母亲做的红烧肉,块不大,油亮亮,汤稍多。夹起一块,是不舍得一口吃掉的,而是在饭上涂抹一圈,让米饭沾上猪油和汤汁的香,然后小口小口、恋恋不舍地吃。最后浇上一两调羹肉汤,别提多美了!童年经历是一生的底片,至今我仍认为红烧肉最搭的是米饭,正如油条最搭的是豆浆;红烧肉其次才搭阳春面,正如油条其次才搭小馄饨。

参加工作以后,我决定学做饭做菜,今后能把家里掌勺的重任担当起来。住在集体宿舍里,没有厨房,没有煤气。所幸我住在最西头,请木工在走廊尽头隔出一个小厨房,买来电饭锅电炒锅和几本烹调书就直接从业了。毫不犹豫地先学做红烧肉,这就是我心目中的主菜、大菜、硬菜啊!犹记第一次做时,按着菜谱所示手忙脚乱将作料放齐,因为那时的电炒锅没有火力调节,过几分钟就要去揭开锅盖看看水干了没有,结果还是大多焦煳、柴而无味!就这锅黑乎乎、半烂不烂的肉,我都没舍得倒掉,吃了好几顿呢!

差的是啥？以后才知道主要是火候。东坡《食猪肉诗》云："慢着火，少着水，火候足时它自美。"袁枚在《随园食单》里说："有须文火者，煨煮是也；火猛则物枯矣。"此外，老揭锅也使肉味尽失，袁枚说红煨肉"常起锅盖，则油走而味都在油中矣"。随着厨龄的增长，慢慢就摸出了民谚"紧火粥，慢火肉"的门道，做红烧肉的手艺不断长进，时时能让全家大快朵颐。而在家人无比满足的神情中，我深深体会到，爱心才是温柔绵长、一生不熄的文火啊！

东坡肉的做法好像比较复杂，方块肉要用棉线捆好，锅底要刷油，肉皮要向下码好，然后或要翻过来，或要换锅，有的做法还要上蒸笼。烹调书上也会教我们如何先炒糖色等等，我觉得现在各种鲜亮红稠的酱油那么多，似乎不用去费那个劲了。家常红烧肉的做法，窃以为怎么简单怎么好，当然口味不能差。我常用的方法作料很少，就是葱、姜、料酒、酱油、醋（几滴而已）、盐、八角、肉桂、冰糖。这里面有几个关节点很重要：一是选材。红烧肉当然是用肥瘦相间的五花肉最好，层次越多越好，传说中的极品五花肉有 10 层，那才叫漂亮！二是先要断生，而且要用冷水断生，沸水会使肉质变老，不易烧烂。三是水要一次加足，频繁加水会导致营养流失。四是冰糖可在起锅前的十多分钟前加，这样肉汁不会浑浊。最关键的还是火候啊！大火烧开后即转文火，肉酥烂后复用大火收汁，起锅后可用葱花或香菜点缀，一碗色浓汁稠、精肉烂到肌理、肥肉入口即化的红烧肉就做成啦！

我在网上曾见到一位苏州阿婆参加红烧肉大赛拔得头筹的做法，这里不妨共享。她的用料更少，就是酱油、料酒和冰糖。五花肉断生后一次加水没过肉面，待水开后加入数铲料酒烧 5 分钟，再加上酱油和冰糖，文火 40 分钟后大火收汁起锅。这种做法免去了葱姜，而加大了料酒的分量，去腥、添香全靠料酒，因此那几分钟酒与肉的相融至关重要。我也试了几次，不过我还是加了几滴醋，以加快肉的酥烂进程，冰糖我依然是在最后阶段放的，而且减了点量，以免甜过了度。这种做法用料简、费时短，也是赶时间或者馋瘾忽来时不错的选择。

孟子说："尽信书，则不如无书。"菜谱要看，但做菜最管用的方法都是在实践中摸索形成的，此外适合家人口味最重要。我曾尝试用啤酒代替料酒，不仅烹调的时间更短，而且肉质鲜嫩、别有滋味。我曾心血来潮，二锅头、加饭酒齐用，也自有一种惹人微醺的风味。还有，菜谱上多会指示用鸡精味精，我却从来不用，猪肉自身足够鲜香，我怕这些东西有损原味。大火收汁自是常道,我却只会少许收一点,因为女儿已习惯了有些汤汁、可以拌饭的红烧肉,这一点从我的童年延伸到了女儿的童年,我估计还将延伸到她的小豆苗的童年。

红烧肉,一款地地道道的中国全民招牌菜,尽管各地风味不同、做法各异,但却是南北一色、男女通吃、老少咸爱、酒饭皆宜。古今那些大碗喝酒的壮士好汉们自要大块吃肉,即便是意欲减成小蛮腰的靓女福太们有时也难以自持。对饮食颇有研究的沈宏非就写道,好肉不宜独食,最好将一位正处于减肥关键时期的玉女携上楼外楼,箸肉齐眉做入口状,待她花容失色、肝肠寸断之际,尤自豪迈地大喝一声:"啊呀,今番罢了!"便一口吞了。我这个年纪是不会做这样招惹女生的事了,但几年前却在子夜的朋友圈多次发过当日做的红烧肉,引起减肥关键时期、节食初始之际女同学们的强烈抗议。后深刻反省、严格自律,绝不在深夜发美食图片,这下反倒又有女同学问为啥不发美食了,这女人的心思!

今日写下这篇关于红烧肉的拉杂文字,最终是想说,时时做一碗有温度、有深情的红烧肉给家人吃,杯盘共笑语、今生携手度的感觉,也许真的会在举箸入口的那一刻弥漫开来——肉酥了,心化了。

滋养最在小吃店

在网上看到一篇说后宰门街巷小吃的文章,当海英小学、五十四中、陈永梅汤包、新新水饺这些熟悉的名字扑面而来,那些在后宰门街上走过的日子全都涌上心头。在这里住了整整 17 年呢,那些小吃店给予的滋养就绝不只是包子、饺子这么简单了。

是看着这条街从小路渐渐拓宽,看着这条街从静寂渐渐走向喧闹的。早晨常常来买一家人的早餐,更多的则是星期天的清晨与小吃店的如约相伴。后宰门城墙上有一个豁口,从这里进入,可达中山植物园和明孝陵。绕完这一大圈,我常常会坐到小吃店里吃早餐,去得最多的就是现在成了网红的新新水饺店。

开店的是小夫妻俩,带着两三岁大的女儿。男的手脚利落,前前后后忙个不歇;女的轻声慢语,笑容一直挂在脸上;秀气的女儿长着一双大眼睛,常常独自坐一边玩耍。店面不大,只有一间,但和气生财,后来扩充到两间。这家水饺店的汤很有特色,是紫菜蛋皮汤(而不是蛋花)。另一个特色就是小馄饨,少油,清爽。我常常是要二两水饺、一碗馄饨,两样美味兼享。经常会遇到一个老头和几个老太晨练归来,围坐一桌,点几盘水饺,还自带小扁二,边慢慢唠嗑边就着水饺呷上一口酒。那老头还带着一条大狗,温顺地趴在他的脚边。这就是百姓悠闲自得的生活啊!这画面总是使我感受到寻常平淡生活中的特有温馨。

被那篇文章勾起的忆念一发不可收。前几天到半山园看望老首长,便下午稍早一点去了后宰门,只为看看那条熟悉的小街。推开新新水饺店的门,晚饭时间尚未到,店内空无一人,老板娘正在灌自制的辣酱,这辣酱很香呢！多少年不见，但彼此还能认出当初的模样。她笑问我是否不住在这里了，我问她女儿是否工作了，十多年的时光就浓缩在这短短的两三句话里！我还是点了二两水饺、一碗馄饨。我跟她谈起那个遛狗、喝扁二的老头，她说：早去世啦！他就住在你们海院，无儿无女，其他店不让他带狗进去，我知道他孤苦伶仃的，就让他带进来，所以他常来我这里吃水饺。我这是第一次知道这老头的身世，也第一次知道那幅画面背后原来有着这样的体贴和照顾。那么，老头每回坐进这个小店，看着温顺陪伴着他的狗，吃着热乎乎的水饺，一定能驱散不少孤独吧！

走出新新水饺店，夕阳的余晖正洒在这条小街上，流泻的金光里，人不禁微醉。街的变化很大，我常去的那家盒饭店已变成水果店，老板娘"菜不够自己添"的话语犹在耳畔；我最喜欢的老鸡汤面店也换了门脸，挽着幼小的女儿一次次进店的情景恍在昨日。民以食为天，每个人的旅程中都会有一些这样留下深刻印记的小吃店吧！有的店奉送自家做的小菜，有的店由你自加调料，有的店多抓一把香菜不收钱，有的店甚至提供免费的油渣。更有的老板甚至都知道你的口味，不用交代就知道少辣或重青、多醋之类的喜好。过几天就想去，离开了忘不了，那时那地那味儿永远在心头蒸腾。

不是吗？那些富丽堂皇大饭店的精致菜肴我们或许连名字都不会记住，但这些简陋局促小吃店的一盘水饺、一两馄饨、一笼包子、一碗面条、一张煎饼，却让我们鲜香满颊、余香盈怀。这些最普通的小吃，组成了我们的日常生活，因而构成了我们的生命时光；那些不宽敞的店堂，仿佛就是自家小小的饭厅，我们自在自足，毫不拘泥，根本不需要"宾至如归"的招徕，因而形成了强大的情感磁场。再寻常的食物、再不起眼的小吃店，哪里经得起时间日复一日的积淀和情感愈浓愈烈的发酵哟！

缠缠绵绵一碗面

很喜欢吃面条,到南京后发现,本地的面条有其鲜明的特色。主料是皮肚,配上肉丝、猪肝、腰花、大肠、大排、小排、大肉、香肠、熏鱼等各种荤菜,以及木耳、雪菜、西红柿、榨菜、青菜等各种蔬菜,面多料足,和南京人一样实在!

而在我的记忆中,最难忘的却是家乡的一碗光面——店里叫阳春面。江南人最爱吃刚从面条机上轧下来的新鲜面条,在店外排队等候时,看着卷帘似的大块面皮,变戏法似的在机器上分成丝丝条条。有宽面、小宽面、细面、银丝面,都有带碱和不带碱两种。家里通常买的都是细面,水开后加入面条,待水再沸时浇一小碗凉水,水又开后便可起锅了。面条的佐料就是猪油、酱油和糖,再撒上些葱花,也有纯用白汤的。葱青绿,汤泛着油花,面条软硬适中,这一碗被店家起上"阳春白雪"名字的面条,实则是家家户户常吃的标准平民面条,使老百姓的日常生活充满绵长的温润。

那个年代的人过生日,多半是下一碗面条举家同庆。面条出锅后,起先几碗一定是端给左右邻居,那种温情的场面如今再也不可能见到,恐怕只能成为不可复制的经典了。那是清贫年代才会有的相互关切,拙朴的人心早已消遁无踪。记忆里银丝面吃得很少,莫非是价格贵些么?有一次母亲生病,姨妈拿了只小锅去面店打了一碗,我蹭了一两口,不敢再要。在每年12月26日毛主席生日这个特殊的日子,工厂的食堂里都会免费供应有着一块诱人大肉的白汤银丝面。父母都是用小锅急步端回,全家同享。那个香啊,隔着漫长的时空隧道,还能清晰嗅到。

到南京上大学之初,不少店里还有一毛钱一碗的阳春面,渐渐就消失了。大学食堂也供应阳春面,但那是下好了盛在大盆里的,面条已变得软而黏,失去了阳春面应有的新鲜和滑爽。但我们发现南京的小煮面也很有特色,同学们常去鼓楼一带的小面馆,最青睐的是青菜肉丝面或者榨菜肉丝面,囊中羞涩的学生消费得起。我们也常去广州路校门外巷子里的一家面条店,在南京画店后面。这是一家兄弟两人开的面店,哥哥负责切肉丝和大头菜丝,弟弟负责下面条,肉丝切得那个细啊,至今我也学不来那刀工。这家店面条和馄饨品种齐全,价格适中,肉丝面、鸡蛋面是我们常点的,再想改善一下就是三鲜面!

后来,有同学在珠江路上的同仁巷发现了一家小煮面店,只有一个品种:猪肝肉丝面,一块钱一碗。老板娘动作十分麻利,左右两个火头,一置大铝锅,一置小铁锅,小宽面在铝锅中一焯,迅即移入铁锅中的沸水中,加入猪肝肉丝烫熟,再加上各种佐料,几乎是一两分钟一碗。我和同学们过一段时间就会去打打牙祭,这次你付钱,下次他买单。毕业以后聚会时,总有同学想去重温旧日。巷子却早已出新,面条店不知何处去矣! 那碗面条,吃的是同学情、青春味,遥遥忆去,那热气还在眼前蒸腾。

江南人吃面条不分时间,早、中、晚均可吃,不像有的地方早晨是不吃面条的,大概觉得面条应是正餐,早间不宜。我大学毕业初到部队工作时,不喜食堂僵硬的面食,便买了一个小小的电锅,大小恰能下一碗面条。每天早晨,我就下一碗阳春面,打一个鸡蛋,就这样打发了好几年的早餐。后来发现,早晨吃面条的何止是我这个单身汉呢? 经常在上班路上碰到那个家乡是张家港的阿姨提着个篮子上菜场,不少时候她会笑着高声说:"小张,今天我们早晨吃新鲜面条!"浓浓的吴侬软语里,满溢着江南人对于面条的浓烈感情,思乡的情绪也就随之弥漫开来。

部队接待人,菜上完后往往是上一小碗阳春面。部队大院的门口面条店也不少,几乎都吃遍了,对于南京的面条也就慢慢习惯了,过一阵子也总要吃上一次。十多年前转业后,离熟悉的小街远了,我在上班必经的汉中门附近发现了一家价廉物美的面条店。老板和老板娘都是四十多岁,老板娘手艺更好些,因此出场更多。如果是下班后去,总能看见他们的女儿在里间做作业。老板娘说过几年就要考大学了,眼睛里满是希冀。

时间过得快,某一天去吃面条时,老板娘兴奋地告诉我,女儿考上南师大中文系了,下面该轮到儿子考大学了。时间不停留,某一天去吃面条时,老板娘告诉我儿子考上南京一个大专,他们准备关门回安徽老家了。在这家店里吃过数十碗面条的我,以后每当经过这家大门紧闭的小店,眼前总是同时浮现出夫妻二人不停下面条和儿女认真做功课的情景,心里一片潮湿。这一碗面条,不仅养活了全家人,还培育了两个大学生!这时,我就会想起日本作家栗良平那篇小说《一碗清汤荞麦面》,想起那位每年大年夜带两个儿子去北海亭面馆共吃一碗清汤荞麦面、赋予他们生活勇气的坚忍母亲。时空不同,民族不同,但无私的人间至爱、无欲的父母恩情都是一样的啊!

我有幸在一家小面馆见证了世间最博大宽阔的爱,这种见证是动人的,能融化我们或已冷硬的情感;这种见证是美好的,能丰润我们久缺营养的心灵。数月前在镇江,朋友听说我爱吃面条,一定要我早晨去吃一家网红小店的长鱼面。面和汤是分开的,浓白的汤里撒了胡椒,喝得人周身热乎。大口吸溜面条之时,邻座有个六十岁左右的妇女搀扶着一个耄耋老者站起来,我们忙起身让路。她不住地谢着,说:老父亲九十多岁了,从乡下来,身体还好,还能走路,带他来吃吃镇江的面条!把妹妹也叫来了。老父亲健在,是我们的福气!闻听此言,看着她们姐妹扶着颤巍巍老父亲走出小店的身影,我没被胡椒辣出泪来的眼睛一阵模糊。

这缠缠绵绵的一碗面哟!

一把椅子的陪伴

　　13 年前转业到现在的单位时，真是大吃一惊。一百多号人安顿在一栋五层楼的半边，多数办公室都要坐 3 个人。我所在的部门只有一间房，4 个人挤在其中。我的办公桌横插在房中间，与临窗的两张桌子垂直而放，3 个人的活动都互相一览无余。我要坐的，是一把已有点旧的靠背扶手椅。

　　对 33 岁就已独自一间办公室的我来说，43 岁重回 4 人间，说没有一点不适是不可能的。但既来之则安之，单位就这个条件，大家都在同甘共苦，我这个新人也得接受现实。工作时专注于自己的文案或电脑可也，最头疼的是午睡，看来只能靠这把旧椅子了。

　　习惯于在沙发上午睡的我，好多天都不能适应在椅子上午休。头靠在不高的椅背上，往上往下、朝左朝右不停地挪腾，总觉得不是个地方，不是那么回事。后来渐渐能有些睡意了，常常是同事一声咳嗽，或是连续点击鼠标的声音将我惊醒，然后再也无法入睡。有时，索性就不睡了，去大院的鹅卵石路上脱了鞋慢慢行走，度过一个中午，自嘲为"免费足疗"。

　　但午间一点不休息，下午会犯困，影响工作效率，于是强迫自己就是睡不着也要在椅子上靠一会儿。有一天，忽然想起小时候一件事。那天午后去约同学同路上学，他父亲说：我还有 5 分钟要去上班了，睡一会儿。说完往藤椅上一坐，头往后一靠，瞬间就发出了鼾声。我惊讶极了，5 分钟也能睡？同学说：我爸就这样，有 2 分钟都要睡。回忆突然袭来的那一霎，我懂了。靠着椅子睡不着，不是因为外面的世界有喧嚷，而是因为我自己的心里有杂音。我懂了，于是我睡着了。

　　过了几个月，我被调到另一个部门，配的是高背的摇椅，按说应该很舒适,靠着很容易入睡,可我却睡不着了。几天的努力失败后,我又将那把旧椅子搬了回来,午间头往上一靠便进入浅浅的梦境。过了一年多,我又回到原部门,不消说,我把椅子带了回去。老地方,旧椅子,一切显得分外和谐。

几年过去了,我终于又是独自坐一间办公室了;又几年过去了,我独自坐更大的办公室了。但我知道,不管是高大的皮椅,还是舒适的摇椅,都已不再适合于我,我仍然坐在这把旧椅子上。对我来说,它不是一件普通的家具,而是一种曾经的岁月;不是一件无心的实物,而是一个有情的侣朋。忘不了陪伴,舍不得丢弃。

前年,单位搬了新址,我仍然推却了配发的皮椅。但是,坐上这把旧椅子才发现垫子往下塌了,也有点摇晃了。于是我要了一把款式大致相同的椅子,把这把旧椅子放到了房间的一角,仍然与它保持着一种相伴,一种相望。

这把伴着我十多年的椅子是真的旧了,坐垫上已生出道道裂纹,正如我也在老去。这些纵横交错的白色裂痕,恰如一个刚刚踏上转折之路中年人的复杂心情吧!在学校时常听老师说"板凳甘坐十年冷",我后来并没有坐学术的冷板凳,倒真坐了十年事功的旧椅子。这把静处一隅的旧椅子,似乎在提醒着我一种质朴、一种简淡、一种定力、一种等候。所以,纵使它再旧再破,我仍然需要它的陪伴它的提示。偶尔的午后,我仍会坐在上面闭上眼睛,任自己乘着这把仿佛正在腾空飞翔的椅子,迷失在不知是梦非梦的岁月隧道里。

我在

那天清晨,我又来到了二条巷。师母发来短信,让我去取周勋初先生90岁寿辰专刊。按响门铃的那一刻,学生时代的虔诚依旧,温暖的情愫袅袅浮起。

二条巷,南京鼓楼的一条寻常巷陌,但对我来说却极不寻常,这闹中取静、不事雕琢的所在,住着南京大学的诸多名师。34年前的那个春节,我和同学们第一次来到这里向老师们拜年。楼老旧,房狭小,光暗淡,没有想到,我们敬爱的老师们就是在这样简陋的条件下做出了大学问。印象更深的是,一栋栋楼高低错落,也不按数字的顺序排列,有的要经过迂回的小路,有的要迈上斑驳的台阶。然而,正是这弯曲僻静、拾级而上的画面,多少年来一直萦回在我的脑海,让我愈来愈深地体会到"曲径通幽处,禅房花木深"的真意。

毕业后,我离开了学校,却始终没有远离二条巷。多少次,我来到这里听周勋初先生谈经论道,汲取学术的营养;多少次,我来到这里听朱家维先生娓娓忆往,抚平内心的焦躁。每当走进小巷拐进小区大门,就会情不自禁放慢脚步,怀着学生的恭敬和羞涩轻轻伫立老师家门。有时,看望完老师,我会特意去走那些有着历史的小路和台阶,仿佛看见当年的老师们又从那里走来,怀念的泪水不觉盈眶,这才知道,在职场上走了那么久的我,心原来一直就在这条巷子里。

更令我不得不敬畏天意的是,前年,我居然搬到了这条巷子里办公!从此,我有更多的机会去看望老师,去小区漫步。我还是会特意在那些有着故事的小路和台阶上流连,体悟这曲径之中的幽、回转之间的美。在职场上走了那么远的我终于明白,老师们的精湛学问都是走过了弯弯曲曲小路后沿阶而上,才达到奇伟瑰怪的高峰;当下在职场上遇到的困难都是必经的曲径,只要不忧不惧,我们终会走出徘徊、登阶前行,转折终能成为柳暗花明的新景。虽然许多老师已驾鹤远行,但他们的精神仍然在这条巷子里,我也在对这曲径石阶一遍遍的萦绕中,把自己的情怀深深埋植。亲爱的老师们,你们安心吧,学生永远在这里,我一直追随在你们的身影里。

命运的玄妙莫测孰能不惊叹,生活的起承转合焉能不感恩!冥冥之中,是哪一双神奇的手,引领我们走上前辈曾经走过的路,实现精神的会师?省委党校搬迁后,许多人都怀念原来那所有着民国建筑的党校,而我却分外喜欢这新址。每当听到要去党校学习,我都莫名兴奋。清晨和傍晚,我常常绕着学校一遍遍地走啊走,总也走不够,不觉单调,不知疲累。那带着滴滴夜露的花草,那仿佛就是从教学楼顶上升起的旭日,那把长长树影投射在地面的路灯,在我看来都那么亲切,仿佛相识已久。曾经和朋友说起这份特别的感觉,却始终找不到源头。

直到有一天父母来南京,接他们回家的路上,车经过党校时,我对父亲说:这就是我们新的省委党校,我经常来学习呢!父亲往车窗外望去,只是一瞬,他就脱口而出:"哦!这里是童家山吧!是原来的南京机械制造学校,我在这里读了4年中专呢!"只是一瞬,我就惊呆了!说不出一句话的我,心里却是潮起潮落。快60年过去了啊,这里早已没有旧日的一丝容颜,老父亲却能一眼认出自己的学校!快60年过去了啊,我却踏上了父亲走过的从学之路!《父亲的草原母亲的河》的旋律在我耳边响起,原来,这里有父亲的足迹父亲的身影,所以我才会有似曾相识的心动;这里有父亲的"草原"父亲的乡愁,所以我才会有恍若前世的亲近!离开南京这么久,父亲原来一直在他的校园里;离开父亲这么远,我原来一直跟随在父亲的背影里!

二条巷,童家山,这原本与我全然无关的地方,现在却成为我生命的美丽风景;二条巷,童家山,这原本具体实在的地方,在我却超出了地理的意义而成为一种精神象征。我在这里怀想,我在这里洗礼;这里是我倦鸟归飞的长亭,这里是我吟啸徐行的驿站。每当踏上二条巷曲折的小路,每当走进童家山明亮的课堂,我都会清晰地知道,无论世事如何回转,无论前路如何盘旋,我永远是一个学子,我一直走在老师的目光里,我一直走在父辈的履印里。

别了,二条巷

　　清晨 8 点,每天上班的老时间,我准时走进单位所在的二条巷。秋日的阳光照在二条巷照在我们那栋白色的办公楼上,一切都仿佛与平素并无两样。进了车库,却是空空荡荡,没有了习见的满满当当。进了办公楼,除了门卫和保洁工,更是空无一人。这才意识到,我是最后几个留守者了!虽然搬迁新址一周前就开始了,每天都有人陆陆续续在搬,但今天人去楼空的异样静寂,还是给了我强烈的冲击。我真真切切地意识到,我们要和这相依相偎多少年的二条巷告别了,职业生涯的长长一程就此成为历史。依恋之情不可遏止地从心底升起,不觉有泪水盈眶。

　　初识二条巷是整整 35 年前了。1984 年的新年,青年的我和同学们来到二条巷给老师拜年。巷子里有个著名的二号新村,是个闹中取静、大师云集的所在,南京大学的不少老师就住在这里。曲径通幽处,苔痕上阶绿,是我对二条巷最初的也是根深蒂固的印象。从此,我多少次来到这里,向老师问安,向先生请益。却没想到过,我有朝一日会成为这条小巷的居民,日出而来,日入而返,与它结下一生都不会更改的缘分。

　　11 年前,中年的我从部队转业来到省级机关,单位分大院十五号楼和二条巷两处办公。10 年前,适逢人口普查,我被抽调到二条巷,和同事们一起投入那次大型国情国力调查。当时办公楼是咖啡色的,似乎隐喻着这份职业的苦中有甘。在二条巷的一年是忙碌的,常常披星戴月;披星戴月的一年是愉快的,生活倍感充实;倍感充实的一年是有得的,心灵颇多收获。我既从躬身实践中对新的职业有了直观的认知,融入了这个奉献的群体;又从向老师殷勤讨教中对学术和人生有了更多的感悟,读懂了他们坚守的身姿。

我把这些直观的认知转化为重新出发的动力,坚信天道酬勤,勉力拾级而上;我把这些精神的感悟化成《师心》《温暖的笑容》《二条巷情缘》这一篇篇虔诚的文字,表达我对老师的敬意和对未来的期许。

岁月的起承转合永远会有出奇之笔,人生的腾挪转换不时谱写惊喜之章。两年前,单位安排我到二条巷的办公楼上班,从此与二条巷朝夕相守、耳鬓厮磨,屐痕日厚、情缘愈深。这时的办公楼已出新为白色的了,似乎更彰显了这份职业的清正透明。我感恩上苍这冥冥之中的安排,我珍惜生活这意料之外的眷顾。

两年里,见识了更多更深的师心。二条巷是热闹的市井,但二号新村却始终是静谧的山林。无论外面的世界如何喧嚣,老师们依然朝驰骛乎书林,夕翱翔乎艺苑,执着地走着自己的幽曲之径。在这里,常面聆周勋初先生谈学论道,今年又喜逢他 90 寿辰,为先生耄耋之年依旧焕发着学术青春而满怀欣悦。

两年里,沐浴了更多温暖的笑容。常常在巷口遇到朱家维先生晨练后推着单车归来。三十多年过去,老师已是八旬老人了,布满皱纹的脸上依旧是那熟悉的笑容。他会和我握握手,笑着说几句话。这样的相遇使我觉得自己从来没有离开过大学、离开过老师,一整天都会浸润于春风之中。

两年里,熟悉了二条巷的角角落落。在这里买最新鲜的农家蔬菜,在这里吃刚出炉的香酥烧饼,在这里喝手工磨制的浓稠豆浆,在这里找手艺最好的理发店理发,在这里看孩子们嬉闹着上学放学,在这里听原生态的市井之声。一切都那么和谐,一切都那么契合,我以为会一直与二条巷相伴到底了。

单位多少年分在两处的不便,大家早已深尝其苦,平时也颇多怨声,有朝一日能够团聚,是我们共同的心愿。记得有一年春节联欢会上,一位老同志朗诵了自己创作的诗《来自二条巷的敬意》,诗的最后这样写道:"明天/你将健步迈进大院里的十五号楼/我又匆匆走过人群熙攘的二条巷/每天在网上我和你/互相问候一如既往/我执着地期待这样一个明天/我们会拥有共同的工作现场/从此和你天天见面/握手拥抱畅叙家常/为你的新换的时装和/我们共同的守望。"直听得大家情难自已,泪水涟涟。

而当这一天终于来到时,你为什么依依不舍?那天吃午饭时,有个同事说:"再也不能坐在这洒满阳光的餐厅里吃饭啦!"一语既出,满座沉默。有个同事笑着说:"这是我在二条巷的最后一餐啦！多吃点!"刻意的笑容却更掩不住心中的留恋。

当这一天终于来到时,你为什么懒得整装？有个同事在朋友圈中说:"听着那么多办公室传来的刺啦刺啦撕胶带缠纸箱子打包的声音,我焦虑啊！可我仍然不想动。"焦虑是因为不得不走,慵懒是因为多么想留,字里行间尽是五味交织的难言情愫。

当这一天终于来到时,你为什么如此心悸？有一个同事对我说:"平时大家就是待在办公室里不走动,我也觉得这栋楼是满的,是有生命的。现在一下没人了,楼还是那栋楼,可我就觉得这楼没有了生命,有点诡秘有点害怕呢!"闻言深受震撼,细思颇有哲理。这栋楼的生命是楼里每一个人给予的,每个房间的打字声电话声笑语声,汇聚成浓郁的气息;每个人的坐倚行止,制造出强大的磁场。这气息在楼里荡漾弥漫,这磁场在楼里传递辐射,才使这栋钢筋水泥铸成的坚硬之楼有了灵动的生命、柔软的温情。如今,当我们一个个远离,带走了气息,带走了磁场,也就带走了它的灵魂。在适应新的主人之前,它将有很长的时间是一具没有生命的空壳,怎能不让人悸动和心疼!

秋日的阳光照在二条巷照在二号新村照在我们白色的办公楼上,仿佛一切都没有变,其实一切都在光影里流逝。我深知新的办公楼也会有阳光照耀,我们终究也会找到新的归属感。但此刻,悄悄是别离的笙箫,我做不到挥一挥衣袖不带走一片云彩,这里是我们短暂人生旅途中一个有着独特风景的长亭啊！二条巷,你是我求知的启蒙;二条巷,你是我转折的臂弯;二条巷,你是我前路的牵挂。那么,就伫立窗前,再问一问老师好吧！就走进走廊,再闻一闻这熟悉的气息吧！就踏上平台,再看一看小巷的全景吧！别了,二条巷,你会永远在我的思念里;别了,二条巷,你会永远在我的生命里!

取次花丛勤回顾

前几天去开会，原可以走更便捷的路线，我却特意选择了从二条巷穿行，只为访一访数月不见的故地，看一看那栋春秋相伴的大楼，问一声早安，道一声珍重。

即使是《鸳梦重温》里失忆的查尔斯，当他最终来到邂逅波拉的梅尔布里奇小镇时，居然会很自然地走到从前的小店去买烟，又很自然地顺着从前的路回到了他和波拉的家，记忆之门訇然而开。那么，我这样一个记忆尚算健全的人，去走以前的路，更是"顺"得很，自如得就像去二条巷上班一样，开会反而变成了一件其次的事了。这"顺"里面，有我们难忘的"根"，有我们永志的"初"。

那天，看到了既熟悉而又陌生的二条巷。熟悉的是，我们那栋办公楼还在，新的主人还没有落定，那么它满贮的依然是我们这些故人进进出出、忙忙闲闲、说说笑笑的信息。陌生的是，巷子的小路已整治一新，挤满路边的菜农小贩已不见踪影。熟悉，让我亲切而潮湿；陌生，让我怀念而潮湿，物是人非、情过境迁，都不影响我自由的回望、温暖的回放。

于二条巷是这样，于所有昔日走过的路都是这样。住在东郊时，每天清晨，我坐一段地铁到大行宫，然后再步行到单位。我可以一直沿着大马路走，但我特意选择从母校南京大学的校园而过。在校园里，是不需要走死板的某一条路线的。我完全是随心所欲、不假思索地或直行或转折，或履平或拾级，惬意得仿佛上班变成了一件其次的事，像当年求学一样畅游校园变成了今日唯一的事。走到操场的跑道旁，便是快出校门到单位了，我常常会想起大一为体育课达标，冬日的清晨在此坚持跑步的情景。体育一直是我的

144

弱项,平生第一次跑出了优良的成绩,让我知道人生会有许多新的跑道,坚持不懈跑,勇敢迎风跑,一定能达到更高更远的目标。如今,天天从校园、从当年出发的跑道经过,频频回顾的不仅仅是青年时光,更是出发之时的坚定意志。

人的一生要走过多少条路啊!生也有涯,路也无涯,没有多少路是有时间去特地重走的,那么,这种顺道探看的"兼顾"是最适宜、最可行的。我会在去部队大院看望首长时,顺道去宿舍区转转,在某一个拐弯口,一个熟悉的面容从往昔时空浮现,殷切的期待铭记于心;我会在去参加朋友聚会时,顺道去从前的路走走,在某一个黄昏时分,一个美丽的倩影从岁月深处走来,陪伴的深情珍藏于心;我会在回老家看望师长时,顺道去中学母校门前流连,在某一个温暖的午后,一个亲切的声音从青春季节响起,引领的辛劳感恩于心;我会在出差异乡漫步时,顺道去故旧同游之地看看,在某一个月色皎洁的夜晚,一幅静谧的小品从心林湖海勾勒,友谊的温暖萦绕于心。

这些回眸和凝眸,这些怀念和挂念,我不会告诉你,我只独自消化和享受。只想在这干涸的世界里,心里时常有绵绵细雨;只想在这坚硬的世界里,心里时常有柔软沙滩;只想在这冰冻的世界里,心里时常有温煦春阳;只想在这喧闹的世界里,心里时常有寂静之声。

唐代元稹诗云:"曾经沧海难为水,除却巫山不是云。取次花丛懒回顾,半缘修道半缘君。"走出二条巷时,带着缅怀,带着感激,我想,对于走过的路、做过的梦、爱过的人,何须有曾经沧海之叹呢!人生历经的每一条路都不会枉费,它们延续成了今天的路,它们还将和今天的路一起延展成明天的路。哪怕当时是一条艰辛无比的路,也是在为日后宽阔通畅的路垒土奠基,为风雨兼程的人生积蓄能量。一枝一叶总关情,路路相汇,路路相叠,路路相通,才成就了我们今天的模样。

因此,我愿意将元稹的诗改一字而为"取次花丛勤回顾",只要有机会,我会一遍遍地去走从前的路,既回味人生鲜花盛开的繁茂明丽,也体味岁月落英缤纷的深邃厚重。且让这殷勤回顾成为行走在今昔之间的诗意之旅、荡漾着情感波澜的心灵独步。

大院里的那栋楼

"庭院深深深几许,杨柳堆烟,帘幕无重数。"绿影如帘、小楼掩映的深院,在许多人眼里是那么神秘,也许一辈子都无缘走进。而我,却有幸与两个大院结下一生的情缘,在大院属于我的那栋楼里度过最好的年华。

30年前,大学毕业的我来到半山园21号的那个大院。哨兵英姿挺拔,墙内花木葱茏,令人踏实而安适。这是一个颇有历史底蕴的大院,北宋名相王安石晚年就居住在这里,自号半山居士。我办公的10号楼,曾是国民政府盐务局所在地,设计者是打造了半座南京城、名闻天下的杨廷宝。水磨石的地面历经沧桑依然光滑,西洋式楼梯从大厅中央向两边分展而上,宽大平缓、毫无滞碍。更让人心头敞亮的是,每个办公室明亮的大窗都占了整整一面墙,温暖的阳光可以直直地照射进来。每天我从宿舍出发,穿过蜿蜒的小径,走过梧桐成荫的大道,踏上办公楼宽宽的阶梯,坐到我的桌前,开始一天的工作。这一走就是一十八载。大院给了我职业更给了我历练,10号楼给了我安宁更给了我定力,我与这座大院这栋楼的相守,绝不只是光阴的故事。

也许是命运眷顾,18年后,当我脱下戎装到新的单位报到时,迎接我的仍是一个大院。使我惊喜的是,这座位于北京西路70号的大院同样庄重严整、绿意盎然,似曾相识燕归来的感觉骤然生起。大院外面,便是有着浓郁民国风情的颐和路,那在半山园早已熟悉的建筑风格,那院门深锁的名人故居,常常使我泛起亲切、陷入沉思,仿佛仍能窥见名士的身影,听到历史的回音,清醒地知道自己从哪里来,该怎样在新的大院里走好未来的路。

在70号大院里,15号楼是属于我和我的同事的。准确地说,我们只拥有半栋楼,三人坐一间办公室是普遍情形。我所在的部门原本就是三个人挤在一起,我的加入无疑增加了人口密度,只得在面对面的两张桌子旁横放了一张桌子,这便是我的空间了。大家都在克服不便,都能泰然处之,所以我对安慰我的老同志说:有一张桌子、一台电脑足矣,就可以做事了。这样的条件,中午就只能靠在椅子上打个盹,从此这个习惯就没能改变,那把和我朝暮厮守的椅子一直跟着我,皮都磨破了却始终不忍丢弃。

拥挤未曾扰乱心绪,从未忘却的是情怀。我们深知,办公楼的窗外就是多少人向往不已的大院,亭亭如盖的梧桐、苍翠馥郁的香樟,抚平着浮躁、涤荡着杂虑,使人异常安心异常舒展。春风十里,漫坡尽染二月兰;夏日炎炎,遍地盛开酢浆花;中秋月圆,空中弥漫桂花香;冬雪纷舞,枝头疏影蜡梅俏。四季流转四季景,大院何处不飞花! 去往15号楼的坡路两旁,嫩黄的迎春花绽放着娇羞的笑靥,鲜红的石榴果燃烧着如火的热情;楼前朵朵怒放的广玉兰,被蓝天白云映衬得分外洁白;楼东面的墙上爬满了常青藤,用它特有的古朴和顽强提示我们耐得寂寞、守住清正。而我们,又何尝不是大院里的一棵小草一朵小花,共同装扮出这姹紫嫣红、蓬勃生机呢! 更令人沉醉的是,大院联结着最广袤的大地,牵系着最广大的众生,我们都在为发展和幸福尽着绵薄之力。白昼,这栋楼一直步履不停;夜晚,这栋楼常常灯火通明。长年的忙碌、昼夜的辛劳却带不走我们的笑颜,加完班走出楼的同事们总是欢声笑语,让人想起孔子点赞的冠者五六人、童子六七人吹着微风、歌咏而归的和谐画图,心中一片怡然。

局促未尝滋生怨尤,从未改变的是深情。每当听年长的同事谈起这栋楼的往事,都能真切触摸到它跳动的脉搏。20世纪80年代初,一辆绿色的大卡车把一群年轻人带进了大院,带进了这栋楼。大院的一切都在草创之时,这些80年代的新一辈就坚守在15号楼,和大院同拔节共苗壮。从此,这栋楼里有了数字的音符,有了青春的歌声,有了情感的旋律。有时雨雪天出差夜归,已没有公交车,他们硬是背着行囊从火车站步行回到大院。看到15号楼仍然亮着的灯光,终于回家的暖流漾满全身。他们的记忆中还有许多第一次:第一次有了独立的机构,第一次参加大型国情国力调查,第一次用计算机处理普查数据,第一次进入信息化办公系统,第一次和恋人在楼前甜蜜携手……30多年过去,大院已然繁盛绚烂,这些年轻人不觉两鬓染霜。他们的韶华融化在这栋楼里,他们的真情浇灌在这栋楼里,他们的生命熔铸在这栋楼里。那激情燃烧的岁月哟！

简陋未能冲淡珍惜，从未稍离的是守候。在我们的眼里，这半栋楼就是一个家，尽管老旧，每个人对它都怀有敝帚自珍的怜惜。于是，我们把每一块水磨石磨平，我们把每一面墙刷白，我们把每一扇窗擦亮。每个房间的窗台上都有同事们从家里带来的花草，一盆盆绿萝、水仙、吊兰美化着环境，装点着心情。大家开玩笑说：我们这栋楼就像农村刚进城的小姑娘，似乎有点土，但好好打扮一下还是挺漂亮的。多么乐观的心态啊！我们想方设法建设家园，我们千方百计改善条件，在楼西北的一块空地上盖了一栋两层小楼，给了车队一个安身之所。曾经也有机会搬迁，可以拥有独立的大楼。但是，谁也不能接受和大院、和15号楼的分离，我们情愿就这样守着"斯是陋室，惟吾德馨"的家园，吟唱属于自己的《陋室铭》。

一个老同志说，每当坐公交车到大院门口，听到"大院到了"的播报声，自豪感油然而生。一个年轻人说，当他来这栋楼报到时，只见每个办公室里都是顶到天花板的柜子，放满了书刊资料，景仰之心油然而生。还有一个细心的同事说，大院里的楼多半是赭色的，只有我们这栋楼是白色的，似乎象征着我们这个职业的真实和透明，敬畏之心油然而生。办公楼有一次因电线老化而起火，不少人都急得落泪，怕的是所有的资料、全部的心血都付于一炬啊！这半栋楼见证了我们的事业从小到大、从弱到强的历史，更写就了我们每一个人不会重来、不可更改的人生。半栋楼，一生情！

历史在前行，人生在继续。2019年的这个秋天，分别的时刻终于来临，我们就要搬出这个大院这栋老楼了。大家默默领着搬家用的纸箱和胶带，离别的氛围越来越浓。没有人急着整理，没有人催促责令，我们都希望时光过得慢一点再慢一点，好让我们再好好抚摩这栋楼的角角落落。"小槽春酒滴珠红，莫匆匆，满金钟。"真的莫匆匆啊，"后会不知何处是，烟浪远，暮云重"！

上周六到大院开会，本可以直接去会议室，我却刻意走上了通向15号楼的那道小坡。楼前的地上满是碎土，玻璃大门紧闭，不像平素那样敞开着。推开门，传达室的灯亮着，桌上的茶杯冒着热气，门卫不知何处去。我真真切切地意识到，人已去，楼已空，是到了说再见的时候了。我回到门前，拍下了依然挂着单位牌子的15号楼，把这也许是最后的相遇深深收藏。

我常常梦见，从半山园21号的家园出发，穿过弯弯的小路，经过梧桐成行的马路,走进 10 号楼的水磨石门厅登阶而上,坐到我的办公桌前。我知道,以后我会常常梦见,沿着秦淮河边垂柳依依的绿道,踏上喇叭声声的马路,来到北京西路 70 号的大院,爬上长长的半坡,走进 15 号楼的玻璃大门拾级而上,坐到我的办公桌前。这两个画面将交汇重叠、伴我一生,永远定格在大院里的那栋楼。

隔江轻踏旧时光

连日的读写之后，去江边散步。走到中山码头，见到来来往往的轮渡，忽对江那边的风景产生好奇。随兴所至，登上船去，江风拂面，波浪欢腾，十数分钟后便来到了浦口。

多少年前就知道，浦口有个老火车站，建于 1914 年，是当时南北交通的重要枢纽，一直想来看看，今日真乃机缘巧合。上了岸就急急问讯，路人手一指："喏，就在那边！"没想到车站就在港口近旁，真是喜出望外。稍稍移步，一座有着长廊和立柱的民国建筑赫然眼前，上有"南京北站"四字，一旁的拱形雨廊尚存，骤然就使人置身从前的时光。车站附近还有一些低矮的建筑，墙皮早已脱落，铁栏锈迹斑斑，"行李包裹提取处""换票""食堂""招待所"这样的字样，提示着久远的另一个时空，让人恍惚不已。这个车站见证过孙中山"奉安大典"的迎灵仪式，见证过渡江战役的发起，还见到过送湖南留法学生去上海、在这里被贼偷去一双鞋的毛泽东呢！靠了一个老朋友的救急，毛泽东买了新鞋、去了上海。他对斯诺说旅途上"随时留神着我的新鞋"。伟人筚路蓝缕的当年，是那么不容易啊！静默无语的它，深藏着多少牵系众生悲欢、令人浮想联翩的往事啊！

这伫立江边一百多年的火车站，既是历史的，也是文学的，它因朱自清那篇《背影》而更加闻名于世。我仿佛看见他们父子俩"过了江，进了车站"，我仿佛看见父亲"用两手攀着上面，两脚再向上缩；他肥胖的身子向左微倾，显出努力的样子"，我仿佛看见儿子"拭干了泪，怕他看见，也怕别人看见"，我仿佛看见父亲的背影"混入来来往往的人里，再找不着了"。如今虽斗转星移，物是人非，但"那肥胖的，青布棉袍，黑布马褂的背影"却成了文学史上和世人心中经典的身影,它象征着父亲含蓄而至深的爱,诉说着我们和父亲一起度过的永不回返的旧时光。

缓缓向浦口,也向旧时光的深处走去。一座天桥迎面而来,桥下是蜿蜒交叉的铁道。站在桥上,感受着绿皮货车经过时的微微震动,心也不禁轻轻颤动。小时候,常常和小伙伴们站在天桥上等待火车经过呢!成年后的梦里,也常有父亲牵着我的手走过天桥的画面。窄窄的小巷里,有"老浦口记忆"茶社,有卖各种日用品的杂货铺,与江这边的繁华形成鲜明的对比。居然见到好几个踽踽独行的驼背老人,显得那么不真实,幼时才常常见到没钱医治、背驼得这样厉害的人,使人不得不产生穿越之感。街边竟然有理发的摊子,有老人和孩子坐在方凳上剪发,让我想起小时候挑着工具、沿街叫唤的剃头师傅,现在城市里哪还能见到这样的图景?一排待拆的老房子,旧式的推拉式小窗半掩,使人意欲窥见内里的故事。一只褐色的猫在杂草丛生的小院里懒睡着,安心守候着即将夷为平地的老屋,还有它熟悉的旧时岁月。阳光照在猫的身上,光影如此眩晕,光阴如此神秘,我轻轻走过,不忍扰它。

这里的时光好慢,慢得使人流连不尽,不禁欲问今夕何年。来到一处更远的小巷,里面竟是我最爱逛的农家菜场。都是农民自己种的菜,绿的青翠欲滴,紫的油亮欲溢,红的赤艳欲燃,禁不住买了一把香芹、数根茄子、几只番茄。芹菜干子、凉拌茄丝、番茄蛋汤,不是一顿简淡素朴的午餐吗,不是童年时经典的家常饭吗!小巷的尽头,是一家饭店,宽敞的大堂里,放满了四四方方的大桌子和长凳。从前,这样的饭店算是十分气派了,路过时,多么向往能坐在那长凳上,美美地吃上一顿啊!

不觉已近中午,于是往回走。公园里悠悠笃笃的游人,开得很慢的公交车,路边刚出炉的烧饼,小馄饨铺里飘出的猪油葱花香味儿,都使人的脚步不觉放慢。坐上轮渡回到江这边,面对喧闹的人声车声,不由得感慨万分。在滚滚红尘的奔波忙碌中,我们许多人把休憩设定在离开职场后,设定在自己的事业完成后,设定在儿女成家后。而真到了那时候,或许又想着有许多新的事要做,或许又为儿女的儿女而操劳,或许身体已不允许我们出户。那么,何不从现在起就浮生偷闲去放松自己呢!你看,只消一念之转登上江轮,我们就可以邂逅从前的时光;你会发现,原来,即使是在繁华如许的城市里,时光也是可以慢下来的,只要你愿意。

151

第二辑　正是江南好风景

这条河,阅六朝繁华,乌衣巷口照斜阳;这条河,映千年流觞,吴姬压酒有余香;这条河,揽八方寓客,儒林外史赋奇章;这条河,传百年佳话,桨声灯影夜未央。

——《南京,我的诗我的远方》

妈妈犹在寄来包裹

夏天里,母亲突然给我寄来了包裹。父母已多少年没给我寄包裹了啊!好奇地打开纸箱,母亲寄来的是她今年亲手种下、刚刚收获的丝瓜和南瓜。电话那头,母亲大声说:"结了好多,吃不了,寄给你们尝尝鲜!"并不住地说:"现在寄东西真方便,真快! 以后种了菜还寄给你!"

记忆里,父母给我寄包裹还是三十多年前的事了。上大学时,收家里的包裹是一大风景。那时候寄东西非常麻烦,要在邮局检查之后一针一线地把包裹缝上,路上的时间也很长。我收到最多的是母亲织的毛衣,偶有奶粉和麦乳精一类的营养品。每次收到父母的关切,我都会顿起思乡之情,同时也深感普通劳动者家庭培养一个大学生的不易。

从学校毕业工作后,收包裹就成了历史。家乡本来就不远,列车又一直在提速,父母来南京、我回家看父母都非常方便,觉得需要带的东西就随身带上了。这几年,快递业愈加发达,工作忙无暇回家时,我就通过快递给父母寄些食物和水果。没想到,父母很快感到了快递的便捷,在寄来丝瓜之后,又给我寄过一回水蜜桃。不过,看得出父亲对快递业务到底不熟悉,不知道无须自己捆扎。他用绳子密密地扎起了盒子,自以为一定很结实,结果桃子到南京损坏的已有一半。面对老父亲一片惦念之心,我未忍打击他这个老工匠的手艺,告诉他桃子完好无损,但今后可以不用自己打包,交给快递就行。他很开心,说那以后就更方便了,不怕东西在路上碰坏啦!

每周通电话时,我总要跟母亲说今后不要寄东西来,我什么也不缺,在外三十多年了,早已能独立生活,缺啥自己会张罗。母亲答应得很爽快,但其实哪会听我的呢! 这不,前几天接到快递通知,又是父母寄来的一个大纸

155

箱。打开一看，两张倒放的小塑料凳稳稳地支撑着其他物品，内有生花生米一袋，豆腐皮两袋，青菜一袋，青椒四小袋。母亲在电话里说："你年纪慢慢大了，摘菜不要弯着腰，坐在小椅子上摘。"她还说，我爱吃花生米和豆腐皮，她去超市时顺便买了；青菜和青椒是自己种的，新鲜得很。父亲接过电话说，青椒之所以放几个小袋，是为了把纸箱角落撑满的，这样里面东西就不会晃动了。唉，他的工匠精神都体现到快递里了！

那晚我的餐桌上没有荤菜，只有两个蔬菜，一个是青椒丝拌豆腐皮，一个是炒青菜。吃着母亲亲手种的菜，耳边忽然响起老歌《北国之春》的旋律："妈妈犹在寄来包裹，送来寒衣御严冬。"南京岂无花生豆腐皮，母亲只当我是小儿郎啊！南京岂少青菜和青椒，父母只是怜我在异乡啊！既觉我年纪慢慢大了，又仍把我当成长不大的孩子，两种眼光、一种怜爱！五十之年，犹有母亲寄包裹，白发儿郎多幸福；儿已半百，妈妈犹在寄包裹，寸草难报三春晖！

我们家的老"劳模"

说起我们家的"劳模",公认是我那82岁的老父亲。从我记事起,从没见他有一天停止过劳动,停止过创造。

父亲常说,是清贫生活逼得他学会了多种技艺,这让我想起孔子说的"吾少也贱,故多能鄙事",贫穷的生活往往能激发人的创造激情、生命潜力。在那个贫瘠的年代里,父亲学会了木工、裁缝、雕刻、油漆、水电,既在生活的许多方面能够做到小家庭的自给自足,又能给亲朋好友多多少少的帮助。他还看了不少医书,学会了针灸。平时有个头疼脑热的都是自己想办法医治,甚至给自己做过小手术,我因中耳炎而生的久不收口的小瘤子,也是父亲土法上马用粗盐治好的!

记忆那头的画面里,父亲在灯下为我们兄弟俩一针一线地缝衣,一件衣服要费好几天的工夫,有缝纫机那是改革开放之初的事了。父亲为家里打了大衣柜、五斗橱、方桌、大大小小的凳子,改变了家徒四壁的窘境。他用硬板纸做的"墙"把厨房一隔为二,放一张他打的写字桌,为我辟出一个做功课的独立空间,不与弟弟互相干扰。他在我们与人合住的三室套走廊上方打了一个隔层,作为我们兄弟俩的床铺,参观这另类"阁楼"者甚众。许多在一般人看来无用的东西,在父亲的手里都能变成宝,比如我们家的台灯罩是硬板纸做的,厨房柜子的门把手是牙膏盖子做的,俯卧撑架子是木头做的,见者无不赞叹。

亲朋好友常常求助父亲,或是给孩子做件新装、改件旧衣,或是打个家具,父亲都有求必应,从不要报酬。那时候人都穷,但多知道感恩,他们会给我们兄弟俩买些小点心表示心意,但父亲最高兴的是他们把剩下的零头布

157

或者碎木料送给他,这对他来说是最好的馈赠,哪一天说不定就派上了用场。所有认识父亲的人,都知道他是个无师自通、自学成才的能工巧匠,也都佩服他坚持的毅力、不老的热力。

在生活富足的今天,父亲仍然本色不变、干劲不减,每天仍是一个勤奋得让年轻人汗颜的劳动者。前年弟弟搬新家时,淘回许多古色古香的门窗,多有缺损,父亲全部修缮一新并安装到位。想当年,弟弟结婚时,父亲用木板给他做了吊顶,可那是三十多年前了啊!今天父亲还能有这样的精气神,真不能不令人叹服。他给两个孙女都打了两把小椅子,给我也打了一把,上面还雕了花。他想给自己打一张大床,定下目标用 20 个工作日完成,我觉得这么大年纪了,不可能。没想到他从图纸设计到完工,只用了半个多月!他说,只有劳动才觉得身上有力气,才吃得下饭、吃得下肉!

去年底,父母被我接到了南京,父亲仍是劳作不息。几个朋友希望父亲能为他们做张小凳子,放在进门处坐着换鞋用。我觉得这样父亲有活干,挺好。但让他慢点做,不着急。没想到他一个月就赶出来 6 张,说正好春节作为礼物送给大家。那凳面上的弧度可是他用锯子锯出来的哦,朋友们别提多高兴了!有次我随口说家里那张买家具时送的小皮凳有点矮,几天后,它就在父亲手下长了"脚"。父亲还自己找事做,把我旧军装磨破的领口补好了,又用回形针做了风纪扣。一把缺了口的旧剪刀,也被他捣鼓得看不出原来是哪一边有豁口。我阳台的窗台上有两块瓷砖凸起多少年了,父亲用木匠的手法把它们整平了。他说,用泥瓦匠的做法,要换砖,还要扒掉周围的几块好砖,然后用水泥贴,你还不一定配到同样的砖,我只用锉刀和胶就搞定了!

每周去东郊看父母,我都能有这样那样的惊喜。父亲学会了用我给他买的电缝纫机,自己做了两张工作台,一张放在卧室,一张放在阳台。过几天我发现,他给两张工作台配了抽屉,说是在楼下捡到的旧抽屉,大了点,回来改装了一下。过几天我又发现,工作台一边多了一个小盒子,原来是放酒的盒子,被他废物利用上了!放放针头线脑真方便!他用这电缝纫机生产了第一件产品:老头汗衫!

这周我发现,卧室里多了一个简易衣橱。你道是啥?父亲从无锡带来了一副衣柜的铁架子,用我准备扔掉的床单为它做了外罩,装了拉链。放在大衣橱旁边,有模有样,毫不违和。我由衷地对父亲说:您真是我们家的鲁班啊！我怎么就学不会呢！父亲说：敲锣卖糖，各干一行，行行出状元，你写那么多文章，也是劳模！其实，我除了能爬爬格子，其他一无技艺，也唯有坚持再坚持，勤奋再勤奋，永远向我们家的老"劳模"看齐！

生活教人

多少年来,家里修修补补这些活儿,都是父亲干的,不管是衣服,还是水管,还是一些小东西。去年冬天买了一件绒外套,回来一看一个内袋都没有,手机放哪里呢? 父亲来南京后,我便把衣服交给了他。他一看,衣服连衬里都没有,口袋没法装啊,就说放着吧! 我以为父亲这回也没辙了,没想到有一天他告诉我大功告成了。原来,他给这件衣服先装了里子,然后再装了口袋,相当于做了半件衣服!

父亲对我说:你外婆常说"生活教人",这里的"生活"是"活儿"的意思,就是根据具体的活儿决定怎么做。父亲指着我这件衣服说:拿到一件"生活"先要观察思考,想明白再做,不是一上来就动手,这件衣服没有里子的话口袋根本挂不住,所以要先做里子。父亲这些手艺都是年轻时候自学的,他已然是一个资深的老裁缝、老木匠了,可是他每次干活前都是对着要做的"生活"左看右看,思忖下手的步骤,敬业精业、务实细致的工匠精神多少年都没有减退!

夏天,我翻出几年前女儿给我买的一条沙滩裤,式样不错,大小也合适,就是裤袋差个拉链,放东西容易丢啊! 去找了几家小裁缝店,都说裤袋边是弧形的,拉链是直的,没法装。于是,难题又交到了父亲手里。父亲看了看说,用手工能解决,要顺着口袋边沿一点一点地缝,既要缝出形状来,拉链还要平整,是个细活! 装好后父亲示意给我看,两条略带弧度的拉链开合毫无凝滞,店里的裁缝就是会做,可能也不愿意花这工夫呢。

新配的一副眼镜,毫无征兆地掉下一只腿。一看,镜腿的树脂与金属部分是黏合而成,不牢的。于是,用万能胶去粘,却怎么也粘不住。无奈,这样的活计又得交给老父亲了。

"这条镜腿你当然粘不好,黏合面太小啦!要根据这个情况作加固处理。"父亲哈哈大笑。他用金属薄片(取自中药罐)上胶后把眼镜架连接起来,用线扎紧,干燥两天后上墨汁,墨汁干后再上油漆。把另一条腿也作了同样的处理,这样就再无损坏之虞了。一个小小的镜腿,被父亲修理得如此精细!如果去眼镜店,想必不会这样费心为你修理,一定是换一条镜腿甚至一副镜架。而这样独出心裁的修理办法,已超出了行业、专业的范畴,"生活教人"真是朴素而千真万确的道理。

"生活教人"实际是说,只要你认真对待每一样活计,肯动脑筋,就一定能做成事并学到东西。把狭义的"生活"延伸为广义的生活,即人为了生存和发展而进行的各种活动,"生活教人"也是深刻而颠扑不破的真理。只要你认真生活,就会有许多独特的认知、新颖的思想、管用的方法、铭心的教益,学到教科书上没有的东西。人处清贫或是逆境,往往能够激发创造潜能,向生活要生存要发展。人处优裕或者顺境,就会懒散和依赖,不再有深钻细研、精益求精的精神,就鲜有发现和创造。所幸我仍有老父亲用一只暗袋、一条拉链、一副镜架,时时提示"生活教人"的道理,认真向生活学习智慧,把自己的活儿做得更好。

正写着,父亲发来一张图。这把旧算盘虽然没有用了,但认真而要强的父亲还是把 4 个残缺的珠子补齐了,他告诉我是用小树枝做的,问我能否看出是哪 4 个?我不由得感叹:认真做活,生活不欺!

拼音图里声韵长

父母来南京后,我每周都会去陪他们。看到父亲闲下来时,总是在手机上看新闻,视力不好,眼睛凑得很近。母亲则翻来覆去地听公众号里的戏曲,眼睛也离手机很近。心想,何不教他们用电脑上网呢?画面大些,音量也大些,就没这样吃力了。

父亲是中专生,而且是个语文学得很不错的理工男,用拼音搜索文件或视频没问题,只需要教他如何上网就行了。他学会了,母亲需要听什么唱段,由他负责搜索就行。几个来回后,父亲学会了如何进入百度,如何看热点新闻,如何找需要的视频。他连说方便、真方便,再也不用低着头看手机了。

上周回去,开得门来,只闻电脑声,不见老两口。我想,父亲一定在电脑前,母亲一定在阳台上忙乎花草。进得书房,却见母亲坐在电脑前打字呢!她说正在搜方亚芬的越剧。我问母亲:你又不会拼音和五笔,怎么搜的?母亲递过一张纸来,笑言:你自己看。

纸上是一张拼音图,一看就是父亲的字。汉语拼音的所有声母、韵母都写在上面,有大写、有小写,每个都用汉字注了音。b:玻,p:坡,m:摸;a:啊,o:喔,e:鹅……标注得清清楚楚。我问母亲:我爸教你学拼音?这时,父亲从隔壁房间走过来说:我先是想教你妈学拼音的,这样她自己上网就方便了,但是她只有二年级文化,年纪也大了,记不住了,学不会给汉字标音了。这样我就又想了个办法,你看反面!

纸的背面还有一张图!只有三行拼音和汉字:陈德林黄素萍淮剧选段;方亚芬越剧选段;肖雅张咏梅反串。父亲说:你妈最喜欢的戏曲就是这几个

162

人的,我就把要搜索的内容注好音,她照着打就行了! 言毕,母亲正搜出了
方亚芬的《西厢记·琴心》,"我这里潜声听声在墙东,却原来西厢的人儿理
丝桐……感怀一曲断肠夜,知音千古此心同,尽在不言中"的浓郁越声萦绕
室中,老两口露出了得意和满足的笑颜。

　　看着这两张一笔一画、工工整整的图,我的眼睛模糊了,我看到的不是
汉语拼音,而是"老伴"二字。年过八旬,依然能给妻子以这样细腻的爱,这
是相濡以沫的老伴才有的体察和耐心啊! 父亲是在用他榫卯合缝制木工
图、毫厘不差画裁衣图的"匠心"绘着这张拼音图啊! 我能想见他画图时的
专心致志,我能想见他画完后的满脸欣悦。白首老伴之间这种朴质无华的
心灵默契,又何逊少男少女之间高山流水的《琴心》?

　　相形之下,我也非常惭愧。我怎么没想到把父母爱看的视频放进收藏
夹里,免得他们这样劳神呢? 这次回家,我要为他们做个收藏夹,然后把这
张拼音图珍藏起来,作为永远的亲情记录、不老的爱情提示。

父子相对饮几盅

年少时,很喜欢日本歌曲《北国之春》,这首歌把离乡后的思念之情表达得细致入微,令人动容。"家兄酷似老父亲,一对沉默寡言人。可曾闲来愁沽酒,偶尔相对饮几盅",这个细节引起我不尽的遐想。尚不知愁为何物的我,想象中父子对饮的画面充满了香醇和炽热。而这个冬日,和父亲时时相对而饮终于成为现实,因为我把父母接到了南京。

从 18 岁离开家乡,弹指一挥间,已整整 38 年。几十年里,虽经常回老家,但与父母总是聚少离多,与父亲对饮的机会并不多。几十年里,应酬的酒喝了不知多少,与父亲同饮的酒少得几乎可以忽略不计。现在好了,每到周末,我都会去东郊陪父母,父子俩终于可以安安心心、悠悠笃笃地坐下来一起喝几盅。父母能吃到我"秘制"的红烧肉,这是儿子的反哺;我能吃到母亲煮得微烂的青菜,这是妈妈的味道。

父亲并不爱酒,酒量也不大,年轻时能喝个三四两,退休后从每天喝二两减到现在的一两,只是如丰子恺先生所说"增加就餐的兴味而已"。我不知道这些年来他独饮的滋味如何,但看得出来,能和儿子一起喝几口,他还是满心欢喜的。他并不琐碎,不像有的上了年纪的人那样总说儿女幼时的事,他说得更多的是我的文章、他的活计,兴致高时他会加个半两和我碰杯,一饮而尽后我们又各干各的事。

对养生,父亲有自己的一套想法和做法。年轻时常犯胃病,他把姜、蒜、萝卜这些东西都当作良药,长年不断。他以为每天少量饮酒既能驱寒去湿,又能激发活力,所以他虽已年过八旬,仍然脚下步伐轻快,手上力气不减。瞧,喝了一两酒的父亲又去阳台上干起了木工活,他说要打几张小板凳给我送人,放在家门口换换鞋子很好哩！阳光中的父亲脸庞泛红,银发闪亮,手起木落,让已是微醺的我又加了一份沉醉。

那天午间小饮后,我忽然觉得头发长了,于是让父亲给我理发,他爽快地答应了,立即取出他带来的理发工具。从小到高中毕业,我的头发都是父亲理的,今天却是他近四十年来第一次为我理发。推子在我头上熟练地游移,落下的虽然是白发,我却仿佛仍在童年,心潮湿而温暖,泛起比相对而饮更大的情感波澜。

那天晚上我们还在吃着饭时,母亲就离开餐桌去烧水了,我问她干吗用,她说要灌汤婆子,我笑着说才七点多,太早了,母亲说一直是这样的呀！这才忆起,在我小时候,冬天一吃过晚饭,母亲就会去烧水,给每个人灌一只汤婆子,扎上父亲做的布套,塞进我们被窝里。父子对饮间,幼时的这幕重放,仿佛都能感到被窝里那被汤婆子煽得滚热的特有的温暖,我仿佛真的回到了从前,一个我生于斯、长于斯的原初家园复活了,这比任何浓烈的美酒更让人心醉啊！

一个月住下来,父母喜欢上了南京,把东郊完全当成了自己的家,而我每周去则真像到了父母的家,这种适应是最令我们欣悦的。父亲说,我做的红烧肉比饭店的好吃,因此,我走的时候会给他烧一大碗红烧肉,让他每天独酌的时候吃几块,同时等着我周末回来和他同饮,这种期待是最令我们向往的。《北国之春》唱道:"棠棣丛丛,朝雾蒙蒙,水车小屋静。传来阵阵儿歌声,北国的春天已来临。"在这个我又听到遥远儿歌的冬日,快到耳顺之年的儿郎终于能够时时与耄耋之年的父亲相对饮几盅,春天啊已然来临！

父子过江看"背影"

今天正月初一,我的生日,天气晴好。我对父母说,我们去浦口吧,坐轮渡过去几分钟就到了,去看看南京的百年老火车站。父亲对此很有兴趣,母亲也没坐过轮渡,都欣然同意。其实,我是有另一番思虑的,到了车站再告诉父亲吧。

我们过了江,走过老车站拱形的雨廊,建于107年之前的南京北站赫然眼前。父亲说:一看这风格,就是民国的老建筑呢!我告诉父亲,这座建筑见证过许多重大历史事件,也见过不少伟人呢,青年毛泽东就在这里送别去法国勤工俭学的同乡,一双布鞋还被偷了!父亲哈哈大笑。这时,我才把最想说的事告诉父亲:这里就是朱自清的父亲送他去北京上大学的那个车站。父亲脱口而出:朱自清,《背影》,我知道的!原来就是这个车站啊!神情多了一份凝重和缅怀。

我带父亲到一旁铁门紧锁的月台,月台上停着一列货车。我告诉父亲,当时,朱自清的父亲就是在这样的月台吃力地爬上又爬下,去给儿子买橘子送橘子的。我看了一下,月台不算太高,但也不低,即使是一个瘦子上下攀爬,也不是轻而易举的,何况朱自清的父亲是个胖子呢!爬上那边月台时,"他用两手攀着上面,两脚再向上缩;他肥胖的身子向左微倾,显出努力的样子";往回走过铁道时,"他先将橘子散放在地上,自己慢慢爬下,再抱起橘子走"。看着他的背影,朱自清的泪忍不住流了下来。伫立在《背影》故事的发生地,当年的感人一幕在我眼前回放,任何做儿女的面对父亲这样艰难的背影,都会不由自主流下泪来的吧!

老街在改造,一边的老房子已经镶上了红砖,墙上挂着与车站有关的老

166

照片,我把那幅介绍《背影》的照片特意指给父母看。母亲低声自言自语说:哦,和我们送你到南京上学一样的事啊!父亲则站定了细细端详。于是,我看到了朱自清父亲的背影,也看到了自己父亲的侧影,令我一时百感交集。我不知道此时父亲在想什么,我则看到了我上大学时他一次次奔波于无锡和南京之间的背影。

时光回到 30 多年前,我也是朱自清上大学时的年纪,20 岁不到。父母是一起送我来南京的,行李一路都是父亲拎上拎下,没让非常瘦弱的我提一丁点儿东西。此后,因为放心不下独在异乡的我,父亲常常自告奋勇承担工厂的出差任务,给我带来吃用的东西。虽然他正当壮年,但那时火车慢,来来回回地提着大包小包总是件辛苦的事,父亲却毫不以为累。记忆最深的一次是,因为我的书越来越多,无处安放,父亲打了一个木箱子,从无锡带上了火车,又在南京珠江路下了公交车,扛在肩上,雨中一路步行,爬楼到我宿舍。箱子很重,父亲手上还有另一只旅行包,当时同宿舍的同学都说父亲太了不起了。看如今的父亲,虽然腿脚尚好,但毕竟岁月不饶人,背有点驼了,再也扛不动那样重的箱子,是需要儿子陪侍和搀扶的时候了。

思忆间,父亲转过身来说:买橘子介绍得很清楚,《背影》是名作呢,用这种方式普及名作好。我想,其实《背影》要告诉人们的远不止买橘子这件事体现的父子深情。"背影"这个词在文中出现了四次,是想告诉所有做儿女的人,我们和父亲的关系都是暂时的,和父亲共处的时空都要消失的,父亲最终是一个我们无法追及的背影!

不是吗?有朋友在我的《父子相对饮几盅》下留言:这是我多少次想拥有的温馨画面啊,如今只有痛悔!春节前问一个朋友是否回老家,他说:父母都不在了,老家也就不是家了!总有一天,父亲只能闪现在我们"晶莹的泪光"中,"不知何时再能与他相见",这就是朱自清要告诉我们的残酷真相吧!读懂"背影",珍惜的就不只是父子今生相遇之情,而是他年无可再来之缘。

朱自清是和父亲一起渡江到浦口,然后上车北去的。今天,我也和父亲一起过江到浦口,虽不可能是同一条路线,但期盼能感受当年父子俩的心情。去时,我把自己还原成一个需要父亲相送的学生;回时,我真切感到父亲是一个需要儿子陪伴的老人。江这边,是寂静的老街,是青年朱自清低回的诉说;江那边,是林立的高楼,是半百之我连绵的沉思。今天,和父亲一起

167

过江，我看到了朱自清父亲的背影，也看到了父亲从前和现在的背影，这个生日过得别有意味。江风微凉，汽笛鸣叫，我扶着老父亲，走向他给我的那个家。

妈要把冷暖时刻记心头

　　朋友给了几张京剧演出的票,告诉我有李胜素和于魁智。我非常开心地告诉父母,请他们去看心仪的偶像。我想,他们也会很开心,特别是母亲,是个戏迷呢! 未料母亲说,是想去看,可是父亲受凉了,腰腿不好,就不去了。于是,我只得独自去看了这场"红色经典"京剧交响音乐会。

　　朋友给的是池票,看了那么多演出,我还是第一次坐这么好的位子,可以真切地看到台上的演员。真是惊喜连连啊,主持是白燕升,第一个出场的就是李胜素,她一共唱了 4 曲,观众仍是呼声不停。那么清晰地看着李胜素,我不由得想,父母要是坐在这里,看到平日只能在电视上看到的名家,该是多么欣喜啊!

　　《红灯记》《智取威虎山》《海港》《杜鹃山》,一出出传统戏的唱段是那么熟悉,把我带回了儿时。那时,不仅学校经常组织看样板戏,父亲单位的礼堂里也会放样板戏,和小伙伴们结伴同行、在礼堂里打打闹闹的情景恍若昨天。有线广播里天天唱的也是样板戏,不用刻意学,那些唱词就刻印在心田了。邻居经常逗我:小明,唱一段李玉和! 我就会唱起"临行喝妈一碗酒",并学着李玉和端碗的样子,逗得大人们哈哈大笑,于是被他们忽悠唱了一段又一段。回想幼时的情景,多像一幕幕剧啊! 而今记忆的帷幕又拉开,听着台上方海珍"进这楼房常想起当年景象"一声唱,不禁感慨我已两鬓染霜,父母已垂垂老矣!

　　是啊,当对自己很感兴趣的事已提不起兴致来时,人是真老了。我动员父亲机会难得,还是来看看这场演出,父亲说:我坐不住的,腿疼得厉害。而曾经,父亲是那么喜欢看演出,回家还绘声绘色地学唱。清楚地记得,有一次厂里的职工演出《沙家浜》，晚上父亲回来说：今天某某出了洋相，但他真是机灵！原来，《智斗》一场中，演胡传魁的那位同事皮带突然松了，眼看裤子就要掉下来，他机智地把一条腿抬起来搁在茶馆的方凳上，台下掌声笑声一片。曾经那么活灵活现描绘演出的父亲，如今却已难以安坐在剧场，也没有听我说演出的兴致了。

听着一段段耳熟能详的唱词，脑中闪回着关于父母、童年的一段段场景，"人生如戏"4个字蓦地涌上心头。有人说，父女母子一场就是今生今世不断地目送着他的背影渐行渐远；我要说，父母儿女一场不过是暂时的同台演出。在这场演出中，你演了父亲，她演了母亲，我演了儿子，这就是今世的缘分。而任何一出戏总是要散的，一幕幕演下来，不管多精彩，不觉已灯暗。

不止听一个朋友说，看到父母老了无助的样子，心里真是说不出的难受。我这方面体会并不深，因为总觉得父母身体尚好，但这次父亲受凉却让我明显看到了年迈的景象。他心有不甘，在房间里一瘸一拐一遍遍走着，说快好了。我劝他说，要服老，起居都要格外小心，凡事不要着急。母亲也劝他说，人总要老的这是规律。我问母亲什么是规律？母亲说，我没文化，说不好，规律就是人都要经过的事。母亲的理解没有错啊，人总是会老的是规律，父母儿女同演一出亲情戏是缘分。我们要安心接受人生的每一段时光，我们要尽心演好自己每一场戏的角色。

那么，我的父亲母亲啊，在你们已扮演耄耋高堂、我已扮演白发儿郎之时，我要对你们唱一句：岁月已晚，风雪来得骤，妈要把冷暖时刻记心头……

我是儿子

一个朋友的父亲去世,我们去吊唁。在灵堂的遗像前,他按当地的风俗跪在地垫上,我们一鞠躬,他就一叩头,如是者三。我不禁有些感慨。朋友是一家单位的领导,这时候,他身上丝毫没有了"官"的影子,他只是一个悲伤的儿子,尽着为人子应尽的最后的孝道。

这就对了,这就是一个有血有肉的人,一个知礼明理的人,一个扮对角色的人。

都说人生如戏,从某种意义上来说真是这样的。从我们呱呱坠地起,人生之戏的大幕就拉开了,随着时间、地点、情景、人物关系等的转移,我们在家庭中扮演着儿女、兄弟、姐妹、父母、女婿、媳妇、姑嫂、姨婶、叔舅、公婆、岳父母、祖父母、外祖父母等一系列角色;在职场里扮演着职员、中层、高层等一层层角色。这些角色,有的是先赋的,有的是自致的;有的是彼时唯一的,有的是同时兼具的。我们还会扮演旅客、顾客、乘客、访客等种种临时的角色,师生、战友、同学、朋友等特定的角色。我们在这些角色间转换腾挪,说着自编的台词,演绎缤纷的情节,直到人生的帷幕落下,我们才完成了角色担负的使命。

每个人的角色在层级上是相对的,在时空上是交错的,所以,怕就怕在越位和错位。在单位,我们替上级做了主或是指挥起了平级,这就是越位,扮演了上位的角色;在家里,我们对父母颐指气使,这就是越位,偏离了本位的角色;在别人家做客,我们吆五喝六,这就是越位,抢做了主位的角色。孔子见一个童子在礼仪场合坐在大人的席位上,并和长辈并列而行,于是评价他"非益者也,欲速成者也",认为这个童子不是个求上进的人,而是个求速成的人。这种违谦越位的行为，圣人孔子不看好，普通人也不会认可。

角色，须和自己此刻的身份相契合，与所处的情境相吻合，把此时此地的角色带入彼时彼地就会错位。比如，因为在单位是个领导，所以自觉不自觉地把这一角色带到家庭生活中，在家人面前也要时时端着，这就是错位。无论你在外面多么位高权重、叱咤风云，回到家里，在妻子面前你就是丈夫，就该笑眉笑眼哄声"老婆"；在父母面前你就是儿子，就该低眉顺眼叫声"爸妈"，那一套行政规则在家里绝对行不通。比如，因为是个作家，在朋友聚会时就不顾别人的感受大谈特谈文学，这就是错位。在朋友聚会中你的角色就是一个朋友，融入大家共同的话题才是找准了位置。

更要不得的是对某一个角色的执着甚至执迷。人生有的角色是长时间的，有的是阶段性的，每一个角色我们都要尽力演好，但一旦这个角色不再属于我们，就该卸下行头交给别人，切不可恋栈。曾见有退休者留恋单位，时不时来露个脸并对昔日的下属教导一番，未料引来一顿嘲弄，气得拂袖而去。首先我不反对老同志退休后发挥余热，其次也觉得那样的下属素质不高，但是发挥余热一定要出于单位真需要、你真热爱事业，而不是单位本是客套、你是眷恋原来风光的角色。而且，发挥余热真的要能忍受得了世态炎凉、人走茶凉、言语风凉。世界原本就是这样直白，人一旦离开了职场，所有的角色关系、剧情发展就全不是先前那么回事了。执迷就会不悟，不悟就会置气。倘若换了我，我会把曾经的角色忘掉，只做一个闲翻诗书的卧读者，一个锄禾田园的邻家翁，一个行走天下的逍遥客，决不去操心已该是别人操心的是是非非。美丽的风景看过便应知足，曾经的角色扮过便要放下。

因为人生担负着多重角色，所以既要认真投入，也要善于切换。春节后第一天上班路上，见秦淮河边一周前还是浅黄的杨柳竟已发出了嫩芽，眼前一片青绿，不由得为大自然的神奇递转而流连。此时我便是一个早行人，职场的烦冗不劳于神。到了单位，我便打开电脑专心处理案牍，进入职业赋予的角色，此时我便是一个公家人，无边的春光不萦于心。下班后，我仍埋首读写，此时我便是一个学子，窗外的喧嚣不闻于耳。双休日，我将仍来往于城东与河西之间，既做一个含饴弄孙的外公，又做一个与老父亲相对而饮的儿子，红尘的纷扰不缠于身。投入与切换本不矛盾，少了执泥的偏颇，多了统筹的成效。

角色意味着责任和担当，也收获着欢乐和自足。在我人过中年的这一个特定时节,于公有使命,觉得很充实;于私有爱好,觉得很快乐;在下有幼孙,觉得很圆满;在上有高堂,觉得很幸福。在不远的某一天,于公的使命终于结束时,我相信自己仍将是充盈而愉悦的,我更有时间和精力去做一个勤勉的老学生,更有闲暇和热力去做一个慈祥的老外公,更有光阴和心力去做一个孝顺的老儿郎。

一窗花开

虽然执意要父母亲来南京养老，其实我心里还是很忐忑的，毕竟他们在无锡生活了一辈子，根在那里，离开了一定有所不适。半年里，他们回去过两次，第一次是我催回来的，第二次则是他们自己把诸事料理停当就主动回来的。他们说，慢慢适应南京了，以后没什么事就尽量少去无锡了。我为他们的这种变化而高兴，也暗自决心要更加体恤他们，给他们一个幸福的晚年。

来南京之初，父母很小心地面对这个陌生的环境，生怕破坏了我原先的房间布置和生活习性，在他们眼里，这是儿子的家。我深知，如果不按他们的习惯去摆布，父母永远不会把这里当成自己的家园。于是，我任他们按自己的意愿行事，父亲打了两张做缝纫活的工作台，母亲买了用惯的洗衣盆和搓衣板。汗衫，沙滩裤，睡衣，一件件家居服从父亲的工作台上出品；一件件带水的衣服从母亲的搓衣板挂到阳台上。当他们按照自己几十年的习惯做着这一切的时候，就是在新环境里培植新的根啊，心就有了着落，就越来越踏实。

培根，不仅仅是他们俩在努力，也需要我用心去浇水。在他们沿袭着自己生活方式的同时，我却要作调整甚或改变。以前，我双休日基本都是用来写作的；现在，我要抽一天去陪父母。起先我也不太适应，觉得时间有些紧了，早已不晚间写作的我也不得不有时要用晚上的时间了。但看到老人的笑颜，我恍悟原来是自己颠倒了生活的主次，少写几篇文章对人生不会有丝毫影响，抓紧时光陪伴生你养你的父母才是生活中最重要、最有价值的事情。多年以后，当父母成为泛黄的回忆，谁会遗憾少写了多少文章、少做了多少所谓的"大事"呢？懊悔的只会是子欲养而亲不待！

174

随着儿女的成人和退休的临近,同学、同事和朋友会经常谈起养老,以后去养老院或者抱团养老看来是不错的选择。但是,我总想,我们这一代人的父母还是传统的,多数人是很难接受去养老院的。我曾经两次去过养老院看望朋友的父母,都是亭台清幽,花木葱茏,设施齐全,服务周到。一个工作人员对我说,这儿哪里是养老院,就是五星级酒店啊,条件好不说,一到周末,儿女们都来探望,楼里的两个饭店就坐满了人,吃饱喝足走人! 耳闻目睹,我的感情是复杂的。我觉得,这里的花园再可人,骨子里却浸侵着别样的气氛,我舍不得与父母形成这人间的隔绝。我觉得,这里坐在阳光下的老人们脸上再平和,心里却是孤独的,我不相信父母坐在这里会欣悦而放松。我还觉得,这里的菜肴再可口,也永远不会有一家人围坐灯下举箸话家常的温情,我不能接受周末来这样的地方、以这样的方式与父母团聚。

我注意到,父母在无锡的床边,是有几张自己的照片的。所以,我把他们在南京的 3 张照片冲洗出来,装上相框放在了他们的床头,我相信这一定会强化他们家的感觉。周末,我会背来油盐酱醋,带来他们爱吃的零食,陪他们去逛超市,吃南京的小吃。在这样仿佛无所事事的陪伴中,我越来越接近生活最本原最朴素的真相。而我又能吃到小时候母亲常做的菜了,比如青椒炒西瓜皮、青菜炒油面筋、腌笃鲜,几十年分隔在两个城市的距离渐渐消弭。最开心的是,母亲每次一开门就会欣喜地说:"你回来啦!"这表明他们已经把这里当成了自己的家,而我也有了到父母家的感觉;周末和节假日回父母身旁,成了我新的行走路线和情感依托。

父母爱花,他们起先惦记着无锡的花园,后来发现弟弟打理得不错,便安心在这里侍花弄草了。他们把花草集中到阳台的西头,那一角便成了宜人的景观。他们喜欢用淘米水和茶叶水浇花,由于养分充足,窗台上牵牛花的叶子今年特别硕大,我都误以为是其他什么花,直到开出第一朵花才相信。文竹从来没这样绿过,仙人球开出了鹅黄的花,我也第一次看到石斛开花,那种有着蜡一样质感的黄花。清晨拉开窗帘,牵牛花向天而唱,报道新的一天美好生活的开始。傍晚望向窗台,夜饭花艳丽绽放,让我仿佛看到儿时家家户户的炊烟,听到母亲的叫唤:小明,回来吃晚饭啦!

一窗花开,晨昏间,父母已心安,心安即是归处。

一窗花开,屋檐下,岁月正圆满,圆满非在别处。

心中总有一条线

这几个月，女儿在休产假，小夫妻俩又带孩子又做饭，忙得不亦乐乎。我说过，对第三代只抱疼爱之情，不尽养育之责，偶伸援助之手，所以我每周只去送一次菜。因为我不会开车，所以多半是坐公交车去。起先没注意，有一天猛然发现，我坐的57路原来是一条熟悉的路线呢！

多少年没坐这条线了啊！还是女儿上初中的时候，学校在河西，她住校。有时我们坐公交去看她，也有几次她急需学习资料，我独自坐公交去学校。从我居住的东郊到河西真是太远了，先要坐公交到江东中路这一带，然后转57路到梦都大街，至少要花费一个小时。一路上的集庆门大街、应天大街、月安街、兴隆大街，闻所未闻，非常陌生。但因为是去看女儿，所以不觉路远，天长日久这些途经的地方也成了温馨的风景。

没有想到，多年之后，我又重新坐上了57路公交，还是为了女儿，只是出发地和目的地不同。现在住在江边的我，到达女儿住的万达广场也有10站之多的路程，加上前后的步行，也要近一个小时，但心是甜的。快到而立之年的女儿，自己已做了母亲，但仍然喜欢老爸做的菜，并且一再强调要家常菜，不要创新，她要的是自小就熟悉的口味呢！坐在这条似乎为女儿专设的公交线上，仿佛时空从来没有变化，女儿仍是那个等着我的菜肴热腾腾出锅的孩子。

坐在这条好像注定要与我重逢的公交线上，我常会觉得世事的神奇和玄妙。每一条公交、地铁的线路原本都与我们毫无关联，但因为某种因缘，我们和它们产生了亲密的关系，这条线就不是一条简单的线，这趟车就不是一辆普通的车了。很久以前读过一篇文章，南京有一对同为公交车司机的夫妻,每个月都会在某个夜晚在交会的站点相约,献上彼此的问候,那么,他们开往这个站点的路线,就是专属于他们的感情线。几年前在清晨的头班地铁上遇到一位老邻居送孙子上学,他说天天坐这班地铁送孩子,那么,这班地铁既是老人心中的"孙子号",也是孩子心中的"爷爷号"!

　　每个人的心中都有这样一条线,它铺着情感无限延展;每个人的心中都有一辆自己的57路公交车,它载着牵挂风雨兼程。人与物的关系就是这样奇妙而美好,只要有了爱,千山不远,万物有情。

和女儿做文友

"嘀嘀嘀,嘀嘀嘀",只要手机连续发出信息铃声,我就知道女儿又来和我商讨文案了。参加工作以来,虽然收入不高,但她从来没开口要过钱,只要来信息,十有八九是为了文字,说明她做事还是认真的,这一点令我颇感欣慰。

从上中学起,女儿就有点偏文科,语文学得最好。遇到作文难题,会非常"讨好"地向我请教。最有趣的是高考前,只见她天天捧着我的那本《有一种怀念》看,还画满了横线、着重号、五角星等。我问她干吗呢,她说这本书里的文章有生活气,没准高考时写作文有用,背点句子下来。我的那些文章对她高考有没有用并无下文,但她能对文字有一点喜好和敏感,多多少少是受我影响的吧?

那时候谁能料到子承父业,女儿大学毕业后真的和文字打上了交道呢!虽然和我做的文字工作类别不同,但内里总是相通的。于是,父女之间的文友关系就渐渐建立起来了。女儿信息的开头往往是"有没有一句话能说明什么什么",然后就是连珠炮似的发她的文字。我提出自己的意见,她又仔细考虑定夺,如是几个来回,纯粹是文友间的探讨。别以为做父亲的我就一定能像过去那样做老师,年轻人的新颖理念常常不是我们所能想到的。做文友,真的就是相互学习、彼此启发、共同提高呢!

记得那次做南京青马的文案,女儿是这样开头的:"我们跑过巍峨钟山,跑过十朝印记,跑过繁华都市,跑过这座城市的层林尽染。"问我怎样结尾好,不要口号式的语言。我启发她说:跑步嘛,能体现动感最好,用点古诗吧,也可以凸显南京的文化底蕴,"一程又一程,树树皆秋色"如何?过一会儿,女儿回信:我又加了一句"一程又一程,扑面金陵风"。我说:好啊,"金陵风"收得好,南京历史文化、时代色彩尽含其中。去年年底南京第一场雪后,女儿做一档《总有一场雪,为你而来》的公众号,我提示她围绕雪悄然而至、南京人的心渴盼飞扬来写。她说:我想也应该写写这一年的抗击疫情、防汛抢险,雪给南京人带来无限期盼和展望也就更有内涵了。最后她是这样结束的:"有些等待,不需要预约;有些等待,不需要怀疑。总有一场雪,会为你而来。洁白的雪已经飘洒起舞,明媚的春天还会远吗?"言尽意不尽,我为她善于思考而点赞。

女儿最头疼、后来也最得意的应该是为春天的玄武湖制作的那个视频公众号了。那时,她刚刚做完《邂逅·春》的视频公众号,得到广泛好评,领导希望她再出佳作。"嘀嘀嘀,嘀嘀嘀",女儿问:第一句想好了,山色新,湖水碧,金陵春光好,觉得有点土呢!我回:文字调一下,变成金陵好春光,然后你去寻找其他意象,句式保持整齐。女儿想了又想,好久才回了一个信息,我又和她一再商讨,最后形成这样几句:山色新,湖水碧,金陵好春光;冰雪融,归燕喃,江南好时节;花竞放,草木萌,天地好画图;旧符换,笑颜绽,乾坤好气象;船儿荡,人影摇,人间好韶华。待到视频上网,我看女儿又加了这样的结尾:冬将尽,花可期,共盼春至! 不禁为她连声叫好,这样就把前面所有的文字都归拢到一个主题上了。

这个视频成了热搜,点击量无数,领导表扬她做得用心、惊喜连连,为大家树立了榜样。小文友在转达领导表扬时,没忘表扬我一句:老爸的文字也真是漂亮! 哈哈,这马屁拍得! 我趁热打铁送了她一本《中国古代名句辞典》,勉励她学而不已、增强底蕴,推出更多更好的作品。

和女儿做文友,其实不光是希望她在文字方面不断进步,更期盼的是培养她的从业精神。在窗外的嘈杂声中做文字工作是寂寞的,女儿有时也打退堂鼓,但是看到我这个老文友还在勤奋地码字,她总会多一些坚守的意志吧! 我们也通过做文友,了解父女角色之外作为社会人的那一面,从而加深理解、增进感情。同时,我也从女儿身上接受一些新鲜的思想、清新的气息,也许可延缓衰老的到来,有效预防老年痴呆症? 真乃一举多得,岂不快哉!

给外孙女取名

女儿的预产期是 6 月底,从春节过后,她就不断催我给孩子起名字,说我是文化人,我给她的名字取得好,希望孩子的名字起得更好。

这任务并不轻松,不由得想起给女儿取名字的往事。当时,我和妻相约,如果是男孩就随我姓,可充满张力;是女孩就跟她姓,会柔情似水。女儿落地,名字落实:江沁涵。我的期望是用全部的心血,把女儿锻造成自己一生最得意的诗,一首水秀江南、沁人心脾、蕴涵丰润的诗。经查询,这个名字重名的很少。现在要比她的名字取得还好,不容易呢!

为了这所谓"文化人"的奉迎,我煞费苦心。本着有内涵、不生僻、叫得响的原则,我翻检了一番古诗词。最后用断章取义的办法,从辛弃疾《满江红·宿酒醒时》中截得"顾君与"三字,男女通用,不另费神。

辛词原句是:"明月何妨千里隔,顾君与我何如耳。"这是宿酒醒后对相思之情的自慰,明月千里相隔又有何妨,你我仍在同一片月光的映耀之下。我这样对女儿解释,"顾"为父姓,"君"可指代你,"与"有"给予"之义,意谓孩子是父母爱情的结晶,生命是父母给予的;一个名字,就把你们仨紧紧连在一起了,君看何如?

女儿率先同意,认为有底蕴,而且字都易写易读,不像她名字中的"沁",经常被人读作"心"。她又在大家庭中广泛征求意见,征集更好的名字。历经数月,无人提出异议或其他提案,这名字便一锤定音了。经查询,尚未见重名者。

6 月 21 日,父亲节那天,女儿送我大礼,小君与呱呱坠地。我对女儿说:你的文笔好,希望你像我一样,从她出生起,敲起键盘拿起笔,记录她的成长,待她成年时,也送她一本父母爱的记录。今天,我算是为女儿写个引子,希望有一天能看到这本书问世,我这篇小文到时可以充当序哦!

　　我送给女儿 24 岁本命年的礼物是一本书,叫《你幼稚的模样》,以她出生时我的感想《"母亲"的含义》开篇。女儿,今天你已做了君与的母亲,希望你慢慢懂得"母亲"的含义,深情担起"母亲"的责任。

两情若是久长时

明天是七夕。

两年前的七夕，女儿步入了婚姻的殿堂。做父母的在衷心祝福之外，仍免不了有些担心。总觉得女儿还没有长大，女婿又和她同龄，他们有能力经营好自己的婚姻么？

婚后的日子自由自在，从平常的交流来看，两个人很少做饭，点外卖居多。双休日，儿女心比我还重的亲家公经常开车去送饭送菜。家里不生起人间烟火，他们能传达和感受相互的关爱吗？他们能成熟吗？

就在我担忧疑惑之时，号称三年不要孩子的女儿怀孕了。我劝小两口好好想想，正是事业刚刚起步的时候，要孩子是否太早。可是，女儿的母亲心骤然开启就无法关上，她决意要这个孩子。

父亲节那天，女儿给我送了大礼，大名叫君与、小名叫豆苗的那个女娃呱呱坠地。我发现，随着豆苗的到来，女儿女婿慢慢进入婚姻的角色了，家开始有点模样了。

出了月子，他们找了个阿姨带孩子，自己学做一日三餐，两人轮着做，我只每周六去看看豆苗，顺便送几个菜。那天去送菜，女儿把菜端进厨房说，太多了，留两个晚上吃吧。看着她把菜分放两边的小主妇样儿，我心想，孩子当家了，知道柴米贵了，心中暗暗欣慰。

昨天去送菜，去前女儿给我信息，说红烧肉多放点糖啊，豆豆（女婿小名）爱吃甜。我先是一愣后是一喜。女儿不怎么爱吃甜，总是让我做菜少放糖，今天为了丈夫却改变了自己。会疼人了，真是好事啊！

到了女儿家，豆豆和朋友出去钓鱼还没回来。见平素在家里跑来跑去的豆花（他们养的一条阿拉斯加）被关进了一个大笼子。女儿说：你和我婆婆都怕大狗，买了个笼子，你们来就关起来。嘿，这孩子，上次来还让我不要怕狗呢！把菜放在餐桌上，她突然叹口气说：刚才有朋友来，忘了做饭了，就吃你带来的小米粥吧！话音未落又说：不行，豆豆不吃米饭不行！于是，进了厨房淘米，把电饭锅插上后，自己和阿姨喝起粥来。

不一会儿，豆豆回来了，拎着一个大黑塑料袋。我问他收获如何，他说鱼都送给没钓到的朋友了，自己买了几条。他指着袋里最大的一条青鱼问女儿：送给隔壁好不好？豆苗夜里老哭，影响人家睡觉，去赔个礼！女儿连连点头，我心里也连连感叹，做了父母的他们真的不是孩子了。

"柔情似水，佳期如梦，忍顾鹊桥归路。两情若是久长时，又岂在朝朝暮暮？"我想化用秦观的词说——

两情若是久长时，就在这朝朝暮暮中的似水柔情；

两情若是久长时，就在这为人父母后的共同成长。

女儿，明天是七夕，是你的结婚纪念日。祝福你，祝福豆豆，祝福豆苗，祝福你们仨！

我们家的"人普娃娃"

去年秋天,女儿怀孕了。因为有我这个统计人,家人都知道今年要搞全国第七次人口普查,所以都打趣说,我们家要添个"人普娃娃"了!可不是吗?女儿原来打算几年都不要孩子的,未料宝宝偏偏就伴着人口普查的节奏来了!

6月21日,父亲节那天,小豆苗翩然而至。她可真会踩点啊,大时点是人口普查年,小节点是父亲节,有意义而难忘。户口簿上有了她的名字,我们正式多了一个户籍人口。只要聊到人口普查,大家都说在生育率不高的今天,女儿女婿作了贡献,小豆苗也作了贡献哈。

带娃的日子我们都经历过,深谙其中的琐屑繁杂。然而,女儿每天发给我们的照片或者视频,充溢着满满的幸福和欢乐。"人普娃娃"一天一个样地在长大,女儿每天训练她昂起头来,说要体检达标,看她那费劲而努力的样子,真是心疼而又点赞。她洗完澡那快活舒展的样子,可以驱散成人所有的烦恼。她开始认人了,听见她妈的声音,眼睛就四处寻找,并对妈妈发出咿咿呀呀的声音。她目不转睛盯着画报,好像能看懂似的。她能坐在人身上看电视了,看屏幕上人忽多忽少,搞不清究竟的她忽而会笑忽而欲哭,丰富的表情令人发噱。她更是被父母当作天赐的玩具,一会儿掐她粉嫩嫩的小脸,一会儿挠她肉嘟嘟的脚心。父母跟她玩简单的开门关门游戏,她弄不懂怎么回事,眼睛一直盯着门,那想不通的样子逗来父母阵阵大笑。小豆苗的到来,虽然降低了家庭的一些人均指标,但是,无论是小家庭还是大家庭,我们的幸福指数都在提高,发展指数也一定会提高,这不比人均指标更重要么?

184

　　最有趣的是,那天晚上,女儿发来一张照片,豆苗紧抿小嘴,眼睛好像很坚定地看着前方,左手有力地横放于胸前,仿佛是正步走,仿佛要昂首阔步向前奔。这90天不到的娃娃想干啥? 大人们纷纷给出自己的猜想。想到第二天是"中国统计开放日",我情不自禁在图片上配了"人口普查"4个字。

　　哈,小小豆苗,你是抢着要去参加人口普查吗? 你莫着急啊! 大国点名,没你不行,一定不会漏掉你的! 待你过了百天,普查员叔叔阿姨就会上门来摸底啦,到时好好配合哦,好好展示我们家"人普娃娃"的精气神!

185

笑看女儿育豆苗

女儿小时候,我母亲给她织了不少毛衣。母亲的手艺绝佳,毛衣都像是机器织出的一般。这个夏天,母亲把它们洗净晾干,电话问我:寄给你,给豆苗穿吧? 好多还是新的呢! 我哈哈大笑说:真不要,现在的年轻人哪会让孩子穿自己小时候的衣服呢? 新的也不会要,观念不同啦! 他们怎么育儿,我这个外公都不过问,你们做太爷爷太奶奶的就更不要操心啦!

我这样说,也这样做,培育豆苗是女儿自己的事,豆苗是她的。我但笑看。

豆苗从月子中心回来后,女儿就训练她仰头,说三个月要达标。可怜的小豆苗,每天被她妈按着背,吃力地仰着头。太爷爷太奶奶那个心疼啊! 说脖子太软了,吃不消的。三个多月的时候,又训练她爬,小豆苗屁股翘老高,脚不停地蹬,手却不会动,急得直哭。后来好不容易能爬一点了,刚可以够到女儿设定的"目标"餐巾纸盒时,女儿又把纸盒挪开,小豆苗又是急得直叫。太爷爷太奶奶那个心疼啊! 说七坐八爬,急个啥,到时候自然就会了。我只笑笑,女儿自有她的想法,不消管。嘿,现在,六个月的豆苗已经爬得很顺溜了。花了 30 元报名费,豆苗还参加了万达广场儿童爬行比赛,不少孩子爬了一会儿就被大人抱走了,豆苗却一直坚持到最后,并喜获"孩子王运动"奖牌一枚。女儿一定为自己的育儿成果而沾沾自喜吧!

产假结束后,女儿就去上班了。单位工作很忙,考虑到根本没有时间回家喂她,早早给豆苗断了奶。先是喝牛奶,现在已开始吃奶糕了。一勺勺奶糕入口时,豆苗开心得手舞足蹈,想不到天下还有这样的美味啊! 对女儿这样"狠心"的安排,我也只是笑笑,孩子愁生不愁长,吃啥都能长成人!

　　豆苗白天常常酣睡不醒。有个星期天,女儿去上班,上午不到 10 点,女婿就去这样叫醒豆苗:小胖子,该起床啦,是妈妈打电话让我叫你起床的,说你睡得太多啦! 从女婿的"不担当"里,可以知道作为父亲的他是希望女儿多睡会儿的,可严厉的妈妈却在单位遥控,豆苗就这样边哭边被迫起了床。

　　渐渐长大的豆苗开始不安分了,白天沉睡,夜里贪玩。那天临近午夜,豆苗仍然在床上欢快地爬着,然后又闹着不肯睡觉,直哭得叫出了类似"妈妈"的声音。视频里,只听女儿苦口婆心地劝说:豆苗,都 11 点半了,你到底什么时候睡觉啊? 所有小朋友都是要睡觉的,没有小朋友晚上是不睡觉的,就是哭也是要睡觉的,喊妈妈也是没有用的,妈妈也是要睡觉的! 我给女儿发微信说:你的劝说从总体说到个体,从豆苗说到自己,逻辑清晰、重点突出、说理透彻、效果为零! 豆苗倘会说话,一定会问你:妈妈,当你做小朋友时为什么夜里不肯睡觉呢,为什么要让外公外婆为你崩溃呢! 哈,我笑看女儿求豆苗,养儿方知娘辛苦啊!

　　豆苗两三个月的时候,女儿就给她识别有颜色的卡片,给她读故事,甚至读英语,还让她看动画片。我对女儿说:你的早期教育也太早了! 女儿却一本正经地说:豆苗离高考只有六千多天了,不能输在起跑线上! 我哈哈大笑,儿孙自有儿孙福分,女儿自有育儿主张,豆苗定能茁壮成长!

187

幼稚何年初学语

小豆苗 4 个多月了,开始咿咿呀呀。仰睡在床上,她会时不时翻过身来想往前爬,两只小脚拼命地蹬,手却不会用劲,急得发出"唉"的叹气声。有一次,女儿发来视频,只见豆苗又是翻身,又是踢腿,又是发出尖叫,不知是开心还是着急。女儿大笑着问她:你想干吗呢? 我想,豆苗是想表达自己的思想和感情了,她是想说话呢!

不禁想到,每一个人都有这样蒙昧将开、欲语不能的"前夜",每一个人都有刹那惊天开口、冲破混沌的"黎明"。只是,我们自己是没有这样的记忆的,而父母就是我们幼稚时光那段历史的亲历者。

父母告诉我,我是 8 个多月会说话的,叫的是"姆妈",这令母亲觉得格外暖心。母亲生下弟弟时,2 岁的我跟着外婆去医院,竟然说出一句"又生了个大小伙子"这样非常成人化的话,令大人们忍俊不禁。我经常会端个小板凳当讲台,手拿语录本,学广播里听到的"我代表毛主席",总是说成"我代表席席席"。而学外婆大着嗓门讲话、模仿她一把鼻涕一把眼泪地哭更是惟妙惟肖,成为被大人们一忽悠就表演的经典节目。父母一遍遍地、不厌其烦地说着这些事,于我只是想象的画面,在他们就是昨天的现场,面前的这个白发儿郎永远是那个初学人语的垂髫幼童。

女儿一定记不得自己什么时候开始说话的吧? 我却记得非常清楚,才几个月时她发出的第一个音居然类似英语字母"L",每天不断地重复。后来会指着她要的东西,不住地说"嗯哼嗯哼",10 个月时开口叫的第一声也是"妈妈"。学会说话的几个月里,她分不清声母"d"和"g",会把"跟斗"说成"跟勾",当我们纠正她时,她又会说成"灯斗"或者"灯勾"。跟着读小儿图画

188

书时,那一句"小猫一心一意地看着水面的浮标",她总是说成"小猫一意一意地看着水面的浮敲"。背儿歌时,"花儿红"总是变成了"花芽红","幼儿园"总是变成了"幼芽园","是个好宝宝"总是变成了"是介好宝宝"。如今她自己的女儿都快开口说话了,我问她还记得这些儿歌吗?她摇摇头。可是在父母这里,儿女会说话是人生中的大事,标志着从此结束了"洪荒时代",开始了有声更有思的真正的生命旅程。

岂止是学语呢?在每一个人自己,人生的历史都不是完整的,都是靠父母的记忆来补全的。那些初抱婴儿的慌乱,那些昼夜颠倒的纷乱,那些喂哺换洗的忙乱,那些哭闹不停的愁乱,那些求医问药的急乱,那些陋室拥挤的凌乱,那些玩具满地的杂乱,懵懂的我们自己何曾有知?何能感受父母生我育我的辛劳?而在父母一遍遍的、絮絮叨叨的复述中,我们感受不到任何怨悔,只有如数家珍、昔日重来的幸福。父母,不仅是我们幼稚历史从未缺席的亲历者,也是最津津乐道的"口述者"。这种补白儿女人生源头的"口述者",丝毫不比叙说任何宏大事件的"口述者"逊色啊!

那天,我梦见小豆苗会说话了,第一声叫的也是"妈妈",女儿眼含热泪答应着她的女儿。醒来时,我浑然不觉是在梦境,欣悦的笑容还挂在嘴角。秋夜脉脉,向月而歌:

幼稚何年初学语?双亲何人初被唤?

人生代代无穷已,怜子年年只相似。

豆苗，我是你妈妈的爸爸

去年 6 月 21 日，父亲节，女儿生下了自己的女儿小豆苗。转眼间，一年已过去，又到父亲节，豆苗整整一周岁了。

一年间，还在职场的我每周末去女儿家看豆苗。最初，混沌未开的她坐在我身上或是抱在我怀里非常乖顺，不哭也不闹。半岁之后，渐渐认人的她看到我进门就号啕大哭，怎么哄都不肯停，仿佛受了天大的委屈。我想，毕竟我去得少，孩子都有自我保护的心理，觉得自己的领地受了陌生人的侵犯吧。大家就一遍遍地告诉她：豆苗别哭啊，别怕啊，这是外公啊，是妈妈的爸爸啊！豆苗哪听得懂这些，兀自大哭，我只得快速逃离，免得她哭肿眼睛哭坏嗓子。

随着慢慢长大，豆苗听得懂大人的话了，见了我也只是象征性地咧下嘴，干号几声就停止了。再后来，看到我先是愣一下，然后自顾自地玩她的了。最近，我趁女儿女婿推她出去玩的时候，悄悄换了自己推，她浑然不觉，回头看看是我，也只是尴尬地笑了一下。现在，她看见我，随着大家一声"外公来了"，她居然露出了讨好的笑。问她爸爸在哪里，她就看看她爸爸；问外公在哪里，她就转头看看我。父亲节生的孩子啊，现在我似乎可以认真地告诉你了，我是你妈妈的爸爸。

豆苗，我是你妈妈的爸爸。所以，我常常从你身上看到你妈妈小时候的影子。你胖乎乎的小手小脚就是你妈妈的翻版，你爸爸喜欢叫你"小胖墩"，我叫你妈妈"墩儿"；你喝奶喝得嘴边到处都是，你妈妈则要喝到吐为止；你爱笑，你妈妈也是笑起来眼睛眯成一条线；你听到音乐就手舞足蹈，你妈妈从小也爱听音乐爱唱歌。你看到生人就哭，一边哭还一边扭头看；你看见小

190

姐姐就拉着她不放,那样地"献媚";你在理发店识相得一动不动,似乎看得出"情势";你穿上新裙子和小旗袍,神情是那样娴静,仿佛很懂地做出小淑女状,都和你妈妈小时候一模一样呢! 甚至,你的急脾气都和你妈妈如此相似! 所以,当握着你的小手,我常恍惚是握着你妈的小手,时空穿越,岁月倒流。很多人的隔代亲是出于未能给子女更好陪伴的补偿,在我则是由于你使我回到了从前的时光,使我又觉得自己是那个初为人父的爸爸,你幼小妈妈的年轻爸爸。

豆苗,我是你妈妈的爸爸。所以,爱你妈妈的我,也能体会到你爸爸对你的爱。你爸爸曾是一个多么好玩的大孩子啊! 现在为了你,钓鱼不去了,应酬不去了,一有时间就在家里陪你。他爱把你背在背上,把你举过头顶,和你玩躲猫猫,带你去荡秋千坐木马,来来回回把你从小区的这头推到那头。你一笑,他就傻乐;你一哭,他就柔声说:"嘟嘟怎么了",万般不舍。有个星期天上午妈妈去上班了,他不忍叫醒你,讨好而甩锅地说:"小胖子,该起床啦,是妈妈打电话让我叫你起床的。"你虽然还只会咿咿呀呀,但偶尔会发出"爸爸"的声音,令你妈妈妒忌不已。你一定能感觉到爸爸对你的爱,所以,爸爸和你照相时,你竟然如此配合,和他一样一样地仰着脸,看着他看的方向。这张照片,让人真切地感到,女儿真是爸爸贴身的小棉袄! 你爸爸为你所做的一切,都让我想起你妈妈小时候那相似的一幕幕,心里充满了一个父亲对女儿的万千情愫。

豆苗,我是你妈妈的爸爸。所以,我爱你妈妈,也爱她带来的你。我知道,你不久就会说话,不久就会熟练地叫"爸爸""妈妈",也会生生地叫"外公"。那么,我会慢慢告诉你,我既是父亲,也是外公,也是儿子;你既是女儿,也是孙女,也是外孙女,我们的每一个角色都是那样美好。我会慢慢告诉你,什么是血缘亲情,什么是世代相传,我们的每一种情感都是那样温馨。我会像牵着你妈妈的小手那样牵着你的小手,我会像教你妈妈读诗书那样教你读唐诗宋词,我更会像鼓励你妈妈做一个勤劳自立的人那样期望你健康成长,永远做一棵向阳向上、快乐生长的小豆苗。

豆苗,我要深情地告诉你,你是我女儿的女儿,我是你妈妈的爸爸。从你妈妈出生到做新嫁娘,我为她写下多少文字啊,记录一个父亲疼爱女儿、目送女儿、祝福女儿的心路历程。我也许不会为你写下那么多的文字,但我也会一直注视你,看着你长成你妈妈的模样,长成你爸爸的期待!

门外的草地上雨又不停下

　　女儿发来视频,他们逗小豆苗说要出去玩,豆苗一听赶紧提起一袋烧饼就往门外跑。那么装备齐全,那么煞有介事,让人忍俊不禁。不知道当豆苗发现上当了会不会大哭,小孩子的天性就是爱玩啊!

　　睡前,忍不住又打开视频看了几遍,想起女儿小时候也是这样,听说要出去玩,手里任何玩具都能放下,拔腿就跟着大人跑。记得她一直想去动物园玩,每个季节我们都找出小动物不能出来玩、所以她也看不到小动物的理由。她写了一篇《我的困惑》的作文,问我们:什么季节才是小动物出来玩的季节?回想这些事,心里真是五味杂陈。窗外,下起了台风来临前的小雨,我在雨声中渐渐睡去……

　　雨越下越大了,我和同事们不知怎么的坐到了一片草地上。闲谈中,一个个都在说娃的事,分数排名啦,双休日奔波于这个班那个班啦,买学区房啦,老师又来电话告状啦,狠狠把考得不好的儿子揍了一顿啦,感叹苦的是娃、累的是爹妈。忽然有一个同事说,最近谢东唱了一首歌,就是说的父母这种纠结矛盾的心理。我说:谢东不是 90 年代唱的《孩子他爸》吗?他现在还唱歌吗?什么时候唱的这首新歌?同事说:新唱的呀,还是《孩子他爸》的旋律,我唱给你们听啊。于是,同事便唱了起来:

> 门外的草地上雨在不停下
> 一只小虫子正从洞里往外爬
> 你就那样蹲在地上一直看着它
> 可是想到还有那么多作业题没答

192

哦宝贝咱只好回家

看着滴滴泪水在你脸上挂
我也知道这样做实在有点差
童年的快乐真不该这样被抹杀
可是输在起跑线上却有多么可怕
哦宝贝原谅你爸爸

门外的草地上雨又不停下
又见小虫子正从洞里往外爬
好想牵着你的小手去和它玩耍
可是转眼之间你已成了孩子她妈
哦宝贝别再委屈你的娃

　　唱毕,大家都说好,说出了家长的心声。于是,我们就一遍遍地唱啊唱啊,分不清哪是雨声,哪是歌声……

　　唱着唱着,天就亮了。我睁开眼睛,才知道做了一夜的梦,梦中唱了一夜的歌。歌词还清晰地记得,赶紧拿了张纸就记了下来,稍作两三处修饰。用谢东那首《孩子他爸》的旋律把自己梦里写的这首歌唱了一遍,虽然还沉浸在梦的感慨中,却实在没有把握豆苗以后不再受她妈小时候的这种委屈。这种牺牲快乐童年的轮回什么时候能够结束呢? 苦苦奔波于考学路上的孩子和父母什么时候能够解放呢? 我不知道。那么,豆苗,这首歌算是外公送给你,也送给所有在起跑线上挣扎的孩子们的美好祝愿吧!

摇摇晃晃划向你高张的臂弯

从混混沌沌沉睡摇篮,到能坐会爬咿咿呀呀,转眼间,小豆苗过了一岁了,开始学走路啦!起先,都是大人牵着她的一只手,她就那样跟着大人跟跟跄跄地往前走。后来,大人开始放手,她那既试探着想迈步又转身想临阵退缩的样子真是让人忍俊不禁。

女儿发来的视频里,豆苗在一头走,他们在另一头接。没有了大人搀扶的豆苗害怕着呢,她紧抿着小嘴,脸涨得通红。原先一只手被父母握着,她安心,也不必管另一只手放哪里,或随意甩着,或拿着个小娃娃。现在,她的小脑瓜不得不考虑两只手的安放问题了。只见她一只手放在胸前,另一只手在空中举着,嘴里"喔喔"地叫着,摇摇晃晃一头扎进父母的臂弯。她越走越想走,有时跑几个来回,还换一只手在空中划,这双手并用的姿势是在给自己壮胆并保持着平衡呢!有一次她急急扎进大人怀里,还用手拍拍自己的胸,嘴里发出"啊呀呀"的声音,那意思好像是说:啊呀呀,真吓死宝宝了!

我就想,豆苗跃跃欲试想走,那是生长到这个阶段的天性;豆苗鼓足勇气敢走,那是因为对面有爸爸妈妈高张的臂弯在迎候着她。这么想着,一首台湾校园歌曲悠然从遥远的 20 世纪 80 年代飘来:

远远地见你在夕阳那端
打着一朵细花阳伞
晚风将你的长发飘散
半掩去酡红的脸庞

194

我仿佛是一叶疲惫的归帆

摇摇晃晃划向你高张的臂弯

苍穹有急切的呼唤在回响

亲亲别后是否仍无恙

这首歌自然唱的是少男少女之间的爱情,但"高张的臂弯"引起我不尽的遐想。这是一个象征,港湾的象征。对热恋中的青年男女来说,对方高张的臂弯是港湾;对正在蹒跚学步的小豆苗来说,爸爸妈妈安全的臂弯是港湾。而对我们每一个人来说,是否也有一天要张开双臂,给晚岁的父母一个反哺的港湾?

正在张开双臂惊喜迎接豆苗的女儿,你一定不记得自己刚学走路的情景。我们先是用领带牵着你走,后来放手让你独自走,一样是这样张开双臂接住脸憋得通红的你。我们自然也不记得自己的学步时光,但可以从儿孙这里想见那开启人生第一步的情景,想象父亲母亲那萦绕追随我们小小身体的双臂。我们每一个人幼时都曾经像豆苗这样,双手如桨一般地划着,仿佛一艘启航的小船,摇摇晃晃划向年轻的爸爸妈妈欢欣高张的臂弯。我们每一个人成年之后也都在不适不顺之时,仿佛一叶疲惫的归帆,摇摇晃晃划向不再年轻的父亲母亲勉力高张的臂弯。

从这头到那头,女儿女婿为豆苗设置的距离很短,而从现在起,豆苗要走的人生路何其漫长!慢慢长大的豆苗会知道,在这长长的旅途中,只要她愿意,父母随时会张开接纳她的双臂。每一个人都会有这样的感受啊!因为有父母等候的臂弯,漂泊不觉苦;因为有父母宽大的臂弯,倦归总有路!

光阴在走,父母会渐渐老去,他们的臂弯犹在,但慢慢下垂,总有一天会再也抬不动手臂。岁月在流,儿女们在不断长大,他们的臂弯会越来越健壮,成为恋人的港湾、爱人的港湾、孩子的港湾。那么,我的小豆苗,所有正在摇摇晃晃迈出人生初始步伐的小豆苗们,我祝愿你们终能拥有这样充满爱和力量的臂弯。

孩子啊,我也想说,当父母有一天终于步履蹒跚,甚至比你今天还蹒跚,你会不会在夕阳下,轻轻挽起为你高张了一辈子臂弯、已老弱得摇摇晃晃的他们,一起走向他们给你的家?倘若你能,见证一切爱的轮回的苍穹里,一定会有这样的歌声响起:

来吧让我们携手共行
追逐夕阳的步履
走在林间的小径
撩过清清小溪
那儿有一座小小蜗居
等待着我们
踏着夕阳归去

196

初 人

从襁褓到童车,从爬行到学步,虽然没有和小豆苗朝夕相处,但几乎每天都可以看到她的照片或视频。幼稚孩童的种种情状固然惹人喜爱,我却常常惊讶甚至沉迷于她不知何自不知何往的瞬息万变,让我想起张晓风说过的一个词:初人。

从混沌中慢慢睁开眼来,一切都是初始,一切都是全新。屋顶的灯是那样闪亮,豆苗看着它笑啊笑;手里的扇子是那么漂亮,豆苗拿着它摇啊摇;茶几上的遥控器是那样神奇,豆苗摁着它叫啊叫;爸爸衣服上的小熊图是那么憨萌,豆苗指着它摸啊摸。于是,大人们告诉她,这叫灯、那叫扇子,这叫遥控器、那叫小熊,从自己认为的"有知"引领这小小的初人走出"无知"。

豆苗渐渐长大,开始走出这个房间,开始下楼,她来到了广场。她低头看着好像在"行走"的马路,脸上露出迷茫而又沉思的表情。她侧头盯着广场中间的喷泉,脸上露出困惑而又探究的表情。她举头望着高远的蓝天,脸上露出不解而又怀想的表情。豆苗,你这个小小的初人,难道沉淀着遥远的前缘?难道竟有着我们所不知的"知"么?

若无前缘,你怎么非要把原本整齐放着的两排书变成一排,怎么兀自穿过超市那么多货架而径直走向书本?若无前缘,你为什么总会温柔地靠在小羊身上,有时还仰面发出长长的叫声?若无前缘,你为什么在花圃前久久不肯离去,还试图凑近去嗅它的芳香?若无前缘,你为什么勾着头去看买回的两条金鱼,最喜欢玩把玩具鱼扔到水里的游戏?难道,你曾经是一个唱着"青青园中葵,朝露待日晞"的好学少年?你曾经见过"天苍苍,野茫茫,风吹

197

草低见牛羊"的草原？你曾经是一个唱着"草长莺飞二月天,拂堤杨柳醉春烟"的放学孩童？你曾经见过"子非鱼,安知鱼之乐"的先哲？

可是,这种种眼神骤然消逝的你,分明就是一个晶莹纯粹一无心事的自然人。坐在饭桌上的你,迫不及待地用手抓着爱吃的菜,一口接着一口,生怕别人抢了你的食,那种简单自足的快乐,是成人再也难以企及的。可是啊可是,这种种眼神又不时回来的你,好像又是一个藏着万千前尘深有来历的集合体。大人告诉你,这叫马路,也许你看到的是马蹄声声的驿路;大人告诉你这叫喷泉,也许你看到的是惊涛拍岸的大江;大人告诉你这叫蓝天白云,也许你看到的是光怪陆离的神妖大战。大人认为你无知,而你对一切其实却呈现着自己一眼瞥见或瞬间忆起的景象啊! 初人,我们每一个人都曾经做过的初人,就是这样仿佛懵懂蒙昧而又洞烛一切的天之使者么? 就是这样经历了所有的日升月沉、斗转星移而重回尘世的远方来客么?

张晓风写道,当她读到"初,始也""起初,上帝创造天地"这样的字句时,觉得如洪钟之声震耳贯心,令人想见日之初升,海之初浪,高山始突,峡谷乍降及大地寂然等待小草涌腾出土的刹那! 周峰的《眼之魅》唱道:"你的眼睛像千年塞外的诗,你的眼睛散发着古朴的忧郁,你的眼睛沉落世外的秘密。"张晓风敏感的心悟见了天地之初的演变,周峰洞穿的眼看到了古往今来的轮回,他们是在刹那间回到了初人啊! 已从初人变为成人、被俗世同化的我们,绝大多数已然麻木无觉,在豆苗这样活在自己斑斓世界的初人面前或会刹那间心有微颤、迷离恍惚?

我困惑而又沉思地凝望豆苗的表情,真的怀疑她看到了那些洪荒初开的景象,难道每一个初人心里都有千古的记忆? 我迷茫而又探究地凝望豆苗的表情,真的怀疑她看穿了未来和过去,难道每一个初人心里都有玄妙的天机? 我不解而又怀想地凝望豆苗的表情,真的怀疑她携带着神秘的图腾,难道每一个初人心里都有浩瀚的信息?

豆苗会不停地长大,大人们会给她越来越多的概念定义,这世界会给她越来越多的标准答案。她初始心灵里所有的电光石火终将消失,如同电脑遭遇了黑客而一片空白,自己永远无法复原他人永远无法破译;她独有的图腾和信息终将被忘却,她终将说着与我们一样的尘世的话语,再也听不懂花语,想不通鱼的快乐。

初人渐行渐远,成人愈走愈近;长大亦喜亦忧,成年无法阻挡。那么此刻,所有如豆苗这样小小的初人,愿你们尽情发出自己随心所欲的大呼小叫,这是人间无存的天籁;尽情演出自己千变万化的喜怒哀乐,这是成人消失的创造啊!

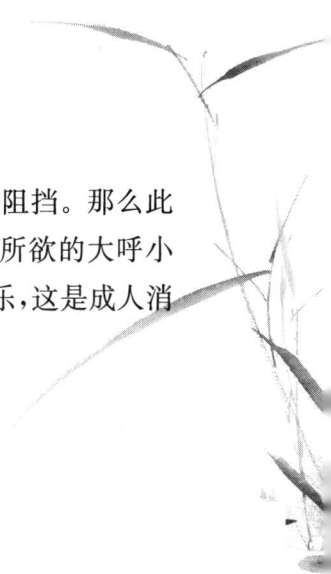

圆圆豆苗圆圆月

今天，9月21日。八月十五月圆之时，圆圆的豆苗恰好15个月了。举头望明月，低头弄豆苗，多么圆满！

去年的6月21日，父亲节，豆苗呱呱坠地的第一张照片从医院传出，所有的人都乐了！小脸那个饱满啊，就是一个润润滑滑不带一点皱褶、周周正正不带一点缺憾的圆！而且还是一个微笑着的圆！

从酣睡摇篮到床上爬行，从蹒跚学步到咿呀学语，豆苗的种种童稚发噱之状在让家人和朋友忍俊不禁之时，永恒的一个话题就是她那藏不住、夺眼球的圆。大家都说，豆苗的圆多像她妈妈小时候啊，圆得让人恨不得上去咬一口掐一把。是啊，女儿的小学女班主任常常让她下课去一趟，她颠颠地以为去领任务呢，可老师别无他事，就是在她圆圆胖胖的小脸上摸啊摸啊，不住地说"我们班的小可爱啊"。她的圆脸常常被一个大姐姐狠狠捏上几下，回来就向我们哭诉。可是现在，她一遍又一遍去摸豆苗的脸，说每天不摸一下就不得过。她双手捧着那个圆轻轻晃着，豆苗就那样很安静地配合着她妈，眼呆萌、圆微颤。没办法，谁叫她的圆是她妈给的呢！

豆苗的圆，是成长的圆满。都说幼儿长得快，女儿说她一天一个样，每周去一次的我看她是一周一个样。眨眼间，你何时就能听懂大人的话了呢？虽然我去得少，你起初看见我会哭，但问你外公在哪里，你就会边哭边朝我一指，又好委屈地把头扭向一边。你何时就能自己把书翻到喜欢的那一页，嘴里模仿着鸭子、狮子和小羊的叫声了呢？你何时就能弯下身去把茶几下的东西一件件地掏出来，又把自己喜欢的东西一件一件地藏进去了呢？你何时就能自己拼出吃奶的力气爬上床，找出你爸爸那件画有小熊的衣服了呢？你何时就能拿着两块手巾，模仿跳广场舞了呢？你何时就能脱开父母的手,摇摇晃晃走向你最喜欢的太阳花了呢? 那天,家中阳台上的一个小花盆,不经意地伸出了一枝鲜艳的红花。定睛一看,正是豆苗最喜欢的太阳花呢! 豆苗,就是我们家一朵圆圆彤彤、笑看白云的太阳花。

豆苗的圆,是初心的圆润。小小人儿的生活,是多么简单快乐啊! 豆苗是那样爱笑啊,几乎是从早笑到晚。清晨睁开眼,你嘴含着奶瓶眉开眼笑;在你的"游乐圈"里,你玩着各种玩具乐不自支;坐在餐桌上,你手抓着自己最爱吃的食物喜笑颜开;看着电视,你随着儿歌的节拍摇头摆脑;夜晚的广场上,你看着五彩的景色手舞足蹈。在你幼稚的心里,一切都是新的,一切都是童话,所以你惊奇,你快乐,你用你的语言唱,你用你的节律跳!

我特别喜欢你吃东西时那种掩饰不住的开心,你迫不及待地一口接一口,对大人发出无比满足的笑。问你:怎么啃猪蹄呢? 你就会把自己的胖脚丫伸进嘴里,非常享受地吮吸着。每次我去,你就会看着我手里的包,知道里面有你最爱吃的河虾。我们故意问你:虾在哪里? 你就指指包。想不想吃? 你就点点头。那就给外公捶捶背。你就用小拳头在我背上捶几下。一只虾没吃完,你就盯着我手里的下一只。我们逗你:还想不想吃? 你拼命点点头。小馋猫是谁? 你拍拍自己胸脯使劲点点头。我们忍不住哈哈大笑。民以食为天,你妈妈小时也是个同样的小馋猫呢! 开心地吃饭,吃饱了就笑,原本就该是生活中最大的滋润啊!

今夜,月上中天,月圆人圆。圆圆的豆苗啊,我想对你说,等你越长越大,会发现童话越来越远,人有悲欢离合,月有阴晴圆缺,此事古难全。但你要记住,只要心是晴的,缺月也满,遗憾也美。我还想告诉你一个秘密,外公小时候也和你一样有一张圆圆的脸呢! 也和你一样爱笑呢! 历清贫,经风雨,外公一路笑着走来,才会有你圆圆的妈妈,才会有圆圆的你。你的圆是我们这个家族标志性的圆,你一定也会传承我们这个家族做事的圆实、处变的圆通。你要记住,圆满全在心中,圆润不在外物,即使月亮的脸偷偷地在改变,即使人间多了一个冬季,我都希望你像现在一样吃得下睡得着,绽放最灿烂的自己,永远做一朵圆圆美美、向天而笑的太阳花。

这世上,有一种圆叫月亮圆,有一种圆叫团聚圆。今宵相聚,把酒问青天,同唱天涯共此时。

我心中,有一种圆叫豆苗圆,有一种圆叫初心圆。今生相逢,且行且珍惜,共吟但愿人长久!

等你一起读诗书

豆苗周岁的时候,豆妈豆爸精心准备了抓周。红红的地毯上放满了东西,有书!我知道,他们想要女儿选书呢!没想到,小豆苗被一层又一层包围的人吓坏了,不住地哭,最后随便抓了个算盘就被抱上了饭桌。哈!我是不信抓周的,就是豆苗不抓书,我也知道她对书有其他一岁孩子不一样的感觉。

你看她,刚刚从爬行到直立,像个人样了,就会去理书。那些故事书明明排得好好的,她非要一本一本拿出来重排,还要用手使劲往里戳,直到自己觉得整齐为止。有时,她会为找一本书把所有书都翻出来,见不是所欲,便果断摔在地上,还发出"咦"的疑问声。待找到她想要的那本,便递给大人,一屁股坐在地上,开始她的"听课"。大人在讲故事时,她有时会不耐烦,哗哗地把书迅速翻到她要的那一页。有一天,她自己找出一本书,煞有介事地坐在地上,专注地看着。我注意到,那本书叫《形状》。我不禁大笑,小豆苗啊,你也太有读书的形状了吧!

那天,看女儿发过来的一个视频。刚刚学会走路的豆苗走在超市里,那么多的商品她都不看,就爱翻架子上的书。她甚至还指着高处的书,想抬步上楼梯去拿,只是走不上去。那一刻,有一句话就突然从我脑海中冒出来:等你一起读诗书。

豆苗,等你可以读诗的时候,我会告诉你,诗就是歌,和你现在最喜欢的儿歌是一样的呢!豆苗是那么喜欢听儿歌,打开电视机,听到"我是一只小青蛙,呱呱呱呱呱""你是我的小呀小苹果,就像天边最美的云朵",就仿佛宕机一般,全神贯注,那么痴迷,你对她说什么也听不见了。等你再长大一点,我会告诉你,中国的诗从一开始就是唱的呢!我们唐朝就有很好听的儿歌《咏鹅》:"鹅鹅鹅,曲项向天歌。白毛浮绿水,红掌拨清波。"那晚,去看一台越剧晚会,当一群儿童用越声唱起这首诗时,我就想:有一天,我也可以用越声唱出这些诗,教你一起唱,你也会成为这唱诗群中的一个美丽音符。外公给你起的名字"顾君与",就来自辛弃疾的词"顾君与我何如耳",就是希望诗意词韵能伴你一生。等你一起读《诗经》,读乐府,读唐诗,读宋词,一起感受祖先的情感汉字的美。

豆苗,等你可以读书的时候,我会告诉你,书就是阶梯,和你现在想登上的楼梯是一样的呢!豆苗的家在 20 楼,那么高,没有楼梯,我们怎么能到家?你专注地看的那本书叫《形状》,没有书做阶梯,人怎么会有自己的形状——气质、胸怀和格局?在你开始读书的第一天,我就会告诉你,知识塑造灵魂,书香改变命运。听到大灰狼要吃小羊,你就会伤心地哭,这就对了。书,就是为了让我们永远守着真、怀着善。你长大后,会面对日新月异也光怪陆离的世界,面对五彩斑斓也头晕目眩的选择。任何时候,你都要记得,不羡繁华,不惧寂寞,宁做腹有诗书气自华的朗读者,不做摧眉折腰事权贵的应声虫,在琅琅的书声中遇见自己、欣赏自己、成就自己。以书为阶梯的你,天高地迥,月朗风清。等你一起读《尚书》,读孔子,读太史公,读顾亭林,一起寻找民族的基因文化的根。

豆苗,在你妈妈很小的时候,我写过《爱,从源头开始》,为了不错失陪伴你妈妈成长的时空,我数度放弃了进京的机会。但那时,我依然是忙碌的,没有时间和你妈妈一起读诗书。在你妈妈上小学的第一天,我写下《送女儿上学》,看到她学校门前的路有点坡度,心里潮湿不忍。这一幕还在眼前啊!

而在你刚刚过了一岁,离诗书似乎还很远的时候,我就为你写下这篇文字,是想告诉你,爱你也要从源头开始,经历了人生种种颠簸碰撞的外公一定要告诉你,这个世界上,没有什么比诗书更能滋润人的心灵,路再陡也要勇敢前行。你上学的第一天,我这个白发老书生也一定要去送你,和你一起唱"青青园中葵,朝露待日晞",一起唱"少壮不努力,老大徒伤悲",爱的轮回中仿佛重返童年的我将何其欣慰哟,欣慰终有无尽的时光和你一起读诗书……

坚定的豆苗

豆苗还不到一岁的时候,就喜欢整理书。其实,那些书都排得好好的,但她就是要一本本拿出来,再按她小脑瓜里的想法重新排列,怎么阻拦也无济于事。女儿说:这孩子真犟!

有一次,她把排好的书又一本本地拿出来,拿一本就往地上摔一本。只看到她的小手果断地扔,只听到书"啪啪"落地的声音。她到底要干吗?原来是想找她需要的一本书。终于找到了! 她停止了扔书,把那本书递给了外婆,一屁股坐在地上,开始听故事。有时她听得不耐烦,便把书抢过来,"哗哗哗"很利索地翻到她要的那一页,那个不由分说哟!

豆苗喜欢逛超市。女儿发来的视频里,好几次见她独自往超市跑,外婆跟在后面直叫:豆苗,快回来,超市有什么好玩的!小豆苗头也不回,溜溜地奔向她认定的目标,小小背影写满执着。她跑那么快,知不知道自己还穿着尿不湿,哈!

过了一岁,豆苗开始说话了。很多音发不出,有的音发不全。比如,她把"球"发成"抠",让大人们忍俊不禁,常常拿着一个小足球逗她说话。那个视频里,外婆拿着球说:球。豆苗调皮地笑着说:抠。外婆说:怎么是抠呢?球! 豆苗收起了笑,拖长了音调说:抠! 外婆大声说:球! 只见豆苗突然转过身去,大声说:抠! 抠! 抠! 坚定的语音中,小肩膀和发梢都在轻轻颤抖!

我以为这是偶然呢! 未料,上周我去拿着球逗她说"球"时,只见豆苗直接转过身去面壁三声:抠! 抠! 抠! 这是在向世界宣示呢! 这不是球,它就是抠! 抠! 抠!

豆苗的坚定还表现在许多事上,比如她喜欢剥鸡蛋,大人们怕她剥不好,她非要剥,说要给爸爸吃。结果是鸡蛋剥得完完整整,比大人有耐心呢。比如她最近迷上了画画,像模像样地把画笔换来换去,有时一头埋在纸上,画出一些如乱麻一样的线条,自己还直起腰来,露出非常欣赏和自得的神情。她还会非常认真地要扫地,同时背着她的小娃娃。她总是一个劲儿地要从大人身上掏出手机看关于她的视频,陷入谁喊也不答应的小脑袋"宕机"时刻。

为豆苗萌萌的坚定大笑之余,却不免汗颜。也许,这真是初涉人间的幼童才有的坚定啊! 成人们有心想做一件事,被三五人一劝也就作罢;久已想去一个向往的地方,料想各种难处也就止步;挣扎着想发出自己的声音,在世俗的喧嚣面前也就沉默或改口。想学豆苗,也许还真学不来。

那么,豆苗,愿你长大后还能这样坚定哦! 我所不欲,弃;我所愿往,趋;我所亟盼,呼!

豆苗的人生小感叹

豆苗已 20 个月了,每天的变化快得让人惊奇。在沙发和床上爬上爬下、用纸巾擦桌子、用扫把扫地,这些事说会就会了;小动物、太阳、星星,这些东西说认识就认识了。在成天不知忙些啥的过程中,她会不时发出"唉"的一声叹息,让我们忍俊不禁。

若问豆苗:你这么小的人儿也会有自己的人生感叹吗?豆苗一定会说:是的! 是的! 是的!

我拿着小扫帚去扫地,虽然只是阳台那一小块地方,可对我来说真是好费劲啊! 姥姥一边表扬我爱劳动,一边不停地问:忙不忙? 累不累? 我一边喘着气,一边还得回答说"忙""累",然后就听他们怪腔怪调在学我。唉,小朋友爱劳动不是好事吗,大人能不能不要添乱呢?

我听着儿歌在跳舞,大人们又来烦我了。"问你呢豆苗,爸爸叫什么名字?"我说"顾凯"。"妈妈叫什么名字?"我说"涵涵"。"公公叫什么名字?"我说"阿明"。他们一遍一遍地问我,我只好一遍遍地放大声音回答。他们还常常问我羊吃什么、猫吃什么,我嫌烦了,也逗逗他们,统统回答"吃爷爷""吃公公",又听他们一片怪笑。唉,小朋友学跳舞是正事,大人怎么这么无聊呢?

有一次,公公指着画报上一个小动物问我:这是什么? 家里养着这么大一条豆花呢,我还能不认识狗? 我自信地说:gu! 公公听不懂,又问了一遍,我又大声重复了一遍。公公还是不懂。我急了,只好对公公说:汪汪汪! 这下公公懂了,不过他不服输,对我说:不是 gu,是 gou! 唉,我听着也差不多啊,公公看来不是一个聪明的人,连小狗狗都不认识!

206

公公那天给我带来一只毛绒小老虎,我一看和爷爷送给我的一模一样。然后我听到公公和妈妈在嘀嘀咕咕,就知道他们又要考我了。果然,公公指着他带来的小老虎问我:谁送给你的? 我想也没想就说:公公。公公又指着那只同样的小老虎问我:那这一只是谁送的呢? 我还是想也没想就说:爷爷。就听公公和妈妈大惊小怪地说:她记性真好啊! 她怎么记得住的啊! 我就想,这有什么稀奇的? 我的几十只玩具都能说出是谁送的呢,一只也不会错! 唉,大人真可怜啊,一定没什么玩具,他们的生活有什么意思呢?

今天,又轮到姥姥带我,我对她说:虎! 她不明白,问我要什么。我只好说两个字:贝虎! 她问:是壁虎吗? 我说三个字启发她:贝贝虎! 她还是没明白,居然自己坐在沙发上看手机去了。我对她说:起来,玩! 姥姥问:玩什么? 我说:器! 姥姥问我到底要什么,我急得对着她乱叫一气。带了我一年多了,我想用遥控器开电视看贝贝虎儿歌都听不懂,我不就是把"贝乐虎"说成"贝贝虎"了嘛! 唉,姥姥太不了解我的心思了,领悟能力要提高啊!

这几天不知道怎么回事,妈妈每天都早早把我叫起床,穿着红毛衣红棉袄,打扮得像小公主一样,然后就坐着爸爸的车出门了。哦,今天到了爷爷家,明天到了公公家,每家都给我一个大红包呢! 可是,红包刚拿到,妈妈就说小孩子管不好、会丢掉,我就眼巴巴看着她塞进了自己的小包包。只听见他们在说:豆苗这几天的档期都满了,每天都像大使出访。是不是大使就是穿着红衣服出来领红包的? 领了就要交给妈妈吗? 红包里装的是啥? 想不明白呢! 唉,什么时候大人能不抢我红包,我能知道里面藏着的秘密呢?

那天在公公家,我不知道为什么哭了。公公不仅不给我擦眼泪,还问我:你哭了没有? 我带着哭腔说:没有! 这两个字我刚会说,他们笑我说得像山东话,都一起大呼小叫地学我。公公问了不知多少次,还让我说得响亮一点。我用尽全身力气、挺直了小腰不停地说:没有、没有、没有! 我从小就得有骨气啊,怎么能承认自己哭了呢? 唉,我要是说了有,你们不又会哄笑吗? 就是没有!

妈妈这次和我在一起的时间好长啊,一直陪着我玩。昨天早晨起来我忍不住对她说:妈妈好,喜欢妈妈。那时,我把她抢我红包、不好好睡觉时骂我的事全忘了。可是今天早晨醒过来,看到的却又是姥姥,她说妈妈上班去了,我的小眼泪就掉下来了。平时老听大人们说"班班班",班上有比豆苗更好玩的小朋友吗? 大人们真的喜欢天天上班吗? 唉,什么时候爸爸妈妈能

207

不上班,就和我待在一起看贝贝虎呢?

一天下来,我好累啊!头发被大人们扎得奇形怪状,他们满足地笑着;我在床上翻跟斗翻不好,他们捉弄地笑着;我画了个圆说是鱼,他们奇怪地笑着;我自己用调羹吃饭难免留点饭粒在嘴边,他们开怀地笑着。我的小脸生下来就是那么圆圆胖胖,他们每个人每天都要来摸好多次,有的从这边摸到那边,有的两边一起摸,有的还轻轻地掐,说要割下来炒肉片,发出满足捉弄奇怪开怀的大笑。

唉!我心里啥都明白,我是有想法的,只是说不出来,我知道你们是把我当玩具和开心果了。没办法,我是妈妈生的,妈妈又是姥姥生的,他们有一大堆人呢!唉,我实在是太小太小了,还要靠他们养,就先让他们玩着吧,逗着玩着、哭着笑着我就长大啦!

忽然有点傻

春天来了,豆苗下楼晒太阳了。暖暖的春阳满满地洒向她,地上留下她的影子。豆苗走到哪里,影子就跟到哪里。这飘忽的一团到底是什么呢?为什么老是追着我呢?豆苗有点害怕呢,一时站在那里不知所措。

女儿把这张照片发到朋友圈,我大笑之余,留打油诗一首:"万达一枝花,早春来溜达。影子跟着她,忽然有点傻。"女儿很喜欢这最后一句,接下来的好几天,在发来豆苗照片或视频的时候,都要写上一句:忽然有点傻。

又过了几天,豆苗下楼看花。一路走,姥姥告诉她哪是杜鹃花,哪是迎春花,哪是樱花。豆苗忽然蹲在一个花圃前,面对五颜六色的花,有点想不通,一时愣在那里。我还是赠诗一首:"万达一枝花,早春来看花。花花皆相似,忽然有点傻。"姥姥有点不高兴了,干吗老说人家傻呢? 于是我又换了一种表达方式:"万达花一枝,早春看花事。花花皆相似,忽然有所思。"忽然的傻,实际上是忽然的思呢!

每一样东西都是新的呀,都是第一次相遇,要去记住它们的名字,要去想其中的联系和道理。弄不懂、想不通,豆苗就这样傻傻怔怔地一步步走进这全新的世界。

世界是那样新,万达广场是那样大,所以,豆苗常常玩得不愿回来。那天,她玩钓鱼怎么都不肯走,妈妈拉她,她就尖叫。妈妈怕被误认为人贩子,无奈叫爸爸来带她。爸爸也说不动,只好用一根绳子牵着她回来。我说多像牵着一只小狗啊,豆妈说:姥姥常叫她外孙狗,她以为自己就是小狗,看见动画片上的小狗就说"我",怎么也纠正不过来,傻不傻?

我说:多好啊,这种傻的状态维持不了多久,这是她与世界在互通信息、求知求解呢！有时她就像一条小狗被你们牵着,有时她就像一只小猫趴在你们身旁,她有自己的认知,她在扮演不同的角色,我们哪里知道她忽闪的心思呢！混沌初开时的傻多么可爱,小猫小狗样的萌多么可人！

看着豆苗那张面对影子犯傻的照片,忽然想起了《千家诗》第一页的插图,那是程颢《春日偶成》的配画。"云淡风轻近午天,傍花随柳过前川。时人不识余心乐,将谓偷闲学少年。"豆苗那痴痴傻傻的样子与程颢多像啊！我就想,也许只有幼儿与哲人才会有这种忽然而至的傻吧！常人对熟悉的司空见惯,哪里愿意去欣赏;对不熟悉的了无兴致,哪里愿意去探究？我们看孩子傻,笑哲人呆。而在豆苗的眼里,大人才傻;在程颢的心里,世人才呆。

春暖花开

　　连日的阴雨之后,迎来一个艳阳高照的晴天。行走在紫金山道,一丛丛绿树簇拥着层层叠叠的繁花次第而来,真个是感到了"一夜好风吹,新花一万枝"的应接不暇。烂漫奔放的二月兰如宝石般缀满山坡,千蕊同放的广玉兰散发着如玉的高洁雅致,还有那云卷霞飞的樱花,灼灼其华的桃花,似雪飘舞的梨花,金黄涌动的油菜花,淡黄如菊的蒲公英花,更有那或袅娜地开着、或羞涩地打着朵儿的不知名的小花儿,让人带着微醺迷失在"春路雨添花,花动一山春色"的画卷里。于是,"春暖花开"这个原本非常寻常的词,就成了这幅长卷最贴切最诗情的名字。

　　此时此刻,春是暖的,情也是暖的;百花在盛开,心花也在怒放。忽然就想到了王国维先生的名言:"一切景语皆情语。"真切感受着春暖花开的我,其实是因为我的心是晴好的春天。不是么?在心晴之时,王维写道:"花迎喜气皆知笑,鸟识欢心亦解歌。"在心阴之时,他却叹道:"野花愁对客,泉水咽迎人。"同是东坡,情乐之时高唱:"山寺归来闻好语,野花啼鸟亦欣然。"情忧之时低吟:"何人把酒慰深幽,开自无聊落更愁。"心是什么色调,我们的所遇所见所闻就会以不同的色彩投放在心屏上;达观者的心总会春暖花开,悲观者的心永是冬寒凛冽。

　　清早撞车,悲观者觉得倒霉,一天都无精打采;达观者心想今天的倒霉事已过去,不会再有不顺,一天安然。家中失火,悲观者心疼财产的损失,达观者庆幸家人的平安。竞岗失败,悲观者慨叹再无机会,达观者立志从头再来。恋人移情,悲观者认定世上没有真爱,达观者静等新的缘分叩门。物随情转,境由心生,一念之差,我们就会生活在两个完全不同的季节里。

看到我在朋友圈总是晒春日游山、养花种草、怡然自得的场景，一个初中同学留言说：你一直是天之骄子，难怪总是那么快乐。我置之一笑。其实，有多少人能始终成为天之骄子呢？我也受过婚恋的挫折，我也有过事业的沟坎，只不过，我的心始终是晴的。我不会怨天尤人，在本已不顺的境地下再把自己推进冰窖；我不会唠叨不停，从别人那里去寻找同情和劝慰。

多少年前，在江南连绵的夏雨里，我慢慢走出了失恋的苦痛，祝愿她过得比我好，期待着真正属于自己的爱；多少年前，在充满隔膜的职场里，我用自信慢慢展示着自己，终于走出低谷，步入事业的坦途。有朋友说，从我的笔下看不到怨艾，感受到的都是明亮。我对朋友说：真的没有什么可以抱怨的，我们选择和经历的一切都是无可更改的人生档案，只有充满阳光地去承接和续写。毕淑敏说过："愁云惨淡畏畏缩缩的是活，昂扬快乐兴致勃勃的也是活。我盘算了一下，权衡利弊，觉得还是后种活法比较适宜。"因为她深知，泥沙俱下并不完美的生活，正是组成宝贵生命的原材料！那么，与其在牢骚满腹中颓废，不如在坦然担当中攀升。

特别喜欢那英的《春暖花开》，它开头便唱道："春暖花开，这是我的世界。每次怒放，都是心中喷发的爱。"春暖花开，是我们每个人都可以从心而生的景象啊！生命如水，有顺境里的平静安详，有逆境时的翻腾澎湃，而只要穿越阴霾，让阳光洒满心田，我们就会真切地感到"幸福一直与我们同在"。不是么？假如我们的心里始终是怀才不遇的埋怨，始终是天道不公的抱怨，始终是世人负我的恨怨，这漫漫长路如何能走得下来啊！人生种种的行囊已经够重，再加上心的包袱，每一步都会迈得非常沉重，即使大自然春暖花开，在我们的眼里，也会是"春日偏能惹恨长""万点飞花愁似雨"啊！

在这春暖花开的时节，很自然地想起了海子的诗句："从明天起，做一个幸福的人／喂马、劈柴，周游世界／从明天起，关心粮食和蔬菜／我有一所房子，面朝大海，春暖花开。"有人说，这首诗表达了诗人对世俗烦琐生活的厌倦，"面朝大海，春暖花开"是他不可企及的海市蜃楼。有一千个读者，就会有一千个海子。世俗的我，更愿意对这首诗作这样朴素的解读：只要我们心里有春天，那么，喂马、劈柴这样的平常事里，也蕴含着人生的幸福；只要对寻常生活抱有热忱和激情，人生的任何季节都可以是春暖花开。

是啊，芸芸众生的生活里，能发生多少石破天惊的大事呢！我们日复一日经历的，不都是担水劈柴、烧火做饭这样的小事吗？只要有一颗拥抱生活、热爱群生的心,柴米油盐也会洋溢着春暖的诗意,锅碗瓢勺也能组合出花开的图景。甚至,我们也该像热力迸发的海子那样道一声——陌生人,我也为你祝福/愿你有一个灿烂的前程/愿你有情人终成眷属/愿你在尘世获得幸福/我只愿面朝大海,春暖花开。

此刻,徜徉在紫金山的花海之中,沉醉欲飞的我,完全融入了海子对陌生人的那份诚挚炽烈,想给每一条河每一座山取一个温暖名字的那份奔放澎湃。当时,他并没有一所面朝大海的房子,然而,他的心企盼着春暖花开,他用自己唯美而朴实的理想使那些庸常生活的画面明丽起来。此刻,我也如他一般,想把那幸福的闪电告诉我的东西传递给所有的人,祝福我的亲人,祝福我的朋友,祝福与我同在这尘世的每一个陌生人,愿你们的人生前路光明、收获幸福,愿你们的心中洒满阳光、春暖花开……

从今天起，关心粮食和蔬菜

下班路过一个卖鱼的摊点，看见一个老人在挑划好的鳝鱼丝，听到摊主和他的对话："又买给孙子吃？""是啊，小孙子就好这一口。""你自己那么节省，好的都给孙子吃啰！"看来，老人是这里的老顾客了。面对这俗而又俗的市井场景，我的脑海里浮起的居然是海子的诗："从明天起，做一个幸福的人/喂马，劈柴，周游世界/从明天起，关心粮食和蔬菜/我有一所房子，面朝大海，春暖花开。"我猛然悟到，关心粮食、关心蔬菜、关心家人的衣食住行，这里面饱含着寻常人家浓浓的亲情啊！

不是么？经常去买菜的人都会有这样的体验。在琳琅满目的生鲜水产蔬菜面前，我们常常有难以选择的踟蹰，有的是因为家境一般不得不精打细算，有的则是想着怎么为家人换换口味。在一圈圈的逡巡之后，手里提回去的往往都是父母、爱人、孩子爱吃的菜，自己的喜好则多半让位。在对菜肴的仔细打量和反复思量里，倾注的是我们对亲人"努力加餐饭"的希冀。所以，买菜不是一个单纯的货币和物质交换的过程，而是一个情感鲜活流动的过程。

有人说，海子这首诗将幸福生活降到了俗世的最低限，厌倦今天的生活太为烦琐所羁绊。果真是这样吗？且不说这首诗里包含的对初恋情人的情意，单从海子的年龄看，作为我们的同龄人，他一定对那个缺乏粮食和蔬菜的年代有着刻骨的记忆，对父母为粮食和蔬菜操心的过往有着难忘的印象。我们小时候，米面都要凭票证供应，每天吃多少米父母都要心中有数，每顿饭的米都是用小缸子计量的，还要省下全国粮票来救急和供我们今后到异地上大学用。冬天做腌菜的雪里蕻都是定量供应的，往往是招待很尊贵的客人时,母亲才舍得炒一盘雪里蕻肉丝啊! 冬天存储一棵棵的大白菜,夏天存放一堆堆的西瓜,更是家家户户惯常的情景。是的,海子固然有着多重人格,他偏执倔强、天真敏感,有着很重的弃世情结。然而,作为一个成长于20世纪70年代的人,作为一个深谙粮食和蔬菜重要性的农民的儿子,在构筑与初恋女友幸福生活图景之时,他能还原到俗世的层面也十分正常。这几句诗里,哪里看得出厌烦和消沉? 分明是一种朴素的热烈、简单的明亮。所以,我认同另外一种说法,这首诗是海子所有诗中最明朗、最温暖的一首。

非是为了说诗,而是为了说爱。明朗和温暖都来自爱,来自海子对初恋女友的爱。即使是超然脱尘的诗人,在他暂离偏执之时也深知,人间的生活就是由喂马、劈柴、收获粮食蔬菜这些世俗的画面组成的。人间生活的所有明朗和温暖,不都源于一饭一蔬里温热的情意么? 不都源于絮语细行里温柔的情愫么? 普通人的婚姻生活里,能有多少波澜起伏的浪潮呢? 炽烈缠绵之后,维系爱情的就是柴米油盐里点点滴滴、丝丝缕缕的关心。普通人的家庭生活里,又能有多少惊天动地的壮举呢? 生老病死之外,牵系亲情的全是粮食蔬菜里颗颗粒粒、枝枝叶叶的关切。"人生归有道,衣食固其端。"不管地位有多高,不管学问有多深,不管家业有多大,总要有那么一个人,把家人的吃穿用度挂在心上细加盘算;家里的每一个成员,都要"一粥一饭,当思来处不易",善于在琐屑的小事上向家人反馈自己的感受。所以,我以为,一个从来不生火做饭的家庭很难幸福长久,因为缺了滋养人心的袅袅烟火。家,正是在一鼎一镬中搭建;爱,正是在一菜一汤中升腾。粮食蔬菜的关心里,劈柴担水的劳碌里,煎炒烹炸的运营里,衣食住行的筹划里,都蕴含着看似简单实则繁复的爱的布局啊!

爱是需要布局的! 当我们从宏大高远的站位热血沸腾地谈论"我是谁""为了谁"时,有没有想过,对亲人的情爱也需要不断回望出发点,也需要思忖这两个原初而基本的问题,也需要不忘初心、担当尽责。星期天蹑手蹑脚地起床做早餐,让家人多睡一会儿,这里面有爱的布局;晨起为爱人挤好牙膏泡上清茶,这里面有爱的布局;一日三餐花样不重,多买家人爱吃的菜,这里面有爱的布局;爱人孩子喜欢的菜尽着他们吃,这里面有爱的布局;出差前包好饺子,甚至做几个菜放在冰箱里,这里面有爱的布局;放弃应酬陪家人吃饭,这里面有爱的布局……即便是晾晒衣服这样的小事里,又何尝没有爱的布局? 在家里,我总是会抢着晾衣服,因为我要实现我的布局。衣服多的时候,我会把家人的衣服晾晒在向阳的地方,而把自己的衣服晾在背阴的地方。如果前一天的衣服没有干透,我会把它们移到里面的衣架上,把刚洗的衣服晾在外面的衣架上。当然,无论在哪根衣架上,依然是家人的衣服更靠近阳光!让家人穿上衣服时能闻到太阳的味道,这是我不变的爱的机杼。"关心粮食和蔬菜"的布局里,有多少婉转的情思和绵长的情意啊!"关心粮食和蔬菜"是一个象征,一个关心家人起居行止、关心家人冷暖饥饱、关心家人一切一切的象征;"关心粮食和蔬菜"是一首诗,一首看似平淡却灿烂、需要用心不断续写的长诗。

前一阵热映电视剧《生逢灿烂的日子》,讲述 20 世纪 70 年代北京胡同里兄弟 4 人的人生历程。不去对影片作评价,只觉得把海子《面朝大海,春暖花开》谱成曲倒是极好的创意。我从这首片尾歌的反复吟唱中晓悟,关注粮食和蔬菜是爱的永恒主题。非但在那个贫瘠的年代,即使在今天这个物质高度发达的时代,仍需有人在家中为我们烧火挥铲,我们的情感才有停靠的驿站啊!就在前几天,远在老家的母亲给我从微信发来一张照片,是她亲手做的小笼包!原来,她知道身在异乡的我,最钟情的是家乡的小笼包,居然自己学、自己包,整整做了 80 个!说冻在冰箱里,等我回家去吃,再剩下的都带到南京。母亲系着围裙做小笼包的画面,真的让我感受到了"生逢灿烂的日子"的幸福,这世俗的画面与海子的诗又岂有不谐!

我要说,寄寓人间,有人为我们操心粮食和蔬菜真好!那么,我们又何消等到明天?为了爱我们的人,为了我们所爱的人,从今天起,一起来做那个喂马劈柴的人,一起来关心粮食和蔬菜!

把家住成柔软的样子

　　打开微信朋友圈，时时可见"告别繁华城市，回乡给自己造一座花园""滚滚红尘中，我只想拥有这样一个小院"这一类让人心动不已的信息。确实，我们也只能心稍微动一下而已，那样豪华的庭院岂是我辈凡人所能企及？再说，家的感觉完全在于心灵，与有没有大花园并无必然的联系。因此，像台湾自由文字工作者叶怡兰那样，把不大的空间进行个性化的改造翻新，感受专属于自己的喜悦欢愉，是我们多数人能够做到的。即便不进行任何改造，只要物我相契，再狭小简陋的家也会变得柔软起来，因为这无关乎金钱和物质。

　　叶怡兰说，她始终相信空间是生活的容器，当这容器能够确实呼应、合乎我们的作息方式、需求与愿望，生活便能真正安定安顿、舒坦舒适。惊喜地发现，我和她对书房的设计虽不完全相同，但都是打了由地到天的书架，而且都是双向开放，从客厅和书房里都可以信手取书阅览。在这样一个既相对独立又与家的中心地带贯通的地方，我慢慢熟悉每本书的位置，读后又认真地放回去；书也慢慢熟悉我的作息时间和阅读习惯，配合着我的抽取、摩挲和勾画，我于是有了安心之感，书也有了安适之所。当然，也有不少人是喜欢随处放书的，甚至不管多么杂乱也能找到所需内容，别人万万动不得，这也是一种天长日久的彼此呼应，也是一种满含默契的松弛柔软。

　　彼此呼应，需要声气相通呢！记得十多年前装修好东郊新居不久，墙皮就开裂了。装修的师傅说：你没事的话，经常来开开窗，让阳光晒进来；来了就烧烧水，让房间里有水汽；也要做做饭，让电饭锅的蒸汽给房间保保湿，这样，有了人气，墙就不会干裂了。简单朴素的话琢磨起来还真有点意思。当

217

房子里开始有了人的活动,有了人与阳光、人与水、人与锅、人与油盐酱醋的互动,地活了,墙活了,水活了,锅活了,它们就心甘情愿地散发出各自材质的气息,这所有的气息就会慢慢交融,似乎无觉的"房子"于是就渐渐变成了有灵气的"家"。

人每当住进新房的时候都会有些隔膜,住上几个月,和新家磨合着心绪,交换着气息,调整着节奏,进行着妥协,生硬渐行渐远,柔软悄然而至。进了家门,随手就把帽子和手套放在左边的玄关上;打开冰箱,不用犹豫就会从最下面一格拿牛奶;洗碗时搞得清左手第一个挂钩上是洗碗巾,第二个是擦桌布;打开衣橱,分得清左边的抽屉是自己的,右边的抽屉是爱人的;家里那么多的开关,从来不会弄错;夜里醒来,小夜灯的遥控器一定在自己的右手边。人与物就这样配合着,协调着,感应着,把寻常的日子过出了柔软和熨帖。

所以,在无论多么豪华的宾馆里,我们都不会感到家一样的舒适自如。毛巾和家挂的不是一个地方,水龙头冷热水开关装反了,夜里起来总是开错灯。更要命的是,天天是千篇一律的自助餐。而在家里,我们是用熟悉的锅、在熟悉的灶上、用熟悉的调料做着家人喜爱的菜。当这份熟悉传递给锅铲,它们也不觉跃跃然挥动,调动起自己全部的热情,呈献给亲爱的主人;当这份喜爱传递给菜蔬,它们也不觉欣欣然起舞,自觉把所有的茎叶与五味相融,奉献给亲爱的主人。这样将心情和作料无间渗透而做成的菜,哪怕再普通,端上餐桌和家人分享的那一刻,哪一颗心不会绵软欲化?

家,一旦变柔了、住软了,便独一无二、无可替代。于是,你愿意守着这里,在不大的空间里闪转腾挪,心中却洋溢着比走天涯还要幸福百倍的欢愉。这样的感觉累积着,叠增着,钢筋水泥融化成水了,我们轻柔无骨了,只觉家里无处不柔软得像客厅沙发里的海绵,无物不温软得像卧室冬被里的蚕丝,无时不香软得像窗台盛开的夜饭花。

哦,这朵朵像小小喇叭一样的夜饭花,在夏天的薄暮如约而来,开放在我的童年,温暖着我的中年。这紫色的夜饭花,总是让我忆起幼时妈妈叫孩子回家吃饭的此起彼伏的声音,忆起母亲的味道。所以,格外钟情家中这一装点。叶怡兰说她家中所有日常生活用品都经过一番精挑细选,如果样貌不够安静朴素,宁缺也不轻易放行进家门。而我,包括夜饭花在内的一切轻软装饰,也是悉心构筑的。书房里,抬头便是老师的书法,心头一片宁静;卧室里,入门可见女儿幼时的照片,心头一片润湿;阳台上,蜡梅已满是花苞,心头一片惊喜。那盏闻声即亮的小夜灯,那个小巧的博古架,那枝玻璃花瓶里插着的绿萝,那把精致的檀香扇,那只青花瓷的小碗,无一不与我相看不厌、心灵融通。

一切的物都是有灵性的,花草更是蕴藏着生命的玄秘。记得花店那株原本繁盛的三角梅刚搬到家时,不仅不开花,而且绿叶纷纷凋落,枝条一片光秃。几乎想扔掉了,高人指点说:它也认生呢,你要和它说说话,多赞美它,它听得懂的! 我便除了施肥、浇灌,每天都对它轻言细语,鼓励它适应新的环境,相信它能开出最美的花。这个秋天,它的枯枝不期然长满了多少新芽,渐次开出了多少艳丽的花啊! 原来,我们和家中所有的器物花木,是一个处在同一生命磁场的整体啊! 只有两相珍惜、真心欣赏,家才能成为天地间最柔软的地方。

叶怡兰说,家的温暖,并非来自色彩上的缤纷,而是此中人与生活的丰富、深度与厚度。我要说,家的柔软同样来自人与生活、人与物的彼此需要、相互滋养、有心成就。书影斑驳中,花影浮动里,灯影朦胧处,我正在把家住成更柔软的样子……

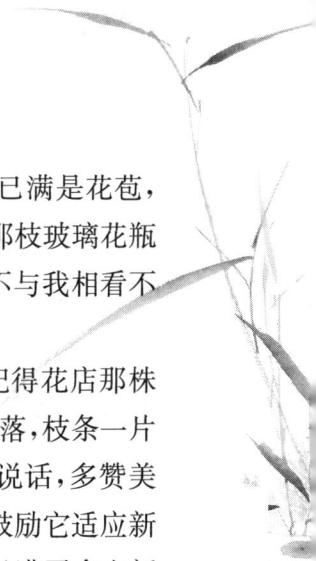

把生活过成旅行的样子

自从高晓松那句"生活不只是眼前的苟且,还有诗和远方"在网上走红之后,"要么旅行,要么读书,身体和灵魂必须有一个在路上"也成为派生的流行语,来一场说走就走的旅行更成为一种率性的时髦。然而在我看来,限于各种条件,许多人不可能说走就走,对"诗和远方"的理解可以不必那样机械,只要我们善于发现、善于行动,我们完全可以把眼前的生活过成旅行的样子。

所谓"苟且",无非是说日复一日的单调枯燥、无休无止的琐屑繁杂、接踵而至的压力烦恼。这时候,也许正如梁实秋先生所说,旅行是一种逃避,在家里限于那一块青天不能充分享用的清风明月,在旅行中变得取之不尽用之不竭了。其实,苟且是生活的真相和常态,既然常年的旅行不太现实,我们与其逃避,不如把平常的日子变成旅行的模样。

最初明白这一点,是来自一位同事的"炫耀"。那一阵,我正为每天坐蜗行似的公交车上下班而烦恼。这位同事聊天时说:我每天都是沿着明城墙一条线上下班,虽然多走一点路,但是心情好,还拍了不少照,南京这么好的历史文化资源不利用太可惜啦!一番话使我豁然开朗。从此上下班路上,我都会顺路去领略南京那些独特的历史文化风光。中山门城墙、南京博物馆、总统府、六朝博物馆、长江路民国一条街、南京图书馆、乌龙潭、曹雪芹雕像、魏源故居、清凉山、秦淮河,都成为我上下班途中的驿站。青砖,灰瓦,苍苔,长藤,卧石,或披紫霞云裳,或沐细雨轻风,或笼青山斜阳,或映流水波光,使人仿佛行走在六朝的烟雨里,徜徉在明清的诗词里,停驻在民国的旖旎里,不觉就会有些旅行的错觉,全然忘了是在上下班的路上,也会产生一些遐思，在某一日成就一篇或大或小的性灵文字。

除了那些刻意计划的奔向远方的旅行，我们更多还可以如王力先生所说的那样悠闲自得地信步而行，来一番乘兴而往、兴尽则返的溜达，去街上看看人、看看物，以免让精神终日紧张得像一面鼓。梁遇春先生则说得更加直接，他以为了解自然非走路不可，但有意的旅行不如通常的走路那样能与自然更见亲密。他天天走上电车，老是好像开始蜜月旅行一样。车上和路上的人们具有万般色相，他从人们的脸上看出人世一切的苦乐感觉同人心的种种情调。他感叹，车中、船上和人行道可以说是人生博览会的三张入场券，可惜许多人把它们当作废纸，空走了一生的路。梁先生觉得，"行"可以使我们清澈地了解人生同自然，是带有诗意的，最浪漫不过的；雨雪霏霏、杨柳依依这些境界只有行人才有福享受。哦！这不就是说，当我们在走路观察着自然和人生的时候，一样可以产生诗意，一样可以到达远方吗？

大自然的随物赋形、泼墨皴染，使得处处长卷短轴、风光各异，也使我们稍稍移步就可以领略诗和远方之美。我几乎天天要经过的北京西路一带，有许多名人旧居和民国馆舍，绿树掩映下的洋房和小院，遗留着历史的神秘，让人浮想联翩。这一年，我住到了长江边，沿江建成了一条南达奥体、北到长江大桥的绿道。往北，每隔一段路的墙壁上都挂着宣传图片，介绍着下关的历史。下关设立金陵关对外开埠，1912 年当选中华民国大总统的孙中山抵达下关火车站，1929 年孙中山灵柩从北平到达中山码头，建成南京"外滩"下关大马路，这一切都把人拉回当时的情境。

有一张照片令我久久恍惚，那是 1933 年 4 月宋庆龄在扬子饭店下榻时照的。40 岁的宋庆龄，短发微卷，雍容典雅。她坐在一张圆形的小茶几前，一手轻抚着茶几上那本厚厚的书，目视前方，若有所思。为营救被国民党逮捕的陈赓等 4 人而来的庆龄先生，是在筹划 1932 年底刚刚成立的"中国民权保障同盟"的斗争吧？是在谋划 9 月将要召开的"世界反对帝国主义战争委员会远东会议"吧？江水澹澹无言，斯人音容已渺。微醺的江风吹来岁月深处的消息，低鸣的汽笛唤醒沉睡已久的记忆，拍岸的细浪冲刷起伏跌宕的往事，昏黄的夜灯惹起明灭闪回的情思，我感觉时空正在骤然穿越，庆龄先生就要走下座椅，推开那扇白色的拱形大门，去迎接明天的风雨。

而沿着江边往南，则有渡江胜利纪念馆，矗立着大红色耸入云天的"千帆竞发"群雕，让人顿回那"钟山风雨起苍黄，百万雄师过大江"的壮阔场景。

最南边的奥体新城,则完全呈现出另一番现代化的崭新气象。这一路走去,遥想着,缅怀着,欣慰着,渐次展开的时代画卷正诠释着伟人豪迈的词句:换了人间。未来固然是远方,而那些值得铭记的过去,不也是历史和心灵的远方么?

毕淑敏说,旅行不仅仅指身体在地理空间的变换,更是指心灵征程的跋涉。走过了这么长的路,看遍了这么多的风景,我真切地明白了这句话,也更加理解了梁遇春先生那些诗意的心绪。向往诗和远方,不一定要吟诗作文写春秋,不一定要背起行囊走天涯。当我们能从平常遇见的自然和人群中感受愉悦和欣喜,有所发现和升华,生活就过成了旅行的样子,这日常的所见就能成为超尘的诗篇,驻足的此处就能成为诗意的远方。

门外绿荫千顷

夏日的清晨,当我从秦淮河边的绿道转折而出,总会为扑面而来的绿荫沉醉不已。马路两边的香樟树绿缛争茂,浓荫蔽天,那连绵不绝的绿色,恰如朱自清先生《南京》中所描绘的那样,"真是扑到人眉宇上来"。我便会放慢脚步,享受这一天之始最清新的景致。

对绿荫的最初记忆是三四岁吧,那时我住在外婆家,对面是一座大院,设有哨兵。院内繁盛的绿叶远远高过围墙,在天空成群交会。有时,被大人们带进去玩,只记得在绿色丛中穿来穿去,十分阴凉。长大后,许多个星期天去外婆家,外婆会给些零花钱。我常常会沿着这条马路,再穿过一条没有任何树木的小街去书店买书,汗水湿透衣背。所以,现在每当我走在林荫道上,总会同时想起那座神秘大院里伸向天际的浓郁绿色,想起那条被夏日的阳光炙烤得直欲融化的小街,闻到少年汗水的独有味道。

而到了南京,才知道什么叫真正的绿树成荫啊!那满城无处不在的梧桐,据说代表着一个历史人物浪漫爱情的梧桐,似乎没有任何语言能够描述它的繁盛、深醇和玄秘。是高骈的"绿树阴浓夏日长"吗?是苏舜钦的"树阴满地日当午"吗?是欧阳修的"佳木秀而繁阴"吗?是王安石的"绿阴幽草胜花时"吗?是归有光的"亭亭如盖"吗?都难表其万一啊!那么,也许只有秦观的"门外绿荫千顷"能够摹其胜状了吧!绿荫千顷里,有苍茫万古意;绿荫千顷里,有六朝烟水气;绿荫千顷里,有金陵留别诗;绿荫千顷里,有民国旖旎思;绿荫千顷里,有天翻地覆词!或许,唯有这"绿荫千顷"可以容得下古往今来一切文人骚客吟咏不尽的金陵情怀。能浸润于这绿荫千顷的所在,是人生之福、生命之幸。

　　天定之缘是,我大学毕业后工作的那所军事院校里,就栽满了梧桐。那两条林翳蔽日的马路,就仿佛是缩略版的北京东路和北京西路。相传,这批梧桐和南京其他地方的梧桐是同一位历史人物同一时期所植。缘中之缘是,王安石的故居就在其中,他《半山春晚即事》中描绘的"春风取花去,酬我以清阴。翳翳陂路静,交交园屋深"的深幽之景,我从暮春一直到初秋,可以常常领略。"一切景语皆情语。"王安石写的是景色,说的是心情。徜徉于花木清阴、涧水曲径之间,我对"蝉噪林逾静,鸟鸣山更幽"有了更深的体会,度过了人生最静谧、最从容的阶段。

　　绿荫,我行路之初的底色,从未稍离;绿荫,我出发之时的原色,从未稍改;绿荫,我成长之途的主色,从未稍褪。天地有绿荫,青年的我不怕流汗;人间有绿荫,中年的我不怕喧嚣;心中有绿荫,今天的我不怕得失。

　　清晨,和我一起走在这条路上的,有匆匆的上班族,有悠悠的晨练人,匆匆者不知是否会留意这满目弥天的葱绿,悠悠者不知是否会忽视这天天相伴的青绿?这千顷绿荫,简淡的一色却是至深的浓烈,慷慨地庇护着我们的生命之程啊!

　　清晨,和我一起走在这条路上的,更有朝气蓬勃的莘莘学子,不知置身浓荫之中的他们会是怎样的心情?这千顷绿荫,繁茂的一季却是长情的永恒,温柔地陪伴着他们的成长之路啊!看到他们,我不会去作长成参天大树之类远大的祝愿,只觉得青春和绿荫的映衬分外动人,一起茁壮终将成材足可期待。于是,少年时洒在通往书店路上汗水的独有味道又从遥远的从前飘来,千顷绿荫万顷情潮在心头无可遏制地涌起……

一叶知秋

　　一直以为,秋天是南京最好的季节,因为它斑斓的色彩。形形色色、五彩缤纷的树叶是这天然长卷的主角,绝笔难状,丹青难写。

　　说到南京秋天的树叶,人们眼前浮现的首先一定是栖霞那漫山遍野的红叶。清朝诗人谢启昆在《游栖霞山四首》中写道:"幽居偏绚烂,红树满空山。"远离尘世的栖霞山的秋天,竟是红枫树长满山坡的绚烂至极! 这样的绚烂一直延续到初冬呢! 明朝诗人钟惺《再至栖霞寺》中"青入无穷内,红争未落先。昔来春物浅,翻让早春天"被认为是最早写栖霞红叶的诗句。你看,青翠的树林绵延无穷无尽的天地,而红叶未落、毫无衰歇,初春之景反而不及初冬之象这般生机勃勃。栖霞枫叶的酣红,是不是正代表了南京"霜叶红于二月花"的厚重?

　　红叶之外,我们自然会想到明陵石象路那金黄的银杏叶。这条被称为"南京最美600米"的神道,布满了银杏、乌桕、枫树和榉树,橙黄橘绿枫红,尽入眼帘之中,南京城秋天的色彩仿佛全都浓缩在这里,美得那么不真实,醉得那么难自拔! 走在这铺满银杏叶的金色"地毯"上,好似走在"数树深红出浅黄"的唐诗里,好似走在"碧云天,黄叶地"的宋词里。古道银杏的灿黄,是不是正代表了南京"赤橙黄绿青蓝紫"的烂漫?

　　而在南京的秋日,何处没有这样的厚重之象? 何处没有这样的灿烂之景? 袅袅秋风一起,树叶纷纷地往下落,梧桐、泡桐的叶子,会在你骑车时悄然落到你的身上或者眼前,那么成熟那么苍老;银杏树的叶子哗哗地像一阵清脆的童音飘落下来;水杉树的落叶红得像少女的红晕,秋风越劲,她的面庞越发通红,让人沉醉。在秋的南京城,无论是仰看树上的繁密之叶,还是

225

俯拾地上的飘落之叶，你都会对金陵的格调、树叶的色彩和生命的嬗变生出这个季节独特的感悟。

秋日的清晨，走在秦淮河边的绿道上，眼前忽而一片绿，忽而一片红，忽而一片黄，不同树种不同叶子的色彩，在天高云淡的寥廓中清新如洗，格外动人。河边，树下，路旁，随处都是落叶，我常细细端详。说实话，很多叶子我分不清属于哪种植物，但却清醒地知道它们曾是鲜亮的生命，与所有的叶子翩翩共舞，成就了秋天浓墨重彩的油画。你看它们的形状，有的像扇子，有的像手掌，有的像月牙，有的完整，有的残缺。再看它们的颜色，没有一片是纯粹的，有的鲜红中夹着淡黄，有的鹅黄中带着青绿，有的绛紫中显着嫩黄，有的深绿中沉着浅褐，各各表现着它们不同的秋容。再观它们的纹理，有的异常清晰，从叶柄向叶间延伸；有的已然模糊，留下风霜雨雪的斑痕。它们的千姿百态，它们的天赋之彩，它们的生命印迹，令人想起哲人的一句话：世上没有两片完全相同的树叶。

这句话的背后有一个富有意味的传说。被誉为"十七世纪的亚里士多德"的德国哲学家莱布尼茨在当宫廷顾问时，对皇帝说任何事物都有共性。皇帝不信，让宫女们去找来一堆树叶，莱布尼茨很快从这些树叶里面找到了共同点。正当皇帝颔首之时，哲学家又说"凡物莫不相异"，宫女们试图去找一模一样的树叶，却大失所望。天地杂然赋流形，万物岂能一般同？宇宙之大成就了品类之盛，假如每一类物、每一片叶都是同一形状，这世界该是如何单调如何苍白，又怎对得起大自然的氤氲之功！

世上没有两片完全相同的树叶，因而也没有两个完全一样的人生。每一片秋叶的色彩都是多层次的、错综杂糅的，没有清晰的边界和过渡；每一个人生也都有鲜丽暗淡、起伏沉浮，没有预设的色彩和结局。每一片秋叶的容颜都是渐变而来，期间少不了的是风吹雨打，每一个人生也必须接受四季的递转、命运的飘摇。秋天的树叶最懂得造化的情意，绽放出仪态万千，描画出层林尽染。秋天的树叶最懂得生命的意义，栖霞之火红、神道之醉黄，提示着"生"就该如此旺盛热烈；而那林间道旁一片片愈变愈黄、愈来愈枯的落叶，则提示着"逝"就该这样宁静安娴。

"秋风萧瑟天气凉，草木摇落露为霜。""觉人间，万事到秋来，都摇落。"悲秋伤时，自古而然。有人说，秋天是收获的季节，而唯有落叶给人凄美和悲凉，置身于这树上的繁茂之叶、空中的飘落之叶、地上的沉寂之叶共存的时空中,我以为它们正构成了一个生命从生长到逝去的完整过程。一片秋叶,不只显示着这一个季节的色彩,而是沉淀着四季的色彩。绽放了就是收获,奉献过就是收获,曾为这个秋天点缀添彩就是收获,将为下个春天化土增绿就是收获,正如李广田《秋天》所说"落叶是为生而落""一只黄叶,一片残英,那在联系着过去与将来吧。它们将更使人凝视,更使人沉思,更使人怀想及希冀一些关于生活的事吧"。"生如夏花之绚烂,逝如秋叶之静美。"静落恬然的秋叶,你让大文豪泰戈尔摇曳诗情;轻落坦然的秋叶,你让每一个走过的普通人沉思生命。

这一片红叶,边缘有浅黄呈现,内中有褐斑点点,像极了一种饱经沧桑、余心不悔的人生。路途偶遇,若有所思,拍下来从微信发给父亲。老父亲片刻即回诗一首:"昨天树上碧,今日落地红。人生恰如此,老来夕阳颂!"这是一个年逾80岁的老人对秋叶的理解。我想,历经坎坷的父亲是读懂了秋天的落叶的,也早就能够怡然面对人生的秋季了。

叶,是植物的神经末梢;叶,呈现出每一种植物的生命状态。秋叶,荣也繁茂,枯也静默;聚也炽烈,落也深情。叶落既是一件必然的事,秋天之于我们也就有了别样的感应和意兴。"一叶知秋"在我看来,说的不是一叶可知岁暮,而是一叶可知秋那蕴藉深厚的况味,一叶可知人生那欲辨忘言的真意。

青菜也灿烂

在品类繁盛的蔬菜中,青菜是最寻常也最须臾不可缺的一种。民间有俗语曰:"三天不吃青,两眼冒火星。"这句话说明青菜对于荤腥油腻之食能起到一种调节平衡作用,可清热败火、养心静气,也道出了百姓对青菜的喜爱之情。

小时候,青菜是家家户户餐桌上最常见的菜,大家生活条件都一般,主要就靠青菜维持清苦却温暖的生活。青菜用自家熬的猪油炒最香,拌了辣酱最下饭,和豆腐同烩色彩搭配最清爽,与年糕同炒便成了半菜半饭的年节点心,与油渣或油面筋同烧则变成一道半荤半素的美味,清水里几片青菜叶加进猪油或香油则成至简至美之汤。至于袁枚《随园食单》所说"青菜择嫩者,笋炒之。夏日芥末拌,加微醋,可以醒胃。加火腿片,可以作汤"这样美食家和性灵派的做法,普通百姓家是极少会去尝试的,但他所说"炒青菜须用荤油,炒荤菜当用素油"倒是从平常人家厨事实践中得出的真知呢!

"当时只道是寻常。"这样普通的、天天吃的菜,当时是不会觉得有什么不寻常之处的,日后的回忆里也不会占有特殊的位置。后来有两件事,却使青菜的模样在我的心中灿烂起来。一件事是大学一年级上古代汉语课,老师讲到杜甫的"夜雨剪春韭,新炊间黄粱"两句时,大概是一千多年前那碧绿欲滴的春韭、冒着热气的米饭勾起了他的遐思,他提到有一年出差经过无锡,中午饥肠辘辘之时,当地农民用刚打出来的新米做了饭,又从地里拔了几棵青菜炒了一大碗,就这样一只青翠的家常菜,他们每个人都吃了满满两海碗饭。老师说:"米饭那个香啊,青菜那个新鲜啊,什么其他菜都不需要了! 现在还记得那味道!"经老师这么一说才觉得,原来我家乡的青菜那么

228

好吃啊!

另一件事是工作后,有一年随安徽的一个朋友去和县游玩,中午在农家饭店就餐。当老板端了一碗煮得黄黄的青菜上来时,朋友说:"好久没吃到煮得这么烂的青菜了,这是小时候母亲做的味道呢!"于是,从前的记忆被友人唤醒。那个年代的人们不讲究营养和色香味俱全,青菜都是煮得黄黄的。那个熟烂啊,别提多下饭了!

在家乡,多半吃的是"上海青",而在南京三十多年,早已爱上了"矮脚黄"。后者在形象上可能比不得前者那么大而挺,棵矮、头大,但却有淡淡的甜味儿,略炒片刻菜梗洁白酥烂,菜心柔软滑嫩,尤其是经霜打之后更加甘甜,真是百吃不厌。"矮脚黄"可自成一道解腻消食的菜肴,也可作其他冷盘或热菜的配料。这个新冠肺炎肆虐的春天,南京人几天吃不到"矮脚黄",真是肠胃也咕噜咕噜响,心气也矮了半截呢!

传说,"试寻野菜和香饭,便是黄州二月天"的于成龙喜食青菜,人称"于青菜";"些小吾曹州县吏,一枝一叶总关情"的郑板桥,也撰有"青菜萝卜糙米饭,瓦壶天水菊花茶"的联语。从对青菜的钟情,我们不难看出他们的清正廉洁之状,也愈加感佩他们的清白简淡之品。《菜根谭》曰:"醴肥辛甘非真味,真味只是淡。"咬得菜根,则百事可做,青菜里有生活的真味,青菜里有人生的哲学。

假如你到过农村,看到地里成片绿油油的青菜时,"灿烂"二字一定会跃然而出。真的,不仅是怡情养性的花儿能灿烂怒放,这牵系民生的青菜也会灿烂绽放啊! 满地成片的青菜生成灿烂之景也许不难想见,假如我说,即使是一棵青菜也能呈现夺目的灿烂,你能想象吗?

那天,我就邂逅了这样一棵青菜! 在长江边的"大马路",这条建于清光绪二十一年(1895 年)的南京最早的开埠通商之路上,一根电线杆下,水泥地的缝隙里,竟顽强地生长着一棵青菜! 尽管它根部的两片叶子已枯黄,但其余的叶子绕着菜心层层舒卷,绽放出无比灿烂的笑容,令我感动而恍惚。是何时何人无意间撒落了一粒种子,成就了它今天如花一般的惊艳哟!

"南有夫子庙,北有大马路。"当年的大马路,商铺林立,巨贾云集,真是数不尽的繁华! 人来车往,名士荟萃,真是道不尽的风流! 当年江苏邮政局、中国银行的建筑至今仍在。站在这棵仿佛从遥远历史里一路生长而来的青菜旁,静观这两栋精美轩昂西洋建筑那紧闭的窗户,张晓风描绘的一幅画面真切地浮现在眼前："客居岁月，暮色里归来，看见有人当街亲热，竟也视若无睹，但每看到一对人手牵手提着一把青菜一条鱼从菜场走出来，一颗心就忍不住恻恻地痛了起来，一蔬一饭里的天长日久原是如此味永难言啊！"那关紧的窗户后面，都曾有过鲜活的男男女女的身影，他们都曾日复一日走出这窗户和拱门，奔向附近的菜市，提一把青菜一条鱼回家，全家人在热热乎乎的菜饭中度过一个平常而温暖的夜晚。

岁月在流逝，时代在更迭，但每一个曾经活过、正活着的生命，无论显贵卑微，无论过往今朝，都离不开一棵青菜天长地久的滋养。这也许就是作为寻常菜蔬的青菜，即使只有独自一棵，即使是在尘埃狭隙，也能如此自信地淡对历史变迁、笑向天地众生的原因吧！

闻听大马路正在规划中，将打造成高密度混合商贸街区，成为还原中西合璧场景、反映南京城市精神的独特名片，不由得欢欣鼓舞。只是，遇了那棵笑颜灿烂、自在开放的青菜，唯愿规划者给它留一席之地，不要让从远古走来、与黎民共生的亲爱的青菜们在繁华的街区中找不到自己的位置啊！一棵青菜的灿烂笑容，也是万千百姓的灿烂笑容啊！

愿得人间皆有我

　　自那日在江边大马路遇见那棵不知所来、兀自生长的青菜，心里一直颇不宁静，总有一丝牵挂。那个周五，一夜大雪纷飞；周六清晨，雪渐小渐止。看着窗外的一片银白，我无心雪景，更加惦念起那棵青菜来。它会被无视的过客踩踏吗？它会被好奇的路人采摘吗？它会被敬业的环卫工扫除吗？它会被饥饿的鸟雀啄食吗？它会被漫天的大雪冻伤甚或冻死么？

　　于是，径直奔向大马路，急急跑到那根电线杆下一探究竟。白雪覆盖着地面，看不出雪下的景况。但我惊喜地发现，那棵青菜所在之处隆起着，恰是一棵菜的形状。我小心地拨落最上层的雪，澄绿的叶子终于露出。它真的还活着！我长吁了一口气，为它安然无恙而展颜，也为它顽强的生命力所感染。

　　初逢这棵青菜是2月初，雪后探看是2月中。今天，又是一周过去了，它还好吗？我挂念的心情，多像那首台湾校园歌曲唱的那样："我从山中来，带着兰花草。种在校园中，希望花开早。一日看三回，看得花时过……朝朝频顾惜，夜夜不能忘。"虽然这棵菜非我所种，但只因为相遇而萦心，希望它安好而常青，这就是生命之间的缘分呢！我想扛过了冰雪的它，一定会增了坚韧、添了豪情，碧绿如洗、绽放愈灿。

　　果然，走到大马路口，我一眼就看到那一点青绿了。近前细看，根部发黄的叶子比先前多了些，但青翠依然是它的主色，盛放依然是它的身姿。而且，它更加茁壮了，菜心里已长出了一簇细蕊，很快要开花了！我怀着敬重而怜惜的心情，再次打量它的生存环境，体会它无声中蕴含的张力。它就是紧紧依傍着电线杆，牢牢占据着那一丁点儿地面，在裂开的缝隙里破土而出,不折不挠地生长着啊！郑板桥咏叹竹子"立根原在破岩中",这一棵柔软低矮的青菜,与竹的挺拔修长无可比拟,但同样把自己的根实实地扎在破裂的水泥里。无侣而不觉寂寞,它知道天涯海角都遍布着青葱的伙伴;无主而不生烦恼,它知道千门万户都离不开绿蔬的滋养。

你是谁？你从哪里来？江畔何人初见你,碧色何年初照人？你是青蔬的仙子,来自瑶草琪花的阆风之苑么？你是以自己的降临告诉我们,人间最重要的是一日三餐的烟火气而非得道成仙的超凡心么？你是民国的遗珠,来自中山先生的思想庭院么？你是以自己的守望告诉我们,建设之首要在民生么？你是田园的精灵,来自五柳先生的南山草屋么？你是以自己的素淡告诉我们,人生归有道,衣食固其端么？你是海子的诗魂,来自春暖花开的大海之滨么？你是以自己的笑靥告诉我们,从今天起喂马劈柴,关心粮食和蔬菜,在尘世获得幸福么？

我自恍惚,你笑不语,王禹偁的一首《畲田词》就在此时响起:"北山种了种南山,相助力耕岂有偏？愿得人间皆似我,也应四海少荒田。"我晓悟,走过千年的你,只盼人人力耕种、处处有青蔬,禾黍飘香、共说丰年;润泽万民的你,唯愿四海无荒田、人间皆有你,炊烟不断、岁月静好！

不负相逢不负君

　　人间所有的相逢,都可能成就美丽的故事。当2月初在大马路上那栋民国大楼下邂逅那棵无主自开、欣欣向阳的青菜时,我岂会想到,这只是我们天注之缘的起笔呢!

　　一周后,我踏雪而访,见它安然无恙;又一周后,我再度探望,见它已长出花蕊。为这份相遇而情醉的我,先后写下《青菜也灿烂》《愿得人间皆有我》两篇由心而发的文字。不少朋友读后,见面都会问起这棵青菜,希望我能再写下续篇。我回答他们说:不知道它现在怎么样了,也不会写下一篇了吧!嘴上这样说着的我,却对它有了更深的牵挂。于是,2月的最后一天,在江边漫步的我,到底还是不由自主地走向了大马路。

　　离大马路越近,脚步越加迟疑,又是八九天没见了,该不会出什么意外吧?那时心情,真可谓"近乡情更怯"啊!快到那根电线杆时,见那一簇绿还在,不由得长嘘了一口气。走到近处一看,刹那间惊呆了!不知何人出于何由,竟将它连根拔起!倒在地上的它,形容憔悴,孤苦无助,仿佛在哭泣。我见泥土未全干,菜叶未尽枯,估计拔的时间并不长,赶紧将它捧起,无心继续散步,急急返转家门。

　　腾出一个小花盆,将这棵受惊复受伤的青菜放置其中,填土,喷水,将这盆不一样的"花"与阳台上的兰花放在一起。擅长养花的朋友曾对我说,花解人语,花是需要经常和它说话的。于是,我对这棵受伤的青菜说:不要紧张啊,不过是给你换了个地方,这里也有阳光,还有这几棵兰花陪你。别看你现在个子不高,但你并不逊色,你很快会长得和兰花一样高的!此后两天,我真的是像歌中唱的那样"一日看三回",生怕它不成活呢!第一天,它还有点蔫;第二天,仿佛还没有生气;到了第三天,它的叶子明显饱满,我知道它的魂回来了,它适应自己的新家了!

每天早晨上班前,我都会去和它告别,对它说好好生长;每天傍晚回来,第一件事就是直奔阳台,看看它有什么新的变化。我发现,它并没有在增壮,而是在慢慢长高。半个月后,它终于开出了一朵黄灿灿的花!又两天,它开出了第二朵花!第三朵、第四朵、第五朵、第六朵……那如染的金黄,成了阳台上亮丽的风景!在这个不能出门赏花的季节,这棵我捧回来的青菜,用尽自己的心力,为我绽放出一方可人春色!而一天天抽薹的它,置身于兰花丛中,再也不觉隔膜了,青葱互映,共度韶华。难道真是"青门柳枝软无力,东风吹作黄金色"吗? 这是它对我怜惜之情的粲然酬报吗?果真如是,真不禁要让人想起《红楼梦》里紫鹃的那句感叹:世上的人儿不如它!

情到深处,也不免感伤。我知道,花到盛时,便是春日无多。菜花渐渐在萎,花枝渐渐在枯,这棵与我相识五十余日、相伴一月多的天降之菜正在老去,终将变成另一种存在形态。我对它说:不要伤心啊,我会耐心地陪着你变老,待你完全枯干之时,收下你的籽,撒进土中,期待着下一世蓬勃惊艳的重逢。

"于千万人之中遇见你所遇见的人,于千万年之中,时间的无涯的荒野里,没有早一步,也没有晚一步,刚巧赶上了。"人与人之间,也难得有这样玄秘难言的相遇啊!我和这棵也许来自民国的青菜,恰好赶上这份不期的相遇,共同度过了这个非常的春天。爱你,难道还要更多的语言吗?有你,难道还存更多的奢求吗?

珍惜生命中这份"刚巧",沉醉旅途中这趟"赶上"。期盼花开时节再逢君,唯愿不负相逢不负君!

春天在哪里

这个特殊的季节,当窗外已是柳上春风、芳菲红紫时,人们却仍不能恣情赏春。这时,家有小花园的人家,足不出户就可以尽睹撩人春色,而更多的人在自家或大或小的阳台上,也可以怡然感受春的消息。

但观朋友圈。"我的阳台我的花园",简淡之语寓深挚;"今年的第一朵月季,春天好看的模样",惊喜之情难自抑;"遇小院花开正好,不禁赞叹",邂逅之美萦于怀;"七绝·蔷薇——为尹大姐家蔷薇初放而作",爱花之心散芬芳;"新栽小叶虎刺,依偎太湖石,不知能否成活",期盼之情足可感;"我的阳台一角在比赛中得奖啦",采获之喜溢言表。

不禁要庆幸装修时没有把阳台有限的空间占为他用。设计师有自己的理念,比如为了大浴间,说服你把洗衣机放在阳台上;比如为了宽门道,力劝你把鞋柜放在阳台上。几经挣扎,我还是决定把阳台的空间都让给花,成为一个独立自足的天地。

没有什么名贵的花草。有从旧居迁来的蔷薇,因为环境和阳光的缘故,今天未结一个花苞,但它依旧青绿并长出新芽,我便知道它是安好的。有一棵去岁朋友送的蜡梅,因为天暖的缘故,今年也只打了几个小朵。有几株从市场买来的兰花,葱茏的生机正旺。有种了两年的长寿花,是今春最早绽放出橘红花朵的,我阳台上的春天由它开启。而那开出满枝紫花和白花的,朋友们都叫不出花名,那只是我放久了的一个青萝卜和白萝卜,随手种在花盆里,哪里知道它会悄然生长,迎来蓬蓬勃勃的这一天呢!真是"一花一世界,一叶一菩提",再卑微的植物,它的心语你也永远不能全部破译,它的生命力你也完全无法预想。

这一株依然在盛放着金灿花儿的是什么？没错，就是我在民国大马路上带回的青菜。啊！算来相识已有 70 天了，携回家中也已 50 天了。3 月底我为它写的第三篇文字，是当告别的文章作的，因为它已开始身瘦枝干了。哪里料到，大约一周前的一个早晨，我打开阳台门，只觉有异样的色彩炫目。定睛，原来它又开出了一片金黄，一枝一枝，层层延展，开出了油菜花的模样，哪里有凋谢的影子！它真是留恋世间，留恋我这一方小小天地，竭尽所有的生命开放到最后一刻啊！

宋人姜夔说："问春何在，唯有池塘自碧。"朱熹说："万紫千红总是春。"那么，春天是在大自然里吗？唐人孟浩然说："二月湖水清，家家春鸟鸣。"清人卢道悦说："不须迎向东郊去，春在千门万户中。"那么，春天是在你的花园里我的阳台上吗？既是，又不是。辛弃疾说："香在无寻处。"真正的春天在我们心里，哪怕是"春归如过翼"甚至是"冬晚共严枯"，只要心中有情，何时何地都会是春风十里、万物含绿。

今天，是春季的最后一个节气谷雨，意味着春色无多。清晨去观这棵特别的青菜花，花依然开着，但花瓣已飘落满地。我却没有惆怅，这份心的殷勤唱和、情的赤诚酬报、春的彼此相伴，虽然只有数月，或已胜过人间无数。

让我们坦然接受

那天和同事闲聊,说到父母年事已高,他和妹妹却都无暇顾及,兄妹俩商量把老人送养老院去。父母都表示同意,父亲却又说道:"我们是能够接受新事物的人,去养老院没问题,只怕亲戚和邻居都说你们不孝顺啊!"谁听不出这话的弦外之音呢!于是,同事犯了难。

那天和同学聚会,不约而同说起了儿女的话题,大家都慨叹现在的孩子对待父母,不像我们对父母那么孝顺、那么上心了。休说在国外和异地的孩子很少与父母交流,就是同在一地的儿女,也难得给父母一个问候,父母发了信息能回一个"好""嗯"就算懂事,恋爱、婚姻、职业的事更是自有主张,父母往往只是等着他们的"通知"。有一个同学责怪女儿不关心她,女儿却说:"我问你需要什么时,你从来都说不需要。你不说我怎么会知道你需要什么,你说了我自然会去做。"于是,大家一片唏嘘。

这样的困惑和感慨,也许已不在少数了,是我们这个年龄段的人面临的共同难题。过了知天命之年的我们,是夹在传统与现代之间的一代,反哺父母养育之恩在理念上绝无问题,实践中却有时间、精力、居所等诸多方面的困难;认识到长大的儿女是独立的个体也几无问题,但却很难适应儿女与我们有意无意拉开的距离。我想,既然大家有共鸣,就不是哪一个人群出了问题,而应该是时代发展变化的因素起了更大的主导作用,我们不妨重温"代沟"这个概念,正视"代沟"的存在,寻求解决的良方。

20世纪60年代后期,著名女性人类学家玛格丽特·米德提出了"代沟"的概念,意谓两代人在思想方法、价值观念、生活态度、兴趣爱好方面存在的心理差距或隔阂。80年代,"代沟"曾是一个非常时髦的语词。回头去看,尽管后来好多年我们不提"代沟",世人的注意力都聚焦于经济和那些更加能带来实际利益的东西,不关注家庭关系的处理了,然而,"代沟"无疑是一直存在的。但是,那时候的"代沟"更多是代际之间的时间距离造成的,主要表现在对物质生活的不同态度。而今天的"代沟"更多是时代的落差,父母—我们—子女分处在传统、转折、信息三个时代,"代沟"主要体现为思想理念、价值判断、自我意识等方面的距离了。夹在两个时代中间的我们,虽然接受了一些新思想新观念,但骨子里我们更偏向传统。父母在固守传统,我们在回望甚至怀念传统,儿女却在受着全球融通共享文化的熏陶,距离当然会越拉越大。怎么办? 我想套用一句我们常说的话:老人老办法,新人新办法。

老人老办法,不忘恩情,对父母尽孝顺之责。我们父母那一代人,他们的价值观念是在一个非常正统、相对封闭的社会中形成的,他们对于亲情的理念完全是传统的,暮年之时,他们格外渴望全家欢聚的天伦之乐,我们要想方设法满足。读到一篇文章,一对退休的研究员夫妻,两个儿子都不在身边,自以为传统观念不是很重,但在同一天相继病倒后,却变得非常脆弱,见到赶回来的儿子,就像受了多大委屈一样号啕大哭。作为"文化人"的父母尚且如此,作为普通劳动者的父母,必定是更加依赖儿女的关怀。是的,我们很忙,事业和生活都需要继续奋斗。但是,只要想对父母尽孝,总会挤出时间回家看看,总有空隙打个电话发个短信,也总可以有更加周全的安排。我的一个朋友,父亲91岁了,独自住在东郊,他下了决心把父亲接来同住。试想,再不把耄耋的老父接来,还能有多少时间与父亲厮守? 更有一对夫妇,为了更好地照顾年迈的父母,决定双双提前退休,陪伴父母度过人生最后的时光。不是说我们都要采取这样极致的办法,只是想说,要记住我们的父母是传统的,不要向他们强行灌输社会养老这一类观念,我们能做到的,就不要推给别人、推给社会,用我们的孝心换来父母的安心,也免得留下"子欲养而亲不待"的永久悔恨。

新人新办法,不加苛求,对儿女持理解之心。我们都非常清楚地认识到,儿女和我们处在完全不同的崭新时代,他们从懵懂之时起,就开始接收来自网络、电影电视的各种信息,而且他们接收的信息每时每刻都在更新和淘汰,真可谓瞬息万变! 所以,他们的价值理念是世界的、开放的、迅变的,他们完全融入了这个"互联网+"时代,他们对人生有迥异于我们这一代的理解和认知。鲁迅先生所说的"孩子的世界,与成人截然不同,一味蛮管,就大碍孩子的发展",用到我们的儿女身上,真是非常贴切。我们自然可以给他们讲传统、讲过去,但是,不要期冀孩子会完全按照我们的思维路线行走。他们和父母的关系,正在逐渐形成一种有距离的亲情关系,也就是丰子恺先生所说的"邻谊性质"。他们的独立代替了我们的从众,他们的直率代替了我们的客套。他们崇尚的是自我人格,父母的意见对他们只是参考;他们认同的是"亲密有间"的人际关系,再好的朋友一起就餐也是 AA 制;他们习惯的是坦言彼此的需求,而不是我们所习惯的寒暄和虚掩。这些,都是时代在他们身上打下的烙印,并不意味着他们自私或冷酷,我们须得接受这样的事实。有同学在微信上晒和孩子共进晚餐的照片,不无失落地写道"人家忙,难得陪我吃一次饭"云云。其实,儿女们是忙,他们在就业、孩子教育、职场竞争等方面的压力,比我们当时大得多,我们须得理解他们的不易。接受并理解,就要学会放手,让他们按自己的方式去生活,儿女总是要渐行渐远的;接受并理解,就要学会体谅,儿女对我们周到与否,都不要过分在意;接受并理解,就要学会沟通,相信坦率说出我们的需要,儿女一定会设法满足;接受并理解,就要学会独立,好好安排晚年的生活,努力减少对儿女的依赖,我们的健康平安就是对他们最大的帮助。理解儿女,不作苛求,应当是我们这一代父母应有的胸怀。

岁月长河,无可阻挡地奔流;时代大潮,不可遏止地奔腾。我们的父母愈臻垂老境地,我们的儿女愈达生活远方。承上启下、重担在肩的我们,莫要迷茫,莫要彷徨,莫要惆怅,对上负起责任,光大传统美德;对下收起抱怨,接受现代理念。这也许是一种可以尝试的两全之策吧!

整洁人生

朋友来我办公室,说:你桌上多干净啊,不像有的人堆了左一摞文件右一摞报纸。是的,我办公桌上唯电脑、电话、笔筒、水杯而已,外加一部《现代汉语词典》,这是我多年养成的习惯。这习惯来自我的一个理念,就是桌上整洁头脑才能清晰,头脑清晰人生才能有序。

上中学后,每学期我都为自己制作一张时间表,把每天晚饭后的时间分成若干段,依次温习各门功课,没有特殊情况决不改变计划,这可能就是我整洁人生的源头。今晚倘若是复习中国历史,我会把四册教材放在书桌上,此时桌上绝无其他课本。然后,每册教材朗读或默记一刻钟,在书页上折一个角,放回书包或书架,拿起第二册同样朗读或默记一刻钟。靠了这张时间表和这样整洁清爽、有条不紊的学习法,所有的教材在我脑中一遍遍地"滚雪球",内容记得滚瓜烂熟,无论老师抽考哪门课哪本教材,我都胸有成竹、临阵不慌。所以,少年的我是深深得益于整洁的。

工作后,上班时部队有要求,桌上只能放电话、笔筒和水杯,后来又加上电脑。下班后,住在陋室里的我,桌上仍然是清洁的,只有台灯、笔筒和常用的工具书。写作时,我的桌上只有一沓稿纸,需要什么参考书就去书架上取,看完又放回书架。在这样整洁的桌面上,我眼前不乱,思绪连贯,常常一篇稿子一气呵成。我坚持了30多年的写作都是在整洁的书桌上进行的,所以,已两鬓染霜的我深谙整洁的好处,也常常把自己的体会告诉年轻人。

在我看来,一个桌子上满是文件、报纸和书籍的人,置身于这样堆积、杂沓的环境,心要沉静不容易,思绪要理清不容易,文字要干净不容易。当然,面对杂乱而能潜心读书著文的人不是没有,但是很少。比如大学问家,他在长年累月的研究中形成了自己分放资料的习惯,他的书房看似凌乱,但自己能找到规律。这一点我们普通人断然学不到。或者有的人真已修炼到家,眼前的杂乱可以视而不见,照样神清气爽地做着自己的事。这一点我们道行浅的人恐怕也难以做到。

所以,马上就做、提高效率最重要。要处理的文件立即处理,不要等堆积到一定高度才去办。报纸送来赶快翻阅,读完放到它该去的地方。这样不就无案牍积压了吗? 怕的就是拖沓。勤于整理、养成习惯很重要。桌子上东西堆多了,起身整理一下,也是举手之劳,也费不了多少时间。这样不就无杂乱之象了吗? 怕的就是慵懒。桌上干净了,眼前豁然的同时心头也会开朗,心的花园里就会除去一些杂草,腾出更大更亮的空间给应该生长的花木、应该做的事。

南朝刘义庆《世说新语·德行》记载:"丈人不悉恭,恭作人无长物。"说的是,东晋有个读书人叫王恭,他生活俭朴,不图享受。有一年他随父亲从会稽(今绍兴)来到都城建康,友人王忱前去看望他,看到王恭坐的六尺竹席很好,以为他从产竹的地方来,必有多余的,便开口要一张。王恭毫不犹豫地给了他,自己改用草席。事后王忱知道后大惊,王恭说:"我平生没有多余的东西。"别无长物,是一种多么整洁的人生啊! 案头无须堆集,日用无须堆放,文章无须堆砌,事务无须堆积,心灵无须堆叠,人生无须长物!

看看你的桌子,如已被文件占据;环顾你的四周,如已被杂物堵塞,快动手打扫和清理吧!"黎明即起,洒扫庭除,要内外整洁",是中国的古训。从黎明开始就开启我们的整洁人生吧! 把勤于洒扫的习惯带到我们人生的所有领域吧! 整洁人生会更加从容不迫,整洁人生会更加富有效率,整洁人生会更加简单明亮,整洁人生会更加心旷神怡!

常怀小小期待

清晨在地铁口,听到一个小女孩对爸爸说:"爸爸,我今天好期待啊!期待去幼儿园和小朋友玩,期待爸爸下午早点来接我。"爸爸说:"好啊!我们每个人每一天,都应该有美好的期待。"小女孩开心地笑了,为她心目中美好的期待。

那一刻,我不禁怦然心动,为这短短而引人遐想的对话,为这普通而耐人寻味的期待。

幼时的我们,不都曾有过这样微小但却满怀憧憬的期待吗?期待母亲下班带回一颗糖,期待父亲下班带回一只馒头,期待过年换上一件新衣服,期待早点戴上红领巾,期待能和一个要好的同学坐到同一张课桌,期待新学期换上一只新书包,期待扫地干净得到老师的表扬,期待学期末奖励到两支新铅笔,期待演出时穿上白衬衫蓝裤子……这些期待,使我们幼小的心装得满满当当,一旦实现,便快乐得想大声歌唱。

长大的我们,在很长一段时间里也仍然有期待,只是小的期待变成了稍大的期望。期望有理想的工作,期望有成功的事业,期望有宜居的住所,期望有美满的婚姻,期望有可人的子女……这些期望,使我们奋斗的心充满动力,一旦实现,便开足马力冲向下一个目标。

我们的心愿一个个实现了,然而,我们渐渐远离了那些平凡而温情的期待,对于人生的种种期望渐渐演变成某种功利的欲望——对职位有了更高的欲望,对金钱有了更大的欲望,对物质有了更多的欲望。我们不停地追逐,不停地编网,不停地聚敛。我们奔走于酒绿灯红,不再凝望家中的灯光;我们满足于前呼后拥,不再理会亲人的呼唤;我们沉溺于名山利海,不再倾听内心的声音。我们对成功的理解程式化、机械化、随众化了,把豪宅、名车、高官、厚禄这些外在的东西,看得远远比内心的感受、精神的丰润更加重要。只有当欲望上升为贪欲,当贪欲把你带进囹圄,你才想起童年那些细小却纯真的期待,想起青年那些略微放大却仍在情理的美好期望。

人到成年,就不能有美好的期待,而非要为自己挖掘一条深长难填的欲壑吗? 显然不是。功名无止境,知足就好;钱财属身外,够用就好。无论我们最终成就多大的功业,有多少显赫的声名,我们最终还不是一个平凡的人吗? 平凡的人就要有平常心,珍惜那些看来平淡琐屑却是人生最有价值、最有美感、最有情义的东西,每天都怀有那些平常而温暖的期待。

客居他乡的张晓风在暮色里归来,看见有人当街亲热只是熟视无睹。然而,当她看到一对人手牵手提着一把青菜一条鱼从菜场走出来,心不由得恻恻地痛了起来。她猛然悟到,一蔬一饭里的天长地久原来是如此味永难言;爱一个人原来就只是在冰箱里留一只苹果,并且等他归来。留一只苹果,盼爱人归来,这就是爱情中不起眼却真实得让人心颤的期待吧!

哦,原来,期待应该是如此简单、洁净和温馨! 像远古征战的士兵,期待能与新婚的妻子"执子之手,与子偕老";像手中线儿长长的慈母,期待游子不要迟迟归来;像汉朝的思妇,期待万里之外的夫君能"努力加餐饭";像见了陌头杨柳青青的闺妇,期待觅封侯的郎君早日回返;像苏东坡,期待月圆之夜相思的亲人"千里共婵娟";像明朝湖心亭对饮的两个金陵人,期待大雪中遇到张岱这样的同道痴人;像海岩笔下的男主人公,期待某个深夜能响起心上人的叩门声;像龙应台,期待早晨挥手说"再见"的人,晚上又平平常常地回来了,臭球鞋塞在同一张椅下……这桩桩件件的期待,哪一件不关乎人间真情? 哪一件不关乎世事至理? 哪一件不比名利重要! 哪一件不含有童心、初心或痴心!

使我们醍醐灌顶、如梦初醒的往往是人生原初或最终的愿望。曾经不可一世、走到人生终点的李斯拥子长叹:"吾欲与若复牵黄犬,俱出上蔡东门逐狡兔,岂可得乎?"在生命的最后时刻,浮现在李斯脑海的,居然不是他一生中所做出的那些所谓宏大业绩,而是年轻时那些与家人共有的简单而纯粹的快乐。文章开头那个天真烂漫、人生刚刚起步的小女孩,她心目中最向往的事,也是与小朋友一起做游戏这样简单而纯粹的快乐。在这种"终"与

243

"始"惊人的一致面前,我们真的应当把眼光从高远处拉回,把脚步从喧嚣中收回,不存虚幻奢望,常怀小小期待,期待晴空万里,期待花开烂漫,期待亲朋平安,期待岁月静好……

不如归去

　　离春节只有三天了。一个同事说:现在过年一点儿年味都没有了。另一个同事说:怎么没有?你看大街上的人和车明显减少,在家忙年的忙年,能提前回老家的也回去啦!地铁上不要太挤,都是拖着行李箱去火车站的人,这不就是年味?听他这么一说,我心头豁然。能从这"空"的景象中看出"实"的年味,真是别具只眼呢!

　　今天清晨走在去单位的路上,不由得细细观察。是的,那几条人流最多的马路明显清静,过红绿灯时不再需要左顾右盼,人变得优游从容。而那所天天熙来攘往的商业学校门口一片空寂,学子们早已踏上归途。归去,回到父母的身边去;归去,回到亲人的怀抱里,这就是年终最动人的风景,这就是岁末最浓郁的年味。

　　说起年味,我们通常指的都是那声声鞭炮、束束烟火、道道美食,我们总会怀念幼时和这些东西联系在一起的每一个春节。如今吃穿不愁,平时的日子像过节;移风易俗,传统的方式在改变,仿佛年味就淡了。然而细思,当我们不再用同一种模式过节,当平素的生活可以像过节一样繁盛,当一切都变得更加平和平静,观念在变化着,社会在进步着,似乎不必为年味的简淡而叹息。

　　再深想,不管时代怎么变迁,对中国人来说,有一个情结从来没有消散过,这就是团圆,这就是归去。归去,才是吃穿玩背后隐藏着的真正的年味。当我们怀念幼时的春节,实际上是怀念和父母同处一个时空的岁月。昏黄的灯光,低矮的方桌,难得的荤菜,一切都散发着同甘共苦、相濡以沫的亲情。人生的许多事情都是相见不如怀念,只有爱父母这件事,是怀念不如相见！我们所能做的，就是收拾起行囊，回到白发苍苍的父母身边去，趁一切还来得及，去享受团聚的天伦之乐。

归去里，有"慈孝之心，人皆有之"的人伦；归飞里，有"谁言寸草心，报得三春晖"的道德；归回里，有"父母在，不远游"的文化。那首经久传唱的《常回家看看》，是亲情之歌，更是心灵之曲。而那历久不衰的萨克斯曲《回家》，在春节这样的特殊时刻，更能催促我们踏上回家的路途！

是的，任何形式、任何意义上的归去，都是精神的栖息。41岁的陶渊明辞官归田之时，载欣载奔，高吟"归去来兮，田园将芜胡不归"。见三径就荒，觉今是昨非。"悦亲戚之情话，乐琴书以消忧"，他已然回归的，哪里只是实体的田园呢！"乡梦断，旅魂孤。"春节时我们渴盼回归的，又哪里是地理意义上的故乡呢！我们是在调整疲惫的身体，更是在调节疲倦的心灵，回到那寂静深醇的精神故乡去！

时常能读到一些子欲养而亲不待的文字，痛悔父母在时未能好好尽孝，而把时间和精力花费在那些似乎很"重要"的事情上。与其日后追悔，何如现在归去！故里，山高水长，若不归去，家乡茂盛的田园将芜；双亲，明镜秋霜，若不归去，父母倚门的泪眼将枯；游子，漂泊无着，若不归去，我们思念的情怀将老！

"过年了，都在家里忙着呢！"习大大一句平实的话，透出的不正是回家的浓浓年味吗？在这行人稀少、街巷空寂的清晨，我分明看到了一个个载欣载奔回家过年的身影，我清晰闻到了那发自每个人心底的团圆的芬芳。归去，归去，不如归去！

我的年度热词

　　2019 年过去了,各种媒体都评出了年度热词。我也凑凑热闹,仔细盘点,得出了自己的三个年度热词。

　　第一个词是"走"。一年里,我平均每天走一万步左右。我的行走不是晚饭后拿着计步器的刻意行为,而是每天早晨坚持走路上班,这是我多少年的习惯。转业地方工作 11 年来,单位地址几度变更,我的住所也几度变换,不变的是每天清晨行走的脚步。

　　从不考虑路途远近,就这样一路向前,走出敞亮的天地,走出亲切的情感。从不担心路途单调,就那样一路欣赏,享受宜人的景致,品出独特的意味。我走过以大行宫为中转的民国风光线,走过以南京大学为终点的校园风光线,走过以秦淮河为背景的河西风光线,走进六朝、回眸青春、融入城市的感觉唯美而又潮湿。

　　走路的好处有许多,对我来说,在锻炼了身体的同时,最大的收获是因所见所闻收获了许多生活的感悟。四季的流转常常引发对岁月和生命的思考,画面的多彩总是唤起对人间和生活的挚爱。专注的垂钓者,早起的遛狗人,晨跑的小伙子,打拳的老年人,跳舞的大妈们,练声的大学生,唱戏的老票友,走过他们,便是领略了各不相同的美丽故事,惹起千丝万缕的温情遐思。

　　第二个词是"写"。一年里,我继续用手中的笔描摹人生、寄托情思。从参加工作起就坚持的这一爱好从未丢弃,屈指数来已整整 31 年。写,对我来说完全是出于一个中文系学生对文字的热爱,不含任何杂质,没有任何功利。几天不写点什么,似乎生活中就缺少了一些东西,会有些许不安和无着。

写，需要时间，双休日和节假日常常要用上。有时出差途中会接到约稿电话，还比较急，所以也有几次用宾馆的稿纸手写交差。写，需要酝酿，一个小小的灵感最终产出有形的文字，需要合适的时机，需要人和事的持续触发，有点辛苦。有时思路遇到梗阻，也想罢笔，但最终还是战胜了自己。写作使我的业余生活变得充实，使我的精神家园始终繁茂。八小时后做什么，这对不少没有爱好的人来说是很大问题的问题，对我从来就不是问题。我只要有一张书桌、一台电脑、一盏台灯，就可以构筑起属于自己的世界。

统计一下，2019 年写了多少篇文章呢？ 报纸、杂志加网络共发表 80 多篇，平均每 4 天一篇，以每篇 1500 字计，超过 12 万字，跬步之积可以至千里呢！

第三个词是"减"。我们常说，要学会做人生的减法。减不必要的衣物是做物质的减法，减不必要的应酬是除精神的累赘。一年里，我有意识地减少各种饭局，把时间更多地留给自己。在南京上大学，在南京当兵，转业后又在南京工作，老同学、老战友、老朋友不计其数，饭局之约多一点是正常的。重要的事件、必需的应酬我一定会去参加，红尘中的我哪能不食人间烟火？ 但，那些没有意义、没有必要的应酬我都会努力推却。朴素的想法，一是身体吃不消，二是时间太浪费。如果成天奔走于这局那局，哪里还有时间读书写作，哪里还有时间回老家看望父母，哪里还有时间陪伴家人呢！

减控饭局愁煞我也！ 因为这是要得罪人的。但是，一个节日一个节日接着聚，为同一件事一个一个连着请，还是那些人，还是那些话，确实可以适当减少。尽量会找婉转的理由，但有时也只好直言，比如告知对方我双休日原则上不参加应酬。这两天的时间太珍贵，是工作之余、是忙碌之余、是连轴之余，是读书之时、是写作之时、是陪伴之时，不想因无谓的应酬而虚度。

"知我者谓我心忧，不知我者谓我何求！"懂我者也许可以包涵，不懂我者必然生怨。如果因为婉拒了一些应酬而使一些朋友不悦，只能在此致歉，尚请多多原谅。每个人对人生都有自己的理解和追求，做生活的减法不是在减少友情，而是在减少一些虚浮的东西，从而增进更真实、更纯粹的感情，做一个更本色的自己！

"碎片"亦萧洒

　　不少人抱怨,在这个景象五光十色、脚步马不停蹄、事务络绎奔会的时代,我们的生活成了一块块"碎片",被切割得七零八落。没有完整的时间读书,没有完整的时间锻炼,没有完整的假期休闲,没有完整的时间把手头的一件事做完……这个时代就是一个拼装不出完整人生图景、梳理不出清晰生活路线的"碎片化时代",纷杂的乱麻剪不断、理还乱,接踵的烦恼才下眉头、却上心头。

　　乍听似有道理,然而往深里琢磨,就能发现这是一种认识上的偏差。自古及今,哪有完完整整、丝毫不"碎片化"的人生呢? 从某种角度说,"碎片化"正是生活的常态。每个人的人生都是由许多细小、琐屑的事组成的,每个人都在不同的场合扮演着不同的社会角色,这些角色赋予你的责任和"戏份",总是会要求你把时间和精力合理地分配到人生诸事上,不可能一个阶段只让你演一个角色、做一件事情。有人之所以觉得几十年前的生活似乎不那么"碎片化",是因为那时的生活图景比较单一,人的欲望也不那么复杂。今天,面对一个斑斓缤纷、良莠混杂的时代,我们有点眩晕,有点迷失,反而无所适从,不知道自己该做什么了。有人则一味热衷于获取,追求享受,在物欲的漩涡中模糊了方向。所以,所谓"碎片化"更是我们的一种思想焦躁和精神无着,是心灵失去了平衡、清净和淡定,撒上了"一地鸡毛",捆上了"一团乱麻"。

　　"碎片化"既然是一种人生常态,我们就得从容应对。

　　首先要"去计划",这是理念上的更新。不少人喜欢把人生分成阶段来规划,比如某个年龄段读学位,某个年龄段完成婚恋,某个年龄段搞事业,退休以后去旅游,等等。这样的生活只能说整齐了,但并不完整,也少有情趣,真正完整而有情味的生活一定是由"碎片"组成的。人生无常,机遇不待,在每一个年龄段完全可以也应当把事业、生活的担子都挑起来。因为单一地追求学业而成了"剩男""剩女",因为单一地执着婚恋而影响了事业,因为单一地忙于工作而损害了健康,因为这种种的"单一"而失去了人生的许多机会和生活的许多乐趣,这样的例子还少吗?仅举一例就可以让我们从"计划人生"中及早抽身,比如退休之后我们就一定能安心地去旅游吗?那时候,也许你的健康已不允许,也许你又泡在孙儿孙女的尿布堆里了!所以,一定要去除计划心理,善加统筹,把需要做的事在人生的每个阶段同时做起来,这种"碎片化"最终换来的是诸事周全、幸福美满。

其次要"降欲望",这是心灵上的定位。物质文明的高度发展和思想思潮的交锋融合,使形形色色的诱惑迎面而来。我们似乎有永远无法止步的追求,不断鼓胀的心似乎永远填不满。我们实现了一个愿望,又被另一股潮流裹挟着追逐下一个浪峰。《老子》有云:"五色令人目盲;五音令人耳聋;五味令人口爽;驰骋畋猎令人心发狂;难得之货令人行妨。是以圣人为腹不为目,故去彼取此。"先哲早就告诫我们要做"去彼取此"的减法啊!只有不断剔除人生多余的累赘,扔掉不必要的辎重和执念,少一些自我羁绊,为自己减负降压,那些最需要、最重要的东西才会清晰地浮现出来。所以,我们要弄清"我要干什么"、学会"断舍离",断得了妄念、舍得下芜杂、离得开喧嚣,把物质和精神两方面不需要的东西不断清理出心房,从而聚焦聚力于那些必须要做的事情,心灵就不会是一地碎片。

最后要"善用时",这是行动上的自觉。人既然注定要同时面对千头万绪的繁杂事务,就不得不对时间善加利用。"冬者岁之余,夜者日之余,阴雨者时之余也",古人以"三余"读书,不就是针对"碎片化"而对时间作出的统筹吗?欧阳修利用"马上、枕上、厕上"读书,也是对时间边角料的极好运用。毛泽东在战争年代也不弃书箱,在马背上阅读;季羡林先生每天都是做好几种研究,以另一种研究作为大脑的休憩和调整。这看似"碎片化"的生活,成就的却是不可企及的高峰。阅读何须整段时间?地铁上人手一书的场景给了我们最鲜活的启示。锻炼何须大块时间?早起半小时就完全可以解决问题,临近中午和下午下班这两段不适宜做艰深工作的时间,也完全可以做一套徒手操。旅游何须密集于退休之后?现在就可以动起来,我们有足够的节假日。乡居生活何须集中时间？"说走咱就走"的一个周末即可领略乡村闲适。至于我们的种种业余爱好，更无须待退休后再来捡起。爱好书法，日习片时即可；爱好写作，有感即发便是；爱好跳舞，晚间去广场可也！对时间合理利用，并坚持不懈，我们的人生大树就会枝繁叶茂，事业、生活、爱好的各条枝杈上就会结满累累硕果，不必待花甲之后再从零起步或徒成空想。这样的人生，难道不是由无数"碎片"拼成的美丽"万花筒"么！

　　人生在世，谁能逃避"碎片"？生活就是由无数"碎片"组成的浩繁场景和漫长过程，既然如此，抱怨无济于事，茫然无路可走，唯有用我们的乐观去面对"碎片"，用我们的淡泊去过滤"碎片"，用我们的智慧去整合"碎片"，获得充实而轻盈的人生。你会发现，只要出于简淡之心、施以统筹之术，这"碎片"就能成为盛开的性灵之花，"碎片化"的生活也可以无比潇洒！

洗洗睡吧

在网络语言里，我感觉"洗洗睡吧"是独树一帜、别出心裁的。虽然它本是用于争辩或闲谈中，表示"没你什么事了""不想和你说了""你歇着吧"等等，但在我看来，从另一个角度说，这句话既辩证，又有着温情的人文关怀呢！

说它有辩证色彩，是因为睡眠是人生的常态，人的一生睡眠时间占了三分之一，再精力旺盛的人也离不开睡眠。睡眠有助于体力和精力的恢复，是人必需的调整和休憩。培根说过，"在进餐、睡眠和运动等时间里能宽心无虑、满怀高兴，这是长寿的妙理之一"。更为辩证的是，将"睡"与"洗"联系在一起是非常科学的。睡前无论是泡泡脚，或是洗个热水澡，都有利于肌肉和心理的放松，洗去身体的疲惫，洗去思想的尘垢，让劳累了一天的自己进入松弛的状态，更易进入甜美的梦乡。所以，"洗洗睡吧"的生活方式，真的很值得提倡呢！

说这句话充满人文关怀，是因为我们都有难以入眠的时候，需要耳边传来这样关切的一声。有时，我们觉得有许多事难以释怀；有时，我们为某个难题苦苦纠缠；有时，我们为挫折而辗转反侧；有时，我们对前景异常迷茫；有时，我们对现实产生厌倦……这种种情绪都会使我们如鲠在喉，如芒在背，坐立不安，寝食不宁，长夜难挨。

这时候，不妨洗洗睡吧？

人生在世，哪里会一帆风顺呢？人在旅途，哪里会事事如愿呢？当我们觉得有些事难以放下，当我们觉得某个问题百思不解，当我们为工作为琐事而烦恼不休时，与其心存耿耿、心有惆怅、心怀怨艾，与其苦思冥想、苦苦求解、苦受煎熬，不如先洗洗睡吧。因为，人在内心烦躁、如同乱麻之时，思维会进入狭隘的死胡同或是陷入空茫，任凭怎么想也不会理出个清晰的头绪来，只会愈加混乱。这时，不如把一切都放下，先去好好睡一觉。也许，一觉醒来，烦恼已跑得无影无踪，有些问题也有了解决的办法，有些事也想开了不必去那么计较。想通了，何必去多虑人生的是非得失呢？何必太在乎别人的评判呢？何必和自己拧着劲呢？良好的心态造就高质量的人生，"洗洗睡吧"恰能在洗浴和休眠中让我们忘怀世事得失，重塑阳光心态，开启豁然思路。

莎士比亚说过，睡眠是"受伤的人心灵的油膏"。冯延巳词曰："朦胧却向灯前卧，窗月徘徊。晓梦初回，一夜东风绽早梅。"如果我们遇到难事，就早点洗洗睡，清早起来看到寒梅已怒放，精神一定会为之一振，增添战胜困难的勇气。朱熹在"睡觉东方日已红"之时，得出了"万物静观皆自得，四时佳兴与人同"的独到感悟。如果我们心怀郁悒，就早点洗洗睡，一觉醒来看到红日照常升起，心情一定会为之晴朗，生出安静娴和的气度。东坡与客泛舟，在客人发出"哀吾生之须臾，羡长江之无穷"的感叹时，与客人洗盏更酌，直喝到光盘为止，"相与枕藉乎舟中，不知东方之既白"。如果我们有所怅惘，就早点洗洗睡，东方大白之时沐浴清风，对自然人生会有骤然清醒的认识，开拓包容万象的胸襟。

朋友，累吗？痛吗？愁吗？怨吗？什么也别想了，什么也别做了，一切的烦恼都相忘江湖，洗洗睡吧！

南京，我的诗我的远方

1983 年的夏天，我来到南京上大学。36 年，南京一直是我的诗，我行吟其中，常文思如泉；36 年，南京一直是我的远方，虽从未稍离，却每有惊喜。

犹记初到南京的我，和同学们一起跟着老师寻访名胜古迹。龙盘虎踞的紫金山，苍然蜿蜒的四方城，断碣残垣的明故宫，寂清深幽的明孝陵，庄严巍峨的中山陵，古意犹存的夫子庙，明净疏野的玄武湖，风流宛在的秦淮河，碧水温柔的莫愁湖，绝壁万仞的燕子矶，二水中分的白鹭洲，枫叶醂红的栖霞山，佳人摇楫的桃叶渡，处处留下了我们的足印。在中文系学习的 6 年，就这样沉醉地走在南京久远无垠的底蕴里，再热的夏天也蒸腾着诗意，多冷的冬季也呼啸着诗情。怎能不爱南京这雍容典雅的气象、深邃醇厚的韵味！毕业时，我离不开南京了，从此成为南京的居民。

天顾我！大学毕业后的我，来到北宋名相王安石晚年居住的半山园工作。一次次徜徉故居，为诗人"春风取花去，酬我以清阴。翳翳陂路静，交友园屋深"的淡泊而深深感染。一遍遍登临城墙，远眺祥云缭绕的中山陵，俯瞰微澜轻漾的前湖水，对职业的不适慢慢消去，对小我的认知渐渐开阔。我突然发现，汉口路 22 号的母校和半山园 21 号这所军校有着神秘的联系，相邻的门牌号似乎喻示着文武原本相通，书剑自可相成；琅琅的书声和嘹亮的号声，传递的都是国泰民安的愿景。驻足现实的我，原来正在经由对过往的体验、对困境的突围而走向未来啊！因为与一个著名历史人物的近距离对话而有了这诗意的发现，我增加了对南京对人生的理解，对城市对自己的信心。怎能不爱南京这博大旷达的情怀、贯通今古的胸襟！

今年春天，重游半山园之际，我发现当年的判断没有错。残缺的城墙早已修旧如旧,断开的部分也与富贵山、中山门的城墙连为一体,正如我的人生早已跨过沟坎、走上坦途。居然还有几头梅花鹿在林木间悠然踱步,与上山下山的人们安然相对。于是吟出一首小诗:"春日登半山,故园闲凭栏。依依前尘鹿,脉脉明时砖。"昔日虽无法重来,新景总令人欣慰,在这绵延辽阔的所在,心头无法不豁然开朗。南京,使我在回望间愈懂流转的岁月之诗。

天眷我!若干年后,我脱下了戎装。家在城东,新的单位在城西,原先步行几分钟的上下班路程变成了长时间的车行。然而不久,地铁二号线开通了,地铁加步行成了我新的上下班路线。中山门城墙、南京博物馆、总统府、六朝博物馆、长江路民国一条街、乌龙潭、曹雪芹雕像、魏源故居、清凉山,都成为我途中的驿站。青砖灰瓦,苍苔长藤,卧石立柱,或披紫霞云裳,或沐细雨轻风,或笼青山斜阳,或伴流水波光,使人仿佛行走在六朝的烟雨里,流连在明清的诗词里,穿梭在民国的旖旎里,怎能不爱南京这兼容并蓄的格局、共享多彩的色调!

而南京图书馆这样散发着时代气息的宏大建筑,总会把我从幻觉中拉回,感叹南京城悄然拔节的壮大。每当走过这里,看着摩肩接踵的高楼,想起上大学时连门都进不了的金陵饭店,不禁莞尔,这当时的南京第一高楼早已淹没在鳞次栉比的楼群中。薄暮时分回到家园,总会感慨马群这昔日的乡村车水马龙,人头攒动,俨然成为城市新的中心。忙碌的地铁飞驰出南京的速度,倏然的轻轨辐射着南京的开放。招商花园城一边是琳琅满目的商铺,一边是雅致静谧的书社,让人不禁想起塞纳河畔的左岸右岸,为东郊的今非昔比而心摇神荡。南京,使我在穿越间饱览绚烂的文明之诗。

天偏我!年前,我的住处搬到了城西,又有了一条可以看见别样风景的行走路线。沿着秦淮河边的石径和步道,可以看到四季斑斓的花木,杨柳依依,银杏金黄;可以看到百姓生活的种种画面,天然绘就,打动人心。常常碰到那个一路自己随性手舞足蹈的老太,她会抛给你一个异常自得的诡笑;常常遇到那个快速晨跑的清瘦中年人,他会传递给你坚持的热力;常常见到那个带着他的大"金毛"去钓鱼的老头,悠悠笃笃的画面总是让我生出些许说不出的哲思。跳广场舞的大妈们风雨无阻,打太极拳的老人们飘飘欲仙。走在这条线路上,我真切地感受到南京人日常生活的美,那种庸常细节里不加文饰的原生态之美,寻常而又不寻常,看一眼就不能忘,让你觉得做一个南京人是多么幸福。怎能不爱南京这宜室宜家的品位、朴质宁和的境界！南京，使我在凝眸间顿悟简淡的生活之诗。

在这六朝古都、十朝都会，大自然的随物赋形、泼墨皴染，使得处处长卷短轴、风光各异，也使人稍稍移步就可以领略诗和远方之美，长江边这条贯穿南北的新建绿道会如此明晰地提示你。傍晚，我几乎天天在这里漫步，每隔一段路的石壁上都挂着宣传图片，介绍着下关的历史。1929年建成的下关大马路被誉为南京早期的"外滩"，曾是《申报》的轰动性新闻，现在只是江边一条再普通不过的小街了。渡江胜利纪念馆前矗立着大红色的"千帆竞发"群雕，让人在回味"钟山风雨起苍黄，百万雄师过大江"壮阔场景之时，为南京"虎踞龙盘今胜昔，天翻地覆慨而慷"的沧桑巨变而欣慰。轻踏着澹澹江水的节拍，我一直会向北走到长江大桥。凝望着那童年时就心驰神往的桥头堡和玉兰灯，想起坐着"哐当哐当"绿皮火车在南京和家乡之间疲惫奔波的情景，怎能不为今天高铁的风驰电掣而感奋，为二桥三桥四桥的飞架连天而陶醉！最南边的河西新城则完全是另一番新异的景象，奥体中心活力迸发，青奥城生机盎然，绿博园花木葱茏，"南京眼"仿若琴弦，这里的一切都展现着现代文明与滨江特色交相辉映的融合之美，跳跃着青春、运动和发展的乐符。这次第铺陈的缤纷画卷形象地诠释着伟人豪迈的词句：换了人间。那些值得铭记的过去，是历史和心灵的远方；现在正崛起的新城，是未来和希望的远方，怎能不爱南京这卓越创先的品格、开拓求新的姿态！南京，使我在展望间高吟沉醉的追梦之诗。

走啊走，就这样在南京走了整整36年，走得不羡慕吟诗作文写春秋的骚客，不羡慕背起行囊走天涯的旅人。36年，南京步履不停，随着时代在前行；36年，我步履不停，跟着城市在成长。原点是诗，孕育着远方；穿越是诗，指示着远方；当下是诗，联结着远方。而这所有的回首之思，遥忆之绪，遐想之翅，灵光之羽，怀念之情，憧憬之心，不都是一种有意味的远方吗？在南京，无论从哪里迈步，生活都可以变成旅行的样子，心灵都可以开始激扬的跋涉，随遇的凡俗都能成为超尘的诗行，停泊的此处都能抵达诗意的彼岸。

那天，女儿做一档关于南京的节目，想用四句话来描摹秦淮河的今昔，向我求援。与金陵城相伴自少年的我，与秦淮河依偎到鬓斑的我，情难自已，由衷而发："这条河，阅六朝繁华，乌衣巷口照斜阳；这条河，映千年流觞，吴姬压酒有余香；这条河，揽八方寓客，儒林外史赋奇章；这条河，传百年佳话，桨声灯影夜未央。"余韵悠扬，昨夜未央，前路正长，汩汩的诗意就这样从胸中溢出，满满的爱恋就这样从心中喷涌。啊！南京，与你耳鬓厮磨 36 年，你仍然是我相看不厌、吟咏不尽的诗篇；南京，与你朝朝暮暮 36 年，你依旧是我惊艳不已、须臾不离的远方。

我 是 马 群 人

与马群的初次相遇至今记忆犹新。

1989年夏,研究生毕业的我来到坐落于半山园的海军指挥学院工作。秋天的一个下午,领导安排我去位于马群的海军医学专科学校公干。来南京6年了,第一次听说有马群这个地方,当然更不知道行走的路线。

真所谓初生牛犊不怕虎,我和另一个新入伍的同事查了下地图,觉得并不远,于是借了两辆自行车就出发了。谁知道,有那么长高高低低、坑坑洼洼的路啊！我们时骑时推,耗尽力气,足足用了近三个小时才到达马群。非常清楚地记得,接待我们的领导第一句话就是:"欢迎来到我们乡下啊!"举目望去,除了这所海军院校,四周几乎没有像样的楼房,还有不少农田呢！"不过",他话锋一转,"可不要小看这块地方啊,有历史呢！宋朝在这儿设过金陵驿,这里还是朱元璋的皇家养马场,所以叫马群！你们来多了就会喜欢马群的！"被他这么一说,回去的路上,那夕阳斜照里的一片莽苍,在学文学的我看来,还真是笼上了别样的历史文化光晕呢！不由得怦然心动。

从来没有想到,有朝一日,我会成为马群的一个居民。2006年,单位在马群建房,已经递交转业报告的我,只有这一次选择机会了。家里家外,反对声一片。太远了,太偏了,那可是乡下啊！然而,也许是学文的人所有的那份对历史的诗意向往,加上没有下一次选择的现实考虑,我依然选定了马群。

真正落户在马群,才意识到家人和朋友的劝诚当然都是实话。从我原来居住的卫岗,要坐十多站公交才能到马群。附近没有大型超市,生活用品都是从卫岗买了带来。小区对面有几家脏得脚都抬不进的小饭店,来了朋友无处招待。到市区是那么远,想打车,常常在路边等半小时都不会有一辆出租车经过。文化生活? 那就更谈不上了。

谁能料到,2010 年 5 月,南京地铁二号线开通了! 从马群到我原先住的卫岗只有四站,不到八分钟;到新街口只有八站,不到二十分钟! 马群和南京最繁华的商业圈,一下子变得只有咫尺之遥! 这对马群人来说,感受到的岂止是风驰电掣的速度之美呢!

谁能料到,2013 年底,南京花园城揭开了神秘面纱! 十万平方米的开阔空间里,超市、酒家、商场、影院应有尽有,到处是摩肩接踵、人影憧憧的景象。马群人不无骄傲地调侃说:"花园城一建,马群正式进城了!"这对马群人来说,享受到的岂止是衣食住行的物质欢愉呢!

是啊! 马群真的变了,变得我不相信这真的就是不到而立的我 1989 年来过的荒寂马群吗? 这真的就是不惑之年的我 2006 年迁来的偏僻马群吗? 沿着环陵路和马群新街一路走去,天泓山庄、紫园、复地御钟山、紫金官邸,一座座高楼宣示着马群今日的繁华。鸡鸣汤包、北京烤鸭、重庆小面、安庆馄饨、北方水饺,什么样的美食还需到新街口湖南路去寻觅! 每天早晨和傍晚地铁站熙熙攘攘、络绎不绝的人流让你感叹:哪里涌出来的这么多人! 这还是东郊吗? 开往麒麟门的轻轨已经通车,马群人正等待着二号地铁延伸线的开通,亲眼见证着马群进城的我们,还将见证宁镇扬一体化的进程!

马群在成长,我也跟着它跟着岁月在成长。过了知天命之年的我终于明白:生活的变化常常出人意料,人生的幸福来自善于等待,初心的选择不要轻言放弃。我选择了莽荒寂寥的马群,它却不断回馈我生活的繁茂和心灵的丰沛。

有一天,下了地铁的我,发现花园城的一隅,静静添了一家大众书局! 不大的空间,齐顶的书架,恰是我早已熟悉的南京风格的百姓书房。颇有意味的是,它的对面就是满溢着拿铁浓香的星巴克。这一下子让我想起左岸右岸的譬喻了! 啊! 在马群,既有着右岸的繁盛和蓬勃,今天又有了左岸的诗情和安静! 这才是一个万众渴盼的走向深度现代化的马群,这才是我初次相见心动如水的马群,这才是我愿意徜徉的有着文化底蕴的马群! 我庆幸,我选择了和马群一起成长;我自豪,我是一个不断成长的马群人。

马群皆人也

　　车水马龙,摩肩接踵,川流不息,水泄不通……看到这些词,你一定以为是说的南京新街口。不,你错了,我说的是马群。马群皆人也!

　　置身于马群熙来攘往的人流里,你也许会惊叹这似乎不该发生在东郊的画面。而我,则会透过眼前的人群,想到古老久远的景象。秦时马群就有驰道,"道广五十步,三丈而树",宋时在今南湾营一带建有金陵驿,而在明朝更臻兴旺繁荣。明初,退回漠北的蒙古人不断袭扰,切身感受到"国之大政在戎,戎之大政在马"的朱元璋于是推行马政,在紫金山东麓设立专门管理牧马的机构。凡儿马(公马)一匹、骒马(母马)四匹合为一群,委牧夫一人,五群设群长一人,"马群"由此得名。如今,从青马村、黄马村、白马村这些地名中,我们仍可想见明时万马奔腾的宏阔图景。而走过卫岗、孝陵卫、府军卫这些当年的卫所,似仍可看到旌旗猎猎、剑影刀光,听到人声鼎沸、战马嘶鸣。壮哉! 马群皆人也,皆人马也!

　　放养军马的地方也是繁华所在。当年,马群镇上有一条不长的街道,烟酒杂货、布匹衣服、铁匠篾匠、豆腐豆捞、面条包子等店铺林立,吆喝不断,人来人往,这种热闹的景象一直持续到20世纪60年代。这条街上有好几家茶馆,放着四仙桌,摆着长板凳,配着青花瓷大茶壶,清晨五点多就开门迎客,客人多是周边的老人,吃茶聊天之后会买些烧饼油条、鱼虾或肉放在腰箩里带回家。跛脚的民间艺人殷长城常到茶馆说书唱戏,说唱的曲目一般是《水浒传》《岳飞传》《封神榜》等,一人模仿各种人物,绘声绘色,惟妙惟肖,名声日噪,一直从马群镇唱到仙鹤门、岔路口、麒麟门,也带动了茶馆生意更加红火。盛哉! 马群皆人也,皆人烟也!

　　翻开马群的历史,最令人怦然心动的是一个民族英雄的足迹。1279年,被元军所俘的文天祥在押往大都的途中,羁绊金陵二月有余,留下了以《金陵驿二首》为代表的多篇诗词。"从此别却江南路,化作啼鹃带血归""千年成败俱尘土,消得人间说丈夫"与《过零丁洋》中"人生自古谁无死,留取丹心照汗青"表达的是同样的坚贞不屈、视死如归,可谓慷慨悲歌、异曲同工。而在马群,还留有许多历史名人的印痕。同盟会元老、被袁世凯暗杀的范鸿仙长眠五棵松;民国元老石青阳公葬马群镇;被孙中山称为中华民国开国元勋之一的徐绍桢归葬白龙山;同盟会元老尤列、王芃生安葬白龙山。这里,还流传着抗战中献身南京保卫战的赵致广,参加过孟良崮、临汾、太原等多次战役和抗美援朝的老兵张万一的英雄事迹……伟哉! 马群皆人也,皆人杰也!

　　对曾是人民海军一员的我来说,每当走过"复地御钟山"小区,都会在脑中复原一帧老照片:海军医学高等专科学校。这座 1977 年就在马群扎根的军队院校,培养了一批又一批海军医学和护理人才。我多次因公来过校园,成为马群的居民后,学校也成为我散步的极好去处。这里梧桐挺拔、雪松翠墨,玉兰绽放、丹桂飘香。而飒爽英姿的女学员一身海军蓝或洁白的礼服,迈着整齐的步伐,唱着嘹亮的军歌,行进在校园的春夏秋冬,更成为这块土地上最青春亮丽的风景线。虽然学校早已撤销,但它是海军官兵心中也是马群人心中永远的"海医校"。奇哉! 马群皆人也,皆巾帼也!

　　"健儿须快马,快马须健儿。跸跋黄尘下,然后别雌雄。"如今的马群,清晨,匆忙的人群涌上地铁,朝而往、暮而归,久远的金陵驿更成为四通八达的交通枢纽;夜晚,欢快的人群聚集广场,歌于途、休于树,往昔的牧马场俱成为霓虹闪烁的幸福乐园;节日,悠游的人群纷至商场,前者呼、后者应,旧时的外郭城已成为琳琅满目的东郊新都;闲暇,放松的人群奔向山麓,野芳发、佳木秀,古老的秦驰道早成为绵延不绝的绿色通衢。揣着梦想,含着深情,带着热力,马群皆人也! 皆马不停蹄的人群也,皆快马加鞭的人潮也,皆马到成功的人气也! 信哉! 马群,真美好人寰也!

早起,生命的风景

喜欢早起,让清晨的风吹醒惺惺的头脑;喜欢早起,看清晨别样的生活风景。

对早起最初的记忆始于童年。由于缺乏足够的营养,我和弟弟从小就很瘦弱,父亲决定带我们清晨爬山跑步。记得非常清楚的是,上小学的某段时间,父亲每天天不亮就把我们叫醒,父子三人沿着运河边跑向惠山,爬完山后再跑步回来。惊奇的是,大冬天,天刚蒙蒙亮,河边和山上竟已有不少早锻炼的人。后来读到古人"莫道君行早,更有早行人"的词句,我眼前浮现的就是幼时跑步和爬山的画面,在充满意气豪情的同时,也懂得了一个道理:人生之事,要趁早赶早,比你起得早、跑得快的人多的是,不早起就会落后!

上了中学,家离学校比较远,所以我每天都是开了闹钟早早起床,沿着运河边的小道走去学校。河边的风景是单调的,但早晨的风和少年的心却是那样清新。我会边走边回忆昨天的学习内容,一页页的书就在脑中那样"翻"着,我的许多复习就是在早起的行走中完成的,何须再找时间去苦记硬背呢?

今天,早行的我自然已不需要在脑海里翻书,但我会边走边规划一天的工作。"一天之计在于晨"于我是有切身体会和切实收获的。而且,早晨少有车声,没有白天的喧闹,它特有的那种安静令人清醒和从容,可以锻炼,可以读书,可以思考,可以不受任何干扰地去做在其他时间段难以静心做的事。俗话说:"早起三光,晚起三慌。"早一点起身,早早梳洗,早早把浇花烧水打扫屋子这些事做了,整个人从上到下清清爽爽、光光鲜鲜,一天从早到晚也是利利索索、定定心心。每天，当别人还蜷缩在被窝中时，我早已出门走路，或是读了一张报纸了。这种笃定，是晨光的恩赐啊！

清晨万籁俱寂的情境，也可以使随世俗的声浪浮沉眩晕的我们，忽然就面对了一个真实的自我。读高中的时候，记不得是为什么事，有一天，学校安排我和另一名同学值班。夜间是住在学校的，但兴奋的我们几乎没怎么睡，就那样聊了一夜。早晨五点多的时候，那位同学说：我们去买油条吃吧，这个时候去能吃到第一根油条！于是，我们就在寒风中披着军大衣出了校门。街上的路灯还都亮着，奇怪的是，同样是路灯照耀着，晚上的风景和早晨的风景竟然给人的感觉完全不同。晚上不觉有何异常，早晨则像置身于另一个世界，又好像不是自己的身躯而是自己的灵魂在游走。星月下的无边静寂中，那种感觉充满了奇异诡秘，人的神智仿佛特别清醒，像面对一个换骨脱胎的自己。我记住了那天无须排队就买到的香喷喷的油条，更记住了那种神秘玄妙的感觉。后来，每当在凌晨的列车或舟船上看窗外或水边的明灭灯火，每当起得太早看到静默伫立的路灯，我就会回归那感觉，涌起不少在白昼或熙熙攘攘的人群中从未有过的思想灵光，感受到与自己灵魂相对的清澈和冷峻。是不是，繁杂喧闹的人生中，我们都需要有这样一个时刻来面对自己，倾听生命与大自然互通声息的寂静声音？

前一段时间，我有两个月的时间去院校学习，晨练便不用上绿道，只需在学校里快走。每天当我走出宿舍，夜色未尽，晨光未现，我就绕着校园一圈圈地疾步而走。月亮依然挂在天边，路灯映耀眼前，那种仿佛遗世独立的感觉又强烈地袭来。走着走着，夜幕渐散；走着走着，天色大亮。我目睹着湛蓝色的天空渐渐变成了浅蓝色，即将日出之时，天际布满了一层层画笔无法涂就、语言无法描绘的神奇色彩。那一刻，总感到天是被我走亮的，或者说是从夜幕中走出来一个全新的我，那种自我与天地、与昼夜的交替浑然一体的感觉真好，全身随东方闪耀的光芒而充满热力。"生命"在这时不独是我自己，而是一个包含了与我一同复苏的草木声光的整体；"生命"在此刻不再是静止的存在，而是一个我正鲜活感受着的大自然代谢和吐纳的过程。倘若不是早起，怎么会有这样独特的生命感受！

人都有惰性，极冷的天气，极倦的时候，我也曾游移在梦乡，内心充满了起还是不起的挣扎。当终于起身出门，晨风扑面而来，最后一丝困意消散，精神不觉大振。而当全身走得发热，随汗水流走的，不仅是身体的毒素，更是精神的懒惰。那时候，回想前一刻在被窝里的迟疑和纠结，不禁感到羞愧。而当回到房间，才知道，与外面的空气相比，屋子里的气息却有些浑浊，久处其中的我们却不觉其浑呢！真是"入鲍鱼之肆，久闻而不知其臭"啊！在早起中最终战胜了自己，心灵就在不断地成长，精神就在不断地强大。

所以，早起最重要的，是锻炼了人的心性。《朱子家训》开篇即是"黎明即起，洒扫庭除"，坚持黎明即起是在日复一日的早起中唤醒沉睡的身体，坚持洒扫庭除则是在年复一年的修为中唤醒倦怠的心灵。"比你聪明的人都比你勤奋""你做梦的时候，总有人在努力""当你在懒睡时，比你牛得多的人还在奋斗"，网络和微信上这样的话比比皆是，我们却只顾随手转发而没有丝毫警醒。倒不是为了和聪慧的人、成功的人去攀比，早起只是为了让自己拥有一份本该受益的生活领悟。

早起，让我们的心灵在与新的天地相接的沉醉中，感知晨光的可贵，让我们自然明晓珍惜光阴要从早晨开始、从人生之初开始；早起，让我们远离散漫慵懒、芜杂无序，生活变得洁净向上、活力四射；早起，让我们在坚持和从容中改变心态，修身养性，使勤奋成为品格和习惯……早起本身，不就是生命美丽的风景吗！

清晨,我汇入学子之中

单位搬迁后,虽然比原来离家远了,我依然坚持步行上班。沿着秦淮河边熟悉的绿道行走约 40 分钟,我转入嫩江路长长的马路继续前行。这条路上有一所中学,于是,我每天都会有一段路与上学的孩子们交会。融入前后左右的学子之中,仿佛自己也是其中的一员,正要迈进课堂,开始今天的早读。

"青青园中葵,朝露待日晞。阳春布德泽,万物生光辉。"孩子们穿着整齐的校服,从城市的四面八方汇聚而来,三五结伴,朝气蓬勃,恰如朝露一般晶莹,又如朝阳一样亮丽,他们就是《长歌行》现实的歌者啊,每天清晨在这里发出青春的群声。我仿佛看到上学的自己行走在家乡的大运河畔,我仿佛看到少年的自己在校园的大树下晨读。惊回首,白了少年头!"常恐秋节至,焜黄华叶衰。百川东到海,何时复西归?"昔年老师苦口婆心的教导犹在耳畔,转瞬少年时光已成东逝的流水。多么羡慕这豆蔻年华,多么热爱这明亮课堂,多么钟情这琅琅书声!多想和孩子们一起唱一句"少壮不努力,老大徒伤悲",这是祖先永流传的经典,也是多少曾经的学子内心的怅憾。

可怜天下父母心。不少孩子是由父母送来上学的,有开车送的,更有骑摩托车和自行车送的。不管是专程还是顺道,其中饱含的都是殷切的期望。我相信,一路上,父母都会反复叮咛,希望孩子能珍惜光阴、学有所成。经常看到父亲下车来拍拍儿子的肩,挥手告别;也经常看到女儿下了摩托车,拍拍父亲的肩,说声"拜拜"。父亲的轻拍无疑是说"好好学习",女儿的轻拍无疑是说"老爸放心"。这时,我就会想起女儿读寄宿初中时,每次我去看她,临走时都会拍拍她的肩,什么话也不说,当年的她明白我无言中的期望吗?

现在的她更懂父母心情了吗？我也会想起父母送我上大学的情景，父亲肩扛行囊、母亲转身低泣的影像如在目前。真想告诉孩子们，"可怜天下父母心"的前一句是"殚竭心力终为子"，父母不会在意自己的付出，父母只希望你们把自己的人生路走得更正、走得更远。日后，当你们也为人父母、送孩子上学时，也许会想起今天的一幕，愿你们涌起的不是懊悔和怅憾。

这条路的人行道不宽，上学的高峰期人潮如涌，所以我真的是无间汇入了学子之中，常常要闪转避让，但我却不愿意换另外的路线。我喜欢这种相遇，我享受这种汇入。因为，我深信人生每一个阶段展开的每一个画面都是上天的安排，都是生活的提示。单位的旧址靠近南大，让我与母校朝夕相处，与大学时代相逢；现在的新址毗邻中学，让我与少年摩肩接踵，与中学时代相望。与学校和学子的这种因缘，正是在提醒我永远做一个真诚的少年，一生做一个勤奋的学子，不忘来时的道路，不负深情的目送。

学子归来

那天清晨上班,忽然觉得街上多了些什么,与平时有些不一样。仔细一看,原来是又有了穿着校服、奔向学校的学生!几个月的静寂,竟让我对学校又开学了这件事如此迟钝。待反应过来,一种不可抑制的欣喜涌满心田。

他们从大大小小的街巷走来,在这一个必经的十字路口聚集,而后又三五成群走向学校。几个月没有上学,看他们过马路都有些迟疑,我连忙将自行车放慢,绕到他们身后,让他们先过。我出门早,耽误不了上班,只怕误了孩子们开启一天的晨读,更怕阻碍了代表着他们对久违课堂感情的急切脚步。

从7岁入小学,到24岁研究生毕业,真正是度过了18年寒窗。在军校又浸润了18年,让我对校园产生了无以化解的浓情。学校的发端是何其早啊,那是数千年前无法追及的早啊!三皇五帝时代,就有了类似学校的机构,而到夏商周三代,不仅有了正式的学校,而且教学内容也有分别。孟子曾经带着缅怀的心情说道:"设为庠序学校以教之:庠者,养也;校者,教也;序者,射也。夏曰校,殷曰序,周曰庠,学则三代共之。"孔子有教无类的杏坛,齐国百家讲学的"稷下学宫",那永远无法复制的盛况,令我们痴想不尽!泱泱大学,巍巍黉宫,使中华文明得以生生不息代代相传。我们如何能习惯一个文明的古国听不到琅琅书声!

生活优渥的富家子弟往往学不专心,所以唐朝的韩愈才苦口婆心劝诫学生"业精于勤,荒于嬉;行成于思,毁于随。"明朝的宋濂才向学子大呼"其业有不精、德有不成者,非天质之卑,则心不若余之专耳,岂他人之过哉"。而从古到今,又有多少无法入学的旁听生,极尽求学之诚。南北朝的范缜为了求师,到老师家担水劈柴,一有空就蹲在地上看书,老师才勉强收下他,仍然边干活边听讲边自学,终于让老师发现了他出众的才华。后来,他写下了不朽的著作《神灭论》。我想,经过了新冠疫情这段特殊时期的学子们,一定能够从圣哲的教导中咀嚼出别样的滋味,更加珍惜学校,珍惜无后顾之忧做学生的人生际遇。

为了文明之邦斯文长在,岳麓书院七毁七建,金兵的焚毁,日军的轰炸,都无法灭绝书院重振人文的精神。元兵攻打长沙时,书院师生荷戈登城、肉搏强悍,不惜横尸城墙。为了中华大地弦歌不绝,"万里长征,辞却了五朝宫阙",抗日烽火中,诞生了可歌可泣的西南联大,成为教育史上的奇迹。为了民族复兴代有才人,我们不惜用印毛选的纸印刷恢复高考后的第一次试卷!面对着无数先贤用生命守护而得以长存并茁壮的学校啊,归来的学子一定会有更加深切的认知、更加潮湿的心情。

这些年来,我单位的地址一直在变,但我的行走路线一定会有校园。从马群坐地铁到大行宫,我可以经南大校园而抵达;从汉中门出发,我可以经河海大学而到达。现在,从秦淮河边拾级而上,我可以经这所商业学校而终达。这时候,走在归来学子中的我,也是一个归来的学子——从红尘中归来,从喧嚣中归来,从纷杂中归来。

一座城市没有了学校,就会空寂而无灵魂。

一条街道没有了学校,就会清寂而无生气。

一个学子没有了学校,就会孤寂而无归宿。

走在归来学子中的我,突然就想起了电视剧《清平乐》中学子们吟诵的范仲淹的《南京书院题名记》:"聚学为海,则九河我吞,百谷我尊;淬词为锋,则浮云我决,良玉我切。"学识终可令人气吞山河,学校总会令人豪情满怀。我欣悦,莘莘学子又归来;我憧憬,万千桃李竞芬芳!

时间在哪里

　　我的第十本散文集送出版社了，每当有作品问世，都会有朋友问我：你的时间是从哪里来的？工作那样忙，杂事也不少，哪有时间写东西呢？问的人多，说明这问题的答案对许多人都会有益处，所以驱使我也对时间作了一番思考。

　　从理论上说，一天的时间长度对每个人来说都是一样的，如果不发生特别的意外，人一生时间的总长度也相差无几，都是两三万天。但是，怎样对待和利用时间，人的想法大相径庭，所以我说，时间就在我们的观念里，有什么样的时间理念，就会对时间采取什么样的态度。有人以为人反正是过客，所以不如把时间都用在吃喝玩乐上，这样的人对时间的流逝就不会太在意。有人则以为正因为人生如"白驹过隙，忽然而已"，所以该利用的时间一定要善加利用，这样的人就会惜时如金。我不是把时间计算得非常紧抠的人，也不反对人生应有的享乐和休闲，但是总认为应该把时间作个统筹，把该做的事合理地放到各个区段里去，该休闲的时间决不吝啬，该做事的时间决不浪费，这样，时间的大部或可发挥应有的效益，人生也更加丰富而有意义。早晨坐地铁的二三十分钟里我会看几页书，然后步行三四十分钟权作锻炼，然后在办公室写一篇短文或处理一些公务。当别人手忙脚乱地上公交、挤地铁时，我一天中比较重要的事已经基本处理完毕了。一天、一周、一月的开始，花一点点时间对时间作个筹划，则思路清晰，不慌不忙，诸事皆成。

　　上述对待时间的态度，或可视作总观念，在总观念之下，人们会有许多具体的理念。我的一个具体理念是早睡早起，善用晨光。"黎明即起，洒扫庭除"是祖先的训诫，清洁，读书，锻炼，哪件事不能在早起的时光里完成呢！

269

我自可以黎明即起,读书习文啊!不管春夏秋冬,无论风吹雨打,我清晨即起,洒扫完毕,早早到办公室。清晨的世界仿佛脱胎换骨般地新异,荡涤着我的灵魂,赋予我全新的感受,多少人终其一生都没见识过晨光清新如洗、生机盎然的美啊!这一段清晨的时光成就了我多少文字啊!没有电话打扰,没有人进人出,一个多小时的时间,一篇千字文也就写成了。当然,是选择早起还是晚睡,各人的情形并不一样,不少人的文章是在夜灯下迸涌出灵感来的。唯要记住一条,勿要勉强,勿要伤身,长期夜以达旦的写作,夺去了卡夫卡和巴尔扎克这样世界级文豪的生命呢!

另一个也许具有普适意义的观念是善于利用业余和零星时间,善打时间的"擦边球"。有先哲说,人的差异在业余,这话不无道理。东汉学者董遇总结出"冬者岁之余,夜者日之余,阴雨者时之余"这"三余",在这些不能出行的季节或天气则闭门读书。俗话说,"事情就怕加起来",零星的时间看来很少,加起来可不得了。华罗庚说:"善于利用零星时间的人,才会做出更大的成绩来。"不少人习惯用大段的时间或整块的时间来做一件事,那段时间不够做完一件事时他们就不做,这样时间就白白浪费了。其实工作、生活中的不少事分段完成也是无妨的,一念之转,马上去做,做多少算多少,日积月累,必有功成。而善于打"擦边球",也是利用时间的妙法。兰姆在他十多年的账房生涯中,在办公时间内往那些多余的表格、无用的大张包装纸上写下他的十四行诗和小品文的构思,既充分利用了时间,又为死气沉沉的职员生涯增添了乐趣。而季羡林先生由于经常参加一些空话废话居多的会议,他便在会中构思或动笔写文章,奇思妙想,联翩而来,鼓掌声中,一篇短文即可写成。这样可巧作利用的时间段我们都会遇到,只要不影响旁人,不耽误正事,我们只管作无边遐想,去打自己文章的腹稿、去思考更重要的问题好了。

前段时间,我从报上看到一篇文章,阐述"暗时间"的观念,就是一个人处于思维阶段还没有出成果的时间。比如人在走路、坐公交车、洗手洗脸、排队、等车、买菜、逛商场时都可以思考问题,这些"暗时间"充分利用了,相当于延长了生命。读毕方知,原来欧阳修提出的"马上、枕上、厕上"就是在利用"暗时间"啊!而我,虽然以前没有"暗时间"的概念,但早就这样实践着了。上中学的时候,我都是在步行途中复习一天的功课,在脑中"打开"一本本教科书,省却了回家后翻书的时间,晚间又可作其他学习安排,淡定做着时间和学习的主人。现在依然会在步行上下班的时间里对一些问题作些思考,这些点滴的思绪加起来,或成工作思路,或成一篇小文,"暗时间"确让人受益不小。

西方统计学家指出,假如一个人的寿命为 60 岁,那么他总共有 21900 天。一生时间除了睡眠、吃饭、穿衣和梳洗、上下班和旅行、娱乐、生病、等待、打电话、照镜子、揩鼻涕外,最后只剩下 8 年 285 天用来做事情。这样的统计当然不可能是精确无比的,但却具有警示意义,提示我们真正可以做事的时间并不多,要好好珍惜。时间在哪里呢? 就在我们的观念里,在由我们的观念决定的行动里,在由这些行动产出的成果里。面对着自己由时间累积的几百万字作品,我为无形的时间终于因有形的文字得以留驻而欣喜。他年,当我手不能提笔、目不能诵书之时,因得"一生心血结成字",也许我可以欣慰地说此生不虚了吧!

时间都是写出来的

微信朋友圈里,好友在我的文章下留言:原来时间都是写出来的啊! 乍一看这话似乎不合逻辑,仔细一想,这一个个字里、一行行话里、一段段文里,积淀的不都是时间吗? 对爱好写作的我来说,时间真不是游乐度过去的、无聊滑过去的,还真是一分一秒写出来的呢!

对时间的认知,许多人都是从"一寸光阴一寸金,寸金难买寸光阴"的古训开始的。与这条老师千叮万嘱、父母苦口婆心训诫紧相联系的,便是另一条"天道酬勤"的更早祖训。童年和少年时代,匡衡凿壁偷光的故事,孙康映雪囊萤的故事,欧阳修"马上、枕上、厕上"的故事,鲁迅课桌上刻"早"的故事,周恩来矢志"为中华之崛起而读书"的故事,都使我对流逝的光阴倍加珍惜,也对"一分耕耘,一分收获"的道理深信不疑。因此,即便是在"读书无用论"盛行的批林批孔时代,在学校我专心听课,回到家中在昏黄的灯下读书,不敢教一日虚过。

从上初中,一直到高中毕业,我都有一张自己的时间表,规定了每天晚上的学习和复习内容,几年如一日,雷打不动。晚上约三个多小时的时间,以一刻钟为单位分配,各门功课每天都能得到复习。如此循环往复,不仅基础知识记得滚瓜烂熟,而且连书页的影像都在脑中清晰闪现。平时不管老师怎么"突然袭击",考哪一册教材的内容,都能应对自如。成绩一直名列前茅、高考在全省夺魁,也得归功于这张时间表。套用好友的话,是不是可以说:时间都是读书读出来的? 当别人夸我聪明时,我从来不信,因为我知道自己付出的努力有多少!

读中文系的我,大学毕业后爱上了写作。从最初的入厕写作,到后来有

272

了自己的书房；从在军事院校做政工，到在政府部门做党务，变的是居所和写作的场所，变的是身份和社会角色，不变的是对写作的热情。从第一篇文章写到第一本文集，从第一本文集写到第十本文集，从二十多岁写到五十多岁，写成了几百万字的长度，写过了三十多年的时间。面对着厚厚的一摞作品，也许真可以说时间都是写出来的！

常有人问：你的时间从哪里来？工作那么忙，还少不了朋友之间的应酬。我的窍门是职场上当日事当日毕，不积案牍，不堆冗事，出了职场便切换思维，专注去读书作文。在南京三十多年，同学多，战友多，必要的聚会自然要去。但是，你不知道的是，我推却的应酬比参加的更多。过了知天命之年了，如果还不知道说"不"，所剩不多的时间就无法属于自己。

平生所写，都是一些有感而发的短章，在赢得会心者共鸣之时，也有人哂之为不能登堂入室的小技，不如学术论文争颜面。听到此类议论，总是一笑了之。由于种种原因，未能实现做大学老师的梦想，错失了搞学术研究的机缘。然而，在纷杂的行政事务之外，能有快然自足的一己之好，不也是一种情趣、一种幸福吗？这世上固需严肃庄重的学术研究，发响遏行云之声；也需随性活泼的小品之作，吟浅斟低唱之曲。最重要的是，我从时间里感到了"故书不厌百回读"的欣悦，我从写作中品尝了"一勤天下无难事"的果实，"学以为耕，文以为获"真是人生莫大的欢愉啊！余华说过，检验一个人的标准，就是看他把时间放在哪儿了；别自欺欺人，当生命走到尽头，只有时间不会撒谎。是啊，当人生旅程到了终点，这些文字依然再现着你的路途、延续着你的生命！

那天清晨，听到王洁实演唱的一首老歌《莫让年华付水流》："啊，年轻的朋友！青春的心愿在太空遨游，青春的旋律回响在心头。要思考要奋斗，攀登那巍峨的山峰，穿过那漫漫的丛林。迎阳光灿烂，莫让年华付水流。"少年的岁月骤然唤回，那时我经常唱着这首歌，迎着初升的太阳来到树下读书。再回首，为自己从未叹息、从未停止思考和奋斗而欣慰，略微体会到了孔子所说"发愤忘食，乐以忘忧，不知老之将至"的境界。时间一直就在读写里，时间一直就在思考里，时间一直就在奋斗里。

朋友圈里，大家经常晒花树满园的小院。忽然想到，读书写作不也是给自己开辟了一个花木葱茏的心灵庭院吗？黄庭坚说过："人胸中久不用古今浇灌之,则尘俗生其间,照镜觉面目可憎,对人亦语言无味也。"读诗书手不停披,乐文字晨昏相亲,人一定会生长超尘的精神、培养脱俗的气质。时间书写出来的是盈纸的性灵活字,时间浇灌出来的是满心的生命繁花。

我真的不会打牌

　　每次朋友聚会开始打牌时,我都坐在一边或看手机或发呆,旧友们也早习惯了,知道我不会打牌。尴尬的是有新朋友在,坚决不信我不会打牌,一定要拖我上桌,说随便摸两把就行。有人还以为我就是迷恋打字写文章,看不上打牌。其实,我是真的不会打牌,也不在乎别人打牌,不是装清高,不是标新异。

　　说平生没摸过牌,那是假话,小时候也和父母一起打过牌的,但也只是限于春节。过年的时候,父母会拿出一副扑克来,全家四人一起打"争上游"。父亲常常会作假,比如把一个 3 混在三个 8 里充炸弹,顺子里带的对子常常是两张单牌,我们总是发现不了,都是他最后自己得意地揭秘。母亲则常常悔牌,把甩出去的牌又收回来。我们兄弟俩哪搞得过大人的心眼,所以我一般都是下游,还要进贡,没觉得打牌多好玩多有劲。莫非这就是弗洛伊德说的"童年阴影"哈!

　　初中后,我就再没有摸过牌了。高中时,看同学们打什么八十分,看得一头雾水。上大学时,打牌也是同学们的主要娱乐活动之一,我也是避而远之的局外人。看同学们打得热火朝天,笑闹声此起彼伏,还贴纸条、刮鼻子、戴纸帽、钻桌肚,搞不明白这洗来洗去的 54 张牌里到底有什么魔力。日后读梁实秋先生的《下棋》,有这样一段:"下棋不能无争,争的范围有大有小,有斤斤计较而因小失大者,有不拘小节而眼观全局者,有短兵相接作生死斗者,有各自为战而旗鼓相当者,有赶尽杀绝一步不让者,有好勇斗狠同归于尽者,有一面下棋一面诮骂者,但最不幸的是争的范围超出了棋盘,而拳足交加。"料想打牌也正如下棋一样,趣味和瘾头全在一个"争"字里吧? 愈胜

275

愈要"追穷寇",愈败愈要"收复河山",这就必定是欲罢不能、"征战无已"了。

真正见识打牌的热闹是在部队。一开始我住在单身宿舍,每天午饭后,不少房间就同时开战。浅梦中,忽而听到猛拍桌子的声音,忽而听到瘆人的大笑声,倏地醒来,真是惊魂未定。晚饭后也有不少人聚集在办公室打牌,"战斗"到半夜是常事,第二天个个呵欠连天,但午后又继续精神抖擞地奔赴"战场"了。

别看只是个日常娱乐活动,打牌的人很重视牌风牌德呢!一点不吆喝不行,没有制胜的气势,但是吆喝过了头甚至破口大骂就过了,为牌友不齿。一日晚上加班,忽听走廊那头传来激烈争吵声,我知道是在打牌,但动静实在太大,应该是真干架了。第二天不用打听,消息就传开了。原来是从大机关调来一位首长,晚上无事,约几人打牌,由于出牌屡屡失误,他的对家(一位普通参谋)数次拍案而起,指着他鼻子大声呵斥出的什么臭牌。首长有涵养,起初忍着,后来见他逼人太甚,实在忍无可忍,气得也站起来把牌一摔:你,你,没见过你这样打牌的!不就是玩玩嘛!以后再不和你打了!于是,打牌的人和围观的人纷纷劝架。

最有趣的一次是与一位战友随首长坐动车出差,正在座位上闲聊时,一个打扮入时的中年女郎手里拿着一副扑克,一排一排地问:有没有打牌的?三缺一。首长说不打,我那战友只言语间哼哈了一下,就被女郎硬生生拉到隔排座位上去了。一路上,只听那厢吵吵嚷嚷,那女郎一会儿大吼:你出牌急什么急,哪有你这样打对家的!一会儿怒斥:我看你脸红扑扑的就是个急性子,早知道不找你了!首长和我不由得相视大笑,这分明是在说我那战友呢,他的脸一直是红扑扑的,我们戏称为"红富士"。首长不住地说:倒了霉了,陪打牌还要被骂!

不会打牌,诸如此类的难堪倒是彻底避免了。那时候,上级来检查、外地来调研、地方来参观,饭前饭后少不了的就是打牌,什么"斗地主",什么"掼蛋",对我来说都是毫无感觉的。大家知道我不打牌,所以接待完我就回家了,常常还能写篇文章,省了不少在牌桌上权衡腾挪的心。也有首长一本正经地说:不会打牌是严重政治缺陷啊,不学会别想提升!我知道首长也就是开开玩笑的,并没逼我学,更没有妨碍自己的进步。

自己不打牌,并不反对别人打牌,这也是一种正当爱好嘛!"饭前不掼蛋,等于没吃饭;饭后不掼蛋,等于白吃饭"嘛!民国年间有人撰文说"人无癖好，直一个死人"，他将下棋种花、嗜烟舞腰、饮酒赋诗、湖畔垂钓、麻将八圈等都列入堪有的嗜好。无论到哪个城市，除棋牌室座无虚席之外，观公园里、桥洞下、店门前、闾巷口，何处不是一桌桌的牌场！百姓们闲来无事，呼朋唤友，相约掼蛋，其乐融融，直打到日头西斜，甚至路灯初亮。这些都在正常爱好范围内，是家国和谐的表现。我反对的只是沉溺于打牌而罔顾他事，过犹不及，对身体、家庭和事业都会有或多或少、或大或小的伤害或贻误。

当然，在任何事上我都主张有度和节制。黑白颠倒地打牌，通宵达旦地搓麻，废寝忘食地上网，接天连夜地宴饮，焚膏继晷地著文，夜以继日地加班，都不该是健康人生的常态。我真不会打牌，但我也从不开夜车打字，我深知，凡事过了度，人生再好的一副牌都会被打得稀烂。

越走越亮

在南京这样一个人潮如涌、车水马龙的城市，上班不是件容易的事。开车堵，坐公交堵，这几年地铁上也并不宽松。十年前的一天，那时还没有地铁，被爬行的公交车憋得忍无可忍的我，终于下决心步行上班，从此成了不变的习惯。即使后来有了地铁，我也是半步行半地铁，不弃行走。思路不堵了，脑子就亮了。

一开始走路当然是累的，会觉得路很长很远，似乎走不到头。但一天天坚持走下去，你会发现，路还是那段路，却好像不那么长了。再后来，你甚至会觉得路有点短，没怎么在意就快抵达终点了。这是因为，起先我们对这条路上的一切都陌生疏离，路是路，我是我，隔膜生成了漫长。到后来，沿路的风景了如指掌，我们完全把自己融进去了，路就是我，我就是路，亲切消弭了距离。

步行途中是有许多风景可看的，不仅是自然风光，更有人和自然、人和人、人和书、人和狗相处的种种动人画面，有时候静止得像一幕舞台的背景，有时候跃动得像一部 3D 电影。但最让我沉醉的不是这些景致，而是把天走亮那一霎的豁然。

把天走亮吗？难道黎明不是冲破黑暗来临、晨曦不是划破夜空报晓的吗？是的，天总是自己要亮的，但确实常常也是人走出来的。我起得很早，出门时往往月亮还挂在空中，路灯还闪亮行道。有雾的早晨看不清前路，冬天的清晨呼啸着寒风，这时候就会觉得自己是个孤单无助也全然不必的独行客，有点想返回去坐公交或地铁了。但是，一步步向前走，路灯渐渐熄灭了，月亮渐渐隐去了，小路渐渐清晰了，天际一抹抹浅红嫩黄青黛缠绵交织的云霞出场了。那一刻,与天地万物同在同生的欣喜迸涌心头。继续走着走着,天空终于大亮,一轮红日喷薄。那一刻,俯首看自己行走的脚步,仿佛这光亮真是自己走出来的,是那刚刚抬起的一步骤然划亮了天穹。那一刻,屈子"暾将出兮东方,照吾槛兮扶桑;抚余马兮安驱,夜皎皎兮既明"的诗句变成了眼前现实的图画,我的心也随天空而大亮,随阳光而灿烂。

路越走越短,天越走越亮,需要有坚持的毅力。如果走了数日就觉得不堪其累,中道而废,待你迟迟出门时看到的就永远是天亮的情景。春眠不觉晓的人永远不知道天是怎么亮的,永远不知道在他酣睡之时,早行人已经一路采撷了四时苏醒的簇新风光,领略了天地赋予的通透光亮,汲取了万物孕育的灵气精华。在电梯里回答同事说自己早晨步行了 70 分钟时,两个小姑娘惊讶地伸了伸舌头。其实,像她们这样风华正茂的年龄,只要肯迈步,走一个多小时算得了什么呢!

流行着这样一句话:比你优秀的人比你更加勤奋自律。是的,许多人已经非常优秀,但是仍然持续地在努力着,勇往直前,从不松懈,让小进即满的我们汗颜。生于 1949 年的村上春树长年坚持慢跑,既获得了结识形形色色人的喜悦,又维持了支持高强度写作的体力。他说:"'痛楚难以避免,而磨难可以选择',每当我长跑的时候,脑海里就反复出现这句话。"他是自觉选择了一种严苛的生活啊!最近再次震撼神州的钟南山生于 1936 年,84 岁的他依然精神矍铄,得益于坚持不懈的体育锻炼,他 68 岁时篮球比赛还能打满全场。他们的成功之路,不就是靠着日复一日的自律走出来的么!

勤奋,无非是在重复做着一件简单的事;自律,无非是在认真做着一件重复的事。然而,坚持这样的重复之路、认真之路,我们就可能成为行家、成为专家。请注意我用了"可能"二字。这里面有一个心态问题,就是相信天道酬勤,但同时不斤斤得失,行进途中永远保持"但行平等事,不用问前程"的旷达。没有什么功名比心的健康丰润更重要更有价值!张晓风说:"我爱上'初'这个字,并且提醒自己每个清晨都该恢复为一个'初人',每一刻,都要维护住那一片初心。"把每一个醒来的清晨都当作新生,把每一条走过的街巷都当作起步,安心笃实地走下去,那么,我们每一天都会是一个用功勤勉、意气风发的"初人",就会成为心灵的赢家。

心若平,则长路不遥、弯路不曲;得也虚怀、失也释怀。心不平,则陡路愈峭、狭路愈窄;得则傲然、失则颓然。历经沧桑、阅尽兴衰,路依然行在足下;遍尝冷暖、走过沉浮,心依然越来越亮,那才是华枝春满、天心月圆。

心态,真是个说不清道不明的东西。它看不见、摸不着,却无时不在、如影随形,掌控中枢、左右举止。在这个新冠病毒横行的冬季,网上盛传着一副对联,上联是"霍去病",下联是"辛弃疾"。我想稍稍作一点修改,上联为"或(霍)能去病"。下联为"心(辛)难弃疾"。不是吗? 身体的病痛易去,心灵的疾病难愈。在这个全民众志成城抗击病魔的紧要时刻,不是还有鲁迅先生画像的病态"看客"存在么? 不是还有蛊惑人心的谣言四起么? 国民弱根不除,心理顽瘴不治,远路走不长,明天走不亮!

正是立春时节,东风归来,绿柳初萌,野渡花发,池塘草青。任凭疫情肆虐,季节依然轮回。春天在万物生辉的繁心里,春天在战胜病魔的同心里,春天在期待明天的信心里。"寄语洛城风日道,明年春色倍还人。"春暖花开,阳和方起,每一丝情志都会被天地记录在丰子恺先生说的"大账簿"上,每一种心态都会由自然投射回我们自己身上。春来了,何不迈出早行的步伐? 春来了,定能走出越来越亮的天地!

越走越轻

　　这个周末,下决心牺牲半天写作时间,把书房彻底整理了一遍。读过的杂志报纸清理一旁,查阅资料用过的书请回原位,抽屉里的东西按类别归放。环顾变得整洁的书房,顿觉一派清爽。

　　对许多人来说,衣柜是最容易不断膨胀的地方。留作纪念、家居时随便穿穿、送给亲戚、等老时身材瘦了说不定能穿等种种或含情或好心的想法,使我们总是迎新不辞旧。而书房,是另一处最容易庞杂的地方。日购月进,必当积土成山;随手扔放,终至架床叠屋。对爱书的人来说,哪一本书报都舍不得扔呢!也有如对旧衣服那样留个纪念、闲时随便翻翻、送给亲戚朋友、等退休无事可以读读的想法,因而每一次的清理都是无功而终。

　　都说转变理念最重要,所以,这两年在整理书房时我总是先清理自己的思想。首先,对那些内容已明显过时、只是因为留有岁月和阅历印记的书,一概"放行",不再让它们承载"纪念"的无实之名。其次,对那些从前的杂志,极有价值的内容径直下剪刀,移到自己的剪报本上,本体捆扎送往废品收购站,哪一个"闲时"才能翻到它们?一本久负盛名的杂志,收藏多年已有数百册之多,我以壮士断腕的意志全部清理。如今网络发达,实在想阅读和查询,借助"度娘"可也!再次,送给亲朋的想法趁早打住,千万不要以邻为壑,增加别人的负担。最后,对那些鸡肋似的、感觉退休后可以读着玩的书,统统舍弃。退休后倘若身体好,不如细读现在无暇读的正书;倘或身体不好,只能歪歪倒倒勉强度日,估计啥书也没法读了!如此转念,思想变得轻松,书房也就不难去重了。

　　随着年龄的增长、老境的迫近,人生是需要不断做减法的。这减法,既包括物质的,也包括精神的,后者也许更重要。在往生命深处走的同时,我们也在往人生尽处走,理当风轻云淡、水清影明。这时,朋友的数量应该越来越少,懂得"人情冷暖,原非奉我";功名的计量应该越来越淡,懂得"拔去名根,融去客气";包容的度量应该越来越大,懂得"德怨两亡,恩仇俱泯";心境的思量应该越来越静,懂得"心体莹然,不失本真";万事的考量应该越来越平,懂得"凡事随缘,渐渐入无"。如此,许多在少壮时看得非常重的事情,我们就会因放下而释然。

上面这些引语,均出自《菜根谭》,整理书房时信手翻了几段。因此想到,实际上我们最应该卸掉的不光是无用衣物和旧书报的累赘,而是人与人在交往中的一些精神包袱。为什么越到后来,交往的朋友越来越少? 一个因素是真正值得交往的朋友早已经过时间和实践的大浪淘沙,就是那么几个人了,这是人生规律。另一方面,多数人之间的关系本该就是相伴一程,不应该彼此一直缠缠绵绵牵扯深远,这是生活至理。

于是就想到了"恩"的问题,人的一生中,我们都会受恩于人,也会有恩于人。《菜根谭》晓谕我们"我有功于人不可念,而过则不可不念;人有恩于我不可忘,而怨则不可不忘"。这就需要我们持一种旷达之心,有功于人勿存执念,事过则已;人忘我恩切忌耿耿,功德自在。我们更应持一种同理之心,各走各路道阻且长,莫责音杳;于无声处情缘自在,唯愿珍重。至于恨不能将受恩之人拎至跟前,加以教导、启发甚至训诫,令其永不忘怀、常来拜叩,则仁者不需、智者不为。

书报一本本理出了头绪,书房清了;辎重一点点移出了思想,心灵净了。走了这么久,物质和精神的仓廪堆积纷杂,不妨常作打扫,让行囊越来越轻空;走了这么远,人境和心地的网罟罗织纷乱,不妨勤作清理,让脚步越来越轻盈!

走到太阳升起

这一年,我依然在行走。

春尽夏至,秋去冬来,清晨你总可以在秦淮河边看到我的身影,哪怕微雨。或在左岸,或在右岸,两岸的风景并不相同,唯一不变的是秦淮河那澹澹的清波。使躁动宁静,使迷乱清澈,使困顿豁亮,我如此依恋这条南京人的母亲河,愿意年复一年行走在她身旁。

春风柳上归,清阴澄夏首,树树皆秋色,严冬斗雪开,这四季变幻的图画深深吸引着我流动的目光。晨跑的姑娘,垂钓的渔翁,遛狗的老人,同样坚持不懈的行走者,在我心头漾起大大小小的涟漪。然而,最使我沉醉的却是走到太阳升起的那一霎。

习惯了早起的我,往往月亮还高悬天穹时就出门了。河边灯光星星点点,路上行人三三两两,我不觉孤单、不会畏缩,因为我知道,在时间的某个转折点,永远会有一轮簇新的红日在等待我。每天,我都在看一幅绚烂亮丽的"秦淮日出图"啊!

不是吗?走着走着,黑幕渐渐隐去,前方蜿蜒的石径变得清晰起来,对岸高楼的玻璃窗反射着耀眼的亮光。走着走着,几乎天天遇见的那些人次第出场,虽无言语,但心里却有一种同行的默契、同在的慰藉。走着走着,天边出现了一抹抹浅红和嫩黄,装扮着日出的舞台。终于,太阳在石头城城墙上露出了眉梢,接着是半个脸,顷刻便绽开全部的笑颜,又整个儿坠入波光粼粼的水中。那一刻,仿佛这红日是从我脚下一跃而起挂到天边的,鼓胀的热力和满溢的愉悦激活全身每一个细胞,脚步变得更加轻快。有时候,月亮还没有隐去,日月同辉的感动久久萦怀,心田变得更加湿润。有时候,恰有飞机掠过画出两条白色的弧线,使你直欲飞翔,飞向这慷慨朗照人间的东君。

从江边披星戴月,到河边沐浴朝霞,就在这走到太阳升起的一个多小时里,我的眼睛一直在看鸟木虫鱼,我的大脑一直在想世间文章。不少朋友说我几十年来从未改变的有两件事:走路和作文,多么自律! 其实,哪里是有意识的自律,那会增加重荷,不过是为了在同一段时间里能多得自然的赐予,兼得生活的收获。我们常常说到"统筹"这个词,边走边看,边走边想,不也是一种统筹吗? 一个多小时里,可以走到太阳升起,可以酿成思路花雨,身体微微出汗,心灵轻轻摇曳。不用再找时间去走路,不用再花精力去构思,上班、锻炼、赏景、写作被纳进同一个时空,生命实际上得到了延长,岂不快哉! 与太阳的约定,是与苏醒世界的相会,是与打开心灵的酬唱。天地为布,手足为笔,水木为墨,我自己就是这"秦淮日出图"的绘手啊!

人不负青山,青山定不负人。新的一年,我还要这样走下去,不错失寄寓人间的每一个清晨,不辜负发自万物的每一丝真意。

踔厉奋发,笃行不怠。人生路上,我还要这样走下去,走到太阳升起,走到林霏散尽,走到千山妩媚,走到云蒸霞蔚……

走到夕阳归去

依山看山,傍水观澜,处处行吟,这已成了我生活中有意味的节律。

朝九晚五的清晨,秦淮河边的我,最醉心于走到太阳升起,沐朝霞满襟,淡对是非成败。闲暇从容的黄昏,扬子江畔的我,最动情于走到夕阳归去,披晚霞满身,笑看秋月春风。

双休或节假日午后稍晚些时候,你常可以在长江边看到我的身影。一天的读写下来,这里是最好的休憩之所。岁月不居,寒来暑往,这千古流淌的江水总是一波一波地拍向岸边,高歌或轻唱,都让我遐思骋骛。只要有太阳,水中那无处不在跃动的,或如星星散布或如鱼鳞成片的金光,让你遍生温暖踏实的现世之感。而倘无太阳,或夕阳即将西下,江流归于原本的水墨,明灭不定里那太远太久的密码难以破译,让你顿生旷古难言的世外之感,不由自主步步逐着那渐暗的波光往前走,一直走到夕阳归去。

江这边,我追逐着依然被红霞包围的夕阳;江那边,朗照人间一天的她,仍在尽力发出最大的光,要再一次如清晨那样映红天际。然而,她终究渐渐隐于高楼之后,如冉冉升起一样,她在依依谢幕。残阳如血,赤红的她让群山、高楼、江水如火如染,让每一颗不舍的心如醉如痴。她一点一点地在隐匿,却愈发地潮红欲燃。而就在某一个瞬间,她骤然整个儿地沉落了,只剩下天边那一抹抹深深浅浅黄红相间的断霞散彩,见证了她曾经的辉煌和热烈,也预报着月色溶溶夜的到来。

行走在夕阳已归的江边,凝望着她曾经映耀的山水,我想起陆游的诗句:"欲归还小立,为爱夕阳红。"想起刘禹锡的诗句:"莫道桑榆晚,为霞尚满天。"古往今来,有多少文人骚客眷恋地走到夕阳归去哟! 他们真挚热切地追随着夕阳,才会写出这样白描中蕴含着炽烈的诗句。我更相信,欧阳修尤是一个走到太阳升起也走到夕阳归去的性情中人,一篇《醉翁亭记》不一定是一日之游的感怀,但确是从"日出而林霏开"一直写到"已而夕阳在山,人影散乱"。太守之乐里,当有与朝阳同升、与落日同归的相互厮守的欣悦吧?

　　流连在夕阳已归的江边,痴望着她曾经停驻的远方,我想起苏东坡的《前赤壁赋》,想起那一个诵明月之诗、歌窈窕之章的迷人夜晚。落日明天还会升起,而人生从来不会回头。你倘或生起了如苏子之客那样"哀吾生之须臾,羡长江之无穷"的恨憾,我则要用苏子的话劝你,"且夫天地之间,物各有主,苟非吾之所有,虽一毫而莫取。"江上清风,山间明月,宇内朝阳,天外落日,都是取之无禁,用之不竭的。一切的相逢都有因缘,一切的分离都有因由,在时间的长河里,在自然的永恒里,相逢和分离又有什么差别? 人本来自尘埃,今生能日复一日看到太阳升起,是前世之缘,是物我一心,好不欢喜! 当我们回归尘埃,也定将和这宇宙天地有后会之机,夕阳归去何须断肠! 人生无少又何须叹怅!

　　李大钊先生说:"我觉得世间一切光明,都从寂寞中发见出来。"今天的落日,会在暗夜中熠熠发光,喷薄而为明天的旭日。走到夕阳归去,才能看到来日的华枝春满。

　　明朝隐者王宾长居西山,或问:"寂寂空山,何堪久住?"王宾答曰:"多情花鸟,不肯放人。"境由心生,心若洞见红日,黑夜中也会霞光万丈;心若坠入深渊,晴光中也会暗无际涯。走到夕阳归去,才能遇见永世的天心月圆……

走到骤雨初歇

不知从什么时候起,南京的三月竟然能变幻出四季的冷暖。从春阳融融到酷热难耐,忽又转成寒风凛冽,昨天更是下起了凉彻肌骨的中雨。今天清晨,细雨仍在密密地下着。是坐公交车还是步行上班?片刻的犹豫之后,我还是选择撑起伞,走上被雨打湿的绿道。

连绵一天一夜的雨,湿了花草,滑了青砖,处处有深深浅浅的积水。时而绕行,时而沿边,时而择高,时而就低,比起晴好的日子,路自然要难走一些,需要费些腾挪转换的工夫。然而,雨天自有它的好处,就是行人稀少,一切都开阔起来,倒也不因阴雨而感到特别憋屈。何况,也并不是没有同行者。为避开一段积水走在绿道最底层时,忽然听到上层传来"哗哗"的水声,抬头看去,只见一小伙穿着雨披正骑着自行车涉水而过。车行之处,激起水流,一道道白色的抛物线从后轮划出,煞是有趣。一老者脚蹬如今已不多见的高筒雨靴,撑着一把绿伞径自大步踏在雨水里,绿色的伞与青青杨柳是如此协调!人,从不会没有同道,只是多寡而已。

像这样冷的雨天,倘若有心甘的驱使或者无奈的牵制,是必会冒雨而行的。伊人相邀,你定去赴这雨中的浪漫之约;幼女待哺,你定拨开雨雾为她觅果腹之物;病人缠绵,你定不顾雨侵衣衫而去寻医问药。这一条绿道倘是你通往职场的华山一条路,你也必得向雨而行。对我而言,都没有这些"必须"或"不得不",只是守着多少年来自己形成的一个认知:轻阴不归,烟雨谁怕。

轻阴不归,得自唐朝诗人张旭《山中留客》诗的启发。"山光物态弄春晖,莫为轻阴便拟归。纵使晴明无雨色,入云深处亦沾衣。"在与紫金山两相厮守的日子里,天色忽变、山光暗淡时,我常常吟起这首诗。"沾衣"是春日游山无法避免之事,纵使晴天也会有露水和雾气,转念而思,"沾衣"也不正是游山之乐吗!经风雨、去徘徊迎来的美景,才更加赏心悦目啊!

烟雨谁怕,归于宋朝文豪苏轼《定风波》词的点拨。"莫听穿林打叶声,何妨吟啸且徐行。竹杖芒鞋轻胜马,谁怕?一蓑烟雨任平生。"在与长江两看不厌的行道上,骤雨袭来、草木飘摇时,我常常想起这首词。人生旅途上,谁不会遇到穿林打叶的狂风暴雨?醉归的东坡从容不迫,长啸徐行,却迎来了山头斜照,"回首向来萧瑟处,归去,也无风雨也无晴"。顶风雨、战困厄铸就的胸襟,才更加旷达坦荡啊!

思绪驰骋之间,见三五只雏鸟正展翅学飞。它们飞不高,飞不远,飞一段就在地上停留休憩或小步跳跃,忽而又再次振翅,不惧空中冷雨打湿新羽,不惜地上积雨浸透嫩足。我不觉怦然心动,为这万物和人类一道在风中生长、雨中茁壮的仿佛寻常而又味永难言的景象。

绿道的出口是一座彩虹般的桥,走到这里,雨竟然已悄悄停歇。昨日春暖今日秋,不正是生活的真实常态吗?一蓑烟雨任平生,不正是人生的奋进姿势吗?彩虹总在风雨后,不正是自然的永恒真谛吗?回首望去,刚才走过的风雨萧瑟之处,已呈现出一片又一片如洗的青绿,倒映在这涟漪初歇的秦淮河里,摇曳在我思情万千的心湖上⋯⋯

走到雨后新晴

　　走过前天的中雨、昨天的阴冷，终于迎来今天的雨后新晴。清晨踏上绿道，青青杨柳、粉红海棠、洁白玉兰，仿佛都换了容妆一般的清新，微凉的风又源源换出新鲜的空气，直充入你的肺腑和血脉。阳光洒在仍时见雨迹的石径上，那青砖都变得柔软生动起来。垂钓的老人、晨练的人们又回到了绿道，以各自习惯的姿势惬意地沐浴在这雨后的新晴里。

　　俯仰环顾皆绿也，不由得想起冬日的萧条。明知四季都是轮回，但人情总是向往繁茂的，自古及今的伤春悲秋都因此而来。凛冽的冬天里，我也一直走在这条绿道上。走着走着，十数天前，那干枯的杨柳忽然就在你不经意间生出了点点嫩芽，而一两天过后，就倏地转成了满目的青翠垂丝，这簇新的又一春啊！这造物主神奇点化的新晴啊！

　　今天的杨柳是昨天的，由每一个枝芽渐生而来；又绝非昨天的，是被风吹雨打后的新枝。且不说这大片的绿意，你看那路边的石头上，到处长满了生机盎然的小草。密密簇拥的它们当然不是在这一两天长成的，但其中必有雨后的新苗。而那株已被截得只剩一半的杨柳，也在风雨之后于崩裂处重发枝叶，成就了断臂维纳斯一般的难及之美。凄风冷雨，自会阻隔或中断不少预定的计划或行程，但也同时会滋润世间万物，催发向前向上的力量，绘就倔强重生的画图。

　　那个几乎天天遇到的晨跑的姑娘迎面而来，她总是挥汗而笑，新晴后初见的她笑容更加可人。前方两排高高的杨柳在空中会合，开辟出一个拱形长廊。一个男子快步跑过，多像奔上"金光大道"的舞台。有母子俩从我身边跑过，每人手里居然拿着一只蚌壳。我知道这是从正在清淤泥的秦淮河边捡来的,难道他们相信里面会有珍珠? 定然不是,是新鲜表达奔跑在新晴河边的由衷喜悦。在这样晴好又至的清晨,随手捡拾的鹅卵石、小花小草,在我们的心里都不逊璀璨的珍珠呢!

哦,"新晴"不正是"心情"吗? 李渔在《闲情偶寄》中说,人即使能活百岁,"况此百年以内,有无数忧愁困苦、疾病颠连、名缰利锁、惊风骇浪,阻人燕游,使徒有百岁之虚名,并无一岁二岁享生人应有之福之实际乎!""雨",或可喻指人要遭逢的千种雨雪风霜、困顿挫折;"晴",或可指代人所期冀的万般风和日丽、幸福吉祥。那么我要说,斜风细雨、霏霏淫雨、滂沱大雨,"雨"终究是无法避免的;而在春和景明、水光潋滟、宠辱不惊等所有的"晴"中,心晴无疑是最明朗最珍贵的晴中之晴。

既无以逃避,倘能迎风展翅、冒雨而行,我们不仅会加快生长的速度,更会增强生命的韧性,正像前天我在雨中看到的那几只雏鸟。今天我非常期待遇见它们,然而却未见踪影。初怅然,后释然,转欣然。我相信,经过了这一阵风风雨雨的侵逼和洗礼,它们已向着新晴飞到了更高更远的地方。那杨柳枝上传来的鸟雀啁啾中,一定有它们的清脆欢啼。

雨,总是要下的,不必忧愁;晴,总是会来的,不必焦躁。自然的递转需要时间,生命的递进需要耐力。身心疲惫时,你要相信"病树前头万木春"的新景;落英缤纷时,你要祈祷"化作春泥更护花"的新生;草木枯萎时,你要展望"春风杨柳万千条"的新绿;风雨交加时,你要静待"赤橙黄绿青蓝紫"的新晴……

身在此江中

　　住在长江边的我，经常沿着江畔的绿道散步。快到长江大桥时，有一个军事管理区，绿道就此中断。大桥可望而不可即，总觉得这是一件憾事。

　　国庆长假的第一天，清晨照例在江边漫步。站在绿道阻隔之处望大桥，忽然想，何不下了绿道再往前走走，看有没有幽径能通往大桥。思路豁然开朗的结果，便是发现了这条早已贯通却从未走过的绿道。

　　原来，绕过军事管理区，绿道还在继续蜿蜒！几年前建成的惠民河水利枢纽早已将滨江步道全线联通。先是一段弯曲的栈桥，这是老津浦铁路的过江通道呢！栈桥旁是一段老式的铁轨，从岁月遥远的那端传来车与轨"咣当咣当"的撞击声。

　　民国特色的月台，老信号灯，候车室里二十世纪六七十年代的宣传画，充溢着这些老元素的"火车主题公园"赫然眼前。月台上陈列着一节蒸汽火车头，三节绿皮车厢，车身上"南京西—北京"的字样让我思骋千里。多少年，这曾是南京往返于北京的唯一一趟列车，从125/126次直快到65/66次特快，朝发夕至，一票难求。有人戏说，世界上最遥远的距离就在这趟列车上，你在这头，行李被挤在最那头。我从事干部人事工作之初负责士兵考学，每年去海军大院送审批表和试卷、参加录取，至少坐3次这趟车，因为送机密材料，靠单位介绍信才有可能买上卧铺。晚上上车睡一觉，第二天一大早到北京，回来时同样如此。如今，坐惯了风驰电掣高铁的人们，很少会想起这曾经坐得最多的绿皮车了，这趟在南京和北京之间穿梭的列车，连同南京西站，都已成为南京人心中洒满月光的潮湿回忆。今天不期重逢，仿佛能看到青年的自己正看着车厢外，思绪没入无边的夜色。人生疾驶的速度，真是比高铁还要快百倍!

绿道的尽头,江水轻拍岸柳处,是一座亭子,料想应当叫望江亭,近看果然上书"望江亭"三字。登上这仿古的木质亭,抬头看,近在咫尺的长江大桥尽入眼中。我知道,这望江亭并非关汉卿《望江亭中秋切鲙旦》剧中那亭,那是在古潭州,就在今天的长沙附近,亦有说在江西的。但既同为江中之亭,又是同名之亭,我仿佛便看到扁舟轻棹、乔扮渔妇的谭记儿只身入虎穴,镇定自若周旋于杨衙内一拨人之间,仿佛能听到她"从今不受人磨灭,稳情取好夫妻百年喜悦。俺这里,美孜孜在芙蓉帐笑春风;只他那,冷清清杨柳岸伴残月"的自得放歌。靠着江中的一尾金色鲤鱼,谭记儿把花花太岁杨衙内灌得烂醉如泥,用自己的聪颖和机变赢得了与夫君的百年好合,劳动人民的智慧永远像这江水一样源源不绝啊!

人民群众的智慧不仅能战胜杨衙内这样的恶魔,也能创造长江大桥这样的人间奇迹。大桥越来越近了,抬头看就是桥头堡,三面红旗在蓝天白云的映衬下格外鲜艳。从大桥的引桥下穿过,马路两边成片的梧桐令人觉得仿佛进入了民国。狭窄街巷中推着童车的老人,老旧安静的民居,弃置路边靠背斑驳的沙发,给人误入世外小镇的恍惚。在南京30多年了,从来没有离大桥这么近过,从来不知道长江旁有这么多我所未至的风景,真是不识长江真面目,只缘身在此江中啊!

桥下,就在马路边,开着一家小吃店。有一种想尝一尝大桥小吃的特别渴望,再说也到了中午时分,于是点了一碗小馄饨。开店的老太太身板硬朗,和经过小店的人们用东北话打着招呼,进店或不进店的熟人也多半是东北口音。老太太坐在我桌边唠嗑,说自己1961年来南京建大桥,那时24岁,和一群老乡一起来的,现在84岁了。一个站在店门口闲聊的穿铁路制服的老大爷,指着街边坐在轮椅里的那个老人说:那一位是大桥的处长,瘫了,天天来桥下晒太阳。我说:你们都是参加建大桥的,一生都离不开大桥了吧?老太太又连说了几遍"24岁",指着穿制服的大爷说:一起来的,比我小两岁!早退休了,还穿着这身衣服!自己青春的模样一定犹在眼前,一个甲子倏然而过,她所缅怀的是韶华,更是那个火红的年代吧?轮椅中的那位老人,也是一天也不能忍受看不到他心爱的大桥吧?我恍然悟到,刚才所见哪里是什么世外小镇,却是这些建设者们守望着大桥的家园啊!这小吃店分明也成了这些守望者们相聚忆往的驿站!

身在此江的我们,常常因为慵懒而不愿迈开腿去,因为漠然而不得阅尽其美。而这一次,我沿着自以为熟悉的长江完成了一次时光和心情的穿越,才知道"身边"往往有"远方",无须行走天涯;我亲身遇见了从前只在书上见到的大桥建设者,才知道真正的风景会长驻心中,不惧岁月沧桑。

听,那江水拍岸的声音

家住长江边的我,常常去江畔散步。逝者如斯的滔滔江水总能激荡起我无垠的情思,而最喜欢的,是听那江水轻轻拍岸的声音。

走在这石径蜿蜒、花木葱茏的江边,耳边延绵不歇的,便是那江水拍岸的声音,风平无舟时是切切的浅吟低唱,风起舟行时是嘈嘈的转弦拨轴。我常会驻足,静静地看江水一阵阵涌来岸边,有的在细石间打个旋又汇入江中,有的冲上浅滩激起小小的浪花。来时一波连着一波,水纹是那样整齐,仿佛有特定的排列和布阵,去时各自在盘旋的石罅间消散。倘若是晴好的天气,一纹纹的江水披着点点灿灿金色,跳跃着阳光细碎的光芒,闪耀着不知何来、无以言说的宇宙之光,让人意乱神迷。

这时候就会想,那一朵浪花为何会在那一颗石子边缠绵,是它们的前世有过动人的故事么? 眼前就会出现美国著名导演罗伯特·雷德福拍摄的电影《大河恋》中,那条波光粼粼的大黑脚河。面对流过一块块乱石的潺潺河水,做牧师的父亲总对儿子诺曼和保罗说:在石头之下有上帝的话,小心听! 我想,这部电影能获得奥斯卡金像奖不是偶然的,悠悠河水里有上帝的声音,清清河水里有先人的故事,这种敬畏令人心颤。而一切终将消逝,唯有流水无尽,河水赋予的这种启示也会让人类更加珍惜当下的鲜活存在。江水轻拍,诉说的岂不是曾经的起伏跌宕和悲欢离合?

你听,惊涛拍岸,卷起千堆雪! 今天这轻拍的江水,曾经卷起三国的冲天巨浪。羽扇纶巾、谈笑间樯橹灰飞烟灭的周瑜,千古风流不敌大江东去。

你看,碧空尽头,江水天际流! 今天这轻拍的江水,曾经澎湃盛唐的情感浪潮。斗酒百篇、仰天大笑出门去的李白,惊天才情只成孤帆远影。

你听,水波不兴,扣舷而歌之!今天这轻拍的江水,曾经流淌北宋的悠然禅思。泛舟赤壁、纵论物与我皆无尽的苏轼,旷达身姿化为江上清风。

你看,青山依旧,几度夕阳红!今天这轻拍的江水,曾经酿造大明的一壶浊酒。江渚白发、惯看秋月春风的渔樵,笑谈之声没入滚滚长江。

"江声不尽英雄恨,天意无私草木秋。"一切的波澜壮阔终将烟消云散,一切的绚烂终将归于平淡,唯有这滚滚的长江东流到海、岁岁年年。江岸的一面墙上,有一张宋庆龄 1933 年入住扬子饭店时拍的照片,算来她那年正好 40 周岁,恰是最好的韶华。站在照片前,江水拍打岸边的声音是那么清晰,浪时大时小,声时高时低,是否恰如她当年的心潮?而今天,她却永远只能注视着曾经流连的大江,再也听不到仍在深情陪伴她的江水轻拍之声。那一刻,我总会涌起一种为美曾经确凿存在而流泪的冲动,为美终将大雪无痕而恸哭的悲怆,无语凝噎,悲欣交集。

而当明月高悬、周遭寂静之时,听那江水拍打的声音,更增添了孤清之况。"江畔何人初见月?江月何年初照人?"对江、月、人之间神秘关联的探究自古而然。月光如水水如天,月光向江水发送着天外的信息,江水接受着这神秘的指令而涌动出只有月亮能听懂的声音。那一排民国建筑里散发出来的昏黄灯光倾泻满地,呼应着这澹澹江水和溶溶月色之间的默契,营造出人世外的气氛,让我不知今夕何年,只能发出"不知江月待何人,但见长江送流水"的千年长叹。

江海河湖有不同一般的生命不可破译的性灵,见证了自古及今一切的得失成败、荣枯盛衰。泪泪的水声,轻诉的都是深藏的故事;听涛的我们,重放的都是萦怀的过往。当年迈的诺曼重回大河,他听到了年轻时与父亲一起吟诵的诗句:过去的美好时光不能挽回,我们不会叹息,在剩下的时光里找寻力量,用最深的怜惜。是啊,生命是如此伟大,像江河一样壮阔;生命又是如此渺小,不及沧海之一粟。一切的生命都来自同一条江河,也终将流向永无回程的远方。

所有所有的幸福啊!都在于这短暂倏忽的存在,而永恒由此生成。所有所有的悲伤啊!都在于这唯有一次的来过,而大美因此壮烈。我是谁,我从哪里来,我到哪里去,这无人说得清、千古猜不透的谜,也许并没有那么重要。不哀人生须臾,不羡长江无穷,此刻能活着,能听到这江水拍打的声音,就是前人无能再继、后人尚未可接的凡人奢华。

听，今夜那江水拍岸的声音！你或心舟摇荡，进入那茫然身在何处的梦乡。

听，今夜那江水拍岸的声音！我却浪打心弦，徘徊那孑然遗世独立的无眠……

山,还是那座山

岁末这一阵的繁杂琐屑已使我许久未和紫金山相亲,常常生起思念之情,思念那满目连绵的绿,那仰望如洗的蓝,那俯看簇簇点染的五彩斑斓。于是,这一个新年,我要从走山道开始。

清晨,当城市的中心还在沉睡,城市边缘的马群已处处啼鸟。在静寂中一夜深眠的我,带着告别的依依,带着迎接的欣欣,信步走向紫金山下。忽然就想起十多年前刚刚迁徙此地时,常听人说山离这里不远,是健身的极好去处,我却多次寻觅而未果。一个冬日的早晨,恰见有同事跑步归来,便问山在何处,他用手一指:那边! 有风景区标识,有成片的树林! 才知道自己平素的探寻都是反了路线,哪里能找到方向! 从此,我便爱上了走山,居住在南京近 30 年,才真正开始了与紫金山的相知相融之旅。

踏上山中绿道,久违的空气扑面而来,飘着我熟悉的清新味道。绿道是后修的,与它隔树相傍的就是我原先常走的山道。绿道比山道舒适,降低了一点坡度,而山道自有其独特的美。山道弯弯,于曲折处盘旋,于盘旋处上升,常令我生出一些关于路和人生的遐思,也在勉力攀登中锻炼着自己的脚力和心力。山路旁那自足绽放的牵牛、雏菊、杜鹃,还有那许许多多不知名的小花,让你潮湿地接收着生命对生命的情意,晓悟活着本身就是一种最大的意义。那从石壁的罅隙里拼尽全力向外生长的小花,让你强烈地感受到再小的生命也会有的顽强张力,为体量如此之大的人类常有的软弱和畏缩而羞惭。而细雨过后,你看那山路边,又会出现一片片新苔,那不忍稍碰的嫩极的青翠哦,直把你心中最芜杂的地方也铺上层层绿毯,覆盖住所有所有的抑郁和烦躁。

人到中年，谁会心中无事？过往的缠绵，现实的纷乱，总会有一些交织，何况我刚刚脱下戎装，转折之时正需问津。要感谢那些先于我来到山中的人给我指路，使我走出迷惑，向这逶迤山道，向这烂漫山花学得一点精神。从只能走一程短短的山路，到一直能抵达灵谷寺永慕庐，走出了汗水，走出了豁然。

春暖花开时我在，夏蝉鸣叫时我在，秋叶酣红时我在，严冬深雪时我在。我亲眼看着这山景长卷从烈日赫赫炎炎转成晴空天高云淡，从白雪银装素裹变为杏花占尽春风，恍悟这四季原来就是同一个自然体的生命切换，皆为常态，皆为延续。于是不忧不惧，努力浇灌自己，安心等待明天。孔子说：智者乐水，仁者乐山。一遍遍地走过这蜿蜒而坚定的山道，才明白仁者所有的，正是这山的淡定，山的理性，山的厚重。仁者与山，彼此照见了对方，两相感知了会意。人们常说：初时观山，山就是山；后来观山，山不是山；今日观山，山还是山。一年年地走过这迂回而归一的山道，才知道话虽那么玄奥，实际说的不就是境由心生吗！

下得山来，林霏开而日出，石径尽处正有几树梅花初放。梅是"四君子"之一、"岁寒三友"之一，不禁想起"宝剑锋从磨砺出，梅花香自苦寒来"的励志祖训，想起"一剪寒梅傲立雪中，只为伊人飘香，爱我所爱无怨无悔"的深情演绎。虽然，这几株梅花尚未怒放，远远未到"春在枝头已十分"的境地，有的还是含苞之蕾，但已然传递了春的消息，也是给正月初一生日的我最好的天赐。我是不是该轻吟一曲"我从山中来，带来梅花香"，为山的坚毅、梅的坚忍而歌？

路口，有三五年轻人正在徘徊。争相问我：从哪里入山？这里是否钟山风景区？能看到景观吗？指路笑答：从我来处入山，山在弯道之上，景在梅花开处……

恍若月亮的太阳

昨天天气预报说今天放晴,我欣喜地想,那么又可以去走紫金山道了。清晨6点半钟下楼,从小区望出去,太阳虽已露脸,但却没有平素初升时那般赤红和热烈,而有淡淡的苍白,婉如月亮黯淡时的光色,显得似乎有气无力。这些天来,疫情、战争、空难,都使人的心情不那么明朗,今天这恍若月亮的太阳,竟也是一种象征和感应么?

一路走去,地上竟有连绵的落叶,展开一片枯黄。明明已是初春,怎么会呈现晚秋的景象?恍惚复惊诧,不禁打了个寒战。这个3月,四季更迭、阴晴难捉,突至的高温之后,呼啸的寒风骤然而来,打着卷儿追逐着行人;连绵的冷雨欲休不止,带着异响敲打着窗棂。造物主如此猝然而又诡秘地拨弹着风雨之弦,是一种悲歌吗?是一种警示吗?

立春之后是雨水,雨水之后是惊蛰,惊蛰之后是春分,春分之后是清明,这就是我们的先人总结出来的节气。都说二十四节气是自然节律的反映,我想更是先人们在厮守和博弈中与自然的心理交流和心灵契约,深蕴着天人合一之道、和谐共生之方。立春之后就会一派阳光和煦吗?不,还会有雨霏霏、风瑟瑟的寒潮;春分之后就会一片花红柳绿吗?不,还会有雨纷纷、人断魂的冷季。在清明将至之时,自然的凄风苦雨、人间的苦难不幸,都在令我们回望,回望历史和祖先;教我们敬畏,敬畏文化和生态;促我们珍惜,珍惜今天和亲人。

山上,二月兰正蓬勃地开着,雨后更欢;山石间的小草正旺盛地长着,兀自向天;路边的新苔正恣意地铺着,别开绿径。不知不觉间,太阳正回归本原的红艳,透过茂密的老林在绿道上筛下自在赋形的金光,丹青难绘的生动,针绣难织的柔软！这是同一个季节给予我们的另一番清新鲜活之景,我的心又趋于宁静。自然真的从不会造单调之景、敷枯燥一色,先人从没有持狭隘之眼、秉偏颇之心,给我们呈现的一定是包含种种悲欢离合、阴晴圆缺、甘苦冷暖在内的世间万象,让我们在一次次起伏的体验和一场场登高的转换中慧心觉悟、行止有定、永向光明。

下山了,太阳愈来愈远离不该属于它的月色。一处桥洞里尚有积水,顶面还在不时落下水滴,洞外却已是霞光满天。洞前停着一辆自行车,想主人也一定如我刚才那样去访春了,他一定会找到心的停泊之处！近家门处,今天的核酸检测又将开始,一个早到的志愿者正在独自起舞。她鲜红的马夹与鲜红的朝阳是如此相宜,成为这一刻天地间最亮丽的暖色。这一切的一切都让我相信,尽管这个季节还会有最难将息的乍暖还寒,还会有怎能敌他的晚来风急,但梧桐更兼细雨之后,太阳一定会照常升起——太阳,永不会是月亮！

樱花下

春日滨江院外,忽地樱花盛开;粉红如霞出海,映衬左右绿带。凝神伫立,连绵花絮连绵思;挥毫命笔,尺牍难诉万千意。

樱花下,惊叹生命力。樱属蔷薇,原生中华;品类甚众,凡有数百。秦时栽于宫苑,汉唐移于私庭。亦知官舍非吾宅,且剧山樱满院栽;小园新种红樱树,闲绕花枝便当游。时万国来朝,樱跋涉东瀛,遍植于野,尊为国花。花色艳丽,缤纷多姿。日民嗜白,盖取其纯洁高尚;国人好红,殆取其热烈祥和。越千载,遍环宇,能不叹生命?

樱花下,最忆江南好。人人尽说江南好,游人只合江南老。生于江南,长依碧波万顷太湖水;憩于园林,常倚绛雪花漪长春桥。鼋头春涛,烟波浩淼,丹青难绘;桥畔樱花,痴放连天,闻香自醉。时《樱》公映,旖旎江南惠风畅,冰雪消融春回大地暖人心;新歌嘹亮,年青朋友来相会,举杯同唱八十年代新一辈。花正稠,旧曾谙,能不忆江南?

樱花下,深系金陵景。三月金陵花欲燃,乱花渐欲迷人眼。后湖樱洲花胜雪,莫愁簇拥呢喃语,花神大道如雨林,金陵何处不飞樱!更有鸡鸣古寺,六朝烟云缭绕,不枉"第一寺"之名;数里樱云凌霄,信得"第一道"之实。入夜则灯光璀璨,映衬黄墙灰瓦;花影幢幢,宛入仙山琼阁。今疫情嚣狂,古寺难往;然花事犹旺,阴霾岂挡。抚今昔,待明日,能不系金陵?

樱花下,倍增家园情。谁家玉笛暗飞声,何人不起故园情。樱花缠绵屋檐下,何人不起珍惜意。高楼明窗之内,爱侣相伴,亲情缱绻,悦奏油盐酱醋交响曲,安享凡间之乐;庭院栅栏之外,樱树灿烂,生机益然,欢唱鸟语花香四季歌,频传天籁之音。草木枯又荣,有轮回之世;人逝长已矣,无来生之期。月有阴，人有缺，能不爱家园？

　　樱花下，奔涌复兴志。大江歌罢掉头东，邃密群科济世穷。昔翔宇临别赠友，盟相会中华腾飞时之誓；后恩来落第东渡，抒难酬蹈海亦英雄之志。京都岚山，樱树环抱，诗碑常新；华夏九州，海棠含笑，心碑永存。繁花似锦思故人，愿您归来仍少年；小康梦圆慰斯人，中华崛起正扬帆。念恩情，沐春风，能不思复兴？

　　樱花下，长许平安愿。楼下男人病欲死，间壁唱着留声机；楼上狂笑打牌声，人类悲欢不相通。深刻如鲁迅，方敢揭人生真相；麻木迷众生，尚能存几分清醒！前日樱树之下，横卧冻馁老猫。我心恻然，路人叹惋。晴空之下有鹏翼折翅，风和之时有硝烟四起，宴乐之际有悲歌低泣，花开之处有生灵消寂。唯愿秉同理之心、泯恩怨之情，畏宇宙之大、欣万物之荣，怀和谐之柔、化干戈之刚。此吾朴质之愿、樱绚烂之愿也，亦天地不言之心、万民不易之心也！

小酒馆

这几天,张文宏又火了,不过不是因为又发表了关于疫情防控的张氏"金句",而是因为和中国驻美大使崔天凯鸿雁约酒。崔天凯在给张文宏的信中说,自己生在上海,始终认为上海是他的家乡,期待疫情过后回家看看,并去拜访张文宏。张文宏这样回复:"待世界抗疫胜利之时,请您一定要回家乡,一起在您家附近的小酒馆里把酒言欢。"这番话,有情怀,有温度,仿佛能让人看见小酒馆灯影摇曳的庆功绿醑,闻到小酒馆隔帘飘出的谈笑酒香。而在我,关于小酒馆的情思也渐渐浮起,化为这一篇淡淡的文字。

金碧辉煌的大酒楼令很多人向往,而不事张扬的小酒馆也引不少人驻足。在我读过的一些名人行迹中,就记载着他们与小酒馆的缘分。鲁迅在北京住过十多年,这时期他日记中出现的饭店有六十多家,除了广和居、东兴楼这些大酒楼外,先生还钟情于和记小馆、龙海轩这样的小酒馆,因为这里的菜家常而便宜。比如他最喜欢的一道菜是软炸肝尖,外酥内嫩,既美味又下酒。胡适也经常去北大周围的小酒馆,品尝熘肝尖、炒腰花、炒鸭肠这些家常菜,有时也会喝上二两老白干。价廉物美,是许多人喜欢小酒馆的共同理由吧!

小酒馆的另一好处在于气氛不那么森严,不必如在大酒楼里那般讲规矩程式,人的身心是全然放松的。汪曾祺先生一辈子好酒,他女儿写过一篇《泡在酒里的老头》,谈到他结束"右派"生涯从沙岭子回到北京后,用很短的时间熟悉了周围的环境,离家最近的一家小酒铺成了他闭着眼睛都可以找到的地方。只要跨过门槛,他就融进去了,老张老李一通招呼,天南海北,云山雾罩,直喝得站立不稳才出。我想,在这里,这位大编剧、大作家是完全松

303

弛的、自由的,要的就是这种物我两忘、宠辱不惊的状态吧!

小酒馆最动人的,是有朴实的人情。丰子恺先生是浙江人,不喝白酒,喝黄酒。他曾经写过一篇《吃酒》,说到和在日本结识的一个崇明留学生老黄去上海城隍庙一家素菜馆春风松月楼喝酒,每次都是两斤酒、两碗"过浇面"、一碗冬菇、一碗十景。所谓"过浇",就是浇头不浇在面上,另盛在碗里作为酒菜,人们叫别了,常喊作"过桥面"。因为常常去,堂倌熟悉了,看见他们去,就叫"过桥客人来了,请坐请坐!"我想,每当听到这样的招呼声,心一定是暖的。

我是能喝一点酒的,境界虽无法与这些名人大家相比,但喜欢小酒馆是一样的。求学时,同学们相聚最多的地方是南大的"南芳园",真是名副其实的小饭店。读研究生时,也去校门口的小酒馆,有时同学们把父母带来的菜请老板热一下,几人同喝一瓶玻璃瓶装的洋河,老板赚不到几文钱也毫不在乎。毕业前那夜,不知在那家小酒馆喝到几点,老板也不以为意。参加工作后,无论是居城东还是徙河西,来了友人,感觉最宜人的还是家门前的小酒馆。大饭店我感到拘束,精致的菜我觉得不适宜下酒。住在东郊时,熟悉的小酒馆老板见我来了,就知道上一盘芹菜毛豆炒肉丝、韭菜炒猪肝,再来一碟花生米就足矣。要好的同学和战友约我小聚,都知道找个小酒馆就成。小酒馆,老熟人,家常菜,吃得舒服,喝得自在,醉得情愿。

不得不说说浙江。二十多岁时,我曾经在舟山的舰艇部队待过半年。几个同为单身的同事晚上常买些鱼片和炒螺蛳,喝一点当地的黑米酒,微醺之时睡去,孤独寂寞皆除。节假日,也去过几家小酒馆,仍是以螺蛳为主,加上当地的海产,享一个尽兴的黑米酒之夜。遇到过丰子恺先生笔下那热情招呼的堂倌,也遇到过加一两个菜不收钱的大方老板。"风吹柳花满店香,吴姬压酒唤客尝。金陵子弟来相送,欲行不行各尽觞。"小酒馆平易中蕴浓烈,温和中容释放,它给予的如归之感,恰如知心的友人、贴心的伴侣,永远会让人放下所有的尘虑俗务而专注于那份情感的交会。张文宏是浙江人,不知道他是否对浙江的小酒馆有着特别的记忆呢?

开头说道,张文宏这番话有情怀、有温度,这不是随手写来的套话。你看,他邀请大使"在您家附近的小酒馆里把酒言欢"。这是个多么细心的人啊!因为大使是早就离开了上海的上海人,说想回家看看,于是,张文宏把相约的地点放在了大使家附近,这便探家和晤谈两全了。坐在儿时家附近的小酒馆里,饮下的就绝不仅是酒,感受到的也绝不仅是一次寻常的邀约了。这份周到和细腻,我真的还没有做到,许多人也应该没有做到。下一次相约小酒馆的你我,是否该多一点这样的体察这样的温度?

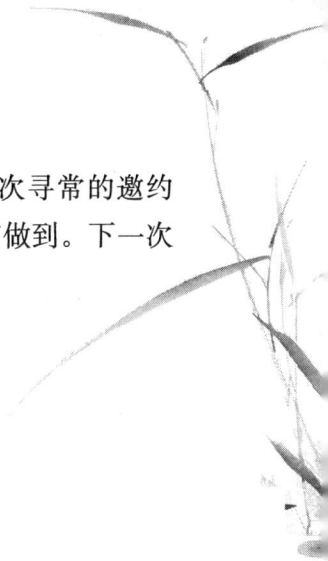

总有一些这样的时刻

那晚,小酒馆,战友聚会。

灯影人影相映,语声笑声相融。身旁对面,都是酡红的脸庞,那些我看了多少年的容颜。酣畅淋漓之时,只觉灯在旋转,时空模糊,仿佛回到了那个一色海军蓝的大院,仿佛明天我们还要一起走向操场和课堂。如此一穿越,自是一场醉。分别时,道了再见又再见,约了下次又下次。第二天,相与问昨日,不笑饮者痴。

哦!一生中总有一些这样的时刻,忘了今夕何年,不知酒醒何处。

这样的聚会,我们每年总有几次,微醺是必然的,也总有人酩酊。那场景,正如丰子恺先生有一次与郑振铎先生喝的二场那样,"谈到酒酣耳热的时候,话声都变了呼号叫啸,把睡在隔壁房间里的熟人都惊醒"。酒消之晨,夫人们大多发出同一疑问:都是那么熟悉的人,怎么就能喝多?回答大多是同一逻辑:正因为是熟悉的人,才容易喝多!女人是这样想的:既然彼此熟悉,就会相劝"花看半开,酒饮微醉",心意到即可。男人是这样想的:话不投机半句多,酒逢知己千杯少。你想,在世间走了几十年,身边相随相伴的就是那么几个人,聚首之时怎能不相逢意气为君饮!

料李白也是这样想的。且读他的《山中与幽人对酌》:"两人对酌山花开,一杯一杯复一杯。我欲醉眠卿且去,明朝有意抱琴来。"这首七言绝句可不简单,每一句都透露出令人心醉的信息。"两人对酌山花开"把人数、地点交代,两人对酌,必是极要好的友人,而山花这一样秀色就可致人自醉,似不需要多少小菜了。"一杯一杯复一杯"差不多就是"会须一饮三百杯"之意,数量已无法统计,今天有几人能陪好这位诗仙酒仙?"我欲醉眠卿且去"又带出另一个快意饮酒的超尘之人来。陶渊明不会弹琴,但好饮,如有亲旧约酒,"造饮辄尽,期在必醉"。他每当喝多,就拿出家中一把没有琴弦的古琴来抚弄,对客人说"我欲醉眠君可去"。原来,喝醉就睡是高古之风呢!"明朝有意抱琴来",就是说这回不算、改日再饮,我们从中得知,在这一场就约定下一场也不是今人的发明。为李白倾倒的是他这种不拘洒脱的情性,替李白惋惜的是约酒没有如今这样方便,不能像我们掏出手机就把下一场搞定。

两人对酌的场景在我是不少的。遥远的 20 世纪 90 年代初,我正遇情感挫折。何以解忧?唯有杜康。一好友将我约至母校南芳园,选大厅一隅之小桌,一句又一句,一杯复一杯,我永远记住了这个弥漫着友情的夜晚。不近的 20 世纪 90 年代末,我去北京公干,小干事一枚,自是无人接待。未料晚饭时分,一处座提五粮液一瓶来到招待所,说:"咱俩到大院后门找个小饭馆,点几个菜,把它干了!"我永远记住了这个飘溢着体察的夜晚。稍近的本世纪初,一位近 20 年不见的老友突从北京飞来,我们从半山园的小店,一直喝到他下榻处的酒吧。这位少壮闻达的大学者,本就不胜酒力,却为相逢举杯豪饮,一枕明月浓睡。我永远记住了这个归来了故人的夜晚。

哦!一生中总有一些这样的时刻,心中花开烂漫,为君更尽一杯。

曾读过王安石的一首《示长安君》,这是他出使辽国时与聚少离多的妹妹话别时写下的一首诗。诗中有这样两句:"草草杯盘共笑语,昏昏灯火话平生。"简单的酒菜里有相聚的欢乐,昏黄的灯光下有动人的往事,淡淡的伤感中有轻轻的劝慰。这就是家,这就是家人,这就是亲情。

我因这首诗想到从前在友人家中相聚的情景,那样的场景也许是今天很难复制的至高荣光了。30 多年前,一位同乡老友刚参加工作时,请我去他单位的宿舍小聚。囊中羞涩的他,菜肴自然无法丰富,但用心却让我心底潮湿。只见他从冰箱里拿出一盘罩着保鲜膜的素鸡,说我们无锡人都喜欢吃,怕来不及做,昨天就卤好了。这种仿若家人的情谊,会让人记一辈子。我的老处长,就像我们的兄长,那些年每年春节都要请全处人员去他家中聚餐。状况必然是情绪高昂,酒兴酣畅,频频举杯,先后"牺牲"。有一次,自觉未醉的我抢着洗碗,听水池里,自来水"哗哗"之声与碗碟"叮当"之声交响;看客厅里,一个个都已趴桌或仰椅入睡,自己颇感得意。事后才知道,同事们都忆不起怎么回家的,而经我手的碗碟十有八九都留下了豁口。也难怪啊,在那种杯盘草草、灯火昏昏、笑语声声的家庭氛围中,有几人可以自持!

哦!一生中总有一些这样的时刻,淡酒不敌浓情,沉醉不知归路。

陶渊明"一觞虽独尽,杯尽壶自倾",李白"花间一壶酒,独酌无相亲",白居易"春江花朝秋月夜,往往取酒还独倾",这样自斟独酌的情景你一定也有过。独饮的好处是不需要理由,不需要好菜,不需要陪伴,喝得简简单单却自由自在,喝多喝少也全由自己把控。丰子恺先生每天黄昏时吃二三两黄酒,他自言"晚酌是每日的一件乐事,是白天笔耕的一种慰劳"。启功先生曾自嘲"可耻尚多贪,早晚两杯酒",他往往一盘花生米下酒,自得其乐。这种简淡快然之乐的妙处,也只有饮者自知。

我的自酌常常是随兴而起,只因今日身心觉得舒爽,也并无特别可庆可喜之事,近年来则真如丰子恺先生所说常常是慰劳自己一天的笔耕。菜极简,一盘烤鸭之类的卤菜,一盘花生米,一盘水饺,足矣!饮得少,酒后继续爬格;饮得多,打开微信,唱一段越剧给我的启蒙老师母亲听,母亲会说:醉了,醉了!跑调了!明天我唱给你听!这种独酌,只是在赏微醺的意趣,享人伦的欢乐,至简至纯,心地欢喜。

哦!一生中总有一些这样的时刻,独怀醉翁之意,自饮生活兴味。

李清照词云:"常记溪亭日暮,沉醉不知归路。兴尽晚归舟,误入藕花深处。争渡,争渡,惊起一滩鸥鹭。"因兴尽晚归而误入草丛花间之事,想你我也总是有的。辛弃疾词云:"昨夜松边醉倒,问松我醉何如。只疑松动要来扶,以手推松曰去。"我们依此知道,今日流行的醉后将树当人的段子,原是来自宋朝。不用避讳,无须发窘,当我们面对着从上个世纪就相伴走来的一世友人,面对着从前生就渴望着今生聚首的三生家人,面对着这春江花月却逝如朝霜的五味人生,怎能不诗万首、酒千觞!

而立之时,为一生中这样的时刻写过《人在饭局》。我这样说:"相见亦无事,别来忽忆君。"不要说我们相见太勤,亲近的人不用遮掩、无所顾忌,喝下去的全是友情之水。人生在这一刻,是超尘的、快慰的、无忧的。

不惑之时,为一生中这样的时刻写过《涛声依旧》。我这样说:"夜雨剪新韭,新炊间黄粱。"简单的饭菜里,却有醇厚的情谊;平常的五味里,却有深厚的滋养。家里的情感氛围,是再豪华的酒店也无法匹敌的。

知天命之时,为一生中这样的时刻写过《人散后》。我这样说:"勿言一樽酒,明日难重持。"人生终归是一场必散的筵席。然而,宇宙永恒,人生会代代相传；今朝相聚，情缘将永世珍藏。

　　而今，走向耳顺之年的我，再次写下一生中总有的这样一些时刻，耳畔响起电视剧《至爱亲朋》的插曲："我不想说再见，心里还有多少话语没说完。我不想说再见，要把时光留住在今天。一生中能有几个这样的夜晚？一辈子能有几次不想说再见？"一生中总有这样一些"满斟绿醑留君住""醒时诗酒醉时歌"的忘情时刻，只因为，我们是永远的至爱亲朋。

　　一生中总有一些这样的时刻，举酒属客，不叹人生须臾；洗盏更酌，不知东方既白。

　　一生中总有一些这样的时刻，把酒问月，问情为何物；对酒当歌，歌悠悠我心……

能饮一杯无

前天,南京的第一场雪尚在预告里,那飘飘洒洒的雪花就已落湿了许多人的心头,毕竟在这暖冬愈益增加的地球上,雪是越来越少见了。冬天缺了雪,就像人没了灵魂,所谓冬就是一个名号一具空壳了。所以,对雪的期待,实际上是人的精神对冬的精灵的渴盼呢!

昨天清晨,子夜纷飞的雪渐稀渐止,是从微信上铺天盖地的分享中才知道夜来曾漫天雪舞。虽酣眠不觉晓,错过了这今冬也许不会再来的白衣使者,然而,一眼望去,草木皆已披上银装,楼顶之雪铺就神话般的世界,心里仍然会升起未彻底擦肩而过的惊喜。

飞雪时节,也许人们忆起最多的便是幼时堆雪人、打雪仗的情景,冻得通红的脸庞、欢天喜地的追逐,亮着无碍的童心,写着雪白的纯真。走在小区弯弯曲曲的小路上,童年的影像忽然就切换到了大学时代。20 世纪 80 年代,南京曾经下过一场绵延几天的大雪。记得和同学们深一脚浅一脚走在厚厚的雪地里时,我们对着满世界的炫亮,唱起了一首校园歌曲《脚印》:"洁白的雪花飞满天,白雪覆盖着我的校园。漫步走在这小路上,脚印留下一串串。有的直有的弯,有的深有的浅。朋友啊想想看,道路该怎样走?洁白如雪的大地上,该怎样留下脚印一串串?"用今天一句最流行的话来说,这首歌不正是在叩问我们的初心吗?

朋友圈里,一整天大家几乎都在说雪。虽然这场雪终未成冬日的狂舞,但多少是对渴望的慰藉,是心灵的甘霖。有朋友说:这种雪天,最适合的就是找三五好友,围炉而饮,喝他一个微醺。一片点赞中,我沉默着。并不是不认同这种情致,却是进入了另一番遥想。我想,饮与不饮是无可无不可的,要在真。倘无真性情,豪饮也不过是酒肉穿肠;倘有真性情,不饮也会生微醺之美。

"真"不必饮,而且真得让你无酒自醉。魏晋时期,王羲之的第五子王子猷住在绍兴。一个大雪纷飞之夜,他一觉醒来,命仆人斟上酒,四望皎然,忽然想起乐于游燕的戴安道,立刻连夜乘小船去拜访他。戴住在剡县,舟行一夜方达,但他却造门不前而返。人问其故,他回答说:"吾本乘兴而行,兴尽而返,何必见戴!"王子猷没有进门,也许文化史上少了一场著名的千年一醉,但这一幅雪夜乘兴舟行的画面,传达出最真切、最无功利的思念,是会让千年万年之后的人每每仁望都醉意缠绵的啊!雪高洁,人高迈!

"真"合该饮,而且真得让你千杯仍醒。崇祯年间的一天,西湖边大雪三日,湖中人声鸟声俱绝。这天晚上,张岱驾一小舟,独往湖心亭看雪。湖上影子,惟长堤一痕、湖心亭一点,和张岱的一叶小舟、舟中的两三粒人影而已。到了湖心亭,有两人铺毡对坐,一个童子烧酒,炉火正沸。见到张岱,他们大喜过望,说:"湖中焉得更有此人?"便拉着他一同饮酒。张岱尽力喝了三大杯白酒。道别时问他们姓氏,知道是金陵人,客居于此。下船之时,船夫喃喃自语:"莫说相公痴,更有痴似相公者。"张岱这短短一百多字的记述,却有许多奇绝痴极之处。这是偶然的奇遇,却又是心灵的感通,多少只能意会不能言传的心绪无声融入这雪夜的对酌!张岱说的不是雪景啊!说的是在这浩渺旷达的天地之间,痴者不只有我,吾道不孤啊!这样千年一遇的畅饮,千杯万盏也不醉啊!雪高洁,人高逸!

于我这样的常人俗人而言,虽极难有这样可入诗入画入史的雪夜之行或是寒天之饮,却也有过难忘的与雪相关的经历,它们连着一个儒师的名字——卞孝萱。20世纪90年代一个冬雪飘飞的午后,卞先生戴着棉帽、穿着大衣,踏着深雪来到我半山园的宿舍,祝贺我的新婚。目送着先生雪地里远走的身影,无酒相伴的我醉了。卞先生每逢生日,都要邀请一些弟子相聚。我虽不是他的弟子,有一年的冬天,先生却特意邀我参加。那个聚会日,正下了一夜的雪,积盈数寸,出行受阻。眼前浮现着先生踏雪而来的影像,我毫不犹豫地从半山园去往龙江。到了鼓楼,公交车难以续上,我便在雪地里一路奔跑到饭店,这才没有迟到。那天,与作为鸿儒的先生在一起,与那么多博学的学长在一起,我不知喝了多少酒,却没有醉。我要珍惜这和先生相聚的时光,我不能醉啊!雪高洁,人高格!

昨天傍晚,行走在秦淮河边的绿道上,路上本就不厚的积雪正在融化,斑驳的白色报道着今年的第一场雪昨夜来过的消息。与纯真洁白相关的遐思往事翩翩飞来之时,忽然想到,张岱笔下那两个雪夜在天地间对饮的痴者,原来就是南京人呢!那场西湖的雪,在他们心里也是故乡的雪吧!此刻,很想问问我情真的旧雨新朋——

绿蚁新醅酒,红泥小火炉。
晚来天欲雪,能饮一杯无?

此生长醉

今生第一次醉酒是在三四岁时,是父母告诉我的。

那时我由外婆带,有个夏天的下午,我突然不见了。外婆急得到处找,最后在床底下找到了喝醉的我。原来,我把一缸甜酒酿全吃了,大醉,发冷,穿着棉袄在床底下大睡。外婆又好气又好笑,说看来我长大了能喝点酒。

长大的我,喝酒的机会很少,下一场酒就是高考结束后了,同学们互相请客,在家里包馄饨、喝啤酒。一瓶一瓶喝下去,到四瓶为止,没啥感觉,那么低的酒精度哪能喝醉。再下一场大酒就是研究生毕业时,全班同学聚餐,喝的是白酒,你一杯我一杯,来来去去有四十多杯,那杯子是真小,估计六杯是一两,也没喝醉。那次聚餐后,我给自己的白酒量定了个位:六两。

喝醉的时候全在工作以后,迎来送往多了,加上我这人又不会作假,让喝就喝,不醉才怪。记得有一年去北京报转业干部名单,其中有个排长,夫妻分居两地,孩子刚出生,家庭困难突出。我汇报这个排长的情况时,海军干部部那个负责此事的处长一直定睛看着我,看得我心里发麻,知道我们的理由底气不足。谁料他开口问道:"这个排长任职几年了?"我说三年了。他说:"我家里有两瓶好酒,晚上请你喝,任职一年喝一杯,你把三杯喝下去,我就批。"我说行,心里却直打鼓。那时候没有现在喝酒用的壶,只有小玻璃杯,一杯二两多。晚上我连着三杯下去,就啥也不知道了,超过六两了呀!第二天去处长那里辞行,他却只字不提此事。出来悄悄问一个干事,他笑着说:"家庭有困难,是可以转业的,处长和你开玩笑的,哪知你真喝了三杯。应该没事,放心吧。"我虽然喝多,心里倒是踏实了。

学员毕业时都是要聚餐的,依依惜别嘛!那次,陪着十个常委挨桌敬啤

313

酒,十几桌下来,早就超过了我四瓶的量。跟跟跄跄走到家门口,一头栽倒在自行车堆里。第二天,政治部主任把我叫去,说:听说你睡在自行车堆里了?要不要形象了啊?我为此心里好几天都不舒服,丢人啊!又过了几天,主任又叫我,我心想这事没完了啊?没料到主任开口就说:那天我批评你是不对的,都是为了工作嘛!昨天我喝多了,半夜醒过来,胃里难受,把医生都叫来了,想想大家都是为了工作,你以后放开喝,我再也不批评你了!我出门大笑了半天,当然,我不会顺杆爬,哪真能放开喝啊!也没那么大量呀!

更多的醉是出于感情。我年轻时在舟山挂职,结识了一批好战友好朋友。后来,当我每年去舟山考核毕业学员时,他们都会自掏腰包请我去大排档吃海鲜。我往海边一坐,海风将往事吹来,实际上没喝已经醉了。端上来的是我们共事时常喝的黑米酒,我都是一玻璃杯一口下去,醒来时,阳光已透过窗帘照在我床边不知道谁放的水杯里。

此生遇到一个好处长,不仅工作上严格要求,而且生活上颇多照应。每年春节,他都请全处去家里聚会。家这种场合,放松,宽松,是最容易醉的,每次都是一个个先后趴倒在桌上。我自认为没醉,往往抢着洗碗,水声、碗碟相碰之声之大,自己浑然不觉。第二天处长跟我说时,我怎么也想不起洗碗的事,若干年后才知道,处长家的碗碟都留下了豁口。

久别的战友和同学聚会,往往情难自已,跟老婆说一定能控制住自己那是骗人又骗己。我转业待安置期间,有个战友怕我寂寞,常叫我在小饭店聚叙。单位落定之后,他又为我庆贺。我满斟一杯酒,足足有三两,说声"兄弟有礼了",一饮而尽,那晚自然是不知酒醒何处。有次同学毕业 N 年大聚,每人面前放一瓶白酒,我喝完后不知道怎么回的家。醒来看手机,同学夜里发来我与两个女同学亲密干杯照片,赶紧悄悄删了,免得老婆发现。我是从来不劝女同志喝酒的,这两个女同学虽然是主动喝的,但确实与我关系不错,老婆看了还是说不清的。

家里人在一起就喝不醉吗?答案是否定的。有一次全家聚会,喝的是日本清酒,这酒入口如水,于是就放松了警惕。我和连襟借着向丈母娘丈母爹表忠心之由,一杯接一杯地喝,不觉数瓶见底。出了门,我突然头一歪睡去,醒来已是第二天清晨。细问昨晚之事方知,连襟见我睡去,幸灾乐祸,拍拍我肩说:睡了啊?然后他头一歪,也进入梦乡。我们的住处均无电梯,可怜小姨子那个驾驶员,把我们两人分别扛到五楼,说是此生头回。好在这场醉以拍马为掩护，老人没有怪罪。

　　李白说："钟鼓馔玉不足贵，但愿长醉不复醒。"这样的量我肯定没有，这样的境界自然也达不到，醒还是要醒来的。但是，人生在世、匆匆过客，钟鼓馔玉、衣食锦绣真的不值得在意，真感情最可醉人，真性情令此生长醉。

行走在统计与文学之间

在许多人眼里,我是一个一再入错行的人。作为一个中国语言文学专业的毕业生,在老师同学都期望我从事学术研究时,我却走了十多年的从军之路。转业之时,又几乎是无可选择地来到了统计部门,身后是师友们"又走错门"的长长叹息。

我当然有过自己的职业梦,那就是做一名好的大学老师,终身在葱郁的校园、浩瀚的书海里徜徉。然而,现实与理想究竟是有差距的,你不得不接受命运的意外安排。在为职业郁悒之时,导师教导我不要困于学业事功之争,条件具备可以多做学问,条件不具备事功也未尝不好。导师的话如同拨云见日,使我从此对职业与志趣的关系有了较为开通的认识。所以,当那一年我来到统计部门,任凭别人如何嗟叹,我心安然。职场之内,我尽己本分;职场之外,我笔耕不辍,两者都有收获,两者相互映衬,倒也成就了别样的风景。

统计人是最讲究真实的,最在乎源头数据的准确。同仁们对源头数据的孜孜以求,加深了我对"源头"的认知。我想到,对源头数据准确性的追求,实际上是体现了统计人对事业的执着之爱;那么,我们对生命、对亲人的爱,不也应当从源头开始吗? 从源头开始的爱才真实、才完整啊! 这一思考成就了《爱,从源头开始》这篇文章,回顾为了女儿成长而几次放弃更好发展机会的历程,欣慰于自己对女儿的爱是从源头开始的。统计给予的灵感,使这篇小文朴质动人。

转业后的很长一段时间,当我给朋友寄信或给报社寄稿时,会习惯性地在信笺上写上 210016,那是我昔日部队驻地的邮政编码。重复多了,情不自禁地分析起数据来。我想到,21既是部队的门牌号码,又是新世纪的名字;16是我从军的年头;两个"0"也许是我看世界的眼睛,也许是生命的年轮,它们不是空白,不是最小数,是最大数,满蓄着我的人生感受。于是,在那篇独出心裁的《210016》一文里,我得出分析结论:210016,一个我人生某一阶段的源头数据,一个饱含我生命情感的总量数据,一个我永生难忘的温馨数据。这种分析当然是感性的、文学的,但是,如果没有入统计之门,我不会写出这样构思独特的作品,统计不正滋润着我的文学创作之田么?

而我的文学喜好同样给职场注入了清新和活泼。从事统计工作不久,我就又走上了"刀笔吏"的生涯。我努力用自己的文学所长,使职业的文字多一些生气,少一点刻板。那一年的统计工作报告里,谈到统计改革时,我引用了《周易》"穷则变,变则通,通则久"的古语,并赋予了它这样的内涵:穷就是困厄,变就是改革,通就是成效,久就是发展。既未游离古训原义,又与统计改革发展的时代要求相吻合,得到受众一致认可。在一篇文章中,我用"更真、更善、更美"来描述统计现代化。我以为,用现代信息技术手段来获取真实可信的数据以服务国计民生,既体现了对"真"的执着追求,又反映了关注民生之"善",描画出统计生产方式的时代之"美"。用古已有之的"真善美"之说来解读统计现代化,非但没有离题,恰使听者不觉枯燥,还增添了文学的兴味。

负责统计教育培训,经常要主持学习讲座,我不需要别人为我写好千篇一律、毫无个性的主持词,我会根据授课的内容和老师的特点,时用新思想新理念开场,时用古诗评点,顿使场内有了生动的气韵。一次团队精神讲座,我"在这个大数据时代、互联网时代、信息技术融合时代、学科专业跨界时代,统计人要学会合作、学会拥抱,尝试接受与你不一样的人,为自己的成长搭建更宽更广的平台,为事业的发展注入更加充沛的力量"的结语,稍稍那么一点"文艺味",反使大家记忆深刻、有所回味。

"0.8定律""二五〇定律""8020定律""78:22法则""90/10法则",这些用数字织就的人生规则,从前的我不一定会注意,但是,作为统计人的我对它们却有了职业的敏感,于是成就了一篇《用数字表达的人生定律》。然而,我毕竟又是学文学的,于是,在对它们条分缕析之后,我一语道破:像"8020定律"的某些含义,宋人方岳用一句话就说得明明白白:不如意事常八九!哈,又回到文学上来了!

　　就这样怡然行走在统计与文学之间，职业与志趣的界线似有似无，若隐若现，情由心发，美从中来。兰波的"生活在别处"或被人解读为理想的生活总在远方，或被人诠释为真实的生活只在此处。而在我，统计与文学，此处与彼岸，已难以分辨，也毫不纠结了。它们都是我真实的生活，都是我生命不可替代的一部分。导师曾经说过，学业事功两者相需为用，方能达大成境界。大成自不能臻，然而，经年累月，职场和创作我都收获了属于自己的果实。与其慨叹走错门、入错行，不如少安毋躁，找到职业和爱好的结合点，在兼顾和融会中走出一条通达之路。

做最好的自己

又到高考季了，同事开玩笑说：你又要被媒体拎出来"晒晒"了吧？是啊，我这个 34 年前的省高考文科"状元"，这么多年来，已经若干次充作一些媒体"寻找状元"统计调查的对象，和其他"状元"们一起，一遍遍验证"高考状元无领军人物"的结论。那些论证和观点，我自然是看过便罢，并不在意，但总觉得这种对"状元"做领军人物的期许，对他们本人是苛求，也难以给现今的学生一个恰当的参照系。

我第一次被报纸报道时，是军队院校的一名普通编辑；第二次被报道时，是一名待安置的转业干部；第三次被报道时，是一名省级机关的正处级干部。报纸的报道并无苛责之语，很是客观，但个别热衷于跟踪调查"状元"的媒体，适可借此得出"成就平平""无顶尖人才"等结论。结论本身没有违背事实，只是这种过高的期冀并不合情合理。何况，对每一个"状元"的个体成长历程，媒体并不了解。回过头检点走过的路，我十分心安，因为觉得自己已尽了最大努力。正如从来没有想过要去考一个"状元"一样，我从来也没有为自己设置"领军人物"等远大目标，走好每一步、干好每件事、做最好的自己，就是我平实而一贯的想法。

一次高考最高分的获得，也许有非常偶然的因素，但我想，对多数的"状元"来说，一定是勤奋学习的结果，就是说，他们并不是到了高考的考场上才突然变得优秀起来，而应该是平常一向优秀的。因为高中学制的改革，我从 1982 年推迟到 1983 年高考，那时候高考的竞争十分激烈，但学生多是淡定的，因为我们心里有个底，考不上大学就顶替父母进厂做工人，在那个时代同样光荣。尽管我的学习成绩一直在班上名列前茅，但也是"一颗红心，两

319

种准备"。考试成绩出来,得知是全省第一名,老师们没有一个惊讶的,相反惋惜我学得最好的政治和语文两科没有发挥出正常水平。我因为事先根本没考虑名次这类问题,一直就是按照自己制定的时间表雷打不动地学习,所以,也像平时在班上得了个第一名一样自然。《无锡日报》采访我时,我只交了一篇高三的作文给报社。到了南京上大学,《周末》报社的记者坐在我宿舍,他问一句我答一句,采访几乎是失败的。我确实没想那么多,也不知道该说什么,只想安安静静地把大学的功课学好。

做了"状元"的我,觉得这事就过去了,没有压力,也没有今天所谓的"自我设计",依然保持着勤奋的习惯,每天的功课一定要完成,弄不懂的问题决不放过。大学期间的我,不仅 20 多门必修课的成绩都是优秀,而且还提前一年读完了本科,被推荐为免试硕士研究生。这样的结果与"状元"有关吗?我自知一定是无关的,它只与勤奋有关,与好的学习习惯有关。

研究生毕业之时,我遭遇一个特殊的年份,择业就业陷入困境。所幸一所军队院校需要中文专业的毕业生,于是我成了一名军校杂志的编辑。我参加了 3 个月的新兵训练,在海军最高学府站了 3 个月的门岗。一年后,因为较好的文字能力,我被选到政治部门搞宣传,后来又从事干部人事工作。改变的是工作环境,变换的是人生角色,不变的是我勤奋做事的品性。机关干部最怕的是文字工作,有的老同志时常把自己的文字稿写作任务推给我,作为新同志,我从不懈怠,悉心研究、认真琢磨,写出了一篇篇质量过硬的公文,渐渐成为单位公认的"一支笔"。写作的任务虽然越来越多,但也在重大文稿的写作中使自己成长得更快。18 年的军旅生涯,我虽然没有达到别人期望的高峰,但是,我从一名青涩的学生成长为中级政治指挥军官,确实做到了最好的自己。

9 年前,作为一名军队转业干部,我选岗来到统计部门。虽然主要是从事熟悉的党务,但毕竟面临着从军队到地方、从军事院校到经济部门的重大转折,需要重新适应。面对友人们对我入错行的叹息,我依然没有对前程作过多的思量,我从学习经济和统计知识入手来完成自己的转型。3 年之内,我交流过 3 个部门,担负了第六次全国人口普查办公室的组织协调工作,经受了锻炼。我继续刻苦学习、勤奋工作,发挥文字的优长,用实绩赢得了领导和同仁的认可,真正融入了统计,成了一名自信的统计人。我这辈子不可能成为统计专家,但是,我坚信:天道酬勤,入错行却可以做对事,只要践行诚信做人、勤勉做事的信念,在任何行业里,我们都可以做最好的自己。

大学毕业后的三十多年里,在努力做一个好的军人、好的公职人员的同时,我一直没有忘记自己是中文系的学生,一直没有停止写作。父母的叮咛、女儿的成长、师长的鼓励、生活的启示,点点滴滴都化为我真诚温暖的文字。我写下了几百万字的作品,成了省作协的会员,出版了 10 部散文随笔集。在出版第四本作品集时,就有朋友劝我停下来,说太累了,不值得,又不是专业作家非写不可,何苦给自己压力呢?然而,钟爱文字和文学的我,深知安逸会消磨一个人的意志,精神志趣一旦丢失,今后找也找不回来。我坚持下来了,第九部散文集终于名列全国高校出版社书榜。在业余写作上,我同样成了最好的自己。

不管我们如何努力,千千万万的人最终只能成为普通劳动者,包括"状元"们。成为顶尖人才,除了自身的内在之力,需要多少外在因素何其复杂的共同作用啊!对"状元",对所有人,都不能作这样过严的要求,更不能把出大名、成大家作为成功的唯一标志。在我们辛勤劳动和创造的这个领域,我们尽力做了最好的自己,哪怕没有成名成家,也是成功。与其将"状元"们与最高端的人才作无谓的类比,不如将他们与自己作现实的比较,看看他们是否保持了勤奋的品质,是否一如既往优秀。这种"勤而优"的引领对于青年学生的意义,比起"领军人物"的高难目标,更亲近而可求。而我,一个昔日的"状元",深知"状元"不是身份、不是成功、不是资本,我会继续秉持自己的恒定理念,好好做人、认真做事,在职场做一个最好的公务人员,在家庭做一个最好的儿子、父亲和爱人,退休之后则做一个最好的邻家老头儿!

江南可采莲

那天清晨,去莫愁湖走走。恰是微雨过后,石径上带着新鲜的潮湿,刚刚苏醒的心如花枝颤动。石桥的转折处,忽见满塘荷叶千枝万柄、碧绿透迤,它们簇拥着,错落着,擎起那一枝枝东西南北、高高低低,或亭亭玉立、或含苞待放的荷花。看着这不由分说映入眼帘的雨中新荷,感叹自己倒忘了"黄梅时节家家雨"之时,亦是"水面清圆风荷举"之际,那首古老的汉乐府《江南》霎时浮上心来。

"江南可采莲,莲叶何田田,鱼戏莲叶间。鱼戏莲叶东,鱼戏莲叶西,鱼戏莲叶南,鱼戏莲叶北。"鱼儿围绕着莲叶,忽东忽西,忽南忽北,欢快地游来戏去。江南的少女们就这样边采着莲荷,边歌咏着自己的劳动生活和爱情欢愉。余冠英先生说,前三句是领唱,后四句是众人和唱。泛舟往来,歌声相和,那是一派多么活泼泼的景象啊!不尽的痴想里,我们仿佛触到了那飘若游丝、莫知其端的前尘。

采莲是江南的旧俗,留下多少令人心旌摇荡或感慨万千的诗篇!"荷叶罗裙一色裁,芙蓉向脸江边开。乱入池中看不见,闻歌始觉有人来。"罗衣飘飘的少女含情脉脉,如今终成隔世顾盼的遗光;她们的身影在荷叶中若隐若现,而今也成在水一方的空渺。"涉江采芙蓉,兰泽多芳草。采之欲遗谁?所思在远道。"孤独寂寞的思妇在江中泽畔采集了鲜艳的荷花,摘取了芬芳的兰草,朝思暮想的人却远在天涯。深切的思念从遥远的岁月飘来,我们仿佛窥见了那苦苦回溯、不得其踪的前缘。

不是我在言情,不是我在说梦,在乐府民歌中,"莲"就是"怜"呢!而"怜"就是"爱"。《江南》实是写少男少女于芳辰丽景之时的嬉游之情。"采莲南塘秋,莲花过人头。低头弄莲子,莲子清如水。置莲怀袖中,莲心彻底红。忆郎郎不至,仰首望飞鸿。"这是南朝少女的温柔缱绻。"你若曾是江南采莲的女子,我必是你皓腕下错过的那朵。"这是现代诗人的恍惚迷离。这一株株如此清雅淡然、仿佛于不经意间盛开的荷花,却是从千年前的襟怀里生出,藏着最神秘的情缘,揣着最深婉的心事,含着最美丽的乡愁,每一朵都是古意盎然的诗词。

　　莲,每一朵都是古意盎然的诗词,令不知从哪一首里走来的我们迷失无语,它的每一根线条、每一片色彩似乎都有来源,都与我们有着不可言说的联系。席慕蓉为莲荷写下多少咏叹啊!她总觉得荷花是一个似曾相识的友人,并且,在初识的那一次就一见倾心,不忍离去,就这样过了几千年。她发出这样的幽曲一问:在芬芳的笑靥之后/谁人知我莲的心事。那么,荷是她么? 抑或她是荷? 她曾是江南采莲的女子么? 抑或她就是被错过的那朵伤心之莲?

　　席慕蓉写道:风霜还不曾来侵蚀/秋雨还未滴落/青涩的季节又已离我远去/我已亭亭/不忧亦不惧。写荷画荷的她深知,这是莲的品格。而纵使有风有雨又如何呢? 张晓风有一次雨中走过荷池,见一塘绿云绵延之中,独有一朵半开的红莲挺然其间。漫天的雨纷然而又漠然,广不可及的灰色中竟有这样一株红莲! 张晓风为之惊愕驻足,不禁发出这样的感叹:"生命不也如一场雨吗? 你曾无知地在其间雀跃,你曾痴迷地在其间沉吟——但更多的时候,你是忍受那些寒冷和潮湿,那些无奈与寂寥,并且以晴日的幻想度日。可是,看那株莲花,在雨中怎样地唯我又忘我! 当没有阳光的时候,它自己便是阳光;当没有欢乐的时候,它自己便是欢乐!"

　　"一株莲花里有这么完美自足的世界!"这既是张晓风的惊叹,也是周敦颐的赞叹。"予独爱莲之出淤泥而不染,濯清涟而不妖,中通外直,不蔓不枝,香远益清,亭亭净植,可远观而不可亵玩焉。"身处淤泥之中而仍能洁身自好,这难道不是完美自足的世界吗? 这难道不是不忧不惧的品格吗? 这难道不是孔子所说的君子吗? 所以,周敦颐才说:"莲,花之君子者也。"这种蕴藉深厚的简单自足,这种高格清韵的美丽洁净,令多少标榜爱莲而局促逼仄的人汗颜!

　　也许有人会觉得《江南》太简单直白,东西南北四句似乎可以并成一句。其实,这正是《江南》的妙处。民歌是生活和心情的实录,鱼游莲叶,实则是舟环莲叶、人绕莲叶,那种欢快是弥漫四周、洋溢心田的。雨季还没有过去,然而这清远的绿荷、这《江南》的歌声却告诉我,倘有荷在池,倘有荷在心,那滴碎荷声的雨,恰是高咏纯粹的丝竹管弦;那嘈嘈切切的雨,恰是催生绽放的大珠小珠。

正是江南好风景

　　学文学的我,一直很喜欢戏曲。但是,南京的剧场演出不多,而且票价不菲,因此常常是在电视上看戏曲节目。没有想到的是,近年来,随着"文化惠民"工程的推进,去剧场看戏,成了我业余生活最亮丽的风景。

　　是听朋友介绍,才知道"文化惠民"演出的。起初颇不信,几十元一张门票? 能有多少人看呢? 演出的质量能保证吗? 第一次看演出是在文化艺术中心听新年戏曲演唱会,没有想到在那个寒冷的夜晚,能有那么多的市民从喧嚣中抽身来听这典雅的京腔吴韵! 剧场里座无虚席,真是老少咸集! 门口还有人在等票! 演出结束,不少人还意犹未尽,哼着自己喜欢的唱段没入城市的夜色。而我,更是忘了职场里的那些不快,忘了红尘中的一切纷扰,真可谓"一曲听初彻,几年愁暂开"啊!

　　从来没有想到能如此近距离地看到那些名家。孟广禄、刘桂娟的《林则徐》,王平的《康熙大帝》,王蓉蓉的《状元媒》,茅威涛的《五女拜寿》,方亚芬的《柳毅传书》,季春艳的《珍珠塔》,那些平素隔着电视和网络的名家,如今却近在眼前,如此亲切。行腔运调之间,或"大珠小珠落玉盘",或"此时无声胜有声",或"寒猿暗鸟一时啼",或"空山凝云颓不流",或"芙蓉泣露香兰笑",或"转喉疑是击珊瑚",或"唱得红梅字字香"。谢幕之时,他们往往会在观众的欢呼声中加唱一首,掀起新的情感和艺术热浪。匆忙的奔走中,能停下脚步,静心听一曲我们自己民族如怨如慕、如诉如泣的梨园之音,这些良夜便飘荡着袅袅不断的余韵,流淌着不绝如缕的幸福。

　　难忘惠民加众筹诞生的那台"瑜音绕梁"演唱会。红遍全国的女老生王佩瑜就那样平易地走进戏迷的空间,在舞台上忽立忽坐,边呷着紫砂壶里的清茗,边一曲曲地唱着,深深浅浅地和观众聊着。场内本已是掌声此起彼伏,王老板偏还抖出包袱,请观看演出的领导们放松些,该鼓掌就鼓掌,该大笑就大笑。我看见坐在前几排的领导们,那些作出"文化惠民"决策的智者,果然放松下来,带头鼓起了掌,场内的气氛达到了高潮。我想,他们听到观众发自内心的叫好声,看到观众脸上关不住的欢愉,一定会为这样顺应民众文化生活需要、符合城市文化精神的决策而心生欣慰。因得这种交融,那个夜晚,那个剧场所有人的心里,一定会有美好的旋律久久不散。

难忘那一个几乎每场演出都会到的老者。因为离家近的原因,我最常去的是南京博物院的小剧场。常常看到一个坐在轮椅里的老先生,由他的女儿女婿推着来,基本上是固定的座位,那一定是他看戏最好的视角吧。老先生有 80 多岁了,虽说腿脚不便,神情却是一派愉悦。女儿女婿费力地把他从轮椅上抱下来,又抱上座位,场场如此,毫无怨言。有次散场时,我帮着去抬轮椅,和他女儿攀谈了几句。她说:"老爷子就好这一口,不管什么戏种都喜欢,以前买不起票,现在票价这么便宜,所以他每场都要来。"我说:"你们这样多累啊,不容易!"他俩几乎异口同声地说:"不累。只要老爷子喜欢就行!"我感佩老先生女儿女婿的孝心,更对老先生充满了敬仰之情。演出时,我会回头去看看老先生。见他或轻轻拍手,或微微摇晃着脑袋,脸上总是一片怡然。不去深究老先生和戏曲的因缘,没有这个必要。一个城市充满文化的夜晚能够成为一个人晚年生命的支撑,这件事,想想就能叫人落泪,而这泪水中又分明充盈着我们欣逢新时代的无比幸福。

更难忘那个与父母同看演出的夜晚。父母都是戏迷,正逢"锡韵流芳"演唱会在南京举行,专门买了票请父母来看。从无锡赶来的父母,听到家乡的戏,自然是无比开心。父母说:"想不到能办南京市民卡,坐不花钱的地铁来看这么实惠的锡剧!"我们看了有《珍珠塔》和《双珠凤》折子戏的那两场演出,母亲不停跟着台上的演员哼唱,偶尔还评点一番,说演员和梅兰珍、王彬彬、姚澄、徐洪芳有哪些差距。出了剧场,父亲回忆起我年幼时他带我看这两部戏的情景,母亲回忆起我上小学时她让我用复印纸抄越剧《红楼梦》全本唱词分送小姐妹的情景。那一刻,我仿佛又回到了少年时光,我和父母仿佛是走在家乡的马路上了。因得今晚的演出,现实往昔在穿越,戏里戏外在对接,曲终人未散、仍能和白发父母同听戏曲的幸福流遍周身。剧照发在微信朋友圈后,当即有同乡学弟留言:"师兄,下次南博有锡剧演出告诉我,我带我妈来看!"

　　现在,南博小剧场的那一张座位基本上成了我的固定座位了,坐在这张座位上,我仿佛与尘世暂时隔绝。沉浸于这雅乐天籁之中,"一霎时把七情俱已昧尽"是幸福,连日里"行不安坐不宁"也是幸福啊! 大学毕业时,因为深爱南京深厚悠久的历史底蕴,我没有回故乡;步入职场后,因为挚爱南京钟灵毓秀的文化气韵,我没有去他乡。坐在南博那张仿佛属于我的座位上,我常常会欣慰于自己对城市文化的看重,也常常想起杜甫那首《江南逢李龟年》:"岐王宅里寻常见,崔九堂前几度闻。正是江南好风景,落花时节又逢君。"当时,只有杜甫这样的绝代俊杰才有机会出入岐王和中书监的门庭,得闻一代乐师李龟年的清音。如今,我要幸福地说,"南博剧场寻常见,紫金山下几度闻"却成了南京人日常生活的一部分,成了江南一道赏心悦目的好风景!

第三辑　何处楼台无月明

　　我仍要在江河陆地穿梭往返,但我至少可以更多倾听"海的声音",更多弦歌心的乐章,渐渐做一个临渊不羡鱼、退而饭疏食的江上往来人,慢慢做一个但观浪卷、波澜不惊的江上往来人。

——《江上往来人》

我的笔名叫"阿明"

从来没想到会用笔名，因为虽然我是学中文的，却从来没有想过会一辈子与文字结缘。

给报社投稿非常偶然。1990年，我参加工作的第二年，一天偶读《南京日报》，见"年轻人"版正在开展关于"什么是潇洒"的讨论，忽然就有了灵感，于是一气呵成写了一篇《潇洒是一份真实，一份随意》的短文。那个深秋，电视剧《渴望》红遍大江南北，感情生活正遭遇波折的我深深产生了共鸣，于是写了一篇观后感《平常故事的深层美学意蕴》，投给了《南京广播电视报》。这两篇稿子署的都是真名，兴至而发，投出去就不复挂心了。

过了几天，接到"年轻人"编辑的电话，原来竟是学弟！他兴奋地告诉我，这篇稿子从他到部门主管到总编，一字未改，正好用它作为潇洒问题讨论的终结。电视报的编辑也打电话来，说文章写得很好，准备发表，希望我多给评论栏目写稿。初次投稿的成功大大激励了我，三天内两篇文章见报更让同事们对我刮目相看，我从此开始了写作生涯，一发而不可收。

最初的稿子仍然用的是真名，本来就是业余作者，没觉得有用笔名的必要。那时，在我们处里，还有一位写作爱好者，他写了多年的诗歌，也兼写散文。他的笔名叫"阿迅"，他对我说：你的名字太大众化，不如也起个笔名。我说：好啊，我就跟着你起吧，就叫"阿明"好了。他觉得比真名上了档次，听着也亲切，从此，我就以此为笔名了。

那时候写稿子谈何容易啊！没有电脑、没有打印机，全靠一支笔、一沓方格稿纸，修改几次后才会誊清。后来，相熟的编辑告诉我，每天的来稿都有几麻袋，字迹潦草的稿子是直接扔进纸篓的。写稿发稿如此之难，但我仍如此之勤,一是工作不很忙,有时间;二是生计所迫,有驱动。女儿出生后母乳少,亲朋好友一开始送的奶粉就是美国产的"力多精",起点太高,导致女儿对其他奶粉一概扭头。一袋奶粉 19 元,她食量大,月费 10 袋,而我的工资只有 180 元。这其中的差款就全靠写作来补齐了。这样的动机当然不够高大上,但却能化作巨大的动力。稿子越写越多,常常同时在一家报纸的两个栏目发稿,编辑就希望我再起个笔名。于是,我有了第二个笔名"梁溪"。没什么深意,只是借用了家乡无锡"母亲河"梁溪河的名称而已。

那时候,有几个南大校友承包了一份报纸,想搞点夺人眼球的"改革"。他们的创新举措之一就是聘请专栏作家,我也算一个。他们给我的栏目是"情感三十六计",说白了就是恋爱指南。总编考虑到要有一点神秘感,让我不要用已有一定知晓度的"阿明",我就署了"梁溪"。三四篇文章发下来,总编激动地给我打电话说:栏目有效果了!不少人打听"梁溪"是男是女,我不告诉他们,知道了是男的读者就少了!总编这一招才真是"情感三十六计"呢!可惜这份报纸没办多长时间,我的有些"秘诀"也没能传授给那些急吼吼的青年男女哈!

很有意思的是,《金陵晚报》副刊开过一个"思考和争鸣"的栏目,须有正方、反方两篇文章。缺稿子时,编辑傅先生知道我出手快,就会打电话让我写,有时甚至让我同时写正方和反方,让我自己和自己"打架",这时还真需要两个笔名!有次去报社送稿,迎面碰上副刊部主任吴晓平(就是现在南京电视台十八频道"老吴韶韶"节目那个老吴),我们从来没谋面,他居然开口就说:阿明又来救急了!看来,"阿明"这个笔名还有点小影响!

后来,也用过另外一些笔名,主要是有个同学在编一份报纸的副刊,几乎每期都发我的稿子。他几个同事看到了,也约我给他们的版面写稿子,这样就不得不多用几个笔名了。比如用过"惠泉客",也是用的无锡的"惠泉山"之名。这家报纸也办过一个情感栏目,让我主笔,我用"沁雨"做笔名,别以为我是想让读者认为我是女性来拉阅读量啊,只是用了女儿名字中的"沁"字,觉得非常温馨。

没有料到的是,从 1990 年写第一篇稿子起,30 年过去了,我的笔却一直没有放下,这或许是我作为一个中文系学生与文字的天定情缘吧!虽然用过几个笔名,我最喜欢、用得最多的还是"阿明"这个笔名。同事们、朋友们见了我,总是叫我"阿明",很少有人叫我真名。久别的友人见了我,老远一声热情的"阿明"常使我眼中潮湿。"阿明"的意义已经远远超出笔名了，这真是写作之外特殊而自足的收获。

为什么大家喜欢"阿明"？我想，是因为这个名字从俗，接地气。很多年前，我曾经写过一篇《俗人》，写自己作为读书人同样尘俗的种种情状，最后一句便是"俗人谓谁？金陵阿明也。"最近，韩际平老师写的那篇《"总是书声"好声音》中写道："阿明，听着像邻家老弟。"这句话让我倍感温暖。阿明，不是什么文人，更不是什么作家；阿明，就是你的邻家老弟老哥，就是你隔壁那个很好相处的老头儿。

我的笔名叫"阿明"。

书店,邂逅之美

今天是正月初五,人们都在忙着迎财神,我想,对于我这样一个不可能发财的人来说,新年还是增点小"才"吧,于是去了久违的凤凰书社。

从上中学起,只要身上有了几角零花钱,我便会去书店买书。买书最纠结的就是囊中羞涩,不知买哪一本为好。买书最沉醉的地方也正在于这取舍的过程,在于刚刚看中了一本书却又见到更好的书或者是心仪已久的书,那份邂逅的心情真是美不胜收。

犹记得初中时我酷爱古代诗词,老师推荐我读少年儿童出版社出的一套《古代诗歌选》。去新华书店一看,这套书通俗易懂,图文并茂,真是爱不释手,但我没有能力一次买齐。于是在 1980 年的 2 月 28 日、3 月 7 日、7 月 14 日分别花 0.46、0.39、0.45 元买了第三、第一、第四册。但第四次去买第二册时已售罄了,成为我心头一大憾事。过了几个月去书店,忽然发现了第二册,只是开本略大,价格略贵,要 0.56 元,但为了不留遗珠之憾,我赶紧买了下来,那份不期而遇的欣喜,至今仿佛还能触摸到。

读大学时,南京举办书市是我和同学们淘书的最好时节。常常是一个同学说淘到了某本好书,另几个同学便飞奔而去,如此在书市往返数趟,抱回一大堆书,根本不管后来连着一两周都要吃蔬菜。我进大学后,作为学校重点培养的学生,享有与教师一样在校图书馆(包括古籍馆)、南京古籍图书馆借阅书的"特权",另外,还能从中文系开出介绍信到南京新华书店、杨公井古籍书店对公服务部购书。这真是大大的福利,对公服务部有不少营业厅书架上没有的书,我往往照老师开的书目按图索骥,也遇见了不少好书,当然也少吃了很多荤菜。

　　除了南京的书店,大学六年,我只要有机会到其他城市,去的第一个地方多是书店。去得最多的是家乡无锡的新华书店和古旧书店,寒暑假时必去。两家书店就相隔一条马路,书的品类也正好互补,在这里我买到了《鹤林玉露》《重辑李清照集》《中国文明的起源》等书。当时有一套上海书店影印出版的"中国文化史"丛书,我在南京买了《中国俗文学史》《中国骈文史》《中国散文史》等,而在无锡买到了南京书店所缺的《中国经学史》。另外去得最多的城市就是常德,是我女友的家乡,在常德书店我买到了《诗经》《新序选注》《晚明二十家小品》等数十种书,这也算恋爱不忘读书吧。另有一件我深感有缘的事是,1985年在南京买到艾治平先生的《古典诗词艺术探幽》,非常喜爱这本古典诗词欣赏的入门书,很想买它的姊妹篇《诗词抉微》,但找了几家书店也无果。一年后的暑假,我随地理系一位教授去浙江新昌考察旅游资源,当然还是会去书店,不意《诗词抉微》赫然入目,真是大喜过望,不禁在扉页写下了认真研读的三条自我约律。

　　参加工作之后的很多年里,我都保留着逛书店的习惯,特别是后来南京有了南京书城、大众书局,买书的地方多了,服务也更加人性化了,不时有意外之喜。后来网络兴起了,网购流行了,虽然偶尔也从网上买书,但隔屏点击的感觉和亲身在书店一本本地比较、筛选终是不同。这种差异,仿佛一个是在婚姻介绍所按照给予的名录挑对象,一个是命中注定遇见了意中人,后者那种"于千万人之中遇见你所遇见的人,于千万年之中,时间的无涯的荒野里,没有早一步,也没有晚一步,刚巧赶上了"的惊艳醉心之感,是在网络上绝对体会不到的。

　　是啊,倘若在邂逅意中之书的同时,也能邂逅意中之人,那真是人生莫大的幸福。德国最古老书店的女主人、享年98岁的海尔嘉·薇赫,她每一种书只放三四本,剩下的空间让客人去对望、感应和偶遇。她曾经说过一件有趣而唯美的事,一男一女同时看中了书架上仅剩一本的旧书,她建议两人合买一本轮着看,结果这两位爱书人结成了夫妻。这种万两黄金难求的情缘,既是书之幸,更是人之幸。即使没有多少人可以拥有这种邂逅,我们也可以从中深深领悟:爱书、读书可以创造人间的大美。

　　今天去早了,书社要十点才开门,但不少人已等候在门口,这座文化底蕴深厚的都市里,还是有许多爱书人的。待我抱得一摞书走向收银台时,忽见一老一少坐在一旁的凳子上读书,神情是那样专注,如同置身世外桃源,令我想起海尔嘉的那句话:沉浸书海,暂忘尘世。这幅画面也是我今天的一个美好邂逅啊!我仿佛做回了一次学生,真切遇见了自己的初心。

我的书架

那天,在一档电视节目中,听梁晓声说:"小时候家里穷,看到别人家里的书架,那样两块木板,却架起了一个无比伟大的世界。"在他看来,书架是一个家庭最好的不动产,最好的家风是阅读。一席话,引起了我对书架的回忆。

我的第一个书架在记忆中不可磨灭,那就是打在墙上的"那样两块木板"。从童年到高中,虽然搬过几次家,但都是一间房。除了基本上是家家标配的老式大床、大衣柜、五斗橱外,一间房里是再也无法容纳其他东西了,上初中时,为了便于我学习,父亲亲自打了一张小书桌,依墙放在房间的一角,在墙上打了两层书架。别看这简陋的两块木板啊!它既不占地方,又足可容纳当时我为数不多的课外书,取放书籍非常方便。更有意味的是,书架紧靠在书桌上方,打造出一方虽然很小却有浓郁书香气的天地,这方天地对少年的我精神上的熏陶是不容低估的。

我读高中时,弟弟也需要有自己的学习天地了,于是,我的"书房"转到了厨房。厨房中间用硬纸板做了一堵墙,里面是厨房,外面便是"书房"了。书架仍在墙上,只是多了一层。书桌书架紧相依偎的场景,形成了我日后对书房设计的不变思维模式:书架绝不能离开书桌,它们是忠诚的伙伴,它们彼此给予坚定的支撑。

读大学时,8人一间宿舍,无法再放置书架,于是我的书便放在一个书箱里。好不容易熬到读研究生,一间宿舍只有4人,有了一些自主的空间。我便从同学处买了一个二手的竹书架放在书桌前,书桌上方挂着程千帆先生手书的元好问诗,便又成就了一方阅读的小小世界。羡慕竹书架的同学自然有之,艳羡程先生书法的学友更是为数甚多。伸手即能取书,抬头则能看到先生的教诲,那份欣然自得,是任何言语也无法描述的。

参加工作结婚后,在我那一间陋室里,最不起眼也最起眼的还是那一个书架。说不起眼,是囊中羞涩的我买不起书架,便从单位借了一个油漆斑驳的旧书架;说起眼,是那个书架特别宽,特别高,几乎把我几百册的书都收纳进去了。依然是书架紧伴着书桌,朋友们来做客时,都为那一个宽大的旧书架所吸引,它彰显了我作为一个学生和书生的身份。

十年前,我终于在部队购得属于自己的经济适用房。面积较大,我可以实现自己的书房梦了。于是,我在两面墙上打满了顶天立地的书架,几千册的藏书终于有了安身之地。书架,当然没有书橱漂亮,也极易招灰。但在我,既有自小以来的书架情结,又觉书架更加质朴实用,没有书橱装饰的味道,所以仍然偏爱书架。这两个大书架,成了我的住所不同于人的别样风景,为朋友们啧啧称赞,也使我始终沐浴在怡人的书香中。打在墙上,是要在这个家里扎根了,今后搬也搬不走,真的成了不动产了。

前年,我又新购了商品房。朝北十多平方米的空间内,我又打满了齐顶的书架,构筑起独特一景。我的业余时间大多是在与这些书架的相拥中度过的,不闻窗外红尘追逐,静享灯下黄卷映耀;远离世间喧然九衢,徜徉心中寂然三径。

书架,架起了我走出蒙昧走向觉悟的桥梁;书架,架起了我走出孤陋走向广博的道路。今生今世,我没有一丝可能成为富翁,但这些静默而坚固的书架,是我最奢侈最珍视的不动产,它们的价值,永远无法用金钱来衡量。

书房的乡愁

1989 年夏,我从南京大学研究生院毕业,到海军指挥学院报到。搬行李时,书成了最大的麻烦。在学校,除有一个竹子的书架外,我的书堆满了空着的上铺。虽然没有能够继续从事我学习的古代文学专业,但多年积下的文史哲书籍一本都舍不得丢弃。最后,请人用一辆三轮车把书拉到了半山园。我在两人合住的宿舍里放了一个单位发的书架,其他的书都暂时存放在仓库里。

1992 年结婚后,我分到一个 30 多平方米的单室套。便花"重资"买了三个书橱排列在一面墙边,起居、读书都在同一空间内。说是"重资"一点不夸张,一个书橱要 500 元,我的工资才不到 200 元,全靠父母的资助。一年后女儿出生,她的哭闹使我无法静心读书,于是,好几年里,我都是在卫生间架一张小圆桌,就着一盏台灯读写。所以,周作人所说的"入厕读书"我是略有些体会的。虽然卫生间里的写作诞生了我的第一本散文集《在城市的边缘》,颇有些成就感,但随着书越积越多,拥有一间自己书房的愿望也越来越强烈。

1997 年,我终于分到一套两居室住房,虽然只有 50 多平方米,但终于有相互隔开的两个房间了,这在当时真不是一般的改善。妻女住一间,另一间便是我的卧室兼书房了。虽然还不是完整的书房,但终于有自己独立空间的喜悦至今仍能触摸!情难自已的我写下一篇《一间自己的屋子》,这样写道:"晚饭过后,走进自己的屋子,随手关上门,就有一种和身后的世界全然隔开的感觉,世上仿佛只剩下了这一间屋子,和这屋子里的我。我在这里读书,和古今中外的书生学人谈心;我在这里铺开稿纸,让思绪在笔端尽情流泻。"这可以算是我的第一个书房吧！在这间书房里，我完成了4本散文集的写作。

虽然我从事的是政治工作，但做学生时养成的买书的习惯难以改变，节假日还常常去新华书店和杨公井古籍书店买书。慢慢地，从单室套带来的三个书橱已不堪重负，床下、地上都堆满了书。于是，2002年，我贷款买了一套103平方米的商品房。我在自己的卧室里，辟出一面墙打了一排书橱，虽然仍不是独立的书房，但大部的书已可以归位。书房是南向的，窗是大大的明窗，当阳光钻进窗户，书橱被映照出的那份敞亮使我的每一个细胞都快乐地跳跃。那种富可敌国的感觉实在是无比美妙，虽南面王不易也！在这间书房里，转业待安置赋闲两年的我，写出了《温柔的挣扎》《第二种生活》两本散文集。

2006年，部队在马群建经济适用房。那时的马群还比较偏僻，愿意去的人不多。但我看到房子宽大，有160平方米，足可以辟出一间书房，便毫不犹豫地买了下来。我建了一个10多平方米的独立书房，在两面墙上打满了顶天立地的书架，几千册的藏书终于有了安身之地。书架当然没有书橱漂亮，也极易招灰，但更加质朴实用。这两个大书架，成了我的住所不同于人的别样风景，为朋友们啧啧称赞，也使我始终沐浴在怡人的书香中。犹记得书搬来时，大大小小的纸盒、包装袋堆满了客厅。我从中午开始，按书名首字拼音一本本往书架上放，待全部放完已是午夜。万籁俱寂，唯有我的书房灯火通明。腰酸背疼的我，看着满屋子的书，居然毫无睡意，不舍关灯，就这样一夜无眠。在这个书房里，我完成了散文集《穿越城市》，荣列教育部和《光明日报》联合举办的"中国高校出版社书榜"。

前几年，我又在城西新购了商品房。痴心不改，本性难移，我把最小的房间用作了书房。这次我的设计更加新颖实用，不仅房内两面墙打满了书架，而且，书房的门口没有做门，用一对双面的书架做了隔断。这样，既充分利用空间打了书架，又使书房和客厅连成一体，散发出我熟悉的文化气息。会做木工活的父亲还特意为我做了一个脚梯，这样攀高爬下取放书籍就非常方便。这间书房，成了朋友们最爱带孩子来感受的小型图书馆。

如何对得起书这么多年来对我的滋养？我颇费思量。最后，我决定把数千册书分类，让不同类别的书在书架上找到自己的宜居位置。为了激励自己不废诗文，我在书架上设了"师友著述"一栏，把老师、同学和友人的著作置于一处。导师王气中先生,程千帆、周勋初、卞孝萱、吴翠芬先生的著作;亦师亦学长的莫砺锋、张伯伟、曹虹、程章灿教授的著作,都整齐地排列在这里。在研读的同时,常常生起对母校、对大师、对老师的亲切回忆,仿佛听到他们的教诲和忠告,便会收起倦怠的心,关上窗外的喧嚣,孜孜投入清风寂寞的夜读和孤灯映照的写作。

"遑遑三十载,书剑两无成。"从学校毕业后我一直从事行政工作,但始终提醒自己无论角色如何变换,都要一辈子做个学生,一辈子认真做功课。我不是学者,做不了什么大学问,只是写一些浅斟低唱的小文,所以我的书房不堂皇,更无珍本,只是我做课业的地方。每当我坐在书房里打开电脑或铺开稿纸,求学时做功课的情景就会重现眼前,我仿佛又回归了作为学生的我,心里感到无垠的宁静。我用书房牵系着学校和老师,联系着读书和写作,维系着自己的精神家园。书房里,有我出发的初心,有我永远的乡愁。

书香飘进百姓家

　　1983年9月，我来到南京上大学。第一个星期天，举目无亲的我无处可去，心想仍按中学的习惯去书店吧！出了南大广州路的校门一路问去，经过只有一间狭窄门面的南京画店、门边挂满板鸭的长江路南北货商店、立着民国高大廊柱的邮政大楼，来到了南京最大的中山东路新华书店。回时，手里多了几本书，似乎消除了一些身在异乡的陌生感。

　　那时的书店很少，老师开出的不少书都买不到，于是我常常穿梭于仅有的几个书店之间，多半也是无果而归。焦虑之外还有几分不适，就是只要书在你手里多停留几分钟，店员就会来干预，怕你弄坏，怕你撕页，甚至怕你窃书，那怀疑的眼光真的让人难以长久驻足。

　　大学毕业后，我成了南京的市民，于岁月推移间不断感受着城市建设的节奏韵律，仰头赞叹一座又一座摩天大楼之时，俯身却发现了另一片绿地也在萌芽茁壮。某一天，"南京书城"来了！国营的新华书店之外，竟有了另一种模式的书店！这是改革年代才会有的创举啊！我惊讶于这里琳琅满目的书籍和四处放置的长椅，手执一卷坐上一天也没有人来赶你，再也没有了慌张之感。是啊，书折损了又何妨，换来的却是读者心智的健全。多么划算的破损！多么开放的理念！我惊讶于这里摩肩接踵的人流，南京爱书的人原来一直都在，没有散去啊！他们只是需要一个可以让自己彻底放松、身心舒适的像"家"一样的书店！

　　时光疾驰，我成了南京的老居民。这么多年来，南京从来没有停止过前行的脚步，我感受着跨江大桥的流线之美，体验着高铁地铁的速度之美，领略着河西江北的开拓之美，也品味着"书香南京"的馥郁之美。

　　那个春天,慕名走进大学近旁的先锋书店,那只是一个防空洞改造的地下停车场,却在绿树掩映中显示出敢为人先的慧眼。大厅放书的平台上点缀着橘黄色的灯,主人说他想象的书店就是天堂的模样。哦,天堂里必有像阳光般明亮的灯吧,而书就是芸芸众生心头的阳光和明灯!那个夏日,轻轻踏入仿佛是驿站般的永丰诗舍,它的每一个房间都用诗人的名字命名,其中就有说出"天堂应该是图书馆的模样"这句名言的博尔赫斯。坐在蝉鸣声声小院里翻动书页的那一刻,真的觉得自己在经由这样的长亭短亭去往天堂啊!那个秋季,安闲徜徉在临湖的"乡伴苏家",没有想到的是,在江宁的这个小村落里也有一个农家书舍!主人说来看书的人多,书却不够,书架上还没放满呢!回家之后,我毫不犹豫地捐出了自己的十多册文集!那个冬夜,虔诚拾级秣陵路的"二楼南书房",书店主人的身份几乎与文化人无涉,但他却敏锐地捉住了普通人的内心渴盼,"不灭的理想,不关灯的书房"的光芒,远亮于巷外的霓虹啊!城市经济在腾飞的同时,人们的心灵也渴望得到更多的滋养。无论路有多长,夜有多深,书房里那一盏永远不灭的灯,就是我们疲惫身躯的栖息之处、孤独灵魂的安放之所!

　　真所谓"不识庐山真面目,只缘身在此山中"。前年,苏北的表叔带着他的孙子来南京参加艺考。他是头一次来南京,我提出陪他们去风景名胜看看。上过几年学的表叔却说:"听说南京的书店和美术馆不错啊,带我们去看看吧!"于是,我们去了长江路的美术馆和五台山的先锋书店。在书店,他用衣襟把双手擦了又擦,才从架上取了一本书看。我告诉他不用担心把书弄脏,这"全球最美书店"就是老百姓自己的书房!走出书店,他回头望了又望,对孙子说:"一定要考到南京来啊!做个南京人多好,书店的条件比家里还好!"他眼睛里的那份万般羡慕和千般不舍让我久久怦然心动,我从未如此深切地体味到做一个南京人的幸福。我想,沐浴过这一片氤氲书香,孩子一定能够更自信从容地走向亮丽的明天,奔向辽阔的远方。

　　城市发展的设计者们从不满足,他们的目光早已投向新的阅读空域。地铁站熙来攘往的人群,你们去往哪里?明城墙川流不息的旅人,你们所为何来?除了地理意义上的目的地,你们还向往什么?互联网翩然来去的人们,你们归飞何急?除了度娘和淘宝,你们还渴求什么?谁道"无情最是台城柳"!有一天,一个同学在群里分享了台城书房的图片,那样的古朴和温馨!在明城墙上读书,该有怎样的今夕何年的穿越情思啊!而不经意间,地

343

铁站里竟冒出了一个个的"图书漂流文化驿站",只要用手机扫一扫,就能把自己喜爱的图书带回家!让图书飘然旅行,这是怎样新鲜曼妙的文化创意啊!更有一天,微信群里传出一个昔日夜大学生读《红楼梦》的声音,年逾花甲的他竟然参加了"全民阅读领读者联盟",成了一个时髦的"朗读者"。这无垠的网上阅读空间,无限延伸着南京人的书香情怀!这所有所有的文化名片,丝毫不逊于钢筋水泥构成的南京地标!

近 40 年来,我一直居住在东郊,城东从一片莽苍到高楼林立,从店铺难觅到商家云集,繁华之景今非昔比,但我总觉得若有所失。直到那一个黄昏,下了地铁的我忽然发现,在招商花园城的一隅,静静地添了一家书店。夕阳斜照下,斑驳书影里,人们或坐或倚,一派安详静谧。一位年轻的父亲带着幼小的儿子,就那样坐在楼梯上,各自拿着一本书在看。也许是怕自己太专心,把孩子弄丢,父亲用一根细细的红绸绳系在自己和儿子的手腕上。这颇有喜剧色彩而又足以令人心头潮湿的一幕,使我再次想起了博尔赫斯的名言。人们向往天堂,无非是因为它意味着更高、更美、更好。从前,苏杭这样的鱼米之乡就是人们心中的天堂;而如今,人们早已衣食不愁、起居无忧。鳞次栉比的高楼建起南京人的天堂,富足丰饶的物产充实南京人的天堂,风驰电掣的高铁驶向南京人的天堂,这萦绕城乡的书香也孕育出南京人幸福的天堂啊!

走出书店,回望着那对仍沉浸在书中的父子,南京林林总总的书店、满墙齐顶的书架在我眼前迭现,我要说,这"飞入寻常百姓家"的书房就是天堂的模样,这人与书"相看两不厌"的光景就是人间的天堂!

天堂的模样

每天清晨，习惯步行的我，总是选择在大行宫站下地铁，开始那条熟悉的行走路线，只为了能与南京图书馆相逢。从这里出发，我一整天都会因沐浴过书香而怡然忘忧；从这里出发，总是涌起与图书馆有关的温暖情思。

对图书馆的最初记忆源于父亲的工厂。从上初中开始，父亲见我喜爱读书，便常常从厂里的图书馆借些文学期刊和小说给我看。我从工厂的图书馆接触到了《人民文学》《小说月报》《新港》这些杂志，《青春之歌》《野火春风斗古城》《上海的早晨》这些小说。我虽然从未去过厂里的图书馆，但这些经由那里到我手上的书刊，让我对图书馆充满好奇和好感。

上高中的时候，父亲居然借回了《红楼梦》！我结结巴巴、断断续续地读下去，虽然许多地方懵懵懂懂，但对开篇的这段话却记忆深刻。"今风尘碌碌，一事无成，忽念及当日所有之女子，一一细考校去，觉其行止见识，皆出于我之上。何我堂堂须眉，诚不若彼裙衩哉！"作者的这一自我表白，让我日后不管学界对《红楼梦》的主题如何众说纷纭，都坚信作者对女性的情爱是无法绕过的。20世纪90年代，我以此立论的一篇《红楼情结》，在《南京日报》的读书征文中获得一等奖。回头想来，这实该归功于父亲工厂的图书馆啊！

上了大学，才真正见识什么叫图书馆！进了学校的北园，赫然矗立的就是一栋博大的图书馆。将图书馆建在教学区的入口处，真是极具创意的设计，学子们每天从这里经过，面对这卷帙浩繁的书的江海，"学无止境"的告诫就会不绝于耳，"皓首穷经"的意志就会坚定于心。我不断地穿梭于图书馆、教室和宿舍，不停地借书还书，恨不能变成一块海绵，把这图书馆里的书全部吮吸。何能做到呢！六年的大学生活，所借阅的书不过是图书馆的沧海一粟罢了。然而，图书馆给予的浩瀚无垠的大美，书本传递的阳光通透的温暖，兴至而去、满载而归的循环往复，让我感到了一种心田被完全占据的充实、世界正无垠展开的幸福。

进了职场，单位也有一个不小的图书馆。既然成了南京的一个居民，于是也常常流连于城市的图书馆。在图书馆浸淫既久，漫游知识海洋的同时，也渐渐触摸到了前贤的足迹和情怀。

莫小看这静寂无言的图书馆啊！往古代追溯，写下五千言《道德经》的老子，便是"周守藏之史"，是我国最早的图书馆馆长呢！向近代回眸，杰出的启蒙思想家梁启超是中华图书馆协会的创始人之一，又兼京师图书馆、北京图书馆馆长。而作为中国共产党缔造者之一的李大钊，担任过北京大学图书馆的馆长，他亲自讲授图书馆学课程，并把图书馆办成了宣传马克思主义的阵地。就是这位名垂青史的北大图书馆馆长，给了青年毛泽东一个图书馆管理员的职位。尽管每月只有8块大洋，但毛泽东对图书馆生活无疑充满感恩，他说这段日子"曾经迅速朝着马克思主义发展"。对中国传统文化的钟情，加上与图书馆的这段情缘，我们相信毛泽东始终怀着浓郁的图书馆情结。新中国成立后，他经常向一些大图书馆借书，终生保持着与图书馆的联系。而被全世界公认为"千年第一思想家"的马克思，为了写作《资本论》，在大英博物馆博览群书达10年之久，竟至地面都留下了他常年摩擦的两行脚印。

当年，在南京老图书馆，读到了阿根廷诗人博尔赫斯的《关于天赐的诗》，诗中有一句名言："我心里一直都在暗暗设想，天堂应该是图书馆的模样。"这首诗是他担任阿根廷国家图书馆馆长时所写，无疑道出了他坐拥80万册书的欣悦之情。他是在说：天堂是尘世的人们遥不可及的永享幸福的地方，而图书馆可以帮助我们进入美好的天堂。所以，2007年落成的南京新图书馆用别具匠心的建筑语言，向人们传达了这一理念。它的东入口设计成"凹"形结构，顶部是一个椭圆形的大洞，"凹"形断面从下往上渐次扩大，喻示着读书可以使人智慧洞开，设计者说他的灵感正来自博尔赫斯。不敢妄自揣测前贤倘若再世，是否也有这样的认知，但是，不可否认的是，无论是老子还是梁启超；无论是李大钊还是毛泽东，他们都攀登上了文化的山巅，他们达到的高峰，一定不亚于天堂的高度。至于马克思，尽管不断有时髦的疑史派或别具用心者否认他在图书馆读书的史实，但是，他留下的影响世界走向的巨著就是最雄辩的语言，他创立的科学理论终将把劳动者带向幸福的天堂。身为一介书生的我终于恍悟，年少时昏黄灯光下一卷在手的痴迷，青年时图书馆里来往不息的奔波，如今走过书店不由自主的驻足，原来都是为了找到心中的天堂！

已过知天命之年的我，每当走过图书馆和书店时仍然情不自禁地抬腿而进，终不能视若无睹。令我陶醉的是，现今图书馆和书店里多是齐刷刷打到天花板顶的书架，它们似欲穿透房顶无限延伸，直抵那个光辉如宝石、明净如水晶的美丽天堂。书是人类进步的阶梯，图书馆也是通往天堂的驿站啊！于是，被工厂图书馆滋养的我，受大学图书馆熏陶的我，享城市图书馆润泽的我，执意在居所打造了一间满墙都是书架的通透书房，约莫算算也有五六千册图书呢！朋友们来做客，最感兴趣的就是我的书房，都说像一个小型的图书馆。家有图书馆，足不出户就可坐拥书城；家有图书馆，每时每刻都是人间天堂。

流向远方

多年前，曾经在后宰门旧书店里看到我的一本小书，是我签名送给一个同事的。和他关系不错，这本书究竟怎么"搬迁"到这里的，没有多想，也不必多问，下次出书我仍是赠他的。前几日，忽有朋友告诉我在网上看到一些我签名赠送的书，有的还标着是孤本，他拍了照片给我看，大有为我抱不平的意思。

我一张张地看照片，多数人我还是能想得起来的，有我的领导、老师、战友、同学、同事，虽交有深浅，但赠书时一定是认真的，索书时也一定是虔诚的。友人的反应有点激烈，但我并不生气，这在人生中实在算不得什么事。而且从浪漫之眼观之，书的命运本来就不应该是平铺直叙的，也许这一"卖"，一个出人意料的故事就开始起承转合了。

我可以料想个中的部分原因，比如有的是离开南京时将书柜中所有的书打包卖掉，为的是行囊更轻；有的是搬新居时只留下若干可装潢豪华书橱的精美书籍，其他一概弃置，为的是品位更高；有的是几乎将所有的书都赠送亲朋，剩下的便归了旧书店，为的是空间更大。我就有一位同学，家中书越来越多，实在无处安放，于是开出书单，公告大家可自由索书、余则变现。我想，各人不同阶段或境遇中的考量不尽相同，所有这些"卖"的情形都是当事人在某一特定时刻的断舍离，我们不能妄作评判。就书而言，既已赠人，怎么处理都是他的自由，不能因为这一件事便对人作出卖书之外的种种论说，更不能怨气横生，埋下心结。再说，还有人专门搜集或收购签名书，不仅是一种雅好，而且对书的保存功莫大焉。有卖的，有买的，有弃的，有收的，书就不断地流通流动，需要和不需要的人就能得到双赢。

忽欲看看拙作的价格行情,多数当然是低于原价的,但居然也有几本已十多倍于原价,并非一概不值钱。我非名人,怎会涨价?朋友说:看你字写得好吧?我说一定不是,是沾了对方的光。所赠对象有的是大学名教授,此书一定是因他的声望而身价倍涨;有的是在某个领域有些知晓度,但已亡故,此书一定因他的消逝而有了别样意义。还有两本书是名人题签,价格看涨当然是凭借好风。这一思量,或感恩,或怀念,或牵挂,倒生出些五味交织的心绪来,于是不再深想。

我家中的书也是愈积愈多、积重难返的,只在最近的一次搬迁中下狠心处理了几百册,得大洋一百。当时逼着自己断舍离,过后懊悔万分,发誓以后决不干此类有违本心的事。但即使在那一次大清理中,所有师友的赠书我都未忍丢弃,相反还在书柜中辟出专位。在我看来,这些书哪怕有的并不会去读几页,但那一个个熟悉的名字和我的生命历史紧密相连,抽去了他们,岁月无承载之处,情感无寄托之所,晚岁的回忆也会缺失重要的索引。

当然,我仍然要说一声,我的这种藏书态度并不是对拙作被"卖"的批评,只是陈述对赠书不同的处理方式。我不纠结的,因为书总是要流动的。无论一本书现在是安居在作者之处,还是静卧于他人之宅,或是迁徙于旧书店、地摊,甚或是蜷缩于废品店、垃圾场的某个角落,多年以后,几十年几百年以后它的命运如何,实在不是我们可以预见的。安居在作者家的也可能被子孙付之一炬,流失于别处的也可能成为爱书人的珍宝。

前不久,我的一位朋友就从网上寻觅到了曾外祖父——一位民国外交官的几本欧日游历笔记。看着曾祖那全然陌生而又似曾相识的面容,读着他冲淡而诙谐的文辞,想着这本书不知辗转于多少人之手才回到家中,全家人不由得眼中潮湿。寻到的不是一本普通的书啊,而是家族的根啊!我不禁带着向往地遐想,多少年多少年以后的一个落日黄昏或是细雨清晨,我的后人会不会捧着邂逅的我的小书,读着勒口上关于我的简介,抚摩着扉页上我的签名,揣测着我和被赠者之间曾有的故事,心底涌起温湿的波浪?假如一本书能"卖"出这样好的线路,"卖"到这样远的年代,千山万水的跋涉、几生几世的漂流也就值了。

因此,我感谢那些在家中为我的书留出方寸之地的朋友,费了心、占了位。我同样感谢那些把我的书从家里的书架推向漂流之路的朋友,放了线、留了白。等待它们的,会不会是与另一个人或另一些人的缘分？"不要问我从哪里来,我的故乡在远方。为什么流浪？流浪远方。"对书来说,"卖"就是一种流浪吧？那么,愿这种流浪成为寻觅家园的深情归航、奔向远方的诗意飞翔。

劝君践二事

　　一个刚转业的战友问我:单位给我安排的活不多,闲得慌,我干什么好呢? 我毫不迟疑地回答他:学习啊,读书啊,与其在无所事事中荒废,不如在知识储备中等待。我讲的是真心话,我也是从来这样勉励自己的,办公室里一直挂着"天道酬勤"四个字。这就是我要说的第一件事。

　　学习的重要性不言而喻,我们的办公室和家里都不缺书,但是读书浮光掠影、蜻蜓点水的多,真正能持之以恒、沉潜涵泳的人少,这主要是因为我们太功利。学习带不来现实的利益,投入和产出的性价比不高,我们等不及。其实,学习给人带来的变化不是可以用数字、图表在短时间内显示的,它是潜移默化的、润物细无声的,是在人的内里起作用的。一个坚持读书的人和一个不读书的人,一个月内也许看不出什么不同。一年后你试看,两年后你再看,十年后你定睛看,时间会告诉你一切。

　　读书是和前人在一起,和今贤在一起,和历史在一起,和现实在一起,知道许多东西的来龙去脉,不会轻信盲从,同时也知道自己的浅薄无知。更重要的是使思想变得繁盛深邃、心灵变得通脱豁达。正如清朝大学士张英指出的那样:"书卷乃养心第一妙物。闲适无事之人,镇日不观书,则起居出入,身心无所栖泊,耳目无所安顿,势必心意颠倒,妄想生嗔。处逆境不乐,处顺境亦不乐。"毕淑敏给人开出的度过人生低潮期的处方之一,就是"多读书,看一些传记,一来增长知识,顺带还可瞧瞧别人倒霉的时候是怎么挺过去的。"他们说的都是通过读书来开阔胸襟、充实心灵。真正的强大必定是内心的强大,内心的强大要靠丰富的学识来支撑。韩愈说:"诗书勤乃有,不勤腹空虚。"书本的持久浇灌即使带不来任何成功学意义上的成功,但一定会使你蕴藉深厚、胸有丘壑,那些腹中无物之徒,即使再峨冠博带、装腔作势,在你看来也是不值相与的蜩与学鸠。

第二件事说说行走。也许是自小就步行上学的缘故,我一直对行走情有独钟。有朋友说:你住的地方都适宜走路,东郊有紫金山道,城西有长江绿道,真会选地方。其实,地方真不是我选出来的,而是人到哪里都会有可以走的路,到哪里都要先去找路走。住在半山园时,我走明城墙;住在苜蓿园时,我走月牙湖;住在马群街时,我走紫金山;住在外滩城时,我走江边路。在大院上班时,我从汉中门经乌龙潭公园行走而至;在二条巷上班时,我从大行宫经南大校园行走而至;现在在汉中门大街上班,我从秦淮河绿道经嫩江路行走而至。你看,在哪里不能找到人可以走的路呢?

行走的好处有哪些?当然首先是健身,日行万步基本可以达到锻炼的目的,运动量恰是适度的。更重要的是,在日复一日的行走中能悟出许多生活哲理,消除不少胸中块垒。在南京的这些行走路线固然能给人哲思和诗情,外出学习、出差时走的那些路何尝不给人心灵的滋养呢?我走过井冈山下翠绿的竹林,走过宝塔山下蜿蜒的坡道,走过骆马湖边绵长的石径,走过太湖边曲折的长廊,每一处的行走,或真意凛然,或春意盎然,或古意悠然,或禅意静然,让你在身体微微出汗之时,不自觉地过滤心里的杂质,抛却行囊的累赘。

惯于懒睡的一位同事有次出差时随我早起,不禁感叹清晨的风景竟如此赏心悦目。我对他说,生命很短暂,一个从不早起的人实际上错过了本该领略的多少美丽生命风光啊,可惜了!但这还是次要的,重要的是行走中的我们能够清晰地看到大自然的广博和了无机心,反观出人心的狭隘和工于机巧,也能够领悟到什么样的品质才能够真正恒久、永远葆有蓬勃的生机,从而扔掉那些尘俗认为非常重要而与生命本质相去甚远的东西。心宽了,何处楼台无月明;心轻了,万物静观皆自得,我们就能达到身心合一的健康,感受内外和谐的惬意。

这两件事,其实古人都说过,就是读万卷书、行万里路,只是从自己的经验出发谈点感悟而已。正是:

学不可以已，
行当志万里。
劝君践二事，
天旷万岭低。

美不远人

宋朝罗大经在他的笔记集《鹤林玉露》中记载了一首某尼《悟道诗》："尽日寻春不见春,芒鞋踏遍陇头云。归来笑拈梅花嗅,春在枝头已十分。"费尽心思寻找春的踪影,芒鞋踏遍了山头的白云也一无所获,而当归来时却发现,身边的梅树早已绽放出饱满充沛的春意了！某尼借这首诗说明"道不远人",不能"道在迩而求诸远"。在我看来,这既是一首充满了哲学理趣的参禅顿悟之作,也是一首充满了生活美学的寻美有得之作。道不远人,美又何尝远人！

自然、社会、艺术,处处充满了美的景象,只是我们常常疏于或懒于发现罢了。朱熹诗云"胜日寻芳泗水滨,无边光景一时新。等闲识得东风面,万紫千红总是春。"等闲者,容易也。这满世界都漾满的春光,哪里需要费劲去寻呢？一眼望去,都是万紫千红的无垠美景！王维诗曰："行到水穷处,坐看云起时。"来到了水的尽头,不少人恐怕要感到索然无趣吧？然而,诗人却席地而坐看起了天上的流云,内心充满了云卷云舒的惬意。地上虽已无景可看,还有天边的云呢！在读着古人这些诗作的同时,我们除感受到无处不在的自然之美外,也感受到充满性灵的艺术之美。诗人们早已融入了他们抒写的自然,在我们心头定格成一幅幅人和景"相看两不厌"的美丽画卷。美,还需要刻意去寻找吗？

"床前明月光,疑是地上霜"的平常景象触发了李白的乡愁,"苔痕上阶绿,草色入帘青"的普通场景融化了刘禹锡的诗心,一朵微小的花可以唤起华兹华斯"不能用眼泪表达出的那样深的情思",川端康成"凌晨四点,看到海棠花未眠"不由自语"我想要活下去"。月光,花草,青苔,都是我们随处可见的寻常景象,我们却为何没有发现它们的美?我们为何常常愁云深锁?我们为何要把对美的期盼寄向远方?

我们忽略身边的自然之美,也漠视身边的人儿之美。朋友圈里,一则微信问道:为何我们可以对所有的人笑脸相迎,却唯独对自己的爱人恶语相向?一语未必惊醒梦中人啊!朝夕相处销蚀了美感,耳鬓厮磨增添了疲劳。我们意识不到,人和人的相逢就是流云,就是朝露,就是烟花,有朝一日最爱的人将一去不返,就像我们从来没有相遇。甚至,等不到旅途的终点,在你不知道珍惜的某一刻,他(她)已转身离去,再不回返,就像你们从未相爱。爱,也是一种特殊的美;爱,就在我们的身旁啊!

1921年,宗白华先生写过一首《生命之窗的内外》,其中写道:"生活的节奏,机器的节奏/推动着社会的车轮,宇宙的旋律/白云在青空飘荡/人群在都会匆忙!"他提出的实则是一个如何在工业化社会里保持诗意和美的人生课题。如今,近百年过去了,现代化的节奏越来越快,人心越来越浮躁,匆忙的人群无视飘荡的白云这一生活课题不仅没有解决,反而愈演愈烈了吧?

离我们那么近的白云,我们为什么会视而不见?离我们那么近的爱人,我们为什么不能且行且珍惜?宗先生的诗告诉了我们答案:因为我们在匆忙赶路,我们的目光在不停地向外攀援。这匆匆忙忙向外扩张的,是我们一颗不善于守候、不愿意停留的心啊!先生是在告诉我们,美不在"远"而在"迩",这"迩"既是触手可及的身边之景,更是一颗宁静淡定之心。只有"心"愿意,我们才会从堆积如山的案牍中抬起头来眺望窗外的绿色,我们才会从暖人的被窝中爬起来去沐浴清新的晨光,才会在下班途中停下脚步看一看婆娑的树影,才会慢慢走路去记住这个永不可能第二次寄寓的城市的点点滴滴,才会背起包作一次说走就走的旅行,才会紧紧拉住爱人的手生怕他(她)转瞬间就杳如云烟!

孔子说:"未之思也,夫何远之有?"罗丹说:"生活中不是缺少美,而是缺少发现美的眼睛。"没有多少人能够成为艺术家和美学家,但生活的美学并不需要高深的理论来架构,而只需要我们用一双慧眼、一颗灵动的心来诠释。只要我们把寻求美、发现美的目光投向身边、投向内心,偶尔折到的一枝鲜花,路上别人弃之不顾而自己感到兴趣的燕石,身旁那已是满脸皱纹的爱人,都会唤起我们那一声发自心底的诗句:生活是多么美啊,我想要活下去!

"阑珊"之美

  提到描绘元宵佳节的诗词,我们首先想起的一定是辛弃疾的《青玉案·元夕》。"众里寻他千百度。蓦然回首,那人却在,灯火阑珊处"几乎是妇孺皆知的名句。不过,不少人也许没有真正读懂这首词,以为是主人公在灯火辉煌的地方找到了那个倾心的女子,人们常误用"灯火阑珊"来形容节日之夜的灯火齐放便是一个明证。其实,主人公哪里是在灯火璀璨、众声喧腾的地方找到伊人的呢?那还有一点美吗?词的上半阕极写元宵之夜的繁盛喧闹,正是为了反衬下阕的孤独寂清。满城华灯里,凤箫声动里,宝马雕车里,鱼龙灯舞里,主人公以为找不到心上人了。恰在此时,蓦然转身,却惊喜地发现她独立在稀落的灯火里!这就是"阑珊"之美,一种不同流俗的美,一种超尘独立的美,一种清寂沉静的美。

  在中国的古典文学里,"阑珊"从来不是一个指代辉煌、明亮、顺利的词,它的意义恰恰是相反的衰落、暗淡、艰难。白居易《咏怀》诗云:"白发满头归得也,诗情酒兴渐阑珊。"白头诗人的情兴消沉之意十分明了。李煜《浪淘沙》词云:"帘外雨潺潺,春意阑珊。"被雨声惊醒的亡国之人心头也是一片春意萧条。苏轼《减字木兰花》词云:"官况阑珊,惭愧青松守岁寒。"以自惭出之的话语实则包含了对仕途挫折的轻置。今人之所以把"阑珊"理解成华丽、辉煌等义,也许与"阑""珊"的字形有关。人们把"阑"理解成与"斑斓"同样的意义,把从"玉"的"珊"理解成美丽、姣好之类。这种误读误用既影响了对作品的理解,更使得"阑珊"一词失去了孤清、零落、凋败那独有的意境。

  人们的误读,更多地可能与好繁华热闹、恶衰落冷寂的心理有关。我们总是希望好花常开、好景常在;人性总是向往春风得意、门庭若市。所以,我们迷醉于词上半阕"东风夜放花千树"的美景之中,我们把这华美的意象直接带进了词的下半阕,把"阑珊"等同于"灿亮",无心去细辨词人真正苦心孤诣营造的意境。出于这种心理,我们会把"春意阑珊"也解读成春光多姿。

其实,"阑珊"之象给予的另一种况味的体验和提示,是我们无法避免的生活常态。在孤独、萧瑟甚至凄清的场景中,人生的真相被看破,生命的潜能被激活,我们的注意力就会从外面的世界转向自己的内心。也许我们就会像辛弃疾笔下的主人公那样避开繁华之所去开始自己的寻寻觅觅,而终于在人所未至处有新的发现。正是因为阑珊之处寂寞清幽却能为追寻者开辟新的蹊径,阑珊之处灯火稀落却能为执着者点燃心头之灯,阑珊之处人迹罕至却能为心仪者唤来苦恋之人,王国维才把"众里寻他千百度。蓦然回首,那人却在,灯火阑珊处"视作成就事业和学问三境界的最后一境。联系"昨夜西风凋碧树,独上高楼,望尽天涯路"和"衣带渐宽终不悔,为伊消得人憔悴"这前两境,我们悟到,人不能慵懒安逸、贪图享受,即使身处繁华,也要有意识回转身来耐寂寞、苦心志,这样才能在阑珊之境中领略事业的辉煌之景。这就是人生的辩证法。

说到这里,我们终于知道,辛词中的"阑珊"指的是一种不慕荣华、自甘寂寞的境界。而要再进一步说到"阑珊"的衰残之义,也同样别有意趣。鲁迅先生在《"碰壁"之后》一文中写道:"此刻太平湖饭店之宴已近阑珊。"这很平常的一言,却让我惊心。人生固是一场火树银花的盛宴,但也是一场灯火渐暗的残宴啊!读懂"阑珊"之义,悟通"阑珊"之境,这指尖滑走的岁月,就会让我们警醒而深刻;这次第退场的离人,就会让我们感怀而珍惜;这渐渐阑珊的灯火,就会让我们清远而宁静。

生活需要一点"文艺味"

一个朋友告诉我,单位要给她换个岗位。领导找她谈话时说:你什么都好,就是"太文艺"了。她非常委屈:我是比较"文艺",喜欢看书、写诗、弹琴,这碍别人什么事呢? 因为我不了解详情,所以无法作出评判。但是,我觉得,从一般意义上说,生活还是需要有一点"文艺味"的,这就好比一盘素淡的菜里调了一点色,一碗寡淡的汤里加了一点盐。

不去说那些专业的文艺工作者,他们当然是非常有"文艺味"的。就看我们的身边,其实就有不少比较"文艺"的人。他们或者在诗文写作、琴棋书画等方面有那么一点天赋或成就,虽与专业人士不能相比,但在普通人群中比较突出。他们或者已虽不能,但却有读书、艺术欣赏方面的雅好,会参加读书会和各种艺术兴趣班,会经常去影院看大片,闲来会去公园与同好唱上一段戏曲。他们因此而在职场之外给自己开辟了第二生活空间,使原本平淡的日子有了一点亮色和生气,这种带点"文艺"的生活何尝无益呢?

有一回在莫愁湖公园听到一个中年人唱《梅妃》,程派幽咽婉转的腔韵浓郁,以为他当过专业演员呢! 后来在央视的一档戏曲节目上看到他,竟是全国"十大京剧名票"之一的徐奥博! 他的职业却是医生! 不禁感慨万千,他的这个雅好一定会使他在治病救人的生涯之外有一份沉静和闲适,减却成天面对生老病死的焦虑和不安。

有点"文艺味"的人,他的思想就会比较超然,相比于现实世界林林总总的利益满足,他更在乎艺术世界五彩缤纷的精神享受。无论是在诗书还是绘画、歌舞、戏曲中,他感受到的都是超乎现实的心灵世界,这个世界源于生活又高于生活,美就美在现实世界与艺术世界的糅合里,美就美在这两个世界高度的那一点点落差里,美就美在灵魂暂离尘世的那种飘逸里,美就美在对远方的那一点遥想里。畅游于艺术天地之时,功名利禄这些东西便淡去了,满地都是六便士,他却抬头看见了月亮。

有点"文艺味"的人,他的情感就会比较细腻。文艺说到底都是内心的表达,是盛开的情感之花。一个爱好文艺的人,就会爱大自然,爱亲人,爱生活,会用心欣赏目之所视、耳之所接的一切,会用心发现身边的美。花开花落,草长莺飞,是大自然赐予人间的风景,许多人会视而不见,有点"文艺味"的人却会驻足欣赏,以心的领会去回报自然。他会尽情享受春风杨柳的拂照,他会满怀宁静听取蛙声一片,他会怡然行走在铺满金黄秋叶的路上,他会不打雨伞仰面承接如絮的雪花,他会发现生活极小的变化,发现亲人为他作的细微改变,他会为值得感动的一切而落泪。他的身体不再长,他的心灵却始终在成长。

有点"文艺味"的人,他的生活就会比较浪漫。一样的油盐酱醋茶,对一个没有一点"文艺味"的人来说,天天重复,油是太腻了,盐是太齁了,酱是太浓了,醋是太酸了,茶是太淡了。而放进了"文艺"的佐料,生活就会变幻出种种浪漫的图景。有"文艺味"的人知道,生活的艺术全靠自己去领悟和创造,他就会给简单的生活增加一点仪式感。父母、爱人的生日他不会忘记,许多重要的日子,他会用至简却至浪漫的方式来装扮。一个人也会好好地吃饭,两个人的晚餐只需一张别致的餐巾纸就可以营造出别样温馨。一个朋友给我发来他做的菜的图片,身为大学教授的他,将无比简单的家常菜通过器具和装饰创造成了艺术品,这种创造不过是为了招待他在南京读书的侄女。这种庄重对待生活、对待亲人的态度,既是一种浪漫,更是一种透着真性情的人生观。

一句话,因为"文艺"的加入,我们会多一点好的心情,原本平凡平淡的生活会多一点诗意。微信的朋友圈里,我们常常能感受到这种诗情画意。七老八十的伴侣认真地去拍婚纱照,岂不是一种浪漫?记录下一朵花开的过程,岂不是一种诗情?留下故乡老屋黄昏时分的影像,岂不是一首老歌?微风沉醉的夜晚,邀三五好友在家中阳台品茗晤谈,岂不是一种欢喜?长长的人生是由无数的片段组成的,因为缺少诗情,许多值得纪念的瞬间往往被我们错失。稍稍慢下脚步去流连生活美景,稍稍费点心思去扮靓每一个当下,就会增添日后美好的回忆。

　　有人说，要做有意思的人，有意思的人不功利。梁启超则说，他的人生观是拿趣味做根底的，"我在平时对自己所做的事，总是做得津津有味"，"精神上的快乐，可补过精神上的消耗且有余"。生活里多了一点"文艺味"，正可以帮助我们做一个较少功利的有意思的人，做什么事都很快乐的有趣味的人。

　　每个人都有生活的梦想，只要这种梦想存在，就会有"文艺青年"；只要这种梦想不曾消失，就会有"资深文艺青年"。只是，凡事都不可过度，"文艺味"万不可演变成"文艺腔""文艺癖"。真正懂得艺术之美的人，会清楚艺术的基础是真实的生活，我们不能脱离现实的世界而存在，学习和欣赏艺术应当帮助我们与自然、与人、与这个世界更加和谐地相处。

　　当有记者问陈丹青"假如生命有限，那什么是无限的呢"，陈丹青不客气地回答："生命有限，文艺腔无限！"如果我们因为懂一点文艺而自恃清高，如果我们在人际交往中总是操着矫揉造作的"文艺腔"，如果我们一味沉湎于艺术的幻想而不食人间烟火，那么，无论是我开头说的"太文艺"，或者是"文艺青年""资深文艺青年"的称号，就都不是什么褒义了。

正儿八经地生活

几年前,一个朋友的孩子快结婚时,他非常担心地说:两个孩子都不会做饭,以后日子怎么过呢?孩子们却非常自信:做什么饭啊?叫外卖啊!于是,他们开始了吃小饭店、叫外卖的生活。结局是,他们终于各分西东。分手的原因外人不可妄测,但是我想,家里从没有生起过人间烟火也应该是一个重要因素吧!朋友说,结婚时买的餐具他们连包装都没有拆开!这对年轻人物质上什么也不缺,缺的是正儿八经、认认真真过日子的态度啊!

餐具没有拆开过,家里的餐桌也就从来没有摆放过带着暖意的碗碟;餐具没有拆开过,家里的厨房也就从来没有飘散过家常菜的香味儿;餐具没有拆开过,家里的水池也就从来没有发出过杯盘相碰的"乐声",这日子貌似十分潇洒,实则过得太随意、太马虎,缺了爱意,少了责任,没了生机,减了温度。

类似的例子俯拾皆是。你也许惊诧过,衣着光鲜的同事,家里竟是凌乱不堪,一片狼藉。四处是随意堆放的衣物,到处是无用的购物袋和鞋盒,阳台上晾晒的衣服东倒西斜,茶几被零食挤占得毫无空隙,电视柜上灰尘盈寸,衣柜门无法关随他去,灯泡不亮不去理会,洗菜池漏水用脸盆接着……明明花点时间就可以整理干净,明明花点工夫就可以把破损的东西修理好,却是将就对付,懒得打理。有人说,家的模样反映了灵魂的模样,这话也许重了。但我想,家的模样一定反映了我们的生活理念和生活态度,看你是否热爱生活,是否认真地对待衣食住行的每一个细节,是否正儿八经地经营属于自己和家人的日子。

近读台湾作家叶怡兰的《家的模样》,不禁心有所动。她花费一年的时间,对 96 平方米的家按照自己的理念进行了翻修,打造了实用舒心的理想家宅。试想,不翻修又如何呢? 日子完全可以过下去。然而,叶怡兰却认为:"空间,是生活的容器。当这容器能够确实呼应、合乎我们的作息方式、需求与愿望,生活便能真正安定安顿、舒坦舒适;同时,认真专注徜徉其中,有滋有味,自在自得。"当空间的格局已承载不起自己的需求和向往,再大的整修也在所不惜。这就是一种正儿八经去生活、去过日子的态度啊!

这么大的近乎另起炉灶的工程,在生活中其实很难遇到,我们所要面对的都是些柴米油盐、清洁收纳、修修补补的日常琐事,这些举手之劳的小事有多大的难度呢! 稍稍端正一下我们的生活态度,马上动手整理我们的房间,立刻去做有益自己温暖家人的事,瞬间就会有新的变化,这种变化带来的不仅是空间的整洁,不仅是一个有着烟火气的"家",更是叶怡兰所说的"有滋有味,自在自得"的心情。这种明亮从容、快然自足的心态更会渗入我们生活的每一个细微之处,使我们的人生充满简约的意趣、创造的乐趣和新生的欢愉,有质量、有情性、有品位。

叶怡兰对自己家的态度固然令人心动,而有位姑娘对租来房子的态度更加耐人寻味。不少人对租来的房子毫不珍惜,而她却把租来的房子收拾得窗明几净、有花有草,把自己的单身生活经营得有声有色、有滋有味。周末还时不时做一桌子菜,邀请三五知己谈天说地。她的这句话一定能使得过且过对待生活的人醍醐灌顶:"房子是租来的,但生活是自己的。"说得多好啊! 这是我从杂志上读到的一篇文章,这位姑娘的生活观让我们知道,生活一直就在当下的每一个瞬间,生活的质量不在于房子是不是你买的或租的,而在于你以怎样的认知去对待生活、安排好那些微乎其微的小事。

正儿八经地生活,是学习获得的理念,也是父母给予我的教益。父亲做木工活,从来都是一丝不苟,不满意就重来。母亲把一个简陋的家整理得井井有条,最普通的玻璃茶具上都盖着自己织的纱巾。有一次父亲给我修一把小椅子,修好后仍有一点不平,但并不明显,精益求精的他硬是拆下来重装! 今年春节,父亲来南京,看到我墙上挂的一幅字有点皱,便把框上的玻璃拆下来压在字上,又在玻璃上均匀地放上高高的几堆书,一天一夜后,这幅字被压得平展如新! 有谁会对墙上的一幅字这么讲究呢! 耳濡目染父母这种正儿八经的生活态度,我养成了自己的"整洁人生"观,我的衣物从来都是放得整整齐齐、各就各位;我的办公桌上只有电脑、笔筒和辞典,没有多余的东西；即便我一个人在家，也会好好做饭，让生活具备应有的"仪式感"。我不相信，一个随处乱放物品的人，他的思想会有条理；一个家中积满尘灰的人，他的心灵会有绿草；一个不懂爱惜自己的人，他的人生会有热力！

"热爱生活""珍惜生命""善待自己"，是人们常常挂在嘴上的口号，而它们的价值并不存在于声声高喊之中，应该体现在我们怎么对待自己生活的空间，怎么打理生活的小事，怎么与家人朋友相伴，怎么快乐地独处。父辈对晚辈说得最多的一句话就是："好好过日子！""好好"，不就是认认真真吗？不就是正儿八经吗？不就是用心经营吗？随意散漫、慵懒疲沓、马虎敷衍，影响的不仅是生活好习惯的养成，更是整个人生标准的放松、生命段位的下降。现代社会物质文明已十分发达，可以说是应有尽有，但无法取代"洗手作羹汤"给自己和家人带来的精神滋养。每一个人在踏入社会、走进婚姻之始，就要以正儿八经的姿态迎接生活，把平凡小事料理得妥妥帖帖，把小小家园装扮得爽心悦目，在勤奋劳作和不辞担当中获得心灵的欣悦和慰藉。

忘不了清晨在路边看到的一幕。一个睡在店铺门前的乞丐，居然在身边放了一盆捡来的花。花虽已开始枯萎，但毕竟可瞥见他的生活态度。在别人看来卑微如斯的乞丐，仍如此正儿八经地用花来装饰难以为继的日子，这难道不能令我们这些衣食无忧的人汗颜，令我们稍稍认真一点去打理生活吗？

自然，正儿八经地生活，不光是体现在过日子上，也体现在我们严谨地对待自己的职业和事业上。然而，正儿八经地过日子，究竟是正儿八经创事业的重要基础，也是努力干工作的目的之一。古人说："一屋不扫，何以扫天下？"当然有一屋不扫而可以把事业做得很好很大的人，但我相信，能以正儿八经态度"黎明即起，洒扫庭除"的人，一定会比一个任由庭院荒芜的人更好地打理事业的领地，一点一点扫出属于自己的葱茏和明净。

有感觉地学习

李小敏是我非常敬重的一位领导干部，非为其位，但为其识。虽然未有上下级之缘得以常闻教诲，但十多年前有幸聆听过一回讲话。那次，他是谈公文写作，说到"见所常见、思其常思为下；见所常见、思其未思为中；见所未见、思其未思为上"。这几句话使我深受教益，我不仅以此自勉，每次讲公文写作时也把它传授给年轻的同志。

前不久，我读到李小敏的《关于学习与工作的几点认识》。在谈到学与用结合时，他提出要有目的地学、有重点地学。如果说这两点是见所常见、思其常思的话，那么"有感觉地学"则无疑是见所未见、思所未思了。他说："大凡做事，都要找到感觉，学习也一样。有感觉地学，才能学得进、入得深、悟得透。"他要求做文字工作的同志强化自觉意识和自为实践，抓住一切机会用心体察、用心体悟，丰富自己的感知，找到自己的感觉。我坚信，这是他从亲身实践中体悟出来的学用结合之道，因为出于己而自然笃实，与那些凌空蹈虚之言形成鲜明对比，是有感觉的人才能说得出来的有回味的话。

学习的感觉来自哪里？来自学习自身。古人说："熟读唐诗三百首，不会作诗也会吟。"笃志虚心、循序致精，慢慢悟出了诗文的妙处，兴趣就会越来越浓，而常学常新又会使人不断豁然开朗，带着更大的热忱去追求学习的新境界。孔子给弟子颜回讲一天课，颜回也没什么疑问，好像很愚笨的样子，但他发现颜回下了课堂却能很好地思考，有所阐发。所以，他认为颜回并不笨，而另一个弟子子贡也服气地说："赐也何敢望回？回也闻一以知十，赐也闻一以知二。"举一反三、闻一知十的境界正是来自不懈的学习和省悟。

　　我们常说要加强学习,但真正做到并不容易。有的人认为不学习没有关系,一样能把事做好。其实,学和不学大不一样,眼界、层次、心胸、格局都大不一样,做事的成效也绝不一样。"内外不一,心手不相应,不学之过也。"学习的感觉是铢积寸累、与日俱增的,非一朝一夕之功。有人问我,写那么多理论学习体会文章,稿费一定不少吧？我告诉他,稿费少得你不相信,为稿费就不写了,入乎其内、出乎其外的思想游骋,才是最令人喜悦的收获,不学习的人无法体会这种学以为耕、文以为获的感觉,也无法带着日异其能、岁增其智的自律去学习。不学习不思索不钻研,理论上就会无知无觉,写作上就会生搬硬套,工作上就会茫无头绪。

　　学习的感觉来自哪里？来自实践养成。"纸上得来终觉浅,绝知此事要躬行。"实践是最好的历练,实践的沃土最有营养,我们要抓住一切机会、一切平台锻炼自己,干中学、学中干是至道。实践必要与思考、领悟结合,不能陷入机械做事的事务主义。拿文字工作来说,从实践中找感觉,既要在实际工作中积累丰富素材、形成清晰思路,又要在勤于写作中领悟谋篇布局之道、起承转合之巧。"三日不弹,手生荆棘。"只学写作理论,只看别人写,只照着领导改动之处打打字,不动手不动脑,感觉从何而来？总书记说:"同样是实践,是不是真正上心用心,是不是善于总结思考,收获大小、提高快慢是不一样的。"把实践的过程变成一个从渐悟到顿悟的过程,就会找到些许庖丁解牛的感觉。

　　就文字工作来说,实践的要求不仅针对专职人员,领导干部也不能当甩手掌柜,应该适当地自己动手。近读《毛泽东文集》中作于1958年的《工作方法六十条》,从三十七条到四十七条是讲写文章和学习的。老人家说:"重要的文件不要委托二把手、三把手写,要自己动手,或者合作起来做。""不可以一切依赖秘书,或者'二排议员'。要以自己动手为主,别人帮助为辅。"众所周知,无论是在革命年代还是在建设时期,主席的许多文章都是自己动手写的！李小敏说:"具体到讲一个话、作一个报告,不能都要求领导自己动手去写,这既不现实,也没有必要,但依据其重要程度,动脑并适当地动手还是应该的,否则这个讲话、这个报告就很难体现应有的站位和水平。"这是平实之论,他的不少稿子也一定是自己写的或者指导别人写的。

　　我一直坚持自己写一些文稿,领袖都自己写,大领导都自己写,我们这个层级的干部摆什么谱？适当地自己动动手，才能对大政方针有切实的认知，才能对实际工作有独特的思考，才能增强不断学习不断提高的动力。别人写啥就读啥，读的人一定不会有学思用贯通的感觉，那个写的人也因为缺乏压力和指导而很难提高，很难找到学习和工作的北。

有感觉地生活

卢梭说:"生活得最有意义的人,并不就是年岁活得最大的人,而是对生活最有感受的人。"此刻想起这句话,是因为置身于初冬满目的枫红和一片黄绿之中,感受到了季节过渡之时特有的美,就什么也不想做,就想这样融入着,感觉着,遐想着。

人类自从诞生起,就与自然厮守磨合,与自然抗争、向自然收获,因此,人对自然的感觉是最深的。"天高地迥,觉宇宙之无穷"是王勃对天地的感觉;"海上生明月,天涯共此时"是张九龄对月亮的感觉;"飞流直下三千尺,疑是银河落九天"是李白对庐山的感觉;"随风潜入夜,润物细无声"是杜甫对春雨的感觉;"袅袅兮秋风,洞庭波兮木叶下"是屈原对秋风的感觉。前贤们有感觉地生活着,才能留下这些千古传诵的诗句。

作为普通人的我们,虽然写不出这样的诗句,但面对四季的嬗变,心中也会有所触动。因落红而伤春,因一叶而知秋,因绿荷而怜夏,因暗香而恋冬,为大自然神奇的递转、斑斓的色彩而心生涟漪。从初秋的满城黄金甲,到初冬的焜黄华叶衰,多少人起了深深浅浅的情思啊! 当看到小区保洁员在一遍遍地扫着落叶时,我就想,即使不去扫又如何呢? 人们走在那一条铺满黄绿落叶的小路上,会有旧的回望,会有新的积淀,对生活的感觉也会如这叶子一般愈叠愈厚。

人对生活的感觉,一定不会停留在观察和认识自然的层面,会表现在学习、待人、做事的各个方面。颜回闻一以知十,那是因为他退而省其私,对所学有感觉。曾子在其他同学懵懵懂懂的时候,却说出了"夫子之道,忠恕而已矣"的至理,这种顿悟也来自他对老师所传学而时习的感觉。我们虽然达不到颜回、曾子这样的灵性，但也决不能做上课时睡觉、朽木不可雕的宰我。

偶然结识秦皇岛的一位文友，她说要在单位办的杂志上转载我的文章，但没有稿费，征求我的意见。我不仅同意了，而且给她寄去了我的几本小书，这是因为我找到了以文会友的一种感觉。孰料过了一阵，她居然又从我的一篇讲话中摘录了关于学习的段落，连缀而成一篇小文，准备以我的名义发表。我修改后，她又与自己的初稿对比，说这样才有提高。对人的尊重、对自我的严律尽在其中，从这样清雅质朴的酬报中我看到了敞亮的人心。勤奋自觉地学习、周到细腻地做事，水之积也必厚，其负大舟必有力。

迈起腿走进自然，美丽的生活浪花奔腾不息。走在长江边，我会感受到昔日的海风，"江边吹来海上的风"跃然脑海。走在秦淮河边，我时刻感受到诗情画意，"把生活过成旅行的样子"油然生起。走在下关火车主题公园里，看到那辆斑驳的列车上"南京西—北京"的牌子，"又见绿皮车"萦绕心间。走在久违的二条巷里，"取次花丛勤回顾"脱口而出。随之涌起的，是对一些人和事的忆念，是情感的回味，是思想的梳理，是灵魂的洗礼，我会更爱这日复一日的行走，更爱这一程又一程的江山画图。

沉下心打开诗书，浩瀚的思想星空照亮心房。所有人的生活，都不是从自己出生才开始的，多少代人已经为后人活了一遍，留下了他们的所思所悟。当我们对生活有所感悟而口不能言时，总有一本书、总有一句话能够为你代言，使你豁然开朗。近日读到于幼军的一篇文章，他从高位陷入人生低谷之时，是读书让他获得新生，成就了他那本著名的《社会主义在中国》。我不禁想到十多年前转业赋闲在家的景况，这两年怎么度过？是毕淑敏的一句话启发了我。她说："多读书，看一些传记，一来增长知识，顺带还可瞧瞧别人倒霉的时候是怎么挺过去的。"于是，我就用行走加读写来度过人生的低潮期，成就了颇符合当时生活状态的两本小书《温柔的挣扎》《第二种生活》。越到致仕之年，我会更爱这晨昏相伴的读书，更爱这一卷又一卷的心灵对话。

张开臂拥抱生命，多舛的人生之旅萦绕暖意。抚育过儿女的我们应该懂了，"哀哀父母，生我劬劳"，该尽之孝怎能迟疑？送别过亲朋的我们应该懂了，"人生天地间，忽如远行客"，当做之事怎能推诿？领教过炎凉的我们应该懂了，"世情看人暖，人面逐高低"，本性之真怎能抛掷？经历过祸福的我们应该懂了，"祸与福同门，利与害为邻"，淡然之心怎能丢失？遭遇过算计的我们应该懂了,"利人乎即为,不利人乎即止",为善之德怎能失守? 得到过援手的我们应该懂了,"投我以桃,报之以李",感恩之泉怎能枯竭? 人与人,有相爱的缘分,有相交的默契,有相知的会意,有相助的慷慨,有相慰的欣悦,一句话语、一个回眸、一个手势、一个转身,都在赋予我们生活的感觉。视而不见、熟视无睹,你就会生活在无知无觉、麻木不仁里,就会错失、辜负、误解、失度。在人群的你来我往、聚散分离中,我会更爱这前缘注定的相遇,更爱这一幕又一幕的人生活剧。

有感觉地生活,说到底就是要用心用情用力,对生活倾注真心、深情和大力。张中行先生曾经记述了这样一件事:季羡林先生的楼西住着一对老夫妇,房前辟有小园,种各种花草,后男的得病先走了。晚秋时节,季先生看见那老妇在采花子,问她,是不愿意挫伤死去老伴的心愿,仍想维持小园的繁茂。老妇的深情触发了季先生的深情,他据此写了一篇抒情小文。张先生以为,这不为世人所注意的一面"分量却不轻,因为,就是治学的冷静,其大力也要由情热来"。治学、做人、做事,生活的一切息息相通,都需要用深情浇灌。

有感觉地生活,热忱永在,为自己仍有鲜活的生命而欢歌,声遏行云;有感觉地生活,敏锐永在,为自己仍有翱翔的思绪而长吟,余音如缕;有感觉地生活,深挚永在,为自己仍有跌宕的情愫而微醺,芬芳盈怀。

一生都要做功课

　　每当我坐在书桌前打开电脑或铺开稿纸，求学时做功课的情景就会重现眼前，我仿佛又回归了作为学生的我，心里感到无垠的宁静。那时的我，吃过晚饭便会埋首书本，或复习当天的功课，或预习明天的课业，知识的根底便在这日复一日的积淀中厚实起来，不仅高考时在全省一举夺魁，而且这种做功课的习惯更给了我一辈子的精神滋养。

　　离开学生生活三十多年了，然而，"一生都要做功课"一直是我对自己的告诫。学无止境，艺海无涯，这么多年的人生搏击让我深深明白，无论我们从事什么职业，无论我们到达了怎样的高地，都不能停止做功课。这不光是指要与时俱进地学习知识和技能，也指要以做功课的态度来做事，事前精心谋划，事中一丝不苟，事后总结提炼，如此方能虑周事圆，自身也不断抵达新的境界。

　　这些年经常在省委党校学习，上课时有的老师会抱歉地说：不好意思，我 PPT 上的数据还没有来得及更新。而有的老师却常讲常新，课件从不雷同。印象最深的是一位老教授，她说：虽然我多少年只讲一门课程，但每次讲课前我都要把课件打开看一看，把最新的内容加进去。这就是在做功课啊！细节刻画作风，小处体现精神。两种课件，两种态度，两种境界。张火丁的"程腔张韵"在观众看来已是化境，然而，她却"常常为了一出戏彻夜难眠，琢磨每一个动作"，这就是在做功课啊！所以，做功课不是简单地在备课，在背台词，在做文案，在做事前的各种准备工作，它体现的是一种精益求精、精雕细刻的"工匠精神"。人只有放下成功的姿态，永远以"空"和"虚"的心理状态来接纳新的事物，葆有专心如一、臻于至美的追求，具有格物致知、注重细节的作风，才能在平凡的岗位上做出匠心独运的成就。

学生时代做功课，预习和复习之中都包含了一种焦虑和忧惧，生怕自己不努力就赶不上别人，就会掉队。不再做学生的我们，又何尝不需要这种忧惧呢！毛泽东在延安干部教育大会上曾提出"本领恐慌"，他说"好像一个铺子，本来东西不多，一卖就完，空空如也，再开下去就开不成了，再开就一定要进货"，做功课的过程就是一个不断"进货"的过程。鲁迅先生有句名言"哪里有天才，我是把别人喝咖啡的时间都用在写作上了"，比尔·盖茨则要求"所有员工都要有这样一个意识——微软公司还有三个月就要倒闭"，这都是体现的一种唯恐落伍的忧患意识！当年长路遥7岁的陈忠实看完他的长篇《平凡的世界》时，全身有"一种瘫软的感觉"，他恐慌于自己与同行的距离，在这种精神倒逼下，写出了同样出色的《白鹿原》。"生于忧患，死于安乐。"人要不被时代淘汰出局，就须始终保持"到中流击水、浪遏飞舟"的勇气，以"一篙松劲退千寻"的忧惧敬畏之心做好自己该做的功课。

预习和复习，其实是一种准备，准备迎接老师随时的抽查和考试。不认真做功课的学生，总是在老师的抽查前猝不及防，平时扎实做功课的学生，从来不惧任何时候的抽考。人生一切的做功课何尝不是如此？机遇从来都是垂青预有准备的人，机遇不睬"临时抱佛脚"那一套。当然，不是说，做功课是为了出人头地，获取名利，做功课之时我们应当怀有的是"但行平等事，不用问前程"的平常心，不应有功利心干扰。但是，能坚持在每件事上都认真做功课的人，在机遇来临之际便能比别人多一点实现自身价值的机会，毋庸讳言，这也是人生幸事。有的人觉得自己的舞台容易出人头地就做事，觉得自己的岗位不显眼就不做事，到头来，获得成功的绝不是这些太过功利的人，而是那些无论在什么岗位上都扎实做事的人。所以，每个人都要把自己的岗位当作最好的位置，在这个舞台上发挥出全部的光和热。做功课体现的，是一种迎接机遇、提升自我的奋斗情怀。

打开互联网搜索"做功课"，无数的语汇扑面而来："读书是一生的功课""爱是一生的功课""家风家教是一生的功课"……是的，读书是一生的功课，知识的积累、底蕴的增厚是做好一切事情的前提；爱是一生的功课，提高爱的能力、保持爱的绵延，是我们一辈子都要面对的课题；家风家教是一生的功课，秉承良好家教、涵养清正家风，有多少事需要我们身体力行！然而，最发人深省的或许是这一句"精神成长是一生都需要修炼的功课"，它告诉我们,无论做哪种功课,都有助于精神的成长,精神成长永远在路上。也许,虽然我们从未放弃做功课,但最终并没有获得功名,没有做成精深学问,仍然遭遇了情感的波折,以之为信条的家风也没能得到别人的理解,等等。但孜孜不倦做着人生功课的人总不会一无所得,必将收获丰盈充沛的思想、深醇从容的境界。即使是挫折和磨难,也会使我们得到警醒和启迪,从另外一个方向和维度得到心灵的净化和升华。

日月升沉,斗转星移,我们的年齿在增长,角色在变换,然而,须要铭记的是,在人生的大课堂里,我们永远都是学生,永远都需要做功课。常怀忧患、从不自我满足的人,保持爱意、从不忘却初心的人,热爱学习、从不抛掷诗书的人,专注事业、从不投机取巧的人,就不惧人生任何时候的考试和挑战,也永远不会觉得无聊和空虚,因为他一直都在做着功课!

每一步都是修行

　　一位向来在微信朋友圈里很活跃的友人突然没了踪影,两周后他再度现身,告诉大家去寺庙过了一段晨钟暮鼓的生活,以调整红尘中疲惫的身心。媒体上也见过这样的报道,体验寺庙生活不是想去就去,还要排队呢!我不反对这样寻求清净寂静、感受佛学氛围的修行生活,但我想,人生的每一步其实都是修行,身在尘世,更重要的还是要在生活中修行。

　　去寺庙修行,多半是缘于人生的诸多烦恼,期望通过短暂的"遁世"获得超脱和宁静。这或许能获得一时的清寂,但只要你仍要回到现实,种种的烦恼挫折依然会轮番袭来,因为不完满才是生活,不如意才是人生。所以,我们更要学会接受生活一切的安排,知足感恩、摈弃妄念、有所觉悟,这才能实现山林庙宇修行的精神延续和现实转换。

　　回眸望去,人生一切的经历难道不是修行吗? 当遭遇困厄、处于逆境,我们叹息命运不公,甚至有时会丧失前行的勇气,觉得这个坎无论如何也过不了,再明媚的春光在我们眼前都黯然失色。躺下去,我们就陷入了再也无法起身的沼泽地;而站起来,我们终将发现,正是那些原来以为逾越不过的千山万水,成就了今天一个有厚度、有意味、有内涵的自我。在回望中,那些沟沟坎坎,那些雨雪冰霜,因为隔着时间的纱帘,更因为我们增添了内心的坚韧,竟显得那么美,我们不由得要感谢它们赐予的磨砺、给予的领悟,使我们在修行之路上勇于跋涉,不辞辛劳去求取真经。

　　也许可以套用一种当今流行的格式说:成熟永远在路上。成熟不是一个既定的结果,而是一程程旅途,一段段经历,一次次觉悟,更是一场场自我革新和改造。世相原本缤纷,路途原本颠簸,这并非屏障阻碍而是人间常态,障碍全在于我们浮躁的内心,在于我们企求毕其功于一役、得来全不费工夫。而果实总是要通过踏破铁鞋的修行来获得,修行全在脚踏实地做好每一件小事当中。

既然人们都热衷于参禅,不妨说一个禅宗的故事。唐朝时,一个参学禅法的僧人不远万里来到河北赵州观音院。他向赵州禅师请教什么是禅,禅师问:"你吃粥了吗?"僧人答吃过了,禅师说:"那就洗钵去吧!"僧人顿悟。一声"洗钵去"就是指示参禅者要用心体会禅法的奥妙,必须不离日常生活。同样,要领会人生的真谛、获得心灵的宁静,也离不开日常生活。顺,是日常生活;逆,也是日常生活。顺时不喜知有所止,逆时不悲知有所为,那么,人生的取经之路哪怕还有十万八千里,我们也在一步一个脚印地向前迈进。

每一个个体不同的经历,铸就了我们不同的修行之路;而基于这些经历的思考,更决定了我们修行的境界。佛教修行讲究"戒""定""慧",引申到世俗生活中来,"戒"就是要放弃不必要的欲念,"定"就是要培养行止有度的定力,"慧"就是得到彻底的领悟。走人生的每一步,我们都要让思考相伴,记得叩问初心、回望来路;记得感恩生活、回味温暖;记得憧憬未来、回馈生命。这样,每一个动心起念里,我们都会强化"妄念偶动,必即时克治"的自省;每一次摸爬滚打中,我们都会增添"何妨吟啸且徐行"的豪情。我们会舍得放弃那些身外的虚名、心灵的累赘,坚定承受那些有形的痛苦、无形的压力。我们会在比尘世更高的层面上领悟到,路过的人,无论对我们爱之深或恨之切;经过的事,无论给我们成或败,都是无法改写、命中注定的经历,都是在帮助我们成全自我、完善自己。在这种满含淡定、包容和通达的彻悟中,我们修行的境界得到了升华,宇宙的一切通透了,世界的万事圆满了,阳光洒满了人寰洒满了心田。

一花一世界,一叶一菩提。对日常修为怀有敬畏、把人生每一步都视作修行,才能修成正果。家父有诗云:"待人首念诚信善,胜点佛前十年灯。"是啊,有的人成天烧香念佛、打坐磕头,却乖戾依旧、烦恼依然,这种所谓的"修炼"有何意义呢!山野和寺庙固然可以修行,也会有精神的领悟,但我们更要在生活中修行,在修行中生活。只要有一颗珍视生命的挚爱之心,有一颗淡泊宁静的禅定之心,有一颗崇真向善的虔诚之心,车水马龙的闹市就是深山,浮沉不定的职场就是坛城,熙来攘往的红尘就是净土,而一钵一饭、一草一木、一笑一念、一尘一劫,都是我们修身正心的道场。

父亲的草原母亲的河

　　是在中央电视台《星光大道》节目中第一次听到了由云飞演唱的这首歌:"父亲曾经形容草原的清香,让他在天涯海角也从不能相忘。母亲总爱描摹那大河浩荡,奔流在蒙古高原我遥远的家乡……"我一下被歌词也被歌者的忘情演绎吸引住了,我记住了这首歌诗一般的名字:父亲的草原母亲的河。

　　一连几天,我反复聆听和学唱这首歌,随游子寻觅归途的情感波涛而心潮起伏,不禁想了解歌背后的故事。借助度娘才知道,原来这首歌是两个蒙古族杰出女性合作的产物,难怪如此地真,如此地美! 已在北京生活了二十多年的歌唱家德德玛,无时无刻不关心着家乡内蒙古,当她在电视中看到"台湾的蒙古人"席慕蓉关于家乡的纪录片时,触景生情,提出请她写一首《父亲的草原母亲的河》。席慕蓉三易其稿,终于完成歌词。在 2001 年北京电视台和内蒙古电视台春节联欢晚会上,德德玛和席慕蓉共同奉献了这首歌。这首浸透了浓浓乡愁和对父母思念之情的歌,一经问世,便广为传唱。

　　是啊,谁没有乡愁呢? 乡愁,不需要任何煽情就能触发人们的共鸣点。席慕蓉写过一篇散文《母亲的河》,其中写到她去逛书店,读到了韦应物的一首词:"胡马,胡马,远放燕支山下。跑沙跑雪独嘶,东望西望路迷。迷路,迷路,边草无穷落暮。"仿佛一个深知她心的人为她唱出了一首等待已久的歌,她止不住泪水滚滚而下。在她许多文字里,都表现出对大漠家乡的向往。小时候,她最喜欢的事就是听父亲讲故乡的风光,一遍遍地说那些发生在长城以外的故事。父亲说,故乡是察哈尔盟明安旗,明安在蒙文里的意思是指一千只羊,就是说那是一个羊多草肥的地方。哦,原来这就是歌中唱的"父

375

亲的草原"！这片草原让她父亲永不能相忘,也让她永久神往。在她的一本新书中,画页的第一张就是希喇穆伦河的相片。哦,原来这就是歌中唱的"母亲的河"！这条河流过她母亲年轻的岁月,也永远流淌在她的记忆里。

乡愁,总是与对父母的忆念紧紧相连。在痛失母亲的那一天,席慕蓉想到了母亲的故乡,一个遥远的她从来没有见过的地方,春天的草原开满了花朵,夏日的风吹过时草香直漫天际。母亲不断地进入她的梦中,让她顿悟,母爱就是一条川流不息的河流,永不干涸永不消失。五岁之前的她,会说流利的蒙古语,进了小学之后,却忘得干干净净。强烈的寻根愿望,使我们终于看到了她那篇《父亲教我的歌》。"采热奈痕查干那！查日布奈痕拿日英那！……"她只用了一个晚上的时间,就学会了父亲在火车上轻轻哼起的一首家乡民谣。她好几次在台湾的宴席上唱起这首表达青年男子追慕美丽女子羞怯之情的歌,一个字也没有唱错过。那么,《父亲的草原母亲的河》也是发自词作者肺腑的父爱之歌、母爱之歌啊！

你我也许并没有见过辽阔的草原和奔流的大河,然而,席慕蓉的草原乡愁仍然会使我们泪如雨下。这是因为,在我们每一个人的心中,都会有属于自己的特定的"草原"或"河"。也许是北国的森林,也许是江南的湖泊,也许是岭东的大海,也许是西陲的雪山;也许只是一座小镇,一条古巷,一个村间,一泓清溪。于是,"草原"和"河"就成了一种故土的象征。在听着这首歌的时候,我们所有关于故乡的回忆都会聚拢而来,汇成一望无际的草原和奔流不息的大河！

然而,共振绝不止于此,与心灵有关的东西总是更具深意的。"虽然已经不能用母语来诉说,请接纳我的悲伤我的欢乐。我也是高原的孩子啊,心里有一首歌",这几句歌词道出了作者对生命起点的苦苦追寻,也道出了"草原"和"河"的真正内涵。原来,冠以"父亲"名义的"草原"、冠以"母亲"名义的"河",都是"血脉"的象征,"根"的象征啊！这首歌,其实是在寻根啊！

在这个机器轰鸣、钢筋林立的千篇一律的世界,在这个故土和他乡被设计得面貌雷同、难以分辨的时代,在这个思想被嘈嘈切切的潮流牵制得六神无主的社会,有什么比寻根更能击中人心的呢！席慕蓉写道:"而我所拥有的,只有那在我全身奔腾的古老民族的血脉。"她为"工业化""现代化"压力下古老民族面临文化悬崖的困境而深深忧虑。同时,她也坚信,"一定也会有一种力量前来帮助我,帮助我面对这一切,帮助我去选择那正确的方向。

因为，我是我母亲的女儿，是我母亲的母亲极为疼惜的外孙女，在我的身上奔流传承着她们的血液"。俯首细思，被汹涌而来的各种思潮挟裹的我们，不由自主追逐新奇时髦的我们，是不是常常会有"东望西望路迷"的茫然之感？是不是常常会有"日暮乡关何处是"的漂泊之感？在工业化、现代化中行色匆匆一路疾奔的我们，是不是常常晕头转向不知今夕何夕，不知"长亭更短亭，何处是归途"？是这首歌，让我们记起了出发的原点，记起了从父亲母亲那里传承的初心。那些关于故乡、关于父母的信息从久远的地方悠悠飘来，那些关于传统、关于文化的密码由虔诚的心声轻轻破译，我们情不自禁与歌者同声齐唱，齐唱这首呼唤我们回归家园、回返初心、回往本真的天籁之歌。气贯长虹的群声唱和中，仿佛有一股清泉从周身流过，我们静下来了，这个世界静下来了。高楼凌霄、车水马龙的城市在眼前隐去，我们看到遍绿的草原了，我们看到辽阔的大河了！

《父亲的草原母亲的河》无疑是席慕蓉用心灵写成的歌，她的一篇散文，就是以"有一首歌"为题的。她写道："在我的心里，一直有一首歌。我说不出它的名字，我也唱不全它的曲调，可是，我知道它在那里，在我心里最深最柔软的一个角落。"今天，人们终于可以知道，这首歌的名字叫"父亲的草原母亲的河"；人们也终于可以说，我们等到了一首深知我心、期待已久的《归去来兮辞》。

爱,永不消逝的电波

昨夜,细雨霏霏。莫非,这缠绵不歇的秋雨就是为这场我慕名已久的舞剧而来的吗?《永不消逝的电波》一开场,就是旧上海淅淅沥沥的雨点,敲打着队形不停变换、光影层叠错落的黑衣人群和黑色雨伞。乌云沉沉的雨幕,传达着上海解放前令人窒息的时代气氛,也营造着催人泪目的心理环境。

20世纪60年代,那部由孙道临主演的电影《永不消逝的电波》成为谍战片难以超越的经典,烈士李侠的形象早已在几代人心中定格。在人们被五光十色潮流挟裹的今天,用舞蹈来重新演绎经典,是否太冒险?是否太隔膜?上海歌舞剧院的青年演员们用一百多场的创纪录演出告诉我们:爱,是永不消逝的电波,永可穿越时空发送心对心的信息。

对我们这一代来说,故事并不陌生;而年轻一代虽不熟悉故事,但对他们的艺术水准绝不能低估。因此,调动人的情感就全靠肢体、音乐和布景了。忽柔若无骨忽强劲有力的身体,忽灵动轻盈忽重如千钧的双臂,忽坚定昂扬忽踟蹰难行的脚步,向我们传送着内心的波澜、情感的挣扎。时而阴郁时而悠缓、时而轰鸣时而低吟的音乐一咏三叹,石库门、弄堂、马路、黄包车、老式电梯、报馆、裁缝铺这些旧上海的元素腾挪闪转,不时出现的电报"嘀嘀"声扣人心弦。

随着灯光变换的每一幕,都有由衷的掌声响起,而更热烈的掌声一定是为感心动耳、荡气回肠的爱不吝持续、余音绕梁。那一场,是李侠和兰芬的回望之舞,回忆他们从相识到相爱到结合的过程,有三对舞蹈演员同时进行着"意识流"的演绎,真是深情也感人,手法也动人,掌声夹杂着低泣。那一场,是烈士与妻子的诀别之舞,那反复剧烈的推、拉、捶、搡,那难以自主的抽搐和颤抖,那依依不舍对妻子腹中孩子的抚摩和叮咛,那一步三回的拥抱和回眸,层层紧逼地揪紧着观众的心,掌声盖不住呜咽。当烈士送走怀孕的妻子,毅然发出最后一份电报,"同志们,永别了,我想念你们"在黑色幕布上熠熠生辉,掌声胜了雷鸣。

天亮了,兰芬抱着她和烈士的孩子来到阳光之下,观众们发出了明显带有抑制的掌声。抑制,是因为心头真的痛啊!谁没有挚爱伴侣?谁没有咿呀儿女?然而,正如幕布上最后打出的那样:长河无声奔去,唯爱与信念永存。为了信念,有多少李侠抛弃了小爱,把生命献给了大爱!大爱铸就大美,大爱和大美最当得起这动其容、尽其意的手之舞之足之蹈之!

就在那一霎,我想起了林觉民和他的陈意映。"吾至爱汝,即此爱汝一念,使吾勇就死也。吾自遇汝以来,常愿天下有情人都成眷属;然遍地腥云,满街狼犬,称心快意,几家能彀?司马春衫,吾不能学太上之忘情也。"烈士一笺《与妻书》深情而坚定地告诉爱人,因为爱她,所以愿为天下有情人都成眷属而赴死;因为爱她,所以不能仅仅顾惜她,而要以天下人为念。他叮嘱妻子,假如腹中的孩子是男儿,则一定要以父志为志。这与李侠如出一辙的爱与信念的慷慨悲歌啊!

就在那一霎,我想起了《我和我的祖国》中的高远和他的方敏。参与原子弹研发而隐姓埋名的高远三年未与家人联系,后因病离岗,在公交车上偶遇苦苦寻找他的恋人方敏。方敏向他诉说往事时,因为纪律,他坚持说她认错人了,下车后两人很快被庆祝我国第一颗原子弹爆炸成功的人流冲散。方敏一下子明白了,举起报纸向高远挥手,他远远凝望着恋人,终于没有摘下口罩。17年后,当电视上公布第一批为国家安全事业牺牲的人员时,方敏才再次看到高远的照片,顷刻间,观众和方敏一同泪崩。这一片段叫《相遇》,这一对恋人终于没能成为眷属,一辈子只是相遇而已,而这相遇却成为永恒。这与李侠遥相呼应的爱与信念的忘我恋歌啊!

《永不消逝的电波》中,伴随着悠扬舒缓的《渔光曲》,一群身着旧式旗袍的女子端着小板凳坐在自家弄堂口,腰袅娜弯下,腿轻盈抬起,扇悠然翻转,头优雅摆去,翩翩舞出上海里弄一个平常而静谧的早晨,江南女子的婉约温柔之美尽在不言之中。这是对上海风情、市井生活的写实,更是盼黑暗逝去、愿岁月静好的写意。如今,我们可以每天在烈士们以碧血浇灌的鲜妍花丛中自由漫步,我们可以晨昏在先辈们用生命换来的大好河山里快乐徜徉。

问自己:还记得这样的生活是怎样来的吗?还想得起先烈们殷红的血吗?还听得见他们传来的初心密码的"嘀嘀"声吗?

谁说舞蹈不能表现红色题材?惊心动魄的革命斗争就是刀尖上的生死壮舞!谁说红色之恋不能打动芸芸众生?对国家和民族的大爱永远会领唱我们的群声高歌!那谢幕时演员们一次次的深深鞠躬,就是对先辈们发自灵魂的虔诚致敬!

爱,是永不消逝的电波……

愿天下有情人都成姻眷

四年前,去听王佩瑜的"瑜音绕梁"清音会,助演的嘉宾唱了那曲《愿天下有情人都成姻眷》,这是我第一次听到《状元媒》中这一唱段,一下被深深吸引。记得当观众点这一段时,瑜老板笑着说:《状元媒》里那么多好听的唱段,大家却都喜欢这一段啊!一句话引起我的深思,这 20 句的二黄原板里究竟蕴含着什么,能走过岁月穿越时代,使无数观众为之倾倒,百听不厌,余音萦怀?

《状元媒》说的是宋帝偕郡主柴媚春至潼台行猎为辽兵所困,郡主被路经此处的杨六郎延昭救出,遂题诗寄情,又将所穿珍珠衫相赠,传达终身相许之意。《愿天下有情人都成姻眷》表达的,就是柴郡主回宫后婉转曲折的万千情思。

"自那日与六郎阵前相见,行不安坐不宁情态缠绵。在潼台被贼擒性命好险,乱军中多亏他救我回还。"开首的几句看似交代事由,实则是袒露出羞涩而又奔放的少女情怀,遇见英武勇猛的忠良之后,柴郡主的心中已是"风乍起,吹皱一池春水"了。

"这桩事闷得我柔肠百转,不知道他与我是否一般。百姓们闺房乐如花美眷,帝王家深宫怨似水流年。"郡主自已芳心暗许,然而有着高贵身份的她,又如何能得知六郎的心事? 此时,身在深宫的她不禁羡慕起平常百姓家的女子,可以大胆表达爱慕之情,可以自在享受男女情爱,不似自己虚度青春大好年华。极尽忐忑,幽隐难诉,真是"欲问无由得心曲"!

"幸喜得珍珠衫称心如愿,宋天子主婚姻此事成全。但愿得令公令婆别无异见,但愿得杨六郎心如石坚,但愿得状元媒月老引线,但愿得八主贤王从中周旋,早成美眷。"担心之中,郡主又庆幸已将珍珠衫相赠,自己的婚姻好在由天子做主。然庆幸之中仍含一些担忧,于是有了这四个"但愿得",此事成全尚需杨家父母首肯、新科状元为媒、八贤王从中周旋,更希望六郎情有所钟,最重要的就是"但愿君心似我心,定不负相思意"啊!

"扫狼烟,叫那胡儿不敢进犯,保叔王锦绣江山。愿天下有情人都成姻眷,愿邦家从此后国泰民安。"柴郡主究竟不是平民女子,因此,她此时想到的不仅是自己的爱情,还有江山大计。她和六郎的结合,既能使有情人终成眷属,更能保社稷平安,是家之幸,更是国之幸。情怯中有热烈,担忧中有笃定,小爱中有大义。至此,郡主繁复婉转、一波三折的情思找到了一个最符合她身份的落脚点。一个愿郎君坚如磐石的炽烈少女、愿邦家狼烟散尽的巾帼女子的形象,就这样鲜活、丰满地在我们心中树立。

听了哪一句,你会想起《诗经》"挑兮达兮,在城阙兮。一日不见,如三月兮"那焦灼的等待?听了哪一句,你会想起唐朝宫女"一入深宫里,年年不见春"那悲凉的嗟叹?听了哪一句,你会想起焦仲卿妻"君当作磐石,妾当作蒲苇"那坚贞的誓言?听了哪一句,你会想起杜丽娘"不到园林,怎知春色如许"那倾泻的芳心?

原来,引起我们共鸣的就是中华民族绵延不绝的真挚情爱啊!每一个人都有柴郡主这样细波粼粼的心之曲折,每一个人都有杜丽娘那样生死不忘的爱之憧憬。"窈窕淑女,君子好逑"成为《诗经》爱的开篇;"上邪!我欲与君相知,长命无绝衰"成为青年男女的炽热盟誓;"春蚕到死丝方尽,蜡炬成灰泪始干"成为不渝真情的千古绝唱;"金风玉露一相逢,便胜却人间无数"成为七夕之夜的永恒爱歌。我们的祖先,就一直是这样真挚地爱着的;祖先的忠贞,就一直是这样不绝地传承的。所以,这一曲《愿天下有情人都成姻眷》就成了我们的群声同唱,我们进行着对自己的情感回望,我们完成了和祖先的心灵交会。

纯真的情愫来自祖先的血脉,动人的唱词归功先贤的智慧。这段唱词中的"行不安坐不宁"出自明朝汤显祖《牡丹亭》中杜丽娘的独白"行坐不宁,自觉如有所失"。"百姓们闺房乐如花美眷,帝王家深宫怨似水流年"出自《牡丹亭》中柳梦梅的唱词"则为你如花美眷,似水流年,是答儿闲寻遍"。不由得想起了陈寅恪先生著名的五等情爱论:"一等,情之最上者,世无其人,悬空设想而甘为之死,如《牡丹亭》之杜丽娘是也。二等,与其人交识有素而未尝共衾枕者次之,如宝、黛是也。三等,曾一度枕席而永久纪念不忘,如司棋与潘又安。四等,又次之,则为终身夫妇而无外遇者。五等,最下者,随处结合,惟欲是图,而无所谓情矣。"依照此说,则四等以上的都是有情的,虽然凡人难有游园惊梦那样的生死之恋,实践中爱情婚姻的结局也各不相同,但都一定有过杜丽娘那样"美满幽香不可言"的梦想。柴郡主唱出的,不就是我们所有人期冀花好月圆、春随人意的心声么?

这段唱词中的"愿天下有情人都成姻眷",乃从元朝王实甫杂剧《西厢记》"愿普天下有情的都成了眷属"而来。把元朝、明朝人写的唱词移到宋朝的柴郡主身上,有无不妥? 我觉得剧本是今人所编,本身就有不少演义,将后世之语稍作改动放到宋朝人身上,并无大碍。更重要的是,"愿得一心人,白头不相离"是中华儿女亘古的心愿,"愿普天下有情的都成了眷属"是中华民族根深的祝福,由柴郡主还是杜丽娘、柳梦梅,还是崔莺莺、张生唱出来,实在没那么重要。

愿天下有情人都成姻眷,朝朝暮暮。

愿邦家从此后国泰民安,久久长长!

怀念羞涩

我相信，许多人对徐志摩的最初印象，都是从那首《沙扬娜拉》开始的："最是那一低头的温柔/像一朵水莲花不胜凉风的娇羞/道一声珍重，道一声珍重/那一声珍重里有蜜甜的忧愁——/沙扬娜拉！"这首诗是徐志摩1924年陪同泰戈尔访日归来后写的，原有18首，而在诗集再版时却删去了前17首，仅留下这一首。缘何如此，自不可知，但诗人独钟情于这首诗是无疑的了。而打动读者的，一定是那位日本女郎在和诗人依依惜别时的羞涩情态。那低首时似水莲花一般的娇羞，给这位女郎、也给这首诗笼上了一层薄薄的纱帘，迷离朦胧，让人回味不尽。

羞涩之美，不就像一首含蓄典雅的诗么？

这样婉约回环的美，不独在志摩的诗里，在我们民族古典的诗词里比比皆是。韦庄《女冠子》里"别君时，忍泪佯低面，含羞半敛眉"的少女，像极了志摩笔下的日本女郎。欧阳修《南歌子》里那个"笑问鸳鸯两字怎生书"的新妇，俏皮中含着羞涩的情态如在目前。李清照《点绛唇》中那个荡完秋千的少女，见有人来，慌忙穿着袜子就往屋里跑，"和羞走，倚门回首，却把青梅嗅"。这一个嗅青梅的动作更透出少女怕见人又想知道是谁的百般羞涩啊！而白居易笔下那个始而"今年欢笑复明年"，终而"门前冷落车马稀"的琵琶女，并不是有人呼来就上船的，而是"千呼万唤始出来，犹抱琵琶半遮面"，曾是"五陵年少争缠头"的她，依然有着女性的羞怯啊！

羞涩的女人不施粉黛却别具韵味，羞涩的女人不着彩衣却分外妩媚。然而，羞涩并不是专属于女人的品性，而是人类共有的精神品质。任何一种生物都是不知羞耻的，羞涩是人类文明进化的产物。美国心理学家沃伦·

琼斯以为，害羞虽说是一个人的弱点，似乎不太适应社会交际的场合，但这种弱点并非有害无益，它恰恰可以变成许多人所不具备的美感，给人一种朦胧美的高层次享受。是的，羞涩是薄云后的一轮皓月，羞涩是水汽氤氲里淡淡的灯光，羞涩是霓裳羽衣舞曲中飞扬的轻纱，让人心生涟漪，回味无穷。

　　然而，羞涩之美又何止于朦胧！2014 年，在纪念俄罗斯作家契诃夫逝世 100 周年时，对这位百年间世界上最伟大的短篇小说家和现代戏剧的开创者，众口一词的评价不是"文学巨匠"，不是"批判现实主义大师"，却是：羞涩。他从来没有高人一等的意识，从来不认为自己是预言家、导师和大作家。在他身上，羞涩和谦逊成为知识分子最迷人的姿态。

　　羞涩，描画着距离之美。马克思说："真正的爱情表现在恋人对他的偶像采取含蓄、谦恭甚至羞涩的态度，而绝不是表现在随意流露热情和过早的亲昵。"恋人间保持一点距离，含蓄、羞涩地相处，往往能够避免许多冲动和冒失。保持一点爱的神秘感和新鲜感，爱会展现出更加持久动人的风景。

　　羞涩，映衬着宽厚之品。我有一位领导，"官"做得不小，但只要开口讲话，便会脸微微泛红。起初我以为他是紧张，时间长了发现，他说话有条不紊、思想独特，只是稍稍有点脸红而已。我想，他就是这样一个厚道的人呢！在这样一个"快者掀髯，愤者扼腕，悲者掩泣，羡者色飞"的角色表情异常丰富的时代，居高位而依然会脸红的他，向人们释放出质朴和善意，还原为一个本色的人，反而散发出一种独特的魅力。

　　羞涩，诠释着淡泊之志。多年前，缠绵病榻的季羡林先生勉力著文，坚定地辞去"国学大师"的大桂冠、"学术泰斗"的大头衔、"国宝"的大封号。他说："三顶桂冠一摘，还了我一个自由自在身，身上泡沫洗掉了，露出了真面目，皆大欢喜。"我想，季先生是淡泊的。他用自己的行为告诉我们，人面对功名要有一点羞涩感，面对名过其实的评价要有一点"不好意思"。

　　羞涩，体现着敬畏之心。因为人类会羞涩，才会诞生康德的名言："有两种东西，我们越是经常、越是执着地思考它们，心中越是充满永远新鲜、有增无减的赞叹和敬畏——我们头上的灿烂星空，我们心中的道德法则。"因为人类会羞涩，当我们的行为滑出道德和法纪的轨道时，面对灵魂的考问和他人的审视，我们才会中夜难眠，汗湿如雨。

　　如今，羞涩似乎渐渐离我们远去了，委婉含蓄、谦逊内敛成了一种可望而不可即的奢侈品。大街上常常见到一些大声喧闹、出言不雅的靓女，也常常见到无所顾忌、当众亲昵的情侣。闪婚和电视速配成为时髦,七品小吏颐指气使不可一世,自封"大师""专家"毫不羞赧,"精致的利己主义者"处处充斥,道德良知黯淡无光。没有了羞涩,还有人性之光吗? 还有至纯之美吗?休以为失却了羞涩就是走向成熟和老练,许多时候却是走向了油滑和世故。

永远忘不了世纪伟人邓小平脸上那一抹红晕。1997年元旦,中央电视台播放大型电视文献片《邓小平》。病榻上的邓小平看到了电视里一幕幕熟悉的画面,当工作人员告知这是反映他的电视片时,老人脸上露出了羞涩的表情。一个为国家建立了丰功伟绩的人,在生命的最后时刻,面对宣传自己的电视片,依然会感到羞涩,让人感慨万千。这是他谦逊品格最后的、最生动的注脚啊! 他脸上那一抹红晕,如西天淡淡的晚霞,让我们叹为观止,无言伫立。

一个人,到了成年甚至晚年,依然会有一分羞涩,这是多么难能可贵!

一个时代,不管如何繁华喧闹,人们依然会有一分羞涩,那将多么令人欣慰!

怀念羞涩……

一霎时

　　上苍的安排往往出人意料，人生的因缘常常预有伏笔。迟钝粗糙的人对此麻木无知，敏锐细腻的心则长怀自警。京剧《锁麟囊》在寻常故事中带给我们的，是关于命运、世态和人心的不尽感慨。

　　《锁麟囊》确是个故事，素材取自清朝戏曲理论家焦循的《剧说》。这出戏讲述登州富户薛氏之女薛湘灵出嫁前，母亲依习俗赠锁麟囊，内中装满珠宝。出嫁当日，花轿在春秋亭遇雨暂避，巧遇同日出嫁的贫女赵守贞，因感世态炎凉而啼哭。薛湘灵问明缘由，慨然以锁麟囊相赠，雨止各去。六年后登州大水，薛家逃难走散，湘灵漂流到莱州，沦为员外卢胜筹家仆佣。一日，湘灵伴卢子在花园游戏，偶至一小楼上发现锁麟囊，不禁感泣。原来，卢夫人即赵守贞，问明原委，赵守贞敬湘灵为上宾、结为金兰，并助其一家团圆。

　　这种施人以恩、知恩图报的故事比比皆是，难得的是作为一代名伶的程砚秋先生、一代名票友的翁偶虹先生从中挖掘了人性的深度。《剧说》里的故事非常简单，一贫一富两女连个名字都没有。当时有人说，这个故事如果交给清朝的洪昇和孔尚任，肯定是一本好传奇。那么，我们说，程、翁两位先生真的是做了当代的洪昇和孔尚任了。他们没有去写那些迎合时令、讨好当局的阿谀之戏，而是在一个世事无常变幻、贫富位置颠倒的故事中，让我们体味世道人心，从而倍加珍惜那些人生中真正值得永远珍藏的美好相逢、温暖情愫。

　　薛湘灵作为富家之女，养尊处优，骄纵使性，出嫁时对绣鞋的要求是"鸳鸯要两只，一只戏水的，一只会飞的"，还为了提防走路磨，特意关照不能绣在鞋尖上。对生活的要求已经精致到了鞋尖上，真是奢华至极了！被仆人们团团簇拥的她,哪里会想到有朝一日,她也会成为被一个孩子呼来唤去的奴仆呢! 于是,在朱楼见到锁麟囊的那一刻,所有的前尘往事涌上心头,便有了那段传唱不绝的二黄慢板和快三眼:"一霎时把七情俱已昧尽,参透了酸辛处泪湿衣襟。我只道铁富贵一生铸定,又谁知人生数顷刻分明。想当年我也曾撒娇使性,到今朝哪怕我不信前尘。这也是老天爷一番教训,他教我收余恨、免娇嗔、且自新、改性情,休恋逝水、苦海回身、早悟兰因……"一霎时,在薛湘灵心中满是繁华落尽、漂泊无依的无尽酸楚;一霎时,在作为听众的我们,心中涌起的又是怎样思绪万千、难以言说的身世之感?

这出戏中,其实还有两个时刻,也会在霎时间引起我们的心灵共鸣。一个时刻是春秋亭避雨,当薛湘灵听到赵守贞的哭声时,在"吉日良辰当欢笑,为什么鲛珠化泪抛"的对比中,猛然悟到"世上何尝尽富豪,也有饥寒悲怀抱,也有失意痛哭号啕",这是她日后"悟"的伏笔。另一个时刻是最后合家团圆,惊喜交加的薛湘灵对人生的沧海桑田有了更深的领悟:"这才是人生难预料,不想团圆在今朝。回首繁华如梦渺,残生一线付惊涛。柳暗花明休啼笑,善果心花可自豪。种福得福得此报,愧我当初赠木桃。"这两个时刻与朱楼见囊是有内在针线联系的,一为"兰因"之"因",一为"兰因"之"果"。三个"一霎时"的场景,把济人为善、因果自报的主旨揭示得淋漓尽致、撼人魂魄。

1939年的一天,程先生把翁先生请到家中,拿出了《剧说》,请他以其中的《只麈谭》为材写一出喜剧,开始了一场两人都始料未及的创新合作,上演后场场爆满,盛况空前。世上什么东西才能使人把喜怒忧思悲恐惊的七情在霎时迸发昧尽?"世态云多幻,人情雪易消。""世路山河险,君门烟雾深。""途穷天地窄,世乱死生微。"只有世态人情、命运翻覆、行路艰难这些人生中最普遍的经历和最深刻的感受,才会刹那间点中人性的命穴。薛湘灵猛然见囊痛彻悲凉的"一霎时",在苏秦,是落魄之时"妻不下纴,嫂不为炊,父母不与言"的屈辱;在屈原,是披发行吟江畔之时"信而见疑,忠而被谤"的悲愤;在司马迁,是"诟莫大于宫刑"的长叹;在杜甫,是"朱门酒肉臭,路有冻死骨"的不平;在琵琶女,是"夜深忽梦少年事,梦啼妆泪红阑干"的凄楚;在贾宝玉,是"好一似食尽鸟投林,落了片白茫茫大地真干净"的虚空;在王国维,是"五十之年,只欠一死。经此世变,义无再辱"的决然。我们每个人都会因湘灵的遭遇而想到自己那些刻骨铭心的"一霎时",别人的戏和自我的人生叠加,惆怅和温暖的感觉交织,百味袭涌的滋味人人都可体会,却又体味不尽。所以,程先生在京剧变革中独辟蹊径走了一条人性化的道路,他在揭示人性复杂性、命运不定性上达到的深度,也许至今无人匹敌。

然而不要忘记,这样的传统故事要靠唱词来叙述,程先生改变了唱词一般长短的程式,要求翁先生多写些长短句,有纵有收,有聚有散,怎么写他都能因字行腔。当我们听着"一霎时"那一段长短参差的唱词,听着"耳听得风声断,雨声喧,雷声乱,乐声阑珊,人声呐喊,都道说是大雨倾天"这样如雷声雨声般急骤紧促的短句,真正感受到"大珠小珠落玉盘"的错落参差之美。只要是有真情实感的活生生的人,谁的七情不会被这样疾徐有致、婉转动人的新腔瞬间击中! 然而,谁能料到,为京剧艺术创新作出如此杰出贡献的大师,他的人生有朝一日也会"当日里好风光忽觉转变,霎时间日色淡似坠西山"!

是啊,人生之路从来不会一帆风顺,命运之手的偶然一挥,会造成大到历史走向、小到个人路途的不期转折,《锁麟囊》中的"大雨"和"洪水"也许正是人生困厄的象征吧! 程先生戏中是角,戏外也是凡人,他同样遭逢了生活的不测,在那个极"左"的年代,《锁麟囊》被迫停演。程先生缠绵病榻、即将离世之时,对探视者再次动情地谈起了《锁麟囊》,来人斩钉截铁地告诉他:这出戏是不能再唱了!

我们不知道,在听到这样决绝回答的一霎时,程先生内心涌起的是不是"春秋亭外风雨暴,何处悲声破寂寥"的无限凄凉? 耳畔传来的是不是"她泪自弹,声续断,似杜鹃,啼别院,巴峡哀猿动人心弦,好不惨然"的阵阵悲号? 一霎时,心痛的我怅然无语;一霎时,无语的我泪如雨下……

珍贵如你

每当我被涌动不息的人流裹进地铁站,每当我站在十字路口面对着川流不息的车辆茫然无措,我都会想:你,我,他,我们这些奔跑不息的人,到底是去哪儿? 我们去的地方真有我们想象的那么重要吗? 我们这样日复一日汲汲以求的东西真是我们内心所需要的吗? 我们得到了快乐得到了慰藉得到了宁静吗? 在新年开始之际,一部本是献给清华园百年校庆的影片《无问西东》使在尘俗潮流中眩晕不已的我猛然清醒。在我看来,《无问西东》恰恰是要让我们这些埋头东奔西跑的人停下脚步,问一问己心,看一看前方。

故事从当今时代张果果广告公司的职场生活开始,这个在奶粉提案上背了黑锅的年轻人,无法兑现给四胞胎父母的承诺,在主人公陷入内心挣扎、观众尚未完全明白就里时,影片就已切换成 20 世纪 60 年代陈鹏、王敏佳、李想的人生故事。紧接着,时光倒流到抗战时期的西南联大,沈光耀是这个片段的主角。直至回溯到 20 年代的清华园,吴岭澜和梅校长的一席话,终于使我们明白了穿越四个年代的故事的源头,看到了支撑着不同年代青年的共同精神支柱。

这段话是:"真实是你看到什么,听到什么,做什么,和谁在一起,有一种从心灵深处满溢出来的不懊悔也不羞耻的平和与喜悦。"文科极优秀、物理却不及格,纠结于到底是继续上实科还是转文科的吴岭澜,在这席真诚、平静、清澈、温暖的话面前醍醐灌顶,从而勇敢地抛开了上实科的时髦和虚名,转而学习文科。十多年后,吴岭澜在昆明的山洞里给学生们讲读泰戈尔的《爱者之贻》,坦言困扰过他的问题,希望学生们"在今后的岁月里,不要放弃对生命的思索,对自己的真实",他的启蒙和空军教官"这个时代缺的不是完美的人，缺的是从心里给出的真心、正义、无畏和同情"的训诫，使沈光耀走出了富家生活，成为凌霄翱翔的战斗英雄。沈光耀念念不忘山区贫穷的孩子们，经常绕道去给他们空投食物。被这些食物滋润过的孩子当中，有一个就是孤儿陈鹏，陈鹏在"文革"中毅然救起并护佑了被群殴毁容的王敏佳。而未能保护王敏佳的李想参加了支边，在一次探险时，他把自己的食物给了张果果的父母，献出了自己的生命。张果果终于在李想的墓前放下了所有的重负，也在四胞胎父母的真纯面前完成了心灵的重塑。这个静水深流、追本穷源的故事，就是想告诉人们，什么是真实，什么是人生最珍贵的东西；就是想告诉人们，不管时代如何变迁，总有一种珍贵的精神可以穿透时空、穿越俗媚，永相传承、永放璀璨。

吴岭澜的心结在于：最好的学生都念实科。何尝不是呢？每一个时代都会有一些世人"公认的""最好的"东西，在人生的选择上，我们可以一言不置，时代、父母、师长都可以给出一个"最好的"建议、"标准的"答案。在这些几乎人人都认同的东西面前，我们往往忘了倾听自己内心的声音，就那样自觉不自觉地随着大家一齐去往的方向了。众口一词、群声喧哗里，能听到自己心底的声音是何其不易啊！梅校长带着温度的话语不仅打动了他的学生，也以他特有的书生意气融化了我们冰冻已久的心田。影片中还有一个同样打动了无数人的镜头。滂沱大雨中，正在上着数学课的老教授无论怎样放大声音，学生们都无法听清。老教授在黑板上写下"静坐听雨"四个字，从容端坐，和学生们一起静心听雨。我相信，正如"蝉噪林逾静，鸟鸣山更幽"一样，在这仿佛要吞没所有声音的狂风暴雨中，学子们内心的声音却会更加清晰响亮起来，他们会更懂得时势的艰难、明白青年的担当；在这也许三生难逢的对山河破碎、风雨交袭的独特体验和静思中，家事国事事事关心，先天下之忧而忧、后天下之乐而乐的家国情怀就那样强烈催生。

信念和文化是一种最刚强坚硬的东西，可以擎起一个民族的精神脊梁；信念和文化也是一种最柔软温婉的东西，可以润物无声地洗刷我们的心灵厚茧。十万分庆幸，正因为总有那么一些人不盲从于时代的现成答案，不为外物所役，不为磨难所阻，我们的文化教育史上才出现了西南联大这样的奇迹。那"辞却五朝宫阙"的万里长征，那顶着空袭弦诵山城的文化抗战，坚守的正是我们今天苦苦追寻的初心啊！因为这种坎坷困厄中的抵死坚守、薪火相传，我们才得以在这部影片长达 7 分钟的片尾中，真切遇见这些具有中国风骨的大师们：梅贻琦、梁思成、林徽因、梁启超、王国维、徐志摩、冯友兰、钱钟书、沈从文、朱自清……影片在清华大学首映时，每出现一个人物，全场都爆发出热烈的掌声，而在全国各大影院里，观众们都是把片尾看完才舍得离场的。这都是些堪称"子"和"士"的文化英杰啊！孔子说："士志于道。"曾子说："士不可以不弘毅，任重而道远。仁以为己任，不亦重乎？死而后已，不亦远乎？""士"的品格就在于超出狭隘私利的对于国家和社会的信仰担当，在于抵御浮躁功利的对于学术和事业的全神贯注，这才是我们国家和民族千百年来流风异响、余韵不绝的最珍贵的东西啊！他们的出场，使国家和民族充满了弘毅之志的光辉，也给所有观众的心头笼上了文化和人性的光辉。

"无问西东"是 20 年代清华大学校歌中的一句，原文是"器识为先，文艺其从。立德立言，无问西东"，意为度量见识重于技艺，立德立言要超越中学西学之上。然而，在编剧将四个年代的故事揉碎重组后，"无问西东"四个字已超越了学问层面的意义，它成了倾听内心真实召唤、不随世俗东西摇摆的一种精神和风骨。正如影片结尾张果果的独白所言："愿你在被打击时，记起你的珍贵，抵抗恶意；愿你在迷茫时，坚信你的珍贵，爱你所爱，行你所行，听从内心，无问西东。"时无重至，芳华易逝，青春诚然不过只有这些日子。然而，逝如朝霜，倏如流电，我们的整个人生不也只有这些日子吗？出了影院，我们免不了为了生活还要挤进地铁里这熙熙攘攘的人群，为了打拼还要没入大街上这无边无际的车龙，然而，我们的脚步总可以有片刻驻足，选择"不跟随"；我们的心灵总可以有须臾游离，选择"不参与"。我们就在与俗世稍稍隔开的那么一点距离中，去回望出发之时的原点，去静听久远初心的律动——只有一次的生命是如此珍贵，最珍贵的我们理当守住最珍贵的内心的真实！

那是青春吐芳华

　　这个寒风凛冽的周末,许多人是在影院度过的。冯小刚、严歌苓合作的一部《芳华》,把人们带回了二十世纪七八十年代,那个有着我们这一代人独特青春记忆的年代。影片的最后,是韩红演绎的电影《小花》的插曲《绒花》,时空的带入感骤然增强,许多中老年观众都是听完了最后一个音符才离开影院。朔风依然呼啸,心头有刺痛,有唏嘘,也有关于青春的温暖荡漾。

　　《芳华》讲述的是一个部队文工团在 1970—1980 年间发生的故事,青年男女那些隐秘难言的爱情,不能自主的充满无常的人生命运。"文革",1976年的变幻风云,对越自卫反击战,改革开放,这些接踵而至的历史大事件,既是故事展开和人物命运的背景,更是亲历了那些年代的我们难忘的国家历史和个人纪实。所以,尽管我们明明知道这部电影是冯小刚和严歌苓为自己的青春而作,几乎所有的情节都是在他们的生活中发生的真实,我们仍然能从中找到自己的影子,看到昨日的波光。

　　不知道《现代汉语词典》为何没有收录"芳华"这个词,而只有同义的"芳年"。"年""华"虽为一义,"华"字却传达出与"花"有关的所有美好、曼妙、多姿和芳香。芳华,是最有温度和诗意的"青春"的代名词啊!我们无法选择时代,一代人有一代人自己的芳华。一个时代可能风和日丽晴空万里,也可能乌云密布狂风骤雨。然而,当你回首之时,即使是曾经遭受的苦难也会有淡淡的美感,而只要你付出过真纯、感受过美好,你总会觉得青春无悔。

　　或曰,严歌苓的作品充满变异,"翻手为苍凉,覆手为繁华"。其实,用这句话来形容她和冯小刚所处的时代也多么贴切啊!生命被漠视,人性被异化,真心遭辜负,前景渺无影。然而,就是在这样一个暗淡无光的时代,青春仍有挡不住的光华啊！冯小刚和严歌苓怎能忘记那练功房的挥汗如雨,那女生之间的窃窃私语,那红纱绸后面邓丽君的蜜甜歌声?在《我把青春献给你》中,冯小刚曾写过这样一段话:"她的长相我已经不记得了,但还记得她的脖子十分光洁……优美的颈部立在军装的小翻领中,使脖子看上去更白,领章看上去更红。直到今天,我都想为这个细节拍一部电影。"单就这一个细节,就足以使冯小刚回眸青春岁月时,远远嗅到那不散的芬芳而心存执念啊!

有人批评冯小刚弱化了对那个时代的反思,多了缅怀之情。我想,一方面他可能有自己的难处,另一方面或许也是刻意为之。严歌苓的原作充满对集体主义理念下个人命运的反思,而在冯小刚这里,影片的基调转为对青春年华一去不返的惆怅和叹惋。而也恰恰是这一点,几乎戳痛了那个年代所有人的泪点,使这部片子成为我们每个人纪念自己青春的声像载体。一些看起来十分琐屑的生活细节,都可以成为寻觅青春下落的索引、重读芳华岁月的书签。在央视《国片大首映》节目里,当主持人问冯小刚文工团服务社卖的巧克力是什么牌子时,他不假思索就答了出来,那是他当时最喜爱的食品,奢望挣钱后的第一份工资全买巧克力,然后一块一块吃完。这时,你会不会想起那个年代稀如珍宝发散着上海味道的大白兔奶糖、粒粒金贵偷偷干嚼过的麦乳精、葱油味儿飘香用唇齿慢慢舔化的万年青饼干? 如今它们消逝在时光的深处再无踪影,如同我们永不再来的青春!

强大的和声就是这样从共同经历的岁月中汇聚升腾。不消去看《芳华》一天一个亿的票房,不消去看昆明参加越战的老兵穿着军装整齐排着队去看《芳华》的报道,单看这几天我们朋友圈的各种帖子,你就会深深懂得什么叫共鸣。战友说,《芳华》让她想起军校生活,想起浓浓的战友情。朋友说,《芳华》勾起他对往事的回忆,少见这么温暖这么有深度的片子了。同学说,他不仅自己看了,还推荐父母看了,两代人都潸然泪下。同事说,看完后总觉得自己有什么珍贵的东西不知不觉丢掉了。更有同龄文友赋诗一首:"那时那地事平常,似曾经历却遗忘。尘世喜有善良客,雪原恨无温暖房。春风吹尽花飘零,秋霜染遍草恓惶。一曲《绒花》旋律起,惆怅紫心泪暗淌。"这首诗在说出观众心声的同时,更引发了我们关于《绒花》的思情。

"世上有朵美丽的花,那是青春吐芳华。铮铮硬骨绽花开,滴滴鲜血染红它。世上有朵英雄的花,那是青春放光华。花载亲人上高山,顶天立地迎彩霞。啊,啊,绒花! 绒花! 啊,啦,一路芬芳满山崖。"这首由李谷一演唱的电影《小花》的插曲,在《芳华》中由韩红来重唱,真的铸造了多重的艺术感染力。李谷一充满激情的讴歌之声,韩红饱含沧桑的怀念之音,让两个时代万花筒般的画面在我们眼前不停闪回。我们终于懂了,尽管我们遭受过委屈甚至苦难和屈辱,但不管什么色彩的青春都是我们自己不可重来的青春,都有别人的青春无可替代的芳华。而最令人欣慰的,是我们那一代人骨子里一直守着真诚、奉献和牺牲,守着从赵永生、何翠姑、小花那个时代一路延续下来的执着、坚毅和信念。绒花,就是几代人的青春之花、理想之花。

暗寂的影院里,文工团解散之时,《驼铃》悲壮的歌声让主人公们抱头痛哭,也让观众们泪湿衣襟。有人说,观众不是被故事而是被慢镜头和音乐渲染的氛围打破了泪腺;有人甚至说,这样钩心斗角、充满内耗的文工团早该解散了,有什么可留恋的。我觉得,前一种言论低估了当今观众的欣赏水平,后一种论断错估了那个时代人心底的良知。两种观点显示出同一种片面性,就是未能以同理心去体会每一代人对自己青春年华的珍视。战争,残疾,精神失常……刘峰和何小萍的青春尽管伤痕累累,然而,没有这布满伤痛的青春,就不能构成他们的完整生命——今天和昨天无法割裂,紧密相连。因此,影片的结尾说:他们从未结婚,却待人温和,彼此相偎一生,很知足。我相信,每一个在影院默默流下热泪的人,一定是被人物的命运拨动了心弦,一定是被青春的怀念洗涤了灵魂。

走出影院时,听到有年老的观众抱怨年轻人离场太快,纷乱的人声影响了他们静心聆听《绒花》。我倒愿意重复本文开头的那句话:一代人有一代人自己的芳华。这些年轻人能够抽出两个小时坐到影院来看前辈的人生,我们理当欣慰,不要再作更高的要求,毕竟《绒花》不是他们这个时代的歌。唯愿幸逢阳光、开放、共享新时代的他们,能从父辈的磨难和坚忍中有所领悟,趁早懂得岁月不居、芳华刹那,趁早懂得春光莫虚掷、且行且珍惜!

且行且珍惜

前几天读古诗十九首中的《行行重行行》:"行行重行行,与君生别离。相去万余里,各在天一涯。道路阻且长,会面安可知。胡马依北风,越鸟巢南枝。相去日已远,衣带日已缓。浮云蔽白日,游子不顾返。思君令人老,岁月忽已晚。弃捐勿复道,努力加餐饭。"读着读着,脑子忽然就跳出了"且行且珍惜"几个字,一时感慨万千。

这是东汉末年的一首思妇诗,咏叹了思妇和丈夫别离的痛苦、相隔的遥远和见面的艰难,也表达了思妇对征人多加珍重的期冀。由此想到"且行且珍惜",或许是因为句首重叠的"行"字。虽然这个"行"字表现的是具体的离人路途,而"且行且珍惜"的"行"指的是抽象的人生旅途,但很容易让人在两者之间产生联想。或许是因为最后一句朴实无华而满含怜爱的"努力加餐饭",不由令人想到"珍惜"二字。婚姻生活多半没有什么惊天动地的大事,彼此的珍惜就是在希望对方能多吃饭、多保重这样点滴的小事中体现的。于是,对马伊琍"恋爱虽易,婚姻不易,且行且珍惜"的心语有了更多的共鸣。

也许有必要先扫扫盲。许多人把网络盛行的"且行且珍惜"挂在嘴边时,也许只是追逐时髦而并没有弄懂它的含义。这里的"且"是"一边……一边……"的意思,意谓我们一边行走在人生的旅途上,一边要懂得珍惜拥有。也可以把"且"理解成"将要"的意思,意谓"将要离别,要互相珍惜"。我更喜欢前一个意义,因为它表明了"珍惜"是一个恒久的过程。如果你把"且"理解成"姑且""暂且",那么,"珍惜"就从原本应该贯穿婚姻生活的永动词,变成了只穿插婚姻生活一时的瞬动词。而短暂的、一霎的、偶尔的"珍惜",正是不少婚姻处于静寂甚至漠然状态的原因。

有人的"珍惜"只表现在婚恋之初极力的殷勤追求,信誓旦旦。"氓之蚩蚩,抱布贸丝。匪来贸丝,来即我谋。"当最初心仪一个男人或女人时,我们绞尽脑汁,动用所有手段、寻找一切借口去靠近对方、取悦对方。新婚之时我们也发过"我欲与君相知,长命无绝衰"的誓言。然而,"言既遂矣,至于暴矣",一旦目的达到,我们就失去了珍惜之心,忘记了盟誓,随意地呵斥,变得薄情寡义,判若两人。这种"二三其德"的行为,与《诗经》中那个负心的"氓"有什么两样呢!

有人的"珍惜"只表现在婚恋之中偶尔的蜻蜓点水、一隅阳光。最初的激情过后,有人渐渐陷入冷漠,认为婚姻生活就应该是平淡的,大家都是这样凑合过的。偶尔,或是出于人和事触发的感动,或是一时兴致所至,或是作为一种施恩,在短暂的时间里表现出对对方的关爱。而在大多数时间里则不管不顾,没有思想的交流,没有共同参与的活动,婚姻生活处于各自为政、暗哑无声、黯淡无光的状态。转瞬即逝的关心如蜻蜓点水不痛不痒,如一隅阳光难以将对方心头照亮。

有人的"珍惜"只表现在行将分离之时的良心发现、无尽懊悔。或是由于对方去意已决,有人才想到要去珍惜,于是用痛哭流涕来挽留,用竭尽殷勤来感化,试图亡羊补牢。或是由于对方骤然逝去、天人相隔,有人才良心发现、捶胸顿足,后悔自己没有认真地为对方着想,没有为他(她)实现最普通的心愿,也再没有机会去好好珍惜对方,所有的遗憾和悔恨都无法弥补!

而这首《行行重行行》和马伊琍的话语都告诉我们,珍惜是应该长久存于心、付诸行的。"珍"就是把对方当珍宝去善待,"惜"就是怕失去对方而怜惜。

我们之所以要"且行且珍惜",是因为能相遇,百年修成缘。芸芸众生里两个不同时空里个体的相遇谈何容易!席慕蓉深情地写道:"你若曾是江南采莲的女子,我必是你皓腕下错过的那一朵;你若曾是逃学的顽童,我必是从你袋中掉落的那颗崭新的弹珠……"纵使前世错过,今生我们仍能相遇而成亲密爱人,只是因为前缘未尽,命定要同船而渡、共达彼岸。每一对夫妻,只要时时回眸相识相爱的过程,我们怎能不沉醉? 怎能不倍加珍惜这终未擦肩而过的爱的姻缘!

我们之所以要"且行且珍惜",是因为一辈子,岁月忽已晚。一辈子能有多久呢? 算到八十岁无疾而终,也就三万多天。"三万"这个数字,写到纸上只需几秒钟！"行行重行行"，每一个"行"之后都是一段路程，而每一段路程都更加遥远，都离人生的终点越来越近。古人感叹不知不觉"思君令人老，岁月忽已晚"，今人感叹"时间都去哪儿了？还没好好看看你眼睛已花了"，一辈子真的非常短暂，年轻的时光历历在目，转眼就走到那片象征永远安息的绿水青山的尽头，"各在天一涯"了！夫妻之间总有一个要先离去，总要经历"生别离"，我们注定无法相伴一生。念及此，我们怎能不心惊？怎能不时时珍惜这倏忽将逝的爱的姻缘！

我们之所以要"且行且珍惜"，是因为一转身，所有皆空茫。龙应台说："所谓幸福，就是寻常日子依旧；所谓幸福，就是寻常的人儿依旧；所谓幸福，就是早上挥手说再见的人，晚上又平平常常地回来了。"然而，这种平常的幸福并不一定能永远伴随我们每一个家庭。也许有一天，寻常的日子不再有；也许有一天，寻常的人儿难再觅；也许有一天，早上挥手说再见的人，晚上不再回来。只是一个转身，只是一次寻常的出门，他（她）坐过的那把椅子就可能永远变得空空荡荡，他（她）用过的那副碗筷就可能成为我们永远的伤痛！面对这种无常，我们怎能不忧惧？怎能不珍惜这随时可能戛然而止的爱的姻缘！

且行且珍惜，我们就会善于交换立场，凡事为对方设身处地着想，满心满意心疼对方，真心实意包容对方，而不会一己至上，锱铢必较。

且行且珍惜，我们就会恋上朝夕相处，多在家里吃简单的家常饭，多花时间去陪伴对方，一起养花种草、看书听戏，把星星点点的时光都点染成相通相融的共同岁月。

且行且珍惜，我们就会常怀感恩之心，懂得婚姻之爱需要感应和回馈，爱人为我们所做的一切并不是天经地义的，我们就不会熟视无睹、麻木不仁，就会用心发出爱的和声。

且行且珍惜，我们就会提升爱的境界，不仅去爱对方，而且努力去理解对方、读懂对方，就不会有张兆和为什么在沈从文有生之年"不能发掘他、理解他，从各方面去帮助他，反而有那么多的矛盾得不到解决"的憾恨。

且行且珍惜，我们就会深植忧患意识，在意点点滴滴，会等候他（她）飞机落地的第一个电话，会守候他（她）夜班归来的那一盏灯火，祈愿他（她）多加餐饭、不受饥寒、健康平安。

自然，"且行且珍惜"不应该只是婚姻生活的座右铭，亲人、朋友相处也应当以此自醒自警,怀时时珍视之心,存处处珍惜之意,行事事珍爱之举,永葆情感生活的生动、深厚和鲜活。

行行重行行,道路阻且长。岁月忽已晚,且行且珍惜!

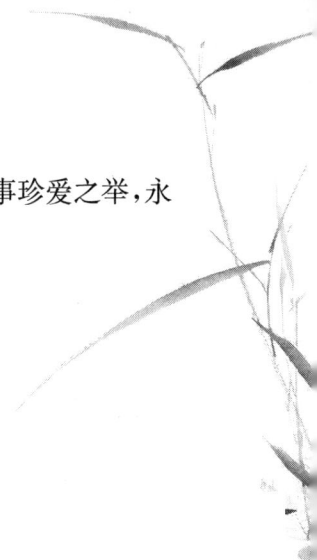

演好自己的人生之剧

电视连续剧《我的前半生》着实火了一阵,大结局后又引来一片热议。观众对剧中人物褒贬不一,同一个罗子君,有人大加赞赏她终于走向了独立,有人大骂出口她破了不碰闺蜜男友的底线;有人为贺涵和唐晶的结局惋惜,有人却为唐晶离开了一个不爱她的男人感到庆幸;虽然好多人不喜欢陈俊生,偏又喜欢演员雷佳音那"一脸无辜",对陈俊生恨不起来……非常正常,每个人都是从自己的生活阅历出发、站在自我的那一个点上去参与剧情、评判人物。我想说的是,在个人的好恶之外,最重要的是要从剧中得到应有的启示,演好我们自己的人生之剧。

爱你所爱,别东遮西掩。当代的青年人说一声"我爱你"那么难吗?贺涵和唐晶相识十年,有感情,有默契,可就是谁都先开不了那个口。坐在一起喝茶吃饭,在婚姻的外围兜兜转转,就是不说实质性的话,直让观众想起改革开放之初看外国冗长电视连续剧时的那个焦急,真是急死了、急死了!好不容易唐晶先开了口,贺涵却来个不答应,理由是应该他先开口求婚。剧情就这样拖下去了,一段本该有正果的恋情就此寿终。我想说,如果你有幸遇到了真心相爱的人,不要在乎什么面子,不要在乎什么程式,更不要以什么事业为重来作托词,勇敢地向对方表明心迹,说出那句"我爱你"。犹抱琵琶何如主动出击,遮遮掩掩只会丧失时机。假如贺涵和唐晶是真心相爱的,他们的结局就是我们的镜鉴,不相爱则另当别论。

欣赏爱人,别东张西望。剧中哪个男人人气最高?无疑是贺涵。但是,首先我要说,这是一个现实生活中很难找到的集智商、情商、理性、专业、成功于一身的完美男人,在他身上,我甚至看到了"高大全"创作模式的影子。

400

其次,我要说,生活中就是有这样的男人,也不一定适合你。其实,无论贺涵也好,陈俊生也好,老金也好,隔着距离去评判,我们当然能从格局、气度、处世等方面把他们分出个高下,但是,就真实的婚姻生活而言,夫妻之间只有适合不适合,自家的男人女人没法也不能去和别家的比。没法比,每个人都独一无二;不能比,弄不好会比出麻烦。贺涵是完美,但不是所有的女人都喜欢丈夫天天在耳边说那些励志的话,有人甚至可能疯掉。陈俊生是不该红杏出墙,但他的性格中也有忠厚、仁义的一面,对两个老婆都不错,网评封他为"中国好前夫"。老金是小器,但许多小家碧玉的女人也许就适合和这样巴家的男人过日子。所以,如果你找了贺涵,就要多欣赏他的智慧,家里多个人生导师也许没啥不好;如果你找了陈俊生,就要满足于他体面的工作和养家的能力;如果你找了老金,就要看到他能过日子、能干活的一面。反之,对男人来说也一样,也要多看妻子的长处。凌玲那么有心计,但和陈俊生却挺般配,因为她能码准陈俊生的心思,两人最终也没离婚。所以,最适合你的人往往就在身边。只要自己觉得对上眼了,没选错人,就不要对别家的男人女人东望西观、心神不定,幸福的生活就存于这种知足的相守之中。

认清自己,别东碰西撞。不少人也许会对剧中人的职场生活十分羡慕,唐晶说走就走,在生意场上随意变换,罗子君也是说跳槽就跳槽。我们千万不要被剧情所惑,人家任意东西是因为有本事、有本钱,唐晶有能耐,罗子君有后台,菲尔有技术,不是每个人都能这样任性的。闯荡本身无所谓对错,成功了那叫敢想敢干,失败了那叫胡乱折腾。每个人都应该好好掂量自己的斤两,客观分析、准确定位,从而专心地扮演好属于自己的角色。如果跑龙套的非要演主角,演二号的非要抢一号,剧团——我们的团队要乱,剧情——我们的生活要乱,演员——我们自己也会乱,会去做许多非分之事,在东走西撞中把自己的日子搞得一团糟。

尽心做事,别东挪西凑。在自己的人生之剧中,只要认真做好分内之事,无论我们是什么角色,都会出彩。有本领、有才干是第一要务。有了本事,我们就能在职场立足;有了本事,我们就能少为拍马逢迎之类的事费神;有了本事,即使摔一跤还可以再爬起来。所以,要认认真真对待自己做的每一件事,经得起考量和检验。要竭忠尽智,诚信做事,职守之内的事一定如约完成;要专心致志,精益求精,从自己手里出去的活自己先要满意;要克服慵懒,开动脑筋,凡事努力有自己的新颖创意和独到见解。常见写文稿的东抄西贴,这样的"文抄公"永远写不好文章。不能像凌玲那样老想着投机取巧,更不能像小董、安琪儿那样东偷西摸,为了名利不惜泄露公司机密。一个肚子里没有"货"的人,一个出不了"活"的人,随时可能被时代的活剧淘汰出局。

保重身体,别东倒西歪。近年来,网上热传各种"人生分上半场和下半场"的帖子,说上半场按学历、职位、业绩、财富比上升;下半场按血压、血脂、血糖、尿酸、胆固醇比下降,赢的关键其实在下半场,没病也要体检,不渴也要喝水,不累也要休息,再忙也要锻炼云云。《我的前半生》播出后,诸如"过好自己的后半生"一类的帖子再度刷屏。其实,后半生我们自然要加倍爱惜身体,前半生我们何尝不需要保重身体呢!抽烟、酗酒、熬夜,过早的透支必然影响后半生的生活质量,如果在前半生就已东倒西歪,后半生的剧情就只有这一个画面了:轮椅和医院!

虽说电视剧终归是电视剧,但人生如戏,人生如剧,人生和戏剧亦真亦幻,相互交织。《我的前半生》播完了,我们每个人的人生还在继续。看别人的戏不缠绵、不艳羡,演自己的剧不含糊、不马虎。而无论你是处在前半生还是后半生,倘若能勉力实践以上诸事,即使剧情不一定精彩纷呈,也不至于留下多少恨憾吧!

是谁导演这场戏

　　每天清晨沿着秦淮河走到那座桥下，总能见到排列在一边大大小小、各式各样的老旧桌椅。不远处，一个戴着眼镜的老先生正拿着麦克风忘情高歌。一群老人随着音乐吐纳开合，悠悠打着太极拳，与老先生的激情飞扬相互映衬。这时，我就会有一种温情从心底升起，我知道，今天的演出刚刚开始，到了下午，这些无声的桌子椅子就会迎来它们的主人，热闹地上演每天不变的剧目——牌局。这时，人生就是一场演出的感慨也会十分强烈，引发我对聚散离合的不尽遐想。

　　我常常会在这里停驻，仔细打量这些桌椅。我看到的不仅仅是木头组合成的方圆宽窄、色彩各异的形体，我看到的是人，是岁月。它们曾经栖息在哪些楼堂宅院？它们陪伴过什么样的人生？它们经历过怎样的繁华和悲凉？它们见证过怎样的爱恨情仇？而今，当它们从也许相隔千山万水的地方会聚到这一个不算太亮的桥洞中，被派作同一种用场时，如若有心，是否也会和我一般柔软和迷离共生？

　　那一个圆桌像是谁家的餐桌，深埋着"草草杯盘共笑语，昏昏灯火话平生"的旧日时光。那一个简陋的长桌是好多人都用过的电脑桌，回放着办公室忙碌的打字声。一张更旧的长桌上，放着抽屉、饼干盒和当作烟缸的铁罐，像极了从前平常人家房间或厨房一角的摆饰。那一把紫红的镂花靠背椅应该有些年头了，或许是从哪个名门大院流出？那一张深棕的小板凳朴质无华，是家家户户都坐着摘过菜、纳过凉的吧？那三张小板凳倒置于写字桌之上，让我想起年少时放学打扫教室卫生时的情景，那是水泥地刚刚扫净或拖过，第二天上课时再把凳子放下来。又让我想起家乡的馄饨店打烊的

403

辰光,这是要用水冲刷地面了。猪油和葱花的余香还在,随着晚风从店堂飘出。翌日凳子再放下来的时候,一碗碗鲜香的馄饨又将出锅! 这些老旧的桌椅,都曾是一出出不同人物、不同情节人生剧目的道具,如今又装成同一台现场演出的舞台。是谁将这些道具迁徙组合? 是谁导演人生这一场场戏!

人生就是一场场戏! 我们看别人演戏,自己也无时不在演戏。戏的情节纵有千般不同,主题无非就是在时间中长大,在时间中相聚,在时间中告别。桌椅腾腾挪挪,人们来来往往,命运起起伏伏,一切都脱不开"聚散"二字。在各自的戏中,你或是坐着精致靠背椅的大人物,我或是坐着粗陋小板凳的小人物,但我们最终都是这人生下午场中的打牌人。在这日复一日的人生之戏中,过一阵必定就有人永远退出,也有人不时加入,而牌局、棋局、饭局,形形色色的局依然会继续,如同这从不停息的秦淮河水。

看着这一幅图景,我会想起丰子恺先生的那幅《人散后,一钩新月天如水》。人生的戏无论多么精彩,纵使高潮迭起,总有落幕的时候。然而,我们究竟都要经历生命从兴到衰的过程,看透了人生的真相却依然要好好地活下去,因而这些为午后众人相聚而预备着的桌椅仍然使我感到温暖。常常见面,与那个唱歌的老先生就互相认得了,我有时为他鼓鼓掌,他不忘停下歌唱说声"谢谢"。在人生的大戏台上,我和他不过就是路人甲、路人乙吧;在时代的大舞台上,在桥洞打牌的人也只能是群众演员吧,但在相聚的这一刻,能够点头致意,能够同框成像,就足够了。

"是谁导演这场戏,在这孤单角色里。对白总是自言自语,对手都是回忆,看不出什么结局。自始至终全是你,让我投入太彻底。故事如果注定悲剧,何苦给我美丽,演出相聚和别离。"经历过年轻、经受过失意的我,也曾经苦苦追问,是谁在冥冥中导演了每一个人的升沉起落,运筹着每一群人的悲欢离合。而在走过年轻、走出失意的今天,我终于明白,我们根本看不见那双无形的手,不管是谁导演着人生这一场场戏,主角的荣耀、配角的辛酸、龙套的寂寞都会远去。我们根本无法预设自己的角色和故事的情节,不管投入是否得到回报,真的不必太在意,瞬间的美丽也是造化的恩赐。

远远地看去,这些疏密排列着的静默桌椅有如一组乐器,等待着乐队队员的上场。随着那位老先生的歌声,我的心中也会有温柔的旋律响起,为这每天清晨倾情奉献的第一场演出,为那每天下午即将上演的黄昏剧目。

我有一布袋

在我家里,公文包极少,而布袋很多,只因为我不喜欢拎公文包。除了极正规的场合不得不提个公文包以不破坏统一性,我都是提着布袋上班和出行。

起先自己并未在意,每天就那样提着布袋出门了。倒是同事先发现的,问我为何不用公文包而用这样普通的布包。我这才意识到自己的这一习惯,思来想去,对布袋的钟情只能与大学生活有关。

在我上大学的 20 世纪 80 年代,老师们是极少提着皮包来上课的,不少老师都是随身一个布袋,有的甚至是老式的军绿色书包。我印象很深的是,讲古代汉语的高小方老师、系行政的姚松老师,就一直挎着一个旧书包,走在马路上,不会有人想到他们是大学教师。老庄名家周钟灵先生一进教室,总是把一个布包往讲台上一放,然后长时间看着窗外不着一言,忽然就变戏法似的在黑板上写下几句《道德经》,开始他仿佛自言自语的讲课,不禁让人遐想这个布袋和老庄有什么神秘的联系。文史大家卞孝萱先生也常常提着一个布袋去图书馆查阅资料,料想那张他在图书馆"皓首穷经"的经典照片,座位旁一定也有一个布袋的。老师们能够长年累月地提着布袋去讲课和做学问,就一定没觉得有失身份,他们的价值真不在于手中所提之物呢!

印象最深的一次,是工作后去拜访周勋初先生。从先生家出来后,我在金银街口等出租车,只见先生提着一个布袋向学校走去。他腰板挺直地经过我时,朝我点头微笑,丝毫不像我们刚刚见面一样,他的心神一定已驰骛图书馆了。我心想,若非是他的学生,我若是路人甲,怎能知道这手提布袋的老者,竟是一代宗师呢!后来有一次去看先生,他赠我几本著作,装在一个印有"商务印书馆"字样的书袋里,我真如获至宝。书自是珍藏了,这布袋也一直爱惜使用。提着这个布袋,就仿佛得了先生的精气神,有了发愤学习的劲头。

报载,中国火箭推进创始人李俊贤院士已91岁高龄,仍然提着布袋上班,他把一生的300万元积蓄捐献给国家设立博士创新基金和困难帮扶基金。同济大学教授杨贵庆7年间行走在浙江农村的小路上,为乡村发展作规划,肩上洗得泛白的布袋是他的"标配",装满了尺子和纸笔,被乡亲们亲切地称作"布袋教授"。更令人神往的历史一幕是,鲁迅先生第一次去北京大学讲"中国小说史略"课程时,身穿打着补丁的蓝布衫,胳膊下夹着一个小布包,右耳挂支铅笔,手中拿着很薄的讲义,学生们哈哈大笑,想象中的教授都是西装革履、行头讲究的呢!我想,这些大家的全部心力都专注于学问和事业本身,根本无暇顾及衣冠饰具一类的事,布袋和皮包在他们眼里都是没有差别的装物之"器",心中的"道"才是最重要的。读着他们的行迹,我仿佛就看见了自己的老师,虽然此生不可能有多大的成就,但提着布包也就更有了底气。

不少人把公文包看作身份的象征,但我提着公文包,总有身心紧绷绷、无所措手足之感,而一换布袋,则无拘无束、性灵释放。布袋里,有职场的文件资料,有我带回家读的报刊,有我送给朋友的拙作,有我随手记录思情片羽的纸条。比之公文包,布袋随意、轻软、有伸缩性,既能涵虚,又可容实,它的包容和低调对主人也是极好的经常性的提醒。

当然,拎着布袋和提着公文包,在进出某些场所时会受到不同待遇,我在大院门口就经常被卫兵拦下验证。作为一个当过兵的人,我深知卫兵之神圣不可侵犯,我深知列宁也要尊重卫兵;再说我拎个布袋、戴只老头帽,确颇有可疑之处。于是,我总是很配合地掏出工作证,卫兵多很礼貌,双手奉还证件,有的甚至还给我敬个礼。我有时也听到有人和卫兵争执,说出"我在这大院不知比你早来多少年""我进进出出这么多年你都不认识我"之类甚至更刺耳的话,无非是觉得在身份低的人面前丢了身份吧!

每当听到这样其实非常有失身份的话,手提布袋的我就会想,所谓身份,就是某一个阶段生活赋予我们的一个角色而已,它通常是通过一张盖有红章的纸来认定的,也会有朝一日通过一张纸来解除。我们一生要被赋予大大小小各种角色,其实都是瞬时即过。《菜根谭》说:"以幻境言,无论功名富贵,即肢体亦属委形",功名包括我们的躯体都是终将逝去的幻境。我们一定不能把拥有过的、或正拥有着的当成永远,我们的真实身份其实只有一个,就是那18位身份证号码为凭的自然人。有句调侃叫作"我们都是有身份证的人",玩笑里倒有真谛,在一个成熟的公民社会里,我们每一个人不都是平等的一分子吗?

　　"身份"问题在有些人看来是如此之大,所以,当新冠肺炎袭来,居民小区都实施封闭时,就有了不少因"身份"惹起的麻烦。有人说,平时熟悉的门卫掌握着人们的进出大权,像换了一个人似的吆五喝六,有人甚至把他们比作昔日行凶作恶的"红袖章"。我有点悲哀。不排除极少数门卫觉得自己有身份了,而发生"一朝权在手,便把令来行"的行为,但平心而论,我遇见的多数门卫还是在认真文明地履职的,是为我们的健康负责的。我也相信,无论在官在民,多数被测体温、被要求出示出入证的人也是配合的,但一定也有极少数人放不下"身份"而盛气凌人。如果说前一个极少数是"革这伙妈妈的命"的阿Q,那么后一个极少数也是"我们先前比你阔的多啦!你算是什么东西"的阿Q。不要光指责别人甚至动辄大扣政治帽子,我们每个人都要把手电筒对着自己照一照,看看鲁迅先生说的国民劣根性露头没有呢!

　　五代后梁时期浙江曾有一位"布袋和尚",因常杖挑一只布袋入市而得名。他曾留下偈语曰:"我有一布袋,虚空无挂碍。展开遍十方,入时观自在。"我们每个人胸中都要有一只这样的"布袋"呢!打开来能纳尽世间万事万物,收起来能放空一切荣辱得失,任何时候都不失包容、不失本心,这样的"布袋人生"何其朴质素淡、何其闲适自在!

另一只袜子哪去了

我估计,几乎每一个人都有过找不到另一只袜子的经历。有时明明睡觉前两只袜子放在一起的,早晨却无端跑了一只;有时明明成双成对扔进洗衣机的,晾晒时却插翅飞了一只。有人常把落单的那一只放在一边等,等另一只某天自动出现;有人没耐心等另一只归来,索性扔了这一只。"另一只袜子哪去了"是生活中一个常见而玄秘的问题,有人甚至说是"世界不解之谜"!

从朋友们分享的情形来看,有被猫狗叼走而在某个旮旯邋里邋遢现身的,有搬家时从床底下裹满尘灰扫出的,有挪洗衣机时地面上横七竖八躺着的,有从某条裤子的裤管里毫无防备掉出的,还有一直不动声色隐藏于某件数年不穿衣服的口袋里,突然发现还以为是钱包的,哈哈。但更多的还是"黄鹤一去不复返",从此渺然无踪。记得很清楚的一次是和同事出差,他说早晨起来搜遍了宾馆房间的每一个角落,就是没找到另一只袜子,现在一只脚光着呢!最后只得在途经的小店里买了一双,一路直叹"我又没喝酒,床单都掀起来了,真是怪事,怪事"!

另一只袜子到底哪里去了呢?这还真是一件神奇的事。有人调侃说:知道袜子为啥总是丢一只吗?因为两只都丢了,你根本发现不了。这虽然是戏说,我却从中得出这样的启示:成双成对的东西很重要,成双成对的东西容易丢。

成双成对的东西很重要,它们保持着一种相伴、支撑和平衡,缺了一个则不成整体、不能匹配。成双成对的东西容易丢,因为司空见惯、熟视无睹。岂止是袜子呢?手套不是也很容易丢吗?夏天时我们明明把几副手套洗干净了收藏好的,冬天找出来时却往往少了一只。据说女士们的耳环也会常常丢失一只,总记得是放在一起的,出门要戴时却遍寻无着;或者出门时是一对,回来时已剩一只。所以,人们为了图省事,会买一打两打"对对袜",买几副同样款式的耳环,丢了好配对,也就不去深究那"莫名"的缘由了。

偏偏有人就要找出另一只袜子总是丢失的原因,捷克动画片《奇怪的袜子精灵》用童话的思维这样创想,在每个家庭的角落里都生活着袜子小精灵,他们秉承"只拿一只"、和人类分享的原则,所以我们的袜子总是少一只。这个脑洞大开的故事引发我这样的思索:人与动物、自然界是一个休戚相关的共同体,资源共享、取舍平衡,也许根本无法分清哪些东西是我们的,哪些东西是精灵们的。如果我们不珍惜天天无怨无悔陪伴我们的小小袜子,天地间总有生命会需要它们,会将它们从你身边偷偷夺走。那么,袜子也好,手套、耳环也好,这些成双成对东西的丢失就不是莫名的了,一定是由于我们的漠视和疏忽,我们因为耳鬓厮磨的相处而渐渐忽视了它们的存在,颐指气使、随意丢弃。正是这种不用心导致了它们的突然消失,结束了一种本可以命运与共的温馨关系。

《奇怪的袜子精灵》广告上赫然写着"Mind your socks!"小心你的袜子!那么日本西川美和编导的《永远的托词》同样在提醒我们,伴侣的丢失也是因为不再小心、不再上心!我们不仅没有觉察,还找出种种自私和伤害的托词。畅销书作家衣笠幸夫直到妻子夏子因车祸亡故,顶着一头凌乱、油腻的长发开始反省和自赎后,才终于意识到自己对妻子的无视。他说道:"那些心疼我们的人的手不要轻易放开,千万不要瞧不起他们,更不要贬低他们。如果你不这样的话,你就会变成我这样,就会像我这样身在福中不知福,最终变成没有爱的一生。本以为分开没那么容易,其实分开就是一瞬间的事。所以,你们一定要珍惜,一定要握紧他们的手。"幸夫的头发一直是夏子理的,他是在妻子一路鼓励和照料下成名的,夏子一直忍受着他出名后的冷淡和背叛。是啊,因为爱,爱人甚至会像袜子一样将自己的身段放低到尘埃;可是,如果你把爱意和隐忍看作有恃无恐,造化中总有一种如袜子精灵一样神奇的力量将他们悄悄攫走,永不回返。

喜欢津渡的儿歌《另一只袜子哪去了》:"是这只,不是那只。是那只,不是这只。反正,有一只。在阳台上,走丢了。是风,要戴上一只手套吗?是雪,要围上一条围巾吗?不,不,风雪多么冷,比不上我的暖脚丫。是小耗子借去当被子了吗？是圣诞爷爷借用做百宝箱了吗？不，不，没有它的好朋友，一个儿，它怎么走天涯？"爱惜脚上这双卑微却忠诚呵护我们的袜子吧！少了一只，它的温暖在哪里，我们怎么走天涯？珍惜身边这个平凡却真情陪伴我们的爱人吧！少了一个，他（她）的归宿在哪里，我们如何度今生！

说说"平常心"

平常心,是现今一个使用频率非常高的词。到底什么是平常心,没有一个标准的解释。那么,我们可以分步走,先去了解"平常"的意义,然后把"心"加上。词典这样解释"平常":普通,不特别。那么,平常心就是普通的心、不特别的心。

普通的、不特别的心,应该是一颗谦和的心,能够认准自我,顺其自然。比如说,我们多数人都会给自己定位为做好普通人和平凡事,如果你一定觉得自己就是高人一等、生来就是做大事的,这颗心就不那么普通了。当别人夸赞孔子多才多艺时,孔圣人都谦虚地说自己"吾少也贱,故多能鄙事。君子多乎哉,不多也",这就是平常心呢!还有的人取得一点成绩就沾沾自喜、目中无人;有的人在所有问题上都要与众不同、独树一帜,这就更显得特别了。在这个意义上,"平常心"的反义词是"高傲心","高傲心"如果不断上升,可能不仅达不到想要的高度,相反却会跌入尘埃。

普通的、不特别的心,应该是一颗平静的心,能够笑对荣辱,得失泰然。有的人合己意或能够得到利益的事就做,不合己意或不能得到利益的事就不做;有的人做点事就生怕别人看不到,就想立马得到回报;有的人当自己工作、生活的种种愿望没有达到,就怨天尤人或者一蹶不振,或者动辄就与人龃龉、好像全世界都欠他一样,这颗心就有点特别了。孔子说:"用之则行,舍之则藏。"人生有得有失本是常态,对待功名利禄还是要淡泊一些。在这个意义上,"平常心"的反义词是"功利心","功利心"如果不断膨胀,可能不仅达不成目标,相反却会给自己设置越来越多的羁绊。

普通的、不特别的心,应该是一颗包容的心,能够大度待人,胸襟豁然。

你食不语、寝不言，室友却任何时候都滔滔不绝；你喜欢办公室整洁，同事却是大包小包的快递堆满一角；你做事雷厉风行，搭档却是事不临头不着急，我们都只能宽厚包容、相安无事，不能斤斤计较、强求一般。有的人因为别人用"收到"或"呵呵"回微信都会生气，觉得不礼貌，未免太小心眼了。我们要做孔子所说的心胸开阔的君子，不做为点小事就心里打鼓的小人。在这个意义上，"平常心"的反义词是"狭隘心"，"狭隘心"如果不断扩张，人和人之间不仅不能够和谐，相反却会拉大心理的距离。

普通的、不特别的心，应该是一颗明净的心，能够做好自己，处事超然。有人津津乐道于公众人物的私生活，凭拼凑起来的信息臆断因果；有人热衷于八卦别人的隐私，凭道听途说的传闻妄断情由；有人喜欢卷入别人的是是非非，凭一己所好的标准说长道短。孔子绝四，"毋意，毋必，毋固，毋我"，首要的一条就是不要一味臆测。我们最重要的是做好自己，对别人的生活不要凭空猜测，超脱一点为好。从这个意义上说，"平常心"的反义词是"八卦心"，"八卦心"如果不断加码，不仅丝毫无损别人的生活，相反人人会对你避之不及。

普通的、不特别的心，应该是一颗安适的心，能够旷达观变，同异淡然。经常有人著文，对别人在朋友圈秀恩爱、秀健康、秀美食等表示不屑。其实，这都是无关原则的事，是别人的自由，有什么好指责的呢？你自可以晒你认为高雅的事，也可以选择不看他人的朋友圈。也经常有人著文，对现在过年没有了年味表示不满。其实，在如今吃穿不愁的时代，年味的变淡是必然的，年节文化和世界接轨也是必然的，我们应该安然接受生活的种种变化，选择自己认为合适的过节方式，对别人怎样过节、是过洋节还是中国节无须发表议论。世界是缤纷多彩的，许多事情都是可以采取孔子所说"无可无不可"态度的。在这个意义上，"平常心"的反义词是"偏执心"，"偏执心"如果不断发酵，心态不仅不能平和，相反却会愈加焦躁。

"平常心"实际就是一种平常、平和的心态。土耳其有句谚语说："上帝给每只笨鸟都准备了一根矮树枝。"我们多数人能达到的高度总是有限的，我们能够收获的东西也不是无尽的，所以，要善于找到属于自己的那根"矮树枝"，培土、浇水，顺其自然地长成它应该的样子。"平常心"不私小我、顺应客观，所以不偏颇；"平常心"不以物喜、不以己悲，所以不动荡；"平常心"做好自己、不操闲心，所以不纷乱；"平常心"知足常乐、寻找快乐，所以不自扰。我们都是平常人，本应秉持平常心！

点赞这事

自从有了微信，就有了朋友圈；自从有了朋友圈，就有了点赞。点赞，本是件自觉自愿的事，但有些人却看得奇重，异常在乎谁点赞、谁不点赞，谁点赞多、谁点赞少。有人甚至因为别人从不为他点赞而直接将对方拉黑，因为觉得这就不是"朋友"了，就应当从朋友圈除名了。点赞这事有这么严重么？

从我个人的动机来推及众人，我以为多数人发朋友圈的目的，无非是觉得一篇文章或一幅图片有意义有意思，于是加以群发；或是个人有些想法要分享，于是加以抒发。那么，发了之后，我们的目的就达到了，就不该在乎有多少人看，更不该计较别人点赞与否。发不发，是我的自由；点赞不点赞，是别人的自由。

点赞不点赞，多半没有大的原则问题或利害关系在内。我发现，秒点赞的人或许看都没看你发的东西（我也会做这样的事哈），点赞得最多的人也未必就看过你发的内容，而从不点赞的人中必定也有你的忠实朋友。

我的朋友圈里，发的多是自己的作品，自娱自乐，不求闻达，因此也不关心点赞者谁、未点赞者谁。朋友或同事相遇，有人会说：你写的诗歌真好，我每篇都点赞哦！我只是笑笑，因为我深知诗歌创作之难，从不敢涉足。我就这样想：这几位点赞甚勤的朋友说我写的诗好，也许是幽默吧！不是有人说过散文每句话打个回车就是诗吗？他们也没错哈。而那些个能列举出我作品名字、说出其中内容，甚至背出"好词好句"的朋友，平时还真很少点赞。所以点赞也好，不点赞也好，真的不能说明什么，更不能以此去推断别人对你的好恶。当然，那些认真读了我文章的朋友，那些不吝笔墨留有评语的朋友，还是会令我感动在心。我的初中老师吴文白，常有长长的留言给我，谈

413

感受、忆往事，这就是老师对学生的感情啊！我的大学老师任天石，则常常在转发我文章时冠以四两拨千斤、一语抵万言的简短评点，这就是学生和老师的差距啊！师友们的这些精妙留言，容我有暇时细细梳理、专文推介。

我相信，对不少人来说，点赞就是一种娱乐和闲适而已。有暇时翻开朋友圈看看，不吝每条都点赞一下，表明"到此一游"；或者在许久不见的朋友名下画个笑脸，算是说声"你好"。你可以发现一个很普遍的现象，就是在饭前、睡前那段"垃圾时间"里，当你快速翻看朋友圈不停点赞时，手机里也在不停地冒出别人的点赞！点赞成为大家打发时光的共同方式，也是现代人的一种生活闲趣！

当然，对有些人来说，点赞不点赞可能是有思量的，然而也无关大是大非的吧！比如，有人会多多为领导点赞，怕的是尊长在乎，或者为引起注意；有人则偏偏不爱给领导点赞，避的是同仁微词，或者为表明高格。这一类的事，其实也是无所谓的，点赞者依愿而行，不必有过多思虑；被点赞者心平气和，不必持职场思维；旁观者悄然而过，不必度他人之腹。如此，点赞一事则何其轻松！

点赞不点赞，真不能成为评判是否真朋友的标准，与道德品质更不可挂钩。朋友圈里的"朋友"，不是现实生活中真正志同道合的狭义朋友，而是网络空间这个大乐园里走过路过、熙熙攘攘的广义朋友，正所谓来的都是客、相逢开口笑、过后不思量！

与点赞相仿佛的事，还有展示多少天的朋友圈、让哪些人看朋友圈这一类。居然有人会对别人展示朋友圈天数设限提出异议，认为应该全部公开，否则就是对人不尊重。也有人因为别人不让他看朋友圈而感到愤愤，觉得是一种轻视甚至侮辱。我觉得这都是自己的妄想、自找的闲气。展示多少天、给不给谁看，不都是别人的自由吗，干卿何事？网络空间如此浩瀚，任你神游八方，何必在乎有几个人的朋友圈是否对你开放呢！

点赞问题，也许就像中国人见面时常说的那句"改天请你吃饭"一样，是一件不能较真的事，一件不值得琢磨的事。这句话就是个礼貌，就是个寒暄。常说这句话的人，可能多少年也没请你吃过一顿饭；常和你小酒馆相聚的人，也许从来没说过这句话。我的朋友圈里，有不少朋友经常给我点赞，不管有没有"点"开再"赞"，我都视作一份礼貌一声招呼。而对那些不常给我点赞的朋友，我也并无丝毫不悦。我知道，他们中的许多人一直徜徉在我的文字里，我能感觉到与他们心的互动。斯亦足矣，夫复何求！

领导的眼睛没看我

从戎之初,一个也刚大学毕业的战友对我说:我每天跟我们主任打招呼,他眼睛根本不看我,难道是对我有意见? 我说:你想多了吧? 你才来,他对你能有什么意见? 再看看呗。过了一段时间,他终于知道,主任有点斜视,他打招呼时主任其实是看着他的,也微微点头,只是不能轻易察觉。一颗悬着的心终于放了下来。

过了几年,又有一个同事对我说:今天我跟某首长打招呼他没理我,我们原来是一个部队的,他可能认识我,是不是觉得我调来后没去看他? 为此无法释怀。过了一段时间,首长去教研室调研,当介绍到他时,首长很热情地说:原来是一个部队的呀! 以此看来,首长以前并不认识他,是他多思多虑了。

我说这两件事,只是一个引子,并非要议论领导。"领导的眼睛"在这里代表所有其他人的眼睛。我们往往太关注别人是否在意自己的一言一行,许多时候都是多情多疑,带来不必要的心理负担,打乱自己正常生活的节律。

我们取得一些成绩,自己觉得是莫大的荣耀,迫不及待要说给别人听,而别人可能只是一笑,并没有你期待中的"同喜"。我们受了一点委屈,自己觉得是很大的伤害,喋喋不休要向别人倾诉,而别人可能只是沉默,并没有你期待中的"同情"。我们的手机里放满了自己幼儿或者第三代的照片,无法自控地在人前展示,而别人可能只是礼貌地说一声"太可爱了",并没有你期待中的"共鸣"。我们工作中出现了失误,自己觉得全世界的人都会传为笑谈,而其实别人过了那一刻就翻篇了,并没有你想象的那样"悲惨"。生活就是这样的,车水马龙,熙来攘往,每一个人都在忙着自己的事,在你觉得是石破天惊的事,在别人那里其实都是云淡风轻。

就拿领导来说,他们要操心烦心的事也不少呢!除了普遍的高处不胜寒带来的小心翼翼,他们也是凡人,也要面对一大堆的家事琐事。那天,领导的眼睛没看你,也许早晨刚和老婆吵了架,也许头天酒喝多了头晕,也许正牙疼,也许也被他的领导批评了几句……记得有一天,大家都说平时很有修养的院长对人没好气,不知怎么了。知情人说:院长被孙子的小学班主任训了一顿,一个将军也得被一个小姑娘修理!所以,与其去琢磨领导的眼睛为何没看你而担惊受怕,不如关注自己喜欢做的事,倾听自己内心的声音,不要被这些无端的揣测而乱了心智。

老部队有个东北人,我起初对他印象一般,因为他走路从来头高高昂起,不跟人打招呼,我觉得他有点瞧不起人。后来成了好友,我问他缘由。他说:哎呀,我那啥高度近视,眼神忒差,根本看不清对面走过来的人,你得叫我一声!搞了半天,他根本就不是瞧不起人啊!

上个月我去疗养了半个月。回单位上班后,除极少数人询问好久不见、去哪里了,多数人依然如平时一样点头打招呼,我在与不在,对他们都是一样的。所以,我们不要把自己的现时存在和喜怒哀乐看得太重要呢!当离开职场回归一个自然人,单位的一切都在继续,而我们的名字很快就会到了人们嘴边而说不出来。

很多我们耿耿于怀的事,其实都是自己放大的。与其关注他人的眼睛而寝食难安,不如活出自己的样子而心泰神宁。

当时的快乐

　　一向很快乐的友人最近变得闷闷不乐,我搜肠刮肚,似乎找不出他不快乐的理由。他很多年前就已评上高级职称,薪水不薄,衣食无忧,孩子已上大学,这样的生活还有什么不满足的呢?有一天,他终于向我道出了苦恼,原来,是和他资历差不多的同事当上了处长,他觉得处长的地位和工资都比高级职称高,心理开始不平衡。哦,这位朋友忘掉的是当时的快乐!他忘掉了评上高级称职后给他事业带来的变化、给他心情带来的愉悦!

　　非常清楚地记得,这位业务精湛的朋友常常说:这辈子没什么大的想法,就是要评上高级职称,只要能评上,今后什么也不想了。他是这么说的,也是在努力奋斗着的。所以,十多年前他未到不惑之年,就实现了自己的梦想,当时,在几十人的竞争中脱颖而出的他是何等的欣喜啊!他的快乐确实也延续了好多年,这份快乐,使他的事业之途更加平坦宽阔,使他一直有着骄人的业绩。未料今天,他却因为同事仕途的升迁而开始不快乐,这真是自寻烦恼啊!

　　忘了当时的快乐,是不少人目下的心灵状态吧?在事业上,我们都为自己设定过一个最有可能实现的目标,比如考上公务员,比如评上高级职称,比如到达某一个等级的职位,比如调动一个单位,等等。在实现这些目标之后,有的人能把这种快乐保持终生,有的人却只能把这种快乐保持一时;前者知足常乐,后者郁郁寡欢。

　　我并不是说,实现了一个人生的目标后就应该止步,人是应该既知足,又知不足的。但是,这种"知不足"首先要建立在务实的基础上,人生一切领域的层级设置都是金字塔型的,越往上难度越大。我们应该做的是顺其自然、拾级而上,而不是好高骛远、强行攀爬。这种"知不足"还要建立在理性的基础上,就是把新的追求定位在提升自己的内蕴、提升事业的境界上,在内涵、品位和格局的突破中感受新的快乐,而不是固执不化地把新的追求定位在更高层级的职位上,伴随着这种虚妄追逐的,多半是苦恼和不快乐。

不是吗？在这一轮又一轮新的追逐中,你的注意力从事业本身转向了某一个不切实际的目标,你更加小心翼翼,生怕有一点闪失,这种胆战心惊的生活会快乐吗？你猜测上司的心思,不停地察言观色,上司偶尔一次没和你打招呼你就心神不宁,这种没有自我的生活会快乐吗？你把不少人看成了自己的竞争对手,戒心重重,他们说的每一句话在你看来都别有用意,这种处处设防的生活会快乐吗？你总觉得别人不如自己,一厢情愿地认为他们晋升的职位本该是你的,这种心理失衡的生活会快乐吗？你为了达到自己的目的可能会不择手段,这种费尽心机的生活会快乐吗？于是,在新的角逐中,你不仅丢失了前一个目标实现时的快乐,没有了现时的快乐,而且又陷入了新的不快乐,原本安详有序的生活变成了一团乱麻。

静心细思,在我们实现当初那个人生目标时,那份快乐是多么巨大啊！我们真的觉得不复再有什么奢望了！而那份发自内心的巨大喜悦,以后怎么会骤然消失的呢？我想,是贪婪的功名心在作祟。我们的心安静了一阵后又起了新的涟漪,在与别人不恰当的比较中迷乱了心智。我们的眼睛向上看了,只艳羡在高处的人,看不到自身的差距,更看不到在低处的人对我们羡慕的眼神。我们的价值参照系发生了偏差,所追求的不再是自身内在的壮大,而只是外在的所谓"高大"了。我们更无暇也无心回头看自己走过的路,那份曾经的快乐就在向上攀爬的过程中坠入山崖。

其实,功名的追求哪有止境呢？量力而行,适可而止,那份得到的快乐就会萦绕不散。只要我们努力过并达到了适合自己的一定高度,就完全应该把那份快乐一直保持下去,这样的快乐会单纯恒久,就不会有妄念妄行。而且,在具备了所有的外部可能性时,只有始终怀有快乐心情的人,才会水到渠成取得新的成功。以一颗更加旷达的心来看,剥去了具象的个体,"我"即是"他","他"也是"我"。我们应该为自己实现了理想而快乐,也应该为别人实现了更高的理想而快乐。

我对友人说:你评上高级职称时,你的这位同事还是中级职称,他不是也为你高兴吗？假如他这么多年一直耿耿于怀,不快乐的他就不会有今天这样的成就。如果我们心力有余,能够不断攀登新的高峰,自然是十分快乐之事。如果我们囿于各种条件只能在这一程止步,就想想当时曾经抵达的快乐吧,就用这份当时的快乐来引领自己走向内心的充盈和静谧,走过快乐的今天和明天。

"恰好要我当首长"

1945 年 4 月 24 日,毛泽东向党的七大提交了《论联合政府》的书面政治报告,又在大会上作了口头政治报告。口头政治报告分三个部分:路线问题、政策方面的几个问题、关于党内的几个问题。主席说的党内最后一个问题就是要讲真话,不偷、不装、不吹。在说到不吹时,主席说道:"为什么我现在当首长? 就是恰好要我当首长,没有别的道理,本来张三、李四都可以当,但是点将点到了我的身上,要我当。"读到这里,我不禁笑了起来,主席是真的幽默啊!

我相信,当时在场的人一定都笑出声来,觉得主席幽默,觉得主席谦虚。但是,我们不要忘了,主席说这话时有一个主题,就是不吹。所以,主席就是在示范什么是"不吹"。"恰好"说的是天时地利人和。试想,从 1920 年参加革命起,25 年间,主席在生死关头徘徊了多少次? 党内大大小小的处分至少有二十次,长征前李德等人甚至准备不带他走。一路的坎坷假如有一个过不了,就可能没有今天这个"恰好"。所以,主席的幽默是实事求是。

我们不要忘了,主席说这话时有一个前提,就是深刻认识到"我们的工作是整个人民工作的一部分,是全党工作的一部分,我们都有份,人民都有份"。有了这样无私的胸怀,就不会计较小我的得失,就能摆正自己的位置。主席说:"至于这一份家业是哪个的? 是张三、李四的? 不是,是全党的,是全国人民的。"所以,主席是在教育全党,不管谁当首长,都是为人民服务,主席的幽默是情怀格局。

"恰好要我当首长"说明了干部成长进步的规律,那就是偶然性和必然性的统一。每一个人群里,一定有能力水平比我们低而地位比我们高的人,也一定有能力水平比我们高而地位比我们低的人,其间综合的因素太复杂,也只能用"恰好"来表达。我深信,当时聆听主席教导的所有人必然在笑声和掌声之后陷入深思,我们今天重读这段话也仍然深受教益。为中国人民建立了伟大功勋的主席都能这样看待自己,我们岂能提升快了就沾沾自喜、进步慢了就怨天尤人? 不都是一个"恰好"吗?

曾经看过一部上海滑稽戏,有个照相馆的师傅在上海滩赫赫有名。当有人问他到底能排第几名时,他说:阿拉原来是第三名,后来第一、第二名死特了,阿拉就成了第一名。虽是笑话,但能让我们清醒地认识自己的"恰好",达观地接受别人的"恰好"。

一辈子都要"隔离"

鼠年春节静悄悄。因为冠状病毒的侵扰,人人都在家中隔离。隔离是冷清的,不能串门,没人串门;隔离是寂寞的,无处可去,玩乐全免;隔离是抱有期待的,疫情快克、禁令早解。总之,我们习惯了喧闹,习惯了欢聚,我们难以面对寂清,难以面对独处,"闷死了""憋死了"的牢骚不时可见。

既然隔离是必须的,除了葛优躺、看电视、搓麻将、打掼蛋之外,也有人隔离出生动的景象、深切的感悟。看到有个同学在群里说,本来大年三十在外吃年夜饭的,现在只能在家吃了,倒吃出了多少年没有的"家"的味道,觉得还是家常菜好,全家人团聚在家里更像过年。一席话引得同学们纷纷晒出今年的年夜饭,回忆从前在家吃团圆饭其乐融融的情景,为减少了许多你来我往的酒场奔走而感到一身轻快。正是:莫道人稀道路空,菜香弥漫在家中。老小相拥乐融融,围炉夜话情更浓!

有个朋友在朋友圈里说,宅在家里的日子,他准备一天看一本书,好好补上平时无暇看书的课。听说假期延长三天,他欣喜若狂,说又可以多看三本书!他发这个帖子时,我正好看到某公众号一篇文章的题目:自我隔离的春节,我尝试翻开了三年来的第一本书。我没有去读文章的内容,却为这个题目所触动。有多少人真的一两年甚至更长时间没有定下心来读过一本书了呢?在无尽的笑闹里,在纷乱的奔忙里,我们已经不知归程,有哪怕片刻时间回到属于自己的沉思默想里、盘点规划里。隔离,正给我们提供了一个与车水马龙隔开的物理空间,也给尚未完全麻木的人们提供了一个与滚滚红尘隔开的心理空间。静静地问自己:离开了熙来攘往的人群,我能做什么? 离开了朝九晚五的职场,我能做什么?

是该有更多的"家"的概念了。在这个寂寞冷清的春节,在家陪伴父母不是很难得吗?在家陪伴爱人不是很温馨吗?有个同学看了我那篇《母亲说,她忘了》后给我留言,说她母亲有天站在微波炉前突然问她怎么开,她一下为母亲的衰老而愣住了。那天电视里在唱《父亲写的散文诗》,当听到"这是我父亲日记里的文字,这是他的青春留下来的散文诗。几十年后我看着泪流不止,可我的父亲已经老得像一个影子"时,我不禁眼眶潮湿,陪伴父母的时光不是永无尽头的!都说小长假后的离婚率会上升,为了添置什么、去哪里玩、到谁家父母那里过节等种种琐屑之事,甚至百度里都出现了"年后离婚潮"这个条目。我想,这个长假后一定不会这样了。我甚至想象,会不会有正在冷战的夫妻,却因为这场隔离,宅在共同打造的同一个屋檐下,而重新认识了生命和亲情的可贵,心变得柔软、情变得温润?那么,这隔离是多么值得!

是要有一点自己的爱好了。我们的生活一路向前,爱好却似乎越来越少,它被应酬、功名以及种种不知由头的忙碌所淹没。这次隔离告诉我们,每个人在职业之外都要有一点自己的喜好,哪怕非常细小,有人称之为"细艺",都会是对时间的填补、生活的充实、精神的滋养。比如学学书法、绘画、乐器、打拳、针织,无一不可。明代文学家袁宏道说:"每见无寄之人,终日忙忙,如有所失,无事而忧,对景不乐,即自家也不知是何缘故,这便是一座活地狱。"民国年间《论语》杂志《征文小启》说:"人有癖好,犹水有波纹。水无波纹,固一泓死水;人无癖好,直一个死人。"话是说得狠了点,但都在理。有一点小小的爱好,在远离人群时我们的精神也能有所寄托,爱好真的不能等到退休时再去培养。

是须给自己偶尔独处的时光了。现代社会人际交往频繁,互联网发达,不可能也没有必要把自己封闭起来,但确实需要偶尔给自己独处的时光,与熟悉的人群、习惯的时空隔离,去清理思想、减轻负担、卸下累赘,我们会因此变得轻盈、找到自我。卢梭走出一部哲学的《一个孤独散步者的遐想》,梭罗留下一篇澄净的《瓦尔登湖》,都是独处时光凝成的传世之作。我们当然不必像他们那样离群索居,但都要学会给岁月留白。我们需要有"一间自己的屋子",可以独自听雨,独自读写,独自踱步,独自小酌,排除一切外部的干扰和诱惑,去寻找沉醉、通透、自由和畅快。我们更要静心思考自己作为一个人该怎样独立存在,带着新的思情打开房门,迎接明天的阳光明媚或是风雨雷电。

防控疫情阻击战终将取得胜利,但这段隔离的日子却给予我们一种说来容易做来难的生活启迪,那就是我们一辈子都需要自我"隔离"。与喧嚣相隔,隔出山水清音,吟诗书风雅之曲;与觥筹相隔,隔出箪食瓢饮,享生活简淡之美;与繁华相隔,隔出独坐一灯,听内心寂静之声;与浮名相隔,隔出江天一色,还生命明澈之景。

远离言语之"俗"

　　林语堂先生曾谈到"社会十大俗气",字字句句一针见血,用于今天的社会也毫不过时。据说这"十大俗气"也并非林语堂的发明,而是古已有论,可见人的劣根性自古及今一也! 这十条中与言语有关的计四:一是每与人言必谈及贵戚,二是与朋友相聚便喋喋高吟其酸腐诗文,三是与人交谈便借刁言以逞才,四是见人常多蜜语而背地却常揭人短处。放眼四周,脑中急搜,我们的身边不乏其人矣!

　　每与人言必谈及贵戚,是无"数"。说得通俗点,就是不知道自己是谁,不晓得自己有几斤几两。真要是皇亲国戚也罢,可笑的是不少人的"贵戚"纯属子虚乌有。在各种饭局上,每每有人几杯黄汤下肚,便吹嘘自己与某某大官是亲戚,与某某要人是至交,自己的某某亲戚是某政要的干儿子干女儿,云云,藉此抬高自己的身价。甚至,只是与这些"贵戚"吃过饭、握过手,或因某个机缘有过点头之交,都可以成为这类人永远的谈资。其实,说者天花乱坠,闻者流水无意,连那些达官贵人众人都不曾在意,何在意你与他的一鳞半爪之交!

　　与朋友相聚便喋喋高吟其酸腐诗文,是无"人"。不少人都有文学梦,"文青""资深文青"可谓多矣,在下也算是"资深文青"一枚。爱好文学本无可厚非,三五同道相聚时互相吟诗唱和也是人生雅事。不该的是,有的人诗文造诣不深,推销瘾和表现欲却很大,只要有机会就要大谈自己的"创作",必吟诵几首方甘罢休。扩而大之,有的人不论场合,不论对象,必要高谈自己对文学、历史或哲学的见解,阔论自己的专业见地,可怜一场好好的聚会变成昏昏欲睡的三流讲座,讲者口若悬河,听者痛苦万分。凡此种种,都是罔顾他人感受的自矜之举。

与人交谈便借刁言以逞才，是无"品"。人之"才"总会通过某种方式显现出来，我以为最好的路径是通过做事的质量和效率自然表现，有人却唯恐众人不识其才，永怀"舍我其谁"的雄心斗志，每有机会发声便逞口舌之快，好挑事争锋，以尖酸刻薄之言挖苦对方，不肯弃一城一池，以此显示自己的卓尔不群。情急之时，便揭人疮疤短处，逼得对方难以下台无路可走，以此显示自己技高一筹。表面上看，这种人似乎占了一时的上风，然而，时间长了，人品之高下自现，众人见之躲避不及，其"才"非但未助其成，反倒误了终身。

见人常多蜜语而背地却常揭人短处，是无"德"。喜听好话是人之常情，真心的赞扬是温煦阳光，公道的评价是和煦春风。但有一种人，当面甜言蜜语，背后说三道四，是"阳与之善，啖以甘言而阴陷之"的李林甫式的人物，先人早已赠他们一个专属词汇：口蜜腹剑。俗话说："嘴不饶人心地善，心不饶人嘴上甜，心善之人敢直言，嘴甜之人藏迷奸。"这话说得可能有些绝对，但不差理。孔子说得就非常客观了："巧言令色，鲜矣仁。"有着大智慧的孔圣人以为，花言巧语的人不一定都不仁道，但很少有仁道。这种心口不一的人最要警惕，最要远离。

如何免除俗气？林语堂开出的方子是"只要做人就是"。他引用袁中郎的话说"物之传者必以质，文之不传，非不工也。树之不实，非无花叶也。人之不泽，非无肤发也。"我想，摒弃言语之"俗"，也还是得在做人上下功夫。淡泊功名便不会依附"贵戚"，做本色的自己何等惬意，自在自得的日子虽南面王不易。目中有人便不会自视甚高，在滔滔不绝自我炫耀之时就会顾及他人感受，不以自己所好强加于人。行事低调便不会逞强使气，就会铭记"山外青山人外人"的训诫，不兴干戈相向之事。真诚待人便不会阴阳两面，无论赞扬还是指过都是本于成人之美，则善莫大焉！

当一个人成天张家长、李家短，我们说他很俗；当一个人言必称孔方兄，我们说他很俗；当一个人嘴里没有把门的，动辄就当"小喇叭"，我们说他很俗；当一个人常常津津乐道于咸湿之事，我们说他很俗。但所有这些"俗"都是浅表俚俗之征，林语堂论及的言语四俗才是内里品格之俗，反映出人类势利、自伐、阴刁的劣性，是"大俗"，是"根俗"。浅表之俗恐难免，大俗之状不可有；俚俗之语或可耐，品俗之人不可交！

"小"境意味长

　　"先定一个小目标,比如挣一个亿",王健林接受《鲁豫有约》采访时的一句话,不经意间却走红网络。在许多人向着"宏大"和"高远"不歇奔跑时,"小目标"的提出确让人耳目一新、分外亲切。年轻时我们谁不曾立下过无比远大的志向,自信能主沉浮? 然而,回头望去,我们追逐的许多"大目标"往往是虚无缥缈的海市蜃楼。"小目标"却是努力一下可以够得着的,所以接地气、有人气。

　　细细品味,许多与"小"有关的东西都意蕴深厚,饱含着智慧和美。也许有人会说王健林是装腔作势,但他那句"奋斗的方向,最好先定一个能达到的小目标"却是不刊之论,是许多人可以感同身受的人生经验,闪烁着哲理的"小光芒"。曾几何时,从国家到个人,我们汲汲于"高大全"的东西,我们为实现那些"大目标"而焦躁不已,而平地"跃进",我们失去了脚踏实地、一步一个脚印的耐心和笃定。那一道道留在民族心口的创伤,至今隐隐作痛。"小目标"多么平实、多么让人心安啊! 把目标调低一点点,我们更有信心抵达目的地,我们为自己减了压松了绑,增添了不少"小愉悦",也增加了积小流成江海、积跬步至千里的可能性。

　　想起村上春树发明的"小确幸"。不由既钦佩村上发现美的眼光,也服膺译者林少华在不同语言间的传神转达。"小"中确实流淌着许许多多的幸福啊! 看看村上列举的那些事,"买回刚刚出炉的香喷喷的面包,站在厨房里一边用刀切片一边抓食面包的一角""一边听勃朗姆斯的室内乐,一边凝视秋日午后的阳光在白色的纸糊拉窗上描绘树叶的影子""冬夜里,一只大猫静悄悄懒洋洋钻进自己的被窝""手拿刚印好的自己的书静静注视",这都是我们作为普通人时时会感受到的"小幸福"啊！村上说："没有小确幸的人生，不过是干巴巴的沙漠罢了。""小确幸"滋润着人生，使平常的日子生动起来、温暖起来。国家和民族当然会发生惊天动地的大事，许多大事给我们带来"大幸福"，但是，大幸福终究不能代替这些无时无刻不在我们身边环绕的"小确幸"，它和那些"大幸福"一起支撑着我们走向更加美好的明天。况且，正如古人所言，"轻者重之端，小者大之源"，失去了个人的"小幸福"，人们也无心无力去构筑民族的"大幸福"了。

我相信，读着村上的这些"小确幸"，每个人一定能数出属于自己的不少"小确幸"。这时候，我们会格外清晰地感到，其实人是很容易满足的，一件"小事情"就可以给我们带来"小惊喜"和"小快乐"。那么，我要说，让我们多做一些让自己、让亲人、让朋友感到愉悦和幸福的"小事情"吧！这些事情，小到可以是一句暖心的话，一个真诚的笑脸，一条关切的短信，一枝路边折来的野花，一支挤好牙膏的牙刷，一道对方最爱的家常菜，一个伸手相挽的动作，一盏等候的夜灯。从这些"小事情"做起，我们的情感世界就将充满"小感动"，充满美和欢愉。如果我们都不屑于做这些"小事情"，心中只有诗和远方，那么，不仅到达不了远方，生活的温馨诗情也就荡然无存了。

善于做"小事情"的人，改变的不仅是情感的"小环境"，也将是人际和事业的"小环境"。我们常常抱怨"大环境"如何如何，其实我们完全可以把埋怨的时间花在从"小事情"做起来改善"小环境"上。在单位多担当一些"小事情"，多研究一些"小事情"，多为别人做些"小事情"，善虽小而常为之，久而久之，"小环境"就会发生潜移默化的改变。而如果这世上每一处的"小环境"都能发生向善向美的变化，"大环境"或许也就随之改变了呢！

在感受着王健林"小目标"的平实之美时，我也想起了另外一个同样有着平实之美的词：小爱好。曾经听过好几个友人说：人退休后要有点"小爱好"，比如摄影、书法、画画、垂钓等，否则会无所事事、手足无措。这话自然没错，但我觉得，人的"小爱好"不必等到退休后再有，人生的任何阶段都应该有"小爱好"，不为别的，只为赏心、悦目、怡情。不管我们的职业是否符合自己的心意，职场之外，我们都应该有一些非常乐于去做的"小爱好"，从中去发现生命的"小情趣"。这种"小爱好"一定要出自本心，不费神，不伤身，因为有了它而感到身心舒畅。假如这种"小爱好"既像工作，又像休闲，处于无可无不可之间，那就再妙不过了。比如我，就是兴起时写几篇这样的文字,无兴致时不写也罢,这样的"小爱好"就十分宜人而丝毫无伤。

从"大目标"到"小目标",一字之改,非但没有降低境界,反而多了几许亲和,也引起人对现代化条件下生活理念和生活方式的反思。苏轼有云:"人各有才,才各有小大。大者安其大而无忽于小,小者乐其小而无慕于大。"东坡固然是就人的才气而言的,但扩而广之,如果在人生目标、处事待人、兴趣爱好等方面,我们都能做到大者安其大、小者乐其小,那真的会少了许多"大烦恼",多了不少"小乐趣"。一个"小"字,真的蕴含着令人深长思之的意味和怦然心动的美呢!

"冷"中有真意

《菜根谭》云:"冷眼观人,冷耳听语,冷情当感,冷心思理。"就是说,要用冷静的眼光观察人,用冷静的耳朵听人语,用冷静的心情处理事,用冷静的头脑思考理。四个"冷"字,读来或有凉意,细思颇多真意。

冷眼观人,是客观眼光。《尚书》曰:"知人则哲。"观人察人,圣人所难。冷眼观人,就要客观公正地看待人,不以私心度人,不以一时论人,不以亲疏待人,不以好恶用人;就要全面立体地了解人,"视其所以,观其所由,察其所安",听言观行,洞察内心,多维评判,不因一事而拔高,不以一言而贬低。观人不可有躁热之心、喜怒之情;冷眼方有"度",有"度"方能"准"。

冷耳听语,是理智定力。"信言不美,美言不信"是老子对言语的认知,"六十而耳顺"是孔子对耳力的自信。世人之言,有美言,有恶言;有诤言,有谗言;有真言,有虚言。冷耳听语,就要有辨别之力,谨记"两喜必多溢美之言,两怒必多溢恶之言";就要有淡定心境,不以谀言顺意而放松戒备、眉开眼笑,不以直言逆耳而怒从心生、横眉瞪眼。听语不可有昏热之心、轻信之习;冷耳方有"聪",有"聪"方能"明"。

冷情当感,是平和情绪。人的情感多是爱之欲其生,恶之欲其死;爱之欲其富,亲之欲其贵,这都是过热情感甚至极端情绪。冷情当感,就要有善良正直之心,不锱铢必较、不耿耿于怀,以直报怨、以德报德,形成健康心理循环;就要有宽阔博大胸襟,无论是处事差异还是私见不同,无论是友情来往还是姻缘聚散,都能做到心地坦然,心绪安然。当感不可有狂热之心、迷执之念;冷情方有"止",有"止"方能"和"。

冷心思理,是澄净心态。《红楼梦》云:"天下逃不过一个理字去。"冷心思理，就要有不为尘嚣所扰的虚空心态，做到"不以物喜，不以己悲"，静心思考事物的规律，万物静观皆自得；就要有不为富贵所惑的自足情怀，做到"一箪食，一瓢饮，在陋巷。人不堪其忧，回也不改其乐"，心同野鹤与尘远，一片冰心在玉壶。思理不可有灼热之心、逐利之欲；冷心方有"定"，有"定"方能"悟"。

"冷"，是一种智慧，冷静认识自己、认识他人、认识世事的智慧；有智慧方能雍容、节制和理智。"冷"，是一种距离，与狭隘之心、偏听之好、喧嚣之声拉开的距离；有距离方能清醒、真切和淡泊。"冷"，是一种能量，修身、待人、处事的能量；有能量方能成熟、圆润和深醇。这四"冷"，如一杯淡茶沁人心脾；这四"冷"，如一剂良药令人霍然。冷心思之，我心悠然！

常如冰雪在心

一年中最热的季节来到了,人们见面总是一片抱怨声,有人无心做事,有人成天关在空调房里,朋友圈里充斥了关于天气的调侃。这时,不禁想起了古人的一段话:"更宜调息静心,常如冰雪在心,炎热亦于吾心少减,不可以热为热,更生热矣。"顿觉凉意从周身生起,暑意消却大半。

自古迄今,人们发明的纳凉方法可谓多矣!扇子当然是最普遍的纳凉工具,古人称之为"摇风"或"凉友",一扇在手,"举处随时消酷暑,动来常伴有清风"。唐以后,人们喜欢搭凉棚以消夏,"长安人每至暑月,以锦结为凉棚,设坐具为避暑会",这"避暑会"就是最早的乘凉晚会吧?宋朝的临安人则在西湖边亲水纳凉,"是日湖中画舫,俱舣堤边,纳凉避暑"。然而,我们毕竟是一个很哲学、很重"心"的民族,先秦时的《黄帝内经》早就提出了"夜卧早起,无厌于日,使志勿怒"的夏季养生法。通俗说来,也就是"心静自然凉"。

心静自然凉!这是我自小听到的最多的一句话!那时的夏天,人们全靠蒲扇度过。晚饭后,家家都是把竹榻和小椅子搬到门口,人人手执一把扇子摇啊摇,夜来仰望着星空安然入眠。纳凉时,父亲总会说:心静自然凉,扇子摇慢点,有微微的风就行!坐在闷热的房间里读书写字时,父亲总会说:心静自然凉,书读进去了,就不觉得热了!确实,专注于书本时,就是挥汗如雨也浑然不知。而在有了电扇和空调的今天,我们反而耐不起一点点暑热了,稍稍出点汗就烦躁不已,这既有被现代科技宠坏的原因,更是由于我们失却了一颗宁静的冰雪之心。

让我们回到唐朝的一个夏日。大诗人白居易去拜访恒寂禅师,酷热之

432

天,禅师却安坐房内。诗人大悟,赋诗一首:"人人避暑走如狂,独有禅师不出房。非是禅房无热到,但能心静即身凉。"禅房岂能避开热浪呢?只是禅师一心一意地诵经感觉不到身外的暑热而已。"静则神藏,躁则消亡。""神藏"便是专注带来的定力,"消亡"则是游移导致的涣散。所以,在这样一个格外炎热的夏天,我从来不看天气预报,从来不去想明天会有多高的气温,一如平常地做自己的事,早起浇花,晚间散步,白昼乘隙写作。聚精会神、心无旁骛之时,不觉季节有何异样,不觉酷热如何难当。

消暑须得心静神宁,人生万事何尝不须冰雪在心!周国平说:"你的精神中一定要有一个宁静的核心。""心静是一种境界。"心静了,红尘不乱初心。无论烈日当头或是寒风呼啸,无论顺风起航或是逆水行舟,都能心无杂念,禅定守初。心静了,荣辱不惊胸怀。人生在世,不如意事常八九。既然无处可逃,不如随遇而安;既然无法挽留,淡看渐行渐远;既然无法如愿,不如豁达释然。心静了,喧嚣不扰兴味。任窗外喧哗阵阵,任世事惊涛骇浪,诗书相伴,笑看风云,静待花开,兴味盎然。心有冰雪方凉爽,远离浮躁嗔怒;心有冰雪方清澈,照见万物本性;心有冰雪方简单,丢弃羁绊长物;心有冰雪方警醒,慎行千里之路;心有冰雪方醇厚,养成浩然之气。冰雪在心,我们便能如月光般平和,湖水般静谧,松石般安稳,竹菊般淡泊。

高温酷暑常使人心烦意乱、不知所措,这其实是一种"精神中暑",而"精神中暑"的内涵和边界或可以延伸到人生的许多方面吧!古人深知"烦夏不如赏夏"的道理,他们尽情领略"绿树浓阴夏日长,楼台倒影入池塘"的诗情画意。那么,我们也须明白,人生亦有四季,"四时之景不同,而乐亦无穷也",从而珍惜与每一个季节、每一次经历相遇的机缘,不断领悟人生的真意。"避暑有妙法,不在泉石间。宁心无一事,便是清凉山。"常如冰雪在心,那么,我们驱走的就不仅是暑热之气,更是落寞之情;增添的就不仅是清凉之意,更是空灵之志。

无问炎凉

今年的夏天,照例是一个烈日杲杲、热浪熏蒸的季节。也许是梅雨天短暂的清凉造成了错觉,人们只感到今年的夏天比往年热,到处可闻难耐暑热的抱怨之声。其实,夏天本该是这样热的,一直就是这样热的,热才是夏的本色呢!

每当早晨出门,一阵仿佛潜埋了一夜,又仿佛是瞬间生成的热流不由分说劈头涌来,我觉得这才是熟悉的夏天的味道啊!回望童年和少年的夏天,柏油马路被烤炙得散发出焦味儿,人被热风吹打得近乎眩晕,走在这仿佛要熔化的路上只感到绵软无着。夜晚,几乎家家都把竹榻搬到屋外,一盆盆凉水浇上去,地上的尘土被水驱赶着,打着小滚儿,空气中满是竹子、灰尘、汗水混合而成的味道,有点香,有点呛,奇特而迷人。夜里,虽然稍稍凉快些,但仍会睡出一身身汗,就用毛巾擦洗一下再睡。没有电扇的时代,似乎很有幸福感呢!老师和父母常说"心静自然凉",全神贯注读书时的我,汗水不住往下滴也浑然不觉,常常都顾不得去拿一把蒲扇。所以,现在我对暑热的耐受,应该归功于年少时就培养的习惯和心境。

古人避暑,既靠扇子、冰块、玉枕等物件,更靠养心。因为,无论是什么样的工具,终究无法驱走暑气,唯有靠心静了。以心静止暑热,为不少文人墨客所推崇。清朝文学家李渔在《闲情偶寄》中,说自己的夏季行乐之法是"或裸处乱荷之中,妻孥觅之不得;或偃卧长松之下,猿鹤过而不知"。写的是躯体之状,发的是性灵之声。20世纪30年代曾名噪一时的杂文女作家姚颖曾写过一篇《夏日南京中的我》,她写道:"我由热风而联想到热带,热带人民并不因热而绝迹,亦不因热而自杀,且因生活紧迫,常作一望无垠的沙漠旅行。他们之视温带，何异于我们之视庐山，人心贵知足，我又何必太息!"这便是心境的自我调节。"现在又是冬天了，所以我要对你说，我爱冬天。无论它的寒风怎样刺骨，它的阴霾怎样闷人，无论它的白日怎样短促，无论它的暗夜怎样凄凉，我仍旧爱它，我爱它就是因为现在我在它的怀抱里。"钱歌川《冬天的情调》一文在暑气逼人的此时拿来同读，人们或可以更加深切地体会到，春夏秋冬都是天造地设，我们要接受每一个季节的阳光或风雨，更要经得起灼热或凛冽的考验，不避不惧，不忧不惑，做一个心平气和、不失方寸的自己。

世间有冬夏，人情有炎凉，自古而然。屈原早就发出过"何昔日之芳草兮，今直为此萧艾也"的长叹，"世情看冷暖，人面逐高低"正是人生的常态。白居易笔下的琵琶女感慨昔日"五陵年少争缠头，一曲红绡不知数"，今日"暮去朝来颜色故，门前冷落鞍马稀"，不觉夜阑泪垂。其实，"十三学得琵琶成"的她应该知道，战国时的纵横之士苏秦，失意之时"妻不下纴，嫂不为炊，父母不与言"；功成之日父母郊迎、妻子侧目，嫂子更是"蛇行匍伏，四拜自跪而谢"，世态炎凉可至"贫穷则父母不子，富贵则亲戚畏惧"!"名属教坊第一部"的她应该知道，西汉时的落魄儒生朱买臣砍柴为生，妻子弃之；一朝为官，妻子自缢，人情冷暖可使"贫贱亲戚离，富贵他人合"! 何足怪哉! 苏秦戏问嫂子为何从前那么傲慢，现在又这样恭敬? 嫂子说："以季子之位尊而多金。"原来是因为有权有钱! 虽然太直言不讳，却也道出了世态炎凉背后的"潜规则"!

人常常在夏天的热风中昏眩，常常在冬天的寒风中畏缩，悟不到季节嬗变、风光流转的必然，做不到安之若素、从容不迫的笃定。人更会在世态之"炎"中昏聩，在人情之"凉"中怨艾，看不到趋之若鹜、喧腾欢闹的虚浮，达不到采菊东篱、恬淡自清的宁静。我们似乎只有在春风秋月的美景中才能安然度过，在一帆风顺的情境下才能勉力做事。如何度过溽暑寒冬? 如何面对世态炎凉? 我想，养心才是根本，做事方为正道。姚颖说："我仍如春、秋、冬各季，起床、吃饭、睡觉。我仍种菜，种花，喂猫，喂狗。我仍外出，购物，访友，游山，玩水。我仍阅报，读书，写字及替《论语》或《人间世》写文章。我仍这样那样，一切一切。""我这样的劳作，反觉着夏日无奈我何，我也似乎于此中得悟人类生存之道。""思想也较单纯，感情也少激越。我已不怨天，不尤人。"姚颖夏天的生存之道，不也是各季的生存之道，也是应对世态炎凉的生存之道吗！

　　门庭若市、人情暖时莫昏狂，冷静再冷静，做自己该做之事，笑对过眼烟云；无问炎凉、倾听内心，我们就能永久扮好自己的角色。门可罗雀、世态凉时莫责怨，平和复平和，行自己当行之路，莫愁前路知己；无问炎凉，遵从内心，我们就能永远不忘自己的本色。"红荷碧水听蛙鸣，不问炎凉月独明。"冷暖不乱神，炎凉不扰心，冬夏奈我何，世态奈我何！

　　相传，在一个炎夏之日，白居易去拜访恒寂禅师，见他坐在闷热的房间里一动不动。白居易问他不热吗？禅师说：一点儿也不热，甚至还很凉快呢！白居易心有所动，赋诗一首："人人避暑走如狂，独有禅师不出房。非是禅房无热到，但能心静身即凉。"恒寂，不就是永远保持一颗无问炎凉的静寂之心吗？张晓风说："炎凉，本来就半点由不得人的。"所以，从不愿寻思人来人往，从不会陶醉逢迎之辞，从不去关心明朝冷热。冷也得活，活出自己；热也得活，活出本真。正如此刻，在这样一个盛夏的午后，当我关闭空调电扇写下这篇文字，丝毫不知窗外是骄阳当空、热浪奔涌，只觉心头清风徐来、波澜不惊……

我们并没有那么重要

　　早晨沿着绿道去上班时,听到一男一女两个老人正在对话。女的大意是说退休了,也没人登门了,单位什么事都不知道了;男的则劝她都退休啦,就不要去过问单位的事了云云。听得出来,他们在职时都是领导呢。看着他们与其他晨练老人无异的休闲着装,我就想,不管从前怎么位高权重,人总有一天都要回归百姓的生活,我们在位时本来就没自己认为的那么重要,退休后就更不能认为自己仍然重要了。

　　不信你可以细数,曾经的领导你是否都能记得? 不信你可以遍搜,曾经的同事你是否都能忆全? 当我回忆近 20 年军旅生涯时,不管是上级还是下级,不少人的名字到了嘴边都叫不出来,这一方面是记忆力在衰退,另一方面也说明,别人在你心中并没有那么重要。换位思之,你在别人心中也没有自己认为的那么重要。“笙歌正浓时,便自拂衣长往”,当职业生涯结束,我们收拾私人物品准备打道回府时,就该收拾起竞逐之心和恋栈尘情,去过自己作为一个自然人云淡风轻的日子。世界少了谁都可以照常运转,太阳不会稍逊灿烂,月亮不会略减清辉,大可不必为后人担忧、给自己添累。

　　为什么忘了我? 这是不少退出职场的人可能会抱怨的问题。其实,答案非常简单。一是客观情势使然。每个人精力都很有限,都在为生计、为孩子、为父母、为事业奔忙,从前和你相交再深,也不可能把心思一直集中在你身上,我们须有同理之心。二是世情常态使然。古人说:“饥则附,饱则飏;燠则趋,寒则弃,人情通患也。”攀高弃卑、趋炎附势虽是封建世相,也仍是今日国民劣根性之常态,我们须有洞透之心。三是人生规律使然。天下多数人的交往是职业性、利益性交往的事实,决定了人的一生中志同道合的就是那么一些为数不多的人，能够一起相知久远的就是那么几个少而又少的人，多数人就是相伴一程的，这是人生规律，我们须有通达之心。

曾经读过丘吉尔打车的一个故事。在前往电台准备演讲的过程中，丘吉尔的车熄火了，只得打车过去。可是司机拒载，因为他要去听丘吉尔演讲，怕因绕道而迟到。丘吉尔非常感动，没想到自己在一个普通出租车司机心目中都那么重要，于是他掏出 5 英镑塞给司机以示感激。没想到司机立即打开车门要送他，说："去他的丘吉尔吧！养家糊口比他重要多了！"事后，丘吉尔直感叹自己连 5 英镑都不值！试想，贵为首相的丘吉尔都没那么重要，我们能重要到哪儿去呢！

所以，我们的"重要"是身份或职务误导的，我们的"重要"是自高自大误认的。没有几个人会把我们说过的话奉作金科玉律，赞美逢迎之语自不可沉醉，且一笑了之；没有几个人会为我们情境的变化茶饭不思，表白立誓之言又岂能当真，且留在风中。既然我们并没有那么重要，就应该无论身居何位，都认准自己应有的坐标，平等待人、谦逊低调，万勿盛气凌人、颐指气使。居庙堂之高就怀有这样的平常心，处江湖之远就不会有心理的失落感。

去基层调研时，常常有人说我平易近人。我说，这四个字还用不到我这个级别的干部身上，真不够资格。我会跟他们讲克强总理的故事。1985 年 7 月，20 岁的我作为即将增选的全国学联副主席去烟台参加全国学联第二十届主席团全体会议。30 岁的克强同志当时是团中央书记处候补书记，兼任全国学联秘书长，只比我们大 10 岁，却已身居高位。他从北京赶来，征尘未洗就接见我们。清晰地记得他和我们一一握手，询问学习和工作情况，邀请我们去北京做客，欢迎我们毕业后去团中央工作。真是一点架子也没有，那才是平易近人啊！35 年过去了，65 岁的总理不依然是那么平易近人吗？和武汉的市民一起高喊"武汉加油"，回答记者提问实实在在没有虚言。我讲这个故事，是真心地想说，总理都能和善地对待每一个人，我们哪里当得起"平易近人"的评价呢！我们只能老老实实地"做人"，而不是放大和抬高自己去"近人"——因为我们本来就是普普通通的人，我们本来就没那么重要，我们终有一天会成为绿道上踢腿伸腰的老叟老妪！

顺其自然地登攀

我的老师周勋初先生曾以"顺其自然地登攀"为题,写过一篇学术研究心得,在学术界引起强烈反响。周先生说,这是他在早年的生活经历基础上逐步形成的处世原则:道家的顺其自然与儒家的进取精神相结合。我愈年长,阅历愈深,愈觉周先生此论的精到。"顺其自然地登攀",不仅是学术研究之方,也是做人做事之道。

万丈高楼平地起,这是我们都熟谙的道理。无论我们从事哪个行业,都必须老老实实从最基础的事做起,慢慢积累,顺着越来越厚的基石、越来越大的平台拾级而上。入行之初,多数人都能持有这样一种既积极又稳健的心态。然而,随着功利心的增长,随着周围一些人的平步青云,我们的心开始躁动,我们的心理开始失衡,我们意欲越过那些必需的历练直接登上某个高峰,企求不经过艰苦的奋斗就一夜成名、瞬间成功,人生的悲剧也许往往从此开始。

"顺其自然"的"自然"是什么?我想就是内在和外在的条件,就是事物运行的秩序和规律。当自身的积累、人际的气场、当前的时势、事业的际遇这些条件都成熟时,顺势登攀就是恰当其时。当这些条件大多具备,用力登攀也可视作抢抓机遇。而当这些条件根本不具备,强行登攀就是盲动之举,就可能中道坠落。

忘了顺其自然,我们就会无尽攀比。我们看不到自己一路走来积小成大的成功,我们失去了知足常乐的心情。物质上,我们永远跟更富足的人比;职位上,我们永远跟地位更高的人比;生活上,我们永远跟更热闹的情境比。如此焦躁不止,如此渴切索求,我们哪里还能安安心心前行?

忘了顺其自然，我们就会趋炎攀附。别人的成功，在我们看来都不是出于自己的努力，而是有所谓的"背景"和"靠山"，于是我们也以攀上某个位高权重的人、某股一言九鼎的势力为荣。为了攀附他们，我们放下尊严，低眉俯首，唯命是从。如此依附他人，如此看人眼色，我们哪里还能笃笃定定前行？

忘了顺其自然，我们就会狂妄攀越。为了快速达到那个一心渴求的目标，我们可能会攀越道德的闸门，攀越纪律的栏杆，攀越法律的底线，不惜弄虚作假、落井下石、造谣生事、受贿行贿。如此无所敬畏，如此胆大妄为，我们哪里还能坦坦荡荡前行？

这样的例子还少吗？那些身陷囹圄的昔日高官们在忏悔往事时，几乎无一不谈到价值观的扭曲，无一不谈到在与别人的攀比中丧失了心的宁静。他们也有一步一步脚踏实地登攀的过往，也可以有止于某个台阶的安然怡然。如今他们最后悔的，一定是自己违反自然之道的执念和妄为；他们最向往的，一定是回到过去那一个心还没开始躁动的人生阶段。所以，周先生"顺其自然地登攀"的告诫，对今人是有莫大警示意义的。

"顺其自然地登攀"并不是提倡无为和消极处事，妙就妙在它把道家的思想和儒家的学说有机结合，提倡在准确察形观势基础上奋力进取，闪烁着中华民族特有的人生智慧。周先生有一段话可作为对这个思想的生动注脚："我做事时，总是尽心竭力。如搞法家著作的注释，虽在当时只是裹挟进了政治运动，但我还是认真对待。为了注好《韩非子》，我读先秦诸子，读《左传》《战国策》，读相关的好多书。这样干，各种知识就贯通起来，逐渐养成了综合分析问题的能力。这种贯通，就像蜘蛛结网，网越大，越能捕到更多更大的东西。"这番话道出了"顺其自然地登攀"的方法就是"尽心竭力做事"，结果就是积跬步至千里。

尽心竭力做事！一语使人醍醐灌顶。在与别人攀比时，我们忘了尽心竭力做事；在向权势攀附时，我们忘了尽心竭力做事；在将规矩攀越时，我们忘了尽心竭力做事。我们总是埋怨自己运气不济、职业不合、平台不好，我们为自己失去理智的攀比攀附攀越寻找种种的借口。殊不知，问题只是出在我们的心态而已。每个人现有的舞台都是最好的舞台，我们要充分利用这个舞台来展示自己、发展自己。当年让周先生注《韩非子》，只是由于政治运动的需要，有的人也许就应付了事了。但是周先生却用足用好了这个平台，一步一个脚印，顺其自然地在韩非子的研究上不断攀上新的高峰。所以，与其枉费心思做那些攀比攀附攀越之事，不如尽心竭力做好自己的分内之事，顺其自然、从容不迫、心情愉悦地向上登攀，这样扎扎实实的攀登，攀一程便会登上一层新的台阶，即便没有大的成功，也必然会摘到应得的果实，至少不会有悬崖失足的恨憾！

开始减法行动

正月初四，天阴微寒，偶尔还飘着几丝小雨。但这样的天气并没有影响我的心情，动摇我继续舍弃生活中无用之物的决心。我花了两个多小时，对阳台上的花草加以芟除，然后又做了一番洒洗扫擦的工作。定睛再看，阳台变得异常整洁，花草仿佛领首而笑，心头也为之一亮。

作为一个非常重视生活中每一个相遇、非常热爱与家居生活有关的器皿物什的人，一路走来，日常用品和人生纪念品越聚越多。有一天，我忽然觉得拥堵了，需要作一番清理了。于是，最近以来，我一直告诫自己，非急需的东西，哪怕再好再便宜也坚决不买；急需的东西，买一件新的就扔一件旧的。同时，我一个房间一个房间、一个角落一个角落开始，把不必要的东西坚决清理出去。在空间骤然扩大、选择难度随之变小的同时，心灵也感到一派轻盈。

清理的过程对我，对许多人来说一开始都必然是困难的。我想，有两个观念最会阻碍我们的"减法行动"。一个是"等一等""放一放"。比如衣服，不少人都会想：这件衣服现在虽然穿不下，或许过几年胖了或瘦了就会能穿了，还是先放着吧，等等再扔。其实，回想一下，几年前我们想扔这件衣服的时候，也是这样想的。可情况怎样呢？我们穿了吗？所以，如果两三年都没穿过的衣服，我建议立即处理。捐给贫困山区的人们，远比躺在我们的衣橱里一无所用有意义，也免得我们在满衣橱的衣服中为究竟选哪件而犯难。过几年真的胖了瘦了再说，一点都没有必要现在就"囤积"呀！

另一个是"意义"。不少人会觉得，这个笔筒是某某好友送的，这个杯子是参加什么活动获奖的，这件衣服是儿女小时候穿过的，这个收音机跟了我多少年了,都有纪念意义呀;这些报纸杂志里有我喜欢的美文,还会翻开来看的,怎么舍得扔呢? 我从前也是这么想的,现在我想通了,一切真正值得纪念的东西,其实都会存在记忆里,我们只要留下一小部分人生重大重要事件的纪念品就足矣,其他的经历都储存于记忆的仓库里吧,不需要由一件件纪念品来承载! 打开网络,什么样的美文读不到,留着那些泛黄而占地的旧报刊何益呢! 你不觉得家里的各种杯子、各种包、各种纪念章、各种过期报刊太多了吗? 我断然扔掉了那些根本不会去用的茶杯,那些校园活动发的纪念品,那些各种会议发的包,那些几年都没穿过甚至忘了它们存在的衣服,那些堆积如小山的过期杂志。见一个战友家的装饰柜里,摆满了他参加部队各种文体活动得的水晶、玻璃、铜质奖杯,原本清雅的一个角落变得杂乱不已。这些单位组织的小活动的纪念品全部留着干吗? 留几个画龙点睛,再换上几个紫砂茶壶、雅致的花瓶不是更美! 不要说我们终将离开职场,就是现在仍在职场中,有谁会在乎我们获得的这些小小奖励,本应唯美的装饰柜,为何要让这些并不重要和必要的东西去占据呢! 原来,我们的观念也在蒙灰啊!

　　回头想,我们的居室原先也是简洁的,物品越积越多,除了上述两个观念阻碍我们做减法外,另一个原因就是欲望在不停地促使我们做加法。人有我无的东西,我们要得到;人有我有的东西,我们要更好。如此,衣服在一套套增,鞋子在一双双叠,家具在一件件多,花瓶在一个个加,锅碗在一只只摆⋯⋯有一天,终于蔚为大观,积重难返。《瓦尔登湖》的作者梭罗有一段著名的话:"我的屋子里有三张椅子,寂寞时用一张,交朋友用两张,社交用三张。"你也许也有过这样的经历,当觉得东西不够放的时候,我们在房间增加了一把椅子,或者是一个柜子。那么,这样就解决问题了么? 到头来你会发现,这把椅子、这个柜子照样放不下你的东西,它们成了新的杂物平台,你不得不又去增加新的椅子和柜子了! 所以,房间只放三把椅子的梭罗真的是理性和智慧的,他在教我们给心灵留白,减贪婪之欲。我们要汲取"三把椅子"赋予的启示,与其盲目地做加法,不如理智地做减法。

　　真的,一个欲望会成为另一个欲望的平台。日常生活是如此,心灵生活同样是如此。当我们量力而行到达人生的某个高度,本该做减法去享受当下时,不少人却会为欲望所牵,想得到下一把更好更舒适的"椅子",于是,本是畅通的心灵走廊又变得拥挤起来。如果我们没得到这把"椅子",就会为它心心念念;如果我们坐上了这把"椅子",则会为下一把更豪华更威风的"椅子"而汲汲以求。这样的人生加法不停地做下去,精神的轻松、心灵的愉悦从何谈起! 不如多做减法,常除心中杂草,减少无谓应酬,渐向平淡挪步,心的空间会越来越开阔,我们会沐浴在卸除多余欲望和沉重累赘的轻快自在、清新澄澈中。

我不是一个极简主义者,也并不认为凡事都要"断舍离",只是在过知天命之年后,我从自己对人生的理解出发,对自己的生活设定了删繁就简新的坐标。应增之物仍该增,只是要节制;当求之事亦可求,须记要适度。在一个辽阔清朗、简约洁净的空间内——无论是物质还是精神的,我们一定能扫除更多积于思想的尘垢,听到更多发自内心的声音,收获更多唤起本真的欢喜。朋友,开始你的"减法行动"吧!

移步换景

　　单位组织走湖，一个同事说：下个月就要退休了，这是我最后一次参加走湖了。皱着眉头，很感慨的样子。我对他说：看你怎么想了，如果想到从此离开职场不能参加单位活动了，自然会感伤；但如果想到从此只要愿意可以天天走湖，再也不用单位组织了，岂不是一种大自在大逍遥？他愁容顿展，豁然开朗的样子。我忽然就想到了一个词：移步换景。

　　这个词是上初三时，语文老师缪竹兰教给我们的。每年学校组织春游、秋游后都要写作文，我们写来写去都是老一套，不外乎那几个耳熟能详的景点，那几个翻来覆去的成语。有次讲评时缪老师说，同学们要学会移步换景，不要老从一个视点去看风景，要换观察点，人走景移，从不同的角度去描写。半百之年回头去想，移步换景既是写作妙道，也是人生至理。

　　常见有人年过花甲开始爬山跑步，怀着"老夫聊发少年狂"的意气，并以钟南山为榜样依据。我以为，移步换景的头一条就是要接受自己的年龄。我们因为和自己的外表始终相伴，所以不觉得容颜的渐变，总觉得自己还很年轻。而且，多数人都有非常强的自我意识，总以为自己的生命力很强，不会受到老病的侵袭，这种自信甚至可以异常膨胀而不自知。而当我们拿出几年前（不需要十年或者二十年之前）的照片，或者久未谋面的亲朋看到我们发出慨叹，"老了"是不争的事实，切勿怀疑；"你怎么不见老"当然是恭维之语，万勿当真。况且，每一个个体的特质都不可复制，钟南山是从年轻时候就开始锻炼的，不像我们这样心血来潮，所以，向他学习也要悠着点。窃以为，中年以后倘要锻炼，还是以快走或者散步为宜。

　　梁实秋先生说："如果年届不惑，再学习溜冰踢毽子放风筝，'偷闲学少年'，那自然有如秋行春令，有点勉强。半老徐娘，留着'刘海'，躲在茅房里穿高跟鞋当做踩高跷般的练习走路，那也是惨事。中年的妙趣，在于相当的认识人生，认识自己，从而做自己所能做的事，享受自己所能享受的生活。"这真正是参透了人生的平实之论！

是的，移步换景就是要"相当的认识人生，认识自己"。这个"相当"，就是恰当、相宜，恰如其分、适合自己。认识人生，就是要认清人生什么最重要；认识自己，就是要认清自己并没有那么有力！屡见有人已过知天命之年仍拼命攀爬，明知不可而为之，直落得精疲力竭，直撞得头破血流。到了我们这样的年纪，走到中年之后的人生阶段，应该是历经沧桑回复平静的季节，应该是绚烂之后归于平淡的时光，哪里还能像年轻人那样去做人生的加法！

孔子说："君子三戒：少之时，血气未定，戒之在色。及其壮也，血气方刚，戒之在斗。及其老也，血气既衰，戒之在得。"生命有其自身由盛至衰、由荣至枯的规律，不以人的意志为转移，越到后来越要做减法，切不可贪多务得，否则就会为身外之物蒙蔽心智，看不到眼前舒卷的风景，享不到目下赏心的乐趣。

移步换景宜早作打算，最晚在退休前就要有所铺垫。读过一篇《退休后的看破》，作者说退休后要看破世事不烦恼，看破执念不迷惑，看破孤独不寂寞，看破取舍不纠结，看破生死不惶恐。我在对这些观点击节叹赏之时，还想说，其实退休之前就该怀有这样的"看破"，为开启生命一个全新的旅程做好足够的心理准备。放下该放下的，就不会为事业和儿孙而烦恼；舍弃该舍弃的，就不会为进退和得失而缠绵；看淡该看淡的，就不会失去人生最后也是最重要的健康和快乐。

听一位老师说，缪老师前几年患癌症后，心情阴郁，不久就去世了。悲痛之余，不禁想说：老师啊，老来多病是人生常态，您也该移步换景的。假如多关注病痛之外的东西，多流连自然赋予的风光，也许，您就不会这样早地远行，还可以看到学生因您的教诲而写下的关于风景和生命的感悟。

人生在世，山一程、水一程，晴也走、雨也走，踟蹰原地山重水复，执迷一念阴晴不定。移一步海阔天空，移一步柳暗花明，移一步云淡风轻，移一步悠然南山……

我是自己那根葱

那天清晨走在绿道上,身边忽有"嗖嗖"风起。天朗气清,河水不兴,何来之风? 只见一男子擦身疾速而过,背包里居然插着几根大葱! 他大步流星、目不斜视往前走,两条手臂甩得高高的,大有仗葱走天涯的侠客之气。

曾经看到过"葱娃"的报道。有些地方的风俗,就是在孩子上学时,在书包里放上葱,喻示着"聪",图个好彩头。孩子背着大葱上学,我们不会有什么讶异,最多是一笑。而像这位成年男子的行举,假如不是买菜归来而是有意为之,也许有人就会觉得他标新立异,甚至会忍不住问他:你算哪根葱?

成人世界里,格式太多,我们不住要提醒自己到底是哪根葱,放在该放的那个格子里。记得上大学时有一次搞活动,一位老同志讲了一句话,我觉得很好笑,就不自觉地笑了起来,而且笑得越来越开,带动了越来越多的笑。这时,总支副书记的眼光就投向了我,并且和身边的另一位领导在说着什么。事后,有老师严肃批评我,特意说道:总支副书记说你笑得像个孩子,一个学生党员怎么这么不成熟! 以后,我就一直告诫自己要成熟要成熟,先从不随便笑开始!

不过,本性难移。遇到很好笑的事,我还是会情不自禁大笑不停。前年大师兄来南京,我请了几个同学小聚。席间不知哪句话触到了我的笑点,我又旁若无人大笑起来,笑得前仰后合。师兄说:这么多年都没变,当了领导还像个孩子! 那服务员小姑娘一脸迷惑紧跟一句:他是个领导? 大家说:是啊! 小姑娘不依不饶再问:真的是领导? 不像! 我再次放声大笑,回去想想又笑,真爽啊! 原来领导是有制式的啊! 哈哈哈哈哈哈哈。遇可笑之人、可笑之事,如果我们因为觉得自己是一根有职称有等级的葱、正儿八经的葱、粉丝成群的葱而强行憋住，不得病才怪，不如痛痛快快笑出来！

俗话说：林子大了，什么鸟都有。话含贬义，细想却可以不带褒贬客观去看。大林子里本不该只有一两种鸟，什么品类都该有；人群里也本不该只有一两种人，什么品性都会有。这是生物多样性、社会多样性，我们当有兼容之心。只要不违法乱纪、不损害他人，言行上有点自己的性格又有何妨？偶尔"忘形"又有何碍？穿着阿迪、耐克在健身房跑步，当然是运动；穿着老棉袄老布鞋，背着大葱快步走，又何尝不是运动？只要自己感觉舒服，又何管他人的目光？比之猪鼻子里插葱装象的人，背包里插葱运动的人也许还多了点童心呢！

葱在古代是我国五大名菜之一，有大葱、香葱、分葱、胡葱、楼葱、韭葱等不同种类。大葱里又分山东章丘大葱、河南焦作延陵大葱、陕西华县谷葱、辽宁盖平大葱、北京高脚白大葱等细类。葱都有如许之多的品种，何况作为万物之长的人呢！"哥是一根葱，来自外太空……"所以，倘若你真要问那背葱的人是哪根葱，他也许会回答你：我哪根葱也不是，我就是自己那根葱！哈哈哈哈哈哈哈！

不着边际之美

　　大学同学在朋友圈转发了我公众号《雪的故事》,并写了这样几句话:我这同学除了做做学问、写写工作方面的文章,还写这样不着边际的文字,喜欢。做学问是对我的谬奖,我现在所写的多数文字与所学专业相去甚远。但我喜欢她"不着边际"的评价,这倒是我自己未意识到的精准状态,真是旁观者清啊!

　　不着边际,无非是说内容杂乱,这从源头就开始了。初入军营,由于是一个特殊的年份,周围多是不解或怀疑的眼光,工作任务也不重。于是行孔子用之则行、舍之则藏之道,开始给报纸投稿。发出去的头两篇稿,一为随笔,一为电视剧《渴望》评论,未料一周内均成为铅字。渐渐恋字成癖,一发而不可收。父母儿女、生活感悟、情感把脉、影视观感、读书心得,多有涉及,并无定体。更有编辑熟悉之后,常常命题作文,或令我一人扮作正反两方"厮杀",内容更加杂乱。不着边际,美在可写可不写的自由潇洒,美在亦此亦彼的惬意切换。

　　选定一个方向,广搜资料、小心求证,板凳甘坐十年冷,这是专家的沉潜涵泳之美。盯住一个题材,深入生活、悉心感悟,语不惊人死不休,这是作家的呕心沥血之功。而在我这样的业余作者,写作不是谋生的必须,不是职业的"正事",也根本达不到专家作家的水准,那么就用文字来养心怡情、休憩调整,在自娱之时倘能给人以一点娱乐则更好。如此,资料上不求全面,从一两个点就可生发,则可能就是词典解释不着边际的"言论空泛,不切实际"了;主题上不够宏大,则可能就是"离题太远"了。而从另一个意义上说,没有负担重荷的闲适从容、不必搜肠刮肚的轻快愉悦,可能也是不着边际的一种美吧？

这世界的"实"到底是什么？我们怎样才能切近它？这人生的"题"到底是什么？我们怎样才能抵达它？这生活的"边际"到底在哪里？我们怎样才能够着它？我想，每一个领域、每一类人群都能给出不同的答案。就我而言，我用自己的眼睛观察世界之"实"，用自己的大脑思考人生之"题"，用自己的心灵衡量生活之"边际"。兴至而往、意阑则返，有感而发、无思则休，不无病呻吟，不强赋新词，不故弄玄虚。这样无定、拉杂的不着边际，纯粹是一种情感的释放、思绪的驰骋，岂不快哉！

正如《雪的故事》，是预备等候今冬南京第一场雪的。铺天盖地的预报并无带来铺天盖地的雪，但雪的思绪已然成就，一吐为快。这样的文字与时代的主题无关，与自己的职业无关，真的有点不着边际。但它与我的心灵有关，或许也能打动你的心灵，让你想起自己生命中的某一场雪。正如《悠品历史的意味》，是当完成自己的一篇作业。这是读程章灿先生《潮打石城》的感想，明知这样的文章没有多少阅读量，写得也不会轻松，但既然前面已写了章灿师兄三部南京主题作品的读后感，这篇倘不完成，总是一个缺憾，仿佛一门课程没结业。这样的文字是可写可不写的，但从职场跳出来看金陵六朝，真的有横空出世、灵动飘逸的穿越之美。

行走人间，活的到底是什么？我说活的是心情。人在职场因为角色扮演的需要，多半要包装。包装是亮丽的，包装也是疲惫的。那么，职场之外，无论我们有怎样的爱好，都应当是调节、是减压。下雨有感，立写；雨停有思，续发；走山道有兴，涂鸦；读书有得，浅议；看电视剧有悟，闲谈；逗外孙女有趣，喜记。随遇而写、随心而作，让我在两种生活里作着转换腾挪，保持平和平衡，心仿佛还有了点着落呢！

我写虽杂乱，世界更纷杂；我写纵无边，人生更无际。无意也无力建筑一个大花园，只想在这熙来攘往的尘世，于心的某个角落，留一湾小溪，开几朵小花。这个小小花园里的草木可能摆不上大雅之堂，但它同样向阳生长、随风摇曳，绽放着自己不着边际、快然自足的美。

我欲乘兴而行

或问:假如明天退休,你会做什么? 不由得想起了《世说新语》中的一则故事。居于山阴的王子猷在一个大雪之夜,一觉醒来,四望皎然,忽然想起了在剡县的友人戴安道,于是即刻乘小船去拜访他。经过一夜才到,但并没有进门就转身返回。人问其故,王子猷回答说:"吾本乘兴而行,兴尽而返。何必见戴!"乘兴而行,不是退休生活最好的状态吗? 白居易诗曰:"自此光阴为己有,从前日月属官家。"既已退休,时光尽在己手,则无须再设目标、定计划,大可乘兴西东、任情取舍。

我将学晋人陶潜,认真盘点此生交游,选出晨昏乐处的三五素心人,春秋佳日登高赋诗,过门相呼有酒斟之。不必再察言观色,交面朋面友。我将学唐人韩愈,虽头童齿豁,仍口不绝吟、手不停披。但不复为稻粱而强诵、为功名而苦吟,兴至可秉烛夜读,兴尽则掩卷而眠。我将学宋人苏轼,竹杖芒鞋,一蓑烟雨,吟啸徐行,安然也无风雨也无晴的自足晚境。我将学明人吴与弼,躬耕田亩、自食其力,以夜雨新韭、新炊黄粱迎接亲朋。我更将学王子猷,乘兴轻舟无远近,寻访故旧不择期。或径直而入,或造门而返,遇也欢喜,失也不恼,只为相思之情、忽至之兴!

王维诗云:"晚年唯好静,万事不关心。"其实,人在红尘,谁也做不到不问世事,但退休之人若要乘兴而行,则万不可杂务缠身、锱铢萦心。且以"三不"自勉:一不扰"公"。事业的接力棒放心交由他人,不再指手画脚,坚信长江后浪推前浪。二不烦"人"。洒扫庭除,弄花种菜,炊煮茶饭,皆自力亲为,既劳作强身,又怡情养性。三不揽"事"。既不麻烦子女,又不溺爱孙辈,虽必有疼爱之情,但不负养育之责。于公于私,历史使命俱已完成,绝不能以

"老人"自居、以"好心"自命,而成为别人事业的束缚、儿女生活的累赘,没了自我、丢了情兴。

柳宗元诗云:"皇恩若许归田去,晚岁当为邻舍翁。"假如明天退休,我将归去来兮,乘兴而行,做一个"卧读陶诗未终卷,又乘微雨去锄瓜"的邻家老头。

江上往来人

　　那个细雨霏霏的午后，我去影院看了重映的《海上钢琴师》。作为托纳多雷著名三部曲中的一部，它以一个不现实的故事带给我们无比现实的思索。托纳多雷的作品总是那样让人心颤，微沁寒意的雨里，我一直沉浸在海浪和音乐声中，眼前的世界变得虚幻。

　　1900，这个20世纪第一年第一天在弗吉尼亚游轮上被捡到的弃婴，在养父的葬礼上与音乐相遇，无师自通地学会了弹钢琴，从此没有离开过音乐和这艘游轮。因为爱情，他曾经想过上岸。但当走下舷梯，面对无边无际的水泥森林，他感到了恐惧和迷茫。他毅然把礼帽抛入海中，转身回到弗吉尼亚号，再未有离去之念，与它一起走向终结。这个骨子里浸透了浪漫主义的故事，带给人的思考是沉重的。看上去，从未下过船的1900是孤独的；但细思，一刻不歇奔走于滚滚红尘中的人们，是不是比1900更加孤独呢！

　　此刻，秋阳和煦的清晨，我和许许多多不相识的人，登上了这艘开往浦口码头的渡轮。这是个星期天，多数人当然是去游玩的。但是，住在近旁的我可以看到，人们长年累月从码头蜂拥而入，又从码头鱼贯而出，有匆匆行走的，有疾驶摩托车的，那一定是为种种生计和现实思量。我忽然想到，我们这些人正是从1900看不见尽头的城市里走来，我们这些平时潜伏在每一栋高楼里的人，也是他"所无法看见的那些东西"的一部分。每天从这江上来来往往的人，走出那些无法看见的东西，又奔向另一些无法看见的东西。好似忙碌无比，仿佛前程远大，也许已经意识不到自己在"什么东西都有"中丢失了许多出发时怀揣的珍宝吧！

　　城市是一马平川的陆地，一马平川中有张开大口的罗网；城市是一望无际的江湖，一望无际中有汹涌欲咆的暗流。在1900看来，陆地上的世界无限而载满沉重，船上的世界有限而充满梦想。在船上，他虽然只拥有从船头到船尾的空间，却可以随心驾驭只有88个琴键的钢琴。"岸上的人喜欢刨根问底，虚度了大好光阴，冬天忧虑夏天姗姗来迟，夏天忧虑冬天将至，所以他们不停四处游走，追求一个遥不可及的四季如夏的地方"，1900的这段话也许正是我们这些江上往来人生活的真实写照。这是说，江湖里布满了诱惑，我们为着那"四季如夏的地方"熙来攘往，乱弹着生活成千上万的无序"琴键"，而不闻真正的天籁之音。我们总把下一个抵达的地方设定为目的地，而"下一个"却无穷无尽，我们就在这无限蔓延的江湖上来回奔波，看似自由自在、光彩照人，其实被无穷的选择所束缚，被无尽的追逐所淹没。

面对着奔腾的江水和往来的船只，不知怎么的就想起了范仲淹的诗句："江上往来人，但爱鲈鱼美。君看一叶舟，出没风波里！"在看了《海上钢琴师》之后，这首写渔民艰辛生活的诗，我却读出了本意之外的别样意味。在我们趋之若鹜的陆地上，在我们汲汲以求的江河上，有多少甘美的"鲈鱼"啊！功名是鲜亮的"鲈鱼"，利益是实惠的"鲈鱼"，财富是肥厚的"鲈鱼"，几人能不爱呢！然而，要得到这些人皆所欲、众口垂涎的"鲈鱼"，就难免出没风波、争抢不休。如果我们把要求降低一点，偶尝鲈鱼便心满意足，常食庾信笔下的一寸二寸之鱼，或是戴叔伦笔下雨后涌上浅滩的鲤鱼，是不是既能实口腹，又能避纷争？忽作这样的歪解奇想，思路便和江面一样，逐渐开阔起来。

这是我第二次坐这艘渡轮来到浦口老街，再一次轻踏城市的往昔时光。仿佛配合着我的思绪，一对白发苍苍的老人正坐在路边的台阶上憩息，从衣着看，不像出自闾巷。他们就这样静静看着走过的人，布满皱纹的脸上一派平和。我想，他们也曾经是江河里的一叶扁舟吧！而今再也不用风里来浪里去，这阅尽繁华、远离喧嚣的安然晚境是多么动人！不由得又想起清晨在绿道上天天看见的那个老人，戴着老花镜的他总是坐在长椅上凝神读书，不为眼前的一切所动，他专注的仪态让我猜测他是个大学教授。还有那个天天在秦淮河边面对着河水唱京剧老生的老人，他挺直的身板和沉稳的声腔让我深信他曾是专业演员。再绚烂的人生终要归于平淡，我们这些仍在江上往来的人，如果能常常看看这些画面，也许就会早一点移步换景、回归普通，抛开对无边世界的无边欲望，去按响人生中属于自己的"琴键"。

454

　　数月前的第一次过江对我的触动是很大的,让我意识到繁简疾缓无可无不可,进退收放由己不由人。看毕《海上钢琴师》,今日再作江上游,我对人心和江湖又有了新的体悟。19年前,35岁的我在第三本文集《心这个地方》的序言中写道:"我一直想,总有一天,我会过一种一杯清茶、一卷诗书的悠闲日子。那一天,别人对我无所求,我也对别人无所求,恩怨得失皆成烟云。我要为这一天的到来,做好精神上的准备。如果我现在一味沉溺于虚名和虚荣,就会丢失自我——今后找也找不回来。"正因为怀着这样的忧惧,这么多年来,我一直用文字记录心中的旋律,怕自己偏离出发的原点。

　　19年后的今天,54岁的我越来越接近那风轻云淡的日子了,心头常常涌上一份即将停泊的怡然。虽然我无法像1900那样做到宁愿离开生命也不离开音乐,无法成为像1900那样纯粹、自由的钢琴师,我仍要在江河陆地穿梭往返,但我至少可以更多倾听"海的声音",更多弦歌心的乐章,渐渐做一个临渊不羡鱼、退而饭疏食的江上往来人,慢慢做一个但观浪卷、波澜不惊的江上往来人。

所有的风华终会转成最后的风烛

　　每当看到老人们颤颤巍巍地上下公交车,我总是百感交集;而听到当他们因动作慢而被责怨,我更是五味杂陈。

　　他们或吃力地攀着门边的扶手,或卡片总是对不准刷卡机,或踉踉跄跄找座位,或打着趔趄而险些摔跤,或下车时生怕被催促而早早起身勉力站着,力不从心的无奈令人心酸。耐心的司机很少很少,有时,老人还没站稳,车门就"哐当"一声关了,所有的人都为之一激灵。有的司机会大声让他们快一点,有时车开了还会嘀嘀咕咕:"这么大年纪还出来干什么事啊,没得事找事啊。"车上也会有人跟着说几句诸如"跑不动就打车算了""跟我们上班的人抢公交干吗"之类的风凉话。这些老人唯有沉默。

　　我就想,这些步履蹒跚的老人都有过风华正茂的时光啊!也曾健步如飞,身手敏捷。韶华易逝,盛年难再,不是他们的本愿,而是时间的本质,我们每个人都会走到他们今天的样子。即使你曾身居高位、腰缠万贯、貌美如花,所有的风华、风光、风采、风情、风韵终会转成同一样的风烛,这不以任何人的意志为转移。在既永恒又刹那的时间里,你就是他,他就是我。

　　我见过陌生人的风烛。有一年在军区总院附近见一位老人倒在地上,神志不清,好在胸前挂着一个牌子,写着家庭地址和电话。我和战友打车把他送到科巷,交到他儿子手中,提醒他千万不要让老人再单独出门。他儿子说:你不知道人老了有多犟,不让陪啊!要不是你们送回来,今天可要出大事了!我见过老师的风烛。那天,住在同一个部队大院的大学老师要我一起去看另一位老师。回来路上,她在出租车上突然大口呕吐。曾经口吐莲花的老师如今口吐白沫,不是亲眼所见何以置信!我见过首长的风烛。身罹癌症的首长在病床上不停地痛苦喊着,眼睛已不能睁开,根本不识来人。曾经那样意气风发的一个人,真的就像风中的蜡烛,轻轻地一吹就会熄灭啊!

因此,今天正当华年的公交车司机,你有一天也会进入这样的老迈,成为那个吃力地攀上爬下的无助老人。今天腿脚尚便的车上乘客,你有一天也会远离这样的健壮,成为那个被指责而不敢应声的无辜老人。我们也都有可能成为那个倒在地上的老人、在出租车上呕吐的老师、在病床上大声喊叫的老首长。老人蹩,老人不愿意打车等等,那都是他自己的事,也有种种的原因,不是人们责怪的理由。我们应该反躬自问的,是当这些风烛残年的老人出现在你我面前时,怎样对他们多一点同理心?

风烛残年!"风烛"总是和"残年"连在一起的。"残年"意味着最后残存的岁月,意味着这一生所剩时间已无多。2000 多年前,老祖宗就说过"老吾老以及人之老,幼吾幼以及人之幼"。也许在文明的初始阶段先人能做到,而在文明的高级阶段我们反而做不到了?即使这样的道德文明悖论能够成立,那么,老人们上下车时,耐心等一等再关车门,前后的人伸出手去搀一把,不对他们大声呵斥,这些微小的举动和体贴,作为同类的我们总能够做到吧?

91 岁的历史学家许倬云自幼伤疾,一年多前已彻底瘫痪,他在新书的序言里说:"我跟大家共同努力的时间不会太长久了。"这句话,可以代表所有风烛残年的老人对我们饱含不舍的告白吧!不去说那种种我们该援手相扶的场合了,只愿从这小小的车厢开始,我们能让这些老人多感受一点柔软的情意,永怀对人间温暖的记忆……

457

人生不过四个店

　　单位门口的一条街上开着三个店：酒店、茶业店、彩票店，三个店比邻而居。天天从店门前走过，并没有触发什么想法。某一日，发现三个店中间新开了一家殡葬服务店。一目扫去，蓦然一惊：人生不就是这四个店吗！

　　酒店代表了人生的欢乐。"天若不爱酒，酒星不在天；地若不爱酒，地应无酒泉。""人生得意须尽欢，莫使金樽空对月。"李白的饮酒观足可代表无数人对酒的态度。或对酒当歌，慨叹人生；或高朋满座、一日千觥；或醉卧东山、天地衾枕；或花朝秋夜、取酒独倾；或纵苇万顷，洗盏更酌；或晚来天雪，共饮一杯……古来今往的饮者，描摹着人生高蹈、痴狂、陶然、忘情的万千情状。透过这琳琅满目、浓香飘溢的酒店，我仿佛听到歌剧《茶花女》"让我们高举起欢乐的酒杯"的高亢歌声，人生的欢乐尽在这举杯畅饮的今夜好时光。

　　茶业店代表了人生的闲适。"食罢一觉睡，起来两瓯茶。"茶是寻常百姓日常生活不可或缺之物，开门七件事之一。"洁性不可污，为饮涤凡尘。"茶是文人高士修身养性雅致切近之道，得半日之闲可抵十年尘梦。在中国，茶的品类之繁无法道尽，趣味之妙更只可意会。再也没有什么能比茶馆更能代表中国人悠然舒适的精神了，一壶或淡或酽的茶，三五侣朋，谈笑之间日头就慢慢移过，一个清闲、轻松的下午就过去了。梁实秋先生说，茶是我们中国人的饮料，凡是有中国人的地方就有茶；人无贵贱，谁都有份，上焉者细啜名种，下焉者牛饮茶汤，甚至路边埂畔还有人奉茶。我想，无论人生是为道为业为富为贵为名为利而劳心劳身，竹炉汤沸，啜茶忘喧，正可以让我们有片刻的优游和休憩，有一点色香和情味，路途便不觉那么遥远苦累了。

　　彩票店代表了人生的运数。"人生穷达谁能料。"人生充满着起伏升降的变数,有时春风得意马蹄疾,有时门前冷落鞍马稀;有时福无双至今日至,有时屋漏偏逢连夜雨;有时着意种花花不活,有时无心栽柳柳成荫;有时君子得时,有时小人得势。正如有人买一次彩票就意外中了大奖,有人买一辈子彩票没中过一次奖,有人隔三岔五买彩票偶尔得些小奖,人生的际遇也是这样的阴晴无常。然而,这"无常"却是"常"呢! 看起来,凡事仿佛都可以有目标或规划,但无论是恋爱、结婚、职业、升迁,这些事实际都有博彩的性质,都有概率和机会的因素,并不能完全以我们的意志为转移,更不能以一己的得失作为评判人和事的标准,在无尽的比较和竞逐中使心理失衡。因此,我们尽可以按照自己的意愿往人生的"彩票店"里投下各种各样的资本,但一定要有一颗平常心,不持执念,不计回报,无论成败,都付一笑。

　　殡葬店代表了人生的结局。"人之百年,犹如一瞬。"不论长短,不论尊卑,生命终有落幕的一天,这是天地间的大公平。读陈丹燕的《上海的风花雪月》,提到黄浦江边如今那么安详的和平饭店,"那个时代的名人,美国的马歇尔将军,美国的司徒雷登大使,法国的萧伯纳,美国的卓别林,中国的宋庆龄,中国的鲁迅,他们从黄铜的旋转门外转了进来,走在吸去了所有声音的红色地毯上"。是啊,透过那栋花岗岩大楼黄色的灯光,我们仿佛仍能看到这些历史名人的身影,可如今他们安在? 消失,是每一个人最后无可逃避的结局。年少时听《送别》中"天之涯,地之角,知交半零落"这几句并无触动,如今人过半百,知交亲朋驾鹤渐多渐密,方知"事如芳草春长在,人似浮云影不留"。早一点晓悟自然之无穷、吾生之须臾,我们一定能多一点豁达和通透,少一点狭隘和纠结,做最快乐、最健康的自己。

　　酒店的门头是红色的,散发着浓烈,"今世缘"让我心怀温暖;茶业店玻璃门上的字体是绿色的,传递着清洌,让我心添平和;彩票店电子显示屏上红亮的"竞彩",闪烁着诱惑,让我心存戒惧;殡葬服务店"吉祥"的醒目招牌,提示着安详,让我心生静谧。每一个从这里走过的人啊,都请想一想吧! 人生不过四个店,人生只有单程票,人生怎能不惜缘!

总有那么一点来不及

是枝裕和的小说《步履不停》我反复读了好几遍，有句话一直在我耳边拂之不去：人生，总有那么一点来不及。这是主人公"我"——小良在失去了父母之后痛彻肺腑的感受。

多少年来，在外地工作的小良，每年只有在大哥纯平的忌日或者过年时才回老家。在这有限的相聚中，有沁凉的麦茶、红透的西瓜、母亲的绝技料理玉米天妇罗，但在谈笑背后各人有自己的心事，还有一些多年没有化解的误会。父母一天天地老去，小良知道父母迟早有一天会走，但那也只是"迟早"，虽然隐隐感觉到许多事情已经在水面下悄悄酝酿，但他无法具体地想象失去父母是什么样子，因此并没有泛起涟漪。

失去父母后，接近五十岁的小良终于有所悟，但他知道再也无法回头挽救什么，人生已经往后翻了好几页。回首这段不断失去的日子，"人生，总有那么一点来不及"这深痛的教训让他牢牢铭记。

而曾经，母亲的一举一动，会让他觉得好施小惠而心烦。当他觉得母亲说话的表情里同时掺杂了对父亲的责怪和对大哥的爱怜之时，他像要逃离这样的母亲似的，起身出去抽烟。

母亲每次都要担心他的牙齿，问他为什么不去看牙医，但他却对母亲的问话感到厌烦，总以工作忙搪塞她。有次回家睡到一半，他被母亲撬开嘴巴而吓醒，心里很不痛快。

母亲把三个孩子的成绩单、练毛笔的纸张、他的棒球衣和大哥的学生服都保存得完好如初，小良却认为她离不开孩子，感到脊背发凉。

母亲问他电视根本不好看却一堆笑声，笑声是否后来加上去的？他用

"好像吧"这样很无谓的态度敷衍她。

母亲说坐着儿子开的车去买东西是她一直以来的梦想,父亲说想和儿子一起去看一场足球,小良都漫不经心地"答应"了。

小良悔恨到最后也没有和父亲去看足球,也一次没让母亲坐过他的车。每当他想到母亲最后在医院"已经不被看作一个人了"而是"被当作东西看",就如鲠在喉。他多少次梦到抱着母亲等待救护车来,这个梦纠缠了他三年才消散。他学到的教训是:人生总会犯下不管付出多少代价都无法挽回的过错!

小良悔恨眼看着父母年华老去却什么也没有做,只能不知所措地远远看着同样不知所措的父母。第二天,他甚至忘记了这些事,仍对他们的存在感到厌烦,然后马上回到属于自己、与他们毫不相干的日常生活。

人类的情感是相通的,无论地域、无论肤色。中国人的那一句文言"子欲养而亲不待",被是枝裕和用"人生,总有那么一点来不及"这样通俗的语句来表达,丝毫没有减轻对我们的心灵冲击力。小良对父母的这种敷衍、厌烦,不是我们许多人的影像吗?小良痛失双亲后的这种悔恨、自责,不是我们许多人的写真吗?

父母"迟早"是要离去的!我们所有的亲朋好友也"迟早"是要离去的!当这些事情"在水面下悄悄酝酿"之时,我们不能和小良一样茫然无措。该为父母和亲朋做的事马上就去做,一个电话、一条微信、一场球赛、一次车旅、一场电影,这样的事情真的很难吗?这样的机会永远会仁慈地等待着我们吗?

我们常说,明天和意外不知道哪一个会先来临,却只是说说,并没有惊心。今天,我参加了一个朋友的告别仪式。刚刚50岁出头的他,意外遭遇车祸。看着躺在鲜花丛中显得那么小的朋友,回想着他健壮的身躯、开朗的笑容,何能相信这是同一个人!曾经那么生动的一个人,顷刻就将化为云烟!他的女儿,一个和我女儿差不多大的孩子,已经哭到无力,被人搀扶着,身子往前不断挣扎着,眼睛一直没有离开她的父亲。她知道,这是和父亲的最后一面啊,心中千万声的呼唤也唤不回疼她爱她的爸爸!

动容之时,小良的一句话跳上脑海:"失去了父亲和母亲之后,我就再也不是某个人的儿子了。"说尽了遗恨,浸透了悲凉!当我们还是某个人的儿子或女儿的时候,当我们还是某个人的父亲或母亲的时候,当我们还是某个人的丈夫或妻子的时候,阳光下真实的依偎和触摸,是多么温暖多么幸福。趁一切还来得及,去抓住每一个稍纵即逝的机会,去表达我们心中所有的感恩和爱恋!

"当初若是这么做的话"或者"如果换成现在的我能做得更……"之类的感伤,不时会袭上小良的心头。然而,人生就是单程车,哪里能够重来!

一直为"步履不停"这个书名心动,它带来的不只是时间的流动感。小良看到母亲几十年来始终在佛龛前放着的一株百日红时这样想道:"也只有那个美,是和三十年前一样的。除此之外的一切,几乎都不留任何痕迹地改变了样貌。"时光的步履不停,变老的步履不停,离别的步履不停,一切都在悄悄改变着模样,一切都回不到昨天的模样,那么,让我们爱的步履快一点再快一点——

人生,总有那么一点来不及!

一生就是一杯酒

从江边散步回来,已是黄昏时分。路过那家已好久不去的饺子馆,忽然就有了进去坐坐的冲动。于是,独坐一隅,要了两个凉菜、三两水饺,就着一小瓶二锅头度过一个闲适的夏夜。

店的门边,坐着两个老头儿,一个趴在桌上,一个在焦急地打电话。从电话中隐约知道,两人是老战友,趴着的那位是班长,中午和朋友已喝了不少,恰巧这位战友出差在南京,班长便邀他到饺子馆。班长又喝了一点,战友并没喝,情醉的班长终于一头倒在桌上,到现在已三个多小时。战友急着坐火车回家,怕赶不上,先是找班长的干女儿,她路太远,过不来,后又找了几个战友,看他那失望的表情,都是过不来了。

战友不住对班长耳语:班长,你还行啊? 我要走了,要赶不上火车了。班长毫无反应。战友对店老板说:估计一会儿也该醒了,你们帮着照看一下行不行? 老板说:不是我不帮忙啊,他这么大年纪了,万一有个三长两短,我说不清啊! 于是,战友继续开始打电话,间隙里跟我们唠叨着班长的往事。

他说:你们不要小看他啊! 他会作词作曲,写了不少歌,谱了不少曲,很有才啊! 我们都唱过他写的歌! 退伍以后在机关工作,自学了法律,拿到了律师证,现在退休十多年了,还在律师事务所干咧。不晓得什么原因,家里人都不跟他来往,养了九条狗,一天要遛好几趟,很累的。一个人也闷,经常搞点小酒喝喝,一喝就睡着,但是不碍事的,醒过来什么事也没有!

我边听边搭两句话,借着别人的往事抿一口酒,泛起的却是自己的感慨。不过这半个小时,一两杯酒的时间,一个人的一生就被另一个人说尽,也让我这样易感的人霎时把人生睇尽。当兵若干年,在机关数十年,退休十

463

余年,每一段都不短,想起来他走过了多么漫长的路啊!我也当过兵,我也坐了几十年机关,他年在另一个人的叙述里,不过就是分分钟,几个镜头一切换,就到了如当下一般的画面。人的一生到底能有多长呢?

说话间,进来一对小夫妻,带着三四岁的女儿,在中间找了一张桌子坐下。战友时而打着电话,时而对老班长重复着那几句话。他那边心急如焚,我这里感慨万千,小夫妻言笑晏晏。目光从堂中越向门边,又从门边扫回堂中,不禁想,小夫妻的韶华正是我的昨天,老班长的暮岁正是我的明天,人一生所要经历的再辽阔空间,都浓缩在这十几平方米的小吃店里了。人的一生到底能有多远呢?

战友终于找到了能来照看班长的人,也是一个战友,中午和班长一起喝酒的。穿着背心和沙滩裤的他,边坐在凳子上摇着蒲扇,边望着班长,等着他醒来。他不时走到班长身边,关切地看着他。微醺的我走出店门时,老班长还在酣睡。老班长不知道,就这一杯酒的工夫,他的人生已被战友回忆了一遍。老班长的酣梦里,会飘扬着年轻的自己谱写的旋律吗?而多少世人不知道,就这一杯酒的工夫,本就不长的人生正在飞逝。我们的追逐里,会有一份清醒和淡然吗?

什么是诗

　　不会写诗，平时诗也读得很少。上大学时，总听老师说新诗式微云云，所以一直以来新诗读得更少。不过，由于互联网的愈益发达，很多东西会自动扑入你眼帘，也会因为好奇而打开看看。就像最近，网上出了不少诗，我也被动地在朋友圈里读了一些。读后有些困惑，于是翻出了从前读过的文学史，重温之余略微想了想什么是诗。虽然没有学力去对诗歌作理论上的深入研究，但读读古诗，多少会有些直观的感受，分享心得如下。

　　诗之"志"在《诗经》。中国诗歌的产生很早，是原始人劳动生活的产物，以歌舞结合的方式呈现。我国第一部诗歌总集《诗经》，收录了自西周初年至春秋中叶约 500 年间的诗歌 305 篇。古人说："诗言志，歌永言。"在据实表现思想、意志、感情方面，《诗经》是典范。我们读中学时语文课本里收入的《伐檀》，大家都耳熟能详，伐木奴隶"不稼不穑，胡取禾三百廛兮"的怒吼千年不散。《采薇》里"昔我往矣，杨柳依依；今我来思，雨雪霏霏"，寥寥 16 字，就情景交融地表现了征夫久役将归时悲喜交集的思想感情。新近因为抗击新冠肺炎被大众广为传播的"岂曰无衣？与子同裳"就出自《诗经·秦风》中的《无衣》。徐涛曾朗诵过一首《美哉，诗经》，开头是这样的："有一种美，无需修饰／那是从心底流出来的歌……无论放浪，还是婉约／无论高歌引吭／还是踱步低吟／听起来就是那样自然、真切、活脱、透明／纯粹得就像远古的天空／无邪得就像源头的活水／这，便是诗经。"纯粹、无邪，这就是我们祖先开创的"饥者歌其食，劳者歌其事"的诗歌创作的现实主义精神，是我们永远不该丢弃的传统。

　　诗之"情"在唐诗。唐朝，是中国诗歌创作的高峰，建造了中国诗歌万紫千红的百花园,诞生了前无古人、后无来者的璀璨群星。但无论是哪一个诗歌流派、无论是哪一种创作风格,都表达着充沛真挚的情感,从而汇聚成一代诗歌多层次的境界和多层次的情思。张若虚"不知乘月几人归,落月摇情满江树"的无着之情,陈子昂"念天地之悠悠,独怆然而涕下"的孤寂之情,孟浩然"故人具鸡黍,邀我至田家"的如归之情,王维"明月松间照,清泉石上流"的恬静之情,高适"君不见沙场征战苦,至今犹忆李将军"的悲壮之情,王昌龄"秦时明月汉时关,万里长征人未还"的旷古之情,王翰"醉卧沙场君莫笑,古来征战几人回"的伤恸之情,孟郊"谁言寸草心,报得三春晖"的感恩之情,杜牧"商女不知亡国恨,隔江犹唱后庭花"的忧时之情,李商隐"相见时难别亦难,东风无力百花残"的沉郁之情,都轻轻重重拨动着我们的心弦!更不消说李白"人生得意须尽欢,莫使金樽空对月""长风破浪会有时,直挂云帆济沧海"的浪漫放达之情,杜甫"感时花溅泪,恨别鸟惊心""安得广厦千万间,大庇天下寒士俱欢颜"的愤世忧民之情,白居易"可怜身上衣正单,心忧炭贱愿天寒""同是天涯沦落人,相逢何必曾相识"的悲悯仁爱之情,至今都滋养着中华民族的情怀!濮存昕曾朗诵过一篇《如果没有李白》,最后写道:"何其有幸,幸甚至哉,我们的历史有一个李白!"我们完全可以扩而广之说,我们的历史幸有唐朝这样一个诗歌鼎盛的时代,让今人知道诗应当怎样表情达意。

诗之"理"在宋诗。宋朝诗人不容易,紧接在一座诗歌的高峰之后,要想写出新意来必须另辟蹊径。以文字为诗、以才学为诗、以议论为诗,是宋诗的一大特点。从江西诗派宗祖黄庭坚所说"文章最忌随人后""诗词高胜,要从学问中来"可以清晰地看出宋人的主张。虽然这一点曾被广为诟病,认为是脱离现实,但其中可以看出宋人不落窠臼的努力,出现了不少佳作。王安石《登飞来峰》中"不畏浮云遮望眼,自缘身在最高层"两句,表现出一个改革家登高望远、拨云见日的坚定信心和豪迈气概,是"学习强国"中的考题呢!苏轼《题西林壁》曰:"横看成岭侧成峰,远近高低各不同。不识庐山真面目,只缘身在此山中。"是典型的哲理诗,却又不失诗的趣味。黄庭坚《牧童诗》云:"骑牛远远过前村,短笛横吹隔陇闻。多少长安名利客,机关用尽不如君。"我们从牧童的悠悠笛声中听出了生活的真意。缪钺先生说:"唐诗之美在情辞,故丰腴;宋诗之美在气骨,故瘦劲。唐诗如芍药海棠,秾华繁采;宋诗如寒梅秋菊,幽韵冷香。唐诗如啖荔枝,一颗入口,则甘芳盈颊;宋诗如食橄榄,初觉生涩,而回味隽永。"这段话告诉我们,诗歌是可以说理的,关键在于怎样用诗的语言说,能不能给人以深长的思索和不尽的回味。

　　诗之"趣"在民歌。民歌一直是中国诗歌中最新鲜的活水,《诗经》中的不少篇章其实都是采集来的各地民歌。民歌的最大特点就是生动活泼、饶有趣味。看《诗经》中那首《静女》:"静女其姝,俟我于城隅。爱而不见,搔首踟蹰。"一个与情人约会时故意藏起来的俏皮女子的形象跃然纸上。汉朝时,出现了乐府这一音乐机关,采集民歌是乐府的一大职责。汉乐府民歌思想内容十分丰富,艺术上也有许多特点,但民歌之"趣"总是掩盖不了的。比如《陌上桑》中"行者见罗敷,下担捋髭须。少年见罗敷,脱帽著帩头。耕者忘其犁,锄者忘其锄。来归相怨怒,但坐观罗敷"这几句,从旁人神态行止、相互责怨中写出罗敷之美,是活脱脱的一出喜剧小品。再看这首《江南》:"江南可采莲,莲叶何田田,鱼戏莲叶间。鱼戏莲叶东,鱼戏莲叶西,鱼戏莲叶南,鱼戏莲叶北。"全诗纯用白描,后四句诗不避重复,只换了一个方位词,却把鱼儿游来嬉去的场景描绘得活灵活现;全诗无一字写人,却处处可见欢快的青年男女。六朝乐府民歌中有一首《读曲歌》:"打杀长鸣鸡,弹去乌臼鸟。愿得连冥不复曙,一年都一晓。"开头似乎非常突兀,这位女子为何要把晨啼的公鸡、报晓的鸟儿必除之而后快呢? 答案在后两句,原来它们惊了她和心上人的未尽欢爱。多么大胆显豁、富有趣味的痴情啊! 郑振铎先生谈到六朝少男少女唱出的民歌时说:"他们的歌声乃是永久的人类的珠玉。人类一天不消灭,他们的歌声便一天不会停止。"这是对民歌独有的感染力和生命力的最高褒奖。

　　絮絮叨叨说了这么多,无非是想说,虽然我无力对什么是诗作学理的定义,但是,我可以通过读诗来体会写诗应当具备的要素,志、情、理、趣等诸方面我们总要有所追求。当然,并不是说诗只有这四种要素,也并不是说《诗经》只有志、唐诗只有情、宋诗只有理、民歌只有趣,对一首好的诗来说,这些方面是一定兼而有之的,我排列上的这种对应只是为了叙述的方便。即就"情"而言,梁启超先生有一篇讲演叫《中国韵文里头所表现的情感》,说《诗经》里有"奔迸的表情法",用极简单的语句,把极真的情感尽量表出;杜甫"剑外忽传收蓟北,初闻涕泪满衣裳"那种手舞足蹈的情形,读来令人发怔。再以"趣"而言,历朝文人包括李白、白居易都从乐府民歌中汲取营养,有的还创作乐府诗。李白的《越女词》:"耶溪采莲女,见客棹歌回。笑入荷花去,佯羞不出来。"情节多么生动,羞态多么可人,这首诗置于民歌丛中,一定分不出彼此。

拉拉杂杂说了这么多,无非是更想说,虽然新诗可以不必如古诗那样讲究韵律,但是,在志、情、理、趣等方面还是应当有所体现的。如果我们要写中国诗,就要去多读一些祖先的优秀诗作,去体会作为诗歌应该有的情志之美、理趣之味。而观现在一些所谓的诗,就"志"而言,内容空洞,口号连篇,毫无"善"可言;就"情"而言,媚上媚俗,言不由衷,毫无"真"可言;就"理"而言,传声搬运,干瘪僵硬,毫无"识"可言;就"趣"而言,脱离生活,枯燥无味,毫无"美"可言。这些诗的作者,有的是作家,有的是领导。其实,是作家,假如不会作诗,就孜孜去写自己擅长的体裁,多出用心用情用功的精品;是领导,假如不会作诗,就专注去尽自己本分的职责,多出利国利民利时的政绩,何必要去诗的领域试深浅、贻笑柄呢?

网上调侃说:"地上本没有路,走的人多了,于是便有了路;世上本没有诗,打的回车键多了,于是便成了诗。"诗有自己对架构、意象、语言等方面的独特要求呢!并不是把一篇公文打几十个回车就可以叫作长诗、把若干句口号堆砌在一起就可以名为短歌的。我深知诗难写,既有不会写诗的自知之明,就一字不写,认真地去读祖先留下来的优秀诗篇,努力汲取一些精神上的营养,这就足够了。

说了半天,到底是个不会写诗的人,还是说不清楚什么是诗,只是复习了一下大学的功课,也权当给自己留下了一个问题。也好,也罢!

所谓诗人，所谓诗意

央视"中国诗词大会"节目的风靡，掀起了一股全民读诗热。李白、杜甫、白居易、苏东坡、李清照……这些千古流芳的大家，比以往任何时候都炙手可热。这种现象，一方面照见了社会物质文明发展到一定高度时人们对于文化精神的渴求，另一方面又反映出诗、诗人在我们心中的神圣神秘。而在我看来，除了诗史上这些永久映耀的璀璨群星，除了当今以诗歌创作为职业的专业诗人，"诗人"也完全可以有另外一种含义，那就是一切虽然不一定会写诗却以一种诗意方式生活着的人。

什么是诗意？也许有人可以将它诠释得玄之又玄、高深莫测，在"意境""美感""韵律"等名词中转圈。我想，说通俗点，诗意也就是直面、承受、旷达等种种的生活姿态吧！它是丰富的喜怒哀乐，它是独特的性格情怀，它更是超然的心灵世界。

我并非信口开河。诗意之所以没有那么玄秘，是因为诗歌最早就起源于我们祖先的劳动生活，他们在筋力的张弛和工具的运用中，自然发出有节律的呼声，这诗、舞、乐三位一体的模式，也当然是诗歌的发端。"今夫举大木者，前呼邪许，后亦应之，此举重劝力之歌也。"祖先们在"邪许邪许"的呼号声中，不断赋予自己新的力量，减轻了身体的疲劳，获得了一种愉悦。这种愉悦感，就是他们还无法定义的"诗意"吧！所以，鲁迅先生把叫着"杭育杭育"抬着木头的祖先，幽默地称作"杭育杭育派"诗人。而我国第一部诗歌总集《诗经》中，更是保留着大量普通民众"饥者歌其食，劳者歌其事"的诗篇。隔着历史的漫长隧道，我们不仍能从"不稼不穑，胡取禾三百廛兮"的怒吼中、"于嗟女兮，无与士耽"的呐喊中、"一日不见，如三秋兮"的思念中、"蒹葭苍苍,白露为霜"的惆怅中,感受到关注生活、源自现实的浓浓诗意么?谁能说,这些没有留下名姓的普通人身上没有诗意呢!

撇开身份和声誉,那些留下千古诗名的诗人,他们身上所散发出来的诗情,和这些劳动者身上所具有的诗意,在本质上并无二致,都是描述生活的况味,倾吐真实的情感,使自己也使他人获得柴米油盐之外、世俗生活之上的滋养。"归去来兮,田园将芜胡不归"的淡泊隐士陶渊明,何其有性格!"仰天大笑出门去,我辈岂是蓬蒿人"的疏放豪士李白,何其有风骨!"安得广厦千万间,大庇天下寒士俱欢颜"的大爱儒士杜甫,何其有情怀!"莫听穿林打叶声,何妨吟啸且徐行"的潇洒居士苏东坡,何其有胆气!"衙斋卧听萧萧竹,疑是民间疾苦声"的奇士郑板桥,何其有温度!他们所传达出的对民生大众的关注、对权贵豪族的蔑视、对灵魂安适的倚重,和那些饥者劳者所表达的情感,都是精神的姿态。而无论是释放哪一种情感,实际上都已高出生活本身、突破狭隘小我,表达出一种承受的坦然、洒脱的放达,因而能使我们超越实际的人生处境,获得更高层面的精神启迪和心灵享受。

因此,诗意确是无关乎会不会写诗的。鲁迅先生以杂文名世,诗名远不如文名。然而,独具慧眼的文学评论家李长之却在《鲁迅批判》中提出鲁迅具有诗人的性格,这一发现使胡风颇有些忌妒呢,说是"让他抢先说出来了"。我想,李先生的意思无非是说鲁迅是很真实的,在对喜怒哀乐的由衷表达中捧出一颗真实的赤子之心,使我们在不尽的感怀中增添了生活的力量。谁能说鲁迅先生没有诗心,谁又能说鲁迅先生不是在润泽着国人的诗心!

所以,由我们每一个人都可能具备的"诗意"来串联,"中国诗词大会"就不仅会壮大着李杜这样永垂青史大诗人的声名,也会鼓舞着白茹云这样平凡而有诗意的小人物的人生。这位来自河北邢台的农民,36岁患上淋巴癌,前此,她的一个弟弟在幼年就已得脑瘤瘫痪。住院期间,她买了一本《诗词名句鉴赏辞典》借以打发时间,却从此与诗词结缘。与病魔顽强抗争的她,从古诗词中汲取了大量的营养。她说,杜甫"多病所需唯药物,微躯此外更何求"使她产生了强烈共鸣。你看,古往今来的诗意不都来自生活的实际感受么?她说,苏东坡"谁怕?一蓑烟雨任平生"就是她该有的人生态度。你看,诗人和非诗人的诗意不都是一种人生态度么?她说,虽然生活很清苦,但她可以从诗中体会到人生的喜怒哀乐。你看,许多人的诗意不都是对尘俗痛苦的超越么？白茹云对诗的执着热爱使她成了一个苦难中有着诗意的人，她在升华着自我的同时，也给每一个普通人提供了诗意生活的典范。那么，赋予所有的人生活的诗意，使他们在任何情况下都能怀着一颗诗心坚定地走向明天，这既是李白苏东坡们冥冥中的期望，也是"中国诗词大会"真正的意义所在吧！只要诗心不沉沦，只要诗意不消失，李白苏东坡笔下的唐宋明月就会永远朗照中华，杜甫郑板桥忧国忧民的情怀就会永远传承不绝。

德国 19 世纪浪漫派诗人荷尔德林写过一首《人，诗意地栖居》，经过海德格尔的哲学阐发，"诗意地栖居在大地上"成为现代人的共同向往。诗人和哲人的本意可能都建立在工业文明使人异化的忧惧上，但我们断不能忽略荷尔德林写作这首诗时贫病交加、居无定所的事实，这样诗意的人生态度竟然是建立在那样卑微颠沛的现实生活上的啊！白茹云可能不会解读什么叫"诗意地栖居"，但她的可贵之处正在于做到了这一点。在与同样受过磨难的杜甫苏东坡们的交会中，她恍然觉得疾病没有什么了，因为每个人都会遇到波折！是的，多数人的生活总是苟且狼狈、鸡零狗碎、坎坷颠簸的，但假如以一颗诗心观之，则自古及今一帆风顺能有几人？天地之间一介小我又算几何？那么，我们就能变得从容淡定，只觉博大的原野取代了狭窄的视窗，宽广的通衢取代了眼前的泥路，对人群的关注取代了对自我的哀怜，我们虽然仍旧身在原地，却分明感到自己在超越，正腾升，欲飞翔。这一刻，我们萌发了诗心，我们洋溢着诗意，我们成了无法也无须用语言诉说的诗人……

诗可以兴

第五季"中国诗词大会"刚刚落幕,与往年一样的精彩纷呈。不过,共克疫情中的另一场诗词呈献也许更引人注目。"岂曰无衣,与子同裳""山川异域,风月同天""青山一道同云雨,明月何曾是两乡"这几句古诗词火爆刷屏。特别是,它们是日本援助物资上的留言,既让我们领略了汉语的魅力,又让我们感到了日本民众贴心的温暖。此时,不由得想起了"诗可以兴"的古老命题。

经过这一阵网上的解读,大家都知道"岂曰无衣,与子同裳"出自《诗经·秦风·无衣》,是一首秦地的军中战歌,充满了同仇敌忾、慷慨激昂的战斗精神。"谁说没衣穿?你我合穿一件衣!国王要起兵,修好铠甲和刀枪,咱们一道上战场!"在这样激越的表达中,我们如同身临其境,可以真切地感受诗歌激发斗志的力量。所以,孔子说:"《诗》可以兴。"宋儒朱熹解释说,"兴"是"感发志意"之义。

你一定注意到了,这里的"诗"是加了书名号的,指的是诗三百篇,就是汉朝后被尊为《诗经》的 305 首诗歌汇成的集子,是我国第一部诗歌总集。孔子的教学过程是"兴于《诗》,立于礼,成于乐",首先是通过学诗三百篇来感发志意,而且主要是政治上的志意。诗三百篇在春秋时期除了作为学乐、诵诗的教本,宴享、祭祀的仪礼歌辞外,也是外交场合应对传达的重要工具,所谓"赋诗言志"是也。总之,诗三百篇主要是用来抒发政治上的情志的。"岂曰无衣,与子同裳"所唤起的,不正是政治上的意志吗?当前,这两句诗在打赢疫情防控阻击战中确也已起到了团结人心、共克时艰的作用。

后世的文学批评,多把那个书名号去掉,并把"诗可以兴"解释为诗歌有振奋精神、鼓舞人心的艺术感染力。这当然离开了孔子的本意,但以宽泛的"诗"而论,它确有独特的情感抒发、宣泄和激励功能。《尚书·尧典》早就说过:"诗言志。"《礼记·乐记》说:"诗,言其志也。"《毛诗序》说:"在心为志,发言为诗。"都是说,诗之功用在于表达人的思想感情。白居易在《与元九书》中说:"感人心者,莫先于情,莫始乎言,莫切乎声,莫深乎义。诗者,根情,苗言,华声,实义。"他认为,感情是诗的根。不是么? 一千多年前日本长屋亲王绣在袈裟上的偈语"山川异域,风月同天",感动了鉴真法师,遂自愿东渡日本传法,此时用于表达异国共命之情,多么贴切感人! 王昌龄《送柴侍御》中的"青山一道同云雨,明月何曾是两乡",一定也打动了前往武冈的友人,此时用于表达比邻同心之情,多么温馨可人! 这就是诗所兴发的情感力量!

在网媒的各种舆论潮中,不敢苟同的是两种言论。一种是说,看看日本人民这些充满"文艺范"的留言,再看看我们的"中国加油""武汉加油"之类的口号,就知道谁有文化谁没文化了。我想,这种言论有点"卑"、有点"拧"了。首先,这些留言正证明了中华文化的魅力。公元三世纪,《诗经》就流传到日本,对日本诗坛的影响广泛而深远。唐朝时,大量的日本遣唐使来长安学习,以后也不断有中国学者去日本讲学,中国诗歌更深地影响了日本文化。日本民众喜欢诗,是我们祖先的功劳呢! 了解了这一点,我们不仅不应该悲观,更应该增强文化自信。其次,直白的激情与风雅的诗情不必去作牵强拧巴之比。中国人既有以诗达情的传统,也有以散文、杂文和其他方式直抒胸臆的传统。即便是在诗词中,古有无名氏"冬雷震震,夏雨雪。天地合,乃敢与君绝"的直白发誓,今有伟人"不须放屁"的直率棒喝,多么有真性情! 疫情正炽之时,发出"中国加油""武汉加油"的呼喊实是情动于中而形于言,与有没有文化似乎是两回事。事实上,不少国家的人民也在用这两句口号为中国人民加油。日本松山芭蕾舞团的演员们,用中文齐唱中国国歌,并高呼"武汉加油";那个身着红色旗袍站在街头为我们募捐的 14 岁日本少女,也同样在真诚喊着"中国加油""武汉加油"。诗歌传递的是加油的温情,口号点燃的也是加油的热力。

另一种言论则对国人被这些诗句激发起来的"文艺心"表示反感,认为普及典故、诗句和抗击疫情的情绪不搭,这时候就是需要高喊"武汉加油""湖北加油""中国加油",甚至引用 20 世纪哲学家阿多诺"奥斯维辛之后,写诗是残忍的"一语以示不平。我以为,这种言论过"亢"、过"妄"了。首先,日本人民引用的多半是中国的古诗,我们难道没感到一点文化自豪吗? 他们用我国人民熟悉的诗句来表达感情,我们难道没有一点被体察的感动吗? 总书记出访他国,常常引用对方的成语和民谚,既拉近了双方距离,又显示了胸襟格局,为国际社会普遍称道。文明的互学共鉴,也是构建人类命运共同体的应有之义。其次,奥斯维辛的类比用在这里恰当么? 无论从时代、事件、人物等各方面来看,绝无可比之处。我们国家怎么了? 我们怎么不能有诗歌了? 经不住追问呢!

我以为,第一种言论还有一点对部分国人不注重学习中华优秀文化的反省,在出发点上尚有可取之处。第二种言论既打击了邻邦情,又冒犯了老祖宗;不是为中国加油,而是为自己减分。言者应当好好学习中国传统文化,认真琢磨"诗可以兴"的道理,退而思之、敬人修己,再莫要妄下雌黄、贻笑天下。

文化永远值得敬畏,不管生于域内疆外;真情永远弥足珍贵,无论来自本土他乡!

最后想说的是,战疫正急的紧要当口,我们的言行都要指向同心同德、渡过难关。请注意,我用的是"渡"而不是"度",近来在媒体上数次看到用错之例。"难关"虽无水,但"渡"正有从此岸到彼岸引申而来的由此及彼之义,故只能说"渡过难关"而不是"度过难关"。本来这是画蛇添足的一段,却由"奥斯维辛论"想作个提醒,要敬畏中华语言文化,不要说我们背不出多少古诗词,连这样字词的基本用法都会常常犯错呢!

为武汉加油,为湖北加油! 一起读一首深情的诗吧:

> 我住长江头,
> 君住长江尾。
> 日日思君不见君,
> 共饮长江水。

散文使人聪明

英国哲学家培根说过:"读史使人明智,读诗使人灵秀,数学使人周密,科学使人深刻,伦理学使人庄重,逻辑修辞之学使人善辩,凡有所学,皆成性格。"这在我们这一代人的青少年时代是人人皆知的名言。因为我一直以写散文随笔自娱,多少年来,老友解建国看到我就会背诵这段名言,并打趣地加上一句:"散文使人聪明嘛!"相视大笑之余,我细想这话还真有点道理,散文作为我们观察世界、理解生活的窗口,会使人一点一点变得善于思考、善于领悟。

我读的专业是中国古典散文。记得导师王气中先生给我们讲第一课时就说过:散文就是说话,你心里怎样想就怎么说。这和梁实秋先生的观点是一致的,他说:"我们天天说的话都是散文。"但是,导师说:话怎么说是有讲究的,什么场合说什么话、说到什么程度最恰当是有艺术的。梁先生也指出:"不过会说话的人不能就成为一个散文家,散文也有散文的艺术。""头脑笨的人,说出话来是蠢,写成散文也是拙劣;富于感情的人,说话固然沉挚,写成散文必定情致缠绵;思路清晰的人,说话自然有条不紊,写成散文更能澄清见底。"因此,散文虽无成式,是最自由的,但怎样处置和表现思想感情,也是最不容易的。能把话说到人心坎上去,难道不需要聪明才智吗!

稍稍浏览一下中国散文史就会知道,散文的题材特别广泛。大到政治历史,小到草木虫鱼,散文作家都可以根据自己的独特感受,生动形象地表现出来。散文大略可分为记叙性、说理性、实用性三种,再分又有叙事、传记、游记、笔记、论、辨、议、原、说、杂文、书信、序跋、公牍、碑志、箴铭等,还能再细分下去。欧阳修一生写了 500 多篇散文,题材涉及政治、文学、交游等方方面面,几乎涵括了散文的各种文体。朱自清先生认为写散文需要博学,多读书、搜集材料;"生活的方面得广大,生活的态度得认真",读好生活这部大书来取得深刻的观察力和判断力。像欧阳修这样能写出量多质优的各体散文,不读书不可能,不敏感不可能,不深思不可能,而读万卷书和识察生活的过程,一定会使写作者变得更加睿智。

散文重视章法技巧。这方面,散文有自己的特殊性,就是"散",取材立意、谋篇布局可以灵活自如。但是,一物两面,"散"最易带来另一种相反的可能性,就是稍不经意就会脱离主题和初衷,变得散漫无章。所以,李渔说文章有如针线缝衣,"全在针线紧密";刘熙载说文章揭示主旨要"前注之,后顾之",要彼此照应。唐弢先生说:"一般说来,散文的篇幅总是比较小,结构总是较简单,命意总是较集中的。"今人"形散神不散"之说更为我们耳熟能详。一篇文章要纵横驰骋而又不成脱缰之马,需要自出机杼的构思、收放自如的驾驭,会越写使人越开窍。

散文讲究语言美。因为散文就是说话,要让人听懂,怕的是雕章琢句、故作深奥,所以要求语言朴素。因为散文的形式自由,不受字数限制,容易拖沓冗长、无病呻吟,所以要求语言简洁。所谓简洁,不是字数越少越好,而是以是否达意为标准,做到文简义丰。这是我受业气中师时他一再强调的。在讲读《五柳先生传》时,我记下了导师这样的点评:"文章短但读时没有短的感觉,写得丰富。好多话没说出,读者能领会到。""在短短的文中有许多层次,表现文章的曲折,曲折就有意境,觉得其中有无限丘壑,曲表现深远。"《醉翁亭记》初稿开首凡数十字,最后改定,唯剩"环滁皆山也"五字,真是开门见山、简洁传神。心中始终有读者,抱着让读者读明白的宗旨,就能舍得抛却赘余之语,反复斟酌而达词句圆畅,这也是使作者自己变得灵动的一个过程呢!

林语堂先生提出散文创作的一个重要节点和重要心理现象:会心之顷。他说:"一人思想既已成熟,斯可为文。然一人一日中之思想万千,其中有可作文者,有不可作文者,何以别之? 曰,在会心二字。凡可引起会心之趣者,则可为作文材料,反是则决不可。凡人触景生情,每欲寄言,书之纸上,以达吾此刻心中之一感触,而觉湛然有味,是为会心之顷。他人读之,有同感者,亦觉湛然有味,亦系会心之顷。"对作者来说,有时会心之顷不期而来,有时则需要很长时间的积累和酝酿后,于某个时刻恰遇一触点,文思喷涌而来。

这一积蓄和发酵的过程，无疑使人在思考中变得更加聪明。而如果能使读者也迸发共鸣，感到说出了自己有所思而未能发者，时时有会心之顷，则读者也会在这种会心一笑或会心一泣中变得越来越聪慧。

想起一则"会心一顷"的往事。十多年前的一个星期天，一位老先生突然敲门来访。他的孙子在我楼上的教授家学琴，他在那里读到了我的书，便一定要见我一面、讨一本书。他说：我原来就是个卖菜的，所以看你写那篇卖菜的文章，觉得特别真实，特别感动。我就在想，你怎么那么了解我们的心理呢？是不是你原来也卖过菜啊？我们真的是既怕天黑，又盼天黑。怕天黑，是菜还没卖掉；盼天黑，是想早点回家。老伴说，离一里远就听到我回来三轮车的声音了，她看天黑了，我还不回来，着急啊，就站在路边等，日子长了，老远就能听出声音。你写得太好了，写出了我们要讲的话！就是为了这样一位普通菜农的"会心之顷"，我也要更加敏锐地观察生活，更加深入地关注众生，使自己变成一个更有思想、更有情怀的耳聪目明之人。

写到这里，似乎可以这样来回答友人了：原来，散文就是说明白晓畅的人话，散文就是写千姿百态的人生。哪里是散文使人聪明呢，是意蕴无穷的生活使人聪明啊！

书房里,有一尊鲁迅雕像

书房里,有一尊鲁迅雕像。

先生坐着,右手拿着一支烟,脸上是我们最熟悉的那充满忧虑的肃然和冷峻。我喜欢这个表情,我以为这是先生最真实的面目。

是多年前在城东的一家瓷器店见到这尊出自景德镇的雕像,只有一件。店主见我喜欢,坚不肯稍降价格。我也就没多作理论,毕竟是真喜欢。

记得上小学的时候,当时所有关于鲁迅的书,扉页上都赫然印着毛主席语录:"鲁迅是中国文化革命的主将,他不但是伟大的文学家,而且是伟大的思想家和伟大的革命家。鲁迅的骨头是最硬的,他没有丝毫的奴颜和媚骨,这是殖民地半殖民地人民最可宝贵的性格。鲁迅是在文化战线上,代表全民族的大多数,向着敌人冲锋陷阵的最正确、最勇敢、最坚决、最忠实、最热忱的空前的民族英雄。鲁迅的方向,就是中华民族新文化的方向。"一个同学家有不少鲁迅著作的单行本,于是借了《朝花夕拾》《野草》《呐喊》《彷徨》等来看,当然只是留下了文字的模糊印象,但却觉得好看,有和其他当时能读到的小说和文章不一样的地方。

中学的时候,课本里有不少先生的文章,老师都会大讲特讲,好多段落是要背诵的。初中时,有《一件小事》《故乡》《从百草园到三味书屋》《藤野先生》等。高中时,《狂人日记》《阿Q正传》《孔乙己》《记念刘和珍君》这几篇文章是老师讲得最多,也考得最多的。至今记得《记念刘和珍君》里的一些警句:"真的猛士,敢于直面惨淡的人生,敢于正视淋漓的鲜血。""沉默呵,沉默呵!不在沉默中爆发,就在沉默中灭亡。""苟活者在淡红的血色中,会依稀看见微茫的希望;真的猛士,将更奋然而前行。"当时只觉先生的犀利深

478

刻,是能径直挖到人心最隐秘最痛处的,是要把人生最有价值的东西毁灭给人看的。

对先生的更深理解,得益于大学一年级汪应果老师的"现代文学作品选读"课。汪老师是研究鲁迅和巴金的,许多观点独树一帜。一篇《阿Q正传》他连续讲了好几堂课,提出许多问题让我们思考。从汪老师那里,我知道了鲁迅先生揭示的不仅是中学老师说的国民的愚昧、精神自大等等,而是一种整体的"国民劣根性":奴颜婢膝、麻木不仁、冷漠看客、自欺欺人、怯弱懒惰、奸诈巧滑等等。鲁迅先生的更深刻之处在于,揭示了我们人人都有国民劣根性,是中国几千年封建社会积淀下来的,这是先生前无古人的独特发现。"哀其不幸,怒其不争"八个字,饱含了先生对根除国民劣根性的热切希望啊!

我书房里的先生,仿佛正边抽着那支给予他绵绵灵感的烟,边勾画着狂人、阿Q、孔乙己的形象,愤而痛、冷而炽。我喜欢先生的这个表情,这应该是他最本色的表情。

后来,人们对先生有许多不同的解读。有人说先生是个很幽默的人,是中国作家里最具有娱乐精神的,鲁迅成为鲁迅,靠的不是那个"道"。还有人说,先生就会骂中国人,没有文化自信。我承认,先生作为一个人,当然有幽默的一面,但他之所以能成为民族的精神旗帜,绝不是因为他娱乐精神的一面。鲁迅的雕像,绝对不能塑成说着幽默的话、哈哈大笑的形象。

至于揭示了中国人的国民劣根性是没有文化自信的表现,更是一个可笑的命题。先生不仅国学底蕴深厚,而且亲自传播优秀传统文化。他不是撰有《中国小说史略》《汉文学史纲要》吗?都是后人研究中国古典文学的必读书。他在北京大学、厦门大学讲授的就是中国文学,在北大,他和胡适的课最受欢迎。他在诗歌、散文、杂文、翻译、绘画、木刻方面都登上了高峰啊!他怎么就没有了文化自信呢!

而在《中国人失掉了自信力了吗》一文中,他更是充满激情地宣示:"我们从古以来,就有埋头苦干的人,有拼命硬干的人,有为民请命的人,有舍身求法的人……虽是等于为帝王将相作家谱的'正史',也往往掩不住他们的光耀,这就是中国的脊梁。"先生批判的是传统文化的糟粕,鞭挞的是国民性中种种的丑陋,是对国人的唤醒,呼唤每一个中国人都能真正改变自己的精神,做埋头苦干、拼命硬干、为民请命、舍身求法的中国的脊梁,这不正是为了增强文化的自信吗!

　　每当走进书房,只见先生永远在凝神沉思。我知道,我,我们,离先生的期望还很远很远。但是,每当看一看先生深邃的目光,想一想先生那些振聋发聩的话语,就会"教我惭愧,催我自新,并且增长我的勇气和希望"。

温故知新抄《论语》

　　去年,在孔子故里曲阜参加了一周培训,学校发了一册《论语译注》。于是,利用早晚的业余时间,把这本做中文系研究生时的必读书抄了一遍。在圣人的故乡抄着他的语录,感觉是异常奇妙的,仿佛就在当面聆听这位先哲用浓重的山东话讲课,在这种独特的"晤"中似乎"悟"得更多了。同时,抄录过程中一些人和事的回忆缅怀、知识的串联叠加,也使我对《论语》中的许多话有了温故知新的领会。

　　如今,包括儒家学说在内的"国学"是非常热门的东西,微信上几乎天天有关于孔子的"鸡汤"。喝喝这些"鸡汤"当然是有好处的,但如果我们连《论语》都没有读过,那么,"鸡汤"是不是原味,真是喝不出的。讲孔子的学者很多,有人说《论语》是讲从政的,有人说是讲为人处世的,有人说是讲心灵之道的,莫衷一是,甚至大动干戈。怎么办?读原著、学原文是最好的办法。"读书百遍,其义自见。"当我一字一字抄着《论语》,我能真切地体会到,能够把原文读懂大部就是收获,不必因为孔子至高的身份而一味挖掘所谓的"微言大义"。为人、做事、为官、学艺,孔子哪一样没讲到呢?读懂一句就是一句,领悟一点就是一点,不用太去理会那些无谓的争执。

　　孔子曾经对学生们说:"二三子以我为隐乎?吾无隐乎尔。吾无行而不与二三子者,是丘也。"就是说,孔子是把自己知道的东西真实地全部告诉学生的,所以,我们也要以信实的态度来听孔子的课,他原来说的是啥就是啥,不用去作牵强的附会。比如,有人想不通孔子这样的儒雅之人怎么会说出"唯女子与小人为难养也"这样难听的话,一定是另有深意。我想,这也许是孔子对下人的责骂,圣人气极之时的情势也不会和普通人有什么两样,不必为尊者讳。诲人不倦、循循善诱的他,不是也骂出了"朽木不可雕也,粪土之墙不可圬也"这样不雅的话吗?要看语境的,白天上课呼呼大睡的宰予难道不该骂吗!有些不太好理解的篇章,不如学孔子多闻阙疑,不可妄下雌黄。比如,那篇"色斯举矣,翔而后集"究竟说的什么,众说纷纭。其实,我们就把它当作一篇山梁叹雉的小品来读好了,有情有景,画面感很强,不也挺美吗?连朱熹都没读明白,认为"然此必有阙文,不可强为之说。姑记所闻,以俟知者。"这才是实事求是的态度啊!

如果说年轻时候的我更喜欢孔子那些励志的话,那么,走向耳顺之年的我,则更能读懂那些关于世事人心的话了。

孔子对子夏提出了"女为君子儒,无为小人儒"的要求,他是深知这个学生的弱点的。史书记载子夏"出见纷华盛丽而说,入闻夫子之道而乐,二者心战,未能自决",我们不也常常在义利之间徘徊不定吗?孔子说,君子容易共事而难以取悦,小人难以共事而容易取悦。几千年后的今天,这种世相不依然存在吗?孔子说,少年要戒色,壮年要戒斗,老年要戒得。我们不是走过了多少弯路才懂得人生要逐渐做减法的道理吗?孔子说,大家都厌恶的人一定要考察,大家都喜欢的人也一定要考察。这不正是我们今天说的多角度、全方位考察吗?孔子说,侍奉父母最难做到的是始终保持和悦的脸色。我们做儿女的时候做到了吗?我们的儿女做到了吗?孔子说,父母的年龄不可以不知道,既为他们添寿而高兴,又为他们变老而忧惧。反躬自问,我们记住父母的生日了吗?孔子说,对朋友要忠心劝告、好好引导,但朋友不听就算了,不要自取其辱。与朋友相处的这种分寸我们拿捏得好吗?孔子不用大网捕鱼,不射归宿的鸟。这种维护生态平衡的理念在今天也还是先进的!

边抄边思边悟,习近平总书记的许多"平语"纷至沓来。孔子说"为政以德",平语说"明大德、守公德、严私德";孔子说"不义而富且贵,于我如浮云",平语说"当官发财两条道,当官就不要发财,发财就不要当官";孔子说"政者,正也",平语说干部群众"不但要看我们是怎么说的,更要看我们是怎么做的";孔子说"饱食终日,无所用心,难矣哉",平语说"不做饱食终日、无所用心的懒官";孔子说"见贤思齐焉",平语说大家要把榜样"立为心中的标杆,向他们看齐,像他们那样追求美好的思想品德";孔子说"修己以敬",平语说"必须强化自我修炼、自我约束、自我改造";孔子说"和而不同",平语说

"文明因交流而多彩，文明因互鉴而丰富"……《论语》成为总书记治国理政的重要思想文化资源，他在对《论语》一次又一次的引用中，带头弘扬中华优秀文化，坚定国人的文化自信——一种更基础、更广泛、更深厚的自信，一种更基本、更深沉、更持久的力量。

抄《论语》，我抄出了新感悟。《论语》为构建民族核心价值观提供奠基理念、作出开山贡献，为构建可持续发展社会提供治本秘方、指点无渡迷津，为构建人类命运共同体提供东方密码、破解一元模式。我深深体会到，《论语》里有总书记说的"中国人的独特精神世界，有百姓日用而不觉的价值观"，有贯通古今、跨越中外的大智慧，帮助我们解决发展难题、丰富中国方案。

抄《论语》，我抄出了新兴味。宋儒程颐说："颐自十七八读《论语》，当时已晓文义。读之愈久，但觉意味深长。"清人张潮说："少年读书如隙中窥月，中年读书如庭中望月，老年读书如台上玩月，皆以阅历之浅深为所得之浅深耳。"年少读《论语》，书生意气里，仅得其皮毛；如今抄《论语》，沧海桑田后，始敢道一二。《论语》，这涵泳不尽的《论语》，这常读常新的《论语》，我还要继续抄下去、读下去，味之思之、望月玩月……

中国共产党百年赋

泱泱华夏,礼仪之邦。人文璀璨,史脉悠长。近代以降,列强霸凌。闭关自守,积贫积弱。志士仁人,上下求索。戊戌维艰,六君血溅长天;辛亥抱憾,军阀重又开战。泣风雨如晦,大厦将倾;问苍茫大地,谁主沉浮?五四风雷,激荡民主科学;南陈北李,高擎共产赤旗。十月革命,送来马列主义;一九二一,立党开天辟地。沪上群英聚首,南湖红船起航。筚路蓝缕,为人民谋幸福;披荆斩棘,为民族谋复兴。历百年而初心如磐,经万难而信仰弥坚。仁哉我党!

镰刀锤头,唤起工农千百万;国共合作,北伐洪流势滔天。风云突变,四一二血流飘杵;痛定思痛,八七会长缨在手。南昌起义,启建军大业,打响武装反抗第一枪;秋收暴动,开农村道路,建立井冈革命根据地。星星之火,可以燎原;三湾改编,党指挥枪。五次围剿,红军长征;万水千山,等闲视之。湘江血战天地恸,遵义会议挽狂澜。中国出了毛泽东,四渡赤水出奇兵;金沙水拍云崖暖,大渡桥横铁索寒;更喜岷山千里雪,三军过后尽开颜。勇哉我党!

至若铁蹄践踏,山河破碎;烧杀抢掠,惨绝人寰。九一八恨失东三省,一二九怒掀救亡潮。统一战线御外侮,同仇敌忾拯社稷。宝塔山下,英雄儿女战歌唱;延河水边,中流砥柱豪情壮。黄河之滨,八路军南征北战;长江两岸,新四军声东击西。指导思想七大举,凶狂日寇八月伏。窑洞灯明,领袖运筹新中国;重庆雾锁,满城尽诵沁园春。继而战辽沈、转平津、下淮海,飞机岂敌小米步枪,坦克难挡小车滚滚。两个务必,西柏坡警钟意味长;民主监督,跳出周期率有新方。钟山风雨起苍黄,百万雄师过大江。开国大典,五星红旗迎风扬，天安门上太阳升；中国站起，世界东方睡狮醒，人民万岁写乾坤。伟哉我党！

又若建国伊始，内百废待兴，外美帝觊觎。土地改革，废除封建；驰援邻邦，保家卫国。一五计划，工业奠基；宪法诞生，治国有纲。独立自主，改一穷二白之貌；自力更生，绘最新最美之画。长江大桥，飞架南北，天堑变通途；两弹一星，云漫天穹，威力震环球；杂交水稻，穗垂田野，谷丰泽万民。恢复席位，联合国里笑声朗；建设强国，四届人大语铿锵。雷锋精神，积小善为大善；铁人意气，变荒原为油田；焦桐如海，绿沙丘为澄碧。当是时也，翻天覆地，激情燃烧；风流人物，还看今朝。强哉我党！

嗟夫！浮夸跃进，前事不忘；十年内乱，殷鉴不远。三中全会，拨乱反正人心快；小平您好，肺腑之声出襟怀；南方谈话，满眼春色东风来。承实事求是路线，标与时俱进品格。实践是真理标准，解放思想无止境；贫穷非社会主义，改革开放不停顿。农村巨变，联产承包冲篱藩；沿海崛起，经济特区盎生机；港澳回归，一国两制显韬略；非典消遁，众志成城送瘟神；奥运火燃，北京风采耀五环；神舟探月，寂寞嫦娥舒广袖；航母斩浪，捍卫海疆固国防；高铁纵横，中国速度啸鲲鹏。伟大觉醒，改天换地，谱写春天故事；中国特色，独树一帜，开拓沧桑正道。智哉我党！

乃有十八大开启新时代，十九大擘画新蓝图。理论飞跃，新思想辉映前程；不负人民，掌舵人领航巨轮。统筹中华全局，人间奇迹惊天动地；应对世界变局，风高浪急闲庭信步。五位一体，登高谋篇布局；四个全面，夯基立柱搭梁；四个自信，熔铸优秀文化。精准攻坚，摆脱千年贫困；绿水青山，记住美丽乡愁；乡村振兴，推动共同富裕；科技自强，誓争更高水平；强军兴军，志在世界一流；从严治党，永远自我革命。天下大同，协和万邦，一带一路走实人类命运共同体；人民至上，生命至上，携手抗疫宣示大国大党大担当。立足新阶段，胸怀千秋伟业；开局十四五，恰是百年风华。二〇二一，时维辛丑，小康功成；二〇四九，期在己巳，中国梦圆。壮哉我党！

歌曰：长夜难明，魔怪翻跹。我党诞生，灿若星辰。人民为本，何惧牺牲。理想筑魂，顽强斗争。红色江山，碧血染成。赶考未竟，谦虚谨慎。以史为镜，明理增信。赓续血脉，崇德力行。紧跟核心，破浪乘风。百年奋楫，逐梦复兴！

读顾颉刚先生的"八项规定"

从报章读得"古史辨"派创始人、著名史学家顾颉刚先生对弟子的"八项规定",颇有教益,略述心得如下。

"八项规定"的缘起是这样的:顾先生有个学生叫何定生,有一段时间因失恋而消沉委顿、无心学问。于是,顾先生给他写了一封信,提醒他注意八点:一是此后不许说"死",也不许想;二是厉行运动,注意起居,把身体弄好;三是对人不可哭丧着脸,(引)起人厌恶或怀疑;四是一天的生活要有轨道,一年的生活要有预算,一生的事业要有目的,不可说"只知今日,不知明天";五是用钱须登账,最好每月有预算决算;六是不可感情用事,高兴时拼命地干,不高兴时什么都不干;七是如有恋爱,应谋结婚,不可说"我不希望有结果,我是没办法的";八是重于责己、轻于责人,常常替人家设身处地地想一想,不要只管自己。顾先生对学生的这些提醒,有人称为"八项规定"。这八条,每一条都可以做成细密的文章,总起来看,就是要求我们的人生要有爱、有度、有序。

有爱。不许说"死"、厉行运动是对己之爱;对人不可哭丧着脸、如有恋爱应谋结婚、重于责己轻于责人是对人之爱。读顾先生这些文字,遇有挫折就寻死觅活者当思"身体发肤,受之父母,不敢毁伤"之古训,从容应对,化危机为转机,活出更加美好的明天。把自己当作一部不歇运转机器、忽略自身健康的"工作狂",当劳逸结合,张弛有度,无论如何打拼也要保全无数个"0"之前的那个"1"。把自己的不悦和失意写在脸上给别人看者,应当学会克制和自敛,在群体中传递乐观积极的情绪,避免引起不必要的猜疑和误解,甚至成为不受欢迎的人。以顾先生所言借口逃避婚姻者,如今不是更大有人在吗? 这些人应当负起爱的责任,认真爱,认真缔结美好姻缘,不要以"爱"为幌子而寻一时之欢、误人终身。凡事总找别人岔子者,应当学会反求诸己、换位思考,多体谅别人的难处,多反思自己的不周,如此方能在不断自省中完善人格、升华境界。

有度。顾先生所谓"不可感情用事"说的就是有理性、有节制、有分寸,他是就何定生的情绪化而言的,对我们修身养性也有很强的指导性。感情用事就是无度的表现,高兴则干、不高兴则不干只是其中一端。现实生活中,有的人对待工作合己意则干,不合己意则不干;有好处则干,没有好处则不干;这一阵子兴致高了就干,那一阵子兴致低了就不干。凡此种种,都是无度之举,都是以情绪而不是理智来支配自己的行动。无度则无常,无常则无恒,无恒则无成。以一个稳定、理性的态度来对待自己的工作,就会心平气和,一以贯之,拿捏好做事的分寸,遇有感情冲动时能冷静处置,就会与周围的人和事保持恒定的和谐气场,为事业的发展营造良好的环境。

有序。事业有目的、生活有预算、用钱须登账,都是说的人生要有序,要有计划。有人说:没规划的人生叫拼图,有规划的人生叫蓝图,没目标的人生叫流浪,有目标的人生叫航行。这可能说得有点大,但也能给予我们一些有益的启示。人生固然云谲波诡,神秘莫测,要准确规划、精确预算确不可能,但总有一些我们自己可以把握的方向性东西。从事业起步之初,就对自己要成为怎样的人、应当做什么、交什么样的朋友等有大致的打算,确立做人做事的基本立场和方向,不轻易改变,不随波逐流,不投机取巧。在行进过程中,再施以具体的计划,积尺寸之功,不断接近目标。这一点我深有体会。从初中到高中毕业,我每学期都有一张晚间和周日的学习时间表,坚持施行,雷打不动,既收到了很好的学习成效,又养成了凡事预有计划的良好习惯。如今虽已不需要对自己的生活作如此精确的预算,但有计划、有条理的习惯令我受益无穷,学习和工作都能在有序的坚持和积累中取得水到渠成之效。

当今社会,"成功学"盛行,励志书泛滥。相形之下,顾颉刚先生的"八项规定"并不抢眼。然而,顾先生简短朴实的文字中虽未出现"成功"二字,却是实话实说、具体可行,堪为我们修身律己、谋事做人的指南。倘能践行不息,道德文章、事业爱情等人生要事必能精进不已、臻于胜境。

请作金陵烂漫游

——读程章灿南京主题系列作品

"江南佳丽地,金陵帝王州。"作为六朝古都、十朝都会的南京,自古及今为文人骚客吟咏不绝,留下不知凡几的诗文作品,也刻下无数长期寓公或短期过客的心灵足迹。南京大学文学院教授、图书馆馆长、著名文史学家程章灿先生多年来浸润于南京历史文化的氤氲之气,探赜索隐、爬罗剔抉,先后写成《旧时燕》(2005 年)、《山围故国》(2019 年)、《潮打石城》(2020 年)三部随笔,主编《诗栖名山》(2015 年)诗歌欣赏集,形成独具风味的程氏南京主题系列作品。既发掘出大量前人笔下有价值的南京故事,又为抒写南京文学作品的"大家族"增添了有特色的新成员。宋人张耒诗云"曾作金陵烂漫游",现在,就请诸君跟随章灿先生的引领,去作一次关于南京烂漫历史文化的烂漫之游。

《旧时燕》:轻啼城市的传奇

毋庸赘言,《旧时燕》的书名出自刘禹锡"旧时王谢堂前燕,飞入寻常百姓家"这家喻户晓的诗句。作者说,金陵故都,传奇如燕,在春天和秋天、南方和北方、历史和现实之间飞来飞去。《旧时燕》有一个副标题:一座城市的传奇。作者以为,城市的典故、传奇和故事,是城市文化的凝缩,是城市的根。基于这一认知,作者撷取最具代表性的南京历史文化掌故,娓娓道来、融入己见,用 20 章的篇幅,把一座古都的传奇演绎得真幻交织、虚实相映,令人心醉神迷、不知今夕。

溯源城市气韵。"王濬楼船下益州,金陵王气黯然收。"说到南京的"气",当然首先便是"金陵王气"。楚威王骑马寻找金陵王气、秦始皇东巡会稽下令开掘秦淮河以泄王气的传说,为"金陵王气"笼上神秘色彩。作者翻检大量历史资料,以为"金陵王气"的出笼根本上是出于三国孙吴建都南京的政治需要,实际上到头来只能是温庭筠感慨的"王气销来水淼茫,岂能才与命相妨"。但同时,作者也从大文化的通达视野出发,认为之所以有众多"金陵王气"的民间传说,说明它在南京的文学、文化土壤中,根扎得多么深,伸得多么远。这也是承认了这一说法的某种历史文化和民众感情合理性吧!

在普通的读者,较之于"金陵王气",也许更会痴迷于作者皴染的"六朝烟水气"。这里,作者讲了一个故事中的故事。《儒林外史》第二十九回写杜慎卿等人在雨花台顶上,"坐了半日,日色已经西斜,只见两个挑粪桶的,挑了两担空桶,歇在山上。这一个拍那一个肩头道:'兄弟,今日的货已经卖完了,我和你到永宁泉吃一壶水,回来再到雨花台看看落照!'杜慎卿笑道:'真乃菜佣酒保都有六朝烟水气,一点也不差!'"你看,金陵城的每一个人,哪怕是最底层的平民百姓,身上都是有着"六朝烟水气"的。"六朝烟水气"来自"烟笼寒水月笼沙"的秦淮河,来自"南朝四百八十寺"的楼台烟雨。六朝尽管已远去,但它的气韵和光泽永远是南京城最厚重的底色、南京人最深醇的品格。

荡漾历史情韵。南京人的心中,始终洋溢的是虎踞龙盘的悠远情韵。作者说,形胜也是一种传统话语,在不同的时代有着不同的意义,甚至影响着历史的解释。三国时代,刘备派诸葛亮出使江东,面对冈峦起伏的秣陵形胜,诸葛亮不禁感慨"钟阜龙蟠,石城虎踞,此帝王之宅"。作者以为,龙蟠虎踞轶事自古以来众说纷纭,实际上就是金陵王气说的异变,是它的形象化和具体化,是巧妙的政治宣传攻势。但是,历史和现实、传说和信史已水乳交融、难分彼此,南京越来越建立起帝都的自信,至六朝时达到了顶峰。而我要说,形胜也是一种情感话语,影响着人们的精神。不管诸葛亮出使江东凡此种种的传说是真是假,南京城虎踞龙盘、易守难攻的险要地势却是真,历史的传说增添了这座城市的传奇色彩,南京人能不引以为自豪乎!而伟人"虎踞龙盘今胜昔,天翻地覆慨而慷"的知晓度早已大大超过各种古之传说,南京人久远的历史情韵中又增添了新的时代诗情,形胜的意义就绝不止于地理和军事了。

刻画名士神韵。城市的传奇,中心无疑是"人"。王谢子弟、李白、王安石、袁枚、吴敬梓、黄季刚、王伯沆等前贤名流,无不出现在作者的笔下。我们熟知李白"金陵子弟来相送,欲行不行各尽觞"的典故,却初闻他与孙楚酒楼的传说;我们常吟"借问酒家何处有,牧童遥指杏花村"的诗句,却不知南京也有"杏花村"的故事;我们了解王安石的政治起伏,但鲜知他与南京半山园的情缘;我们知道袁枚的随园,却从未领略过像作者这样的对"隋园"改"随园"的补"足"之论;我们读过吴敬梓的《儒林外史》,但对他"记得当时,我爱秦淮"的深情,只有看过了作者书中这篇《名士风流》才能有更深的体悟。这些名士,是金陵的不绝文脉,是城市的精神之魂。

《诗栖名山》:长吟山林的诗意

在《旧时燕》《山围故国》两部随笔之间,作者主编了一部《诗栖名山》,收录了自南朝至民国 95 位诗人 126 首咏栖霞山的诗作。这本书自然不是作者的个人著作,但是,既然由他主编,咏唱的主角又是栖霞山,那么,在诗作的取舍上,一定会体现他对南京的不渝情感、对人生的一贯主张,所以,放在本文里一并品读很有意义。

在《旧时燕》里,是专有《岩壑栖霞》一章的。这一章的题记是这样的:"从前有座山,叫摄山。山里有座庙,叫栖霞寺。庙里有个和尚,叫僧辩,还有一个隐士、征君、学者,叫明僧绍。"而《诗栖名山》的前言是这样开头的:"六朝古都南京有座山,山里有座寺。春去秋来,山中变换着花月风景;朝暮阴晴,寺里往来有名士高僧。时间久了,就传出很多故事,吟成很多诗篇。"这如出一辙的开篇,既是讲故事的通常起笔,也是传达诗意的巧妙兴笔。沿着作者关于南京历史文化的思绪往这座宗教名山、教育名山、历史名山的深处走,我们发现,所选的诗歌无论是写景状物之作,还是怀古言志之篇,无一不在申足、扩充着作者对南京的钟情,开启、增厚着他对于"诗意地栖居"新的文化思考。

感怀六朝兴衰。吟咏栖霞寺的诗篇中,有不少怀古之作。栖霞山寺在这里就是金陵的象征,山寺怀古实际上就是金陵怀古。唐朝顾况"明征君旧宅,陈后主题诗。迹在人亡处,山空月满时";南唐李建勋"琅玡冷落存遗迹,篱舍稀疏带旧村。此地几经人聚散，只今王谢独名存"；宋朝叶清臣"高风一缅邈，废宇亦陵迟。清泉漱白石，霏雾蒙紫芝"；明朝吴应箕"六朝云外迹，草际卧丰碑"；清朝田雯"人代吊齐梁，飞鸿以目送"，感喟的都是物是人非，叹惋的都是世殊时异。而蕴藏在这背后的，实则是对六朝的缅想之情、对南京的思慕之意。

感佩名士高节。在历朝吟咏栖霞山的诗作中，明征君是一个永远会被缅怀的人物。明征君即明僧绍，隐而不仕，宋齐两代屡次征召不出，故称征君，后隐居栖霞山以终。唐朝诗人刘长卿游历南京之时写下《栖霞寺东峰寻南齐明征君故居》一诗，"山人今不见，山鸟自相从。长啸辞明主，终身卧此峰"四句，表达的正是对明征君的怀想之情。颇有意味的是，写那"一塌糊涂的泥塘里的光彩和锋芒"小品文的皮日休，在《游栖霞寺》一诗中写道："不见明居士，空山但寂寥。白莲吟次缺，青霭坐来销。泉冷无三伏，松枯有六朝。何时石上月，相对论逍遥。"既表达了历史兴亡之感，又表达了难遇明僧绍这样的高格之士的无尽怅憾。有人认为，这是另一个寻访山水的皮日休。其实，关注现实和优游唱和并不矛盾，对高士的缅怀，正是对现实的影射。宋朝苏泂《金陵杂兴》诗云："休论句曲更茅山，只到栖霞说半年。暂学僧闲犹未得，几时真个作神仙。"在对暂做一个忘世僧人都难以做到的"假神仙"进行讽刺的同时，对"真神仙"的景仰之情也就不言自见了。

感发心灵顿悟。《旧时燕》中提到，陈后主和他的尚书仆射江总、国子祭酒徐孝克等人，两次入山展见慧布法师，并夜宿栖霞寺山房，留下了关于栖霞寺的最早一批吟咏。江总在《入摄山栖霞寺》中写道："岁华皆采获，冬晚共严枯。濯流济八水，开襟入四衢。"感叹人生虽有耕种收获，但难免严冬袭击，而只有濯缨濯足、敞开襟怀，方能进入纯净淡泊的境界。他历仕诸朝、身不由己，这种寂清山林中的感悟应该是真挚深切的。唐朝山水田园诗人綦毋潜在《题栖霞寺》中，发出"今日观身我，归心复何处"的自问；五代诗僧、尊郑谷为"一字师"的齐己在《夏日栖霞寺书怀寄张逸人》中描绘"人中林下现，名自有闲忙。建业红尘热，栖霞白石凉"的落差；明朝"后七子"领袖王世贞的"来似江总持，去则明僧绍"两句，形象赞誉了栖霞山寺对人心的洗礼荡涤之功。而唐朝张翚"一从方外游，顿觉尘心变"或许能代言所有身处幽深山寺之人的心灵顿悟吧！

作者在《诗栖名山》前言中引用清朝翁心存的诗句"鹬不因风先自退，山如欲语笑人忙"得出这样的启迪：谦退、散淡、悠闲、缓慢，就是他的一种诗意人生的态度，这也是栖霞山的生活态度。我们当然可以说，这也是作者从古都轻语、山林长吟中拥获的"何当枕泉壑，漱齿洗尘器"（作者诗句）的人生襟怀。

《山围故国》：叠唱文化的情怀

这一部随笔集的书名，取自北宋词人周邦彦《西河·金陵怀古》中"山围故国绕清江"一句。共收录文章 55 篇，分为"佳丽地""前朝盛事""旧迹郁苍苍""王谢邻里"四辑。作者在小引中写道："故国，既是政治上的故都，也是文化上的故乡。"而在《旧时燕》的后记中，作者写道："数典述祖，就是城市的文化寻根。"显而易见，副标题为"旧闻新语读南京"的《山围故国》，是作者在《旧时燕》《诗栖名山》之后，对城市作的再一次寻根之旅。本书在补缀前朝旧闻的同时，更多着墨于学人和杏坛，一咏三叹地高歌着一个学者的文化情怀。

雕绘书生风骨。本书以《两座读书台，一个文化传统》开篇，实际上记述的是"郑介公书台"主角郑侠的故事，周处读书台只是个映衬。这位北宋的年轻书生在清凉寺刻苦读书，远近闻名。当时也在南京的王安石还特地派人带上酒食去看他，可谓待他不薄。可是，当王安石当上了宰相，想提携他时，他不仅不领情，反而屡次上书反对青苗法，还画了一幅《流民图》讥讽新法之弊。好侠而刚介的他，于是谥为"介"。这不正是书生挑战权威、特立独行的风骨吗？《不殴妓的老干部不是好诗人》一文记述的是南朝宰相李建勋的行迹，他从不恋栈，喜欢游山玩水，创作过大量歌咏钟山的诗作，我们在《诗栖名山》中已闻其清音。及至晚年，皇帝还想请他出山，加上司空、司徒一类头衔，他都婉言谢绝。一个叫汤悦的学士写信向他道贺，老干部赋诗作答："司空犹未许，那敢作司徒？幸有山公号，如何不见呼？"他在诗中自称"野性竟未改，何以居朝廷"。这种"野性"，不正是诗人睥睨权贵、遵从内心的风骨吗！

描摹学人风采。作者不吝搜罗之功，向读者推介我们初闻鲜闻却是名副其实的学人大家。晚清时乌龙潭边住着一位自称"及时雨"的安徽寓客薛慰农，不说他的诗曾被编入英国汉学名家翟理斯的中国诗选本，但观他写的这几副对联,我们就会敬由心生。题清凉山扫叶楼:"一径风声飘落叶,六朝山色拥重楼。"题淮清桥:"都是主人,且领略六朝烟雨;暂留过客,莫辜负九曲风光。"现在,我们可以伫立乌龙潭公园《薛庐课徒》浮雕前去怀想这位前贤的风采。明朝时有一位"树上的诗人"罗玘,为文呕心沥血,不仅关门闭户苦思冥想,还常常高踞木石霞思天想。今天,我们虽不必追求"语不惊人死不休"的郊寒岛瘦,但也要遗憾地说,在当下熙来攘往、奔走竞逐的喧嚣中,罗先生这种认真到底的学人风采也是难得一睹了。

再现大师风雅。游历览胜、吟诗唱和,是中国自古以来的文人风雅之事。在《渔樵旧侣知相忆》中,作者记述了陈三立邀王伯沆同游半山亭,陈师曾陪王伯沆畅游西山潭柘寺,陈三立、俞明震等人同游镇江焦山寺、王伯沆第二天还特意从南京赶去等雅集之事。而在文学史上最负盛名的雅事,莫过于1929年元旦在鼓楼鸡鸣寺发生的"豁蒙楼七老联句"。陈伯弢、王伯沆、胡翔冬、黄季刚、汪辟疆、胡小石、王小湘七位大师边喝酒边作诗,联成按照年齿长幼排列的二十八句。作者以为,南京大学建校110年校庆活动中校友排列"序齿不序爵"的传统正由此而来。这一种群贤毕至、一觞一咏的雅集,上可以追溯到永和九年的兰亭之会,下只恐难有堪与之媲美的继响了。

《潮打石城》:悠品历史的意味

大约在2012年,作者在某个公开场合承诺,打算围绕对南京城的阅读,写100篇左右的随笔。他是践诺的,三冬文史,快乐力耕,55篇编成了《山围故国》,56篇编成了这本最新呈献读者的《潮打石城》。这本书当然仍是关于南京的旧闻新语,书名的寓意是潮打石城,一浪又一浪,经年又历代,因此文章按朝代先后编排。我们且跟随作者,一起从六朝走到当代,悠品历史的意味,时兴情思的浪花。

倾泻率然之真意。《潮打石城》每则故事的主角依然是"人",作者从卷帙浩繁的史料中捕捉名士俊达的痴怪之情、率直之性,或浓或淡、亦庄亦谐的笔墨中倾向自明。作者写宋朝大书法家米芾有洁癖,竟然带到了择婿中。他见新科进士段拂字去尘,认为既经常拂扫,又去尘,自然一尘不染,就把女儿嫁给了他,我们不禁为这独具一格的文人之痴而拊掌。作者记述明朝金陵痴人史忠两段传奇故事，一是嫁女，二是自导葬礼。因女婿家穷办不起酒席，他就跟女婿约好，元宵节那天晚上预备一些酒菜，届时他带女儿过来喝一顿酒就算成亲。在15世纪的南京，这样蔑视礼教的行为真是惊世骇俗。他更出奇的是年过八旬为自己导演了一出葬礼，本人也混迹在送葬的人群中，把自己的灵柩送到了聚宝门外。此事让人想起陶渊明的《拟挽歌辞》，足见洒脱不羁的六朝遗风。近代被称为"胡三怪"的诗人胡翔冬出于对权贵谭延闿大办丧事的气愤，写了一首《埋狗》诗，士人之率直卓立令人向往。而今人周勋初先生"以不变应万变""无为而无不为"的魏晋风度，在昭示学人真情性的同时，更能让许多浮躁的心归于宁静淡泊。

泼洒沛然之诗意。作者对栖霞山情有独钟，前两部随笔中均有专篇娓娓道来，又有《诗栖名山》专著广收歌咏。但作者仍意犹未尽，在本书中用《山水名胜栖霞山》《人文胜地说栖霞》等5篇，浓墨重彩加以敷陈，贯穿他南京随笔系列作品的山林诗情得到延续，读来真是诗意沛然、尘虑尽消。此外，《袁中道的秦淮诗会》有诗，这场以"赋得月映清淮流"为题的诗会，有"不随云影驶，翻共水痕高"的压卷之句。《老南京楹联偶拾》有诗，"淮水东边旧时月，金陵渡口去来潮""一片湖光比西子，千秋乐府唱南朝"，金陵楹联随处流淌这样清新古雅的诗句。《透过大树山房的诗窗看南京在闪亮》有诗，从"横塘吟共残蝉歇，巷口不期旧燕逢"到"对吟沧海如前日，摩字丰碑衍后期"，吴寿彭先生对南京半个多世纪的吟咏，蕴藏着多少繁密的心事、辗转的沧桑！《百年文脉一联牵》有诗，程千帆先生手书的联句"幽溪鹿过苔还静，深树云来鸟不知"，检身悟学的深意启迪的又岂是他的弟子！袁枚诗云："佳句听人口上歌，有如绝色眼前过。明知与我全无分，不觉情深唤奈何。"作者于胸臆喷涌的汨汨诗情，令不会写诗的人也心生涟漪。

流淌盎然之生意。作者对古都的历史人文悉心钩沉、深情采撷，使不少掌故轶闻得以面世，反映出时人的生活兴味。《山玄肤·玉芝朵·断云角》是写雨花石的，这明代的三块奇石使我们对雨花石的了解推到更早的时代，不觉有神往之心。《明代南京的土特产》写了姚坊门（今尧化门）的枣子、灵谷寺的樱桃和鸭脚子，大多数已踪迹难觅，令人在垂涎之时怀想绵绵。《明代南京的水路交通》勾勒了当时四通八达水路的交通图，无论是聚宝门、武定桥、淮清桥、文德桥、来燕桥、朱雀桥这一条近览之线，还是聚宝门、清凉山、石头城、狮子山、长江这一条远游之路，都能让我们领略到赏心悦目、别有情致的江南水韵。《民国版的"听我韶韶"》记载的是民国在南京门西茶肆说报的艺人甘松筠的故事,此人说报绘影绘色,妙绪泉涌,听者忘倦。他早晚各说三小时,晨有四百人,晚半之,让人们心甘情愿掏腰包,实非易事。日本宪兵认为他惑众,押往雨花台准备枪毙。到后读《方孝孺碑》,宪兵问他所读何碑,则背诵之,如瓶泻水。宪兵瞠目,惊为未有,竟然解绑释放。读到这里,不禁令人拍案叫绝。然而20世纪50年代,他以收听敌台、造谣惑众的罪名被逮捕,在"镇压反革命"运动中被枪毙。唏嘘之余再回望那听者云集、笑语满堂的茶肆,我们一定能多少体会到一些历史潜沉难言的意味。

　　孔子在与人谈音乐时说:"乐其可知也:始作,翕如也;从之,纯如也,皦如也,绎如也,以成。"品读程章灿先生的南京主题系列作品,正如欣赏好的音乐一样,既沉浸在余音不绝如缕"绎如"的愉悦里,又翘首于再次盛大展开"翕如"的期待里。在《爱住金陵的福建人》一文中,作者列举了明朝那些流寓南京的闽籍人士。他们相与往来、彼此唱和,为南京胜迹留下了宝贵记录;他们倡导斯文、引领风雅,为南京和福建的文化交融作出了独特贡献。作者借用清人赵翼品评袁枚的"爱住金陵为六朝"诗句,道出明代闽人爱住南京的深层缘由。我想,我们也有幸拥有章灿先生这样一位热恋南京、挚爱六朝的福建人,满怀向往来到南京,不辞辛劳开掘南京,一往情深歌咏南京,为我们导引并将继续导引这酣畅淋漓、无尽烂漫的金陵之游!

这诗的颤动的羽毛

——读王国钧诗集《晴空飞羽》

　　转业后到统计系统工作，因而结识了时任南京市统计局副局长的王国钧，出于对文字的共同爱好，我们成了同事之外的文友。唐朝诗人杜荀鹤说："辞赋文章能者稀，难中难者莫过诗。"而王国钧既能写古体诗，也能写现代诗，两者皆有可观之处，令我十分钦佩。一晃 10 年过去了，王副局长早成了王局长，但他对于写诗的热情非但没有受到冗杂公务的影响，反而更加高涨，诗作的数量愈丰、情感愈浓、韵味愈长。最近，他的诗集《晴空飞羽》将由南京大学出版社出版，嘱我为序，自不敢当。一则对诗素无研究，难免说外行话，即便偶与作者心思相碰，也必定浅稚；二则顾亭林先生早就有言"人之患在好为人序"，先贤训诫，自当警醒。然而，作为相交多年的文友，闻听王国钧诗作出版，仍是喜不自禁的，作一篇读后感当是义不容辞之责，于是便有了这篇也许是画蛇添足的文字。

　　《晴空飞羽》共收入王国钧从 1980 年至今创作的诗歌凡 700 余首，分为"晴日晨风""空谷回音""飞絮轻扬""羽洁情真"4 辑。仅从如此大的时间跨度，我们就可以断定，这些诗作必然反映了诗人半生旅程中的所见所闻、所思所想。作为生活阅历和人生思考的记录，这些诗对于作者的意义不言而喻，对于读者的启迪也值得期待。

　　南宋诗人陆游有诗云："沙路时晴雨，渔舟日往来。村村皆画本，处处有诗材。"王国钧的诗，题材都是取之于日常生活。有《咏梅》《樱花》《赞玉兰花》这样的咏物诗，有《游苏州拾贝（六首）》《八月维扬》《登镇江北固山》这样的记游诗，有《南唐二陵怀古》《游采石矶思李白》《拜谒郑和墓》这样的怀古诗,有《清明上母亲坟》《毕业三十周年相聚扬州即席赋诗》《祈祷平安》这样的抒情诗,有《易理》《嫦娥三号登月有感》《中秋有感》这样的议论诗,有《读希尔顿〈消失的地平线〉有感》《听李玉刚〈南飞燕〉有感》《看电影〈芳华〉有感》这样的读书听歌观影片感想之作,甚至散步、开会、坐地铁、乘飞机途中所见,都信手拈来,七步成诗。由于诗材来源于平常生活,情景理水乳交融,我们读来十分亲切,也就强烈感受到了王国钧诗情真意切的鲜明特色。

王国钧诗的另一特点是底蕴深厚。王国钧酷爱学习,举凡哲学、历史、文学之书,样样都读,如饥似渴,特别是对南京的历史文化十分熟悉,常常娓娓道来,如数家珍。在这本诗集里,我们可以清晰看到作者在钟山、玄武湖、燕子矶、南唐二陵、幕府山、牛首山、明城墙、中华门城堡、午朝门、神策门、扫叶楼、大钟亭、乌龙潭、达摩古洞、古林寺遗址等历史文化名址留下的足迹,这些意象入诗,大大增厚了诗的古典文化意趣。而从不少诗句中,我们更可直接感受到作者坚实的学养。"茅庐尚有书万卷,映雪莫要笑衣单"中含了与杜甫、孙康相关的读书典故;"临渊羡鱼未无益,亡羊补牢亦非晚"两句典出《淮南子》和《战国策》;"背影已过父恩深,荷塘犹在月色佳"这两句在南京浦口老火车站发出的感慨,自然嵌入朱自清名篇《背影》和《荷塘月色》;"谁言秋日多寂寥,更信金秋胜春光"化用唐刘禹锡《秋词》诗句;"为赋新诗常徘徊,难觅源头活水来。忽闻春鸟一声啼,始觉方塘一鉴开"则是全诗化用南宋朱熹《观书有感》诗句,而自有新意,第三句忽然传出的一声鸟啼,更是有顿悟的禅意在内,不由让人击节赞赏:妙哉妙哉!

王国钧诗的第三个特点是清新自然,这是与第一个特点紧密相连的。在作者的诗中,我们听不到无病呻吟、矫揉造作之声。"暮山生荒烟,明月照秋原""泉滴山谷空,月照竹影偏""山深闻鸟鸣,林幽听禅音""杨柳千条醉和风,秣陵古道春意浓""大雁南去声渐远,黄叶纷飞落地轻""北湖苍茫一鹭起,红花馥郁双蝶忙"这样清丽自然的诗句比比皆是。甚至,作者也偶有非常生动有趣的打油诗,比如《猫戏叶》:"风吹黄叶飘,叶落惊睡猫。猫醒戏落叶,叶被风吹跑。"一首小诗内,只有风、叶、猫三个意象在发生循环连锁的关系,再加上蝉联顶针的修辞手法,使全诗异常活泼清新,使人惊叹妙手天成。

王国钧诗的这些创作特色,我想主要是源于人品和学识。清朝诗人叶燮在《原诗》中说:"诗之基,其人之胸襟是也。"王国钧是个有抱负、有胸怀的君子,他是秉承"诗言志"的创作传统的。因为做到了"在心为志,发言为诗",所以坦荡做人的他行文之时也必然会直抒胸臆,我们才能读到"燕雀安知鸿鹄志,心胸坦荡天地宽""意善好运近,心恬喧嚣远""无忧无虑天地宽,愿作顽童游江海"这样淡泊明志、余音悠长的文字。南朝刘勰所谓"登山则情满于山,观海则意溢于海",我们在读王国钧诗时可以有真切的感受。陆游《示子遹》诗云:"汝果欲作诗,工夫在诗外。"正因为王国钧饱读诗书,胸有江海,我们才能读到"胸怀千里梦,那堪伏枥槽""采菊东篱渊明情,垂钓渭水子牙功""霜染叶红蕴戒律,尘世沧桑是经文"这样意蕴深远、逸兴遄飞的诗句,看似得来全不费工夫,实际是读破万卷方有神、踏破铁鞋有觅处!

经过了人生种种历练的作者,正在走向耳顺之年。正所谓"庾信文章老更成,凌云健笔意纵横",王国钧恰迎来诗歌创作的高峰。他在诗中自云:"景随步移换,情逐心悟通。"人生永远在不停地移步换景,敏锐睿智的心灵则在这转换中有所沉思、领悟和意会。诗人沉思了什么呢? 就是"少年拿云今何在,暮岁夕阳明奚往"。诗人领悟了什么呢? 就是"世事茫茫棋一局,春云淡淡春风轻"。诗人意会了什么呢? 就是"余生当效雁留声,秉烛达旦著文章"。我们自可以信心十足地期待作者有更多的诗作问世,给世人心灵以更多的滋养。此时,不由得从《晴空飞羽》这一书名想到泰戈尔《飞鸟集》中的诗句:"这树的颤动之叶,触动着我的心,像一个婴儿的手指。"王国钧不是专业的诗家,也许他的创作只是如飞鸿片羽在晴空轻轻划过,但这颤动的片羽,也正轻轻触动着我的心,触动着所有读者的心,让我们感受一个有诗意的人怀着的初始的童真,让我们倾听一个有诗心的人捎来的远方的呼唤。

何处楼台无月明

又到月圆时。

"露从今夜白,月是故乡明。"中秋,扣系着华夏民族解也解不开的团圆情结;月亮,承载着炎黄子孙诉也诉不完的聚散情缘。这种对团聚的执着,从每一个童年之时就镌刻心头。

童年和少年的中秋,那些和父母度过的全家相守的夜晚,记忆永远不老。月亮高悬在遥远的天际,充满神秘,写满神话。清贫的四口之家,粗瓷的盘子里放着切成四个半块的月饼,中秋节就这样有了自己恒定的仪式。年年中秋,岁岁如此,当时半块月饼哪够解馋,经年以后映耀心头的,却全是贫寒中洋溢的相濡以沫,"我们在一起"的温暖月华。

18岁负笈离乡,35个中秋倏然已过。小家庭相守的夜晚总是幸福的,幸福的夜晚常是相似的,回首已不记细节。但茕茕孑立的中秋却是清晰的,甚至比童年少年的中秋更加清晰。上大学后的第一个中秋,我们是在联欢会中度过的,虽然少男少女初识的兴奋、对未来明亮生活的憧憬暂时压过了对故乡的思念,然而夜阑更深之时凝望冷月,想念的泪水,依然打湿了异乡的梦境。

8年之后,26岁的我来到海岛。那个中秋,简单的集体聚餐之后,我独倚宿舍的长廊,聆听大海的涛声,怀想对岸的灯火,禁不住对月洒泪,一种从未有过的孤独袭满全身。若乘一叶扁舟漂流过海,登上飞驰的列车,我或可以回到江南父母的身边,或可以回到金陵恋人的身旁,今晚便无月缺之憾了!而此刻,携笔从戎尚未心定的我,举目无亲苦无舟楫的我,只能默吟着"此时相望不相闻,愿逐月华流照君"的诗句,遥望着海的那端,悄悄吞下无尽的思念。

跨过大海，我从此走上安定之路；每临夜晚，月亮照常从古都的东郊升起。然而，纵然月光如水水如天，道路依然有颠簸，角色不停在变换，故事无常演悲喜，心潮随波频起伏。眼前的一切色彩黯淡，前方的风景晨光熹微。本该宁静的我，为何心有波澜？一介书生的我，为何眩晃而动？日复一日的自省换来了某一刻的顿悟，原来，是以为家乡的月亮最美，是恒念校园的月亮最美，是想象远方的月亮最美，是顽固地认定生活永远在别处啊！是生生难以放下的执念，妨碍了我去欣赏和沐浴头顶上这轮秦时明月、唐宋婵娟！

于是，我恍悟，在我家园梧桐树梢升起的明月，就是李白床前的那轮清月，就是张继渔火里的那片寒月，就是韦应物西楼前的那钩缺月，真正是"古人今人若流水，共看明月皆如此"啊！于是，我骤悟，在那么多对月独酌、当月徘徊的惆怅中，能一笔宕开、排空怨愁的人，是何其宏大有胸怀、通达有智慧！"滟滟随波千万里，何处春江无月明"，张若虚一语化解我们对"这一个""那一处"的迷悟；"海上生明月，天涯共此时"，张九龄健笔打通"天涯""咫尺"的隔绝；"但愿人长久，千里共婵娟"，苏东坡豪气解开苦苦相思的心障。是啊，只要我们心无凝滞，你说，曹植高楼之上所吟之明月，柳永杨柳岸边所叹之残月，晏殊梨花院落所观之柔月，今人所见晦明盈亏之月，不都是同一轮月亮吗！若能具苏东坡那样"逝者如斯，而未尝往也；盈虚者如彼，而卒莫消长也"的通透旷达，便会有"吾与子之所共适"的心泰神宁，无论身在何方，无论居高处低，都会感受到"明月净松林，千峰同一色"的欣悦与熨帖。

"江畔何人初见月，江月何年初照人。人生代代无穷已，江月年年只相似。"从天地玄黄、宇宙洪荒永恒辉映，不知何自、不知何往的千古一月，留给张若虚这样敏感的诗人茫然无解的哲学课题，也带给世世代代人们真切的渺小感、霎时感和虚无感，倘不能持一颗放达之心，人生何以为继！看了电影《小偷家族》后感慨系之，因而买了是枝裕和的几部小说。在《奇迹》里，读到久不见面的哥哥航一和弟弟龙之介像父母没离异时一样背靠着背比身高，我忽然就想到我和弟弟小时候背拢着背比身高的情景，想到女儿幼时我在墙上刻着数字让她量身高的情景。一晃多少年过去了啊，我和弟弟离开父母的原生家庭已 30 多年，女儿也已做了新嫁娘。倘若为人生的聚散羁绊，所有人的心都要破碎得无法捡拾！而如能知足于分离的亲人仍共享一轮明月这种当下的幸福，那么，心就亮了。航一和龙之介最终都没有说出让一家四口重新生活在一起的愿望,但是,他们对这个世界有了自己的看法,他们认识到生活中还有许多其他美好的心愿,于是,星期天的空气是那样温暖,生命开始重新盛开。

　　真的,读惯了"南朝四百八十寺,多少楼台烟雨中"这样苍茫微凉诗句的我,当看到陆游的那首《排闷》时,真的心开始大亮了。"西塞山前吹笛声,曲终已过洛阳城。君能洗尽世间念,何处楼台无月明。"吹笛时尚在长江中游,笛声尽时已至洛水北岸;假如心中并无非此即彼的执念,抬头望去,哪里的楼台不是明月高挂呢! 命途多舛、报国无门的陆游深深知道,人生刹那,黄发垂髫,唯有不哀往者、不拒目下方能心如月明。世间总有烟雨迷蒙,但终无妨月之东升。肺肝冰雪,胸次山河,一切便都无尘;朗如日月,清如水镜,世界遍是良辰。

　　又到月圆时。18 岁的孤单远去了,26 岁的孤独消遁了,所有月圆月缺的记忆漂亮了。"不忮不求,何用不臧!"期冀花好月圆而不执着悲欢离合是一种成长,祈祷潮平风顺而不嗟叹阴晴圆缺是一种升华。这个中秋节,对已过知天命之年的我来说,明月将不从家乡升起,不从江海升起,它将从前贤无滞无碍的诗中升起,从我无执无欲的心中升起。

　　我愿,愿天下的楼台共浴冰轮流光;我愿,愿世间的心灵同诵明月之诗……